냉전시대 한국의 문학과 영화

자유의 경계선

지은이

테드 휴즈(Theodore Hughes)는 컬럼비아대학 동아시아언어문화학과에서 한국 현대문학을 전공하는 교수이다. 그는 캘리포니아 대학(UCLA)에서 한국 현대문학으로 박사학위를 받았다. 그의 연구의 관심분야는 식민주의, 프롤레타리아 문학과 미술, 영화, 민족분단문화, 시각성과 세계적 냉전 등이다. 역서로는 *Panmunjom and Other Stories*(이호철)(Norwalk : EastBridge, 2005)가 있으며, 편저로 *Rat Fire : Korean Stories from the Japanese Empire*(Cornell East Asia Series, 2013 예정)가 있다. 논문으로는 “Korean Literature Across Colonial Modernity and Cold War”(PMLA, 2011), “Planet Hallyuwood : Imaging the Korean War”(Acta Koreana, 2011), “Return to the Colonial Present : Ch'oe In-hun's Cold War Pan-Asianism”(positions : east asia cultures critique, 2011), “‘North Koreans’ and other Virtual Subjects : Kim Yong-ha, Hwang Suk-young, and National Division in the Age of Posthumanism”(The Review of Korean Studies, 2008), “Korean Memories of the Vietnam and Korean Wars : A Counter-History”(Japan Focus, 2007), “Korean Visual Modernity and the Developmental Imagination”(SAI, 2006), “Development as Devolution : Nam Chong-hyon and the ‘Land of Excrement’ Incident”(Journal of Korean Studies, 2005), “Producing Sovereign Spaces in the Emerging Cold War World Order : Immediate Postliberation ‘North’ and ‘South’ Korean Literature”(한국문학연구, 2005) 등이 있다. 현재 *The Remembered War : Violence, Trauma, Division in Korea*라는 가제로 한국전쟁의 학제적 문화사 연구를 진행 중이다.

옮긴이

나병철(羅秉哲, Na Byung-Chul)은 연세대학교 국문학과를 졸업하고 같은 대학교 대학원 국문학과를 졸업하였다. 수원대학교 국문학과 교수를 거쳐 현재 한국교원대학교 국어교육과 교수로 있다. 저서로는 『소설이란 무엇인가』, 『문학의 이해』, 『전환기의 근대문학』, 『근대성과 근대문학』, 『한국문학의 근대성과 탈근대성』, 『소설의 이해』, 『모더니즘과 포스트모더니즘을 넘어서』, 『근대서사와 탈식민주의』, 『탈식민주의와 근대문학』, 『소설과 서사문화』, 『가족로망스와 성장소설』, 『영화와 소설의 시점과 이미지』, 『환상과 리얼리티』, 『소설의 귀환과 도전적 서사』가 있으며, 역서로는 『문학교육론』(제임스 그리블), 『문화의 위치』(호미 바바), 『포스트모더니즘 이후의 정치와 문화』(마이클 라이언), 『해체론과 변증법』(마이클 라이언), 『중국문화 중국정신』(C.A.S. 윌리엄스)이 있다. 주요논문으로는 「탈식민주의와 정전의 재구성」, 「식민지 근대의 공간과 탈식민적 크로노토프」, 「세계화시대의 탈식민 문제와 트랜스내셔널의 교차로」, 「청소년 환상소설의 통과제의 형식과 문학교육」 등이 있다.

냉전시대 한국의 문학과 영화 자유의 경계선

초판 1쇄 발행 2013년 8월 26일
초판 2쇄 발행 2017년 8월 30일
지은이 테드 휴즈 **옮긴이** 나병철
펴낸이 박성모 **펴낸곳** 소명출판 **출판등록** 제13-522호
주소 서울시 서초구 서초동 1621-18 란빌딩 1층
전화 02-585-7840 **팩스** 02-585-7848 **전자우편** somyong@korea.com **홈페이지** www.somyong.co.kr

값 25,000원

ISBN 978-89-5626-904-7 93810

냉전시대 한국의 문학과 영화

자유의 경계선

Literature and Film in Cold War South Korea
Freedom's Frontier

테드 휴즈 지음 | 나병철 옮김

소명출판

지금 일일이 이름을 말할 수 없는 많은 사람들이 대학원 시절부터 나의 작업을 돕고 격려해 주었다. 그들의 친절한 도움과 조언, 포용력이 없었다면 이 책은 쓰일 수 없었을 것이다.

나는 먼저 캘리포니아 대학(UCLA)의 모든 은사님들께 진심으로 사의를 표하고 싶다. 무엇보다 나는 존 던컨 교수의 수년 동안의 지도와 조언에 감사드린다. 그는 한국 역사의 풍부함과 복합성을 열어 보여주었으며, 나의 연구에 대한 그의 비판적 관여는 항상 사물을 새로운 방식으로 보게 하는 자극이 되었다. 마이클 보다쉬(Michael Bourdaghs)와 세이지 리피트(Seiji Lippit)는 한국 문화와 문학을 보다 넓은 비교적 맥락에서 생각하게 하는 도구를 제공해 주었다. 알리 베다드와 로버트 버스웰, 캐서린 킹, 기욱 신, 사무엘 웨버는 대학원 이후의 내 연구의 방향에 도움을 주었다.

어바나 샴페인의 일리노이 대학의 동아시아 언어문화학과 동료들과 비교문학 및 세계문학 프로그램은 그곳에서의 나의 연구를 풍부하고 가치 있게 만들어 주었다. 낸시 아벨만은 내가 만난 가장 영감을 불러일으키는 사람의 하나였다. 특히 나의 원고 초안을 읽고 개선책을 말해 준 그녀의 통찰력 있는 제안에 고마움을 전한다. 또한 나는 낸시 블레이크, 고 데이비드 굿맨, 마코토 하야시, 브리언 러퍼트, 시모나 소니, 론 토비에게 사의를 표하고 싶다.

나는 배우고 가르치고 저술할 수 있는 환상적인 커뮤니티를 마련해 준 컬럼비아의 동아시아 언어문화학과의 모든 동료들과 웨더헤드 동아시아 연구소에 큰 고마움을 느낀다. 나는 특히 수년 동안 조언과 격려를 아끼지 않은 폴 앤더러, 찰스 암스트롱, 캐럴 글럭, 로버트 하임, 도로시 코, 데이비드 루리, 샹 웨이, 하루오 시라네에게 감사한 마음을 전하고 싶다. 내가 고 자현 김 하보시(김자현) 교수에게 문의할 때마다 그녀는 항상 조용한 유머 감각을 담은 친절한 조언을 준비하고 있었다. 리디아 리우와 토미 스즈키는 나의 원고를 읽고 수정 과정의 여러 단계들에서 핵심적인 논평을 해주었다.

발전하는 한국학 커뮤니티와 다른 아시아 연구 분야의 많은 동료와 친구들이 나에게 긴요한 조언과 도움을 주었다. 나는 1990년대 초 영어 강사로 있던 수년 동안 나를 한국 근대문학의 세계에 입문하게 해준 경남대학교 백상기 교수님께 갚을 수 없는 빚을 지고 있다. 권영민 교수님은 서울대학교에 있는 동안 나를 자신의 학문적 권역하에 있게 해주었다. 권 교수님의 강의는 나의 연구와 강의에 끝없는 지침이 되는 한국문학사에 대한 이해를 제공해 주었다. 최경희 교수는 친절하게 원고의 한 부분을 읽고 사려 깊은 논평과 조언을 해주었다. 또한 나는 특히 진수 안, 백문임, 루스 바라클로, 혜월 최, 스티브 정, 헨리 엠, 존 프랭클, 타크 후지타니, 브루스 풀턴, 한만수, 황종연, 켈리 정, 제니퍼 정김, 종범 김, 김철, 규현 김, 김재영, 종명 김, 마이클 김, 석영 김, 선주 김, 로스 킹, 권보드래, 이경훈, 남희 리, 이상경, 월터 K. 루, 존 리, 임지현, 데이비드 맥캔, 백원담, 찬 박, 선영 박, 포리 박, 자네트 풀, 마이클 로빈슨, 안드레 슈미드, 신형기, 지원 신, 제숙 송, 클락 소렌슨, 석배 서(서석배), 블라디미르 티코노브, 아쓰코 우에다, 나오키 와타나베, 준 유에게 고마움을 전하고 싶다. 나는 또한 수년 동안 일리노이와 컬럼비아 대학의 학부생 및 대학원생과의 대화에서 말할 수 없이 큰 도움을 얻었다.

이 책의 결실을 있게 한 논문 연구는 한국국제교류재단과 풀브라이트 IIE(국제교육협회), UCLA 총장의 논문허가(Dissertation Grant)에 의해 기금이 제공되었다. 더 진전된 연구와 저술은 한국학중앙연구원(The Academy of Korean Studies)과 컬럼비아 대학의 섬머 리서치 그랜트(Summer Research Grant)의 연구비에 의해 가능했다. 아시아연구협회(The Association of Asian Studies)의 동북아시아위원회(Northeast Asia Council)와 하버드 대학에서 운영하는 민선식 한국문학 발전기금(The Sunshik Min Endowment)은 아낌없이 출판을 지원해 주었다.

나는 이 연구 계획에 관심을 가지고 처음부터 끝까지 안내와 조언을 해준 컬럼비아 대학 출판사 편집장 제니퍼 크루에게 깊이 감사한다. 나는 아샤 그래프와 창재 리, 마이클 해스켈, 롭 펠먼과 함께 작업한 것이 진심으로 즐거웠다. 또한 나의 원고에 대해 상세하고 예리한 논평을 해준 익명의 두 독자에게 고마움을 전하고 싶다.

나의 가족은 연구기간 내내 끝없는 격려를 보내주었다. 나는 아버지 존 휴즈, 동반자 진경 리(이진경), 장인 명재 리, 장모 화서 박, 그리고 나의 형제 테리, 팀, 크리스에게 감사의 마음을 표하고 싶다. 진경 리는 수정 과정의 중요한 단계에서 원고를 읽고 핵심적인 조언을 해주었다. 어머니 샐리 앤 퀸비 휴즈는 대학원 입학 때 살아서 나를 보지 못했지만 영혼 속에서 항상 나와 함께 하고 있었다.

사진과 그림의 목록

역자 서문

이 책은 냉전시대 문화를 주로 다루고 있지만 실제로는 우리가 경험한 식민지와 신식민지에 관한 핵심적인 문제들을 모두 망라하고 있다. 식민지와 포스트식민지에 대한 휴즈의 논의의 독특한 특징은 이항대립을 넘어서서 중첩과 재작동이라는 제3의 논리를 사용하고 있다는 점이다. 그런 복합적 논의에서는 제국과 민족의 관계를 포함해 근대성의 다양한 대립적 범주들이 해체된다. 즉 식민지와 포스트식민지, 향토와 도시, 언어와 시각성, 그리고 정치와 미학 등이다.

그중 가장 흥미로운 것은 식민지 시대와 그 이후를 지속이나 중단이 아니라 재연과 변주로 설명하고 있는 부분이다. 휴즈가 말하는 재연은 단순한 반복이 아니라 새로운 조건에서의 복합적인 변주를 뜻한다. 예컨대 포스트식민지(식민지 이후)는 식민지를 재연하면서 미국 주도의 냉전기의 상황에서 새로운 전환을 보여준다. 마찬가지로 포스트식민적 민족 개발주의는 식민지 시기 제국의 국가주의의 재작동인 동시에 특수한 코드 전환이다. 또한 미학이란 그런 정치권력들에 대한 단순한 대립이 아니라 비슷한 근대성의 운동을 아주 다른 방식으로 보여주는 활동이다.

이런 휴즈의 새로운 논의는 근대적 시각성을 권력이론에 연결시키는 방식으로 설득력을 얻고 있다. 즉 그는 랑시에르의 '감성의 분할'의 개념을 푸코와 아감벤의 생체권력 이론에 연관시킨다. 랑시에르에 의하면, 말할 수 있는 것과 없는 것, 보이는 것과 보이지 않는 것의 경계가 정치의 영역과 쟁점을 규정한다. 이런 랑시에르의 설명은 감성적인 것이 즉각적으로 정치적인 것이 됨을 암시한다. 그와 함께 여기서는 감성과 이성, 미학과 정치의 경계가 해체된다. 즉 미학이란 보임/보이지 않음의 분할을 다시 설정하려는 운동일 것이다. 그런 감각의 혁명 자체가 미학이 존재와 인식의 방법을 바꾸면서 정치적 힘이 되는 원리인 셈이다.

휴즈는 그 같은 감성의 분할을 권력이론에 연관시키면서, '보이지 않음'으로 배제된 것이 보이는 것의 질서를 만드는 구성적 외부가 됨을 말한다. 즉 정치적 권력은 배제된 것을 자신 안에 포함함으로써 내부의 질서를 유지하는 것이다. 예컨대 '빨갱이'는 제거되어야 하는 것이지만 그 배제된 것의 존재에 의해 냉전적 질서가 유지된다. 여기서 빨갱이는 아감벤의 예외상태의 존재에 다름이 아니다. 냉전기 개발주의에서는 공산주의자뿐만 아니라 개발에 저항하는 사람은 모두 배제된 예외적 존재가 된다. 그 보이지 않음으로 배제된 자는 죽여도 좋은 존재이지만 그들은 우리의 기억의 심연에서 지워지지 않는다. 매장되었지만 매장될 수 없는 그들은 기억의 형식 속에서 되돌아오는 '살아 있는 죽음'이 된다. 우리는 이 지점에서 시각이론과 생체정치학의 만남을 보게 된다.

이 같은 이론적 접합에서 가장 매혹적인 것은, 휴즈가 푸코의 미시권력 이론을 보임/보이지 않음의 정치학으로 변주시키고 있는 부분이다. 푸코는 생체권력이 우리의 눈에 보이지 않는 미시권력임을 강조한다. 반면에 휴즈는, 그처럼 스스로는 보이지 않는 생체권력이 개발주의와 인종주의의 전시를 통해, 또한 개발의 반대자들을 보이지 않게 하거나 인종주의적으로 왜곡시킴으로써 유지됨을 말한다. 보이지 않는 권력은 또한 보여주는(전시) 권력이기도 한 것이다. 그리고 그런 권력은 '배제되면서 포섭되는' 타자를 보이지 않게 만드는 권력이기도 하다.

이런 시각적 생체권력은 이미 식민지 시대부터 작동되고 있었다. 예컨대 식민지 시대의 총독부, 경성역, 조선은행의 건축들은 식민지적 근대를 보이게 만든 시각적 전시였다. 또한 식민지 말의 황민화는 내선일체의 슬로건과 프로파간다를 광고와도 같이 시각적으로 전시하며 대중들을 호출하고 동원했다. 그 동원의 시각적 체제는 미국과 서구라는 악마적 타자의 배제에 의해 유지되는 규율화이기도 했다. 이제 포스트식민적 개발주의는 근대화의 전시와 공산주의 타자의 배제를 통해 비슷한 방식으로 사람들을 동원한다. 그러나 이번에는 제국이 아니라 정반대로 민족의 이름을 앞세워서였다.

휴즈의 논의의 또 하나의 특징은 '감성의 분할' 중에서도 시각성을 중시하는 점이다. 그것은 시각성을 특권하기 위한 것이 아니라 서구적 근대의 특성을 드러내기 위해서이다. 근대화된다는 것은 서구적 근대의 특징인 특권화된 시각성을 받아들이는 것을 의미한다. 그 점을 가장 잘 보여주는 것이 바로 이광수의 『무정』이다. 휴즈는 『무정』이 영화적 방식("활동사진 모양으로")에 의해 식민지 도시를 보여준 최초의 소설임을 논의한다. 가라타니 고진은 풍경의 발견이 내면의 발견에 의해 가능했음을 강조한다. 그와 비슷하게 휴즈는 『무정』에서 이형식의 내면이 정신의 내부에서 도시를 촬영하는 영화 카메라의 형식으로 작동되고 있음을 주목한다. 미술을 잘 모르는 김장로가 이형식과 다른 것은 아직 시각적 내면을 갖지 못한 점일 것이다. 반면에 이형식의 시각적 내면이야말로 이광수가 발견한 근대적 내면이라고 할 수 있다.

그러나 이광수가 보여준 시각적 내면은 식민주의처럼 일방적인 시선일 뿐이었다. 거기에는 보이지 않는 사람들, 즉 식민지적 타자에 의한 응시가 없을뿐더러, 영화적 몽타주에서처럼 분열과 조화 사이의 운동이 없다. 그 점이 이광수가 발견한 영화적 내면과 카프 작가들이 발견한 영화 운동적 내면의 차이일 것이다.

휴즈는 카프 작가의 작품을 매우 중시하는데, 기존의 논의와는 아주 다른 차원에서 그들을 주목한다. 카프 작가들이 등장한 것은 식민지적 근대가 자신을 보이게 만들었을 때, 즉 시각적 근대의 특성을 드러내기 시작했을 때였다. 기존의 논의에서 말하는 식민지적 황폐화는 그런 시각적 현상의 사회적 인식에 해당될 수 있다. 휴즈는 그밖에 공장과 회사의 출현, 식민지 도시의 전시장화, 그리고 미술과 영화의 발전을 중시한다. 특히 영화는 카프문학과 불가분의 관계에 있다. 중요한 것은 카프가 이광수를 넘어서서 시각적 운동으로서의 영화를 발견했다는 점이다. 영화의 시각적 운동은 타자화된 민중들을 보이게 만들뿐 아니라 그들이 고향과 세상을 새롭게 보게 만든다. 예컨대 〈유랑〉(영화소설)에서 물레방아의 이미지는 정적인 스틸에서 역동적인 영화적 운동으로 전환된다. 즉 향토적 풍경은 주인공의 고통스러운 회상과 함께 움직이는 것으로 제시됨으로써 현실에 대응하는 내면적 운동을 표현하는 공간이 된다. 이 같은 영화적 운동은 근대를 바라보는 감정의 구조를 변화시킨다. 또한 그에 상응해 고향은 정적인 미학적 이미지에서 역사적 운동에 참여하는 공간으로 변화된다. 따라서 운동으로서의 카프의 시각적 표현은 항상 감성의 분할을 넘어선 투쟁이다. 그런 그림 같은 풍경에서 영화적 운동으로의 이동이, 시각적 내면을 발견한 이광수와 운동하는 내면을 발견한 카프 작가의 차이이다.

비슷한 맥락에서 휴즈는 카프와 모더니즘의 연관성을 중시한다. 틀림없이 모더니즘은 카프의 리얼리즘이 와해된 산물이었다. 그러나 향토성과 교섭을 벌인 점이나 영화에 관심을 가진 점에서 카프와 모더니즘은 일치한다. 카프가 향토성을 계급의식으로 변주시켰다면 모더니즘은 도시/향토의 파편성을 드러내려 했다. 또한 카프가 영화적 운동을 발견한 반면 모더니즘은 영화적 몽타주를 통해 분열의 경험을 표현하려 했다. 그런 과정에서 양자 모두 식민지 자본주의의 외부 공간을 찾으려 분투했다는 공통점을 드러낸다.

카프에서 모더니즘을 거쳐 동원문화에 이르는 과정은 점차 제국화/황민화로 다가가는 과정이다. 식민지 말의 동원문화는 모든 미학적 노력이 힘들어진 시기를 나타낸다. 그러나 휴즈는 동원문화가 모더니즘이 발견한 식민지 근대의 분열을 다른 방식으로 관리하려는 기획이었음을 주목한다. 모더니즘과 동원문화는 영화적 몽타주와 자기반영성의 표현인 점에서 비슷한 특징을 갖고 있다. 모더니즘이 몽타주를 통해 식민지 도시의 파편화를 드러내려 했다면 동원문화는 그런 파편성을 확장된 인공기관을 통해 조화시키려 시도한다. 모더니즘의 자기반영성은 분열이 봉합될 수 없음을 자인하는 글쓰는 주체의 메타적 위치의 표현이다. 반면에 동원문화의 자기반영성은 테크놀로지와 범아시아라는 제국적인 메타적 위치에서의 봉합의 시도이다. 그에 상응해 모더니즘에서의 향토/도시는 동원문화에서 지역성/범아시아로 변주된다.

그처럼 모더니즘과 동원문화가 식민지적 분열에 대응하는 두 가지 방식인 점에서 양자의 서사는 비슷한 공간에서 전개된다. 예컨대 〈지원병〉(안석영)에서 지원병(춘호)은 박태원의 구보처럼 도시의 거리를 걸으면서 이번에는 광고 대신 슬로건의 형식으로 된 동원에 의해 호명되고 있다. 그러나 동원의 슬로건은 불가능한 조화에 대한 호출이다. 일종의 전시장인 도시공간에서 지원병은 시각적 정권의 손에 의해 실제로 도시 자체가 편집증적 파노라마로 재구조화된 것을 경험한다. 내선일체의 슬로건에 의해 호출되었지만 동원 주체는 다가오는 동시에 물러나는 것을 향한 끝없는 운동과정에 있을 뿐이다.

이 같은 재연과 변주는 식민지 이후에도 계속된다. 휴즈는 냉전기의 개발적 정권이 식민지를 반대하면서도 실제로는 식민지 말의 동원문화를 재작동시키고 있었다고 논의한다. 동원문화의 지역성/범아시아의 관계는 이제 민족/자유세계로 변주된다. 과거의 황민화가 제국의 이름으로 된 동원이었다면 지금은 자유세계의 일원으로서 민족의 이름으로 된 동원이었다. 호명의 방식이 제국(황민)에서 민족으로 바뀌었으나 양자는 모두 국가주의적 특성을 지니고 있었다. 또한 보편성의 차원이 제국에서 자유세계로 변화되었지만 일본에서 미국으로 전환된 예속화의 관계는 크게 다르지 않다. 이런 식민지에서 포스트식민지로의 재구성은 두 개의 삭제와 망각을 중심으로 형성되고 있었다.

하나는 과거 프로문학 및 북한에 대한 말소와 망각이다. 냉전기에 공산주의자는 빨갱이라는 악마적 타자가 되었는데 민족적 개발주의는 바로 그 타자의 말소를 통해 내부를 규율화할 수 있었다. 개발에 반대하는 사람들 역시 공산주의자와 비슷한 타자로 배제된다. 그런데 배제된 타자 또한 여전히 같은 민족이었기에 냉전기 개발적 주체는 애도와 우울 사이를 서성이게 된다.

또 하나의 삭제는 일본과 식민지 말 동원에 대한 기억이다. 포스트식민지 시대에도 전통주의의 형식으로 동양담론이 계속되었지만 이번에는 과거에 주도적 위치에 있던 일본이 배제된다. 또한 식민지를 반대하는 민족 개발주의는 식민지 말 동원에 대한 기억을 삭제한다. 그 망각된 동원을 대신한 것이 바로 협력과 저항이라는 이분법적 담론이었다. 휴즈는 협력담론이 결코 동원문화를 극복할 수 없었으며 오히려 동원 역사의 망각과 삭제를 승인할 뿐임을 논의한다. 그 같은 망각의 승인은 역설적으로 포스트식민지적 개발 서사에 의한 동원의 재출현으로 이어진다.

휴즈는 과거의 지역/제국이 민족/자유세계로 재편되면서, 지역성/범아시아의 장치가 협력/저항의 이분법으로 코드 전환되었다고 논의한다. 그런 남한의 새로운 코드 내에서 협력자로 의례적으로 비난받는 것이 바로 이광수이다. 그러나 이광수에게서 보듯이 협력자는 또한 민족주의자이기도 했다. 다만 그들은 개발의 방식으로 민족에 대한 애정을 표현할 수밖에 없었다. 말하자면 이광수는 식민지 시대의 개발주의자였던 셈이다. 새로운 국가주의적 민족 개발주의는 자신의 코드 안에 그와 비슷한 냉전적 개발의 불길한 흐름이 침투하는 것을 막지 못한다. 따라서 민족적 개발 주체의 협력에 대한 비난은 끝없는 경계의 불안에 대한 표시이기도 하다.

협력에 대한 비판이 개발적 주체가 아닌 민족주의에 의해 행해지는 경우에도 문제는 비슷하다. 협력/저항의 이분법적 담론은 동원기의 역사적 상황 대신 선재하는 민족적 코드를 전제로 한 감시의 시선이 되기 쉽다. 제국적 서사는 독단적인 담론으로서 총체적인 수용이나 거부만이 가능할 뿐이다. 그에 대응하는 협력/저항의 담론은 총체적인 거부를 통해 제국화를 극복한 것 같지만 실제로는 또 다른 총체적 주체를 형성할 뿐이다. 그것은 제국의 서사 자체에 포함되어 있는 양극의 논리 중의 반대 극단으로 이동한 것일 터이다. 그와 달리 제국적 서사 같은 독단적 담론을 극복할 수 있는 것은, 그 서사를 거부하면서 또 다른 열린 주체를 생성할 가능성을 보여주는 데 있다. 그것을 위해서는 총체적 부인을 통해 삭제하는 것이 아니라, 그 서사를 다시 불러와 틈새의 공간에서 전복적으로 넘어서는 일이 필요하다. 휴즈는 최인훈의 「총독의 소리」와 『태풍』을 통해 제국화 서사의 반복 속에서 그것을 극복한 새로운 주체의 생성 가능성을 살피고 있다.

휴즈의 논의의 핵심은 해방 후의 두 가지 삭제와 망각에 의해 냉전기 개발주의가 형성되는 과정을 드러내는 데 있다. 보임/보이지 않음의 분할의 견지에서 보면 이제 보이지 않게 된 것은 북한과 식민지 말 동원 문화이다. 전자는 냉전 체제 형성을 위해 필요한 대립적 타자이고 후자는 코드 전환을 위해 삭제되어야 할 기억이다. 그에 의한 새로운 시각적 분할의 체제는 해방의 꿈이 사라지고 남북한의 어느 한쪽만이 민족의 무대가 된 냉전적 분단의 시작을 암시한다. 휴즈는 이 해방기의 실상을 염상섭, 채만식, 이태준, 이선희의 작품을 통해 고찰한다. 이 작가들은 저마다 냉전과 분단을 넘어서려 시도하지만 (남북 양쪽에서 받아들여진 채만식을 제외하고) 그들은 남한과 북한 중 어느 한쪽만을 진정한 민족의 공간으로 위치시키는 경향이 있다. 이는 잠재했던 중립화의 소망이 이제 현실적으로 불가능해졌음을 보여주는 셈이다. 예컨대 염상섭의 「삼팔선」은 남한으로의 이동을, 이태준의 「먼지」는 북한으로 되돌아감을 지도화한다. 두 사람은 모두 미국 중심 세계자본주의를 비판하지만, 이제 어느 한 쪽만을 삶의 무대로 선택해야 하는 운명을 인정하고 있다. 그처럼 한반도의 반쪽이 보이지 않는 공간이 된 운명을 극복하려 한 시도가 바로 최인훈의 『광장』(1960)일 것이다. 『광장』에서는 양쪽이 다 보이지만 그 대신 어느 쪽도 진정한 삶의 공간으로 선택할 수 없다. 따라서 『광장』의 중립화의 소망은 실패한 셈이었으나 그 비동맹의 꿈은 『태풍』으로 이어진다.

분단을 넘어서려는 중립화의 소망은 한국전쟁 이후 더욱 어려워졌지만 1950년대에도 완전히 사라진 것은 아니다. 휴즈는 1950년대를 냉전적인 '남한' 주체의 국가주의적 소환과 잠재적인 비동맹의 소망 사이의 운동의 시기로 보고 있다. 휴즈가 그 틈새에서 주목하는 작가는 손창섭이다. 손창섭의 틈새적 위치는 그가 식민지적 · 범아시아적 정체성에서 냉전적인 민족적 주체로의 코드 전환을 거부한 작가였음을 보여준다. 즉 그는 두 개의 망각을 통한 동화를 거부한 비국가주의자였다. 그는 그 대가로 소설의 공간에 비정상적인 인물들을 등장시킬 수밖에 없었다. 그러나 그의 소설의 훼손된 인물들은 동화되지 않은 사람의 유폐된 내면에 상응한다. 그런 인물들은 흔히 폐쇄된 자신의 방에 갇혀 있을 뿐이다. 하지만 「층계의 위치」에서처럼 일종의 타자의 응시인 '되돌아보기'를 통해 외부 세계에 반응한다. 또한 손창섭은 거기서 더 나아가 「광야」 등에서 텍스트의 가장자리를 통해 비동맹의 꿈을 암시한다.

1960년대는 4·19의 민주주의의 소망이 사라지고 점차로 냉전 개발주의가 정착된 시기였다. 휴즈는 『광장』에서 「수」와 「총독의 소리」를 거쳐 『태풍』에 이르는 최인훈의 소설을 통해 그 과정을 살펴본다. 『광장』에서의 분단극복의 꿈은 분명히 4·19와 연관이 있다. 그러나 「수」에는 정신병원에 갇혀 심문받는 주인공이 나오며 「총독의 소리」에서는 주인공이 사라지고 총독의 소리를 듣는 인물만이 암시된다. 이런 거세의 과정은 틀림없이 개발주의의 고착화와 연관이 있다. 그러나 휴즈는 그 과정이 또한 국가주의의 극복의 방식을 탐색하는 과정이기도 하다고 말한다. 『광장』의 실패는 아직 완전히 '번역'되지 않은 보편주의적 자아(Ego)에 의존한 때문이기도 했다. 반면에 「수(囚)」는 한국적 상황에서 갇혀 있는 자아를 표현하며, 「총독의 소리」는 개발에 동원된 자아의 보이지 않는 무의식을 알레고리화 한다. 최인훈은 냉전 개발주의의 '보이는 세계'가 두 개의 '보이지 않는 것'에 의해 질서화됨을 간파한 유일한 남한 작가였다. 보이지 않는 것이란 좌파 및 북한과 식민지 말 전시동원의 기억이다. 그 망각의 영역을 탐색하기 위해 최인훈은 「총독의 소리」에서 식민지 말에 대한 무의식을 불러들인다. 또한 「소설가 구보씨의 일일」에서는 북한에 살고 있는 소설가 구보를 귀환시킨다. 국가주의적 개발주의가 모종의 말소에 의존한다면 삭제된 것의 환기는 냉전 권력의 보임/보이지 않음의 분할을 혼란시킨다.

그 같은 감성의 분할에 대한 훼방은 권력에 대한 불길한 도전이라는 정치적 효과를 지닌다. 삭제된 기억은 유령처럼 되돌아와 자신을 말소한 개발정권에 깃드는데, 최인훈은 「총독의 소리」와 『태풍』에서 그 두 독재의 망령을 푸닥거리하기 위해 식민지의 기억을 불러내고 있다. 최인훈은 더 나아가 쌍생아이자 거울인 제국과 혈통적 민족 이념에서 벗어난 새로운 주체의 생성을 보여주려 한다. 새로운 주체는 협력/저항의 이분법을 넘어선 복수적 정체성의 행위자일 것이다. 『태풍』에서 협력자를 주인공으로 등장시켜 타자적 위치의 자각과 연대를 통해 변화의 과정을 추적하는 것은 그 때문이다. 이 소설에서 오토메나크/바냐킴이 보여주는 경계를 넘나드는 정체성은, 국가주의에 의해 왜곡된 정체성을 대신하는 진정한 '근대의 극복'의 행위자를 암시한다. 그런 복수적 정체성을 통해 최인훈은 오늘날 겨우 단초가 나타나기 시작한 타자의 위치에서의 트랜스내셔널 주체를 예견한다.

휴즈의 논의는 『태풍』을 끝으로 1970년대 초에서 결말에 이른다. 마지막으로 그는 1970년대 이후의 문학과 연관해서 매장된 기억의 귀환에 대해 논의한다. 망각된 역사의 재작동이 '식민지적 근대'의 권력을 귀환시킨다면, 매장된 기억의 되돌아옴은 근대의 타자의 귀환일 것이다.

그와 연관해 우리는 1970년대의 문학에 대해서도 비슷한 탐색을 할 수 있다. 1970년대 이후에는 남한 자체에서 경계를 넘어서려는 시도가 나타나는데, 그것은 휴즈가 카프의 출현에 대해 말한 것과 비슷한 이유에서이다. 식민지적 근대가 보이기 시작했을 때 카프가 등장했듯이, 1970~80년대의 리얼리즘은 국가주의적 개발주의가 눈에 보이게 되었을 때 나타났다. 즉 소외된 계층의 출현, 농촌의 붕괴와 공장 노동자의 확산, 유신헌법, 도시의 발전 등이다. 그에 상응해 1970~80년대의 민족문학은 삭제된 프로문학과 리얼리즘의 귀환이다.

더 나아가 우리는 냉전 개발주의가 새로운 국면을 맞은 1988년 이후에 대해서도 말할 수 있다. 1990년대 이후는 현실사회주의가 붕괴되고 이른바 세계화가 시작된 때이다. 세계화가 민족(nation)의 경계를 넘어서는 것이라면 1990년대 이후의 새로운 변화, 즉 지구화와 포스트모더니즘이야말로 식민지 말 근대의 초극의 또 다른 변주이다. 근대의 초극이 일제의 파시즘으로 귀결되었듯이 세계화는 미국 중심의 지구적 자본주의로 이어졌다. 따라서 우리는 일제의 범아시아주의, 근대의 초극, 『태풍』의 '트랜스내셔널'의 관계(휴즈의 논의)를 세계화, 탈근대론, 탈식민주의에 조응시킬 수 있다.

그러나 중요한 차이가 있다. 범아시아주의와 냉전 개발주의는 악마 같은 타자를 구성적 외부로 갖고 있었다. 반면에 타자의 와해, 공산주의의 붕괴가 바로 세계화인 것이다. 이제 보임/보이지 않음의 관계에서 보이지 않음을 연출할 필요가 없어진 것이다. 세계화야말로 타자가 필요 없어진 시대, 즉 개발주의가 자립하는 시대인 셈이다.

하지만 우리 주위에서 보듯이 개발주의에 동화되지 못한 타자가 사라진 것은 아니다. 개발주의의 자립은 화려한 '보임'의 연출, 그 과잉 스펙터클에 의존하고 있다. 과잉 스펙터클의 사회는 타자가 눈에 보여도 보이지 않는 것처럼 느껴지는 무서운 사회이다.

개발주의의 자립과 과잉된 전시의 사회에서도 타자는 위험스러운 존재로 잔존한다. 그 때문에 개발 권력은 옛 시나리오인 저주받은 타자를 다시 연출해 냉전으로 돌아가는 것이다. 휴즈가 논의하듯이, 우리는 지구상에서 유일하게 영원한 전쟁, 끝없는 예외상태, 아무도 기억하지 않는 전쟁을 하는 지역이 된 셈이다.

휴즈의 논의는 포스트식민지의 문제를 해결하려면 식민지로의 귀환이 필요함을 암시한다. 포스트식민지란 처음부터 지금까지 계속되는 '식민지적 근대'의 변주의 하나이기 때문이다. 우리는 오늘날의 지구적 자본주의의 문제를 위해서도 그처럼 끝없이 식민화를 요구하는 근대가

화두임을 다시 확인할 수 있다. 게다가 분단문제를 안고 있는 우리는 세계 자본주의(세계화), 냉전, 식민지라는 3중의 고통 속에 살고 있는 셈이다. 물론 그들 셋은 중첩되고 변주된 근대의 권력관계의 세 얼굴이다. 그와 연관해 휴즈의 논의를 더 확대해 오늘날의 현실을 검토하는 일은 우리 몫으로 남겨져 있다.

이 책은 캐나다에 체류하는 연구년 기간 동안 번역되었다. 캐나다 TV에서 가장 많이 방송하는 한국 소식은 '싸이'의 노래와 북한의 군비확장 기사들이었다. 하나가 기적 같은 성장을 이룬 한국의 문화상품이라면 다른 하나는 '끝나지 않는 전쟁'의 연출이자 현실이었다. 이 아무 연관도 없는 듯한 두 장면은 오히려 그 이질성으로 인해 한국의 개발신화와 냉전 간의 연결고리가 얼마나 뒤얽힌 매듭인지 실감나게 하고 있었다. 상품의 동원과 전쟁의 동원, 외국 TV 화면이 연출해낸 이 기묘한 몽타주는 '신냉전'의 귀환을 암시한다. 21세기의 예외상태, 그 시작도 끝도 없는 전쟁은 여전히 계속되고 있는 것이다.

그러나 이 상황이 우울하기만 한 것은 아니다. 자본주의와 냉전, 식민지라는 근대의 중첩된 족쇄들은 역설적으로 우리를 더 깨어있는 시간으로 이끌어줄지도 모른다. 우리가 나아가야 할 새로운 세상의 새벽은 가장 어두운 시간을 경험한 사람들만이 만날 수 있기 때문이다.

테드 휴즈의 책을 추천해주신 연세대학교 김철 교수님과 소명출판 박성모 사장님께 진심으로 감사드린다. 또한 번역에 꼭 필요한 많은 자료들을 구해 보내준 신정숙 선생에게 고마움을 전한다. 아울러 이 책을 정성껏 꾸며주신 소명출판 편집부 여러분께도 깊은 사의를 표한다.

2013년 4월

나병철

차례

서문

1945년 대동아공영과 태평양 전쟁의 종식과 함께 새로운 지정학이 생성되었다. 아시아에서 그것은 과거 식민지나 반식민지였던 나라들(중국, 한국, 대만, 베트남)이 이제 새로 도래한 미국과 소련의 지역 분할에 대해 말하지 않을 수 없게 되었음을 뜻했다. 이 새로운 냉전 권력의 국제 관계는 빈번히 다양한 정도의 예속으로 연결된 동맹과 논쟁의 형식을 동시에 나타냈다. 1945년 이후 미국이 일본에 진주한 후 남한을 점령한 것은 어떤 경계들을 마감하려는 관점에서 생각될 수 있다. 미국과 소련의 분단의 강행은 한국을 과거 일제의 반주변적 위치로부터 벗어나게 하는 일을 가져왔다. 이는 무엇보다도 남한을 (여행의 제한과 일본 문화의 잔재 및 언어의 추방의 형식으로) 만주의 주변과 옛 일제의 본국으로부터 단절시키는 것을 의미했다. 일본과 한국에서 그 같은 재질서화는 중단보다는 전환의 신호였다. 즉 그것은 범아시아의 이름으로 된 전시동원으로부터 냉전 국민국가의 동원문화로 옮겨가는 이동의 시작이었다. 일본의 경우에는 제국의 위치로부터, 한국의 경우에는 식민지의 위치로부터의 이동이었다.

그러나 한국에서의 식민지적 요소는 1945년 일본의 패망과 함께 소멸되지 않았다. 이 책이 고찰하고 있는 것은, 1945년 이후의 새로운 남한문화가, 이제 식민지적 과거처럼 여겨지게 된 재현들 및 1945년 한반도의 냉전 분단과 어떻게 동시적으로 관련되느냐는 것이다. 남한문화권에서 그것으로부터의 전환이 이루어진 것은 1980년대 말에 이르러서였으며, 그 사이에는 세 가지 중심적인 부인(disavowal)에 관한 것이 있었다. 즉 (1988년까지) 식민지 시대 프롤레타리아 작품들에 대한 금지, 동원과 제국화라는 식민지 말 대중동원문화에 대한 제도적 망각, 그리고 현대 북한문화 생산물의 말소였다. 이 부인들은 '말해지거나 보여지지 않은 것'의 인식에 의해 구조화되는데, 그런 인식은 흔히 텍스트의 경계나 가장자리에서 나타난다.

이 삼중적인 부인들 사이의 관계는 자크 랑시에르가 "감성의 분할(distribution of sensible)"이라고 부른 것 안에서 발생한다. 즉 "공간과 시간, 보이는 것과 보이지 않는 것, 발화와 잡음의 경계설정"인데, "그 설정은 정치의 영역과 그 쟁점을 동시에 경험의 형식으로 규정한다."[1] 분명히 남한의 냉전적인 감성의 분할은 분단(북한과 그 문화적 생산물, 그곳에 사는 사람의 말소)뿐만 아니라 모종의 식민지적 과거의 산물(좌파의 저항과 제국화/동원화 역사의 부인)에 의해 형성된다. 그와 함께, 문제가 되는 것은 말해지거나 보여지지 않은 것에 관련된 남한문화권의 형성만이 아니며, 말해진 것과 보여진 것의 관계, 말과 이미지 사이의 관계 역시 중요하

---

1 Jacques Rancière, *The Politics of Aesthetics*, London : Continuum, 2006, p.13・45.
역주 : 랑시에르의 '감성의 분할'은 미학의 감성적 표현 방식 자체가 정치적임을 암시한다. 예컨대 이데올로기란 '보이는 것 / 보이지 않는 것'의 분할에서 보이는 것 안에 안주함을 당연하게 생각하는 사고이다. 그에 반해 미학은 양자의 분할 관계를 드러냄으로써 이데올로기의 안정성을 위협한다. 더 나아가 미학은 보이지 않는 것을 보이게 만드는 새로운 분할을 만듦으로써 현실이 변화되어야 함을 알린다. 그런 측면에서 아방가르드란 "도래할 삶의 물질적 틀들과 감각적 형태들을 발명"해 내는 것일 터이다(랑시에르, 오윤성 역, 『감성의 분할』, b, 2008, 39쪽). 보이지 않는 것이 타자라면 미학은 타자들을 보이게 만드는 다양한 방식들을 창조해 낸다고 할 수 있다. 테드 휴즈는 냉전 이데올로기가 '보이는 것 / 보이지 않는 것'의 분할에 근거해 있음을 전제로, 문학과 시각예술이 '보임 / 보이지 않음'의 관계의 다양한 변주들을 통해 정치적 기능을 함을 암시한다. 휴즈가 끊임없이 문학을 미술이나 영화와 연관시키는 것도 그런 이유에서이다. 휴즈는 '보이지 않는 것'이 문화형성의 중요한 요체일 뿐 아니라 말해진 것(언어)과 보여진 것(시각성)의 관계 역시 중요함을 강조한다.

다. 그렇기 때문에, 나는 식민지 한국에서 — 프롤레타리아 문화운동, 문학적 모더니즘, 향토주의, 전시 동원문화를 포함한 — 주요 문화와 문학운동이 형성됨에 따라 언어적인 것과 시각성의 관계가 어떻게 변화되는지 추적하며 이 책을 시작한다. 그다음에 나는, 1945년 이후 작가와 영화인들이 식민지적 과거를 재연하는 국가주의자들과 교섭(negotiation)[2]하는 방식을, 예전의 운동들이 다양한 층위에서 어떻게 특징짓는지 보여줄 것이다. 식민지적 과거의 재연은 남한에서 냉전 질서가 전개되는 일환으로 발생한 것이었다.

언어적인 것과 시각성의 관계는, 식민지 시대의 문학 개념의 형성 및 정체성 형성의 식민지적 역사에서 핵심적인 것이었다. 그것은 계몽적 · 프롤레타리아적 · 모더니스트적 주체 위치들, 그리고 제국화된 주체 위치들의 출현을 포함하는 역사이다. 그런 주체 위치들은 냉전시대의 남한에서는 다른 형식들을 취할 것이었다. 1945년 이후 남한의 문화적 생산은, 식민지 시대(1910~45)의 문학 · 미술 · 영화 운동의 상이한 방법들에서, 무엇이 삭제되고, 암시되고, 전유되었는지 고찰하지 않고는 이해될 수 없다. 따라서 나는 식민지적 담론 · 미술 · 영화의 실천과 이 책의 중심 내용과의 관계, 일치와 불일치, 보이는 것과 보이지 않는 것의 관계를 강조한다. 그것이 1940년대 중반에서 1970년대 초반까지 남한의 분단과 독재, 개발주의의 포스트식민지적(postcolonial)[3] 문화를 구성해온 것이다. 소련과 미국의

2 역주 : 여기서 교섭(negotiation)은 순응하거나 타협하는 것이 아니라 상호작용하는 행위를 뜻한다.

3 역주 : 테드 휴즈는 postcolonial을 주로 '식민지 이후'라는 뜻으로 사용하고 있다. 그러나 '포스트식민지'에는 식민지 이후의 새로운 신식민지적 상황에 대한 암시가 함축되어 있다. 또한 이 책을 관통하는 관심사 중의 하나는 postcolonial 시기에도 colonial의 정치와 문화가 변형된 방식으로 재연된다는 것이다. 테드 휴즈의 논의는 보이는 것/보이지 않는 것의 분할 속에서 colonial과 postcolonial이 복합적인 방식으로 연관됨을 보여주는 데 집중되어 있다. 따라서 이 책에서는 postcolonial을 '식민지 이후'나 '포스트식민지'로 번역하기로 한다.

북한과 남한의 군사 점령하에서 1945년 한반도가 분단되고, 이어 1948년 분리된 경쟁적인 주권 정부들이 출범하자, 식민지적 과거의 구성과 북한의 말소에 의해 복합적 층위에서 시각적·언어적 연출과 전환의 정치학이 작동되기 시작했다. 이 책이 추적하는 것은, 1940년대 중반에서 1970년대 초반까지 남한의 작가와 문화비평가, 영화인들이, 남북문화권의 분리 형성과 좌파 문화 작품의 추방, 식민지 말 대중동원문화의 삭제, 그리고 냉전의 본토로서 미국의 출현에 대해 어떻게 교섭했느냐는 것이다. 내가 특히 유심히 해석하려는 것은, (그 자체로 전 시대 식민지적 국가주의의 재분절화인) 냉전기 남한의 국가주의가 어떻게 시각적 질서에 의존하며 점차로 "자유세계" 개발주의 생체정치(biopolitics)[4]와 밀접해지는가이다. 시각성과 생체정치는 상호적으로 구성적이었다. 즉 그것들은, 남한의 개발론자들의 삶을 증진하고 그 시민주체를 고무하는 한편, 또한 잘 알려진 "멸공(공산주의 박멸)"이란 구호에서처럼 북한을 보이지 않게 하는 것, 그 두 측면에 시각적으로 연결된 연출이었다. 따라서 우리가 살펴볼 것은, "남한"이 포스트식민지적 개발론자의 공간으로 전시되면서, 그 공간이 세계적 냉전시대에 자신의 북쪽 상대편을 반대하며 거울처럼 비추는 것에 대해, 1945년 이후 문화적 형식들이 어떻게 전하고 있는가 하는 것이다.

---

4 역주 : biopolitics는 푸코의 용어로 삶정치나 생체정치로 번역된다. 푸코는 현시적인 보이는 권력과 구분되는 보이지 않는 삶권력/생체권력에 대해 논의했다. 삶권력/생체권력의 특징은 감시장치나 담론의 규율화를 통해 삶 속에 보이지 않는 방식으로 편재한다는 것이다. 삶권력은 또한 삶을 증진시키는 방식으로 일상 속에서 우리의 신체를 통제한다. 테드 휴즈는 식민지 말이나 식민지 이후의 개발주의가 근본적으로 삶정치의 특징을 지니고 있었음을 주목한다. 그러면서도 이 시기의 삶정치는 단지 **보이지 않는 권력**일 뿐 아니라 **보임/보이지 않음의 분할**과 연관되어 복합적인 변주를 보인다. 테드 휴즈는 삶권력의 구성적 요체로서 상대항의 삭제와 말소를 강조하며, 또 그것이 "살아 있는 죽음"이라는 생체적 방식으로 작용했음을 주목한다. 그 점을 중시해 여기서는 biopolitics를 생체정치로 번역하기로 한다. 휴즈의 논의의 독특한 점은 보임/보이지 않음의 분할(시각적 정치)을 푸코나 아감벤의 생체정치에 연관시킨다는 것이다.

식민지적 근대의 문학과 시각문화

이 책의 제1장은 식민지 시대에 새로운 정체성 형성을 위해 언어적/시각적 관계가 어떻게 분절되었는지 상술한다. 그것은 글쓰기, 회화, 재현, 공간, 시간, 몸에 관한 새로운 사고의 방법들이다. 그것은 또한 계급과 민족(ethnonation),[1] 제국의 소속 사이에서의 새로운 논쟁들이다. 이 모든 것들은 1945년 이후 남한에서의 중심적인 사안들이기도 하다. 중요한 것은 근대적 주체성 형식의 도래가 서구적 물질문화와 연관된 기술적 진보의 산물에 호소한 특징을 갖고 있다는 것이다. 그러나 프리드리히 키틀러가 보여준 것처럼, 근대적 주체와 기술적 진보의 관계는, 처음부터 테크놀로지가 기술적 진보에 자극받은 해방적·휴머니즘적 주체(아마도 민족적, 프롤레타리아적, 민족-프롤레타리아적 주체)의 미학 자체를 포섭하려는 위협과 복잡하게 얽히게 된다.[2] 예컨대 이광수의 『무정』을 살펴보자. 이 작품은 흔히 한국의 최초의 근대소설로 여겨지며 1917년 발표된 이후 근대 한국문학에서 학문적 중심에 놓여 있다. 『무정』에서는, 레이 초우가 『원시적 열정』에서 루신를 논하며 말한 "기술화된 시각성"과의 교섭이, 기술 시각성의 충격에 대항하기 위해 글쓰기를 특권화하는 시도(초이가 본 루신의 태도)보다는 그 시각성에로의 병합으로 더 많이 나타난다. 즉 근대의 테크놀로지와 그 재현양식이 내면에

1 역주 : ethnonation은 종족이나 혈통적 민족을 뜻한다. 그 점에서 근대적 민족(nation)과는 구분된다. 그러나 식민지나 포스트식민지 시대에 많은 논자들이 민족이라는 말로 ethnonation을 표현하고 있다. 또한 어떤 면에서는 우리말의 '민족' 개념에 nation과 ethnonation이 둘 다 포함된다고도 볼 수 있다. 따라서 ethnonation 역시 민족으로 번역하고 원어를 밝히되 필요한 경우에는 '혈통적 민족'으로 옮기로 한다.

2 Friedrich Kittler, *Gramophone, Film, Typewriter*, trans. Geoffrey Winthrop-Young and Michael Wutz, Stanford, Calif. : Stanford University Press, 1999, p.70·73.

끌어들여지면서, 계몽적/개발주의적 역사의 주체의 기법들(technics)을 생산하고 있는 것이다.[3] 아마도 『무정』은 근대 한국문학 작품 중에서 가장 많이 연구되었지만, 기존의 논의들은 자아를 응시하는 형식 속에서 영화가 작품 속의 도시에 스며드는 방법,[4] 즉 풍경이 마치 영화처럼 ("활동사진 모양으로")[5] 반복적으로 묘사되는 양상을 간과하고 있다.

다시 말해, 『무정』에서는 기술화된 시각성이 정신의 내부에서 영화 카메라의 형식으로 나타난다. 인물들의 삶에서 과거 사건의 이미지들은 흔히 영화의 관점으로 묘사된다. 이 기억의 시각성은 이제 이미 일어난 미래의 이미지에 연결된다. 초우가 지적했듯이, "영화의 투사(projectional) 효과 — 스크린에 이미지를 던지는 것 — 는 회상의 시간이 이제 역설적으로 미래를 향해 앞으로 던지는 것이기도 함을 의미한다."[6] 바로 그런 방식에 의해 이미지의 기계적인 재생산, 즉 앞으로 던지는 투사(pro-jection)가 『무정』에서 시간적 과정이 되는 것이다. 주인공 이형식을 근대의 내면화된 주체로 구성하는 이 시각화된 **회상**(recollection)은, 작품의 결말부에서 **집단적인**(collective) 한국(조선)의 미래를 향해 던지는 것이 된다. 미래는 이미 존재한다. 응시(정신의 내부에서의 영화적 동작)로서의 기계적 장치의 형상화는, 미래는 단순히 저 너머가 아니라 내면에 있으며, 이미 현재라는 것을 알려준다. 따라서 한국의 최초의 근대소설에서는

---

3 Rey Chow, *Primitive Passions : Visuality, Sexuality, Ethnography, and Contemporary Chinese Cinema*, New York : Columbia University Press, 1995, p.5, pp.22~23 · 180~181.

4 역주 : 가라타니가 논의했듯이 내면을 보는 사람만이 풍경을 보게 된다. 『무정』에서는 내면을 응시하는 사람(형식)만이 풍경을 영화처럼 보게 된다. 그러나 『무정』은 그처럼 근대의 기술적 시각성에 병합될 뿐 그것을 넘어서는 '타자의 응시'가 없다. 라캉은 시선(동일성)과 응시(타자성)를 구분했는데, 그에 따르면 형식의 내면의 응시는 시선에 가깝다.

5 이광수, 『무정』, 문학동네, 2003. 예컨대 66 · 120 · 239 · 605쪽을 볼 것. 이 김철에 의해 바로잡아진 세심한 주를 단 새로운 판본은 이광수의 연재된 원본을 복원한 가치 있는 자료이다.

6 Rey Chow, *Primitive Passions : Visuality, Sexuality, Ethnography, and Contemporary Chinese Cinema*, New York : Columbia University Press, 1995, p.41.

시각성이 진보를 시간 속에 이식하며,[7] 또한 동질성의 형성, 즉 균등한 공간 속에 이식한다. 기술적 시각성의 혼합은 식민지 시대에 여러 다른 형식들을 갖게 될 것이다. 이제 우리는 1920년대의 프로 문화운동을 논하면서, 또 1930년대와 40년대 전반의 모더니즘, 향토주의, 동원문화들의 관계를 논의하며 그것을 보게 될 것이다.

1910년대에 처음으로 언어는 미첼이 "시각적 언어의 소망(ekphrastic hope)"[8]이라고 부른 것에 연결될 수 있었다. 즉 "언어가 많은 작가들이 원해왔던 것을 할 수 있다는 '감각' 곧 '우리를 보게 만드는 것'"[9]과 결합될 수 있었다. 역시 1910년 말에 발생한 근대문학과 근대미술의 규율의 형성은 언어가 새로운 시각적 질서를 자극하기 위해 필수적이었다. 이제 시각적 질서는 티모시 미첼이 식민지적 근대의 연출에 연결시킨 "그림으로서의 세계"(하이데거)의 본질적 요소가 되었다.

> 식민지적 근대를 이해하는 데 이 그림으로서의 세계가 중요한 것은 재현이 항상 이중적인 주장을 한다는 사실 때문이다. 한편으로 재현으로서 만들어진 어떤 것은 그 자신의 현실성을 부인한다. 아무리 현실적이라도, 재현적 텍스트, 이미지, 모델, 게임, 구조, 투영은, 항상 그것이 단지 텍스트이고 단순한 그림이며 모사라고 주장한다. (…중략…) 다른 한편, 재현은 자신의 결핍을 강조

---

7 역주 : 『무정』에서 진보(발전)는 선적인 시간의 논리 위해서만 나타난다. 그런 시간성이 '이식'인 이유는 '존재의 지속'이 없기 때문이다. 베르그송은 지속하는 것만이 진정한 창조와 발전이 있으며, 마치 물건처럼 (지속 없이) 더 나은 것으로 이전의 것을 대체하는 것은 진정한 발전이 아니라고 말한다. 『무정』에서처럼 미래를 이미 내면에 갖고 있는 목적론적 발전은, 흡사 물건처럼 더 나은 것으로 예전의 것을 바꾸는 것이며, 진정한 발전이 아니라 이식이라고 할 수 있다.

8 역주 : ekphrasis는 그리스어 ek(out)와 phrasis(speak)에서 유래한 것으로 흔히 어떤 예술 매체에서 대상이나 풍경, 사건을 다른 매체에서처럼 생생하게 만드는 것을 뜻한다. 여기서는 언어를 통해 시각예술에서처럼 생생하게 보게 만드는 것을 의미한다.

9 W. J. T. Mitchell, *Picture Theory*, Chicago : University of Chicago Press, 1994, p.152.

하면서, 자신이 복제・투영・재구성・실행하고 의미와 구조를 부여한 세계는 원본이고 (…중략…) 한마디로 실재(우리가 그렇게 상상하는 것)라고 주장한다. 유럽의 식민지적 근대는, 이 완전하고 무매개적이며 자기현존적이고 직접적인 현실(reality)을 우리에게 그려주고 약속하는 끝없는 설정을 연출한다.[10]

"그림으로서의 세계"는 지시대상으로서의 근대를 생산하려는 "이중적 주장"을 결합한다. 즉, "그림으로서의 세계의 유효성은 단순히 그 연속화의 과정에 있지 않다. 그보다는 반복되고 연속화될 수 있는 이미지들 사이에서 만들어지는 명백한 대조에 있으며 (…중략…) 또한 원본과의 대립효과, 즉 실제 국민, 사람들 자체, 현실 경제로 보이는 것과의 대립효과에 있다."[11] 권보드래가 지적했듯이, 만일 1910년대의 식민지 한국에서 주체적이고 개별화된 미의 감상과 분화된 감정의 구성이 보편성에 대한 탐구에 의거한 것이었다면,[12] 문학이 시각적 언어(ekphrastic)의 소망의 매체, 즉 "직접적 현실(realrity)"의 드러냄을 진행시킬 수 있는 공간이 되었던 것도 이 시기였다.[13]

그런 이유로, 『무정』 같은 식민지적 근대의 작품들은 빈번히 회화적・영화적 텍스트 같은 것을 환기시키는 방식으로 근대를 언어적으로 실행하고 연출했다. 낸시 암스트롱은 빅토리아 시대의 소설을 논하면서, 문학적 리얼리즘을 새로운 사진 매체와 연관해서 재개념화하는 뜻으로 네 가지 명제를 제시했다.

---

10 Timothy Mitchell, *Questions of Modernity*, Minneapolis : University of Minnesota Press, 2000, p.18.
11 *Ibid.*, p.19.
12 권보드래, 『한국 근대소설의 기원』, 소명출판, 2000, 59~63쪽.
13 역주 : 보편성과 지시대상으로서의 직접적 현실(원본)은 같은 차원에 있다.

명제 1 : 1850년대 중반까지 소설은 이미 독자들에게 어떤 시각적 정보를 제공하면서 세계 자체에 접촉하게 해주겠다고 약속하고 있었다.

명제 2 : 그렇게 하면서 소설은 보는 것을 아는 것과 동일시하고 시각적 정보를 언어적 서사의 가해성(intelligibility)에 대한 근거로 만들었다.

명제 3 : 현실성을 지니기 위해서, 문학적 리얼리즘은 사진으로 찍혀졌거나 찍힐 수 있을 대상들의 세계를 지시했다.

명제 4 : 이제 사진은 소설가들이 독자층으로 여기는 사람들과 똑같은 집단에 의해 보여진 그 세계의 부분들을 제공해 주었다.[14]

암스트롱이 지적하듯이, 이 네 개의 명제의 배열은 "소설과 사진이 서로 서로 권위를 인정하는 과정"[15]을 강조한다. 분명히 『무정』과 같은 작품은, 1910년대 말 한국 근대문학의 출현이 어떻게 암스트롱이 빅토리아 소설에 대해 상술한 회화적 전환과 연관해서 이뤄졌는지 알게 해준다. 1850년대 중반에는 아직 영화가 출현하지 않았기 때문에, 암스트롱은 회화적 전환을 사진과 연관해서 말하고 있다. 반면에 이광수의 작품은, 한국 근대문학을 형성한 상호매개의 역사가 왜 사진을 넘어선 시각성, 즉 1910년대 말의 영화(활동사진)와 근대 (서구) 미술의 출현까지 포함하는 시각성을 설명해야 하는지 보여준다.

형식의 약혼자 선형의 아버지인 김장로는 전근대와 근대 사이에 서 있다. 그는 계몽을 옹호하지만 그 의미를 완전히 알고 있는 것은 아니다. 김장로의 서구적인 물품들에 대한 취향은 그가 근대 미술의 중요성을 이해하지 못하고 있는 점과 연관된다. 즉, "그러고 셔양식 인물화라

---

14 Nancy Armstrong, *Fiction in the Age of Photography : The Legacy of British Realism*, Cambridge : Harvard University press, 1999, pp.8~9.

15 *Ibid.*, p.28.

던지 그즁에도 미인화 라톄화 갓흔 것은 별로 보지도 못ᄒᆞ얏거니와 보랴고도 안이 ᄒᆞ고 본다 ᄒᆞ더라도 아모 가치를 인뎡ᄒᆞ지 안이ᄒᆞᆯ 것이다 그는 미슐이라는 말도 잘 알지 못ᄒᆞ거니와 대톄 그림ᄀᆞ흔 것이 무슨 필요가 잇는가 ᄒᆞᆫ다"[16] 형식은, 김장로가 서구적 형식을 따르고 기독교를 받아들인 것은, 서구의 우월성에 대한 맹목적 신앙에 불과한 것이라고 그를 모방의 차원에 놓는다. 김장로가 사용하는 단어들은 근대와 적절한 관계에 있지 않은데, 그것은 그가 보는 방법을 알지 못하기 때문이다. 여기서 "적절히"라는 표현을 단어들을 시각적 재현에 연결한다는 뜻으로 해석하는 것은 이광수의 독자의 몫이다. 시각적 재현이란 (초상화나 나체화처럼) "실재 사물과 일치하는 것"으로 보여지는 것을 뜻한다.[17]

『무정』에서 근대적 주체에 대한 요구, 즉 집단으로서의 한국인들 사이의 관계를 구성하는 새로운 감성적 음역의 요구는, 그것이 "언어적 서사의 가해성에 대한 근거로서의 시각적 정보"로 특징지어질 때만 일어난다. 그와 동시에, 『무정』에서 서구적 그림이 중요한 것은, 언어적인 것이 시각성에 호소하는 방법이란 비단 어떤 언어(영어)로 된 문학과 연관된 특정 매체(사진)만의 문제가 아님을 보여주기 때문이다. 분명히 한국 근대문학은 회화적 전환에 연관해서 발생했다. 그러나 이 발생은 소설·미술·사진·영화의 상호매개성의 문제만을 포함한 것은 아니다. 그와 함께 리디아 리우가 "가설적 등가성(hypothetical equivalence)"이라고 부른, 유럽과 비유럽 언어들 사이의 통약가능성의 가정[18]과 연관

---

16 이광수, 『무정』, 문학동네, 2003, 472쪽.

17 최초의 한국 누드화인 김관호의 『해질녘』은 1916년 일본에서 전시되었지만 식민지 한국에서 검열에 걸렸다. 이 누드화는 이광수 같은 사상가들에 의해 보여지게 되는데, 이광수는 봉건적 과거와의 단절을 의미하는 해방적인 것으로서 김관호의 그림을 옹호했다.

18 Lydia Liu, "The Question of Meaning Value in the Political Economy of the Sign", *Tokens of Exchange : The Problem of Translation in Global Circulations*, ed. Lydia Liu, Durham, N.C. : Duke University Press, 1999, pp.34~37을 볼 것.

된 지시적 관계의 방법의 문제가 있다. 암스트롱의 지적대로 빅토리아 시대 소설에서는 지시대상이 하나의 이미지, 즉 시각적 재현인 반면, 식민지 한국소설에서의 지시체의 문제는 상호매체성과 통(通)언어적(transligual) 실천을 둘 다 고려해야 한다(형식은 결국 영어선생인 것이다).[19] 식민지적 위치에 유럽적 "원본"을 배치한 것에 대한 티모시 미첼의 해석 역시, '번역의 정권(regime)'[20]의 관점에서 보여져야 한다. 세계적 · 식민지적 근대성의 연출은 언어적인 것과 시각성, 그 둘 다의 가설적 등가성(보편성)에 연관된다. 근대의 이식가능성은 시각적 질서와 연출, 그리고 번역의 정권과 결합되어 있는 것이다. 왜냐하면 그런 연출이란 한 언어 곧 유럽의 "원본"에서 다른 언어로 재현의 표상들을 실어 나르지 않고는 진행될 수 없기 때문이다.

프로 문화운동, 문학적 모더니즘, 향토주의, 전시 동원문화와 다양하게 관련된 식민지적 근대의 작품들은, 글쓰기와 이미지 사이의 관계를 포함하고 있다. 그 같은 관계는 실재(real)라고 읽히는 시각적 정보의 배치에 따라 구조화된다. 문학작품들은 식민지 한국에서의 실재의 제국주의적 연출, 즉 티모시 미첼이 원본과 연관된 직접적 현실의 "끝없는 설정"이라고 부른 것을 다양한 방법으로 발신한다. 이때 글쓰기와 이미지 사이의 틈새가 출현하는데, 그것은 식민지에서의 "집단적 승인"이 그 자체로서 잠재적 파열의 위치가 되는 방식으로 나타난다.[21] 『무

19 역주 : 식민지에서의 '시각적 호소'는 언어적 매체가 그림이나 영화로 전화되는 문제와 함께 식민지적 재현이 서구적 원본을 지시한다는 문제를 또한 포함한다.

20 역주 : 식민지에서의 언어적 재현이 서구적 원본을 지시하도록 되어 있는 것을 말함. 이 번역의 체제 안에서는 언어적 재현이 서구적 원본에 근거한 보편성(가설적 등가성)에 따르게 된다.

21 역주 : 원본을 지시하는 가설적 등가성은 교의적 차원이다. 그것은 수행적 차원에서 구체적 식민지 현실의 맥락에 부딪히며 분열된다. 따라서 식민지적 근대의 작품에서는 가설적 등가성과 잠재적 파열이라는 양가성(ambivalence)이 중요하다.

정』과 함께 다양한 방식으로 시작된 문학 · 예술 · 영화의 상호매개의 역사는, 유럽과 비유럽 언어들 사이뿐만 아니라, 제국 본토 일본과 식민지 한국간의 위계적 관계들을 횡단한다.

프로문학과 미술, 영화는 1920년대와 30년대 무산계급문화(proletkult) 운동(카프, 1925~35)에서 분리된 범주로 여겨져 왔다. 그러나 한국의 식민지적 · 자본주의적 근대성(그리고 그런 근대성의 특징으로서 봉건적 과거의 지속으로 보여진 것)에 가장 적합한 문화적 실천들을 망라한 카프의 논쟁 형식은, 그런 범주들이 사회적 현실의 재현에 관한 공통된 관심을 가짐에 따라 결합되면서, 이미 발표될 때부터 뒤섞일 것임을 나타냈다. 나는 1장에서 사회현실의 재현의 문제가 어떻게 복수적 **이미지화**에 연관된 문제였는지 보여줄 것이다. 즉 그것은 첫째로 (카프 작가와 비평가들이 민중 혹은 종종 대중으로 불렀던) **"사람들"의 이미지화**의 문제였으며, 이어서 민중을 해방적인 역사적 궤도에 올려놓으려는 **미술적 실천들**이 그 뒤를 따랐다. 그러나 1장에서의 나의 목표는, 넓은 기층의 무산계급 문화운동을 자임한 카프가 형성한, 다양하고 복수적인 규율의 문화적 생산의 폭을 하나의 공간에 위치시키는 불가능한 작업을 하려는 것이 아니다. 또한 카프 지도층에 의해 분리된 분과들에 결과적으로 할당된 서로 다른 규율들 사이의 관계에만 초점을 맞추지도 않을 것이다. 그 대신에 나는, 김기진, 임화, 이종명 같은 사람들이, 카프문학, 비평, 미술, 영화, 그리고 특히 "영화소설(film-novel)"이라는 혼성장르에서, 언어적-시각적 관계를 어떻게 말했는지 보여줄 것이다. 그 같은 교섭 — 실제로 1930년대 문학적 모더니즘의 시각적 장치의 실험에 선행하며 그 실험을 고취시킨 교섭 — 은 보는 것과 읽는 것, 그리고 "의식화된 것(coming to conscious)"을 새로운 방법으로 연출하는 데 중심적인 역할을 했다.

1장에서는 프로문화운동을 출발점으로 항도주의, 모더니즘, 그리고 동원문화를 추적한다. 이효석의 「메밀꽃 필 무렵」(1936)에 대한 논의에서 보게 될 것처럼, 문학적 향토주의는 흔히 토속적이거나 향토적인 회화의 언어적 묘사로 읽힐 수 있다. 이상이나 박태원 같은 모더니즘 작가의 경우에는 식민지 근대의 도시풍경을 그리려 하면서 영화적 기법을 실험했다. 그러나 향토주의와 모더니즘은 둘 다 그림/글쓰기의 "도시적" 형식들이다. 양자 모두 도시인의 감상자들을 위해 생산되었으며 자본주의적 관계에 의해 생산된 것과는 다른 공간을 찾고 있었다. 실제로 향토 담론과 이미지들이 박태원의 모더니즘 작품 「소설가 구보씨의 일일」(1934)을 구조화하며, 그의 잘 알려진 『천변풍경』(1936)은 식민지 도시 공간에서 움직이고 있는 향토 스틸들에 대한 일련의 언어적 묘사로 읽힐 수 있다.

전시 동원기의 문학적·영화적 텍스트들은 그 이전의 운동들의 중단을 나타내기보다는 그들의 기법과 관심사의 전용인 셈이다. 〈지원병〉(1941), 〈반도의 봄〉(1941), 〈군용열차〉(1938)라는 영화에 대한 논의에서 보게 될 것처럼, 동원기 작품들은 단순한 동화보다는 향토적 미술과 문학에서 발견된 "지역성(local)"[22]의 개념을 이용하고 있다. 그런 방식으로, 한반도라는 인격/장소의 동형성과 대동아공영권이라는 보편주의적·제국적 질서, 그 양자에 의해 구성된 복수적 층위의 주체를 생산하고 있다. 1930년대 말과 40년대 전반의 제국화된 문화는, 울혈(지역성)과 규율화된 운동(확대된 제국적 공간에서의 동원) 양자로 전환함으로써, 모더니즘 텍스트에서 형성된 도시풍경과 형식의 파괴의 충격을 관리하려 시도한다.[23]

22 역주: 여기서 local(로컬)은 nation(민족) 이하의 단위로서 지역성 혹은 지방성을 나타낸다.
23 역주: 모더니즘이 도시/향토성의 파편화된 풍경을 형식적 파괴를 통해 보여준다면, 제국화된 문화는 그 파편성을 지역성(향토)과 범아시아적 공간(근대의 넘어섬)의 양자를 통해

식민지/포스트식민지와 초기 냉전 질서의 형성

1945년 8월 일제 통치의 종식은 무엇보다도 식민지 시대 과거의 서사들이 경쟁적으로 출현하기 시작했음을 뜻했다. 그 같은 서사들의 재출현은 1920년대 후반과 30년대 전반의 문화적 논쟁으로 되돌아가게 만들었다. 프롤레타리아 작가들과 예술가들—식민지 말에 창작을 중단했던 사람들, 그리고 전시동원 대중문화에 다양하게 적극 참여했으며 이제 재전향 중인 사람들 모두—의 재출현은 1930년대 중반에 일본 정부의 전면적 탄압에 의해 중단되었던 프롤레타리아와 문화적 민족주의의 논쟁을 부활시키는 무대를 세웠다. 1945년 이후 문학과 시각문화에서 그 같은 프롤레타리아 주체의 재등장은 곧이어 말소의 시기를 맞게 되었다. 그것은 특히 1946년과 47년 미군정이 프로작가들을 북한으로 이주하게 만든 일련의 조치를 취했을 때부터였다. 여러 경로를 통해 곧 한국문학(남한문학)이라고 불리게 될 것들이 그 같은 역사적 운동의 틀을 짜고 있었다. 과거 식민지 시대의 프로문학의 말소는 북한에 대한 거리두기 및 타자화하기와 같은 선상에서 발생했다. 미국 점령하의 남한에서 발생한 문화적 분야들은 그 같은 동시적인 말소를 둘러싸고 구성되었으며, 그것은 결국 프로문학의 공간화, 즉 북한과 동일시하기를 낳게 되었다. 남북문화권의 틀이 생겨나고 1950~60년대의 담론적 실천의 무대가 마련된 것은, 식민지적 과거를 새롭게 전환시키면서 급속히 둘로 나뉜 냉전 질서와 교섭하게 된 45년에서 48년까지였다.

한반도의 분단은 시각적 정치학을 염두에 두지 않으면 이해될 수 없

봉합하고 있는 셈이다. 그러나 휴즈가 논의하듯이 그런 봉합은 완전하지 못하며 감춰진 우울한 풍경을 연출한다.

다. 미국의 점령하에서 순식간에 북한은 보이지 않는 동시에 매우 잘 보이는 존재가 되었다. 즉 북한은 아무데도 없으면서도 공산주의의 위협으로서 모든 곳에 편재하게 되었다. 더 나중에, 특히 한국전쟁 시기(1950~53)와 그 이후에, 북한은 조금 다른 방식으로, 즉 위협인 동시에 타깃으로 보이게 될 것이었다. 이처럼 급속하게 형성된 남북의 시각성의 정치학은, **애도**(mourning, 도미니크 라카프라가 타자를 타자로 인식하는 것이라고 말한 것)와 **우울**(melancholia, 라카프라가 "자아를 타자와 혼돈하는 시각적 관계라고 말한 것")[24] 사이의 어떤 곳에 서 있는 것으로 볼 수 있다. 지리적 분단은 민족적 분단과 손실로 형상화되었지만, 그런 묘사는 북한과 그곳에 사는 사람들을 순식간에 유령으로 보게 하는 방식에 연결되어야 했으며, 그것은 이미지들에 의해 그들의 부재가 그렇게 경험된 것이었다. 그 같은 방식으로 북한의 새로운 개념은 어떤 죽음과의 조우로 특징지어진다. 『이북통신』 같은 1940년대 중반의 잡지들은 북한을 그처럼 어떤 이미지로 만드는 초기 과정을 보여준다. 그것은 어떤 부재, 실상은 죽음의 이미지였으며, 보다 정확하게는 '살아 있는 죽음'으로 특징지어지는 이미지였다. 따라서 남한 학자들이 흔히 해방공간으로 부르는 1945년에서 48년의 시기에, 남한의 냉전적 '애도-우울'로 여길 수 있는 과정이 시작된다. 항상 한반도의 분단과 연결되는 '보이는 것/보이지 않는 것'의 분할이, 한반도의 냉전 질서를 강화하고 질문하는 특권적인 위치가 되었을 때, 내가 1장에서 추적하는 식민지 시기의 언어적-시각적 관계의 교섭이 1945년 이후에 어떤 방식으로 재작동되는데, 나는 그 과정이 어떻게 진행되었는지 이 책의 본론인 나머지 네 장에서 보여줄 것이다.

---

24 Dominick LaCapra, *Writing History, Writing Trauma, Parallax : Re-visions of Culture and Society*, Baltimore, Md. : Johns Hopkins University Press, 2000, p.184를 볼 것.

1945~48년에 쓰인 협력에 대한 고백들을 얼핏 보는 것은 잘 알려진 개인사를 강조하는 데 도움이 될 뿐이다. 따라서 그런 일은 1930년대 말에서 1940년대 전반에 식민지 한국을 전시 대중동원문화의 공간으로 만든 방법들을 말소시킨다. 1948년 이후 남한 정부는, 반공적 주체를 구성하거나 국민의 위생을 경제의 위생에 연결하며 민족적 개발주의(ethnodevelopmentalism)로 부를 수 있는 일을 하면서, 대중 동원문화에 의존하고 있음을 스스로 발견하게 되었다. 즉 냉전 개발주의는 여러 방법으로 식민지 말 동원문화에 의존했던 것이다. 그런데 그 일은 남한의 정체성을 이제는 '지역성'이 아니라 혈통적 민족성과 반식민성, 초역사성으로 묘사되는 향토주의에 연결시키고 있었다. 또한 점차로 민족적 자본주의의 기획에 빠져드는 "자유세계"의 개발주의적 주체들의 갈망을 매개시키고 있었다. 식민지 말의 대중동원문화의 삭제는 1945년 이후 그것을 거울처럼 비추는 형식으로 재출현하게 하며 종료되는데, 그 과정은 개발주의적 남한 정부를 말 그대로 식민지 이후의 **포스트식민적인**(postcolonial) 것[25]으로 정당화하고 있었다.

동시적으로 진행된 식민지 시기 담론의 삭제와 전유는, 미군정하에서 처음으로 나타났으며, 특히 1980년대 후반까지 남한문화권의 구성에서 주요 역할을 했을 것이다. 그러나 심지어는 지금까지도 남아 있다. 이 책의 본론의 네 장에서 살펴볼 것처럼, 식민지 시기의 작품과 1945년 이후의 식민지 시기의 재현들은, 민족적 개발주의와 그에 따른 시각적 질서의 배치와 논쟁을 특징짓는다. 그와 함께 1950~60년대의

25 역주: 여기서의 '포스트식민지'에는 식민지가 끝났다는 뜻과 후기식민지라는 뜻이 둘 다 포함된다고 할 수 있다. 이 예에서 보듯이 식민지를 극복하지 않고 단지 그 기억을 삭제하는 것은 변주된 형식으로 삭제된 것이 다시 나타나게 하는 결과를 낳는다. 휴즈의 논의의 핵심은 그처럼 식민지적 무의식과 기억의 말소가 오히려 그것의 재출현을 가져온다는 것이다.

초기 냉전 주체의 형성에 중심적이었던 일련의 담론들은 무엇보다도 민족언어와 실존주의, 성적 관계, 인종에 대한 논쟁을 포함한다.

2장에서는 1945년의 한국의 해방과 그에 이은 미소의 군사점령, 그리고 분리된 남북의 주권정부의 형성을, 양쪽의 미학적-정치적 관계의 발생을 알리는 '감성의 분할'[26]의 견지에서 살펴볼 것이다. 여기서 나는 1945년 직후의 문화적 풍경에서 나타난 궤도들의 지도를 그릴 것이다. 그런 궤도들은 1장에서 추적한 예전의 식민지의 논쟁들을 재분절한다. 이 궤도들은 처음에 남북한과 연관된 문화영역의 틀을 개괄하면서, 이제는 주권공간과 역사적 파열(혹은 역사의 결핍)의 개념들에 접목될 것이다.

우리는 식민화된 공간을 다양한 방법으로 생각할 수 있다. 하나는 제국과 (법에 의한) 통치의 차원인데 이는 동시적으로 사적 소유와 (문화적/감정적인) 민족적(ethnonational) 요구로 특징지어진다. 다른 하나는 세계성/지역성(프롤레타리아의 국제주의), 혹은 후기에는 서구 대 아시아/지역성(전시의 범아시아)의 차원이다. 그런 식민화된 공간의 동시적 관계와 사이에 낀 관계는 1945년 직후의 남한의 문화적 생산의 특징을 알려준다. 즉 해방직후의 문학작품들은, 경쟁적인 냉전 주권들 및 그에 연관된 시각적 방법들과 급속히 연루되자마자, 곧바로 식민지적 과거로부터의 갈라진 틈새와 교섭함을 보여준다.[27]

해방에 대한 묘사는 문화영역에서의 위치들을 표시하는 상황이 된다. 또한 그것은 남북한의 영토화와 연결되어야 하는 상황이기도 하다.[28] "분단"문학 혹은 더 정확히 말해 분단을 생산하는 문학의 출현은,

---

26 Jacques Rancière, *The Politics of Aesthetics*, London : Continuum, 2006, p.45.

27 역주 : 냉전분할이라는 새로운 차원에 급속히 연관되지만, 그것의 시각적 정치학이 작동되자마자 곧바로 과거의 식민지적 정치-문화들의 관계가 재작동하기 시작한다. 휴즈는 그 달라진 동시에 재연되는 정치와 미학의 관계들을 보여준다. 즉 냉전기의 민족개발주의/자유세계는 지역성/세계성 혹은 지역성/범아시아라는 동시적 관계의 변주인 것이다.

그와 관계된 두 가지 중첩된 공간성과 연관해서 이해되어야 한다. 즉 하나는 문화영역(당대의 문화생산과 정전의 선택/삭제의 견지에서인데, 전자는 위치 선정에서 후자에 밀접하게 연관되어 있다)의 공간이며 다른 하나는 주권으로서의 지리적 공간의 영토화이다. 삭제된 식민지 시대 텍스트에는 프로 작품뿐 아니라 1945년 이후 월북한 작가의 작품과 일어로 된 텍스트가 포함되어 있다. 1945년에 시작된 역사적 정전(canon)의 선택이 (미군정과 1948년 이후의 국가보안법에 의해) 1948년의 법적으로 금지된 작품의 삭제와 동시대의 검열과 연관된 한에서, 한국문학 혹은 "남한문학"의 구성은 문화적·법적 위치 선정으로서 발생한 셈이다. 한국문학은 국가주의적 공간의 배치와 겹쳐지며, 시간적으로는 식민지 시대 역사에 대한 선점된 상상에 연결된다.

따라서 2장의 주제인 한국문학의 형성은 — 38선 북쪽에 위치한 문화적 생산자의 삭제뿐만 아니라 — 점차 증가하는 텍스트의 삭제와 밀접하게 관련된다. 나는 특히, 채만식, 이선희, 박찬모, 이태준, 염상섭 같은 작가들이, 한반도의 남북의 반쪽에서 분리된 문화권의 형성에 참여하는 방법들에 관심을 기울일 것이다. 나는 식민성/포스트식민성 사이의 역사적 중단을 가정하는 대신에, 작가들이 "역사적 파열", "식민성", "해방"의 개념들과 격론을 벌이는 방법들을 고찰할 것이다. 내가 초점을 맞추고 있는 것은 시각성의 언어적 재현이다. 내가 보여줄 것은, (상당수가 기존의 연구에서 간과된) 일단의 텍스트들의 무리들이 (1장에서 상술한) 1920~40년대 전반의 프로문학 운동, 향토주의, 모더니즘, 전시 범아시아 운동에 의해 가능해진 시각적 방법을 재연하면서, 어떻게 암암리에 혹은 공공연하게 미군정과 교섭했느냐는 것이다. 그 같은 1945년의

28 Pierre Bourdieu, *The Field of Cultural Production*, New York : Columbia University Press, 1993을 볼 것.

이후의 작품들은, 20세기 중후반과 지금에 이르기까지 남북 냉전분할을 틀지었을 '보임/보이지 않음'의 분할을 연출하며 예전의 운동들을 불러들였다. 1948년 이후 40년 동안 — 북한 작가와 카프에 대한 1948년의 금지가 해제된 1988년까지 — 창작을 담당한 작가, 미술가, 영화인들은, 미군 점령하에서 최초로 배치된 그런 시각적 질서에 대해 교섭하는 자신들을 발견하게 될 것이었다.

1950년대와 60년대의 비동맹과 개발을 상상하기

민족의 이중적 전위(displacement)는 식민지 말과 분단의 처음 10년 동안 발생했다. 첫 번째 전위는, 식민지 말 대동아의 상상계 전역에 한국인을 배치한 것이었으며, 그것은 동원에 의해 실행된 규율화와 동질화의 형식을 취했다. 두 번째 전위는 남북한의 형성과 그에 따른 한반도 내의 한국인의 이주에 의한 것으로서, 그들 중 다수의 사람들은 남한으로 옮겨왔다. 1940년대 말과 50년대의 "남한"(한국)의 공간적 확정이나, DMZ 남쪽의 이 새로운 지정학적 공간을 영토화하려는 주체들은, 그런 이중적 전위와 밀접하게 연관되어 있다.

1950년대에 정부는 — '남한/반공적 · 민주적 자유세계'와 — 이중적 결연을 추진했는데, 그것은 식민지 말 '조선/일본중심 대동아'와의 이중적 동일시의 재작동인 셈이었다.[29] 남한에서 주권의 주장은, 국가의

29 역주 : 남한은 민족적 개발주의를 앞세우면서 자유세계의 동맹국이 되는데, 이 이중적 결연은 지역성(조선)/범아시아(대동아)라는 복수적 정체성을 요구했던 식민지 말의 체제의

정당성 요구와 국가에 대한 매판과 독재라는 비판, 그 양자를 위한 무대를 세웠다. 후자의 비판은, 국가로부터 민족(ethnonation)을 분리시키는 일과, 국가가 스스로 약속한 민주적 이상을 실천하지 못한 점에 근거했다. 이들의 논쟁은 그 후 수십 년 이상 동안 다양한 형식을 취했을 터이지만, 국가주의자와 그에 반대하는 주체들 양쪽의 질서화에 계속 중심적인 요소였을 것이다.

그러나 이중적 전위의 탈위치화(dislocation)는 국가주의와 혈통적 민족주의에 반대하는 새로운 입장이 형성될 가능성을 열어 놓았다. 이 사람(인격)과 공간(장소) 사이의 균열은 '남한/자유세계'의 이중적 결연을 통과하는 과정에서 열려진 틈새로부터 발생한다. 그것은 양쪽에 속한 것이기보다는 어느 쪽에도 속하지 않는 주체의 발생이었다. 이 어디에도 속하지 않는 태도는 1950년대 세계적 비동맹 운동(제3세계국가들의 반둥회의와 제1세계의 실존주의)에 의해 고취된 것이지만, 이미 1945년 직후에 형성된 중립성에 대한 요구의 연장선상에 있는 셈이다. 한국전쟁은 흔히 냉전 질서를 고착화하고 반공과 민족분단을 굳어지게 한 것으로 여겨진다. 그러나 전쟁의 재현과 그 영향이 항상 남한의 반공적 주체를 확고히 하는 것과 부합하는 것은 아니다. "반공" 영화와 문학작품에서조차 폭력은 핵심적 순간에 경계들을 넘어서는 경향이 있었다. 흔히 성적 욕망에 연관되는 일상화된 폭력은 다양한 대립들(북한/남한, 자유세계/공산주의적 타자, 동양/서양)을 동요시켰다.

3장에서 내가 주목하고 있는 것은, 포스트식민지적으로 영토화된 "남한" 주체의 소환과 냉전대립을 의문시하는 초기 시도들의 출현이다. 후자의 시도들은 흔히 텍스트의 가장자리에서 나타난다. 먼저 나는 1950

재작동으로 볼 수 있다. 이처럼 휴즈는 포스트식민지 시대에 식민지 시대의 정치와 문화가 변주되어 나타남을 강조한다.

년대의 지적 담론의 세 가지 주요 흐름을 검토한다. 첫째로 매우 다른 형식을 통한 식민지 시대 민족문학 논쟁의 귀환인데, 그것은 1950년대 남한 문학계를 형성하려는 시도의 중심에 서 있다. 다음은 냉전적 전통주의로서의 식민지적 향토주의의 재연이다. 마지막으로는 남한에서의 실존주의의 전개로서, 이는 민족적 서사/전통주의와 그것의 제1세계적 상대항인 보편주의를 둘 다 방해한다.

이어서 내가 보여줄 것은, 남한 국가주의에 의해 요청된 인격/장소의 동형성을 의문시하는 일이 어떻게 비동맹적 주체를 구성하려는 손창섭의 시도와 교차되는가이다. 여기서 비동맹적 주체는 시각성과 글쓰기, 미술과 문학의 교섭을 통해 나타나고 있다. 끝으로 나는 정비석의 대중소설 『자유부인』(1954)의 영화화(1956)를 고찰할 것이다. 내가 논의할 것은, 이 영화가 (일본어와 대립하는 것으로서) 새로운 민족어인 한국어에 대한 1945년 이후의 담론을 어떻게 표현하고 있으며, 또 1950년대의 상품문화와 몸에 대한 냉전적 정치학, 대중문화와 영화 감상자층의 출현을 어떻게 전해주는가이다.

1960년대 초반에 이르러, 남한이 자유세계 경제발전의 실행에 주요 역할을 할 것이라는 것이 점차로 분명해졌다. 남한에서 그 같은 서사에 대한 상세한 고찰은 『사상계』 같은 주요 지성적 잡지에서 이루어졌다. 예컨대 1960년에 발간된 W. W. 로스토우의 영향력 있는 『경제성장의 단계—비공산주의 선언』이 같은 해에 『사상계』에 연재되었다. 민족적(ethnonational) 형식으로 편집된 개발 서사는 1960년대 초 두 권의 책으로 나타났는데, 그 책들은 박정희 장군의 쿠데타(1961.5.16)를 세계체제에서의 남한의 부흥을 위한 혁명적 출발점으로 정당화하려는 뜻을 담고 있었다. 바로 박정희의 『우리 민족의 나갈 길』(1962)과 『국가와 혁명과 나』(1963)가 그것이었다.

4장에서 고찰할 것은, 1960년대 개발주의 담론의 성장의 연출이 '발전하는 민족'에 형식적 자율성을 부여하는 방법들이다. 이 시기의 성장의 연출은 여전히 '보이지 않는 것'으로 남아 있으려는 식민지적 강제점유의 시각성을 대체한 전시물이다. 그러나 남정현 같은 작가에게는 민족(ethnonation)의 이름으로 된 경제개발의 국가주의적 주장은 과도한 동화정책에 불과한 것이 된다. 즉 진화론적인 개발서사는 필연적으로 서구를 규범적인 것으로 특권화한다는 것이다. 아마도 남정현의 작품들은 1960년대 초의 다른 어떤 작품들보다도 미국의 존재뿐만 아니라 국내의 독재정치를 반대하고 있다. 개발적 주체(훈육 중인 주체로서 아직 주체가 아닌 주체)의 호출에 대한 남정현의 대응은 역사주의적인 원시성의 생산을 보이게 만드는 것이었다. 남정현의 작품이, 개발의 진화론적·역사주의적 논리에 남한을 집어넣어 추해지고 거세된 일련의 남성육체를 보여주면서, 민족적 건강/근대화에 대한 박정희의 주장을 의문시한 것은 바로 그 때문이다. 개발을 퇴화로 묘사하는 것은, 냉전 생산주의와 그것을 조장하는 식민적인 인종주의 역사와의 관계를 보이게 만드는 것이다. 따라서 내가 추적하는 것은 다음과 같은 담론들 사이의 관계이다. 즉 남정현의 작품과 박정희의 국가주의론, 그리고 '민족(ethnonational) 개발주의' — 이 자체가 식민지적 과거의 연장인 동시에 반대임 — 와 〈어글리 아메리칸〉(조지 잉글런드, 1963) 같은 미국영화에서의 '본토 개발주의'의 임무 간의 담론적 관계들이다.

식민지적 현재로의 귀환

5장에서는 최인훈의 작품들을 검토하는데, 그는 식민지 말의 제국화와 전시 동원을 확장해서 다룬 최초의 남한 작가이다. 『광장』(1960)을 시작으로 『태풍』(1973)에 이르기까지, 최인훈은 냉전기 한국을 특징짓는 다층적인 식민성의 요소를 밝혀내려 끊임없이 노력해왔다. 즉 국가주의적 독재정권 및 미국의 신식민지적 개발주의가 과거 1945년 이전 민족적·계급적·범아시아적 동일시의 식민지적 역사와 어떻게 교차되느냐이다.[30] 최인훈의 잘 알려진 남북분단에 대한 관심(『광장』은 "분단문학"의 효시로 여겨짐)은, 식민지적 근대성을 일제 통치기(1910~45)를 넘어 1945년 이후까지 확장하려는 시도의 일환으로 나타난다. 1960년대 초(『광장』, 「수(囚)」, 1961)에서 중반(「총독의 소리」, 1967~68·76)까지의 최인훈의 관념소설이, 1970년대 초의 두 작품(『소설가 구보씨의 일일』, 1970~72, 『태풍』)으로 전환된 것은, 박정희가 반공적·개발주의적 노선을 강화하고 그 좌파 민족주의 반대파가 출현한 핵심적 시점에서였다. 1960~70년대의 남한의 개발주의 정부가 북한 공산주의의 생산주의적 박멸(멸공)을 통해 자신의 계획을 정당화하려는 일을 했다면, 최인훈은 보수적 민족주의(ethnonationalism)가 자본주의적 자유세계 내의 통합을 촉진하며 자신을 반식민적인 것으로 가정하는 방법을 문제시함으로써, 점차로 한반도의 분단을 극복하는 일을 모색했다.

일제 식민 통치가 끝난 직후의 협력에 대한 고백과는 상관없이, 최인

30 역주 : 이 같은 최인훈의 관심은 휴즈의 관심과 일치한다. 냉전 개발주의에 의한 신식민지적 상황의 문제들을 과거 식민지의 확대되고 연장된 가상현실에서 해결을 모색하는 것이 바로 최인훈의 『태풍』이다.

훈은 협력을 단지 일시적 사건으로 만들려는 선재하는 민족적 주체의 가정을 거부한다. 최인훈이 식민성의 문제로 되돌아간 것은, 1945년 이후의 자유 민주적이고 국가주의적인 보편주의를 질문하려는 일과 연관된 것이다. 이제 이 질문은, 북한의 재현과 일본 제국주의의 기억을 구조화하는 보이는 것/보이지 않는 것의 분할, 그 시각성과 글쓰기 행위와의 관계를 재고하도록 한다. 그런 이유로 최인훈은 언어와 이미지의 관계로 관심을 돌리는데, 그는 특히 그 관계가 어떻게 번역(translation)의 행위와 호명(interpellation)의 상황을 특징짓는지 주목하려 한다.[31]

최인훈의 식민지 말의 범아시아주의의 재연은, 분단(북한의 삭제)과 식민성(제국화/동원화의 역사의 말소)에 연관된 냉전의 시각적 질서를 밝히는 문제로 귀결된다. 그는 1930년대 말과 40년대 전반에 시작된 근대에 대한 질문을 재발진시키려는 노력 속에서 식민지성의 문제로 돌아가고 있다. 여기서 쟁점이 되는 것은 "근대의 초극"이라는 기획의 단편들을 포착하려는 시도이다. 그런데 그 기획은 세계에서의 신인류에 대한 생각을 허용했지만 결국 군국주의와 제국주의의 형식 속에서 더 심화된 규율화로 이어졌다.

내가 초점을 맞추고 있는 것은, 냉전의 첫 30년 동안 남한문화계가 어떻게 형성되었는가에 관한 것이다. 그리고 나는 1970년대 초 최인훈의 작품에 대한 논의로 결말을 지을 것인데, 이때는 독재정권이 심화되고(박정희를 종신 대통령으로 만든 유신헌법의 제정) 반독재적인 민족문학운동이 출발을 보인 시기이다. 민족문학의 첫 번째 분절화의 하나인 백낙청

31 역주 : 최인훈의 작품에서 번역의 문제는 『광장』의 개작에서 이명준의 내면의 Ego가 에고에서 '나'와 '자기'로 변해가는 과정으로 나타난다. 또한 「수(囚)」의 방에 갇힌 내면에서 또 다른 전이를 보이며, 「총독의 소리」에서는 청자의 지위로 전락하는 과정으로 드러난다. 이 전체의 과정은 보편주의에 대해 질문하는 과정이기도 하다. 휴즈는 여기서의 최인훈의 문제의식이 번역(전이)과 호명의 문제와 연관된 것으로 보고 있다.

의 「민족문학의 개념」(1974)[32]에서 보는 것처럼, 1980년대 말까지 문단을 지배하게 될 민족문학운동은, 1920년대와 30년대 초의 프로문학-문화적 민족주의 논쟁과 1945~48년의 그 재분절화로의 귀환이었다. 또한 그것은 특히 임화 같은 좌파 비평가에 의해 만들어진 1945년 이후의 프로 문화운동과 민족적 상황 간의 연계로 돌아가는 것이었다. 그러나 백낙청은 그의 글에서 그런 논쟁들을 암시할 수 있었을 뿐이며, 쓰여졌지만 인용될 수 없었던 글들을 독자들이 추측하도록 남겨놓고 있다. 나는 1970년대 초반에서 논의를 끝내면서, 식민지적 근대, 미군 점령기, 그리고 1950~60년대에 대한 나의 논의가, 민족문학운동의 출현과 함께 나타난 문화계의 변화와 그 이후의 1970~80년대의 민중운동의 이해에 도움이 되기를 희망한다.[33]

지난 10년 이상 동안 한국문학과 영화에 대한 영어로 된 많은 책들과 논문들이 출간되었다.[34] 그러나 영어 문화사의 수십 년의 공백으로 인해 어떤 면에서 1950~60년대는 엄중한 반공문화의 시기로 범박하게 일반화되어 왔다. 분명히 그 점은 부인할 수 없다. 하지만 중요한 것은, 문학과

---

32 Paik Nak-chung, "The Idea of Korean National Literature, Then and Now", *positions* I, no.3, 1993, pp.553~580.

33 1970~80년대의 민중운동에 대해서는 Namhee Lee, *The Making of Minjung : Democracy and the Politics of Representation in South Korea,* Ithaca, N. Y. : Cornell University Press, 2009를 볼 것.

34 지난 7년 이상 동안 출간된 저서들에는 다음과 같은 책들이 포함된다. Kyung Hyun Kim, *The Remasculinization of Korean Cinema*, Durham, N.C. : Duke University Press, 2004; Nancy Abelmann and Kathleen McHugh, eds., *South Korean Golden Age Melodrama : Gender, Genre, and National Cinema*, Detroit, Mich. : Wayne State University Press, 2005; Suk-Young Kim, *Illusive Utopia : Theater, Film, and Everyday Performance in North Korea*, Ann Arbor : University of Michigan Press, 2010; Jin-Kyung Lee, Service Economies : *Militarism, Sex Work, and Migrant Labor in South Korea*, Minneapolis : University of Minnesota Press, 2010; Kelly Y. Jeong, *Crisis of Gender and the Nation in Korean Literature and Cinema : Modernity Arrives Again*, Lanham, Md. : Lexington Books, 2011. 또한 최근에 한국 근대문학과 영화의 영역에 진출해 연구하고 있는 많은 학자들이 있다. 그들의 논문과 잡지의 글들에 대해서는 참고문헌 목록과 본론의 장들의 각주를 참조할 것.

비평이란 미국/남한의 냉전 국가주의/개발주의의 중첩을 질문하는 어떤 근원적 위치를 제공한다는 것을 상기하는 일이다. 우리는 1970~80년대의 학생운동과 노동운동 이전에 1950~60년대에서도 상당한 정도의 비판적 위치를 찾아낼 수 있다. 실제로 1970~80년대는 1950~60년대에서 창조적 영감과 정당성을 끌어왔으며, 특히 (4, 5장에서 논의된) 이승만의 하야를 가져온 1960년 4월 운동을 둘러싼 비판적 문화를 활용했다.

남한 학계가 민족주의와 제국주의 간의 밀접한 관계를 질문하기 시작한 것은 겨우 1990년대 중반이었으며 특히 2000년대 초반에서였다. 김철, 황종연, 김예림, 차승기, 그리고 다른 학자들의 많은 중요한 연구들이, 전에 연구되지 않았던 텍스트들, 특히 1930년대 말과 40년대 전반의 동원기와 연관된 것들을 공개하며 그런 관계를 보여주었다(내가 2장에서 논의한 동원 영화가 고고학적 비유로 된 〈발굴된 과거〉라는 제목으로 2006년에 최초로 DVD로 출시된 것은 우연이 아니다). 그러나 어떤 연구도 문학, 미술, 영화에서의 언어와 이미지 사이의 관계를 일관된 방식으로 말하고 있지는 않다. 게다가 영어와 한국어 연구에서 한국 근현대문학을 1945년 이전과 이후로 분리시키는 경향이 여전히 남아 있다. 이 책에서 나는 언어와 시각성의 지속적인 교섭을 역사적으로 위치시키고 있는데, 그것은 45년 이전과 이후의 분리를 넘어서는[35] 텍스트들이 문학적이면서 시각적으로 존재하는 방법들, 즉 다양하게 변주되며 문학-시각적이 되는 방법들을 역사적으로 위치 짓는 작업이다. 2장에서 5장까지 보게 될 것처럼, 남한문화계의 형성은 선행하는 식민지 문화적 역사의 다양한 재분절화를 고려하지 않으면 이해될 수 없다.

나는 이 책을 통해, 이제까지 간과되고 주변화된 식민지 한국의 문학,

---

35 역주: 휴즈의 논의에서 이 분리(divide)를 넘어서려는 시도는 1945년의 분단(divide)을 넘어서려는 시도이기도 하다.

미술, 영화들이 기존의 일제 연구 및 식민지 한국사 연구와 대화적 관계 놓이게 되길 바란다. 그러나 이 책의 대부분은 1945년 이후 남한문화의 형성이 어떻게 초국가적인 세계적 냉전 질서에 속하게 되는지를 말하고 있다. 로드 핼리팩스가 1952년의 글 「자유의 경계선(the frontier of freedom)」에서 부른 것처럼, 남한은 항상 "발틱 동안에서 북태평양에 이르는 거대한 곡선"에 속한 핵심 위치의 하나로 여겨져 왔다.[36] 여기서 나는 기존의 미국 냉전 연구에 냉전의 경계 '주변의 문화'에 대한 연구를 보태고 싶다. 나의 목표는 근대 아시아와 냉전에 대한 논의에서 간과된 것 ― 빈번히 많은 희생을 치르면서 1945년 이후의 질서와 한반도 분단의 강행을 해체하려 했던 남한의 작가, 영화인, 지식인들에 의한 초기의 분절들 ― 을 밝히기 시작하는 것이다. 전체적으로 보면 이 책은, '**식민지적** 담론 · 미술 · 영화의 실천'과 한반도의 "민족분단"의 '**포스트식민지적** 문화' 사이의 관계와 함께, **문학**과 **시각문화** 사이의 관계를 재고하려는 시도이며, 그런 모색 자체가 아시아에서의 냉전의 궤도를 이해하는 데 핵심적인 문제일 것이다.

36 Lord Halifax, "We Must Defend the Frontier of Freedom", *The Rotarian*, February 1952, p.9를 볼 것. 일반적으로 미국의 정책결정자들은 "자유의 경계선"이라는 용어를 특히 남한을 지칭하기 위해 사용한다. "자유의 경계선"은 미군이 DMZ와 남한 전체를 나타낼 때 지금도 널리 사용되고 있다. "자유의 경계선"은 또한 1989년 이전 동독과 서독 사이의 경계를 나타내기 위해 사용되었다.

제1장

시각성과 식민지적 근대

프롤레타리아 문화, 향토주의, 모더니즘, 동원문화의 테크닉

한반도 남쪽을 미군이 점령한 1945~48년 동안 과거 카프(에스페란토어로 Korea Artista Proleta Federatio) 작가, 미술가, 영화인이 북으로 이주한 후, 1948년에 반공적인 남한 정부의 식민지 시기 카프 작품에 대한 검열이 이어졌다. 모든 동시대 북한문화 생산물의 금지와 함께, 그 같은 움직임들은 남한문화계를 생성시킬 경계들을 형성했다.[1] 남한에서 정전(canon)과 그에 따른 문학사가 새로운 제도적 배경 속에서 의문시된 것은, 해방 직후 월북한 문화 생산자들의 작품이 해금된 1988년에 이르러서였다. 문학과 미술, 영화를 포함한 모든 규율들이 비슷한 역사적 경로를 따랐다. 김복진, 이쾌대, 김용준, 임화 같은 식민지 예술과 영화계의 중심적 인물의 작품은 1988년에야 처음으로 전시되거나 보여지고 연구될 수 있었다.[2] 더욱이 1945년 이후 월북한 어떤 문화 생산자의 작

1 Pierre Bourdieu, *The Field of Cultural Production*, New York : Columbia University Press, 1993.

품의 금지는, 박태원과 이태준 같은 1930년대 모더니즘과 연관된 중요한 인물들조차 논의될 수 없음을 의미했다. 또한 1945년 이후 출현한 민족주의적 · 반식민적 저항의 서사, 즉 1930년대 말과 40년대 전반의 대중동원문화에 대해 말하려는 서사도 (개인적인 대표적 협력 행위를 강조하거나 빗대어 표현하고 연출하는 것 외에는) 마찬가지였다. 남한문학과 문화의 개념 — 미군 점령하에서 형성되기 시작해서 이후 1948년 남한 정부 수립 후 완전한 냉전형식을 취하게 된 개념 — 은 다양한 방법으로 그 같은 삭제에 의해 생산되었다.

1장에서 나는, 1920년대의 프롤레타리아 문화운동, 1920년대 말과 30년대의 향토주의, 1930년대의 모더니즘, 그리고 1930년대 말과 40년대 전반의 대중동원 사이의 다층적 관계에 대해 논의한다. 이 식민지 시기의 문학과 문화운동은 1945년 이후와 연관해 그때 그것들이 금지되거나 부분적으로 지워졌다는 것 그 이상의 문화적 의미를 지니고 있다. 식민지 시기의 운동들은 식민성과 근대성과의 교섭에 밀접히 연관되는 문학과 시각적 재현의 모든 새로운 양식들에 연결될 수 있다. 분명히 남북한의 분리된 문화계의 형성은 냉전적인 제1세계/제2세계 분할의 한 부분으로 발생했다. 그러나 그것은 실상의 한 부분일 뿐이다. 1장에서 내가 보여줄 것은, 프로 문화운동, 향토주의, 모더니즘, 대중동원문화가 어떻게 특정한 시각성과 글쓰기의 방법들을 작동시키며, 또 그 '시각성과 글쓰기'가 나중에 한반도 분단의 냉전 정치학을 형성한 '보이는 것과 보이지 않는 것의 분할'을 특징짓는가이다.

카프는 1920년대에 새로 등장한 문화영역의 구성의 중심에 서 있다. 새로운 문화영역은 이 시기의 이른바 문화정책과 근대 미술계, 새로운

2 카프 영화는 현재 남아 있지 않다. 지금은 시나리오와 스틸만을 볼 수 있다.

영화산업, 식민지적 근대의 도시풍경의 출현에 의해 형성된 것이다. 일련의 문학적·미학적 논쟁들이 이시기에 발생했으며, 3·1운동(1919) 직후 총독부의 출판물 간행 허용에 따라 식민지 경성에서 발간된 잡지와 신문들이 나타났다. 이 시기의 논쟁들은 1920년대를 넘어서는 것은 물론, 30~40년대와 미소 군사점령기, 그리고 다른 방식으로 현재의 두 개의 한국에 이르기까지, 문화영역에서 핵심적 역할을 할 것이었다. 그런 논쟁에서 카프의 구성원들은 자신들끼리의 쟁론과 문화 민족주의 비평가들과의 교섭 속에서 중심적인 역할을 했다. 나는 뒤에서 카프의 중요한 세 가지 논쟁 — 대중문화론, 프롤레타리아 예술론, 내용/형식 논쟁 — 을 고찰할 것이다. 내가 카프의 중요성을 강조하는 것은 다음의 두 가지 이유에서이다. 즉 하나는 1920년대의 문화영역의 틀을 만든 점이에서이다. 다른 하나는 그 이후에 1930~40년대 초의 모더니즘과 동원운동이 '테크놀로지·재현·식민화/제국화된 주체성' 간의 관계와 교섭하게 될 방법들의 무대를 세운 점에서이다.

다음에서 보게 될 것처럼, 그 같은 관계는 문학과 영화, 미술이 식민지적 향토주의를 거치며 서로를 특징짓고 정당화하는 방법들을 고찰하지 않고는 이해될 수 없다. 한국문학사는 흔히 1930년대 중반에 전원 공간의 묘사로의 전환을 중요하게 언급하며, 이것을 식민지 정권의 억압의 심화와 카프로부터의 전향에 따른 것으로 말한다. 그러나 이런 문학적 전환에 대한 논의에서 간과된 것은 문학적 향토주의와 향토적 미술 간의 밀접한 관계이다. 실제로 문학적 향토주의는 이미 1920년대 말에 시작된 새로운 향토주의 미술 담론에 따르고 있으며, 1930년대를 관통하는 향토적 이미지들과 다양한 방식으로 연관된다.

문학적 향토주의는 향토적 이미지들의 언어적 묘사를 둘러싸고 구성된다. 향토주의 작품들은 향토주의 미술운동과 불가분의 관계에 있는데, 이 미술운동은 총독부 후원의 연례적인 '선전(조선미술전람회)'에서 향토주의 회화의 제도화로 점차 명성을 얻었다. 더욱이 식민지 향토주의의 역사를 1920년대 말까지 되돌리면, 우리는 카프 텍스트들의 프롤레타리아 주체에 대한 초기 규정에서 그 중요성을 발견한다. 실제로 카프 작품들은 사람과 공간의 향토주의적 동형성에 도전하는 식으로 농촌의 공간을 보는 방식을 생산하려 하고 있다. 당시에 사람과 공간의 향토주의적 동형성은 지성적 잡지의 미술 에세이에서 논의되고 있었고, 식민지의 수도와 일본의 본국의 화랑에서 전시되고 있었다.

향토주의를 1930년대의 모더니즘 및 그들의 파편화된 도시풍경과 대립된 입장으로 보는 것은 쉬운 일이다. 그러나 그 두 운동은 각기 다른 방식으로 1930년대에 한국이 점차 세계적인 식민지적 근대에 병합되는 상황과 격투를 벌인다. 양자가 직면한 것은, 상품적 교환과 소비의 고착화, 1930년대 대중문화의 출현, 도시경험의 고립과 무질서, 농촌에서의 민중들의 이농과 황폐화, 그리고 일본의 강화된 군국주의였다. 모더니스트의 입장에서는, 이상과 박태원 같은 작가들은 시각적 장치를 통해 문학이나 상품 형식에서 주의를 끄는 방법을 실험한 점에서 향토주의와 구분된다. 그러나 향토주의와 모더니즘은 모두 도시거주 감상자들을 위한 '도시적' 회화/글쓰기의 형식들이었으며, 자본주의적 관계에 의해 생산된 것과는 다른 공간을 찾고 있었다. 우리가 보게 될 것처럼, 향토 담론은 박태원의 모더니즘적 「소설가 구보씨의 일일」(1934)을 구조화하며, 잘 알려진 『천변풍경』(1936)은 식민지 공간에서 여전히 작동되고 있는 향토에 대한 일련의 언어적 묘사로 읽힐 수 있다.

1930년대 말과 40년대 전반의 전시 동원 문학과 영화의 텍스트들은 그 같은 전시대의 운동들과의 단절보다는 기법의 전유와 관심의 지속을 나타낸다. 1930년대 말과 40년대 전반의 전시 일본 제국의 동원문화는 근대를 초극하려는 표현물을 통해 근대를 말하고 있다. 그것은 피식민자를 진정한 제국의 신민으로서 병합하는 방식으로 식민성의 극복을 약속한다. 이 시기의 동원문화 역시 자본주의와 그에 따른 소비주의/상품화를 거부하고 있다.

〈지원병〉, 〈반도의 봄〉, 〈군용열차〉에 대한 논의에서 보게 될 것처럼, 식민지적 동원문화는 단순한 동화보다는 향토 미술과 문학에서 발견된 "지역성(local)"의 개념을 이용하면서, 인격과 장소의 동형성(한반도)과 보편주의적 제국화의 질서(대동아공영권), 그 양자에 불가분하게 연결된 다층적 주체를 생산한다.[3] 1930년대 말과 40년대 전반의 동원문화는 원시적인 울혈(지역성)과 대중의 열광 및 규율화된 운동(확장된 제국적 공간에서의 동원)이라는 탈울혈[4]로 전환함으로써 자본주의적 근대에 대한 환멸을 관리하려 시도한다.[5] 1945년 이후에 그런 동원문화에 대한 망각은, 실제로 다음의 장들에서 보게 될 것처럼 그것의 재분절화를 허용하게 될 것이었다. 동원의 재분절화는 식민지 시기 향토주의 미학을 껴입은 전통론에 정초한 냉전 주체의 형식을 취할 것이며, 여전히 그것은 동원적인 것일 터였다. 그때서야 냉전 주체는 "자유세계"의 개발주의적 질서에 참여하게 될 것이며, 점증하는 수출시장의 확대 속에서 1960년대와 그 너머를 향해 움직일 것이었다.

---

3 역주 : 휴즈는 일제의 대동아공영 논리의 특징이 개별성과 보편성, 지역성과 범아시아를 연결하는 방식에 있음을 강조한다. 양자의 연결은 지역적 울혈과 범아시아적 규율화로 귀결된다.

4 역주 : 동원문화는 모더니즘이 발견한 향토성과 도시풍경의 파편화를 관리하는 방식이지만 향토적 울혈과 범아시아적 규율화의 결과를 낳는다. 휴즈는 그 두 항의 연결방식이 냉전시대의 민족성/자유세계라는 개발주의로 이어지는 것으로 보고 있다.

5 1930년대와 40년대의 일본 국내에서의 매혹의 재생산(재주술화)과 일본 파시즘의 미학 사이의 연관성에 대해서는 Alan Tansman, *The Aesthetics of Japanese Fascism*, Berkeley : University of California Press, 2009를 볼 것.

프롤레타리아 주체를 이미지화하기

1920년대 전반에 출현한 초기 좌파조직(염군사와 파스큘라)으로부터 1925년 카프의 결성은 식민지 한국사에서 중요한 계기를 나타낸다. 국제적인 식민지 프롤레타리아 예술(프로예술) 운동은 1925년의 창립에서 35년 총독부의 압력으로 해산할 때까지 여러 면에서 문화계를 주도했다. 카프는 러시아 혁명에 따른 동아시아의 다른 좌파 조직의 형성과 함께 결성되었다.[6] 카프 구성원들은 특히 일본 프롤레타리아 문학예술 운동 나프(NAPF)의 요원들과 긴밀히 교류하며 활동했다. 1920년대 초중반의 이 식민지 한국의 좌파운동 역시 1919년의 3·1독립운동과 그 직후 총독부의 "유화정책"에 연관해서 이해되어야 한다.[7] 식민지 직전과 1910년대에 성년이 된 젊은 지식인들은 1920년대 초 식민지 상황에 미미한 변화만이 감지되자 점차 좌절해가고 있었다. 그 결과는 이중적이었다. 즉, ① 식민지 정부의 3·1운동에 대한 대응책인 "문화정책"과 교섭하며 그 안에서 활동하는 것과, ② 점증하는 급진적 저항의 요구로서, 특히 공산주의나 아나키즘 같은 좌파사상에 호소하는 다른 방책을 찾는 활동이었다.

---

6 식민지 한국에서의 1920년대 프롤레타리아적 글쓰기와 혁명 이전 러시아 문학과의 상호텍스트적 관계의 분석에 대해서는 Heekyoung Cho, "Literary Translation and Appropriation : Korean Intellectual's Reception of Russian Prose Via Japan, 1900~1927", Ph. D. diss., University of Chicago, 2007을 볼 것. Samuel Perry는 한국과 일본의 프롤레타리아적 글쓰기의 관계에 대해 "Aesthetics for Justice : Proletarian Writing in Japan and Colonial Korea", Ph. D. diss., University of Chicago, 2007에서 상술하고 있다.

7 식민지 시대의 리얼리즘과 카프에 대해서는 Sunyoung Park, "The Colonial Origin of Korean Realism and Its Contemporary Manifestation", *positions : east asia cultures critique* 14, no.1, Spring 2006, pp.165~192를 볼 것.

카프의 입장에서는 그 시기에 과거 1900년대 초의 "시민화와 계몽화" 담론과 대중의 교육의 강조만이 놓여 있는 셈이었다. 그런 상황에서 계급에 기반을 둔 혁명적 주체에 대한 요구는 한국적 계몽의 기원(invocation)과 단절하고 네이션,[8] 주권, 자본주의적 축적 같은 개념에 널리 연관된 "근대" 역사의 장으로 들어가는 것을 의미했다.[9] 그와 동시에, (다음에서 볼 것처럼) 세속적 · 선적인 시간성을 옹호해 전근대적인 마법을 폐기하고 "역사 속 삶의 세계"를 그리려 할 때,[10] 대부분의 카프 작품들은 예전의 계몽 담론에 따르고 있다. 1920년대 중반에 출현한 것은, 근대적 보편주의들, 즉 계급과 민족(ethnonation)의 대립이다. 이 대립은 이따금 와해되지만, (20년대의 문화적 민족주의의 카프와의 논쟁에 이러저러한 입장으로 가담한) 이광수, 심훈, 염상섭 같은 작가의 작품뿐 아니라, 카프 작품 자체에서 식민지적 근대에 대한 양가적 · 다층적 재현을 통해 계속 다시 나타난다.[11]

1988년 남한에서 시작된 프롤레타리아 문학에 대한 연구는 여러 면에서 풍성하지만, 여전히 카프 비평가와 문학작품에 초점을 맞춘 문학적 연구라는 학문적 규율의 경계가 잔존한다. 중요한 것은 다음의 사실을 상기하는 것이다. 즉 카프에서 프롤레타리아 문학, 미술, 영화가 분리된 범주로 여겨져 왔지만, 식민지 한국의 자본주의적 근대성의 상황에 가장 적합한 문화형식을 망라한 카프의 논쟁방식들은, 그런 범주들이 사회현실의 재현 문제에 공통된 관심을 가짐에 따라 결합되면서, 이

8 역주 : 카프가 네이션을 옹호한 것은 아니다. 그러나 카프가 발견한 네이션은 그 이전의 혈통적 민족(ethnonation)과는 다른, 보다 더 근대적인 개념이었다고 할 수 있다.

9 Andre Schmid, *Korea Between Empires, 1895~1919*, New York : Columbia University Press, 2002를 볼 것.

10 Dipesh Chakrabarty, Provincializing Europe : *Postcolonial Thought and Historical Difference*, Princeton, N.J. : Princeton University Press, 2000을 볼 것.

11 Michael Robinson, *Cultural Nationalism in Colonial Korea, 1920~1925*, Seattle ; University of Washington Press, 1989를 볼 것.

미 발표될 때부터 뒤섞일 것임을 나타낸 점이다. 공통된 관심이란 복수적 **이미지화**에 연관된 문제였는데, 첫째로 (카프 작가들과 비평가들이 민중 혹은 종종 대중으로 불렀던) **"사람들" 자체의 이미지화**의 문제였으며, 이어서 민중을 해방적인 역사적 궤도에 올려놓으려는 **미술적 실천들**이 그 뒤를 따랐다.

그러나 1장에서의 나의 목표는, 넓은 기층의 무산계급 문화운동(prorekult movement)을 자임한 카프가 형성한, 다양하고 복수적인 규율의 문화적 생산의 폭을 하나의 공간에 위치시키는 불가능한 작업을 하려는 것이 아니다. 또한 카프 지도층에 의해 분리된 분과들에 결과적으로 할당된 서로 다른 규율들 사이의 관계에만 초점을 맞추지도 않을 것이다. 그 대신에 나는, 이제까지 간과된 카프문학, 비평, 미술, 영화에서의 언어적-시각적 관계의 교섭 — 실제로 1930년대 문학적 모더니즘의 시각적 장치의 실험에 선행했으며 이후에 그 실험을 고취시킨 교섭 — 이, 보는 것과 읽는 것, 생각하는 것(식민지적 근대 자체를 형성하는 데 관여한 것)을 새로운 방법으로 생산하는 데 어떻게 중심적 역할을 했는지 보여줄 것이다.

프롤레타리아 텍스트들은 식민지적 근대의 기법들, 특히 1920년대 중후반의 영화와 도시공간의 연출로 특징지어진다. 비평가이자 작가인 김기진[12]에 대한 논의에서 볼 것처럼, 텍스트에서 새로운 시각적 방법을 생산하려는 시도는, '민중에게 계급투쟁 현실을 각성・교육시키라는 반복된 요구'와 '기술적인 것' 사이의 관계에 연관된다. 1920년대 프로문학 논쟁과 작품에서 말해진 재현의 문제는, 진실하게 보는 방법

---

12 카프 구성원들은 이후 15년 동안 여러 방식들로 위치의 변화가 있었으며, 특히 1930년대 말 제국화 정책이 실행될 때 전환이 있었을 것이다. 박영희는 1930년대 초에 '잃은 것은 예술이요 얻은 것은 이데올로기'라는 유명한 선언을 했다. 김기진은 1950년대 북한이 서울을 점유했을 때 인민재판에 회부되었으며 남은 생애를 남한에서 보내면서 1970년대 초 펜클럽 회장이 되기도 했다.

이 어떻게 프롤레타리아의 노동하는 신체를 해방시키느냐의 문제가 된다. 각성되는 것, 즉 의식화 되는 것(coming to conscious)은 역사 자체의 생산을 가져온다. 그 같은 각성은 진정한 시각적 질서를 프로 작품에서 언어를 통해 환기함으로써 일어난다. 진정성과 보는 방법 사이의 그런 연결은 그 이후의 문화의 역사를 위해 중요성을 갖는 것일 터였다. 즉 그 같은 연결은, 1930년대의 문학적 모더니즘과 향토주의, 식민지 말의 동원화/제국화의 구조, 그리고 그것들의 포스트식민적 재분절을 형성한 시각적 장치를 특징짓게 될 것이었다.

카프는 1920년대 중반 식민지적 근대가 자신을 보이게 만들었을 때, 즉 새로운 공장과 회사 사무실, 농촌의 황폐화, 그리고 그에 따른 이농/이주 및 식민지 수도의 재편이 보이게 되었을 때 형성되었다.[13] 총독부는 경제적・정치적 권력을 새로운 제도들이 거주할 건축에 전시함으로써, 도회적인 문화적 공간의 형성과 어울리게 하면서, 도시의 공간과 시간성을 근대적 미래의 무대로 재연하도록 했다. 카프 지식인들이 식민지적・자본주의적 근대에 대해 말하려 시도했다는 것은, 일차적으로는 그 공간을 근대로 만든 기법들(technics)을 붙잡고 싸우려 했음을 뜻했다. 그들은 운송 네트워크들과 근대 건축의 부과를 통해 도시풍경을 변화시킨 새로운 테크놀로지에 직면했을 것이다. 근대 건축은 총독부 건물, 경성역, 조선은행 같은 구조물들로 구현되었는데, 이 중 많은 건물들은 1920년대 중반에 완성되었다. 또한 카프 지식인들은 윤전기, 라디오, 전신기, 영화 같은 식민지 정부가 근대화 기획을 정당화하기 위

13 역주: 이처럼 프로문학의 출현의 배경으로 식민지적 모순뿐만 아니라 그것의 시각화와 테크닉을 강조하는 것이 휴즈의 독특한 관점이다. 우리는 1970~80년대의 진보적 문학의 출현 역시 비슷한 방식으로 말할 수 있을 것이다. 즉 1950~60년대의 문학과 구분되는 1970~80년대의 문학은 냉전 개발주의에 의한 근대화가 눈에 '보이게 되었을' 때 출현했다고 할 수 있다.

한 또 다른 수단들과 부딪혔을 것이다.

일본 식민지 정부는 새로 출현한 문화영역을 구성할 틀을 만들려 시도하면서 식민지 주체들을 규율화하기 위해 (자주 검열을 통해) 점차로 그 수단들을 이용했다. 1920년대와 30년대에 카프 작가들은 총독부 검열 기관의 일차적인 대상이었다. 프로문학 작품의 종이에 찍힌 검열의 흔적은 글쓰기의 또 다른 층위, 즉 "문화정책"의 한계와 경계를 보여주는 공동저작권으로 제공되었다. 즉 그것은 종이 위에 어떤 단어가 쓰일 수 있고 없는지를 나타내는 낙인이자 식민성을 나타내는 시각적 장치가 되었다.[14] 이 같은 연출적인 삭제는 1935년 카프의 해산 및 그 뒤의 전향과 함께 강화되었을 것이며 결국 1930년대 말 "제국적 주체의 문학"(국민문학)의 형성으로 이어졌다. 카프 결성에 참여하거나 그 후의 단계에서 운동에 가담한 지식인들이 시각문화와 인쇄문화의 기법들(technics)에 지속적인 관심을 보인 것은 놀라운 일이 아니었다.[15]

카프는 창건 당시부터 시각문화, 포스터, 만화, 미술, 조각에 밀접히

14 검열의 흔적은 물리적으로 종이 위의 인쇄를 덮는 것으로 나타나면서 식민지 권력을 시각적인 동시에 물질적으로 만들었다. 분명히 검열은 독자들에게 재현 과정에 시각적 관심을 갖게 해주었다. 일차적 독자로서 검열의 매개성은 식민지 프롤레타리아 텍스트들에 자기반영성을 부여하고 있다. 검열의 행위는 내용뿐만 아니라 글쓰기 자체에 관심을 요구하거나와, 종이 위에 인쇄된 단어들의 출현과 사라짐, 즉 텍스트 생산의 물질적 역사에 대한 관심을 갖게 하는 것이다. 1920~30년대 프롤레타리아 작품들은 그 같은 물질적・역사적 방식으로 1930년대 식민지 모더니즘과 연관된다. 프로 작품들과 (다음에 박태원과 이상 등을 통해 보게 될) 모더니즘 작품들은 둘 다 스스로를 드러나게 만드는 자기반영성을 포함했는데, 그것은 유포된 종이 위에서 **인쇄**나 **말소**의 형식으로 글쓰기와 식민성을 물질적인 것으로 보게 하는 시각적 행위를 통해서였다.

15 그 같은 이유로 프로문학은 빈번히 자신의 생산수단과 연관해서 자기반영성을 갖는데, 가령 김남천의 「공장신문」 등의 작품에서 그것을 볼 수 있다. 우리는 임화 같은 유명한 카프 비평가에게 있었던 모방(copy)에 대한 불안이 기계적 재생산의 출현과 연결될 수 있음을 주목해야 한다. 1930년대 중반 리얼리즘에 대한 보충으로서 임화의 낭만주의에 대한 참조는, 순진한 리얼리즘이라고 생각되는 작품의 문제에 대처하려는 그의 기법(테크닉)에 대한 관심을 보여준다. 2장을 볼 것.

연관되었으며, 곧 영화와 (기존의 카프 연구에서 배제되었던 장르) "영화소설(film-novel)"이 합류했다. 실제로 카프의 출현은 식민지 영화산업의 출발 및 식민지 미술계의 형성-조직과 일치한다.[16] 식민지 미술계는 1922년 처음 열린 총독부 후원의 연례적인 조선 미술 전람회(선전)에 거의 집중되었다. 만일 카프 작가들이, 이광수와 연관된 민족중심적 계몽문학과 예술을 위한 예술 진영의 작가들을 배제한 새로운 문학 생산을 자처했다면, 새로운 문학이란 처음부터 "진실"에 대한 열망 속에서 영화적 기법에 관심을 가진 문학이었다. 카프 작품들은 '보이게 만들기'를 모색했는데, 그것은 식민지적 · 자본주의적 관계들을 보여주기 위한 것으로, 정확하게 말해 프롤레타리아 주체에게 '의식화 된 것(coming to conscious)'을 로케이션하기 위해서였다.

카프가 영화와 포스터를 강조한 것은 분명히 사람들(대중)에게 가능한 한 직접적으로 널리 다가가려는 동기를 갖고 있었다. 안석주 같은 화가의 만화는 처음부터 식민지 한국의 좌파 문화운동에 중심적이었으며, 카프의 형성을 예고한 자본주의적 관계에 대한 비판을 제공했다.[17] 카프의 시각문화의 전유는 프롤레타리아 문학으로 전이되었다. 실제로 카프문학 텍스트와 작품 속의 프롤레타리아 주체는 시각문화와 인쇄문화 사이의 상호매개를 형성했다.

카프문학에서 직접성의 생산은 문화적 민족주의자의 몽롱함과 신비성에 대립되는 것으로서 작품이 '현실을 반영한다'는 카프 작가의 주장에서 핵심적이었다. 그런데 그것은 시각적인 것의 언어적 호소에 의존

---

16 1920년대 중반 식민지 한국의 영화계에 대해서는 이영일, 『한국영화전사』, 소도, 2004, 75~102쪽을 볼 것.

17 이승희는 1923~25년이 좌파 정치적 만화의 "전성기"였음을 주목하고 있다. 이승희, 「1920년대 신문만평의 사회주의 정치와 문화적 효과」, 상허학회 편, 『근대지식으로서의 사회주의』, 깊은샘, 2008, 80쪽을 볼 것. 〈그림 1-1〉은 84쪽에 인용되어 있다.

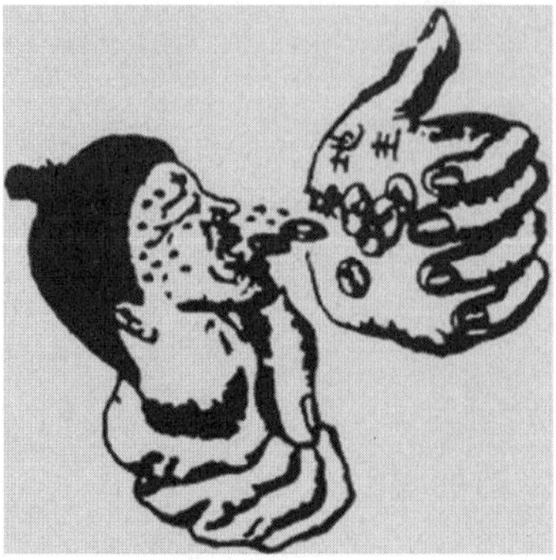

〈그림 1-1〉『동아일보』(1923) 출처 : 무명화가

했다. 여기서 우리는 에르네스토 라클라우가 말한 해방서사의 "투명한 차원"이 언어의 이미지로의 전환을 통해 나타남을 보게 된다.[18] 카프 작품들에서 노동의 신성화와 연관된 노동계급 주체의 형성은 보이게 만들려는 열망의 한 효과이다.[19] 카프 작품들은 주체가 자신을 출현시킨 텍스트를 넘어서서 움직이게 하기 위해 프롤레타리아의 '주체로서의 신체'를 소환한다. 시각적인 것의 언어적 호소는 주체를 출현시켜 하나의 표현물로 만들며, 그다음에는 쓰여진 텍스트를 넘어서서 그것이 실제 현실의 시각적 형식으로서 역사적 현실로 스스로 확대된다. 텍스트와 세계의 직접성은 그 같은 시각적 장치 위에서 출현한다. 식민지 한국의 프로문학에서 지속되었던 언어를 현실로 만들려는 열망은, 문학적 리얼리즘에서 핵심적인 직접성이 어떻게 '언어에서 이미지를 보는 눈'에 의해 진행되는 지 보여준다. 마치 영화를 보는 것처럼 읽는 것은 보는 것인 셈이다. 실제로 '보는 것'이란 김기진 같은 카프 영화소설가들(film-novelists)이 독자에게 주문한 한 간곡한 권유였음이 밝혀지고 있다.

---

18 라클라우의 경우 "해방은 권력의 제거와 주체/대상 구분의 폐지, 그리고 사회적 총체성의 관점에 일치된 사회적 행위자에 의한 공산 사회적 일들의 — 어떤 불투명성이나 매개가 없는 — 운영을 전제로 한다." Ernesto Laclau, *Emancipation(s)*, London : Verso, 1996, p.1.

19 역주 : 권력에 의해 보이지 않게 되었던 노동주체를 보이게 만드는 것이 시각적 직접성의 효과라고 할 수 있다.

문학 대중화 논쟁과 영화소설

—소설로서의 영화, 영화로서의 소설

카프의 창립 멤버로서 비평가이자 작가인 김기진은 프로문화운동의 방향에 대한 논쟁에서 중심적인 역할을 했다. 아마도 김기진은 1920년대 말 카프의 중요한 논쟁 문학 대중화론에서 임화의 적수로 가장 잘 알려져 있을 것이다. 카프의 주요 논쟁들은 재현과 내용/형식, 대중문화의 문제들을 결합하고 있었는데, 그 방식들은 프로문화운동뿐 아니라 모더니즘과 총동원문화(1930~40년대 전반)에도 중요한 것으로 입증될 것이었다.

김기진의 1923년의 글들, 「프로모나드 상디망탈」, 「클라르테 운동의 세계화」, 「지배계급 교화, 피지배계급 교화」는, 3·1운동 이후 새로 형성된 식민지 근대의 공적 영역을 좌파로 향하게 하려는 노력으로서, 앙리 바르뷔스와 그의 클라르테 운동에 대한 글들로의 선회이다. 바르뷔스의 글들은 1920년대 초에 출간된 수많은 번역서들과 함께 일본에서 널리 읽혔다. 실제로 일본 본국에서의 식민지 한국의 프로 작가들과 사상가들의 연구와 활동은, 자신들을 국제적인 프롤레타리아 작가와 예술가의 공동체에 소속된 것으로 상상하는 방식으로 중요한 역할을 했다. 김기진의 좌파적 글쓰기는 1923년부터 시작되었으며, 그 글들은 1925년 국제적인 프로문화운동을 위한 상부단체로서 카프의 궁극적 출현에 핵심적이었다.

광범위한 기층을 지닌 예술운동으로서 카프는 창립 멤버로 작가들뿐만 아니라 미술가들과 영화인들을 포함하고 있었다. 그들은 모두 문화계와 정치계에 참여하고 있었는데, 그런 활동공간은 총독부의 출판

허가의 승인만이 아니라, 조선 미술 전람회 체제의 근대미술의 제도화와 식민지 한국의 영화산업의 출현에 의해 고무된 것이었다. 새로운 식민지 문단을 형성한 문학작품의 출판과 신문, 잡지에서의 논쟁은, 1920년대 중반에 최초의 식민지 한국의 영화들의 출현을 가져왔다. 다섯 편의 카프 영화는 1920년대 말과 30년대 초에 제작되었다. 따라서 최초의 폭넓은 진정한 문학 텍스트의 독자층은 식민지 한국 영화의 관객층과 나란히 출현한 셈이다.

김기진과 다른 사람들이 알고 있었던 것처럼, 당대의 낮은 문식력은 "노동자"와 "농민"이라는 새로운 담론 범주로 표시된 대다수의 사람들[20]이 그에 해당한다는 것을 뜻했다. 그들은 문학을 구어적으로 접근하고 있었으며 구어를 통해 그 내용을 이미지화하고 있었다. 1920년대의 "독자층"은 그런 텍스트 소비의 형식을 포함하고 있었다. 김기진의 1920년대 말의 대중화의 요구는 그 같은 구어 독자층을 인식하고 보다 넓은 문화 분야에 개입하려는 것이었다. 후자의 요구는 점차 대중문화가 중요해짐을 증언한 것이었으며, 거기에는 영화와 라디오(1927년의 최초의 경성방송국의 방송), 그리고 물론 신문 대중소설도 포함되어 있었다. 이광수의 1917년의 『무정』의 연재는 신문 대중소설이 성공을 거둔 초기의 예로 자주 거론되었다.

1928년에 김기진은 대중소설로의 "퇴각"을 요구하는데, 그것은 점차 강화되는 총독부의 검열에 의한 필요성 때문이었으며, 또한 당대의 대다수 독자들이 다른 문학보다 대중적 작품을 더 즐긴다는 사실에 근거한 것이었다.[21] 당면한 과제는 기존의 대중적 형식들을 마르크스주의적 세

20 Clark Sorensen, "National Identity and the Construction of the Category 'Peasant' in Colonial Korea", *Colonial Modernity in Korea*, ed. Gi-Wook Shin and Michael Robinson, Cambridge, Mass : Havard University Asia Center, 1999, pp.288~310을 볼 것.

계관으로 재생산하는 것이다. 김기진은 1929년의 “대중소설론”에서 그 같은 생각을 확장시키면서, 한국에서 “대중소설”의 개념이 사용된 적이 없지만,[22] 그 용어가 민중을 위해 쓰이고 읽히는 작품을 뜻하는 한에서 오랜 역사를 갖고 있음을 지적한다. 그에 따르면, 대중소설은 조선조 시대의 『구운몽』이나 『춘향전』 같은 이야기책을 포함할 것이었다. 텍스트가 독자와 불가분하게 연결되어 있음(“대중소설이란 대중을 떠나서 존재할 수 없다”)을 전제로, 김기진은 대중을 인민이나 서민이 아닌 “노동자와 농민”으로 규정하는 데까지 나아간다.[23] 그러나 과거의 이야기책은 더 이상 “필요하지 않다. 무슨 까닭이냐 하면, 그것들은 우리들의 농민과 노동자에게 현실에서 도피하여 환상에 도취하게 하며 미신을 길러주며 노예근성을 북돋아주며 지배자에 대한 봉사의 정신과 숙명론적 사상과 봉건적 · 퇴영적 취미를 배양하는 까닭이다.”[24] 대중소설의 새로운 형식은 대중들을 즐겁게 하는 동시에 과거와 현재로부터 벗어나게 하면서, 그들의 욕망에 호소해야 할 것을 요구한다. 새로운 소설은 그들의 현재의 예속상태를 깨닫게 하고, “세계사의 현단계의”의 적절한 주체로서 수행해야 할 임무를 인식할 수 있게 해주어야 한다.[25]

대다수 대중의 낮은 교육 수준은 이야기책 형식을 떠받치는 정서적 · 도덕적 틀로의 전환을 요구한다.[26] 이야기책이 출판시장을 지배하고 대중에게 널리 읽히면서 여전히 매우 잘 팔린다는 사실은, 그것의 힘을 나타낸다. 따라서 새로운 대중소설은 이야기책에 의해 제공되는 욕

21 김팔봉, 홍정선 편, 『김팔봉문학전집』 1, 문학과지성사, 1988, 126쪽. 팔봉은 김기진의 호임.
22 위의 책, 128~129쪽.
23 위의 책, 129쪽.
24 위의 책, 130쪽.
25 위의 책, 130쪽.
26 위의 책, 132쪽.

망과 즐거움 자체에 호소하면서, 그 즐거움이 생산한 노예적 정신으로부터 벗어나야 한다.[27]

김기진은 그의 논설을 두 가지 부분으로 구성하고 있다. 즉 "무엇이 쓰여져야 하는가"와 "어떻게 써야 하는가"이다. 이야기책의 내용은 일상의 삶에서의 대중의 경험이 무엇인가에 초점을 맞춰야 하며, 그들에게 물질적 삶의 불평등성과 그 불평등성의 이유를 보여줘야 한다. 대중소설은 새로운 세계관과 낡은 세계관 사이의 충돌을 검토하면서, 항상 낡은 것에 대한 새로운 것의 승리로 끝나도록 해야 한다. 연애사건 같은 다른 주제는 작품에 흥미를 더해주지만 배경으로 내리고 중심적 무대에 올려서는 안 된다. 어떻게 써야 하는가? 단순하게, 간단하게, 리듬과 반복을 넣어서이다. 왜냐하면 노동자들과 농민들은 다른 사람들이 읽어주는 텍스트를 듣기 때문이다. 플롯의 전개와 "변증법적 리얼리즘"이 인물과 심리묘사보다 강조되어야 한다.[28] 대중적이면서 프롤레타리아적인 텍스트는 전근대적인 것과 연관된 정서/감정을 계급의식으로 변화시키는 것을 목표로 해야 한다. 그 같은 감정에서 의식으로의 이동은, 전근대적 서사와 그와 연관된 감정구조를 그 대중적 호소력이 보장되도록 텍스트 안에 위치시킴으로써, 즉 감정을 인식함으로써만 일어날 수 있다. 대중적-프롤레타리아적 텍스트란 전근대적 장치들을 사용하면서 변증법적 방법에 의해 그 장치들을 내던져버리도록 되어 있다.

자주 언급되는 프로 작품에서의 공간에 대한 시간의 특권화는,[29] 김기진이 세계사라고 부른 것과 연관된 대중소설의 위치 선정에서 중요

27 위의 책, 135~136쪽.

28 위의 책, 137쪽.

29 예컨대 Edward W. Soja, *Postmodern Geographies : The Reasserting of Space in Critical Social Theory*, London : Verso, 1989, pp.32~33을 볼 것.

한 역할을 한다. 그와 동시에 핵심적인 것은, 어떻게 **운동**이 시간/공간 관계와 (호소력를 지니면서 사회주의적 목표로 전환되어야 하는) 정서에 중심적이 되는지 주목하는 것이다. 정적인 상태로 있는 것보다 운동하는 것이 시간적으로 앞으로 향한 진보이며 공간을 변화시키는 것이다. 대중적・프롤레타리아적 텍스트는, 물리적 공간/시간의 운동과 정서적인 운동을 간곡히 호소한다.

대중적・프롤레타리아적 텍스트는 독자 혹은 청중을 해방의 역사로 고양시켜야 하는데, 그것은 현실에서 나타나지만 (노예적・봉건적 정신성인 미신 때문에) 잘못 이해되어 왔던 해방의 역사를 보이게 만듦으로써이다. 과거에서 벗어나서 시간적으로 앞으로 향하는 운동, 즉 노동자/농민 독자/청자가 성취해야 하는 목적론적 운동의 포착은, 새롭게 보는 방법을 앎으로써 일어난다. 시간성은 그런 시각성 곧 **이미지화**로부터 분리될 수 없다. 운동으로서의 시간성이 정적인 공간성과 대립하지 않는 것은 그 같은 방식을 통해서이다. 작품에 표현된 일련의 이미지들은 시간적인 동시에 공간적이다. 즉 그 이미지들은 노동자/농민을 시간적으로 앞으로 움직이도록 소환하면서(시간성), 스스로를 노동자/농민 앞에(그들에게) "적절하게" 보여지도록 전시한다(공간성).[30]

김기진의 이론에서 작동되는 대중과 프롤레타리아의 혼합은, 심지어 문학 대중화 논쟁이 김기진의 패배로 끝난 후에도 많은 카프 작가들에게 영향을 주었을 것이다. 김기진의 적수는 임화였는데, 임화는 김기진식의 "퇴각"은 식민지적 검열 앞에서의 후퇴에 다름이 아니라고 단언했다. 임화는 김기진의 이론이 "적 앞에서의 영웅적인 투쟁"이 전보다 더 요구되는 시기에 프로적 글쓰기와 마르크스주의에 대한 결별 선언

30 역주: 이처럼 보이지 않던 것을 보이게 만들면서 그것을 통해 앞으로 움직이게 하는 것이 프로문학에서의 시각성이다. 그 점에서 프로문학의 시각성은 공간적인 동시에 시간적이다.

에 해당된다고 주장했다.[31] 임화는 특히 김기진의 연애 영화소설의 글쓰기에 대해 비판적이었다.[32]

1945년 이후의 식민지 시기 문학사에서 무시되었지만 영화소설은 1920년대 중반 최초의 한국영화의 상영과 함께 출현했다.[33] 영화소설은 많은 편수가 창작된 것은 아니었다. 그러나 영화소설 장르의 원리인 영화, 삽화, 문학의 뚜렷한 상호매개는, 식민지 시기 문학에서의 영화기법의 전유와, 문학작품(그리고 영화소설 자체)의 영화화에서 문자언어의 교섭, 그 양자의 관계에 대해 생각할 수 있게 한다. 1920년대에는 극장에서 영화가 상영되기 전에 시나리오가 가끔씩 신문에 연재되기도 했다. 연재된 시나리오는 카메라 지시와 짧은 언어적 장면묘사, 대화, 삽화 (영화가 제작중인 경우 가끔 스틸) 등을 포함하고 있었다. 반면에 영화소설은, 무성영화의 삽입자막의 모사를 뜻하는 박스로 강조된 대화[34]와, 필요한 부분의 본 텍스트의 대화, 긴 장면묘사, 삽화로 구성되어 있었다. 영화소설의 경우 카메라 지시는 없었다.

카프의 영화소설은 당시에 임화 같은 카프 구성원들에게 조소를 받았으며 이제까지 카프문학의 연구에서 심각하게 논의된 적이 없다. 그러나 나는, 영화와 문학을 상호매개한 장르이자 대중성과 프롤레타리아 의식을 표현한 매체로서, 1920~30년대의 프로문화 생산에서 영화소설의 중요성을 강조하고 싶다.

예컨대 이종명의 1928년의 〈유랑〉 — 카프 최초의 영화소설로서 유명한 카프 영화감독이자 후일 모더니즘적 구인회의 일원이 된 김유영

31 임화, 『임화문학예술전집』 4, 소명출판, 2009, 153쪽.
32 위의 책, 146쪽.
33 예컨대 김기진의 〈전도양양〉(1929)은 김기진 전집에서 누락되어 있다.
34 역주 : 무성영화의 중간에 삽입되는 스크린 위의 자막과 비슷한 대화표현을 뜻한다. 이 인물의 대사(대화)는 점선의 박스로 강조되어 있다.

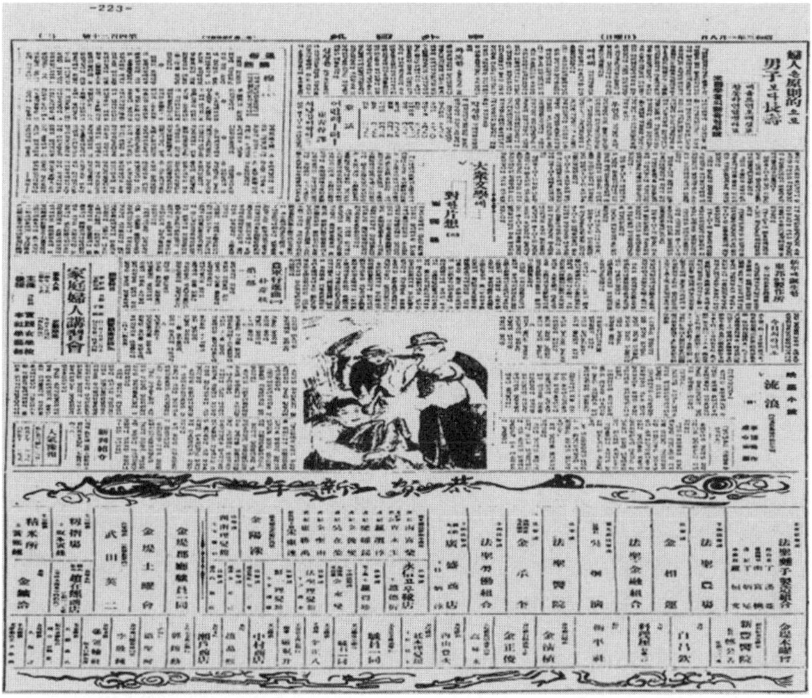

〈그림 1-2〉 삽화를 곁들인 〈유랑〉의 연재(1928)

에 의해 영화화된 작품 — 에서 보는 것처럼, 영화소설은 카프문학 텍스트들 스스로가 어떻게 언어적/시각적 관계에 의해 상호매개되고 있었는지 분명하게 드러내고 있다.[35]

이종명은 〈유랑〉(1928년 연재 후 곧 같은 해 4월에 극장에서 영화로 상영됨)의 첫 연재 서문에서 영화소설에서의 독자와 관객 사이의의 중첩성에 대해 설명한다.

> 한 편의 영화소설을 읽는다는 것은 즉 한편의 영화를 본다는 의미이다. 단지 이는 상상을 통해서 볼 수 있다는 차이점이 있을 따름이다.

35 모든 다른 카프영화처럼 이 영화의 사본은 현재 없다.

> 그러하니 이런 종류의 글을 읽으면서 문장이 어떠하니 기교가 어떠하니 식의 소설적으로 평을 내리는 것은 무리한 주문이다.
>
> 독자여. 여러분은 이 소설을 읽어내려 가며 한 장면 한 장면을 여러분의 머릿속에 있는 스크린에 비추어보라. 그럴 것 같으면 그곳에는 설은 사랑으로 짜놓은 한 편의 영화가 여러분 앞에 나타날 것이다. 이것은 방금 조선영화예술협회에서 촬영 중에 있으니까 멀지 아니한 후일에 정말 한편의 사진이 되어 여러분 앞에 나타날 것을 말하여 둔다.[36]

〈유랑〉에서는 위의 언어적 권고의 시각적 묘사로서 각 연재의 시작마다 극장에서 영화를 보는 청중의 삽화가 제공된다. 영화소설은 종이 위에서 시각적으로 단어들과 만나면서 그것을 읽는 행위를 필요로 한다. 그러나 그것은 각자의 '머릿속의 스크린'을 위해 언어가 서서히 사라져 없어지길 바라면서 읽는 것이다. 이것은 관객의 카메라와의 제휴, 즉 봉합을 요구하는 독자의 양식이다. 사람들은 종이 위의 언어를 이미지들과 스크린에 비쳐진 삽입자막 박스로 전환시키면서, (각 연재의 앞에 그려진 삽화처럼) 극장에서 이미 영화를 보는 것처럼, 그리고 시나리오의 지침에 따라 영화를 찍는 것처럼 읽어야 한다. 따라서 영화소설은 무성영화와 삽화를 지닌 연재소설 간의 관계를 생각할 수 있게 해준다.[37] 무성영화가 (보여지면서 읽혀지는) 이미지인 동시에 텍스트라면, 삽화를 지닌 소설은 텍스트와 이미지로 구성된다. 양자의 형식은 모두 문자언어와 연관된 이미지화를 분명히 요구한다. 무성영화의 경우, 스크린의 이미지를 보면서 텍스트를 예기하는 과정을 포함하며, 삽입자막 박스에

36 이종명, 〈유랑〉, 김수남 편, 『조선 시나리오 선집』 1, 집문당, 2003, 260쪽.

37 이광수와 염상섭, 이기영 같은 식민지 시대의 중요 작가의 장편소설은 거의 모두 연재소설이었다.

선행하는 장면의 대화에 관여하는 인물들에 의해, 자막로부터 상승된 실제의 음성언어의 이미지화가 뒤따른다.

삽화가 무성영화 자막 박스의 상대항으로서 시각적 삽입자막으로 여겨질 수 있다면, 삽화/스틸, (머릿속이나 극장의) 스크린 위의 움직임, 문자언어 등이, 무성영화와 영화소설 뿐 아니라 — 한국 근대문학에서 상당히 중요한 장르인 — 연재소설을 어떻게 상호매개하는지 생각할 수 있게 된다. 우리는 삽화를 텍스트와 별개인 시각적 보조물이나 부가물이 아니라 연재소설을 읽는 행위에 포함된 것으로 생각해야 한다. 텍스트와 삽화는 그 둘이 만들어진 순서와는 상관없이 신문이나 잡지의 종이 위에 동일한 시각적-텍스트적 공간으로 나타난다. 실제로 어떤 면에서, 연재소설의 문자언어가 인쇄된 삽화를 둘러싼 언어적 묘사, 즉 긴 설명문으로 나타난 것으로 생각한다면, 삽화에 대한 텍스트의 특권 (문자언어가 시각적으로 다가오며 따라서 그 자체가 언어적-시각적 형식임을 망각한 특권)은 역전될 수 있다. 식민지 한국의 가장 대중적인 문학형식인 삽화 소설의 독자들은, 삽화의 언어적 묘사와 (인쇄된) 언어의 삽화적 묘사 사이의 운동을 교섭시키면서, (카메라처럼) 이미지를 움직이게 만드는 행위에 참여하는 독자-관객들이었다. 그 뒤 1945년 이후에, 남한문학의 정전을 구성한 선집이나 교과서에서 삽화를 빼버린 것은, 그 같은 독자-관객의 행위를 말소시킨 셈이다.

〈유랑〉은 많은 카프 작품들과 비슷한 서사로 전개된다. 즉 지식인 청년 (임화가 연기한) 영진이 고향을 떠나 3・1운동(1919)에 참여하고 정치의식을 갖게 된 후, 탐욕스러운 지주(그리고 그 수하들)에게 착취당해 황폐해진 마을로 귀향하는 모습을 보여준다. 영진은 야학을 시작하고 가난한 소작인의 딸 순이와 사랑에 빠진다. 순이는 아버지에게 돈을 주는 조건으로 지주의 "바보 아들" 윤실과의 혼인을 준비하기 위해 지주의

집에 머물러야 한다. 그러나 그녀는 도망쳐서 자살할 결심을 하는데, 다리에서 뛰어내리기 전에 영진에게 구출된다. 영진과 순이, 그리고 그녀의 아버지는 마을을 떠나지만, 지주 쪽 사람의 추적을 받게 되고 윤길도 그 추적에 가담한다. 이 작품은 윤길이 갑자기 아버지가 보낸 사람을 쫓아버리고 주인공들을 구출하는 것으로 끝난다.

다른 카프 작품에서처럼, 〈유랑〉은 시골이 심미적 공간으로 이미지화되는 것을 거부하며 공간을 재배치시킨다. 가령 영진이 "형용할 수 없는 구슬픈 정조"[38]로 채워진 아름다운 그림 같은 물레방아를 볼 때 접하는 이미지 같은 경우이다. 물레방아는 이 작품이 슬픔과 배신에 연관된 이미지들을 잇달아 제공하면서 돌아가기 시작한다.[39] 즉 순이의 지주 아들과의 결혼에 대한 결심, 영진 앞에서 도움을 요청하는 순이의 환영의 출현, 그리고 순이의 환영의 사라짐 등이다. 이 부분에서 이 영화소설에서는 스틸이 움직이기 시작한다. 그리고 그런 움직임이 영진의 머릿속의 스크린 위에 나타나고, 같은 방식으로 독자는 마음에서 만나는 단어들을 "스크린에 상영할" 것을 요구받는다. 또한 일련의 삽화들이 그런 이미지화를 돕는다. 여기서의 삽화들은 '분리된 연재'와 시간을 넘어서서 한데 연결될 수 있는 것들로서, 연속된 영사 슬라이드를 형성

---

38 이종명, 〈유랑〉, 김수남 편, 『조선 시나리오 선집』 1, 집문당, 2003, 282쪽.

39 역주 : 영진은 물레방아를 보며 아름다운 그림 같다고 생각하지만 그 아름다운 이미지는 슬픔과 배신의 감정 속에서 더없이 구슬픈 정조를 자아낸다. 이어서 영진 앞에 슬픔과 고통의 이미지들이 나타나면서 물레방아가 돌아가기 시작한다. 농촌은 더 이상 아름다운 그림 같은 풍경이 아니다. 물레방아의 아름다움이 사라진 것은 아니지만 그 아름다움이 슬픔을 자아내고 농촌 현실의 시각적 이미지를 슬픔과 고통으로 변화시키고 있는 것이다. 여기서는 감정의 변화가 농촌에 대한 시각적 경험의 변화로 연결되며, 그것은 또한 초역사적 향토에서 역사적 경험으로의 이동에 연결된다. 특히 물레방아가 돌아갈 때 이미지가 나타나며 이미지가 사라지면 물레방아가 멈추는데, 이는 영화적 표현인 동시에 시각적 경험과 연관된 감정의 구조의 변화를 표현하기도 한다. 농촌은 그림 같은 정적인 이미지에서 움직이는 이미지로 변화된다.

한다. 그 같은 머릿속의 스크린의 상영은 정서를 이미지에 연결하며, 감정적 변화를 시각적 경험의 변화에 연결한다. 이 (이미 1920년대 말에 나타난 식민지적 향토주의와 연관된)[40] 그림 같은 풍경에서 영화소설적 운동으로의 이동은, 근대를 바라보는 감정의 구조를 변화시킨다. 역사에 대한 무관심에서 김기진이 "세계사"라고 부른 것으로의 그런 이동은 시각적 장치 위에서 발생한다.

〈유랑〉은 하나의 전환점을 제공한다. 즉 정(情)을 전통적인 것에서 근대적인 것으로 전환시키는데, 이제 정은 착취된 계급의 사람들 사이에서 드러나게 된다. 이런 전환은 또한 정을 한국인의 보편적 민족감정으로 위치시켰던 『무정』 같은 계몽서사로부터 벗어나는 운동이기도 하다. 이 전통적인 것 및 계몽적-민족적인 것과의 단절은 영진이 다음과 같이 선언할 때 발생한다. 즉 아버지와 딸 사이의 정은 약하고 착취받은 계급들 사이의 정만큼 강력하지 않기 때문에 순이의 아버지는 지주의 아들과 결혼하지 않은 그녀를 용서할 것이라고 단언할 때 나타난다. 이 같은 정서의 전이는 고향에 묶여 있던 농민의 이탈뿐만 아니라 영화 형식의 기동성/운동성에 의해 비롯된다.

이런 농민의 민중으로의 전환은 '보는 눈'과 긴밀하게 연관되어 있다. 그 점은 도망친 신부를 붙잡는 데 가담하리라 예상했던 윤길이 예상 외로 달아난 사람들에게 협조하는 장면에서도 나타난다. 영진 일행과 아버지의 수하들의 싸움을 보면서, 윤길의 눈은 "성난 감정으로 이글이글 끓고 있었다."[41] 이 눈은, 마지막 장면에서 스스로를 극장에 있는 것으로 상상

---

40 향토주의는 민족적 서사를 방해하며 자본주의와는 다른 체제를 지시하는 방법일 뿐 아니라 민족주의 자체와 긴밀한 연관을 지니는데, 그에 대한 논의는 밍얀 라이의 향토주의 연구를 볼 것. Ming-yan Lai, Nativism and Modernity : *Cultural Contestations in China and Taiwan Under Global Capitalism*, Albany, N.Y. : SUNY Press, 2008.

41 이종명, 〈유랑〉, 김수남 편, 『조선 시나리오 선집』 1, 집문당, 2003, 298쪽.

하는 독자-관객들, 즉 보는 것을 통해 말없이 자발적으로 현실을 자각하게 되는 감상자들을 대신하는 눈이다. 가족적·연애적 사랑에서 계급에 근거한 사랑으로의 이동은 그 같은 봉합에 의해 완성된다. 그렇다면 〈유랑〉은 관객들을 대중적 형식의 즐거움에서 계급에 근거한 주체를 형성하는 즐거움으로 이동시키기 위해 고향과 연애라는 대중적 모티프에 호소하고 있는 셈이다. 이 같은 이동은 김기진이 그의 대중적-프롤레타리아적 문학에 대한 논설들에서 요구한 태도와 정확하게 일치한다.

고향과 흙을 이미지화하기
―초시각적인 것으로서의 향토주의 미술

문학사는 향토주의적 전환을 1930년대에 위치시킨다. 또한 그런 전환이 카프의 쇠퇴와 총독부 문화정책의 심화된 강압에 의해 발생했으며, 결국 전시동원과 제국적 주체 문학의 구성으로 귀결된 것으로 논의한다. 그러나 문학 텍스트들은 이미 1920년대에 향토적 담론 및 이미지들과 교섭하고 있었다. 〈유랑〉의 공간을 연출한 두 가지 '보는 방법들'은, 하나는 향토 같은 심미적 이미지에, 다른 하나는 운동성(그리고 활동사진)에 연결되어 있는데, 이는 당대의 미술에 대한 논쟁과 밀접한 연관이 있다. 당대의 미술 논쟁들은, 이제 "동양화"로 불리게 된 전통적 풍경화를 중국화(그렇게 여기게 된 그림)와 차이가 없는 산수화에서 벗어나 실제 "한국" 풍경이 그려지게 재구성하라는 요구를 이미 포함했다. 실제로 1920년대 말의 동양화에 대한 비판적 논의들은 향토담론의 출현에 공헌했으며, 〈유랑〉이 연재된 1928년에 향토회가 결성되었다.

이 같은 1920년대의 미술에 대한 논의들은 전 시기인 1910년대에 "근대 미술"이라는 새로운 개념 자체가 출현한 데 따른 것이다.[42] 가라타니 고진과 권보드래는 ― 일본에서 1890년대에, 한국에서 1910년대에 출현한 ― 새로운 근대 미술의 리얼리즘이 어떻게 근대 일본과 한국문학의 내면의 형성 및 원근법(perspective)에 연결되는지 보여주었다. 서양화와 동양화의 범주의 출현은 분명히 원근법/내면성이 시각적인 것의 새로운 구성을 가져왔음을 보여준다.[43] 그러나 서양 미술과 원근법은 반대로 동양 미술과 연관된 보는 방법을 배제하지 않았다. 양화(서양화)와 동양화의 개념은 상호적으로 구성되었지만 그것이 전부는 아니다. 양자는 서로 상대편을 규정하며 계속 지속되었다. 많은 식민지 화가들이 양쪽 장르에서 작업했다는 사실은, 동양화를 객체화된 과거로 떼 내버린 것이 아니었으며, 동양화와 양화가 여러 방식으로 불안정한 관계로 존재했음을 보여준다.

---

42 권보드래는 『한국 근대소설의 기원』에서, 1900년대 초 미술이 공예(산업적 미술) 및 식산흥업(국가 주도의 상업과 산업의 장려)과 연관되었음을 주목하면서, "미술"의 변화된 의미를 추적하고 있다. 권보드래가 지적한 것처럼, 1910년대의 시각적인 근대예술로서의 "미술"의 출현은 근대문학의 형성과 함께 나타났다. 여기서 권보드래는, 언문일치를 향한 움직임과 함께 자아 내부에서의 정(情)의 위치와 미(美)의 감상이, 어떻게 내면성을 생산하는지 보여주고 있다. 또한 더 나아가 서구적 회화의 도입이 어떻게 '시각적 예술'이란 의미에서의 '미술'의 정의를 발생시키며, 또한 그것이 어떻게 보여지지 않은 정신의 묘사를 목표로 한 전통적 그림의 개념에 대한 비판을 내포하는지 주목한다. "'미술'은 실제 모습을 그대로 그려낼 것, 즉 사실을 목표로 하는 작업이었고, 후에 가서는 문학에 있어서의 사실정신과도 만나게 되는 정신적 태도를 내포하고 있었다." 권보드래, 『한국 근대소설의 기원』, 소명출판, 2000, 60·59~63쪽을 볼 것.

43 가라타니 고진은 "오늘날 그토록 자명해 보이는 일본문학의 역사의 개념 자체가 풍경의 발견 속에서 발생했다"고 말한다. 그가 보기에는, 서구적 그림의 도입과 연관된 1890년대의 "기호학적 배치의 전도"는 무엇보다도 주체의 대상으로부터의 원근법적 분리를 허용한다. Karatani Kojin, *Origins of Modern Japanese Literature*, Durham, N.C : Duke University Press, 1993, p.22를 볼 것.

〈그림 1-3〉 이상범, 〈초겨울〉(1926) 출처 : 갤러리현대

이상범의 작품에서 매우 뚜렷하게 보는 것처럼, 동양 미술의 새로운 범주는 이제 "전통"이 된 형식에 선적인 원근법을 보충하는 점에서, 서양 미술을 참조하고 있다. 서양 미술의 담론 역시 이미지와 한국적 공간의 부합을 연출하라는 요구 속에서 출현하는데, 이 요구는 1920년대 미술과 문학 양자에서 전통주의적 이미지화와 교차된다.[44] 식민지 한국

44 차승기는 1920년대의 전통주의와 당대의 국민문학 간의 관계에 대해 상술하고 있다. 차승기가 지적하듯이, 최남선 같은 1920년대의 전통주의자들은 현재에 되찾을 수 있는 조선성의 계보를 구성하기 위해 중국문화 형식으로부터 시조 같은 장르들을 구분하는 개별주의(특수주의)를 요구했다. 차승기가 볼 때 그 같은 움직임은 암암리에 서구적 근대성을 새로운 보편성으로 인식함으로써만 가능할 수 있었다. 차승기, 『반근대적 상상력의 임계들』, 푸른역사, 2009, 58 · 73쪽.

의 서양 미술의 경우에는, 범주로서의 서양(양)에 대한 담론적 · 회화적 관계와 미술적으로 보여주는 이미지들 — 식민지 서울의 거리나 나혜석 같은 식민지 화가가 그린 프랑스 여행 동안의 마을의 이미지들 —, 양자 모두를 항상 지시한다. 두 개의 넓은 범주들, 즉 동양화나 서양화로의 불안정한 분리는, 미술적 이미지와 미술에 대한 (언어적) 담론을 통해 발생한다. 다시 말해, 동양화와 (서)양화의 범주들은 그 자체가 동시적으로 시각적이면서 언어적이었다. 만일 동양화라는 용어를 형식적으로 보편적인 우주와 연관된 미술적 재현 양식으로 상대화한다면, 양화라는 용어 역시 분명히 근대로서 특권화된 어떤 범주를 나타낼 것이다. 그러나 그 둘 중 어느 한 쪽은, 항상 자신을 다른 가능성들 속에 놓인 재현의 한 양식으로 알고 있었다.

그와 똑같은 것이 문학적 실천, 혹은 더 정확하게 문학적-시각적 실천으로 부를 수 있는 것에서도 말해질 수 있다. 식민지 한국의 근대문학은 시각적이면서 언어적인 텍스트적 실천이다. 즉 식민지 한국의 근대문학은, 문학 텍스트들이나 (미술뿐 아니라 우리가 살펴본 영화를 포함한) 다른 매체들이 발견한 다양한 보는 방법들 사이에서, 역사적으로 끊임없이 변화되는 그 관계들을 교섭시킨 텍스트적 실천이었다.[45]

연례적인 조선 미술 전람회를 통한 근대 미술계의 제도화는, 시각적인 것의 식민지적 규율화이자 문화계의 질서화였다. 일본 비평가에 의한 화가와 그림의 선정, 그리고 식민지 화가들에 대한 상의 수여는, 무엇이 연출되고 보일 수 있는지, 또 미술적 재현이 식민지 문화영역에서

45 W. J. T. 미첼은 "**글쓰기**의 매체는 그것이 의존하는 '문자적인 것'(문자)과 '형상적인 것'(그림)을 대립시키는 일을 해체하면서, 순수 이미지나 순수 텍스트의 가능성을 와해시킨다고"고 언급한다. W. J. T. Mitchell, *Picture Theory : Essays on Verbal and Visual Representation*, Chicago : University of Chicago Press, 1994, p.95. 강조는 원본의 표시임.

어떻게 기능해야 하는지 그 경계들을 확정했다. 즉 제국 본토의 비평적 담론은, 조선 미술 전람회를 구성한 전시된 그림들, 그리고 보다 넓은 문화계에서의 선전(조선 미술 전람회)의 위치와 결합했다. 1930년대에는 이인성과 다른 화가들의 향토주의 회화가 선전의 중심 무대를 점유했다. 그들의 작품은, 시골적인 단순성을 지닌 정서적 · 지리적이고 초역사적인 반도 풍경, 즉 '불가피한 조선성'을 드러냄으로써 제국 본토 비평가들의 승인을 받았다.[46] 식민지 한국의 미술 비평가들의 경우에는 향토에 대해 다양한 평가를 보였다. 어떤 비평가들은 향토주의 회화를 식민지적 근대의 한가운데서 나타난 한국적 전통의 옹호로 평가했다. 다른 비평가들, 특히 카프와 연관된 비평가들은, 향토주의 미술을 제국 본토의 욕망에 대한 영합이라고 비판했다.[47]

제국 본토는 식민지의 '감정과 장소의 동형성', 즉 공간적 · 무시간적 동질성을 강조함으로써, 그 자체로서 근대적인 피식민자 화가의 시선을 묵살한다. 선전에 참여한 식민지 한국 화가의 대다수가 토쿄 미술학교에서 수련했다. 만일 향토주의 그림들을 "주체적인 조선성"으로 보려는 피식민자의 욕망의 한 수준이 존재한다면, 그것은 개별화된 무시간적 풍경을 바라보는 제국 본토의 욕망과 부딪힐 것이다. 향토주의 그림들은, 민족주의적 주체와 식민화된 주체의 식민지 근대적 생산, 그것을 특징짓는 본질주의들이 교차되는 시각적인 장소가 된다. 그러나 그 같은 욕망들은 실제로는 따로 분리될 수 없는 것들이다.[48] 특히 "향토주

46 한국 미술을 슬픔과 우울의 본보기로 본질주의화한 일본 국내의 비평에 대해서는 Kim Brant, *Kingdom of Beauty : Mingei and the Politics of Folk Art in Imperial Japan*, Durham, N.C. : Duke University Press, 2007, pp.32~33을 볼 것.

47 서성록, 『한국 현대회화의 발자취』, 문예출판사, 2006, 125~127쪽.

48 역주 : 화가들은 그 두 가지 입장 중 어느 한쪽을 선택할 수 없으므로 선전에 전시된 작품들은 실제로는 양가성을 지니게 된다.

의" 회화를 그림으로써 화가(그 혹은 그녀) 자신이 근대적 장치, 혹은 더 정확하게는 '식민화된-제국 본토적' 장치에 놓이게 됨을 안다면 더욱 그렇다. 선전의 비평의 명령은 레이 초우가 다른 맥락에서 "강압적 미메티시즘(흉내주의)"[49]라고 부른 것을 상기시킨다. 피식민자 미술가들은 그들의 조선성("불가피한 조선성")을 실현해야 한다. 그러나 그것은 합치될 수 없는 '그리는 사람'과 '그려진 것' 사이의 부합에 대한 요구이다. 이 지점은 선전에 전시되어 그 틀을 만드는 그림이 자신을 소환한 식민지적 제도 자체를 질문하는 위치이다. 그 같은 질문이 실제로 제기되지 않는 것은 그림 속의 대상이 질문의 주체가 되기 때문이다.[50] 그런 질문 대신에 그림 자체가 불일치의 가능성을 지닌 전시를 연출한다. 연출되는 것은 분명히 '그리는 사람'과 '그려진 것' 사이의 틈새의 가능성이다. 또한 그것은 시골풍경과 선전의 피식민자 도시 감상자들 사이의 틈새이기도 하다. 1930년대 조선 미술 전람회 안에서 (그리고 주위에서) 나타난 문화계는 그런 틈새를 열어놓거나 봉합하는 복수적 시선들에 의해 가능해지고 있다. 다음에서 볼 것처럼, 더욱이 이인성의 향토주의적 그림은 그 자체로는 향토적 형식에서 벗어난 서구적 원시주의를 재구성하고 있기도 하다. 식민지적 향토주의는 초역사적 권위에 호소하는 순간, 곧바로 자신을 세계적 흐름에 놓이게 연출하면서, 초시각적(리디아 리우의 통(通)언어적 실천의 분석에 의거한 용어)이라고 부를 수 있는 이미지들을 **재구성**한다.

이인성의 향토주의는 식민지 한국의 시골풍경을 묘사한 만큼이나 고갱을 재이미지화하기도 한다. 이인성의 작품이 보여주는 것은, 그의

49 Rey Chow, *The Protestant Ethnic and the Sprit of Capitalism*, New York : Columbia University Press, 2002.
50 역주 : 화가가 의식적으로 질문을 제기하는 것이 아니라 그가 그린 그림 속의 대상이 질문을 한다고 할 수 있다. 따라서 실제로 질문이 제기되지는 않는다.

〈그림 1-4〉 이인성, 〈어느 가을날〉(1934)

향토주의가 "고향과 흙"(향토)을 그리는 바로 그 순간, 어떻게 미첼이 메타그림(혹은 하이퍼도상)이라고 부른 '그림에 대한 그림'을 포함하는가이다. 그의 작품은 고갱의 그림에 대한 그림인 동시에 조선에 대한 그림이기도 하다. 그의 그림은 고갱의 작품을 횡단하는 움직임이거나 시각적 번역이며, 아시아의 통언어적(transeligual) 실천[51]과는 달리 (예컨대 로마자의 시각적 표지를 인쇄된 페이지의 한글로 대체하며) 한 언어체계에서 다른 체계로 이동하면서 의미를 재생산하지 않는다. 그 대신 여기서는 한 그림에서 다른 그림으로의 초시각적인(transvisual) 전시의 **운동**을 보여준다. 고갱의 그림은 시각적으로 존재하는 동시에 새로운 형식으로 변화되어 존재하지 않는다. 고갱의 "원본" 자체는 새로운 의미작용의 질서에 진입하며 이제 차이적으로 보여질 수 있게 된다. 고갱의 위치는 세계적 문화 영역 속에서 전환이 일어난다. 따라서 이인성의 그림은 고갱

51 역주 : 번역을 통해 서구의 원본의 이미지를 식민지에 재현하는 것을 말함.

의 작품에 대한 논평이면서 고갱 자체에 대한 그 자신의 재이미지화이다. 여기서의 초시각성은 그런 '시각적 자기반영성'으로 특징지어지며, 그것은 다층적 공간성을 표현하는 방식인 셈이다. 우리는 한 그림(고갱의 남해/타이티의 묘사)의 경치와 만나는 동시에 식민지 한국의 시골 공간의 풍경과 조우한다. 후자가 향토주의적 진정성을 성취하는 것은 "한국의 고향과 흙"의 독특함에 의해서가 아니라 세계적 원시주의와의 교차를 통해서이다.[52] 이것이 바로 식민지적 향토주의자 이인성이 "근대적" 화가가 되는 방식인 것이다.

문학적 향토주의 – 회화적 텍스트

1930년대의 문학적 향토주의는 "고향과 흙"의 예술 흐름을 포함한 담론에 속하면서 그것에 대한 논평이기도 하다. 실제로 향토주의 문학텍스트들은 우리가 살펴볼 것처럼 회화적이라고 부를 수 있는 요소를 갖고 있다. 이제 남한문학사에서 중심적 위치를 차지하고 있으며 여러 세대에 걸쳐 남한 학생들에게 읽혀 온 1930년대 작품의 하나 이효석의 「메밀꽃 필 무렵」을 살펴보자.[53] 이효석 소설의 제목이 그림의 표제처럼 읽히

52 역주: 이인성의 메타그림은 일종의 고갱의 번역이면서 진정한 향토성을 드러낸다. 그가 표현한 것은 고갱 자체도 정적인 한국시골도 아닌 번역할 수 없는 어떤 것이다. 이처럼 번역은 한 체계에서 다른 체계로 이동하면서 어느 체계에도 포함될 수 없는 틈새를 발견할 때 자신의 주체적 문화를 표현할 수 있다. 또한 이 예에서처럼 진정한 민족성(향토성)은 트랜스내셔널의 교차로를 통한 운동에서 표현된다고 할 수 있다.

53 또한 남한 정전의 핵심적 위치를 차지한 작품의 하나로 김동리의 「무녀도」(1936)를 볼 것. 물론 무녀도는 특히 대중적 향토주의의 주제였지만, 김동리의 작품은 「메밀꽃 필 무렵」처

는 것은 우연이 아니다. 「메밀꽃 필 무렵」은 어떤 면에서 자기반영적이며 하이퍼도상적이다. 이 소설은 회화에 관한 문학적 텍스트이며 언어가 이미지를 환기시키는 방식에 주의를 기울이게 하는 작품이다. 이 작품은 시골의 달밤의 풍경을 섬세하게 묘사하고 있는데, 그 장면은 향토적 회화를 묘사하는 것처럼 설정되어 있으며, 회화적 풍경은 장터를 떠돌아다니는 장돌뱅이 이야기의 형식 속에서 생생함을 얻고 있다.

> 길은 지금 긴 산허리에 걸려 있다. 밤중을 지난 무렵인지 죽은 듯이 고요한 속에서 짐승같은 달의 숨소리가 손에 잡힐 듯이 들리며, 콩포기와 옥수수 잎새가 한층 달에 푸르게 젖었다. 산허리는 온통 메밀밭이어서 피기 시작한 꽃이 소금을 뿌린 듯이 흐뭇한 달빛에 숨이 막힐 지경이다. 붉은 대궁이 향기같이 애잔하고 나귀들의 걸음도 시원하다.[54]

「메밀꽃 필 무렵」은 충줏집에서 허생원과 갈등관계에 있던 동이가 개울을 건너는 허생원을 돕는 장면으로 끝난다. 바로 그 순간 동이가 허생원과 오래전에 인연을 맺은 성처녀의 자식임이 분명히 암시된다. 이 마지막 장면에서 두 사람은 서로 화해하며, 메밀밭 풍경과 허생원의 의인화된 나귀도 하나로 혼융된다.

이효석의 회화적 텍스트는, 마치 향토 회화처럼 식민지적 근대의 외부에 놓인 풍경을 보여주며, 그 풍경 속을 떠돌아다니는 장돌뱅이의 생명성과 성을 찬양한다. 이 작품은, 허생원의 성적 욕망(충주집을 둘러싼 갈등)과 발정한 나귀에 연관된 무시간성을 연출하면서, 인간과 동물, 풍경 사이의 관계를 에로틱한 분위기로 그린다. 여기서 조선성과 조선 풍경

럼 묘사되고 있는 향토 그림에 대한 확장된 해설 혹은 논평으로 제공된다.

54 이효석, 「메밀꽃 필 무렵」, 『조광』 12호, 1936.10.

은 성적인 것이 되면서 자연화된다.[55] 「메밀꽃 필 무렵」은, 독자가 그 자연적 이미지의 관객이 되며 무시간적 한국과 동일시되게 하는 소환, 그런 시각적 호출을 언어적으로 표현한다.

「메밀꽃 필 무렵」은 프롤레타리아 서사가 폐기된 1930년대 중반의 전향이 어떻게 시각적 장치의 재구성과 연관되는지 보여준다. 「메밀꽃 필 무렵」에서는 전향의 요구가 자생적인 것이 된다. 언어적 · 시각적 소환은 자기 스스로를 지우기 위한 것이며, 언어와 이미지를 넘어 황홀한 육체적 경험으로 이동하기 위한 것이다. '동물되기'와 '풍경되기'를 언어가 말을 넘어서고 이미지가 묘사를 초월하는 장치 — 보는 것이 동일시되는 것이고 이미지 자체가 되는 장치 — 로 볼 때, 그런 동물되기와 풍경되기와의 연관 속에서 모종의 성적인 것이 출현한다.[56] 「메밀꽃 필 무렵」에서 시각적인 것의 언어적 호소는 육체와 노동을 무시간적인 풍경으로 관능화시킨다. 이효석이 과거의 프로문학의 참여에서 전향한 것은 바로 그런 방법을 통해서이다. "삶의 세계"는 이제 선적인 역사의 외부에서 쓰여지고 보여지게 된다.

따라서 「메밀꽃 필 무렵」은 〈화륜〉 같은 전기 작품에서 볼 수 있는 프로서사의 역전을 드러낸다. 〈화륜〉은 1930년대에 이효석과 안석영, 김유영, 서광제에 의해 공동 집필된 시나리오 연재물이다.[57] 이효석과 서광제가 각본을 쓰고 김유영이 감독한 영화는 1931년에 상영되었다. 삽화나 카메라 움직임의 기술적 지시 대신에 스틸들을 특색 있게 제시한 〈화륜〉은, — 〈유랑〉이나 조명희의 「낙동강」 같은 잘 알려진 카프문학작품들

---

55 시각성은 더 이상 이효석의 과거 경향소설 「도시와 유령」에서처럼 '의식화'와 연관되지 않으며, 동물로부터 인간의 분리, 미신으로부터 근대적인 것의 분리를 의미하지 않는다.

56 Akira Lippit, *Electric Animal : Toward a Rhetoric of Wildlife*, Minneapolis, University of Minnesota Press, 2008을 볼 것.

57 이효석 외, 〈화륜〉, 김수남 편, 『조선 시나리오 선집』 2, 집문당, 2003, 292~350쪽.

처럼 — 3 · 1독립운동의 민족주의로부터 국제적인 사회주의로의 이동을 서사화한다. 이 시나리오는 불의 화륜이 주먹들의 바퀴로 변화되는 장면으로 시작한다. 이어서 분노의 얼굴이 나타나서 카메라 접근에 의해 급속히 커지면서 바퀴의 가운데를 채운다. 이 같은 클로즈업은 감정(분노)을 몸의 표면(얼굴)으로 표현하면서 그것이 노동계급의 저항하는 신체(주먹)로 전이될 것임을 암시한다. 즉 이 클로즈업은 얼굴로부터 외부로 투사되는 심리적 정서가 아니라 계급적 감정을 연출한다.[58]

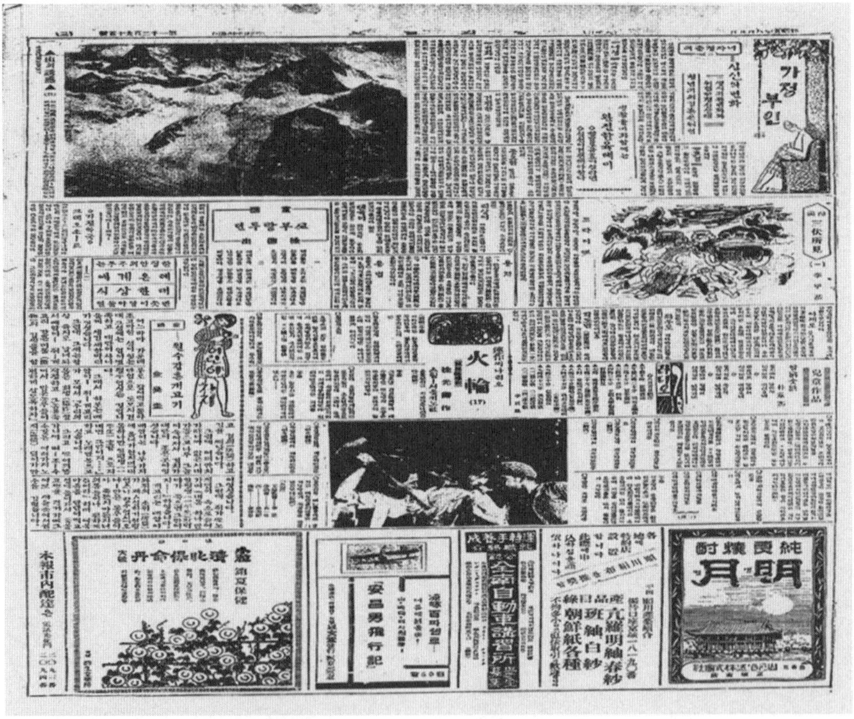
가정 부인
火輪

〈그림 1-5〉 스틸을 곁들인 〈화륜〉의 연재(1930)

58 Mary Anne Doane, "The Close-Up : Scale and Detail in the Cinema", *Differences* 14, 2005, p.5.

이어서 이 시나리오는 10년 동안의 감옥생활에서 석방된 주인공 철호를 묘사한다. 철호는 3·1운동 이후 곧 투옥되어 감옥에서 사회주의자가 되었고, 작품 속에서 그가 취업한 광산에서의 중국과 한국 노동자들의 연합에서 보듯이, 이제 그는 국제적인 노동계급의 일원이 된다. 다른 카프 작품들에서처럼, 가족과 가족애의 멜로드라마적 대중서사—철호와 그의 아들 복규의 우연한 만남, 철호와 그의 아내의 재회(〈유랑〉에서 영진이 순이를 자살에서 구출하듯이 철호는 아내를 자살에서 구원한다)—는 계급투쟁의 역사적 필연성을 그린 프롤레타리아 서사에 자리를 내준다. 더욱이 '감성의 분할'을 넘어선 투쟁을 만드는 것은 철호가 십 년 만에 딴판으로 변해버린 도시공간과의 조우하는 상황이다.

〈화륜〉에서 식민지 자본과 자본주의적 축적/착취, 그리고 그에 이은 자본의 재편성은, 남성 광산노동자들과 고무공장 여성노동자들의 동시적으로 시작된 저항에 직면한다. 〈화륜〉은 연속된 군중 장면들을 표현하는데, 즉 시작 화면에서의 주먹들, 식민지-근대 도시를 통과하는 도시 군중의 움직임(심상치 않은 사건을 주시하는 구경꾼들의 모임), 그리고 투쟁에 참여한 노동자들이다. 식민지적 근대의 연출을 세계 자본주의에 연결시키는 것은 "만국의 노동자들"로서의 투쟁하는 노동자들의 출현이다. 연재된 시나리오 〈화륜〉은 영화소설보다도 더 분명하게 독자들을 관객인 동시에 감독의 위치에 놓는다. 독자는 시나리오를 "머릿속의 스크린"의 시각적 이미지들로 변형시킴으로써 카메라 지시를 없앤 상태에서 능동적으로 행위주체의 능력을 갖게 된다. 이 같은 변형력과 운동력을 지닌 시각적 행위는 독자-관객-감독을 시나리오 자체의 서사에서 노동자의 성장과 각성에 연결되게 한다.

우리는 이효석이 프로문학으로부터 물러선 것이 모더니즘을 향한 이동이었음을 상기해야 한다. 그것은 〈화륜〉을 공동집필한 영화인 김유영과 카프의 영화소설가 이종명이 뒤따랐던 경로이기도 했다. 1930년대 모더니즘과 가장 밀접히 연관된 문학 모임 구인회의 창립멤버로서, 이효석은 서구문학에 대해 매우 잘 알고 있었으며, 많은 작품에서 식민지 내부와 그 경계 외부의 도시 공간을 순회하는 혼종적 · 코스모폴리탄적 주체들을 묘사했다. 프로서사로부터 「메밀꽃 필 무렵」의 무시간적 풍경의 상상으로의 선회는, 확장되는 일본 제국에서 도시적 근대의 변화 및 유출의 여러 경험 중 하나를 분절한 것이었다. 향토주의와 함께 시각적 대중문화가 카프와 1930년대 모더니즘 양자의 중심적 관심사였다는 점은 그 두 운동들 사이의 밀접한 관계를 나타낸다. 그 같은 연결 관계는, 1930년대 모더니즘이 비속한 자본주의적 식민지 근대와 그에 따른 상품화 및 욕망의 형식들과 어떻게 격투를 벌였는지 생각하면 더욱 분명해진다.[59]

모더니즘과 향토 — 「소설가 구보씨의 일일」

모더니즘적인 구인회는 스스로를 카프와 명백하게 결별한 것으로 생각했다. 이때부터 모더니즘과 사회주의 리얼리즘의 분리는 이제 식민지

---

59 역주 : 일반적으로 1930년대 모더니즘은 카프의 쇠퇴와 함께 나타난 것으로 생각된다. 그러나 휴즈는 카프와 모더니즘의 연결 관계를 강조한다. 그것은 영화 등 시각적 대중문화에 관심을 갖은 점과 향토주의와 교섭을 벌인 점에서이다. 이념적 지향은 다르지만 카프와 모더니즘은 자신들의 사유와 시각적 장치와의 연관성을 중시했다. 또한 카프는 향토성을 계급의식으로 변주시켰으며, 모더니즘은 도시성/향토성의 파편성을 드러내려 했다. 그런 과정에서 양자 모두 식민지 자본주의의 외부 공간을 찾으려 모색했다는 공통점을 드러낸다. 프로서사에서 모더니즘으로의 변화는 확장되는 제국화에 의한 주체의 공간의 박탈에 원인이 있을 것이다.

와 분단된 한국의 문학사 및 문학논쟁을 특징짓게 될 것이었다. 영화감독이자 카프의 구성원이었던 김유영과 이종명뿐 아니라, 동반자 작가였던 이효석이 구인회(상황에 따라 몇 번 그 구성원이 바뀌었을 것이지만 아홉 명의 숫자를 항상 유지했던 집단)의 원년 멤버에 포함된 점은, 중심인물들이 프로문화운동과 거리를 둔 새로운 창립을 선언하는 순간에도 이미 카프와의 밀접한 관계를 암시했던 셈이다. 실제로 잘 알려진 모더니스트의 형식에 대한 관심의 요구는, 김기진에 대한 임화와 박영희의 승리로 끝난 예전의 카프의 내용–형식 논쟁의 연장선상에서 생각될 수 있다.

1920년대 후반의 카프 내용–형식 논쟁이 대중문화에 관한 논쟁과 유사한 맥락에서 형성되었다는 것은 놀라운 일이 아니다. 김기진은 형식의 중요성을 논의한 반면 임화와 박영희는 그 같은 강조를 카프의 중심적 목적으로부터의 이탈이라고 일축했다. 임화와 박영희에 따르면 카프의 중심 목적이란 대중을 정치화하고 혁명을 발생시킬 사회적 현실에 대한 이해를 제공하는 것이었다. 박영희는 형식의 문제가 프로작품의 내용을 모호하게 만들 뿐이라고 폐기한 점에서 임화의 입장을 따랐다. 그 같은 거부는 김기진이 형식이란 일종의 건축과 같은 것이라고 언급하게 했다. 그런 건축이 없으면 박영희의 소설에서 보는 것처럼 작품에는 지붕만 남게 된다. 김기진의 1927년의 「내용과 표현 : 조선 무산계급 문학의 제 문제 중의 일부」에서 보는 것처럼, 문제는 형식의 물질성이다.

이 논설에서 김기진은 문학의 위상을 음악, 무용, 미술, 영화와 같은 다른 예술과 연관해서 말한다. 김기진은 이 모든 예술들이 매체를 지닌다고 쓰고 있다. 문학의 경우에 그 같은 매체는 언어이다. 김기진에 의하면, 표현되는 현상과 그것을 표현하는 사람의 정신이 없다면, 언어는 단지 언어에 불과한 것이 되고 만다. 따라서 어떻게 표현해야 하느냐에 앞서 먼저 확립되어야 할 두 가지 사항이 있다. 즉 ① "무엇"이며 ② "무엇"을 어떻게 표현할 것인가를 결정하는 정신적 활동이다. 현상은 소설의 재료(제재)이면서 그 내용의 한 부분에 해당된다. 그런데 그 현상을 어떻게 표현할가를 결정하는 것은 작가이다. 작가의 관점, 이데올로기, 취향, 감각 — 이 모든 정신적 활동이 소설 작품 속에 모아진다. 그리고 정신적 활동 자체는 내용이다. 문체, 묘사, 설명은 어떤 표현의 양식인 동시에 그 표현의 양식이 작가의 정신적 활동으로부터 나타나는 점에서 내용의 한 양상이기도 하다. 그것은 마치 단순한 색채나 우아한 문체가 예술가의 취향과 지각, 이데올로기에 대해 말해주는 것과도 같다.[60]

김기진의 내용의 형식으로의 연결은 작가의 마음/정신과 표현되는 현상 사이에 만들어진 연관관계에 의존한다. 언어와 현상, 작가의 마음은 소설을 창작할 때 함께 모인다. 그러나 내용이 현상에 연관되는 한에서, 그리고 내용이 형식에 선행하는 점에서, 그 모든 것은 물질적이다. 더욱이 표현의 양식은 작가의 정신적 활동을 통해 내용에 연결된다. "어떻게"는 "무엇"과 구분되지 않는데, 왜냐하면 정신적 활동이란 내용의 한 요소이기 때문이다. 현상 자체와 함께, 정신적 활동(작가의 이데올로기 등)은 먼저 "무엇"을 결정하고, 이어 뒤따르는 형식을 정하는 데 핵심적 역할을 한다. 따라서 현상으로부터 표현으로의 이동은 물질적인 것인 동시에 객관적인 것이다. 그와 함께 언어는 현상과 작가가 없다면 그 자체가 스스로 무의미한 것이 된다. 따라서 현상과 작가는 언어 외부에 존재하면서, 언어에 접근해 그것을 살아 있는 것으로, 즉 물질성과 객관성, 그리고 의미로 가득 찬 것으로 만든다. 여기서 우리는 유물론적인 표현론과 조우하게 된다.

위에서 본 것처럼, 김기진은 음악과 무용, 그림 사이의 비교에 의거

60 김팔봉, 홍정선 편, 『김팔봉문학전집』 1, 문학과지성사, 1988, 112~113쪽.

해 그의 논의를 전개한다. 그는 이 논의의 끝에서 그림으로 돌아온다. 미술가의 취향과 지각, 이데올로기를 보여주는 것은 색채의 물질적 외관이다. 그리고 현상으로부터 표현으로의 문학의 이동에 필적하는 것은 바로 그 그림의 물질적 외관이다. 김기진의 유물론적 표현론은 하나의 형상으로서의 그림에 의존한다. 즉 객관적・현실적인 것으로서의 표현에 정초한 그림에 근거해 전개된다.

이미지의 문제, 그리고 내용이기도 한 형식을 통한 의식의 전환이 카프 담론의 중심적 관심으로 나타난다면, 그것은 1920년대 중후반의 도시풍경의 형식과 공간의 재구성에 연관해서 보여져야 한다. 즉 그것은 식민지 도시의 무대를 대신하는 세팅과 관련해서 생각되어야 한다. 또한 우리는, 프로적 글쓰기와 비평에서 공간적 비유와 건축에 대한 관심이 어떻게 식민지 문학 일반, 특히 1930년대 모더니즘에서 중요한지 주목해야 한다. 형식에 대한 관심을 요구하는 1930년대 모더니즘은 김기진이 패배한 논쟁을 다시 시작하게 하고 있다. 대표적인 모더니즘 작가 박태원과 이상의 경우, 형식에 대한 관심은 텍스트 자체의 문학으로서의 생산과 순환의 조건을 보이게 연출하는 일이 된다.

박태원의 작품에 이상의 삽화가 '분산적'으로 삽입된 유명한 「소설가 구보씨의 일일」(1934)은 다양한 방식으로 형식에 대한 관심을 요구한다.[61] 방대한 기존의 연구에서 거의 간과된 이 소설의 삽화들은, 이 작품이 언어적-시각적 매체로서 문학에 대한 자기반영적 관점을 제공하는 방식에서 핵심적임을 알 수 있다. 삽화들은 인쇄된 신문의 페이지 자체에 놓인 연재소설의 위치에 대해 논평하고 있다. 즉 삽화들은, 가령 다양한 주제의 논픽션 에세이들과 사진광고의 시각적 소환 같은 여

---

61 '형식'과 일본 국내의 모더니즘에 대한 논의로는 Seiji Lippit, *Topographies of Japanese Modernism*, New York : Columbia University Press, 2002를 볼 것.

러 인쇄물들 중에, 하나의 의미작용의 형식으로서 "문학"의 위치를 말해주면서, 이 작품이 도시적 근대의 '분산된 것들'과 연관해 놓여 있는 방식들에 대해 논평한다. 박태원의 텍스트에서 의식의 흐름이라는 문학적 기법의 전유 — 식민지 경성을 하루 동안 순회하는 모더니즘적 산책자 구보는 박태원 소설이 조이스를 참조했음을 알려준다 — 는, 그 같은 **분산된 것**과 연결된 일련의 연합(associations)을 제공한다.

구보의 산책은 경계들을 가로질러 움직이는 근대 도시공간의 이미지화를 나타낸다. 즉, 구보는 이미지들, 상품들, 연합들(associations)의 세계적 순환과 연결된 도시를 경험하는데, 이는 삽화를 지닌 텍스트 「소설가 구보씨의 일일」이 모더니즘 텍스트들의 세계적 순환으로 진입하는 것과도 같다. 이 텍스트에서 문제적인 것은, 그런 세계적인 의식의 흐름으로의 진입을 통해 식민지적 근대, 즉 식민지로서의 근대의 지도를 그리는 방식이다. 조나단 크래리는 윌리엄 제임스의 "사고의 흐름"에 대해 이렇게 쓰고 있다. "그 흐름은 제임스의 불가능한 조화에 대한 비유이다. 즉 근대의 주관적 삶의 불안정하게 운동하는 파편화된 성격은, 인식될 수 있지만 근본적으로 계속되는 것으로서, 주관성에 회복불가능한 통합성을 부여하는 것으로 재개념화된다."[62]

그러나 「소설가 구보씨의 일일」에서는 의식의 흐름을 통한 불가능한 조화의 위치화(location), 즉 그날 구보가 하루 종일 만든 연합은 충분하지 않다. 이 작품은 집(home)에서 시작해서 집으로 끝나는데, 집은 근대 도시로부터 경계가 분리된 공간으로서, 구보가 온종일 중요한 순간마다 떠올리는 어머니 및 가정과 연관된 곳이다. 도시 거리의 산책자와 집에 대한 관심 사이의 긴장은, 불안정성과 근대를 중단하는 공간의 이

62 Jonathan Crary, *Suspensions of Perception : Attention, Spectacle, and Modern Culture*, Cambridge Mass. : The MIT press, 2001, pp.60~62, p.350을 볼 것.

미지화 사이의 동요로 생각될 수 있다. 그 같은 동요는 공간적으로 내부(집)와 외부(도시 거리)의 형태로 위치화된다. 그러나 그런 지도 만들기는 구보의 연상들(associations) 속에서도 발생한다. 동시적인 '집에 존재하기'와 '도시 거리 걷기'가 의식과 의식의 흐름을 구성하고 있는 것이다. 이것은 주관성의 분열로서, 한 쪽은 도시에, 다른 한 쪽은 집(그리고 그 비도회적인 연상과 어머니의 이미지)에 대한 애정에 연결되어 있으며, 그런 연상이 구보의 의식의 흐름의 단위를 만들고 있다. 「소설가 구보씨의 일일」에서는 그 같은 흐름이 모더니즘적 파편화과 향토적 이미지화를 한데 모으고 있다. 식민지적 모더니즘의 주체를 구성하는 것은, 한 쪽을 위해 다른 쪽을 버리는 것이 아니라, 변화된 관계 속에서 분산된 것을 한데 모으는 것, 그런 교섭(negotiation) 자체이다.

여기서 우리는 1930년대 중반의 모더니즘이, 이후의 총동원/제국화 담론처럼 불안정한 운동성과 대면하고 있음을 보게 된다. 다음에서 볼 것처럼 동원적 주체는 파편을 기능으로 변형시키는데, 그것은 배제된 사람들에게 자격과 병합을 허용하면서, 일체적이지만 제국과 천황에게 더 순응하는 형식으로 함께 모이도록 한 것이다.[63] 이 동원 담론은 발터 벤야민이 말한 근대적 파노라마와 연관된 시각적 경험을 나타낸다. 특히 "다윈의 이론을 '진화의 파노라마'로 대중화"해 성취되는 "조화를 만드는 원근법"과 연관된 시각적 경험을 보여준다.[64] 우리가 상기할 것은, 1920~30년대에 '진행 중'이었던 도시공간의 식민지적 개조가, "진화의 파노라마"에 결박된 시각적 정권의 손에서 **실제로** 도시 자체를

63 여기서 나는 연상(association)으로부터 기능(function)으로의 전환에 대한 크래리의 분석에 접근하고 있다.

64 Susan Buck-Morss, *The Dialectics of Seeing : Walter Benjamin and the Arcades Project*, Cambridge Mass. : The MIT press, 1991, p.67을 볼 것.

파노라마화(즉 일종의 영원한 식민지적 전시장화)하는 물질적 재구조화로 전개된 점이다. 그 같은 파노라마는, 염상섭의 『사랑과 죄』(1927)에서 상세하게 보는 것처럼 1920년대 중반에 세워진 남산과 신토 사원의 원근법으로부터 전개된다. 그러나 박태원의 모더니즘 소설에서는 도시에서 만나는 이미지들에 대한 피식민자의 경험이 원근법 자체를 균열시키고 있다.[65] 의식의 "흐름"은 조화(harmony)의 감각을 부분적으로만 지탱시킬 수 있다. 구보의 연상들은 식민지적 몽타주로 조립되는데, 그런 몽타주로 전시된 근대의 파편화는, 제국의 조감도로서 파노라마적 원근법의 시공간적 코디네이트들로 된 도시 경험의 조화를 부인한다.[66]

더욱이 「소설가 구보씨의 일일」에서 콤마의 빈번한 사용은 텍스트에서 파편화의 인식을 강화시킨다. 이 텍스트는 글쓰기를 통해 읽기를 방해하며 읽는 것이 보는 것이 되도록 한다. 즉 단어들 사이에서 끊임없이 휴지를 강요함으로써, 인쇄된 종이의 물질성, 곧 활자를 둘러싼 빈 공간을 강조한다. 이를테면 콤마는 문학적 형식에 일차적 관심을 갖게 하는 그 이상의 역할을 하는 셈이다. 콤마는 중지나 급한 운동을 생산하면서, 읽는 것이 보는 것이 되도록 하는 반사운동을 강요한다.[67] 그 같은 독서의 시각적 행위는, 어떤 식으로든 파편화와 분산의 외부에 위치한 독자에 의해 근대가 조감되도록 허락하지 않는다. 자기반영성은

---

65 박태원을 비롯한 1930년대 모더니즘에서의 일상과 시각성, 도시공간에 대한 분석으로는 Janet Poole, "Colonial Interiors : Modernist Fiction of Korea", Columbia University, Ph.D. diss., 2004를 볼 것.

66 역주 : 모더니즘과 동원문화는 비슷하게 불안정한 운동성을 내포한다. 그러나 동원문화는 식민지적 근대의 파편성을 파노라마적 원근법으로 '조화'시키려 하는 반면, 모더니즘은 식민지적 몽타주를 통해 제국의 원근법과 조감도를 파편화한다.

67 「소설가 구보씨의 일일」에서 그 같은 순간들은 또한 이 작품에서 구두점의 중요성에 연결되어야 한다. '급한 운동(jerk)'이나 '중지(stop)'에 대한 분석으로는 Jonathan Crary, *Suspensions of Perception : Attention, Spectacle, and Modern Culture*, Cambridge Mass. : The MIT press, 2001, pp.314~315를 볼 것. 또한 pp.184~185의 집합/분산의 논의를 볼 것.

콤마를 보는 행위를 포함하며, 활자의 행렬이나 흐름에 따라 앞을 향하는 눈을 중지시키는 콤마와 연관이 있다. 인쇄된 페이지에 주의를 요구함으로써, 콤마는 문학이 기계적 재생산의 시대인 근대의 테크닉과 겹쳐지도록 만든다.

콤마에 의해 요구된 휴지는 의식의 흐름과 연상을 조직하면서, 콤마를 둘러싼 단어들이 의미를 부여하는 방식을 알려준다. 그러나 콤마는 또한 분열을 생산한다. 즉 콤마는 종이 위의 단어들의 흐름이 분해되어 무의미해짐을 알려준다.[68] 「소설가 구보씨의 일일」에서 콤마는 의미와 무의미의 틈새에 위치하며, 언어뿐만 아니라 기계에 주의를 기울일 것을 요구한다. 즉 타자기의 키를 치는 휴지나 연기, 인쇄기가 종이 위에 단어들을 배열할 때 형성되는 운동 같은 것에 신경 쓸 것을 요청하는 것이다. 콤마의 시각적 휴지는 영화의 몽타주 이미지들 사이의 절단, 자름, 공간전환과 연관되는데, 몽타주는 박태원이 잘 알고 있었고 그의 글쓰기에서 시도했던 기법이다. 구보의 분산된 채 지속되는 의식을 형성하는 연상의 흐름이 영화적인 것은 바로 그 같은 방법을 통해서이다.

연상의 흐름의 회화화—이상의 삽화들

현대 독자들이 접하는 「소설가 구보씨의 일일」 선집에는 이상의 삽화가 삭제되어 있는데, 이는 1930년대 식민지 모더니즘에서 자주 언급

68 역주 : 이런 콤마는 영화의 몽타주와 비슷하다. 콤마는 구보의 연상들을 조립하는 동시에 그 흐름이 파편화되어 있음을 보여준다.

되는 '심리적 전환'과 '문학형식의 새로운 인식'의 관계를 재고하는 계기가 된다. 프리드리히 키틀러가 지적한 것처럼, 정신분석학은 영화와 밀접한 관계를 갖고 있다. 오토 랭크는 영화촬영술을 '꿈작업'의 회상처럼 생각했다. 반면에 프로이트는 "그의 여성환자들의 몸이 생산하는 그림들을 정지시키며", "그림의 형식으로 된 기억"으로부터 벗어나 "대화치료"를 향해 나아간다.[69] 한국의 식민지 모더니즘에 대한 논의들은, 모더니즘 작품에서 시각적인 것을 말할 때조차도 "대화치료"의 단계를 좇으려 한다.[70] 또한 모더니즘이 일차적으로 언어에 관심을 갖는 방식에 초점을 맞추며 삽화들을 배제한다.

박태원과 이상이라는 두 예술가가 생산한 삽화를 지닌 텍스트로서, 「소설가 구보씨의 일일」은 '시각성에서 언어로의' 이동과 '언어에서 시각성의 환기'의 운동이 "대화치료"의 구조와 얽혀 있는 방식들을 보여준다. 이상의 삽화는, 언어적이고 묘사적인 것에서 꿈작업의 시각적 이미지로의 반대운동의 가능성을 도입한다. 우리는 대화치료와 연관된 '시각성에서 언어로의 운동'의 역전된 상황에 직면한다. 그런 언어로 향하는 운동을 방해하는 방식의 병리적인 재진입은 더 나아가 식민지성을 질

---

69 Friedrich Kittler, *Gramophone, Film, Typewriter*, trans. Geoffrey Winthrop-Young and Michael Wutz, Stanford, Calif. : Stanford University Press, 1999, pp.141~142를 볼 것. 키틀러는 p.143에서 이렇게 말하고 있다. "프로이트는 론드의 히스테리 영화를 주목하면서도 바로 그와 반대되는 것을 행한다. 문자 그대로 정신분석은 내면적인 영화를 모든 이미지들이 사라질 때까지 분리된 방법적 단계들에서 쪼개는 것을 뜻한다. 이미지들은 차례로 파편화되는데, 그것은 단지 여성환자들이 보는 것들을 묘사하고 설명할 수 있는 것으로 전이시켜야 한다는 이유 때문이다."
역주 : 영화적 이미지나 여성환자들이 생산하는 그림들은 언어화될 수 없는 탈영토화된 이미지들이다. 그런데 프로이트는 대화치료를 통해 환자들의 분열을 봉합하고 합리적 현실로 되돌려 보내려 한다. 반면에 모더니즘은 탈영토화된 영화적 이미지나 몸이 생산하는 언어화될 수 없는 이미지들을 보여주려는 시도라고 할 수 있다. 물론 모더니즘 자체에 프로이트 식의 대화치료(이미지에서 언어로)가 포함되지만 궁극적으로는 탈영토화된 이미지로의 운동을 지향한다.

문하는 일을 허용한다. 이 삽화를 지닌 텍스트는 몽타주라는 영화기법의 배치와 결합한다. 몽타주는 일종의 '보기'의 양식으로서의 시각적 체계를 작동시키기 위한 것인데, 이 기법은 구보를 동화된 식민지적 근대, 즉 식민지 경성의 스펙터클로부터 분리시킨다. 구보가 도시의 식민지적 공간을 통과해 움직임에 따라, 내면화된 시각성, 즉 내면적 이미지들의 구성은, 구보를 소외시킬 뿐 아니라 식민지적 주체들의 언어적 · 시각적인 호명을 방해하는 효과를 나타낸다. 이제 식민성 자체는 텍스트의 응시의 대상이 된다. 몽타주의 불안정성은 한 사물을 단지 이미지화할 뿐인 구보의 응시나 또 다른 사물을 이미지화하려는 시도로 나타난다.[71] 그 같은 불안정성은 자기반영성과 결합한다. 자기반영성이란 '형식 자체에 대한 의식'으로서, 의미와 시각성의 일치된 체계를 안정화하려 시도하는 일제의 절대권력을 보이게 만들어 분열시키기 위한 방식이다.

예컨대 구보가 전차를 타면서 그의 손에 쥔 다섯 개의 다이쇼[大正] 동전의 통치년도를 보는 장면을 생각해 보자. 통치 년도는 식민지 조선에서의 시간의 가치를 나타낸다. 즉, 그것은 '상품적 교환' 및 '선적으로 앞으로 움직이는 제국'과 등가적인 시간성을 지시한다.[72] 구보의

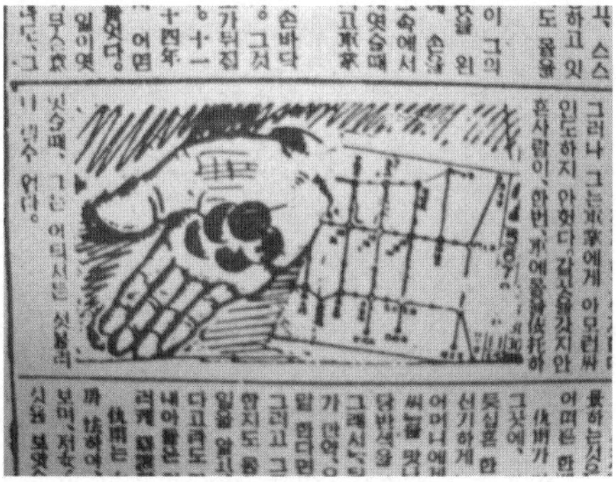

〈그림 1-6〉 「소설가 구보씨의 일일」에서 이상의 동전의 삽화(1934)

71 역주 : 몽타주의 불안정성이란 사물이 이미지화될 뿐 의미화되지 않으며 의미화에 저항하는 이미지들이 병치되는 것을 말한다.

72 화자는 구보의 내면을 이렇게 전해준다. "구보는 그 숫자에서 어떤 한 개의 의미를 찾아내려 들었다. 그러나 그것은 부질없는 일이었고 그리고 또 설혹 그것이 무슨 의미를 가지고 있었다 하더라도, 그것은 적어도 '행복'은 아니었을 것이다." 박태원, 『소설가 구보씨의 일

제국적 시간의 장치에 대한 응시, 즉 그 숫자를 셈으로써 의미를 생산하려는 (불가능한) 시도는, 제국적 서사를 분열시킨다. 이상이 이 텍스트에서 그 순간을 삽화화하려고 선택한 것은 우연이 아니다. 여기서 시각성(이상의 삽화)의 재도입은, 제국주의 자신의 **구성된 특성**을 폭로하는 '모더니즘적인 형식에 대한 관심의 요구'를 보충한다. 다이쇼 동전의 통치 년도의 선형성은 제국적 형식을 **연출하는** 각인이 되는데, 그것은 이식된 제국적 체계의 소여된 표현이 아니라 삽화화될 수 있는 시간성, 즉 다른 방식으로 이미지화될 수 있는 시간성인 것이다. 화폐와 천황의 시간을 식민지적 시간성으로 병합하는 것을 거부하고, 제국화된 주체성을 부인할 수 있게 하는 것은, 바로 그 텍스트의 이접적인 언어적-시각적 관계이다.

구보가 보고 있는 동전이란, 제국/천황의 시간성과 연결된 자본주의적 교환의 회로를 끝없이 '운동'하는 한에서만 가치의 신호이다. 그런데 그런 동전에서 구보의 시선의 '멎음'은 독서의 시각적 행위에서의 멈춤, 즉 눈이 박태원의 언어에서 이상의 삽화로, 다시 언어 텍스트로 이동하는 동안의 휴지와 겹쳐진다. 이 시선의 고정과 이어지는 인쇄된 언어로의 재이동은 시각성의 언어로의 번역과 언어의 시각성으로의 번역을 거부한다.[73] 따라서 박태원과 이상의 식민지적 삽화 텍스트는, 자본주의적·제국적 주체의 언어적-시각적 호명(이미지이면서 각인인 제국의 동전의 요구) 사이에만 놓여 있는 것이 아니다. 이 텍스트는 또한 대화치료(언어)와 재히스테리화(시각성) 사이에 위치해 있는 셈이다.[74]

이 삽화적 텍스트에서 의식의 흐름의 실험, 즉 이미지들의 분산과 병

일』, 깊은샘, 1999, 26쪽.

73 역주 : 이는 언어와 시각성이 일치된 안정된 제국적 체계의 거부이다. 그처럼 제국적 체계의 틈새에 놓임으로써 이 장면은 대화치료와 재히스테리화 사이에 위치하게 된다.

74 박태원 작품에서의 언어와 질병, 욕망에 대한 논의로는 Christopher Hanscom, "A Question of Representation : Korean Modernist Fiction of the 1930s", Ph. D. Diss., UCLA, 2006을 볼 것.

합에 연관된 실험은, 내면성과 심리성으로의 전환보다는 기표(음성 이미지)에서 기의(개념)로의 운동을 방해하는 언어적-시각적 표현에 가깝다. 유명한 수형도가 그려진 (그 자체가) 삽화적 텍스트인 소쉬르의 『일반언어학 강의』에서처럼, 삽화는 시각성에 호소하는 언어를 이미지 자체로 변형시키는 일을 맡는다. 『일반언어학 강의』와 「소설가 구보씨의 일일」 양자에서, 삽화는 언어 혹은 한 쌍의 기표/기의의 편안함을 넘어서 운동하는 어떤 것, 즉 타자성을 생산한다. 「소설가 구보씨의 일일」에서 우리는 이 언어를 넘어 삽화화된 장소, 즉 기표와 기의의 틈새에 위치한 곳을, 제국의 시공간, 검열의 잠재적 흔적, 식민지 도시의 근대화(파편화된 식민지적 근대의 파노라마적 연출)를 질문하는 응시[75]의 자리로 생각할 수 있다.

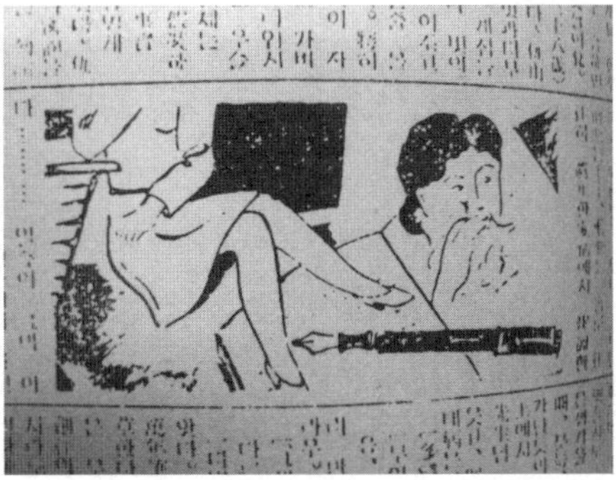

〈그림 1-7〉 글쓰기와 이미지 : 「소설가 구보씨의 일일」에서 이상의 삽화(1934)

더욱이 근대의 파편화는 손으로 쓴 원고와 기계 인쇄를 가로지르는 신체의 분산과 연관이 있다. 이상은 「소설가 구보씨의 일일」에서 한 여인의 둘로 나뉜 그림과 함께 글쓰기 행위 자체를 삽화화하고 있는데, 이 여인의 머리 부분은 원고지 위의 펜을 쥔 손 가까이에 그려져 있다. 만일 이 그림이 (소설에서 시종 그랬듯이) 어떤 여인을 상상하는 '소설가 구보'의 이미지라면, 여인의 몸의 '파편화'는 글쓰기와 연관된 작가의 손의 '절단'에 의해 나타난 셈이다. 따라서 이 이미지는, 글을 쓰는 동안의 이

75 역주 : 여기서의 응시는 제국의 체계에 동화되지 않는 타자의 위치에서 제국의 언어적/시각적 동일성을 질문하는 행위이다.

미지화를 자기반영적으로 보여주는 동시에, 텍스트/인쇄기술의 대중화로 말소된 '손으로 쓴 원고'(식민지 시대의 모든 문학적 텍스트는 처음에 손으로 쓰여졌다)의 자기반영적 이미지를 제공한다. 언어와 시각성, 손과 테크놀로지 간의 그런 교류를 신체적 분산 및 여인의 이미지에 연관시킴으로써, 이상의 삽화는 그처럼 병리적인 것을 시각-언어적 관계의 젠더화로 확장시키고 있는 셈이다. 따라서 이 삽화는 이미지를 언어묘사로 변형시키는 작가적 권위의 '파편화'뿐 아니라 '시각성의 귀환'과 몸 담론의 특징을 드러낸다.

1920~30년대의 프로문학과 1930년대 말과 40년대 전반의 제국적 주체의 문학(국민문학)처럼, 문학적 모더니즘은 테크놀로지로서의 근대를 말하고 있다. 수많은 카프 작품에서의 공장과 기계/신체 관계의 묘사는, 모더니즘에서 감각적 인상들과 그에 수반된 사고/이미지들로 전환되는데, 그것들은 식민지적 자본주의 도시 공간에서 경험한 충격과 균열에 병행해서 나타난다. 다음에서 볼 것처럼, 1930년대 말과 40년대 전반의 제국화된 전시문화는, 한국의 "고향과 흙"(향토)을 두 가지 차원에서 무시간적인 것으로 지역화(localize)한다. 첫 번째 무시간성은 대동아공영권의 보편주의의 성취를 통해 공간성을 넘어 이동하게 되는 것을 말한다. 그와 동시에 향토의 무시간성은 불가피한 귀환의 장소(locus)로서 유지되는 것이기도 하다. 이 두 측면에서 식민지 말 조선에서의 "근대의 초극"은, 밍얀 라이(Ming-yan Lai)가 지적한 것, 즉 하위민족적이고 초민족적인 운동에 의해 민족서사를 방해하는 향토주의적 유연성과 연관된다. 전시 제국화 아래서, 무시간적 향토는 범아시아 공동체의 상상으로 확대되면서 자본주의적 교환/상품화를 폐기할 직접성으로 확장된다.[76]

76 Ming-yan Lai, *Nativism and Modernity*, Albany, N.Y. : SUNY Press, 2008, p.37.

1930년대에 박태원 같은 작가들이 제국화에 대응했던 모더니즘과 향토 전통주의는, 향토정서를 허용하며 끌어올리는 인공기관(빈번히 시각적 인공기관)으로서의 기계에 대한 사랑의 형식에서 분절이 모색된다.[77] 그런 측면에서 제국적 주체의 문학은 자본주의와 도시의 충격, 테크놀로지와의 대면의 경험을 1930년대 문학적 모더니즘과 공유하고 있다.

제국적 주체되기 — 일체로서의 일본과 한국

1935년의 카프의 해산은 이후 모더니즘적 형식실험의 종말로 이어지면서 총동원 체제와 황국민화(imperialization)에 이를 문화영역의 병합을 향한 첫발이 되었다. 총동원문화는 운동(혹은 활동)에 대한 운동으로 생각될 수 있으며, 따라서 카프와 모더니즘 작가-예술가들이 공유한 많은 관심사 — 예컨대 도시의 자본주의적 근대성에 의해 발생한 테크놀로지, 감각성, 내면성, 자기반영성, 균열 — 의 중단보다는 재분절화를 나타낸다.[78] 더욱이 1930년대 말에 출현한 동원문화는 포스트식민지적

---

77 역주 : 모더니즘의 도시성 / 향토성의 파편화는 무시간적으로 정체된 지역성(향토성)과 그것을 공간적으로 넘어서는 범아시아에 의해 통합이 모색된다. 후자의 공간적 확장은 인공기관으로서의 기계에 대한 사랑과 연관이 있다.

78 한국문학사에서 신감각에 대한 논의는 1930년대 초의 시인들과 모더니즘적 구인회의 출현에 집중되어 있다. 그러나 식민지 조선에서 신감각적 작품이 처음 출현한 것은 미술을 통해서였으며, 그것은 1923년경의 이른 시기에 발생했다. 서성록, 『한국 현대회화의 발자취』, 189쪽을 볼 것. 신감각 회화의 제국 국내와 식민지 사이의 유통은 1920년대 중반에 주요 장르로서 누드화의 출현을 가져왔다. 그러나 신감각이 프롤레타리아 텍스트에 전유된 것은 1930년대와 강경애에 이르러서였다. 김용준 같은 비평가가 1920년대 말에 프로적인 감각적 경험을 생산하는 새로운 방법을 발견하기 위해 아나키즘을 표현주의에 결부시킨

남북한의 군사화에 중심적이 될 것이었으며, 특히 1950년의 한국전쟁의 발발에 따른 군사화에서 더 그럴 것이었다. 다음의 장들에서 볼 것처럼, 대중적 식민지 동원문화가 1945년 이후 개인적인 협력의 행위로 왜곡된 일은, 식민지 말의 개개의 선별된 작품에 대한 비난과 함께 동시적으로 진행되었다. 식민지 말의 거의 모든 작품이 문학적 · 미술적 · 영화적 정전에서 삭제된 반면 개인적으로 선별된 작품만이 비판되었던 것이다. 그 같은 왜곡은 식민지적 동원과 냉전 시대 남한의 개발주의와의 밀접한 관계를 나타낸다. 양자는 반공주의를 공유할뿐더러 실상은 그 이상의 연관성을 갖고 있으며 우리는 민족의 이름으로 된 제국의 형식의 반복을 만나게 될 것이다.

이 절에서 나는 안석영의 〈지원병〉(1940), 서광제의 〈군용열차〉(1938), 이병일의 〈반도의 봄〉(1941)이라는 세 영화가 다층적 주체를 작동시키는 방법을 고찰할 것이다. 다층적 주체란 '지역성(local) / 조선'과 보다 넓은 지리적 공간 범아시아에 속한 '제국화 / 군국주의', 그 양자에 연관된 주체이다.[79] 세 영화는 많은 방법에서 서로 겹쳐지는데, 특히 향토주의를 환기하는 점과 운동의 재현 양상에서 그렇다. 가령 〈반도의 봄〉에서 카메라 운동에 대한 자기반영적 묘사, 〈군용열차〉에서의 카메라와 기차의 시야체계를 통한 신체 / 테크놀로지 관계의 교섭, 〈지원병〉에서의 동시적으로 동원된 군인들의 신체들의 운동 등이다. 〈반도의 봄〉에서 우리는 하이퍼도상성(hypericonicity)의 형식을 만난다. 이 영화는 전통적 영

다면(2장을 볼 것), 육체적인 감각을 프로 주체의 각성에까지 이어지게 하는 방법을 가장 잘 분절한 것은 강경애일 것이다. 강경애는 「소금」(1934)과 「지하촌」(1936)에서 신감각을 프로적 글쓰기에 연결시키고 있다.

79 많은 구 카프 회원들이 식민지 말 동원영화의 제작에 중요한 역할을 했다. 서광제가 〈화륜〉의 공동저자였음을 상기하자. 더욱이 안석영의 〈지원병〉 시나리오는 박영희의 원작을 각색한 것이다. 따라서 이 영화들은 1930년대 말의 전향의 대열 안에 위치시켜야 한다.

화 〈춘향전〉의 제작을 둘러싸고 진행된다. 이 영화제작 자체의 행위는 두 가지 위치를 연출하는데, 하나는 영화를 제작하는 근대적 공간이며, 다른 하나는 영화화되는 〈춘향전〉의 전통적 공간이다. 이점은 1930년대 말에 제국 내에서의 "로컬칼라"로서 식민지 조선의 위상과 밀접하게 연관되어 있다. 우리가 상기할 것은, "지역성(지방성)"[80]이 식민지 조선 자체의 표지가 되었으며, 1930년대 말 식민지 조선이 점차로 조선이 아니라 반도로 지칭되었다는 점이다. 〈지원병〉은 영화 속의 영화를 제공하지 않는 반면 세 개의 공간들의 몽타주로 구성된다. 하나는 지역적·지방적 공간으로서 진정성을 지니지만 봉건적 과거성의 장소이다. 또 하나는 경성인데 제국 본국과 대동아로의 통로이지만 식민지에 위치하며 따라서 지역성에 연결된다. 마지막으로는 대동아의 상상적 지평이며, 영화와 지원병은 그 지평의 소실점을 향해 움직인다.

한국에서의 일본 식민주의의 경로는 한국인 주체의 병합과 그들의 경제발전을 강조한 점에서 유럽과 미국의 식민주의와 구분된다. 식민지 말의 내선일체와 일선동조의 주장은 일본을 범아시아의 선봉으로 위치 지으며 일본의 식민지 계획이 어떻게 좁은 의미의 인종주의적 식민자/피식민자의 분할을 부인하는지 보여주었다.[81] 내선의 공식화는 공동의 인종적 동일시의 이름으로 된 균일화를 나타냈으며, 식민자와 피식민자를 서구 제국주의와 자본주의적 근대성에 맞서는 공유된 개발주의적 주체성에 연결시켰다. 그러나 내부(내)로서의 일본의 위치는 식

80 역주 : local은 nation(민족) 이하의 단위로서 지역성이나 지방성을 뜻하는데, 황민화(제국화)는 지역과 제국 사이의 끝없는 운동으로 나타나고 있었다.

81 일반적인 생체정치적 정권은 전시 일본의 식민지 한국인의 관리와 미국 국민국가 제국에 의한 일본출신 미국인의 억류에 나타난 인종주의를 구조화한다. 그런 방법에 대한 분석으로는 Takashi Fujitani, "Right to Kill, Right to Make Live : Koreans as Japanese and Japanese as Koreans in WWII", *Representations*, Summer 2007, pp.13~39를 볼 것.

민지적 타자(선)와 관계하는 주체로서 자신의 양가적 입장을 드러냈다.[82] 내선일체라는 구절이 내와 선을 (일체로서) 등가화하자마자, 곧바로 선(鮮)은 개별화된 부품이 되었으며, 지리적으로 보편주의적 내부(內)를 가능하게 하는 보충물로 자리하게 되었다.

내선일체는 일종의 근접관계로서, 일체성을 요구하는 유기체론에 의해 작동되는데, 〈지원병〉의 핵심 장면에서 주인공(춘호)이 그를 소환하는 슬로건 — 내선일체와 국민정신 총동원 — 옆을 걸을 때 보듯이, 그 일체성의 부분들은 같은 페이지의 공간이나 한 건물의 면 위에 있는 인물들처럼 분리된 채 접촉하지 않는다. 〈지원병〉에서 주인공이 보는 슬로건은 그를 조선인이면서 제국적인 주체로서 언어적 · 시각적으로 소환한다. 그러나 '내선일체'에서 내(內)를 통한 일체성, 혹은 '국민정신 총동원'에서 정신에 의한 통일성은, 정신적인 직접성에 호소하면서 결국 그 가능성을 철회하게 될 뿐이다. 내와 선에는 '보편적 내부/정신'과 '개별화된(particularized)[83] 지역성' 사이에 위치하는 어떤 특수한 밀접성이 주어지는데, 그런 밀접성이란 운동을 위해 허용되는 간격두기이면서 부합되지 않는 근접성을 항상 포함하게 될 '되기'이기도 하다. 그 같은 내와 선의 분리와 위계화는, 지역적이면서 범아시아 제국적이며 일체로 붙은 동시에 내부/정신으로부터 떨어져 있는, 조선의 제국적 주

82 준 우치다는 식민지 계획을 특징짓는 불안이 일본 자신의 늦은 개발과 한국 안의 일본인 정착자들의 모호한 위치에서 기인됨을 지적한다. 일본인 정착자들은 유럽-미국의 식민지 지역에서 백인 식민자들이 피식민자들로부터 분리되는 것과 달리, 그들 자신이 그런 방식으로는 피식민자로부터 구분될 수 없었다. Jun Uchida, "'Brokers of Empire' : Japanese Setter Colonialism in Korea, 1910~1937", Ph. D. Diss., Harvard University, 2005, p.15 · 164.

83 particular는 흔히 특수성으로 번역되기도 한다. 이 때의 특수성은 결국 보편성의 상대항으로서의 개별성(개체성)을 말하는 것이다. 여기서는 particular의 그런 측면을 고려하고 루카치가 논의한 변증법적 특수성(개별/보편의 매개항)과 구분하기 위해 개별성 혹은 개별성(특수성)으로 번역하기로 한다.

체의 형성을 반복해서 연출한다. 총동원과 황민화의 관계에서 발견되는 것은, 지역과 범아시아, 혹은 선과 내 사이에서 허용되는 바로 그 간격두기와 운동이다. '제국화-되는-주체'는 끝없는 운동 속에 있다. 내선일체의 슬로건은, 결코 진정한 황민이 될 수 없지만 항상 황민화에 참여하는 운동-중인-주체, 즉 다가오는 동시에 물러나는 것을 향해 움직이는 '황민화-되기'를 소환한다.

내선일체의 시공간적 구조는, 식민지 정부가 어떻게 식민주체들을 아감벤이 예외상태를 이론화하며 말한 비결정성의 영역에 관리하는지 알게 해준다. "비결정성의 영역에서는 외부란 어떤 내부의 배제에 불과하며 반대로 내부는 어떤 외부의 포섭일 뿐이다."[84] 내(내부)는 선을 포함하면서 배제한다. 아감벤이 "인류학적 기계"에 대한 논의에서 지적했듯이, "이미 포획이기도 한" 배제와 "이미 배제이기도 한" 포함은 그 같은 비결정성의 영역을 형성한다.[85] 제국 본토/식민지 관계의 그런 비결정성을 은폐하기 위해 작동된 것이 바로 동원에의 호소, 즉 운동 — 중인 — 주체 되기이다. 따라서 1930년대 전반의 모더니즘과 1930년대 후반~40년대 전반의 전시 동원은 똑같은 합체/분열의 관계를 공유한다. 자유연상의 임의성을 극복하려는 "연상의 흐름" 집합을 닮은 방식으로, 내와 선에 의해 한계지어진 영역 내의 운동의 비결정성은, 되기의 잠재성 곧 황민화에 의해 대체된다.

주는 동시에 빼앗는 어떤 것을 향한 그 같은 끝없는 운동은, 제국화/동원화 체제에서의 욕망의 생산의 또 다른 이름이다. 제국화된 문화가 "초극"을 약속한 것이 자본주의적 근대의 이윤 동기와 상품적 욕망에 관

---

84 Giorgio Agamben, *The Open : Man and Animal*, Stanford, Calif. : Stanford University Press, 2003, p.37을 볼 것.

85 *Ibid.*, p.38.

한 것일 텐데(또한 그 약속이 식민지 말의 많은 프롤레타리아 작가와 지식인들의 전향을 가능하게 했을 텐데), 제국 전역에 배치된 규율화되고 군국주의화된 군인들의 재생산 자체가, 동질적인 상품형식과 팽창하는 자본주의적 교환회로의 유통을 모방하고 있다. 이 같은 소비문화의 재분절화는 적어도 두 가지 방법으로 작동되고 있다. 첫째로, 지역성 / 한국과 천황을 위해 대역을 맡은 신체의 교환, 즉 "지원병"이라는 자발적인 주체의 요구이다. 이 자발적인 주체는 죽음에 이르도록 자기 자신을 제공함으로써, 가능한 한 최고로 훈련된 규율화된 군인으로서 그의 소모 가능성과 연속적인 재생산성을 선언하며, 그렇게 해서 수백만의 다른 소모품들과 등가로 행동하고 유통되는 것이다.[86] 둘째로, 우리는 슬로건 / 프로파간다의 언어적-시각적 소비와 만나게 되는데, 여기서는 슬로건의 소환과 광고의 소환이 조응한다. 지원병은 벤야민의 산책자나 박태원의 구보처럼, 도시의 거리를 걸으면서 언어적-시각적 슬로건 형식으로 된 광고에 의해 호명되고 있으며, 이때의 슬로건은 도시적 근대의 군중들에게 그들 자신을 동원화된 주체들로 전환시킬 것을 요구하고 있는 것이다.[87]

---

86 군국주의와 소모품에 대한 논의로는 Jin-Kyung Lee, *Service Economies : Militarism, Sex Work, and Migrant Labor in South Korea*, Minneapolis : University of Minnesota Press, 2010, p.59를 볼 것.

87 역주 : 동원문화는 자본주의적 근대를 초극할 것을 약속하지만 제국의 차원에서 자본주의적 규율화와 주체의 호명을 반복한다. 지원병의 걸음이 구보의 배회와 연관되는 것은 그 때문이다. 물론 구보가 자본주의적 근대에 동화되지 않는 반면 지원병은 제국에의 동화를 지향한다. 그러나 휴즈는 지원병 역시 내적으로 잠재적 분열을 경험함을 논의하고 있다.

영화적인 것으로서의 주체 — 황민화의 시각성과 동역학

경계를 넘어 움직이며 불가피하게 지역적인 것을 부착한 채 남아 있는 상태가 조선의 식민지적 · 제국적 주체를 일컫는 또 다른 방법이다.[88] 조선적 지역성은 향토주의와 관련이 있는 동시에 향토적 이미지처럼 시간을 정지시키는 스틸과도 연관된다. 따라서 지역적/식민지적이면서 보편적/제국적인 황민은 어떤 면에서 스틸과 운동, 회화/사진/포스터와 영화의 혼종이다. "일 초에 24번의 죽음"이라는 고다르의 영화의 정의를 패러디한 로라 멀베이의 말처럼, 영화에서 운동의 환상을 연출하는 스틸의 빠른 반복은 죽음으로부터 삶을 불러낸다.[89] 지원병 위의 슬로건들의 언어적 · 시각적 호명은, 신체적 운동, 즉 그 주변을 걷는 지원병의 발걸음에 의미를 부여한다. 그리고 반대로 이제 신체적 운동이 언어를 삶 속으로 불러들인다. 신체적 운동은 일련의 스틸인 슬로건들에 생명을 불어넣는데, 그것은 건물 벽의 슬로건 중의 하나, 즉 국민정신 총동원에 의해 요구된 것을 정확히 상영함으로써이다. 따라서 〈지원병〉에서 슬로건 시퀀스는, 영화적 운동, 동원, 삶, 죽음 등의 밀접한 관계를 보여주면서 영화의 특징과 정의를 반복해 연출한다.[90] 그렇다

---

88 황종연은 신라에 대한 식민지적 근대의 묘사를 논의하며, 1930년대 말~40년대 전반 제국적 주체로의 동원에 대한 요구가 종종 신라 화랑정신을 갱신한다는 명목으로 만들어졌음을 지적한다. 따라서 제국적 주체가 되는 것은 "잊혀진 한국전통"을 소생시키는 것이었다. 황종연 편, 「신라의 발견」, 『신라의 발견』, 동국대 출판부, 2008, 50쪽을 볼 것. 일본 국내에서 양가적인 향수를 만드는 것으로서 식민지적 지역성의 소비에 대해서는 Nayoung Aimee Kwon, "Translated Encounters and Empire : Colonial Korea and the Literature of Exile", Ph.D. diss. UCLA, 2007을 볼 것.

89 Laura Mulvey, *Death 24x a Second : Stillness and the Moving Image*, London : Reaktion Books, 2006, p.13.

90 역주 : 슬로건과 지원병의 움직임의 관계는 스틸과 영화적 운동의 관계와 비슷하며, 동원이란 슬로건을 영화적 운동으로 만드는 과정과 유사하다. 그 점에서 동원의 정치는 총동

면 총동원의 기치 아래서 주체의 소환은, 보는 기계를 통한 '삶으로의 불러들임', 즉 시각적인 호명의 생체정치학이다.

사람들은 자신을 지역적인 존재로 생각하면서 지원의 행위에 의해 보편성에 참여할 기회를 얻는 것으로 상상한다. 여기서 우리는 지원의 이념과 운동, 의지와 움직임의 밀접한 연관성을 보게 된다. 지원행위는 스틸과 운동 사이의 틈새를 메우는 '자기-동원'이라는 시각적 행위가 된다.[91] 즉 지원은 제국 속에서 운동하는 자기 자신을 촬영할 수 있는 주체화로서, 자신을 그런 주체의 삶으로 불러들이는 실행을 나타낸다.[92] 〈지원병〉에서 우리는 지원병이 되려 하는 주인공이 슬로건을 응시하는 장면을 보게 된다. 그는 계속해서 움직이지만 그가 지나는 건물 벽의 현수막에 적힌 슬로건을 진정으로 체현할 수는 없다.[93] 영화의 이 장면에서 총독부는 총동원과 내선일체의 형성을 요구하지만 아직 지원병 부대를 실행에 옮겨야 하는 것이다.[94] 다큐멘터리 같은 이 동원영화

원이라는 구호를 영화적 운동으로 만들어 삶 속으로 불러들이는 시각적 생체정치학이라고 할 수 있다.

91 역주 : 지원행위는 지역성(스틸)을 보편성의 운동(동원)으로 연결하고 지원의 이념(스틸)을 동원(운동)으로 실행시키는 점에서 스틸과 운동의 틈새를 메운다. 따라서 지원의 과정은 제국 속에서 운동하는 자신을 촬영하는 주체화의 과정이기도 하다.

92 크래리는 푸코의 파놉티콘 모델의 전환을 보여준다. 즉 "20세기 초에 주의력의(attentive) 주체는 규율적 명령의 **국제화**에 속하게 되며, 그 명령 안에서 개인은 다양한 사회적 배치 내에서 자신을 효율적이고 유익하게 활용하는 데 보다 더 직접적으로 책임을 갖게 된다." 이 지점이야말로 제국화가 테일러리즘을 만나는 곳이다. 여기서 모든 것은 (시각적) 주의력의 주체에 연결시킬 수 있는 보다 넓은 세계적 책임 의식을 지닌 근대 담론의 요체로서 발생한다. 다시 말해, 황민화에 수반되는 주의력은 제국화의 규율성과 근대의 산업적 작업장에서의 규율성 간의 관계를 생각하게 해준다. Jonathan Crary, *Suspensions of Perception : Attention, Spectacle, and Modern Culture*, Cambridge Mass. : The MIT press, 2001, p.73을 볼 것.

93 역주 : 주인공 춘호는 지원병이 되려 하지만 조선인은 지원병이 될 수 없기 때문에 내선일체를 진정으로 실현할 수 없다. 이 영화는 조선에 지원병령이 실시되어 춘호가 지원병으로 입대하는 것으로 끝난다.

94 이영재는 이 트랙킹 쇼트(카메라가 액션을 따라가며 함께 움직이는 쇼트)에서 (얼굴) 클로즈업의 부재는 얼굴의 감정과 얼굴이 바라보는 대상 간의 불균형을 만듦을 지적한다. 이

에서, 이런 지원병의 궤적은 영화적 서사 자체의 상징이 된다. 그런 영화적 서사의 상징은 일련의 아주 명백한 진실들 — 운동과 즉시성, 연애감정, 시각성의 진실들 — 을 함께 섞어 짬으로써 신뢰성을 얻게 된다.[95] 이 네 가지 요소들은 모두 식민지 말 동원영화를 특징짓는 것들이다.

진실이 운동이라면, 자주 인용되는 니체의 구절처럼, 진실은 또한 "은유의 동원 가능한 군대"[96]이기도 하다. 동원영화에서 중요한 것은 제국의 언어, 즉 '내선일체' 및 '국민정신 총동원' 같은 슬로건에 대한 관객 동일시이다.[97] 이 영화를 통해 그런 언어적 슬로건이 관객에게 동일시되어 '보이게 되는' 과정은, (흔히 카메라와 관객 사이에서 논의되는) 영화적 봉합(suture)이 어떤 방법으로 언어적 읽기의 시각적 행위를 특징짓는지 보여준다. 프린트된 단어를 응시하며 그것을 진실로서 믿는 것은 종이 위에 인쇄된 단어를 통해 그것을 읽는 눈의 운동을 결합시키는 것이다. 여기서의 지시성은 조금 다르게 생각될 수 있는데, 즉 지시관계는 실제 대상에 대한 기표/기의의 등가성이 아니라 인쇄된 것에 대한 시각적 눈의 봉합이다. 다큐멘터리 작품은 결국 문서/문서제시를 상기시킨다. 다큐멘터리적 영화 장르는 운동 · 즉시성 · 연애감정 · 가시성의 시각적 재현을 지시대상(일종의 문서)으로 '**읽을 것**'을 관객에게 호소한다. 바로 그런 이유로, 지원병(춘호)과 이 영화의 관객이 "지원병 제도"가 실행될 것이라는 신문에 인쇄된 표제를 읽을 때, 제국의 약속의 실현이 현실화된 것으로 나타나는 것이다. 신문은 벽 위의 슬로건처럼, 하나의 문

영재, 『제국 일본의 조선 영화』, 현실문화, 2008, 78~79쪽을 볼 것.

95 Mary Anne Doane, *The Emergence of Cinematic Time : Modernity, Contingency, the Archive*, Cambrige, Mass. : Harvard University Press, 2002, p.29를 볼 것.

96 역주 : 니체의 은유는 진실을 나타내는 기동대이지만, 여기서의 '진실'은 은유(내선일체)로 표현된 총동원을 통한 군대라고 할 수 이다.

97 역주 : 내선일체라는 은유(슬로건)는 동원을 통해 운동하는 진실이 된다. 그처럼 동원영화는 운동을 통해 관객이 슬로건에 동일시되는 과정으로 볼 수 있다.

서로서, 즉 시각적 이미지의 형식으로 증명되는 진리로 읽히도록 스크린 위에 제시된다.

지원병은 걸으면서 각 슬로건들을 올려다본다. 그러나 물론 시점 시퀀스는 다른 영화에서처럼 일련의 컷을 포함한다. 즉 지원병이 힐끗 보는 장면에 이어 다음 프레임에서는 슬로건이 보여지고, 다시 지원병으로 돌아온 후 또 다른 슬로건이 보여진다. 지원병의 응시를 슬로건에 연결하고 같은 프레임에서 그 둘을 상상하는 것은 관객의 일이다. 제국화의 욕망을 생산하는 것은 바로 그 과정에서의 틈새를 덮는 시각적 행위이며, 그것은 지원병의 시선을 식민지 조선 관객의 시선에 봉합하는 행위이기도 하다. 이때 봉합의 욕망이 가동되면서 스크린 위의 운동을 관객 쪽으로 병합함으로써 운동을 안쪽으로 끌어당긴다.[98] 이 같은 운동에 연결된 보는 행위와 욕망은, 영화의 세 공간들 — 시골, 식민지 도시 풍경, 상상적 범아시아 — 의 교섭이, 어떻게 셋째 항(범아시아)이 앞의 두 항들을 포섭하는 것으로 끝나지 않는지 보게 해준다. 다시 말해, 지원병(그리고 이 영화의 관객)은 상상할 수 있을 뿐인 보다 넓은 범아시아 영역으로의 바깥쪽 운동은, 그가 그것과 구분되는 "반도"를 형성하는 시골과 도시의 지역성 차원과 연합하는 것을 방해하지 않는다. 그와 달리, 그런 지역적인 이미지는 지원병의 원근법의 시각적 표지로 남아 있으며, 그가 밖을 내다보는 자신의 배경으로서, 즉 대동아라는 소실점을 바라다보는 장소로서 잔존한다.[99] 〈지원병〉에서 제국적 주체(황민)의 시

98 역주 : 여기서 슬로건-지원병(춘호)-관객의 관계는 범아시아-운동의 행위자-지역성의 관계와 같다. 지원병이 슬로건을 보는 것은 소실점(범아시아)을 상상하는 것이며 관객의 동일시는 지역성과의 연합을 의미한다. 지원병과 관객은 범아시아라는 보편성에 포함되어 정적인 상태가 되는 것이 아니라, 상상할 수 있을 뿐인 소실점을 동일시하면서 끝없이 그에 다가가는 운동 상태에 있게 된다.

99 이 바깥쪽으로의 운동은 시간적인 것이기도 하며, 지역적인 것의 접힘이 서구적 근대의

각적 소환은, 황민화의 테크닉들 그 자체가 방법적으로 '영화적(cine-matic)' 운동이며 '움직이는 세팅(setting into motion)'임을 알려준다.

보다 먼저 제작된 〈군용열차〉(1938)에서는, '움직이는 세팅'이 카메라와의 봉합 및 카메라가 보여주는 무기와의 봉합과 연관된다.[100] 〈군용열차〉에서는 카메라가 이따금 기차와 함께 앞으로 움직이면서 그처럼 봉합 기법을 결합시키는데, 여기서 기차는 그 자체가 중국에서의 전쟁 지원을 위해 북쪽으로 움직이는 무기로 동원된 테크놀로지이다. 봉합은 카메라와 기차, 관객 사이에서 이루어진다. 기차가 의인화되어 보여지는 것처럼, 관객은 동원화되고 테크놀로지화된다. 제국적 주체(황민)는 '테크놀로지적인 것'과의 연관 속에서 동원화되는데, 이는 인간이 기계에 예속되지도 기계를 단순히 인공기관으로 그리지도 않는 가운데 이루어진다. 그와 달리, 봉합의 시각적 행위에 의해 움직이는 동원된 황민은, 인간도 기계도 아니며 동시에 그 둘 다이다.[101]

권위를 반대하는 범아시아적 미래로 향하는 운동이기도 하다. 차승기가 보여준 것처럼, 1920년대의 전통주의는 조선성을 과거와 연관시키는 경향이 있으며, 그로 인해 근대와 서구를 보편적인 것으로 특권화한다. 그러나 1930년대 말의 전통주의는 근대 자체를 질문하는 공간을 만들며, 다른 미래의 가능성을 암시한다. 즉 과거를 회복하는 행위는 앞으로 올 것과 연관될 수 있다. 그 같은 방식으로 전통주의는 미래를 지시함으로써 아방가르드와 연관된다. 차승기, 『반근대적 상상력의 임계들』, 푸른역사, 2009, 20・168쪽.

100 Friedrich Kittler, *Gramophone, Film, Typewriter*, trans. Geoffrey Winthrop-Young and Michael Wutz, Stanford, Calif. : Stanford University Press, 1999, p.124를 볼 것. 키틀러와 폴 비릴리오가 보여준 것처럼, 카메라와 무기는 타깃의 주의로 구조화된 시각적 체제를 공유한다. 더욱이 비릴리오는 카메라의 역사를 현대적 전쟁의 기술의 출현에 연결시키면서, 군사화와 운동(motion)의 중첩영역인 이른바 '드로몰로지컬(dromological)'을 강조한다. Paul Virilio, *War and Cinema : The Logistics of Perception*, London : Verso, 2009를 볼 것.

101 〈군용열차〉에서 한국인 친구들과 자애로운 일본인 상사(기관구장) 사이의 남성적인 친밀성은 인공기관으로서 기계와 결합된 감정을 생산한다. 기계는 그 같은 감정이 계속 잔류하며 확장되는 것을 가능하게 한다. 기계는 감정을 구체적인 물질적 운동으로 전이시킨다. 인간과 기계 사이의 그 같은 관계가 황민화의 형식인 셈이다. 해방 후 김영석의 소설 「전차 운전수」(1946)는 바로 그런 운동을 중단시키려 시도한다. 즉 기계를 사람들의 적합한 인공기관으로 그리기보다 식민화된 주체를 기계의 부속품으로 묘사함으로써 그 같은

〈군용열차〉는 동원문화와 영화적 시간성의 방법들 간의 밀접한 관계를 알게 해준다. 영화적 시간은, 영화적 운동의 기록성과 표상적 지시성 속에 "시간의 합리화와 우발성(contingency)[102]의 존중을 동시에 지니고 있다."[103] 〈지원병〉과 〈반도의 봄〉처럼, 〈군용열차〉는 복수적 시간성을 제공한다. 즉 열차시간표 및 기계의 합리화된 시간과 사랑이나 이끌림(영화에서 기생을 구하는 사랑의 서사)의 정서적이고 우발적인 시간성이다. 이 영화에서는 테크놀로지적 친밀감(technointimacy)이 그 두 시간성을 하나로 결합한다. 합리적인 것은 직접적이고(immediate) 친밀한 것(intimate)이 된다. 더욱이, 시간의 합리성/선형성과 우발성을 스크린 위에서 동시적으로 보여주는 것은 영화적 몽타주, 즉 장면들 사이의 시간의 흐름/연결과 단절/컷이다. 앞에서 본 것처럼, 이 같은 이중적인 시간성은 박태원의 「소설가 구보씨의 일일」 같은 문학적 텍스트의 특징을 나타낸다. 구보는 두 가지 양태로 존재하는 것이 허용되어 있다. 즉, ① 도시적・정신적 공간의 몽타주(그리고 이따금 오버랩)를 통해 정신적・육체적으로 움직이면서 우발성과 만나는 거리의 산책. ② 텍스트 전체에서의 어머니와 집의 이미지화와 결국 결말에서 집과 어머니로 되돌아오는 것("안전한 귀환"). 식민지 한국의 모더니즘과 전시 동원영화는 몽타주의 방식으로 근대의 충격과 교섭하고 있다. 동원영화에서 황민-되기(황민

운동을 방해한다. 그러나 키틀러가 지적했듯이, 실제로 "전후의 시기"는 2차 대전 때 발달된 기계와 군사적 테크놀로지에 대한 예속화가 강화된 시기였을 뿐이다. 한편 〈군용열차〉 역시 많은 전향 서사들 중의 하나로 해석될 수 있다(서광제 감독은 구 카프 회원이었다).

102 역주 : 우발성(contingency)은 가변성으로도 번역되는데 합리성의 해체에서 중요한 개념이다. 합리성이 동일성과 선적인 논리를 지닌다면 우발성(가변성)은 동일성의 해체와 복수적 가능성을 보여준다.

103 Mary Anne Doane, *The Emergence of Cinematic Time : Modernity, Contingency, the Archive*, Cambrige, Mass. : Harvard University Press, 2002, p.11을 볼 것. "초창기 영화들이 보여주는 것은 (…중략…) 우연과 가변성의 요소가 정신적 에너지가 고도로 충당되는 지점이었으며 그 순간은 즐거움일 뿐 아니라 불안이기도 했다는 사실이다." p.39를 볼 것.

화)는 우발성을 선형성과 연속성으로 되받으려 시도하는데, 이는 시간과 공간을 시각적으로 섞어 짜면서 미래로 기획된 지역적/제국적 주체 쪽을 향하는 방식이다.[104]

또한 동원은 운동의 초합리화를 통해 우발성을 극복하려 시도한다. 가령 그것은 신체적 운동들의 일치성과 기계화를 통해 '동-형(one-form) 되기'나 '유니-폼 되기'를 보여주는 것에서 볼 수 있다. 그렇더라도 동원 영화에서 황민은 항상 우발성에 의한 합리성의 추월, 즉 황민되지-않기에 의해 위협받는다. 〈군용열차〉에서 그 같은 긴장은 되돌아올 수 없는 지점까지 이끌어지는데, 그것은 기관사의 친구(원진)가 중국 스파이에 매수되어 남성적 동류성과 기계의 직접성/친밀성으로 다시 돌아올 수 없을 때이다.[105] 그가 자신이 배신한 기계 곧 기차에 뛰어들어 자살한 것은 바로 그 때문이다. 속죄의 형식으로 표현된 (이 영화의 마지막 장면에서 관객에게 보여진) 그의 유서는, 희생의 개념이 어떻게 부재의 성애학, 즉 '비현존'과 '이름 부를 수 없는 것'으로의 운동과 관련되는지 보여준다. 죽음은 합리적인 것이 우발적인 것을 만나는 지점이다.[106] 즉 그 둘은 비장소와 비시간에서 함께 만난다. 그렇다면 황민이란 일종의 주체의 해체이며, 더 증폭된 방식으로 내와 선 사이를 움직이는 것이다. 그것이야말로 합리성과 우발성을 일체 속에 결합하는 어떤 주체일 것이다.

---

104 역주: 「소설가 구보씨의 일일」이 우발성(가변성)의 시간과 우발성/합리성의 몽타주를 통해 근대적 합리성을 해체하고 있다면, 동원영화는 (우발성/합리성의) 몽타주와 운동의 초합리화를 통해 우발성과 합리성을 결합하려 시도한다.

105 역주: 점용의 친구 원진은 기생이 된 영심(점용의 여동생)을 구할 돈을 마련하기 위해 중국인 스파이에게 협조한다.

106 역주: 죽음은 합리성이 우발성에 부딪히는 순간인데 황민화는 그런 우발성을 계기로 더 상화된 농합으로 나아가는 운농을 보여순다.

제국적 클로즈업, 혹은 클로즈업으로서의 제국적인 것

동원 영화의 크로노토프 — 황민되기의 공간과 시간을 구성하는 것 — 는 동시적으로 지역성/무시간성과 범아시아적 미래의 형식을 갖는다. 이는 작은 것과 큰 것의 동시성이다. 마르틴 하이데거와 수잔 스튜어트, 메리 앤 돈은, 모두 근대의 "그림으로서의 세계"의 도래가 어떻게 정확하게 '작은 것'과 '큰 것'의 관계를 포함하는지를 논의했다. 스튜어트에 의하면, 산업사회 이전에는 거대세계(gigantic)를 자연에 위치시켰지만 근대 자본주의는 거대세계를 교환경제와 상품성에 연결시킨다. 또한 메리 앤 돈은 스튜어트를 따라, "미니어처(miniature)는 손에 쥘 수 있고 소유할 수 있으며, 따라서 지배의 환상, 즉 주체의 승인을 알려준다"[107]고 말한다. 돈이 볼 때 거대세계/미니어처의 양가성을 드러내는 것은 영화적 클로즈업이다.

> 동시적인 소우주와 대우주, 미니어처와 거대세계로서, 클로즈업은 친밀성과 내면성의 이데올로기들을 공적 공간과 기념비적인 권위에 연결하는 결절점으로 작용한다. 클로즈업에서, 카메라는 동시적으로 총체화의 욕망과 그것의 불가능성을 연출한다. 영화의 관객은 부분적 현실의 파편 — 자기충족적 총체성의 효과를 모방하는 파편 — 에 매달린다.[108]

실제로 클로즈업은, (예컨대 얼굴의 형식으로) 총체성으로 표현된 부분적 현실의 파편의 측면에서만이 아니라, 카메라가 접근하고 멀어짐에

---

107 Mary Anne Doane, "The Close-Up : Scale and Detail in the Cinema", *Differences* 14, 2005, p.109.
108 *Ibid.*

따라 생겨나는 작은 것과 큰 것, 큰 것과 작은 것 사이의 진동으로 생각되어야 한다. 황민되기는, 지역성을 넘어 움직이며 자신보다 큰 것이 되는 일인 동시에, 지원병이 빌딩의 슬로건을 올려다보는 클로즈업 쇼트들에서 보듯이, 스크린의 공간을 장악하는 것이다. 카메라의 운동은 지역성과 범아시아 사이의 진동으로서 동원화/제국화의 봉합을 반복해 연출한다. 교환경제와 상품성의 거대세계를 대체하는 것은 바로 그때의 범아시아이다.

시골(시공간)에서의 여성의 일상활동을 그린 몇 장면을 포함한 〈지원병〉과 〈반도의 봄〉에서, 지역성은 1930년대의 향토주의 문학과 미술작품의 계열에 속한 것으로 나타난다. 1930년대의 향토주의 작품들은, 도시적 근대와 출판 산업, 영화관과 화랑의 문화적 제도에 의해 펼쳐졌으며, 그 자체가 장면들 속의 장면들이었다. 〈반도의 봄〉은, 〈춘향전〉이라는 영화의 제작을 스스로 영화화하는 방식으로, 카메라 운동을 동원화에 연결하면서, 그 같은 장면 속의 장면의 연출을 반복한다.[109]

〈반도의 봄〉은 〈춘향전〉이라는 영화를 서사(diegesis)하는 것으로 시작해서 카메라가 촬영장을 함께 보여주는 롱 쇼트[110]로 이동하는데, 이 점은 이 영화가 하이퍼도상적인 '영화에 관한 영화'임을 드러낸다.[111] 〈춘향전〉은 시각적으로 총체성/거대세계로부터 부분성/미니어처로

109 역주 : 향토주의 작품이 도시적 근대의 장면들 속에서 연출된 향토적 장면이었다면, 〈반도의 봄〉(하이퍼도상적 장면)은 동원화의 장면(테크놀로지) 속에 연출된 지역성의 장면을 보여준다.

110 역주 : 먼 거리에서 찍은 쇼트를 말한다. 쇼트에는 롱쇼트, 미디엄쇼트, 클로즈업 쇼트가 있다.

111 이영재는 식민지 영화산업의 재편성기에 그 같은 영화제작에 관한 영화의 생산이 중요했음을 지적한다. 〈반도의 봄〉은 조선영화령이 공포된 후 검열의 승인을 얻은 첫 번째 영화였으며, 조선영화협회 결성에 즈음해서 만들어졌다. 조선영화협회는 1945년 식민 통치의 종식 때까지 총독부의 후원하에 식민지의 모든 영화 생산에 관여했을 것이다. 이영재, 『제국 일본의 조선 영화』, 현실문화, 2008, 113쪽을 볼 것.

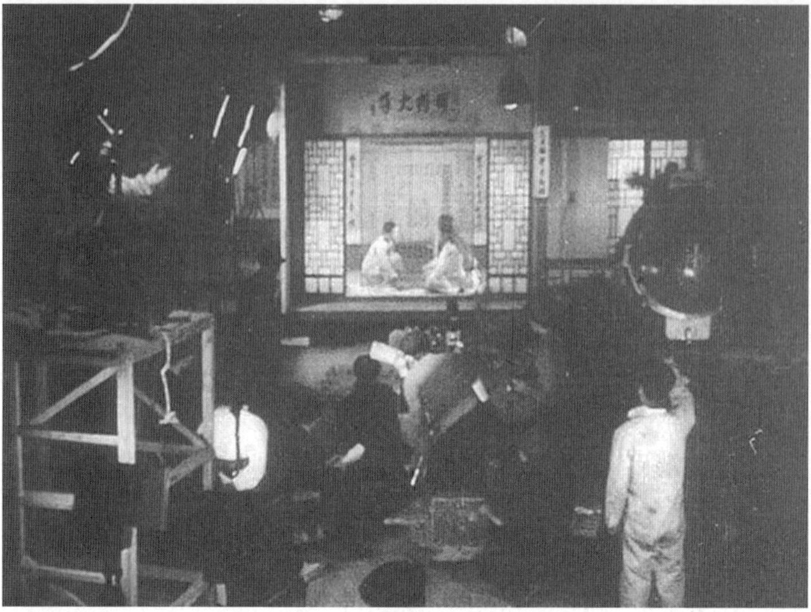

〈그림 1-8〉 "오케이, 컷"(〈반도의 봄〉, 1941)

움직인다. 이 운동은 서사 안의 서사의 영화적 봉합과 부합하며, 지역성으로서의 조선을 보편주의적 일본 중심의 범아시아 안에 위치 짓는 일과 일치한다. 따라서 이 영화는, 테크놀로지적인 현재(거대세계, 더 큰 서사, 혹은 제국)에 의해 가능해진 전통성/진정성(미니어처, 작은 서사, 혹은 지역성) 쪽으로 시간을 거슬러 움직이는 방식으로 자신을 구성하고 있다. 제국과 동원의 시간인 전자는, 영화제작을 통해 가능해진 시공간적 운동을 보여줄 수 있는 능력과 밀접한 연관이 있다. 바로 그런 이유로, 이 영화는 남녀 주인공들(영일과 정희)이 내지(metropole)로 여행하는 첫 구간으로 데려다줄 기차에 오르는 장면으로 끝나고 있다. 그들은 내지에서 더 진전된 영화제작 기술을 배우게 될 것이다.

식민지 말의 동원 영화들은 방해가 수반되는 제국화(황민화)로의 소환을 반복해 연출한다. 〈지원병〉에서 식민지 관객들은, 지원병과 그를 뒤덮는 슬로건을 봉합하라는 시각적 행위를 요청받는 순간, 이내 그가 지나치는 거리의 무관심한 사람들로부터 제국적 계획에 연관되지 않은 다른 욕망과 소속감의 가능성을 보게 된다. 〈반도의 봄〉에서는 (권력 및 공적 공간과 결합된) 일본어와 (보다 친밀한 대화 및 공간에 연결된) 한국어가 혼합되어 사용되지만, 제국 본국의 내(內)와 일본어가 아니라 한국어의 사용과 연관된 "내부"를 연출하는 것으로 끝난다. 백문임이 지적했듯이, 〈지원병〉과 〈조선해협〉(박기채 감독, 1943)같은 식민지 동원 영화에서, 중요한 순간 여성이 보여주는 제국화 과정에 대한 감정이입의 언표(enunciation)는, 그들의 몸과 분리된다. 예컨대 〈지원병〉에서 관객은, "몸조심 해라"라고 말하는 지원병 어머니의 목소리를 먼저 들은 후, 10초 동안의 쇼트에서 카메라 쪽을 양가적으로 응시하는 그녀의 모습을 본다.[112] 이 같은 목소리와 여성 신체의 분리는 제국적 소환의 승인과 군국주의화를 통한 남성주의적 약속을 방해한다.[113] 그 같은 분리는 우울한 것이다. 그러나 여기서의 상실감은, 범아시아적인 "동양인"의 보편주의를 옹호해 식민지적 삶의 불안과 불확실성을 던져버린다 해도 사라질 수 없는 난입(irruption)의 느낌을 나타낸다.[114] 백문임은 동원 영화들에서 어떻게 식민지적 우울이 잔존하는지 카메라를 향해 양가적으로 응시하는 행위 등을 통해 보여주고 있다. 무반응적인 시각적 보여주기

---

112 백문임, 「전쟁과 멜로드라마」, 한국-타이완 비교문화연구회 편, 『전쟁이라는 문턱』, 그린비, 2010, 277쪽.

113 위의 글, 280쪽.
역주 : 이 영화에서는 춘호의 어머니의 **목소리**가 먼저 들린 후, 인사를 하는 춘호가 비쳐지고 그다음에야 어머니가 **말없이** 바라보는 모습이 보여진다. 이 같은 목소리와 신체의 분리에 대해서는 같은 글, 277~278쪽 참조.

114 김철은 1930년대 말에 "'서양'을 타자로 확정함으로써 '동양인'으로서의 자신의 동일성을 구축하는 순간" 어떻게 "식민지라는 매개항은 생략되거나 비약되어" 버리는지 보여주었다. 김철, 『'국민'이라는 노예 – 한국문학의 기억과 망각』, 삼인, 2005, 96쪽을 볼 것.

는 불안의 심리를 다시 열어 놓으면서, 어떤 다른 욕망의 가능성을 시각적으로 말함으로써 범아시아와의 동일시를 방해한다.

실제로 상실감은 식민지 말의 영화들을 관통해 나타난다. 알란 탄스만은 일본의 미학적 파시즘에서의 "침투적인 우울"의 중요성을 강조한다. "파시즘적 '형식'을 향토적인 '내용'으로 채우면서, 자신의 전통에 파시즘 미학을 형성할 것을 요구한 점에서, 일본은 독일 같은 다른 국가와 구분되지 않았다"[115] 상실에 대한 반응은 이제 "문화적 기원의 새로운 지점의 탐색이 되며, 역사의 무게에 의해 방해받지 않는 않은 새로운 신화를 창조하는 장소"가 된다.[116] 우리는 일본의 미학적 파시즘이, 제국 본국 자체에 국한되지 않았을 뿐 아니라, 한국과 대만, 만주를 정복하고 식민화하는 궤적의 상상만도 아니었음을 상기해야 한다. 일본의 파시즘은 제국 본국과 식민지 모두에서의 범아시아와 천황의 이름으로 된 '동원에 대한 요구'였다. 식민지 말 한국의 동원 영화가 제국 본국에까지 유통되었다는 사실은, 어떻게 '제국화된 식민지'가 '본토 제국'의 동일화를 매개했는지 나타낸다.[117]

미와 진정성에 대한 제국 본토의 욕망은 피식민자를 제국에 동화시키려는 욕망을 수반했는데, 그것은 피식민자의 소환과 그들의 호응을 응시하려는 욕망이었다. 전시 동원은 제국이 되려는 식민지적 욕망의 생산을 필요로 했다. 그러나 그 같은 욕망의 충족은 내/선의 관계를 위협한다. 제국 본토의 주체는 그런 양가성을 지닌 식민지적 욕망을 응시

---

115 Alan Tansman, *The Aesthetics of Japanese Fascism*, Berkeley : University of California Press, 2009, p.15.

116 *Ibid.*, p.24.

117 피식민자와 본토 제국인의 동시적인 소환은 번역의 체제와도 연관이 있다. 식민지 말의 번역에 대한 논의로는 Serk-Bae Suh, "Treacherous Translation : The 1938 Japanese-Language Theatrical Version of the Korean Tale Ch'unhyangjŏn", *positions : east asia cultures critique* 18, no.1, Spring 2010, pp.171~197을 볼 것.

했다. 이영재가 보여줬듯이, 총독부는 최인규의 〈집 없는 천사〉(1941)를 승인한 후 그 영화가 제국 본국으로 이동할 때 후속적으로 검열을 했다. 그처럼 (이 영화에서) 식민지인들이 경계 지어진 공간에서 제국적 대의(cause)에 스스로를 소환하는 것으로 보여진 사실은, 소환의 매개자로서 제국 본국의 역할을 위협했던 것이다.[118] 이 경우 경계를 지닌 공간이 제국 본국 자체를 거울처럼 비추는 것에 너무도 접근했던 셈이다. 피식민자는 제국되기(황민화)를 욕망하는 상태로 남아 있으면서 지역성(지방성)의 흔적을 몸에 지녀야 한다. 그들은 항상 다가오면서 물러설 뿐인 공간인 내(內)를 향해 움직이는 상태에 있어야 한다.

식민지 말 동원문화를 구성한 다층적인 담론적 실천은 1945년 이후 두 개의 한국의 역사적 노정에 핵심적 역할을 할 것이었다. 즉 다르게 변화된 군사주의/개발주의의 형식 속에서 비무장지대를 가로질러 줄곧 서로 대면하고 있는 모습을 드러내면서 말이다. 그 점은 45년 이전 근대의 초극의 중요성이 필연적으로 인정되지 않았음에도 달라지지 않는 사실이었다. 남한에서는 제국화/동원화에 대한 선별적 기억과 망각이 냉전적 반공 주체와 45년 이후 국가적 대립의 역사를 특징지을 것이었다.

'남한이 된 공간'에서의 1945년 이후 "식민성의 극복"의 시도는, 내선일체로부터 내의 삭제, 더 정확하게는 '내의 (DMZ 남쪽에 위치한) 선으로의 붕괴'로 시작되었다. 그와 동시에 식민지 말의 황민화 담론을 협력적 행위로 묘사함으로써 한국/일본의 대립이 자리를 잡게 되었다. 내(內)의 삭제 역시 분명히 1945년 이후 일본을 진압한다는 언어적 장치 위에

118 이영재, 『제국 일본의 조선 영화』, 현실문화, 2008, 186~187쪽.

서 작동된 것이지만, 그것은 또한 1950년대에 범아시아적 대동아공영의 핵심 개념이었던 서양/동양의 이항대립을 견지함에 의해서였다. 다음 장들에서 볼 것처럼, 식민지 시기의 향토주의와 동양의 개념은 1950년대 남한의 전통주의의 형성에 중요한 역할을 했다. 초기 남한의 국가주의는 동양과 한국, "동양정신"과 "(남)한국정신" 사이의 끊임없는 미끄러짐에 의존했다. 다음 장에서 우리는, 군정시기(1945~48)의 문학작품들이 식민지 말 공간적 상상의 냉전적 재질서화에 대해 교섭하는 방식들을 검토할 것이다.

1945~48년 미국과 소련의 군사점령기는 식민성과 포스트식민성 사이에 위치해 있다. 즉 이 시기는, 포스트식민으로의 운동의 약속을 제공하면서 식민성을 구성한 많은 가정들과 위계들을 보류하고 있었다. 이 시기는 프롤레타리아 주체의 귀환을 목격하면서 곧이어 반도의 남쪽 절반에서 그것의 삭제를 경험한 때이다. 그 같은 귀환/삭제는 과거의 프롤레타리아-문화적 민족주의 논쟁의 재출현을 가져왔다. 그렇다면 (1장에서 논의한) 1920~30년대의 다양한 운동들과 연관된 '글쓰기'와 '보기'의 방법들을 재연하려는 첫 시도는 바로 그 군사점령기에 만들어졌던 셈이다. 식민지 시기의 운동들은, 1945년부터 현재까지 한반도 분단을 구조화해온 '보이는 것/보이지 않는 것'의 정치학에서 새로운 형식을 갖게 될 것이었다.

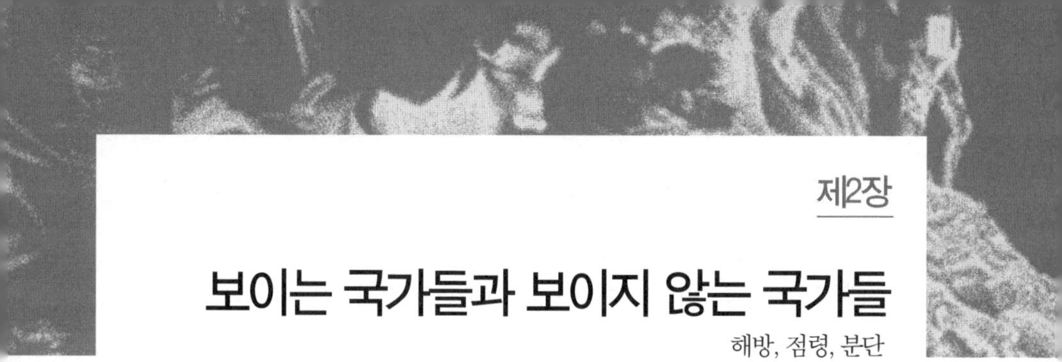

제2장

보이는 국가들과 보이지 않는 국가들

해방, 점령, 분단

1945년 일제 통치의 종식은 곧바로 한반도의 남북 양쪽에서 미국과 소련의 군사점령으로 이어졌다. 그 같은 군사점령은 이내 전쟁상태로 이어질 적대적 정치체제를 작동시켰다. 한반도의 분단이 계속 지속되었을 때, 학자들이 열려지면서 부정된 포스트식민지적 가능성들의 혼돈을 가려내려 하면서, 식민 통치 종식과 1948년 분단체제 출발 사이의 점령기로 되돌아가곤 하는 것은 놀라운 일이 아니다. 1945~48년 시기를 구성한 논쟁들이, 이어진 논쟁과 함께 동시대성으로 잔존하는 한 경로가 있는데, 그 경로는 현재까지 계속되는 48년 이후의 경쟁적인 군사주의와 대중동원의 역사를 따라 때를 맞춰 움직이고 있다.

영어권 학계에서는 역사학자들이 그런 해방 직후의 시기를 강조하는 반면, 상대적으로 문화적 생산에 대한 연구의 부재가 느껴지고 있다. 그로 인해, 식민지 말 전시 동원이 갑자기 종료되고 포스트식민지적 냉전질서로 이동하며 발생한 중요한 전환을 놓치는 결과를 낳고 있다. 한

편 한국에서 활동하는 김윤식, 권영민, 신형기 같은 유명한 비평가들 쪽에서는, 해방직후의 복합적 상황에 대해 우리에게 세밀한 논의를 제공해 주었다. 즉 협력의 경위의 고백과 프로 작가들의 재출현, 곧이어 순수문학의 이름으로 문학의 자율성이 재주장되며 형성된 대립관계, 그리고 경쟁적인 문학적 조직들의 급속한 편성 등이다.[1] 이런 연구들의 대다수는 월북작가의 작품이 해금된 1988년에 시작되었다. 따라서 1988년 자체가 일종의 해방의 표지이며, 40년 동안 검열에 묶여 있던 텍스트들에게 주어진 자유의 상징인 셈이다.

일본 식민주의의 갑작스런 종식과 그와 거의 동시적인 미소의 군사 점령의 배치는, 식민지적 과거와 식민지 이후의 미래를 표상하려는 첫 시도에서부터, 통치의 합법성을 가장했던 일본 같은 외국 권력과 "즉석에서" 끝없이 교섭하는 일에 묶여 있었음을 뜻했다. 1945년 이후 문화계는 미국이 점령한 서울에 집중되었다. 따라서 2장에서는 분리된 문화계의 급속한 편성이 어떻게 한국의 미군정(USAMGIK)과 연관되었는지에 특히 관심을 기울일 것이다. 서울을 떠나 월북한 유명한 좌파 작가들은 대부분 1947년까지는 남쪽에 남아 있었다. 우리가 보게 될 텍스트들은 동아시아의 지배권력으로서 미국의 출현에 의해 윤곽이 드러난 냉전 역사를 열어 놓는 데 도움을 준다. 이 텍스트들의 대다수가 공식적인 미국의 통치 아래서 쓰인 한에서, 나는 그 작품들을 영어 정전에서 삭제된 채 남아 있는 — 잊혀지지 않고 무시되었을 뿐이며 거의 번역되지 않은 — "미국문학"의 한 부분으로 위치 짓는다.

2장에서 나는 어떤 집합을 이루는 작품들에 대해 말하려고 한다. 나의 목표는, 한반도의 남북 반쪽에서 분리된 문화계들이 형성될 때, 작

---

1 김윤식, 『한국소설사』, 예하, 1994; 신형기, 『해방 직후의 문학운동론』, 제3문학사, 1989를 볼 것.

가들이 미군 점령하에서 그 문화계의 편성에 어떻게 참여했는지 해명하는 것이다. 나는 '식민성/포스트식민성' 사이의 역사적 중단을 가정하지 않는다. 그 대신에 나는 작가들이 "역사적 파열", "식민성", "해방"의 개념들과 격론을 벌이는 방식들을 고찰할 것이다. 2장에서 나는 시각적인 것의 언어적 표현에 초점을 맞춘다. 나의 관심은, (다른 논의들에서 상세히 논의된) 미군정의 정책과 실행[2]보다는 (기존의 논의에서 많이 간과된) 일군의 작품들이 암암리에 혹은 명백하게 미군정과 교섭하는 방식들을 보여주는 데 있다. 그렇게 하면서 이 작품들은 앞장에서 상술한 1920~30년대와 40년대 전반의 프로문화운동, 향토주의, 모더니즘, 제국적 동원 운동에 의해 가능해진 보기의 방식들을 재연하고 있었다. 그처럼 1945년 이후의 텍스트들은 보이는 것과 보이지 않는 것의 분할을 연출하면서 예전의 운동들을 끌어들이고 있었다. 그 같은 시각적 분할은 20세기의 나머지 동안과 지금에 이르기까지 남북한의 냉전적 분할의 틀을 만들게 될 것이었다.

우리는 식민화된 공간을 다양한 방법으로 생각할 수 있다. 하나는 (법적으로) 제국적 통치의 차원인데 이는 동시적으로 사적 소유와 (문화적/감정적인) 민족적(ethnonational) 요구로 특징지어진다. 다른 하나는 세계성/지역성(카프의 프롤레타리아적 국제주의), 혹은 후기에는 서구 대 아시아/지역성(전시의 범아시아)의 차원이다. 식민지 이후(postcolonial)의 새로운 현재와 미래를 분절하려는 초기의 시도들은, 1930년대 중반 총독부에 의해 중단된 식민지 시기 문학논쟁과 과거로의 "귀환"을 가져왔다.

---

2 Bruce Cumings, *The Origins of the Korean War* vol.1 *: Liberation and the Separation of Regimes, 1945~1947*, Princeton, N.J. : Princeton University Press, 1981; vol.2 : *The Roaring of the Cataract, 1947~1950*, Princeton, N.J. : Princeton University Press, 1990을 볼 것. 북한문화계의 형성에 대해서는 Charles Armstrong, *The North Korean Revolution, 1945~1950*, Ithaca, N.Y. : Cornell University Press, 2004를 볼 것.

1945년 직후 문학 영역에서 활동한 작가들은 모두 식민지 시기에 활약했던 사람들이며, 그들 중 다수는 과거 1920~30년대에 프로문학, 문화적 민족주의, 모더니즘 사이의 논쟁에서 중요한 역할을 맡았었다. 식민지적 과거로부터 갈라진 틈새와 교섭하려는 시도는 과거 식민지 시대의 논쟁과 운동들을 특징짓는 공간적 표상들에 연계되지 않고는 일어날 수 없었다.

1945~48년까지의 시간들은 세계대전 이후의 시대를 포함하고 있었다. "해방기"는 1945~48년의 신문과 잡지, 문학작품에서 흔히 보듯이 동원문화로부터 벗어난 시기로 찬양되었다. 예컨대 이선희의 「창」(1946)에서는, 대동아공영과 태평양 전쟁의 종식은 징병의 종료를 의미했으며, 그것은 동네사람들에게 "조선독립보다 (…중략…) 기쁘고 즐거웠다."[3] 그와 동시에 다음에서 볼 것처럼, 역사적 단절을 수행하는 문학작품들은 많은 것들이 계속된다는 생각 속에서 그렇게 해야 했으며, 그런 지속의 요소에는 미국이 소련에게 한국을 분할 점령하자고 제안한 '주권의 부정'도 포함되어 있었다. 실제로 1945년 직후의 많은 문학작품들은, 식민지 시대의 다층적인 공간성으로부터의 단절보다는 재분절화를 그리고 있으며, 해방은 "이도저도 아닌" 것 — 흔히 실제로는 일어나지 않은 것 — 으로 묘사된다.

해방을 묘사하는 일은 또한 남북의 새로운 개념들에 연결되어야 할 문화영역에서의 위치들의 경계를 정하는 일이 된다.[4] "분단"문학 혹은 더 정확히 말해 분단을 생산하는 문학의 출현은, 그와 관계된 두 가지 중첩된 공간성과 연관해서 이해되어야 한다. 즉 하나는 문화영역(당대의 문화생산과 정전의 선택/삭제의 견지에서인데, 전자는 위치 선정에서 후자에 밀

3 이선희, 「창」, 임형택 외편, 『한국 현대 대표소설선』 6, 창작과비평사, 1996, 380쪽.

4 Pierre Bourdieu, *The Field of Cultural Production*, New York : Columbia University Press, 1993을 볼 것.

접하게 연관되어 있다)의 공간이며 다른 하나는 주권으로서의 지리적 공간의 영토화이다. 한국문학 혹은 "남한문학"의 구성은 문화적・법적 위치 짓기를 포함하며 시각적 체계의 배치 또한 내포한다. 역사적 정전의 선택은 법적으로 금지된 작품(카프 작품과 월북 작가의 작품)의 삭제와 당대 작품의 (미군점령과 1948년 이후 국가보안법에 의한) 검열이라는 현실과 관련될 것이다. 우리가 볼 것처럼, 미군정기에 쓰인 문학작품들은 이미 새로운 지리적 공간, 즉 북한의 '보이지 않음'을 연출하고 있다. 1945~48년의 문학작품들은 그런 과정을 서사화하고 있거니와, 1948년 이후 88년(북한작가와 카프 작가가 해금된 해)까지 이어지는 40년 동안의 시기는, 이름을 부를 수도 볼 수도 없는 문화영역 및 공간과 연관된 상태에서 그 같은 삭제와 교섭하고 있었다.

그런 방식으로, 1945~48년의 텍스트들은 '해방'이라는 사건의 문학과, 미소 점령하에 (넓게는 제1세계/제2세계 분할에 연결되어) 형성된 경쟁적인 포스트식민적 국가들에 의한 해방의 전유의 문학을 구성한다. 남북의 양쪽에서 식민지 문학사를 정리하는 — 한국 작가에 의한 일어 텍스트의 시각적 삭제를 포함한 — 포스트식민지적 과정은, 38선 저쪽에서 새롭게 타자화된 공간적 상대편의 당대 문화적 생산의 말소와 겹쳐진다. 한국문학을 구성하는 정전화 과정은 그런 시간적・공간적・시각적 질서화와 연관해서 이해되어야 한다. 다음 장들에서 볼 것처럼, 그 같은 과정, 즉 일본의 식민주의/제국주의/범아시아주의에서 미소 냉전 분할 쪽으로 시간과 공간을 재작동시키게 한 과정은, 결코 확실하게 완결되지 않는다. 대신에, 문화 영역은 '변동하는 불안정한 경계들'을 구성하는 논쟁들을 둘러싸고 구조화되는데, 그 경계들은 종종 "민족분단"의 이름으로 불려진다. 민족분단이란, 사회주의와 자유세계(자유주의) 진영 간의 냉전질서를 지지하며 범아시아주의의 배제를 요구한 데 따른 것이며,

그런 1945년 이후의 중단의 효과에서 크게 기인된 것이다.

다음에서 나는, 식민지 이후의 두 가지 근대성들의 초기 경로를 추적할 것인데, 그 각각은 점차로 대립하는 주권 공간들(냉전을 구성하는 경쟁적인 근대성/이데올로기들의 공간화)과 연관된다. 먼저 나는, 식민지 시대의 프롤레타리아 예술과 문학 운동으로의 귀환이, "해방"을 혁명적 역사 전개의 변증법적 진보의 계기로 표상하는 방식들을 고찰할 것이다. 그 같은 프롤레타리아적 역사의 주체는, 식민통치에 의해 유지된 생득적 지위와 연관된 봉건적 가족과 사회관계의 조직을 해체하고, 생산수단의 쟁취에 의해 20세기 전반기에 부정되었던 어떤 근대성을 예고할 것이었다. 2장에서 논의할 1945년 이후의 프롤레타리아적 작가들, 가령 지하련, 박찬모, 이선희는, 모두 그런 계급에 기초한 역사적 주체의 출현을 시기에 적절한 것으로 인정했다. 그러나 북한문학을 예비하는 체제에서 보다 중심적인 역할을 한 것은 과거 1930년대 구인회의 회원이었던 유명한 모더니스트 이태준이었다. 이태준은 1945년에 좌파로 전향했으며, 예전의 식민지 향토주의를 (다음에서 내가 말할) '미학적 사회주의'로 변형시켜 재구성하는 데 앞장섰다. 이태준은 1950년대 전반에 숙청되었지만, 그는 향토주의 미학을 프롤레타리아 서사에 접목시킴으로써 공간(향토)과 시간(프로서사)을 결합시켰는데, 그것은 영토적 주권 및 자율성을 북한의 혁명적 역사에 연결시켜 주는 방식이었다. 카프의 국제주의는 이제 내버려야 할 것이었다. 미래의 **시간** — 이태준이 소련에서 발견한 사회주의 모델에 의해 표상된 미래 — 과 연관해 **공간**적으로 북한에 위치된 진정한 민족문화(지역성/심미성)의 상상을 허용한 것은 다른 작가보다도 이태준이었다.

또 다른 경로는 남한과 남한문학의 편성을 나타내는데 그것은 "해방"을 묘사한 텍스트들에서 드러난다. 그런 텍스트들은 해방을 다양한 것을 허용하는 것으로 묘사한다. 즉 예술의 자율성을 회복하고, 공적/사적 관계(가정과 남성권력/가정성의 개념들을 포함하는 것)를 지지하며, 민족적 자본과 개발적 주체에 도덕적 정당성을 위치시키는 것 등이다. 다음에서 논의될 김동리와 황순원 같은 젊은 작가들은 흔히 남한문학의 편성에 중심적인 인물로 여겨진다. 그러나 핵심적인 작가는 더 윗세대인 염상섭이었으며, 그는 남한문학의 불안정하게 변동하는 경계들을 이룰 것을 그리려 최선을 다했다. 1920~30년대에 문화 민족주의자이자 좌파의 "동정자"로서 중간노선으로 알려진 염상섭은, 과거의 식민성과 미군정 권력의 새로운 형식/효과와의 관계를 붙들고 씨름했지만, 그 순간에조차 이제 북한을 보이지 않는 곳으로 만들게 될 것이었다. 염상섭의 작품은 식민지 이후 남한의 주체의 형성이 어떻게 좌파/북한의 말소와의 관계에서 이루어지는지, 그리고 1945년 이후 냉전 개발주의와 그에 따르는 (다가올 해들을 위해 미국 주도의 동아시아 "자유세계"에 배치되어 경쟁하게 될) 위계질서와의 관계 속에서 나타나는지 보게 해준다.

"해방공간"과 역사 속의 프롤레타리아 주체의 귀환

1945~48년의 시기는 서론과 1장에서 추적한 운동들을 하나의 시간과 공간 속에 다시 불러 모았다. 그런 운동들의 재출현과 그것이 제공할 가능성이 함께 한 점은, 남한학자들이 이 시기를 나중에 "해방공간"으로 부르게 하는 근거가 되었다. 해방공간이라는 용어는 1980년대 초에 사용되기 시작했는데, 그것은 무엇보다 일본의 항복일 45년 8월 15

일을 해방 그 자체로만 특권화하려는 국가 주도 서사에 문제를 제기하려는 노력이었다. 그 대신에 해방공간이라는 용어는 분단체제 — 소련이 북을, 미국이 남을 동시에 점령하는 방식으로, 한반도의 냉전 세계 질서로의 급속한 병합 — 의 형성을 알려준다. 간단히 말해, 해방공간은 "해방"의 의미에 대한 지속적인 논쟁을 나타낸다. 따라서 우리는 1945~48년의 문화적 생산을 그 뒤에 이어진 40년간의 검열체제의 맥락 속에 위치시켜야 한다. 우리가 언급했듯이 카프 텍스트들과 월북작가들의 작품이 해금된 것은 1988년에 이르러서였다.

좌우에 의한 경쟁적인 문학적 조직들의 급속한 편성은 해방공간의 논쟁을 위한 무대를 세운다. 이 시기 동안에 한국문학계는 광범위하게 두 개의 진영으로 분리되었다. 즉 "순수문학"과 프롤레타리아 문학이었다.[5] 일본의 항복에 뒤이어 최초로 조직된 것은 좌파 단체였다. 즉 조선문학건설본부가 임화의 주도 아래 1945년 8월 16일 결성되었다. 조선문학건설본부의 강령이 지나치게 포괄적이라고 불만을 느낀 이기영과 다른 작가들은 1945년 9월 17일 조선프롤레타리아문학동맹을 창립했다. 조선문학건설본부와 조선프롤레타리아문학동맹은 1945년 12월 13일 조선문학동맹으로 합체되었다. 문학건설본부의 지도층이 이 새로운 조직을 통제하게 됨으로써 이기영을 포함한 조선프롤레타리아문학동맹과 연관된 많은 작가들이 조기에 월북하게 되는 결과를 낳게 된다. 조선문학동맹의 명칭은 1946년 2월 8~9일 열린 조선 문학자 대회에서 조선문학가동맹으로 변경되었다. 조선문학가동맹은 1946년 2월 24일 조선문화단체총연맹에 포섭되었다.

5 이 자체가 1935년 카프의 해산과 그에 따른 많은 유명한 카프 작가와 비평가의 전향으로 끝난 (1장에서 논의한) 과거 1920년대 논쟁의 재분절이었다. 1장에서 본 것처럼, 식민지 한국 문학계는 대동아전쟁 동안 대동아공영권에 봉사하는 문학(국민문학)으로 재편성되었다.

우파 쪽의 많은 작가들은 문학계에 적극적으로 참여하길 꺼리거나 활동할 수 없었는데, 그것은 식민지 시대의 "친일" 행위(이제 친일로 여겨지는 행위)에 연루되어 있었기 때문이었다. 1945년 9월 18일 중앙 문화협회가 결성되었지만 그 활동은 제한적이었다. 1946년 3월 13일 전달의 좌파의 조직 활동에 대한 대응으로 전조선문필가협회가 결성되었다. 1946년 4월 4일 청년문학가협회의 창립은 우익 쪽의 젊은 사람들, 눈에 띄는 작가로 김동리, 조연현, 조지훈 같은 문학가의 출현을 나타냈다. 좌파와의 논쟁에 참여한 것은 바로 이들이었으며 대표적인 인물은 김동리였다. 1947년 2월 12일 결성된 전국문화단체총연합회는 다양한 우익의 문화적 단체들을 통합했다.[6]

핵심적인 것은 1980년대의 해방공간이라는 용어에 포함된 비판의식이 그 자체로 검열당한 해방 직후의 프롤레타리아 작가와 작품의 중요한 요소였다는 점이다. 그 시기 프롤레타리아 작가들은 곧바로 해방의 주장을 의문시하려 했으며, 그 대신에 미군통치하의 좌파의 억압과 협력자들의 반공주의자로의 재편성, 남한에서의 우익 위성 국가의 편성 등을 지적했다. 그와 동시에 과거의 카프 구성원과 좌파에 새로이 동조한 작가들 — 예전의 모더니스트 이태준과 박태원 등 — 의 재출현은 그 자체로 식민지 말의 전향에 대해 말해야 할 필요성을 가져왔다.

1930년대 중반의 변화된 정체성 형성의 역사를 다시 상기해보자. 1장에서 언급했듯이, 카프 텍스트는 흔히 전환의 서사를 중심으로 하는데, 즉 노동자와 농민의 계급적 위치의 의식화, 소시민 지식인의 좌파로의 변화, 민족에서 계급으로의 이동 등이다. 이어진 좌파의 전향의 선언

6 이 시기 동안의 좌파와 우파 조직의 형성에 대한 설명은 신형기, 『해방직후의 문학운동론』, 제3문학사, 1989, 16~19쪽; 김윤식, 「해방 후 남북한 문화운동」, 『해방공간의 문학운동과 문학의 현실인식』, 한울, 1992, 14~22쪽을 볼 것.

— 예컨대 김남천의 「경영」(1940), 「맥」(1941)에 그려진 전향 — 은 고백의 형식, 즉 진정성을 표현적 자아의 내적 진리에 연결시키려는 시도를 나타냈다. 협력에 대해 말하는 미군점령기의 서사들은 (5장에서 논의될) 채만식의 「민족의 죄인」(1948)처럼 마찬가지로 고백으로의 전환인데, 여기서의 내면으로의 이동이란 진정한 민족적 주체의 위치를 찾기 위해 정서와 기억을 가려내는 일이다.

많은 프롤레타리아 작가들의 경우 1945년 8월 15일은 예전의 카프의 '의식화 서사'를 재작동시키는데, 이는 1930년대 중후반의 전향의 문제를 붙들고 싸워야만 하는 재작업이다. 그로부터 발생한 것은 일련의 '반전향(counter-recantation)'이라고 부를 수 있는 것들이다. 예컨대 많은 호평을 받은 지하련의 「도정」(1946)에서 주인공 석재는 8월 15일을 '실제로는 일어나지 않은 사건(nonevent)'으로 경험한다. 즉 일본이 항복한 순간 그가 기차역에서 발견한 한국인들은 조용하고 수동적이며 "꼭 바보 같은" 것으로 묘사된다.[7] 「도정」은 라디오에서의 항복 선언을 끝이 아니라 출발점으로 생각한다. 우리가 지금 일으켜야 하는 것은, — 내적 성찰, 자기비판, 고백을 통해 — 역사 건설의 참여를 준비하는 온당한 해방적 주체가 되려는 운동이다. 석재가 정작 후련한 해방감을 느낀 것은, 당에 가입하며 입당원서의 계급란에 "소부르조아"(이 작품의 부제, 소시민)라고 적어 넣는 이 작품의 결말에서이다. 8·15의 의미를 사회주의 국가 건설의 서곡으로 만들며 당 내부에 지식인의 위치를 얻게 한 것은, 바로 그 같은 변화, 즉 반전향을 충족시키는 변화이다.

지하련의 작품은 해방 직후의 상황에서 핵심적인 질문을 제기하고 있다. 일본 식민 지배의 공식적인 종식을 나타내는 8월 15일을 역사에

---

7 지하련, 「도정 – 소시민」, 임형택 외편, 『한국 현대 대표소설선』 7, 창작과비평사, 1996, 220~239쪽.

어떻게 위치시킬 것인가. 이 질문에 대한 첫 번째 답변은 김남천의 『1945년 8・15』에서 지속적으로 나타났다. 이 작품은 1946년 이후 검열을 당한 뒤 월북작가들이 해금된 지 19년이 지난 2007년에야 남한에서 책으로 출간되었다. 1930년대 향토주의 화가 이인성이 삽화를 맡은 이 소설은 많은 식민지 시대 프로 작품에서 발견되는 각성/변화의 서사를 따르고 있다. 이 소설은 교육받은 청년 엘리트 주인공이 노동자의 육체적 곤경을 이해하면서 프롤레타리아 운동에 활동가로서 의미 있게 참여하는 투쟁을 그리고 있다. 『1945년 8・15』에서 그 같은 운동은 — 이 시기의 가장 중요한 소설 중의 하나였을 염상섭의 『효풍(曉風)』처럼 — 사랑의 삼각관계에 의해 매개되고 있다. 문경은 지원을 사랑하고 있는데, 지원은 "지원병제"라는 명목의 학생동원을 거부하는 전단을 만든 일로 식민지 말에 투옥되었던 청년이다. 지원은 또 다른 여성에게 관심을 갖고 있는 듯하며, 문경의 남동생 무경은 그가 가르치는 소년의 어머니와 관계를 맺고 있다. 소설이 전개됨에 따라 문경과 무경은 점차 서로 불화를 겪고 있음을 알게 된다. 문경은 노동자 계급과 공산주의자 박헌영의 해방 직후 투쟁의 동조자가 된다. 그에 반해 무경은 과거에 협력자였던 매판 자본가들과 어울리고 있는데, 그들은 이제 일본이 소유해 운영하던 공장을 인수하려 미군정의 비위를 맞추고 있다.

미군정기의 최초의 연재 장편소설 『1945년 8・15』에서, 우리는 그처럼 협력자와 반식민적 투쟁의 역사가 1945년 이후 점령기에까지 확장되는 것을 보게 된다. 이는 세대교체를 요구하는 역사이다. 문경과 무경의 아버지는 식민지 시대에 해외 독립운동에 가담하기 위해 두 남매를 두고 한국을 떠났다. 그는 영웅적 인물이지만 소설 속에 다시 등장하지 않으며 그의 이데올로기적 입장은 불분명하다. 식민지 이후의 한국이 청년들을 변화시키는 일은 그들 자신에게 달려 있다. 문경의 시회

현실에 대한 자각은 두 개의 여정에서 일어난다. 즉 첫째는 독서를 통해서이며 둘째는 적극적인 참여에 의해서이다. 많은 다른 프롤레타리아 작품에서처럼 변화는 쓰기/읽기를 행동/물질적 투쟁에 일치시킴으로써 발생한다. 『1945년 8・15』는 선언(manifesto)의 형식을 취하는데, 즉 그것은 이 소설 텍스트에 나타난 혁명적 주체를 '물질화/출현(make manifest)'시키려는 시도이다. 김남천의 작품에서 1945년 8월 15일은 해방이 아니라 전쟁의 종료와 혁명적 투쟁의 시작을 알리고 있다.

김남천의 『1945년 8・15』(그리고 다음에서 논의할 채만식의 「논이야기」와 염상섭의 「양과자갑」)처럼, 이선희의 「창」은 1945년 이후의 소유권의 재분배 문제를 다루고 있으며, 여기서는 북한의 토지개혁에 대해 말하고 있다. 제목이 암시하듯이 「창」은 시각적인 정치학에 대한 관심을 드러낸다. 실제로 북한을 배경으로 한 이 작품은 남한의 사라짐을 서사화하고 있다. 「창」의 근원적 장면은 농민 주인공 사연이 지주 학사의 집에서 그의 아내를 발견하는 상황으로 나타난다. 이 장면은 두 개의 시선을 포함한다. 즉 ① 사연이 그 장면을 응시하는 시선 ② 학사가 사연의 아내의 사진을 찍는 시선. 「창」은 후자의 시선[8]에 대한 비판과 추방을 둘러싸고 전개되는데, 이 시선은 남한과 연관성을 갖게 된다.

학사의 토지의 소유는 그가 대학교육을 받은 "근대적" 엘리트로서 토지와 분리된 점과 결합된다. 그런 소유/분리는 보기의 방식, 즉 공간을 구성하는 재현의 양식에 연결되고 있다.[9] 학사의 지시에 따라 포즈를 잘 취할 수 없는 사연의 아내는, 학사에게 아름다운 동시에 야생적이고

8 역주 : 이 시선은 대상의 외부에 위치한 시각이다. 이 소설은 그런 시선으로부터 대상에 접촉해 있는 시각성으로 이동한다.

9 역주 : 학사는 토지에 대한 욕망을 갖고 있지만 생활적 차원의 토지와 거리를 두고 있으며 그런 소유/분리가 그의 향토적/심미적인 시각적 욕망을 낳고 있다.

원초적인 여인이다. 그녀를 사진 찍으려는 학사의 욕망의 장면은, 근대적 교육을 받은 학사, 즉 근대적 신사로서 학사의 이미지에 대한 사연의 아내의 욕망과 어우러진다. 학사의 아름다운/야생적인 여성적 시골의 이미지화는 식민지 시대 향토주의 미술과 문학이 지속됨을 알려준다. 이 소설은 그런 향토주의적 주제를 이 작품의 맥락에서 전환시킨다. 학사의 시골공간의 '심미화/여성화' 과정은 이 소설에서 그 자체가 (사연 등에 의해) 관찰의 대상으로 변형된다.[10] 그러나 「창」의 중심적 관심사는 노동하는 신체와 토지와의 관계이다.

우리는 이 작품에서 두 개의 양극을 갖는다. 즉 지주로서의 학사와 토지에 근거한 농민으서의 사연이다. 그 양극을 매개하는 것은 사연의 형 김교사인데, 소작농 계급 출신으로 독학을 한 그는 좌익에 동조적이다. 그는 가내 수공업적인 노존(갈대 깔개) 사업으로 시작해서 소지주가 되었다. 김교사는 매판자본가가 아니며 적절한 계급적 배경을 갖고 있는 좌파적인 인물이다. 따라서 그는 북한 정권의 출현을 두려워할 이유가 없었다. 실제로 그는 총독부 교육과정을 거부한 대가로 몇 차례 폐교되었던 사립 학원에서 근무한 교사였다. 그러나 새로운 질서가 진짜로 시작된 현실에서, 그는 자신이 그토록 애써서 사 모은 땅을 잃게 될 두려움을 감당할 수 없음을 알게 된다.

「창」은 김교사 같은 동조자의 묘사에 동정적이다. 그러나 식민지 시대 때 좌익 책들에 몰입했던 그로서도 노동자로서 토지로 되돌아갈 수는 없었다. 그는 담론적인 마르크스주의자인 동시에 실생활에서의 소지주가 되었던 것이다. 김교사는 토지개혁과 새로운 질서가 요구하는 변화를 만들 수 없다. 그것의 결과는 죽음이며 그는 자살한다. 다른 한

10 역주: 학사가 사진 찍는 장면을 사연이 보고 있는 상황은 그 점을 암시한다. 소설이 진행되면서 학사의 심미적 시선은 남한의 공간으로 사라질 수밖에 없는 것으로 나타난다.

편 학사는 어느 날 사라지는데 서울이나 남쪽으로 떠난 것으로 추측된다. 예전에 사진사/관찰자였던 그는 이제 '보이지 않음'의 상징이 된다. 버려졌던 향토주의 미학은 이 작품 안에 들어올 수 없으며 더 이상 보여지지 않을 공간(서울)에 연결된다.

새로운 질서의 주체로서 위치하며 지식과 노동을 재결합시키는 것은 사연이다. 결말에서 사연은 아직도 형이 식민 지배에 저항하려 진력했다는 안타까움으로 옛 학원 건물을 지나치며 창을 통해 불빛이 어른거리는 것을 본다. "그러나 달빛과 어둠으로 짜진 이 밤이 고풍스런 학원에 귀신도 올 것" 같다.[11] 사연은 창을 통해 학원 건물 안을 골똘히 응시하며 불빛을 켠 것이 아마도 김교사의 혼령(흰 손)일 거라고 생각한다. 하지만 그다음 그는 평온한 느낌에 마음이 밝아지며 발걸음을 되돌아 걷는다. 그는 "우리들의 앞날도 누가 켠지도 모르는 그 창문의 빛처럼 밝아지는 것을 느꼈다."[12] 우리는 사로잡힘과 혼령이라는 의식의 문턱으로부터 현존의 존재의 시각으로 이동한다. 현존의 시각은 미래로 생성되는 시간성에 연관되며, 신체를 '보기'에 접속할 불빛이라는 시각적 질서에 연결되어 있다. 여기서는 (현존의) 공간과 이미지가 시간을 위해 부인되지 않거니와, 그것은 프롤레타리아 작품에서 '전형성'이라고 생각하는 방식에 의해서이다. 이 작품은 시선처럼 대상의 외부에 위치한 시각이 아니라, 대상으로부터 발산되어 나오며 "그것에 접촉해 있는" 시각성에 호소한다.[13] 시골공간의 심미화(학사와 그의 카메라)는 이태준의 「농토」(1948)에서 억쇠의 각성 과정과 유사한 방식으로 의문시된다.

---

11 이선희, 「창」, 임형택 외편, 『한국 현대 대표소설선』 6, 창작과비평사, 1996, 403쪽.

12 위의 글.

13 역주 : 학사의 대상 외부의 시선은 정적인 향토성을 반복하지만 이 소설의 '대상에 접촉한 시각성'은 현존의 시각을 미래의 시간에 연결한다. 따라서 정적인 향토성(공간성)과 목적론적인 시간성, 양자를 모두 넘어선다.

이 작품은 시골의 아름다움의 자각(심미적 순간)을 연출한 후에, 이어 그것을 넘어 농촌질서를 구성한 사회적 노동관계의 각성으로 이동함을 보여준다.

1장에서 논의한 시각적 방식, 즉 언어에서 이미지를 보는 시각의 방법으로, 직접성 곧 '프롤레타리아 문학에서의 투명성'의 차원이 진전되는 방식을 상기해보자. 이선희의 「창」은 그 이상을 드러내는데, 즉 어떻게 해방적 몸짓이 라클라우가 말한 "권력의 제거, 주체/대상의 분리의 폐지"[14]에 연결되며, 핵심적 순간에 불빛의 발산의 문제가 되는지 보여준다. 그처럼 「창」에서 시각성은 불빛의 형식으로 공간을 시간적 질서 속으로 끌어당긴다. 그것은 이제 '북쪽'과 연관된 공간이면서 온당한 근대성과 역사의 시작을 알리는 시간성이다.

예술을 위한 노동—이태준의 미학적 사회주의

이선희의 「창」에서 본 것처럼 프롤레타리아 서사는 점차로 38선 북쪽에 위치하게 되었다. 그 같은 공간화는 박찬모의 「꿈꾸는 마을」(1947) 같은 북쪽을 배경으로 한 또 다른 작품에서도 볼 수 있다. 「꿈꾸는 마을」은 좌파 지식인의 입장에 쏠려 있던 관심에서 벗어나서, 그 대신 1945년 이후 원산 외곽의 마을에서 조상 사당을 지키는 바우라는 무지한 인물의 의식화 과정을 추적한다.[15] 여기서 사당은 봉건적 공간(마을)

14 Ernesto Laclau, *Emancipation(s)*, London : Verso, 1996, p.1.
15 박찬모, 「꿈꾸는 마을」, 임형택 외편, 『한국 현대 대표소설선』 7, 창작과비평사, 1996, 158

의 상징으로 위치하며, 식민지 자본주의의 장소인 원산과 병치되어 그려진다. 바우가 봉건성과 그 공간을 특징짓는 식민지적 관계에서 벗어나는 일은 그의 부유한 친척들의 과거 일본 식민정부에 대한 협력을 점차로 알게 되면서 이루어진다. 바우는 혈통적 결속 곧 마을의 사회적 관계의 순응성이 식민지 시대 내내 착취적 계급관계를 감추어왔음을 자각하게 된다. 마을의 가족적 정체성인 혈연적 근거로부터 국제적인 계급적 의식으로의 전환은, 서술자가 "원산에서의 새 역사의 펼쳐짐" — 원산항에 때맞춰 소련 배가 극적으로 출현함에 의한 진전 — 을 말하는 작품의 결말에서 드러난다.

박찬모의 작품은 지난 60년 동안 북한문학의 중심적 관심의 하나가 무엇이었는지 말해준다. 그것은 남한과 (북한이 속한) 사회주의 세계 양쪽에 관련된 지리적 공간으로 북한을 상상하는 것이다. 과거 모더니스트였던 이태준의 해방 이후의 초기 두 작품, 즉 『소련기행』(1947)과 「먼지」(1950) — 「먼지」는 북한 수립 후 2년 후에 쓰여졌지만 1945~48년을 배경으로 하고 있다 — 는, 많은 북한문학이 민족/주권의 서사와 세계적 사회주의 사이의 관계를 그리는 데 선택했을 방법을 여러 가지로 마련한다.[16]

박태원과 안회남처럼 이태준이 좌파로 움직인 것은 미군점령 시기에 이르러서였다. 실제로 『소련기행』과 「먼지」는 — 안회남의 「불」(1947)과 「폭풍의 역사」(1947)처럼 — 이태준이 1930년대에 카프를 간과한 데에 대한 고백의 말로 읽힐 수 있다. 그와 동시에 이태준의 작품들은, 동화의 가능성에 대해 던지는 고뇌의 시선을 지닌 점에서 1945년 이후의 다른 프롤레타리아 작가의 작품들과 구분된다. 이태준은 한반도 남쪽의 미군점령 상황에서 그가 식민성으로 생각한 것을 거부하는 한

~181쪽.

16 이태준, 『소련기행, 농토, 먼지 – 이태준문학전집 4』, 깊은샘, 2001.

편(「먼지」), 북쪽을 소련이 이끄는 사회주의 체제에 위치시키려 글을 쓰면서(『소련기행』), 민족적(ethnonational) 정체성의 보존에 대한 관심이 계속 남아 있음을 보여주고 있다.

고백적인 글과 여행기는 둘 다 응시 — 전자는 내부를, 후자는 외부를 응시 — 에 연결된 진정성의 제시를 모색하는 점에서 서로 닮았다. 다음에서 논의할 염상섭의 「삼팔선」, 「이합」, 「재회」 연작처럼, 『소련기행』과 「먼지」는 여행기 형식의 작품들[17]이다. 해방 후 초기 작품에서 이태준과 염상섭은, 38선 양쪽에서 두 개의 한국의 출현에 연관해서, 그 새로 형성된 분단에 대한 관찰자로서의 주체의 관계를 지도그리기 하려 노력했다.[18]

『소련기행』은 시간성(과거, 현재, 미래)을 공간에 연결하고 있는 것으로 드러난다. 즉 중국(정신적 과거)과 한국(현재), 소련(올바른 사회주의적 미래를 나타내는 선봉)의 연결이다. 위에서 우리는 「꿈꾸는 마을」이 식민지 시대에 발견되는 봉건적 가족관계를 조심스럽게 해체하지만 어떤 혈연적·민족문화적 결연에서도 그것을 대체할 것을 찾지 못하는 상황을 언급했다. 『소련기행』은 「꿈꾸는 마을」이나 과거 식민지 시대 프로 작품과는 다른 형식의 국제주의를 제시한다. 이태준의 소련의 찬양은 소련이 다층적인 정체성을 허용한다는 바로 그 점 때문에 생겨난다. 그 같은 움직임은 1930년대 말과 40년대 전반의 범아시아적 다문화주의를

17 여행기 형식은 식민지 시대에 풍경을 민족화하는 데 중심적인 것이기도 했다. 이광수의 여행기에 대한 분석으로는 Ellie Y. Choi, "Space and National Identity : Yi Kwang-su's Vision of Korea During the Japanese empire", Ph.D. diss., Havard University, 2009를 볼 것.

18 Akhil Gupta and James Ferguson, "Culture, Power, Place : Ethnography at the End of an Era"·"Beyond 'Culture' : Space, Identity, and the Politics of Difference", Akhil Gupta and James Ferguson eds., *Culture, Power, Place : Explorations in Critical Anthropology*, Durham, N.C. : Duke University Press, 1997, pp.1~29·pp.33~51을 볼 것.

닮았는데, 범아시아주의는 지역적/제국적 주체의 동시적 출현을 허용한 바 있다. 1945년 이후의 프롤레타리아적 글쓰기로의 "전환"은 선행하는 10년의 문화적 역사를 단순히 지울 수 없었을 것이다. 그 대신에 이태준의 작품에서 보는 것처럼 전시 동원기의 다문화주의와 지역적/제국적 정체성의 동시적 요구는, 이제 한반도의 새로운 프롤레타리아적 역사의 주체의 형성을 매개한다. 새로운 프롤레타리아 주체는 이중적 결연을 유보하고 경제적 장치를 다시 도입함으로써 지역성/제국성의 관계를 재작동시킨다. 그 같은 새로운 주체는 민족적인(ethnonational, 지역성과 공간성) 동시에 계급(세계성과 시간성)에 기초한다.

프롤레타리아로 전향한 1930년대 모더니스트로서, 여행자이자 관찰자인 이태준이 소련 여행에서 발견한 것은 사회주의적 다문화주의의 위치이다. 그런 다문화주의는 초역사적인 민족문화적인 것으로부터(진보/변화에 연결된) 경제적인 것을 분리시킴으로써 얻어진다. 그 같은 이유로 『소련기행』은, 다른 지역에서 시행될 사회주의적 정책들의 병렬적 묘사에 의존하며, 그런 정책이 러시아의 규범적 사회주의의 존재에 접근하는 정치·경제적 동화를 만들 방법들에 근거한다. 그와 동시에 이 작품은 민족문화적 차이를 허용하고 있다. 『소련기행』은 사회주의적 미래로서 모스크바와의 시간적 연관성을 생산하면서, 38선 이북 압록강 남쪽의 공간의 정수적인(essentialized) 민족적·문화적 주권에 호소한다.

실제로 이태준은, 임화와 김복진(조각가/비평가, 김기진의 형, 카프의 중심 창립 멤버), 김용준(미술가/비평가) 사이의 프로 예술에 대한 확장된 논쟁(1927~30)의 맥락에서 문화계에 출현했다. 이 논쟁은, "민중을 위한 예술" 운동이 "예술을 위한 예술"과 어떻게 싸울 것인가의 문제를 둘러싸고 진행되었는데, 1930년대의 김용준의 향토적 전통주의로의 전환으로 끝나게 된다. 김용준은 1930년대 10년 동안 근대 이전의 미술사에 대한 많은 영향력 있는 연구를 발표했다. 1945년 이후 김용준은 예전의 프롤레타리아적 경향으로 복귀했으며 북한에서 미술사를 주도하는 학자 중의 하나가 되었다. 1950년대에 북한에서 숙청되어 처형당한 임화는 이 논쟁에서 자신의 문학비평에서 주장한 것과 유사한 입장을 견지했다. 즉 문학과 미술은 의식의 변화를 뜻하는 목적론을 강조함으로써 대중을 정치화시켜야 한다는 것이었다. 반면에 김용준은 아나키즘을 시선과 감각에 대한 표현주의적 강조에 연결시키려 시도했다. 김용준의 경우 그 같은 아나키스트적 표현주의는 진정한 프로 미술의 형식을 제공하는 것이었다.[19] 그러나 임화가 볼 때는 김용준의 아나키스트적 표현주의는 사회 현실에서 분리된 주관성/창조성으로 후퇴하는 '예술을 위한 예술'의 변형에 불과했다. 즉 만일 미술이 시선을 목적으로 한다면 그것의 목표는 대중들의 시각을 넓히고 정서를 자극하여 그들이 혁명적 투쟁을 촉진시킬 수 있게 하는 것이어야 한다.[20]

이태준의 1945년 이후 좌파로의 전향은 그의 1930년대 작품을 특징짓는 식민지 시대의 미술과 시각성에 대한 담론을 재분절한다. 그의 많은 식민지 시대 작품은 개별화된 시각적 경험의 언어적 묘사를 중심으로 한다. 즉 그것은 어떤 이미지나 장면(개별성)에 호소함으로써 서사를 구성하는 언어와 연관된 시간적 흐름을 저지하려는 시도이다. 이태준의 작품에서 그런 이미지나 장면은 그 자체로 무시간적으로 드러나게 되며, 처음에 그 이미지를 환기시킨 언어를 넘어서게 된다. 이태준이 프롤레타리아 주체를 형상화할 때 미학적 감각에 행위력을 부여하려 시도했다면, 그 점에 관한 한 김용준이 취했던 과거의 입장에 따르고 있

19 최열, 『한국 현대미술 운동사』, 돌베개, 1991, 52쪽
20 위의 책, 57쪽.

는 셈이다. 이태준의 과거 1930년대의 미학을 1945년 이후의 좌파적 전환에 연결시키는 것은 대상의 상품화에 대한 끊임없는 혐오감이다. 보들레르에 의하면, "마르크스는 **경제적 인간**(homo economics)이라는 허구를 산산이 부숴버렸다. 경제적 인간이라는 신화는 교환가치 체계와 시장, 잉여가치, 그리고 그 형식들에 순응하는 전 과정으로 요약된다. 그러나 마르크스는 노동의 행위력, 즉 인간 자신이 가치를 생기게 하는(생산하는) 힘의 이름으로 경제적 인간의 신화를 분쇄했다."[21] 이태준의 경우, 생산물을 이윤으로부터 분리시키게 하는 것이 사회주의이지만, 그러나 그런 분리는 가치를 생기게 하는 노동력의 존중에 의존하지 않는다. 그 대신에 그 같은 분리는 생산물을 예술작품으로 탈상품화시킨다. 『소련기행』에서 생산은 예술을 위해 발생한다. 즉 "오늘 나는 처음 구경하는 소련의 뜨락돌의 생산과정을 본 것이 참말 기쁘고 깊은 감명을 받았다. 공장이란, 구차한 사람들이 할 수 없이 끌려가 고통스러운 노력을 자본주에게 팔고 있는, 그런 어둡고 슬픈 장소가 아니라 자유스러운 사람들의 창조적 기능이 오직 협조되는, 일대 공동 아트리에임을 느끼었기 때문이다."[22] 노동과 신체는, 교환회로로부터 벗어나 그 자체로 스스로 사용되고 보여지는 대상들을 창조하면서, 모든 의도와 목적을 위해 스스로를 전시해 보인다. 이 작품에서 이태준은 미학적 사회주의를 제시하고 있거니와, 모든 노동자들은 예술가들인 셈이다. 그 같은 생산과정은, 미학적 가치이기도 한 사용가치를 생기게 하는 창조적 행위가 된다.[23]

---

21 Jean Baudrillard, *The Mirror of Production*, St. Louis. Mo. : Telos Press, 1975, pp.18~19.

22 이태준, 『소련기행, 농토, 먼지–이태준문학전집 4』, 깊은샘, 2001, 119쪽.

23 예술/노동의 구분과 19세기의 그 해체에 대한 논의로는 Jacques Rancière, *The Politics of Aesthetics*, London : Continuum, 2006, p.27・44를 볼 것.

이른바 해방공간에서 "해방"의 개념은 많은 방식으로 상품 형식의 재현과 관련해서 전개된다. 「먼지」에서 이태준은, 민족적 진정성을 대상에 투입하는 일(식민지 향토주의와 식민지 시기 이태준의 글쓰기의 중심 관심사)과 좌파적 주체 생산 간의 관계를 교섭하기 위해, 조선왕조 고서 수집가인 한뫼라는 인물을 이용하고 있다. 한뫼의 고서에 대한 수집벽(fetish)은 일본 식민주의하의 피난처로 제공되었지만, 이 작품은 미군점령 시기를 그와 다른 새로운 종류의 주체를 요구하는 때로 생각한다. 그 같은 새로운 주체는 대상에 새로운 의미의 형식들을 투입함으로써만 출현할 수 있다.

한뫼의 경우 식민지 시기 동안 대상으로서의 고서의 소유는, 담론적 장치(글쓰기로서의 조선왕조 텍스트)를 물질적인 것(관찰・소장・소유・페티시된 텍스트)으로 전환시킴으로써 민족성을 스스로 천명하는 것을 허용했다. 「먼지」가 성취해야 하는 일은 "전통"의 개념을 재작동시킴으로써 좌파와의 제휴를 생산하는 것이다. 「먼지」는 전통주의를 버리는 것이 아니라 공산주의를 토착화함으로써 그 일을 한다. 비정치적인 수집가 한뫼가 좌파로 변화된 것은, 그의 친구 '성씨'가 실학자 박지원 자신이 당시에 그런 사유가 있었다면 공산주의자였을 거란 암시를 한 후의 일이다.[24] 한뫼의 박지원의 텍스트에 대한 압도적인 욕망은 더 이상 그 자체의 진정성만으로 서있는 "전통"에 의존하지 않는다. 그 대신에 그의 욕망은 "되기"의 장치로 고양된다. 수집물은 변증법에 진입하는 동안 그 아우라가 존속되는 물질성의 새로운 형식을 가정한다. 변증법적 유물론이 민족주의화되는(ethnonationalized) 것은 바로 그런 방법을 통해서이다. 미군 점령 시기에 좌파로의 이동은, 대체할 수 없는 고유한 물질

24 이태준, 『소련기행, 농토, 민지－이태준문학전집 4』, 깊은샘, 2001, 385쪽.

적 대상에 구현된 조선조 조상의 사유를 논리적으로 확장함으로써 받아들여지고 정당화된다. 따라서 이태준의 텍스트는 과거 자신의 '대상과의 관계에 대한 생각'을 재사유함을 알려주는 것이기도 하다. 만일 이태준의 식민지 시대 작품에서 대상에 대한 응시가 과거에 대한 향수와 갈망을 생산했다면, 이제 대상은 시대에 대응해 앞으로 움직이는 것에 연관될 수 있다.[25]

그 같은 전통의 재생산—토착화된 아우라적 좌파 혹은 사회주의적 미학의 생산—은 시각적 영역에서 발생한다. 한뫼의 변화에 영향을 미친 것은 조선조 조상의 상상적 응시와 거리에서의 노동자와 학생의 주시이다. 더구나 정체성 변화의 능력을 '노동력으로서 신체의 재구성'에서 벗어나게 하는 것은 바로 그 같은 시각적인 것으로의 전환이다. 물론 이 작품은 '보는 것'을 믿으면서 진리를 분명하게 시선에 위치시킨다. 즉 "한뫼선생은 북조선의 정치노선이 옳은 줄은 안다. 그러나 북조선 신문들이 보도하는 남조선 사태를 남조선의 진상으로 믿으려고는 하지 않는다. 왜? 자기 눈으로 보지 않았기 때문이다."[26] 실제로 이 작품이 서울 풍경을 미군 점령에 의해 경복궁과 덕수궁 같은 민족적 공간이 모욕된 것으로 묘사할 수 있게 된 것은, 한뫼가 해방 후에 서울로 여행을 한 뒤의 일이다.

「먼지」는 미군 점령을 신식민지적인 것으로 이해한다. 조선조 고유물에 대한 경매장에서 미국의 권력을 새롭게 인식하면서, 한뫼는 "왜놈들은 합병시키구 먹더니 이놈들은 원조해 준다구 하면서 먹는 재주가 있군!"[27]하고 생각한다. 경매장에서 미군 장교가 한뫼보다 훨씬 비싼 값

25 이태준의 향수와 대상에 대한 관계에 대해서는 차승기, 『반근대적 상상력의 임계들』, 푸른역사, 2009, 249쪽을 볼 것.
26 이태준, 『소련기행, 농토, 먼지－이태준문학전집 4』, 깊은샘, 2001, 340쪽.

을 매기고 한뫼가 상실감을 갖게 되는 이 장면은, 민족적(ethnonation) 아우라의 잠재적 상실을 나타낸다.[28] 여기에는 교환가치가 개발주의에 의해 민족적 가치로 전환되는 과정이란 없다. 「먼지」와는 구분되는 개발주의적 태도는 다음에서 살펴볼 것인데, 그것은 염상섭의 미군점령기 작품들과 그 이후의 남한의 개발주의에서 특징적으로 나타난다. 미군 장교의 조선조 고서적의 점유는 사회주의와 민족적 미학을 포위된 상태에 있게 만든다. 결국 주권의 결여를 나타내는 표지는 남쪽이 달라 및 동화주의적 세계 자본주의에 연합된 사실이다.

우리는 이태준의 미학적 사회주의를 두 가지 측면에서 생각할 수 있다. 즉 그것은 그의 1930년대 향토주의를 프롤레타리아적 문학생산과 화해시키려는 것인 동시에, 1945~48년에 작가와 지식인이 재연한 1920~30년대 초반의 '좌파/예술을 위한 예술' 논쟁을 매개하려는 보다 광범위한 노력이기도 하다. 물론 1940년대 말과 50년대의 남한의 반공주의는, 북한을 악마화하고 "소련 제국주의"를 비방하며 특히 공산주의를 개인의 창조적 잠재력을 불허하는 부당한 것으로 여기게 될 것이었다. 우리는 공산주의를 그처럼 "낯선 이데올로기"로 묘사하는 것을 황순원의 정전적인 작품 『카인의 후예』(1954)에서 보게 된다. 주인공이 북한을 떠나는 것으로 그린 이 작품은, 반복적이고 모방적이며 공식주의적인 공산주의에 대해 예술적인 것을 특권화하면서 1945~48년의 분단의 역사를 서사화한다. 실제로 이태준이 『소련기행』에서 언급한 작품으로

---

27 위의 책, 373쪽.

28 염상섭과 이태준의 경우 고유물 상점은 미국이 일본 식민 권력을 대체한 1945년 이후의 권력관계가 드러난 공간이었다. 1945년 이전의 일본인 경영의 고유물점과 식민지적 지식의 생산, 양가적 오리엔탈리즘, 야나기 스에쓰의 한국미술의 물신화에 대해서는 Kim Brandt, "Objects of Desire : Japanese Collectors and Colonial Korea", *positions : east asia cultures critique* 8, no.3, Winter 2000을 볼 것.

서, 소련을 부인한 보다 유명한 앙드레 지드의 『소련기행』에서 중심적 역할을 한 것도 바로 그런 대립(공산주의/예술)이었다.

우리가 주목할 것은, 한국전쟁 기간 동안 남한 지식인 잡지 (1950년대의 가장 유명한 잡지 『사상계』의 전신인) 『사상』 창간호에 지드의 작품의 요약본이 출현했다는 점이며, 또한 이 작품이 냉전질서에서의 한반도의 위치를 매개하려는 대표적 시도의 하나인 『광장』(1960)에 영향을 주었다는 점이다. 『광장』은 5장에서 다시 언급하겠지만 여기서는 주인공 이명준의 높은 이상을 생각하는 것으로 충분하다. 이명준은 1940년대 말 남한의 부패와 국가적 폭력을 거부하고 북한에서의 삶을 생각하지만, 월북 이후 당 독재의 공식주의에 대해 환멸과 거부감을 느끼며 혁명의 진리가 창조적 행위에 있는 것으로 생각한다. 따라서 우리는 『소련기행』에서의 이태준의 생각, 즉 세계적 사회주의 내에서의 민족 문화의 자율성과 생산과정의 미학화에 대한 주장을, 분단된 한반도의 양쪽에서 발생한 예술 · 시각성 · 이데올로기 간의 관계의 끊임없는 교섭과정의 중요한 한 부분으로 위치 지을 수 있다.

북한을 보이지 않게 만들기

1935년의 카프의 해산은 의도와 목적이 무엇이든 식민지 한국 문단에서 좌파의 종료를 가져왔다. 1장에서 살폈듯이, 1930년대 말에는 동원문화의 출현을 목격했으며 그것은 대동아공영권의 확장으로 손을 맞잡고 나아가자는 것이었다. 1945년 8월의 해방은 좌파의 귀환을 허용했을 뿐 아니라 김동리와 황순원 같은 협력(이제 그렇게 불리는 행위)에 오염되지 않은 젊은 세대 민족주의 작가의 출현을 가능케 하기도 했다. 이 그룹의 사람들은 "순수문학"이라는 표제 아래 자신들을 조직화하기 시작했다.

미군정 시기의 '순수문학-프롤레타리아 문학' 논쟁은 어떤 차원에서는 신체에 대한 논쟁으로 볼 수 있는데, 즉 그것은 혈통 대 노동의 문제이다. 순수문학을 주도하는 김동리는 「혈거부족」(1947)에서 쫓겨난 사람들 — 일본 제국의 외곽(만주)에서 한반도로 귀환해서 대동아전쟁 시기의 공습 대피호에 임시 피난처를 마련한 피난민들 — 을 민족적(ethnonational) 진정성의 위치로 생각한다. 굴로 귀환해 전시 대피호를 삶의 공간인 자발적인 상호 부조의 장소로 다시 사용하는 것은, 동원과 제국의 종식을 알려준다. 이 작품에서 모성과 밀접히 연관된 원시적인 굴은 초역사적인 민족적 공동체를 자연스럽게 말해준다. "이데올로기"(사상)는 외부로부터의 인위적인 부과가 되며 일종의 식민화의 형식이 된다. 그것은 이 소설에서 설익은 좌익 사상에 침윤된 굴의 거주자 윤가에 의한 젊은 어머니(순녀)의 강간의 시도로 표현된다. 기본적 요소인 가정은 공동체로부터 윤가를 추방(북의 말소로 해석됨)함으로써만 안전하게 지켜진다.[29]

그 같은 동굴의 재탄생은 식민 지배의 종식을 알리지만, 식민지 말 전시 문화 상황의 특징인 동서양의 대립 및 '근대에 대한 질문'과 더불어 그렇게 한다. 김예림이 보여줬듯이, 김동리는 1930년대 말에 자기 파괴의 몰두 속에서 행위력과 신체적 활력을 부여 받는 인물들을 묘사함

29 그처럼 공산주의를 외래적인 것으로 비판하는 것은 이미 통용되는 논리였다. 실제로 그런 논리는 1930년대 말의 전향을 가능하게 한 바 있다. 임화의 카프의 비판은 사회주의리얼리즘을 외래적인 것으로 보는 것에 의존했다. 김예림, 『1930년대 후반 근대 인식의 틀과 미의식』, 소명출판, 2004, 181쪽을 볼 것.

으로써 근대에 대항하는 길을 모색했다. 그에 따라 근대적 생산주의를 거부하는 어떤 "에너지"가 나타난다. 그 같은 신체적 에너지는 이제 **서양**에 대한 **동양**의 우월성을 보여주는 정신의 강력함을 가져온다.[30] 동굴에서의 재탄생은, 그런 식민지 시대의 신체/정신이 그 자신의 목적보다는, 이제는 공동체적 삶(communality)을 창조하기 위해 그 에너지를 동력으로 이용할 수 있다는 가능성을 나타낸다. 그러나 그 같은 신체/정신은, 좌익과 자본주의, 그리고 서양을 반대하면서 여전히 '민족'과 '동양'에 연관되는 셈이다.

더욱이 식민지 시대 향토적 문학작품이 흔히 혈연에 기초한 공동체적 삶에 연결된 기억 이미지를 제공함을 상기해 보자. 이효석의 「메밀꽃 필 무렵」에서 성처녀와 마주친 늙은 허생원의 기억은 그의 아들 동이의 출현에 의해 육체적으로 구현된다. 그에 따라 이효석의 작품은 (이효석 자신의 소설을 포함해) 수많은 프로 작품에서 나타난 계급적 동맹을 위한 가족애의 절연의 강조에서 벗어난다.[31] 김동리와 이효석(해방 전 작고), 황순원 같은 작가는 1948년 이후 남한의 정전의 생산에 중심적이 될 것이었다. 그런 반면, 그들의 작품을 특징짓는 식민지적 향토주의가 반공적 주체의 국가의 소환에 항상 부응하지는 않는다는 점은 중요하다. 밍얀 라이가 지적하듯이, "'향토적'이라는 용어가 어떤 장소에 '뿌리를 둔' 특정한 공간·문화·전통에의 자연적 소속을 환기하는 한, 그것

30 위의 책, 190~212쪽을 볼 것.

31 「메밀 꽃 필 무렵」을 1930년대의 근대로부터 끌어올려 남한문학 정전에 집어넣는 과정에서는 향토 미술 풍경의 맥락과 그것에 수반된 모더니즘이 생략되고 있다. 따라서 1945년 이후 남한문학 체제란, 그 시대가 만든 식민지 시대 정전을 경유한 것이면서, 실상은 자신이 이름 부르지 않은 역사에 뿌리를 두고 있는 셈이다. 그 생략된 역사는 1920~30년대의 향토/프롤레타리아 논쟁, 조선 미술 전람회, 1920~30년대의 프로문학, 그리고 동시대의 향토주의와 1930년대의 모더니즘 문학 간의 관계를 포함하고 있다.

은 집합적 단위로서의 민족과 필연적인 연관을 갖지 않는다. 다시 말해, 향토적 장소는 민족 이하의 차원에서의 마을, 촌락, 지방이거나 민족을 넘어서는 차원에서의 전 대륙일 수 있다."[32]

1950~60년대 남한의 가장 유명한 작가 중의 하나인 황순원의 단편은, 고향을 남북한의 정치 체제와 부합하지 않는 시골 공간에 위치시킴으로써, 향토주의가 어떻게 민족분단을 문제시하는지 보여준다. 오영수와 이호철 같은 1950년대의 다른 작가들 역시, 민족분단과 이데올로기적 갈등의 역사 외부에서 농민의 삶의 세계를 연출한 것으로 볼 수 있다. 그와 유사하게 1945년 이후 남한의 회화는 이중섭의 작품에서 보는 것처럼 예전의 향토담론에 의해 활력을 얻고 있다. 이중섭은 남한에서 가장 존경받는 화가의 하나이며 황순원의 절친한 친구(그는 황순원의 한 초기단편집의 표지그림을 그렸음)였다. 고려시대 암벽화에서 자주 소재를 차용하는 이중섭의 그림은, 「메밀꽃 필 무렵」처럼 인간과 동물을 분리하지 않으면서, 국가에서 벗어난 시골 공간에서 성과 활력을 찾으며 토착적인 것에 의존한다.[33]

식민지 시대를 역사로서 재연하고 남한을 고향으로 확고히 지키면서, 남한의 민족적 서사가 될 것의 윤곽을 만든 것은 염상섭의 수많은 1945~48년의 작품들이다. 그 같은 서사는 과거의 식민지와 현재의 냉전이 교차되는 1945년에 민족자본이 직면한 정당성의 위기와 연관해서 이해되어야 한다. 이 시기는 1945년 이전의 범아시아적 동원이 동화와 협력으로 재코드화되는 때였다. 염상섭의 미군 점령기의 작품들은, 고

32 Ming-yan Lai, *Nativism and Modernity : Cultural Contestations in China and Taiwan Under global Capitalism*, Albany, N.Y. : SUNY Press, 2008, p.37.

33 그 같은 인간과 동물의 분리의 거부는 그것의 분리에 근거한 주권의 개념을 복잡하게 만든다. Giorgio Agamben, *The Open : Man and animal*, Stanford, Calif. : Stanford University Press, 2003을 볼 것. 따라서 토착적인 것은 "정치적인 것"을 거부하며 주권적 예외를 보이게 만든다.

〈그림 2-1〉 이중섭, 〈흰 소 1〉(1953)

향을 초역사적인 것을 넘어선 부르주아 민족주의의 공간으로서 확장하면서, 그 공간을 통해 1945년 이후 프롤레타리아 작가가 작업한 것을 말하고 있다. 부르주아 민족주의의 공간이란 결국 비공산주의적 피난처로 새롭게 형성된 한국(ROK)의 경계들로 펼쳐지는 공간이다.[34]

예컨대 「삼팔선」(1948)을 생각해보자. 이 작품은 해방 후 한 가족이 만주에서 서울에 있는 집으로 귀환하며 북한을 거치는 과정을 그린 여로형 소설이다. 이 소설에서는, 결말에서 38선으로 분리된 추상적 공간의 설정에 의문을 제기하긴 하지만, 북한을 "외부"로 위치시키는 것은 사회적 풍경을 통해 가족의 이동을 그리는 화자의 시선이다. 연작인

34 여기서 나는 염상섭의 해방공간의 작품들뿐만 아니라 1952년의 『취우』를 염두에 두고 있다. 『취우』는 1950년의 늦여름 동안 점령된 서울에서의 일상을 그린 작품이다.

「이합」(1948)과 「재회」(1948)는 북쪽에서의 가족 공간의 해체와 남쪽에서의 분리된 공/사의 재통합이라는 공식에 따르고 있다.[35]

북한을 배경으로 한 「이합」에서, 주인공(장한)의 아내(신숙)는 남녀평등의 명목으로 점점 더 좌익으로 돌아서는데, 그에 따라 차츰 집으로부터 멀어져서 결국 남편과 아이를 버리게 된다. 남편은 아내에게 온화함과 가족적 책임의 균등한 배분을 요구한다. 그러나 그 요구는 무시되고 남편은 아들과 함께 서울을 향해 떠나게 된다. 「재회」는 38선 남쪽의 사회적 불안을 비판하지만 남한을 가족적 재통합의 장소로 그리고 있다. 주인공의 아내는 남쪽에서 남편과 재회하고 남편은 그녀를 용서하며 이 작품은 둘이 함께 방의 장판을 바르는 것으로 끝난다.

김동춘은 남한에서의 가족주의 — 가족에 근거한 동일성의 구성이자 남한사회의 자본주의적 관계가 순화된 은신처로서 가정 — 의 중요성을 언급한 바 있다.[36] 「이합」과 「재회」에서 가정은 남북 사이의 분단의 분리선과 관련된 상징으로 나타난다. 이 연작들은 남쪽으로 감정적인 소속감을 이전시키는 것을 서사화하고 있는데, 그런 소속감은 가정 공간과 민족적 공간 간의 부합에 밀접히 연관되어 있다. 이 가정/민족의 서사화 과정에서 밖으로 내던져진 것은 북한만이 아니라 일본이기도 하다. "내" 혹은 "내부"는 식민지 시기에 그랬던 것처럼 더 이상 일본 본국을 뜻하지 않는다. 또한 1930년대 말~40년대 전반의 한국을 나타내는 일상용어 "반도"의 지역성을 의미하지도 않는다. 그 대신에 내부와 지역성은 새로운 중심, 즉 서울에 건설될 가정적 공간으로 재출현한다.

염상섭의 연작들에서 남쪽으로의 이동은 크로노토프적(시공간적)이다. 북쪽은 공간적으로 타자화되면서 시간적으로 퇴조한다. 일본 본국

35 권영민 편, 『염상섭전집』 10, 민음사, 1987
36 김동춘, 『분단과 한국사회』, 역사비평사, 1997, 37~121쪽.

또한 이산자들(diaspora)이 고향으로 귀환함에 따라 거리가 생기며 희미해진다. 결국 1948년 이후 남한에서 북한은 지도 위에 빈 공간으로 나타날 것이었다. 이미 1945~48년 시기에 우리는 북쪽이 '기억'으로 전환되는 현상을 접하게 된다. 수년에 걸쳐 '북'은 점차로 어떤 이미지나 가상의 형식을 취할 것인데, 그 이미지는 공산주의 이전의 과거와 연관된 감정적 귀속의 추억을 불러내게 된다. '북'은 유년이나 청소년기의 기억에 연결된 곳, 즉 과거로 느껴지는 개인화된 공간이 될 것이었다. 그 점은 북한의 또 다른 현재의 위협적인 이미지, 가령 뉴스영화나 TV 스크린에서 발을 뻗쳐 걷는 기계화된 신체의 이미지에도 불구하고 마찬가지일 것이다. 검열이 강화된 국가주도 매체에서 나타나는 후자의 이미지의 반복 자체가 북한으로부터 지리적 접근성과 시간적 운동을 빼앗고 있는 것이다. 역사는 이제 남한과 자유세계에서만 존재할 것이었다.

미군 점령하의 민족(ethnonation)—냉전 개발주의의 무대화

「삼팔선」은 38선을 넘어 마침내 서울의 집으로 향하는 가족으로 끝나고 있는데, 38선을 넘어서 처음 만난 것은 미군병사일 뿐이었다. 북쪽은 외국 같은 나라가 된 반면, 외국 권력에 의해 통치되는 남쪽은 그 스스로 정당성의 위기에 직면한다. 염상섭의 『효풍』이 말하고자 하는 것은 바로 그 같은 위기감이다. 그 위기감은 (4장에서 보게 될 것처럼) 특히 박정희의 통치하에서 1960년대에 시작된 국가에 의해 행해진 것과 비슷한 방식을 갖게 될 것이었다. 실제로 『효풍』이 재분절하는 것은 다음의 두 가지이다. 즉 이 작품은, 이광수의 『무정』(1917) 같은 훨씬 이전 작품이 설계한 개발주의적 계획의 재고찰인 동시에, 좌파에 동정적인 부르주아 민족주의 주체로써 프로문학과 민족주의 작가를 매개한 1920~30년대 전반의 그 자신의 시도의 재분절이다.[37]

한국사의 중요시기에 20세기 최고 작가 중 한 사람(염상섭)에 의해 연재된 장편 『효풍』이, 그의 다른 작품들처럼 정전화되지 않았다는 것은 기묘한 실수이다. 『효풍』은 미군 점령기에 쓰인 어떤 다른 작품보다도 미군정의 문제를 훨씬 광범위하게 다루고 있다. 이 작품은 1948년 미군정 시기에 연재를 시작했지만 그해 11월까지 계속되었으며 따라서 48년 8월 15일 새로 수립된 한국 정권하에서 연재를 끝냈다. 이 작품은 1998년에 이르러서야 책으로 출간되었는데 그것은 실제적으로 이 작품을 "발굴한" 김재용의 노력에 의해서였다.[38] 미군 점령기의 문화계는 그처럼 망각, 삭제, 그리고 훨씬 나중의 기억으로 특징지어진다.

『효풍』은 먼저 쓰인 김남천의 『1945년 8·15』와 안회남의 「폭풍의 역사」 같은 작품의 뒤를 잇고 있는데, 이 작품들은 협력자들의 반공주의자로의 재편과 그들의 미군정의 정치기구와 권위에 대한 의존을 상세히 다루고 있다. 앞선 두 작품처럼 『효풍』은 미군정과 식민지 매판 엘리트에 대한 비판을 제시한다. 이 작품은 1920~30년대에 민족자본의 윤리를 식민지 정부에 대한 저항에 위치시키려 했던 염상섭 자신의 노력을 닮은 일을 하려 한다. 『효풍』에서 그런 작업은 과거 식민지와 현재 해방 직후의 부르주아를 두 부류로 분리하는 형식을 취한다. 즉 (외래자본과 연관된)

---

37 『효풍』은 염상섭이 미국 당국에 의해 구금되었을 때 일주일 동안 중단되었다. 염상섭은 미국이 점령한 한반도 남쪽에서 반쪽 선거가 실시되는 것을 반대하는 한 신문의 편집장이었다.

38 예컨대 이 작품은 해방직후 염상섭의 작품을 한 부분 다루고 있는 김윤식의 기념비적인 『염상섭 연구』에서 언급되지 않는다. 또한 『효풍』은 권영민이 편집한 『염상섭전집』(민음사)에도 나타나지 않는다.

부도덕한 부류와("민족자본"과 연관된) 도덕적인 사람들이다. 더욱이 염상섭의 작품에서 흔히 그런 것처럼, 그런 차별화는 사랑의 삼각관계와 연관된 '감정의 분할'을 통해 이루어진다. 이 작품에서, 프롤레타리아 혁명적인 사람들과 친일(과거)·친미적(현재) 협력 부르주아로부터 부르주아 민족주의 주체의 분리는, 일련의 삼각관계를 거쳐서 진행된다. 즉 병직은 이 소설의 여주인공 혜란과 끝내 월북한 마르크스주의자 화순 사이에서 선택을 해야 한다. 또한 혜란은 병직과 미군정에 연관된 미국 오리엔탈리스트 베커 사이에서 선택을 만들어야 한다.

병직과 혜란은 식민지 이후의 새로운 세대를 대표한다. 그들은 1930년대 초반 염상섭이 탐구했던 가능성의 재발견이다. 즉 가장 유명한 작품의 하나인 『삼대』(1931)와 그 연작 『무화과』(1931~32)에서 추구되었지만 만주 사변 이후 식민지 정부의 강화된 탄압에 의해 곧 포기된 가능성의 재탐구인 셈이다. 이 작품의 결말에서 결국 병직과 혜란이 결합하는 것은, 두 가지 위협(좌익과 신식민주의)을 제거하고 가족의식을 공고히 하는데, 그런 전개는 곧이어 남한의 민족적 발전의 노선으로 펼쳐진 것이었다.

병직과 혜란은 본국에서 교육을 받는 것을 옹호하며 해외에서 공부하는 것을 거부한다. 그들의 목표는 자신들의 관점에서 민족적 자아의 강화에 참여하는 것이다. 실제로 두 사람은 협력과 식민지 말 동화정책에 대해 상반된 태도를 보인 앞 세대와 대립하며, 그 점에서 분명히 또 다른 구분이 필요하다. 그들은 틀림없이 자신의 아버지를 부정한다. 병직은 과거 친일을 했고 지금은 미군정의 위세를 휘두르는 매판적 양조회사 사장인 아버지를 반대한다. 또한 혜란의 영어를 하는 아버지는 도덕적으로 강직하지만 유연성이 없이 스스로 방에 갇혀 행동을 못하는 인물(「양과자갑」의 아버지를 닮은 인물)인데, 그녀 역시 그런 아버지와 구분된다.

『무화과』처럼 『효풍』은 추리적 형식을 취하면서 그 중심에 새로운 여성을 위치시키고 있다. 새로운 여성이 자기성장을 보이며 독립적 행위자로 출현하는 서사는, 혜란의 탐구적 능력, 특히 미군 점령하에서 충돌했던 우익 폭력단과 좌익 청년운동의 복잡한 지하조직들을 이해하는 능력을 통해 나타난다. 낸시 암스트롱은, 19세기 영국소설이 가정적 여성에게 심리적 깊이와 도덕적 가치를 부여함으로써, 어떤 방식으로 귀족의 출생, 칭호, 생득적 지위의 특권화에 대한 중산층의 도전을 드러냈는지 보여주었다. 암스트롱에 의하면, 또한 19세기 중반에는 "새로 조직된 노동계급이 도덕적 개혁의 보다 명백한 목표(대상)가 됨으로써 성적 담론이 귀족을 비판하는 관심을 잃게 된다."[39] 암스트롱의 논의는 『효풍』이 그와 조금 다른 사회적 위치화를 위해 사용한 방법을 이해하는 데 도움을 준다. 즉 『효풍』은 '새로운 여성'을 통해 부도덕한 부르주아로부터 도덕적인 민족주의적 부르주아를 구분짓는 차별화의 형식을 취하고 있다. 새로운 여성은 하와이에서 돌아온 매판자본가 진석의 음란한 유혹을 뿌리쳐야 한다. 그와 함께 이 작품은 분명히 (성적으로 자유로운 모던 걸 화순을 통한) 좌파적 사상이나 노동계급의 비지성적인 노동하는 신체와도 구분되는 혜란의 특징을 드러낸다. 따라서 새로운 여성은 교육과 계몽, 발전(development)의 상징이다.[40]

식민지 이후 국가의 중립적 중심으로서 민족(ethnonational)적 부르주아의 형성과 그 수행적인 역사는, 일본의 동화체제(지금 그렇게 생각되는 것) 직후 미국의 점령에 의해 만들어진 불안을 해소하는 일로 작용한다. 혜란은 자신을 불길하게 닮은 여성 — 한국어를 사용하는 일본 여성 가네코 — 으로부터 스스로를 구분해야 하며, 또한 일본어를 하는 오리엔

39 Nancy Armstrong, *Desire and Domestic Fiction*, Oxford : Oxford University Press, 1987, p.20.

40 '새로운 여성' 담론에 대한 논의로는 Ji-Eun Lee, "A New Pedigree : Women and Women's Reading in Korea, 1896~1934", Ph.D. diss. Harvard University, 2006을 볼 것.

탈리스트 베커의 유혹을 물리쳐야 한다. 영어를 유창하게 구사하는 코스모폴리탄이지만 동화되지 않은 혜란은, 성적/젠더적 방애물과 일본화/미국화 양자에 저항한다.

실제로 혜란은 두 개의 닮은꼴들로부터 자신을 구분해야 한다. 하나는 과거의 것이고 다른 하나는 미래의 것이다. 전자는 가네코(일제의 식민주의적 동화)로부터 자신을 구분하는 것이며, 후자는 그녀의 정체성을 "헬렌"으로 조작하려는 베커로부터 벗어나는 것이다. 무엇보다도 염상섭의 작품이 밝히려 하는 것은 두 번째의 베커의 태도, 즉 '팍스 아메리카로의 동화적 병합'으로 묘사되는 태도이다. 베커의 욕망은 두 가지이다. 하나는 혜란을 이국적 동양의 표상, 즉 오리엔탈리즘적 · 무시간적 인공물로 만들려는 것이며, 또 하나는 미국 유학을 통해 그녀를 헬렌으로 개명하고 현대화시켜 서양적 장치에 등록시키려는 것이다. 그 같은 계획은 남한과 일본에서의 미국 점령의 계획을 거울처럼 비추고 있다.

베커가 근대화를 옹호하면서도 "전통"에 대한 욕망을 갖는 것은, "정치적 · 이데올로기적인 것" 바깥의 공간의 구성에 중요한 역할을 하는 것으로 드러난다. 그 점은 한국인의 "일상"적 삶의 경험 쪽에서 베커의 환상적 시선이 거부되고 진정성이 없는 것으로 내던져짐에도 불구하고 마찬가지이다. 베커는 조선 옷과 조선머리를 한 혜란을 36미리 영화로 찍고 싶은 간절한 욕망에 사로잡혀 있다. 또한 그는 그녀에게 조선은 "현대문명의 기계"와 대립되는 자연의 원시상태를 떠올리게 한다고 말한다.[41] 그 같은 그의 욕망과 새로운 한국을 표상하는 여주인공 혜란의 입장 사이에는 어떤 틈새가 생기게 된다. 다양한 방식으로 『효풍』은 민족적 특성(ethnic)을 보는 베커의 욕망과 그런 시선에 대한 이 작품의 관찰 사이의 틈새를

41 염상섭, 『효풍』, 실천문학사, 1998, 271~272쪽.

둘러싸고 전개된다. 결국 베커가 볼 수 없는 지점에서, 혜란에 의해 틀지어지고 묘사되며 탐구의 대상이 되는 것은 베커이다. 베커를 보는 혜란의 위치는 이미 스스로를 코스모폴리탄이라고 여기며 근대에 익숙하고 서구의 언어와 책들을 친숙한 것으로 여기는 위치이다.

따라서 『효풍』은 문학과 시각성, 식민성의 관계에 대한 염상섭의 지속적인 관심을 보여준다.[42] 혜란을 "조선 선녀"로 보는 베커의 욕망을 놀려준 후에, 그녀는 전에 베커가 한 말을 빗댄 언어유희로 미국에 가라는 그의 제안에 대답한다. "조선두 원시의 나라가 아니라 원자의 나라가 되거든 구경가죠."[43] 이 작품은 사이드가 말한 1945년 이후의 미국의 동양의 승계를 지적하고 있다.[44] 즉 일본 주도의 대동아로부터 미국 주도 개발주의와 그에 병합된 미학화된 무역사적 장소로의 이동을 말한다.[45] 그 같은 전환을 알리는 것은 오리엔탈리스트 베커의 출현이다. 그러나 병직과 혜란의 결혼은, 베커와 그의 계획에 대한 완전한 부정이기보다는, 민족적 주체의 책임하에서 자유세계의 개발적인 목적론 내부의 일을 자발적으로 떠맡는 것이다.[46]

---

42 『사랑과 죄』와 『모란 꽃 필 때』에서 선의를 지녔지만 공손한 척 생색을 내는 일본인 정착자 화가에 대한 염상섭의 묘사를 같이 참조할 것. 이혜령은 그런 화가들의 오리엔탈화/여성화 시선과 염상섭 간의 가부장적 공모를 지적하고 있다. 이혜령, 『한국소설과 골상학적 타자들』, 소명출판, 2007, 134~141쪽을 볼 것.

43 염상섭, 『효풍』, 실천문학사, 1998, 281쪽.

44 Edward Said, *Orientalism*, New York : Vintage, 1979, p. 18.

45 스스로 말할 수 없는 동양에 대해서는 *Ibid.*, pp. 20~21을 볼 것.

46 물론 우리는 식민지 이후의 민족국가가 **스스로 강제적으로 강요하는** 민족주의적 정체성을 통해 해방의 이름으로 그 자신의 식민적 형식을 부과하는 방식을 생각해야 한다. 이는 데리다가 "헤게모니적 인간(homo-hegemonic)"이라고 부르는 운동방식이다. 데리다는 제국주의화된 주체와 민족주의화된 주체가 어떻게 둘 다 "as if"의 공간에서 형성되는지 이해하게 해준다. 즉 양자의 주체들은 법을 그들 스스로에게 부여하고 있는 것**처럼** 여길 때 형성된다. 제국주의적 주체는 마치 그/그녀가 법을 식민지적 타자에게 부여하고 있는 것처럼 행동함으로써, 즉 마치 법이 그 이외 다른 위치로부터는 발생할 수 없는 것처럼 행동함으로써 생산된다. 식민지 이후의 민족주의적 주체는 그와 비슷한 공간(**처럼**의 공간)을 점유

이태준이 생산과 예술적 가치의 연결을 옹호해 교환가치를 부정한다면, 염상섭은 개발주의적 서사가 어떻게 상품형식에 민족적 감정을 부여하는지 보여준다. 부르주아 민족주의의 경우 세계 자본주의에서의 교환가치는 이윤 동기를 넘어서는 목적성에 의해 보충된다. 상품은 생산과정과 노동의 투입을 부인하며 그 자체에 생명이 부여된 불가사의한 것으로 나타나지 않는다. 상품은 자신을 생산하는 선행적인 것으로 생각되는 민족적 신체의 외연으로서, 일종의 인공기관(prosthetic)으로서 발생한다. 상품에는 자본주의적 시간을 통해 자신의 길을 움직여가는 민족적 삶이 부여된다. 노동력이 배제됨에도 불구하고 그처럼 상품형식이 민족적 신체를 증명하는 것이다. 실제로 그런 노동력의 배제는 염상섭의 작품에서 부르주아적인 민족 주체의 구성적 요소이다. 상품 형식의 민족화는 세계 자본주의의 회로 내에서 부르주아적인 민족적 독립 및 주권의 주장의 버팀돌인 것이다.

이태준의 「먼지」와 비교해서, 염상섭의 『효풍』에서 골동품을 통해 나타나는 본질주의화된 민족문화와 상품 간의 교섭을 생각해보자. 혜란이 미군정과 연관된 미국인들에게 물건을 조달하는 진석의 골동품점에서 일하고 있는 것은 우연이 아니다. 분명히 혜란이 가게에서 판매를 위해

하고 있다. 민족주의적 주체는 이제 그/그녀가 마치 법을 그/그녀 자신에게 부여하고 있는 것**처럼**, 즉 그/그녀가 자율적인 것**처럼** 행동한다. 다시 말해, "해방"은 자율성의 요구가 문제시되는 한에서, 자기 자신이 반대한다고 말하는 식민성(**처럼**)을 재각인한다. 데리다의 경우 자아의 생산을 동질적으로 만드는 것은 언어를 자신의 것으로 갖는 소유권의 주장이다. 데리다가 식민적이라고 생각하는 것은 그 같은 자기동일성의 표면상의 경험이다. '제국적인 것/민족적인 것'의 이항대립은 어떻게 양자가 공통된 소유와 자율성, 주권의 경험을 요구하는지 알 때 해소된다. Jacques Derrida, *Monolingualism of the Other; or, The Prosthesis of Origin*, trans. Patrick Mensah, Stanford, Calif. : Stanford University Press, 1998, pp.39~40. 우리는 또한 데리다가 어떻게 식민성/제국성의 이항대립을 문제시하는지 주목해야 한다. 즉 "모든 문화는 본래적으로 식민적이다. (…중략…) 모든 문화는 어떤 언어의 '정치학'을 독단적으로 부과함으로써 자신을 제도화한다"(p.39).

골동품에 관계하는 한에서, 정확하게 그녀를 주체로서 특징짓는 것은, 바로 그녀 자신이 대상으로서 전시되는 방법에 대한 그녀의 인식(그녀가 상품화되는 방법에 대한 인식)이다. 그런데 그와 함께 그녀가 한국 골동품에 대한 지식이 전혀 없다는 점이 특징적이다. 여기서 부정되고 있는 것은 비서구적 대상에 대한 서구적 갈망(한국 골동품에 대한 베커의 욕망), 교환가치 그 자체(혜란과 물건들의 판매), 그리고 본질주의화된 전통론적 정체성이다. 혜란의 한국인다움은 한국의 모든 물건에 대한 친화성이나 고유의 지식이 아니라 한국을 위해 일하는 코스모폴리탄적 행위자로서 그녀의 위치와 일치한다. 염상섭은 민족주의적 실용주의 — 교환가치의 민족적 사용가치로의 재작동 — 를 옹호해 전통주의를 거부한다.[47]

염상섭의 미군점령기의 작품들은 민족적 발전(development)의 시간적 서사를 특수한 공간(38선 남쪽)에 연결시킴으로써 1948년 한국의 건국을 향해 말을 건다. 그 같은 서사는 욕망들을 통해 변화되고 적절한 동반자의 위치를 선정하면서 새로운 민족 국가의 경계 내부의 공간에 합류함으로써 진행된다. 그 자신의 공간의 지도화인 점에서, 이태준의 「먼지」는 「이합」, 「재회」, 「삼팔선」에서의 염상섭의 미군점령기의 계획과 교차된다. 「먼지」는 식민지 시대에 남에서 북으로, 그리고 해방 후 다시 남으로의 한뫼의 여로를 추적한다. 또한 결말에서 북으로의 귀환의 시도가 실패했음을 알린다. 한뫼는 38선을 다시 넘으려다가 총에 맞아 죽음을 맞는다. 피난의 적절한 장소는 북쪽이지만 그쪽으로 넘어서는 경계는 위험스러워진 것이다.

---

47 역주 : 혜란의 입장은 상품화와 교환가치 그 자체보다는 민족을 위해 상품형식과 교섭하는 것이라고 할 수 있다. 그 같은 교섭은 교환가치의 민족적 사용가치로의 재작동으로 볼 수 있다. 여기서는 베커의 오리엔탈리즘과 단순한 교환가치가 부정되며 또한 전통의 가치를 절대화하는 본질주의적 민족문화 역시 거부된다. 혜란의 입장은 민족적 개발주의와 겹쳐지는 지점이 있지만 미국 주도의 세계자본주의에 동화되지 않는 점에서 그와 구분된다.

중요한 것은, 염상섭(특히 『효풍』)과 이태준이 38선으로 분단된 대립 공간들을 각각 주권적 자율 공간으로 정당화하면서도, 똑같이 미군점령을 식민성의 재분절로 보고 있다는 점이다. 이태준의 해방 후 작품들은 예술의 자율성과 프롤레타리아 주체를 결합한 미학적 사회주의를 제시하거니와, 미학적 사회주의는 38선 북쪽과 압록강 남쪽의 주권 공간에서 모습을 갖추기 시작한다. 반면에 1945년 이후 염상섭 작품의 민족주의적 자본주의는 과거 식민지 시대 작품에서의 발전의 경로를 남쪽에 위치시킨다. 염상섭은 상품성을 민족적 인공기관으로 묘사함으로써 자율적 주체를 지지하려 시도하면서, 미국 주도의 세계 자본주의의 동화적 권력에 고뇌의 시선을 던진다. 염상섭 작품에서 발견되는 그 두 개의 서사들, 즉 민족적 서사와 개발주의적 서사 사이의 긴장은, 그 시점 —『효풍』이 연재된 동안의 1948년 8월 15일 건국의 발단— 에서부터 계속 '남한이라는 국가'가 직면할 끊임없는 정당성의 위기를 구조화할 것이었다.[48]

미국의 원조, 혹은 냉전기 선물의 경제

미군정에 의해 퇴거된 일본의 공장, 재산, 가옥(적산)의 분할은 이 시기의 중심적인 문제의 하나로 떠올랐다. 채만식의 「논 이야기」(1946),

48 역주 : 염상섭은 민족적 신체와 상품형식이 교섭하는 위치에 근거하지만, 미국 주도 세계 자본주의에 의문의 시선을 던짐으로써, 민족적 서사와 개발적 서사 사이의 긴장을 보여주며 민족 개발주의를 넘어선다.

「미스터 방」(1946), 김남천의 『1945년 8·15』, 염상섭의 「양과자갑」(1947)을 포함해 많은 문학작품에서 '적산'의 문제는 식민지로부터 새로운 냉전질서로의 이동을 조직하는 요체로 나타난다.

『태평천하』 등의 식민지 후기 작품에서 매판 자본가와 식민 정부에 대한 풍자적 비판으로 유명한 채만식은, 1948년 이후의 새로운 경계를 넘어서서 남북한 문학사와 1950년대의 선집에서 등장하는 드문 작가 중의 하나이다.[49] 채만식은 식민지 시기 동안 분명히 프롤레타리아 진영에 동조적이었지만 결코 공식적으로 카프에 합류하지 않았다. 그는 식민 지배가 끝날 때까지 비슷한 입장을 견지했으며, 1945년 이후에는 그의 풍자적 능력을 한국에서의 새로운 형식의 외국 권력에 대해 말하는 데 사용했다.

예컨대 채만식의 「논 이야기」는 토지배분과 소유권, 합법성의 문제를 제기하는데, 이는 토지개혁(황순원의 『카인의 후예』에서 젊은 지주가 북에서 떠나게 되는 상황의 중심적 문제)과 적산의 공정한 배분의 요구와 연관된 1945년 직후의 중심적인 관심사였다. 채만식의 「논 이야기」는 조선조부터 근대까지 달라져 온 토지 소유 개념의 변화를 추적하고 있다. 이 작품에서 주인공의 "감정"은 사적 소유와 그 법률적 역사에 직결되어 있으며 민족적 영토의 상실과 회복의 역사에 연관되지 않는다. 그러나 일본 식민 정부가 회계적 조작으로 자신의 재산을 일인 정착자에게 부당하게 넘겨줬으므로, 상실된 토지를 다시 돌려줘야한다고 주인공(한생원)이 주장하는 상황에는, 국가적/제국적 장치가 개입하고 있다. 1945년에 토지가 되돌아오지 않자 8월 15일의 해방은 '실제로는 일어나지

49 채만식은 식민지 시기 동안 좌파에 얼마간 동조적인 것으로 늘상 생각되었지만 그는 미군점령기에 월북을 하지 않았다. 1950년의 그의 죽음은 그가 남북문학사 양쪽에서 동시적으로 정전화되는 요인이 되었을 것이다.

않은 사건'으로 묘사된다. 많은 다른 작가들처럼 채만식이 볼 때는, 북쪽에서는 1946년에 토지개혁이 실행되었지만 미군정은 문제적인 적산의 배분을 통해 지지를 얻기에 바쁨으로써, 38선 남쪽의 "해방"의 의미가 훼손되었던 것이다.[50]

그와 비슷하게 염상섭의 「양과자갑」은 식민지로부터 미군 점령으로의 이동을 재산 분배권의 전이로 서사화한다.[51] 이 작품은 식민지 말의 소환에서 냉전적 호출로의 코드전환을 어떻게 표현하고 있는가. 즉 전시동원과 천황의 소환으로부터 미군점령과 자유세계 이데올로기로 이동해서, 후자에 의해 매우 구체적인 물질적 방법으로 조직된 시공간적 · 인종적 질서로 병합되는 방법은 무엇인가. 많은 1945년 직후의 텍스트들이 다르면서 중첩되는 방법으로 교섭하고 있는 것은, 바로 그 같은 전시동원으로부터 미군점령으로의 이동, 즉 두 군사주의 사이의 전환이다. 이제까지 우리는, 대동아공영과 태평양 전쟁 동안의 전재민이 본국으로 귀환할 때의 정체성의 재형성을 통해, 어떻게 그런 이동이 일어나는지 살펴봤다. 우리는 또한 전시동원에 적극 참여한 매판 엘리트들과 그들이 모은 수익으로부터 윤리적 부르주아가 분리되는 양상을 목격했다. 위에서 우리는 염상섭의 작품들에 초점을 맞췄지만, 이 문제는 재전향의 압박감하에 있던 프롤레타리아 작가들에게도 중요했다. 예컨대 김남천의 『1945년 8 · 15』에서의 전시 군수공장의 묘사는 생산

50 남한문학 작품들은 북에서 토지개혁에 의해 발생한 변화와 한국전쟁 동안 남한에서 점령한 지역에서의 일들을 자주 묘사한다. 예컨대 이호철의 「만조」(1959)는 북한의 토지개혁 이전의 삶에 대한 기억을 제시하면서, 소유권 재분배의 요구보다는 감정적인 공동체성을 앞세운다. 감정은 물질적 소유의 중요성을 감소시키며 기존의 식민지 농촌에서의 재산의 분배를 승인한다. 사람들은 타자를 위해 온당한 감정을 소유해야 한다. 그리고 그런 감정은 공동체적 주체를 구성하기 위해 공유되어야 한다. 그 같은 방식을 통해 감정의 분배가 재산의 분배를 대체하는 것이다.

51 염상섭, 「양과자갑」, 최원식 외편, 『20세기 한국소설』 2, 창작과비평사, 2005, 202~231쪽.

수단으로서 적산의 중요성을 강조한다. 노동자들에 의한 적산의 재점유는 식민주의와 자본주의에 대한 이중적 승리로서 새로운 역사를 위한 물질적 토대를 제공한다.

「양과자갑」은 프롤레타리아 작품들과는 다른 책략을 선택한다. 이 작품은 다양한 차원에서 권력의 이동을 생각하는데, 그중 하나는 『효풍』(염상섭)이나 「미스터 방」(채만식)에서처럼 언어의 차원에서 식민성이 포스트식민성으로 이전(일본에서 미국으로 공식적 통치권의 이동)되었음을 묘사하는 것이다. 미군정은 흔히 "통역에 의한 정치"로 불렸다. 「미스터 방」뿐만 아니라 「양과자갑」 역시 통역가를 통해 권력의 언어가 일어에서 영어로 이동한 사실이 중요함을 보여준다. 실제로 이 두 작품은 미국/남한 관계의 식민지성을 끊임없이 분절해온 기지촌 문학과 영화 60년의 출발을 알리고 있다.

「양과자갑」에서 번역의 행위는 새로운 질서의 요구로서 호명(interpellation)의 순간과 연결되어 있다. 더욱이 그 같은 호출은 언어적이고 시각적일뿐만 아니라 상품에 대한 욕망의 생산에 의해 구성된 것이기도 하다. 이 작품은 지난 60년 동안 남한의 기지촌 문학과 영화에서 반복되어온 것을 최초로 보여준다. 보배와 그의 부모는 북(철원)에서 온 가난한 피난민으로 일본식 적산가옥에 세 들어 살고 있다. 주인집 딸은 아버지에게 영어를 배운 보배에게 보답의 표시로 양과자 한 상자를 선물한다. 보배는 주인집 딸에게 관심을 갖고 주인집에 좋은 양가구를 선물한 리처드슨의 편지를 번역해 준 적이 있다. "선물"이란 욕망의 생산, 즉 서양 물건을 본 후에 그 소비 주체가 될 것이라는 시각적 호명에 대한 믿음이다.

그 같은 시각적 호명에는 물건을 보여주는 것과 언어 자체의 잠재적 상품성이 포함된다. 실제로 양과자갑이라는 선물은 교환의 회로에 속하며 그것은 제국 본토와 주변부의 언어적 위계를 인식함으로써만 삭동될 수 있다. 물론 언어의 위계화는 일어가 "국어"였던 식민지를 경험한 한국인들에게 매우 친숙한 것이었다. 언어를 교환가치에 연결하는 것은 염상섭이 식민지 시대 작품에서 거부했던 바로 그것이었으며, 그 점은 염상섭이 「윤전기」(1926)에서 애써 그렸던 "문화 민족적 신문사"의 상업화에 대한 비판과 함께, 『무화과』(1931~32)에서 특징적으로 나타났다. 「양과자갑」에서 양과자는 입안에 넣어져 섭취될 것이며, 영어는 점유당한 한국인 주체의 입으로부터 흘러나올 것이다. 양과자갑은 보배의 가족이 한국어-영어 번역 체제라는 몸으로 경험한 새로운 현실로 진입하고 있음을 나타내는 선물이다.

「양과자갑」과 「미스터 방」에서 번역의 순간에 발생하는 중단이나 방해는 언어와 권력 간의 관계를 보게 해준다. 「양과자갑」에서 염상섭은 어떤 도상학을 상세하게 보여준다. 즉 작품 자체에서의 언어와 명명으로부터 '시각적 장치'의 도입으로의 이동인데, 이는 양과자갑을 상징으로 '보여지게' 하려는 시도이다. 그와 동시에 이 작품은 식민성과 포스트식민성 사이에, 즉 권력과 번역이 이동하는 교차로에 서 있다. 보배의 아버지는 주인집 딸의 선물과 새로운 질서에서 안전한 위치를 얻을 가능성을 거부한다. 이 순간 물건(시각성, 양과자갑)과 언어의 유통은 중단에 이르게 된다. 그 같은 중단은 '거래되지 않은 양과자갑'에 의해 눈앞에 보여진다.[52]

염상섭의 작품은 한 식민 지배의 형식으로부터 다른 형식으로의 전환을 다시 생각하고 있다. 염상섭은 식민성의 이중성을 제시하는데, 그것

52 역주 : 이 소설에서 보배의 아버지는 선물과 언어의 유통을 거부하는데, 그런 포스트식민지적 유통의 회로의 '중단'에 의해 언어와 권력 간의 관계가 보여지게 된다. 이는 새로운 질서의 유통의 회로 안에서는 보이지 않던 것을 보이게 하는 역할을 한다. 여기서 양과자갑은 유통과 중단의 상징이며 새로운 질서의 출현(유통)과 그 권력관계를 보이게 만드는 시각적 장치이다.

은 정확히 식민지적 과거를 적산가옥의 공간-기억 속에 각인시켜 현재화하는 방법을 통해서이다. 이 작품은 포스트식민지적 현재에 의해 식민지적 과거가 주인공이 살고 있는 적산가옥에 구현됨을 보여줌으로써, '식민지적 과거를 말소하려는 행위'를 거부한다. 적산가옥은 한국인에게 이전된 집이지만 미국에 의해 점유되어 이 작품에서는 미군 요원에게 영합하는 사교장으로 전환되고 있다. 따라서 이 작품은 두 개의 중단 혹은 방해를 나타내고 있는데, 하나는 식민지적 과거에서 포스트식민지적 현재로의 선적인 이동의 중단이며, 또 하나는 언어들을 횡단하는 운동의 중단이다. 그 같은 중단은 선물과 연관된 냉전적 소환에 대해 질문하고 있거니와, 그것은 미국이 제공하는 자본주의적・언어적 교환과 가치에 대한 질문이면서, 남한 등 개발주의적 질서에 의해 병합된 곳에서 미국의 원조 계획을 특징짓는 욕망에 대한 물음이기도 하다.

염상섭의 「양과자갑」, 채만식의 「논 이야기」, 이선희의 「창」, 김동리의 「혈거부족」, 그리고 (5장에서 논의될) 이태준의 「해방전후」는, 모두 1948년의 『해방문학선집』에 실려 있다. 미군 점령기에 출간된 이 선집은 북한에서는 결코 찾아볼 수 없을 뿐더러 남한에서는 월북작가 이태준과 이선희가 포함되었다는 이유로 1988년까지 검열당해 왔다.[53] 나는 2장의 논의를 1945년 이후의 이 첫 번째 주요 선집과 그 가능성들로의 귀환으로 보고 있다. 이 작품들을 생각할 때, 특히 이 선집에 나타난 타자들과 연관해 반세기 동안 보이지 않도록 강요된 작품들을 생각할 때, 한국문학사를 구성하는 정전 체계를 변화시켜야 한다는 요구가 가능하게 된다. 이 같은 정전 체계의 역사는 검열된 작품이 다양한 다른 작품

53 다른 선집들이나 연재소설들처럼 『해방문학선집』에는 삽화가 삽입되어 있다. 표지 디자인은 유명한 화가 김환기가 그렸다.

들과 함께 선집에 다시 나타난 1988년 이후에도 지속된다. 예컨대 이선희의 「창」은 1996년에 와서야, 그것도 정전의 또 다른 재구성인 창비에서 출간된 『한국 현대 대표소설선』에 실려 처음 나타나게 된다.

1948년의 『해방문학선집』의 출현과 사라짐은, (우리가 본 것처럼) 이 책에 실린 작가들에 의해 다양하게 매개된 식민지적 과거가 어떻게 구성되었는지, 그리고 포스트식민지적 분단이 어떻게 상상되어야 했는지 알려준다. 이 선집에 실린 작가들의 귀환은, 1945년 직후의 문학작품들이 해방 이전 근대성의 분절에 의해 특징지어진 공간을 지도화하며 해방의 의미를 생산하는 방식을 보여준다. 특히 다양한 형식의 계급적·민족적·범아시아적 정체성으로 된 공간들을 지도화하면서 해방의 의미를 만드는 방식들을 알게 해준다. 그와 동시에 우리는 작가들이 급속한 냉전질서의 분할에 직면하면서 주체의 공간적·시간적 변화가능성을 묘사하는 방식에 주의를 기울여야 한다. 더욱이 이제 우리는, "북"한과 "남"한 문학이 어떻게 분리된 민족의 문학이 아니라 "한국문학" 자체를 형성하는 텍스트들의 배열인지 더 충분히 알게 된다. 즉 "북"한과 "남"한 문학은 식민지적 과거, 경쟁하는 국가주의, 세계적 냉전 문화생산과 연관해서, "한국문학" 자체를 만드는 일련의 텍스트들인 것이다.

미군 점령기의 반공정책과 1948년 한반도의 분리된 정권의 확립, 그리고 이어진 한국전쟁(1950~53)은, 남한문학계의 우파를 지배권력의 위치로 이동하게 하면서 좌파를 제거하는 결과를 낳았다. 수많은 작가들과 영화인들의 월북, 전쟁으로 인한 유명한 작가들의 죽음, 전쟁이 야기한 파괴와 황폐화, 이 모든 것들은 휴전협정 이후 남한문화계를 크게 약화시켰다.[54] 많은 새로운 작가와 영화인들이 문화계에 출현하도록

54 미국의 점령에 의한 좌파에 대한 탄압의 강화는 1947~48년에 많은 좌파 작가와 비평가들이 월북하게 만들었다(임화는 1947년 말에 월북했다). 박태원 등의 다른 작가들은 한국전

문을 연 것은, 『문학예술』(1955), 『현대문학』(1955), 『자유문학』(1956) 같은 1950년대 중반의 여러 문학잡지들의 발간과 영화산업의 재출현이었다. 3장에서 볼 것처럼, 작가와 영화인, 비평가들 — 이들 중 많은 수는 전쟁 직전이나 휴전협정 후에 등단한 "신세대" 작가들임 — 이 꾸준히 문화생산에 참여할 수 있게 된 것은 1950년대 중반에 이르러서였다.

1948년은 식민지 시기와 해방기의 프롤레타리아 작가들이 사라진 해이지만, 그 점은 프로서사가 바로 그 삭제의 형식을 통해 국가주의적 반공주의와 그 반대자들 양자의 구성을 도울 것임을 의미할 뿐이었다. 다음 장에서 나는, 한국전쟁 직후 남한의 문화생산이 흔히 생각하듯 총체적 반공주의보다는 비동맹의 정치학의 출현에 의해 특징지어짐을 추적할 것이다. 후자는 검열당한 프롤레타리아 서사의 흔적을 유지하고 있는 정치학이다. 여기서는 주변화되고 박탈된 인물들이 이쪽도 저쪽도 아닌 위치에 서 있는 것으로 나타난다. 우리는 허가된 서사(민족적 서사)와 비합법적 서사(식민지 · 포스트식민지 시대의 좌파 서사) 사이의 또 다른 공간에서 그들을 발견하게 될 것이다.

쟁 기간에 월북했다. 이 월북 작가들의 목록은 권영민, 『해방직후의 민족문학운동 연구』, 서울대 출판부, 1996, 28쪽을 볼 것. 김철은 해방 후의 우익 문예조직 형성의 역사를 다섯 개의 시기로 나누고 있다. ① "형성기"(1945~1948) : 이 시기에 우익 조직들은 미군정의 좌익의 탄압과 남한 단독정부 수립의 정세를 배경으로 초기의 수세적 입장에서 벗어나 점차 자신의 위치를 공고히 하기 시작했다. ② "정착 및 내부적 갈등기"(1949~1954) : 작가들은 우익문단 내에서 자신들끼리 주도권 다툼을 하는 동안에도 강경한 반공적 입장을 고수할 수밖에 없었다. ③ "분화기"(1955~1960) : 내적 갈등은 이념적 분화보다는 권력 투쟁에 의한 경쟁적인 단체의 결성으로 이어졌다. ④ "통합 및 종속기"(1961~1970) : 박정희 정권은 점차 정치적 권위에 의존하는 통합적 상급 문학 단체를 만들었다. ⑤ "1971~현재" : 우익 문예조직은 생존을 위해 완전히 국가권력에 의존하게 되었다. 김철, 「한국보수우익 문예조직의 형성과 전개」, 김재남 외, 『한국 전후문학의 형성과 전개』, 태학사, 1993, 27~28쪽.

제3장

양가적인 반공주의

절망의 정치학과 언어의 성애학

1930년대와 40년대 전반 동안 한국인들은 대동아라는 상상적 영토 전역에 노동자와 군인들로 배치되었다. 1945~48년의 한반도 남북 양쪽의 소련과 미국의 점령은 민족의 두 번째 이주를 가져왔는데 이번에는 한국 자체 내에서의 이동이었다. 새로운 내부적 경계를 횡단하는 '북에서 남으로'와 (보다 적은 수의) '남에서 북으로'의 이동은, 1953년 한국전쟁의 종전까지 계속되었을 것이다. 1945년 이후 38선 및 (한국전쟁 이후) DMZ 남쪽 지정학적 공간에서의 새로운 국가의 형성은, 식민지 말과 포스트식민지 초의 그런 민족의 탈위치화(dislocation)와 연결되어 있다.

1950년대에는 국가주의적 정체성이 출현했는데, 그것은 식민지 말 지역성(한반도) 및 일본 주도의 대동아와 연결된 이중적 동일시의 재작동이었다. 그처럼 새로운 주체는 이중적 동일화 과정을 존속시키고 있었다. 이제 지역성은 남한이 되었으며 미국 주도의 반공적・민주적 자유세계가 일본 제국주의의 권역을 대체했다. 자유세계의 일원이라는 남한 정부의 단언은, 이론상으로는 주장하면서 실제로는 실행되지 않는 책무를 늘 말해야 할 것임을 뜻했다. 이미 1950년대에 정부를 매판과 독재로 반대하는 쪽에서는 정부가 자신이 신봉하는 민주적 이념의 이행에 실패한 점을 비판의 근거로 들었다. 이 같은 논쟁은 이후 수십 년 동안 각기 다른 형식을 취할 것이었지만, 그 쟁점은 국가주의 및 그를 비판하는 반대적 주체의 질서화에서 늘 중심에 있었을 것이다.

이중적 탈위치화는 실제로는 국가주의와 혈통적 민족주의(ethnonational)에서 벗어난 새로운 입장들의 가능성을 열어 놓았다. 탈위치화의 감각은, 남한과 보다 넓은 자유세계에 동시에 동일시되기보다는, 자신이 어디에도 속하지 않는다고 말하는 것이 더 쉽도록 해주었다. 그 같은 '비소속'을 향한 이동은 1945~48년의 점령기에 만들어진 중립성에 대한 요구의 연장선상에 있는 셈이다. 제1/제2세계의 분할에 대한 대안을 찾는 시도는, 또한 1950년대의 세계적 비동맹 운동에 의해 특징적으로 나타나기도 하는데, "제3세계" 국가들의 연합을 형성하려는 시도와 제1세계 자체 내에서의 실존주의에 의한 노력이 그것이다. 한국전쟁은 흔히 냉전질서와 반공적 경직, 민족의 분단을 굳어지게 한 것으로 보여지지만, 전쟁의 재현과 그 영향이 동원화된 국가주의적 시민성을 확고히 하는 것과 항상 부합하는 것은 아니다. 다음에서 볼 것처럼, "반공" 영화와 문학작품에서조차 폭력의 묘사는 중요한 장면에서 무용하게 선을 긋는 일을 의문시하는 경향이 있었다. 흔히 성적 욕망에 연관되는 일상화된 폭력 자체가 다양한 대립들(남한/북한, 자유세계/공산주의적 타자, 동양/서양)을 동요시키고 있었다. 이제 1950년대는 엄중한 반공주의의 십 년이었으며 남한에 다른 것은 없었다는 생각을 버릴 때인 셈이다. 분명히 그 시기의 남한은 독재적이고 반공주의적 국가였다. 그러나 그것은 실상의 한 부분일 뿐이다.

3장에서 살펴볼 것은, 포스트식민적으로 영토화된 "남한" 주체의 국가주의적 소환과 냉전 초기 비동맹 형식의 출현 사이의 운동이다. 후자는 흔히 문학과 영화 텍스트들의 가장자리에서 나타난다. 1장에서 우리는 문학과 미술, 영화 사이의 관계가 어떻게 식민지 시대 프로문화, 모더니즘, 동원 주체의 형성에 중심적이었는지 살펴봤다. 또한 2장에서는 일군의 텍스트들이 식민지 시대에 나타난 시각적 방식들을 어떻게 냉전기의 '보이는 것과 보이지 않는 것'의 분할로 재형성하는지 해명했다. '보이는 것과 보이지 않는 것'의 분할이란 38선 양쪽의 분리된 지리적 공간들을 상상할 수 있게 하는 방식들이었다. 이제 3장에서는 1950년대 중반의 문학적 생산의 급증과 이른바 50년대 남한 영화의 "황금시대"의 출범과의 중요한 연관성을 강조하려 한다.[1]

나는 먼저 1950년대의 중심적인 세 가지 지적 담론의 흐름을 개괄함으로써 논의의 방향을 마련할 것이다. 그들 세 가지 흐름은 모두 상이한 방식으로 식민지 시대의 문화적 상황과 관련되어 있다. 먼저 과거 식민지 시대의 민족문학에 대한 논쟁의 귀환을 상술할 것인데, 이 흐름은 1950년대 남한 문단을 형성하려는 시도의 중심에 서 있었다. 그다음에 나는 50년대의 전통주의가 냉전 질서 외부에 포스트식민지적 공간을 구성하기 위해 식민지 시대 향토주의를 끌어들이는 방식을 보여줄 것이다. 마지막으로는 남한에서의 실존주의의 출현이 어떻게 국가주의적 반공주의와 "제1세계" 보편주의를 저지하는지 드러낼 것이다.

이 세 가지 담론들은 한국전쟁의 여파 속에서 남한문화계의 형성에 결부된 논쟁들 — 찬성들과 반대들 — 의 틀을 만들고 있다. 이 담론들이 1950년대 중반에 지식인 잡지와 문학지에서 출현한 사실은, 한국전

1 Nancy Abelmann and Kathleen McHugh, eds., *South Korean Golden Age Melodrama : Gender, Genre, And National Cinema*, Detroit, Mich. : Wayne State University Press, 2005를 볼 것.

쟁 이후 문단의 재구성 및 1945년 이후 첫 대형 영화의 제작과 부합한다. 1950년대 중반은, 1930년대 말～40년대 전반에 억압되었고 1945년 미군점령기와 한국전쟁 동안 제한되었던 한국어 출판이 붐을 이루었던 때였다. 식민지 전시 동원기 동안 영화인들에게 제공된 새로운 기회, 한국전쟁 동안 미국문화원(USIS)과 다른 미국 기관들에 의한 감독의 호출, 그리고 영화산업의 신속한 성장을 위한 자본의 효용성, 이 모든 것들이 1945년 이후 상업적으로 성공한 첫 영화를 만들려는 젊은 세대 영화감독을 위한 무대를 마련했다.[2] 1950년대 중반, 우리는 식민지 이후 첫 '한국어 텍스트 독자층'과 '한국어 영화의 대중 관객층'의 동시적 출현을 접하게 된다.

1장에서 우리는 1920년대 중반 근대문학계의 형성이 어떻게 신흥하는 식민지 한국 영화산업과의 관련 속에서 이루어졌는지 살폈다. 1950년대 중반은 이 과거의 운동을 닮은 셈이다. 한국전쟁 직후 새로운 지식인 잡지와 문학지의 출현은 남한문학계의 형성을 위한 터전을 마련했다. 그런데 그것은 식민지 이후 영화산업이 스스로 확립되어 출범하고 있던 것과 동시적인 일이었다. 이 시기는 할리우드 영화의 광범위한 배급이 눈에 띄는 때이기도 했다. 할리우드 영화는 미국과 일본 간의 전쟁이 발발하기 전 1920～30년대에 상당한 성공을 향유했으며, 1945～48년 미군 점령기 동안에 재도입된 바 있다.[3] 다음에서 볼 것처럼, 1950

2 이영일, 『한국영화전사』, 소도, 2004, 242쪽을 볼 것.

3 1950년대의 할리우드 영화 기법의 전유에 대한 논의로는 Chung-Kang Kim, "South Korean Golden Age Comedy Film : Industry, Genre, and Popular Culture, 1953～1970", Ph.D. diss, University of Illinois, Urbana-Champaign, 2010, pp.104～117을 볼 것. 식민지 시기의 할리우드 영화의 성공에 대해서는 Brian Yecis, "Systematization of Film Censorship in the Colonial Korea : Profiteering from Hollywood's First Golden Age, 1926～1936", *Journal of Korean Studies* 10, no.1, Fall 2005, pp.59～83을 볼 것.

년대 문학과 영화 텍스트들은 다층적인 세계적 냉전기의 이미지들의 유통 과정에 끼어들고 있었다.

1950년대에 '문학적인 것'과 '시각적인 것' 사이의 관계는 무엇인가. 우리는 언어적-시각적 관계와 새롭게 형성되는 냉전질서에 가장 복합적이고 지속적으로 연계되는 양상을 손창섭의 작품에서 발견한다. 손창섭은 만주에서 가난하게 성장했으며, 10대와 20대 초반에는 일본에서 고학 생활을 했고, 1945년 해방이 되자 한국으로 돌아왔다. 그는 1973년에 일본으로 떠나 돌아오지 않았고 결국 일본의 시민이 되었다.[4] 손창섭은 한국전쟁 직후 재출현한 문화계에 새로운 인물이었지만 곧 가장 유명한 작가 중의 한 사람이 되었다. 자신의 세대의 다른 사람들처럼 그는 일본어로 교육받았으며 한국어로 글을 쓰기 위해 고투했다. 그러나 손창섭은 식민지적・범아시아적 정체성에서 냉전적인 민족적 주체로의 코드 전환을 거부했다. 즉 그는 국어 혹은 "국민 언어"(일본어의 식민지적 용어)에서 '냉전적인 또 다른 국어'(한국어의 식민지 이후의 용어)로 이동하지는 않았다.[5] 대신에 그는 그와 다른 곳에서 어떤 위치를 찾으려 시도했다. 손창섭의 작품에서 우리는 비동맹의 정치학과 조우하거니와, 그것은 중심(미국)과 주변(남한) 사이의 순환을 '보여주는' 냉전기의 '시각적 정권'이 들어섬에 따라 나타난 것이다.

나는 3장에서, 문학적인 것이 영화적이 되고 영화적인 것이 문학적이 되는 방식을 검토함으로써 결론에 다가갈 것이다. 나는 1954년의 정비석의 대중소설 『자유부인』의 영화화(1956)가 어떻게 하이퍼도상학의

---

4 그 때문에 그의 남한에서의 문학적 활동은 중요하면서도 간략하며 주로 1950년대에 국한되어 있다.

5 역주 : 손창섭은 한국어(국어)로 글을 쓰기 위해 고투했지만 단순히 식민지 국어에서 냉전적 언어로 이동한 것이 아니라 일종의 틈새의 언어와 미학적 방언을 찾아내려 했다고 할 수 있다.

변주로 나타났는지 보여줄 것이다. 즉 나는 이 소설을 영상으로 옮긴 영화가 '글쓰기와 언어에 관한 영화' 혹은 '언어의 시각성의 환기'로서 나타나는 방식을 제시할 것이다. 내가 검토하는 것은, '영화화 과정' 자체에서 중요한 그런 '시각성/언어'의 관계가, 손창섭의 작품이 열어 놓는 다층적 관계들을 어떻게 해명하는가이다. 즉 나는 이 소설/영화를 통해, 민족적/반공적 소환, 50년대의 상품문화, 냉전기 신체의 정치학과 그 욕망, 그리고 식민지/포스트식민지 근대의 언어적 성애학 간의 복합적 관계들이 어떻게 해명되는지 검토할 것이다.

남한문학으로서의 민족문학

우리는 2장에서 논의한 1945년 이후의 급속한 남북 분단의 형성을 **애도**와 **우울** 사이의 어떤 위치에 놓여 있는 것으로 볼 수 있다. 도미니크 라카프라에 따르면, 애도란 타자를 타자로 인식하는 것이며, 우울은 "자아를 타자와 혼돈하는 시각적 관계"[6]이다. 북한과 그곳에 사는 사람들을 유령으로 만드는 어떤 방식이 있는데, 그것은 이미지들에 의해 그들이 부재 상태 속에서 유령으로 보이게 하는 방식이다. 북한의 새로운 개념은

6 Dominick LaCapra, *Writing History, Writing Trauma*, Baltimore, Md. : Johns Hopkins Press, 2000, p.184를 볼 것.
역주 : 애도가 어떤 것을 상실한 상태에서의 슬픔이라면 우울은 잃어버린 것(타자)을 알 수 없는 상태에서의 상실감이라고 할 수 있다. 남한사람들은 민족과 영토의 반쪽을 잃어버림으로써 애도의 상태가 된다. 그러나 북한이 보이지 않는 곳이 됨으로써 무엇을 상실했는지 알 수 없는 우울감에 휩싸이게 된다.

어떤 죽음과의 조우, 더 정확하게는 살아 있는 죽음과의 조우로 특징지어진다. 이른바 남한의 냉전적 애도-우울의 상황이 시작된 것은 1945~48년의 미군 점령기였다. 물론 분단의 애도-우울에는 그 이상의 양가성이 수반된다. 즉 남북의 모든 한국인을 포함하는 '민족(ethnonation)의 개념'과 '38선 양쪽에 경쟁적인 국가의 출현' 사이의 균열이다. 양쪽의 국가들은 자신들이 초역사적 주체로서 한국인들과 부합함을 주장한다.

그 같은 양가성은 두 국가 간의 거울처럼 닮은 반대의 생체정치학으로 이어진다. 즉 남과 북은 서로 타자의 죽음을 대가로, 더 정확히는 타자의 죽음과 관계하며 자신의 시민들의 삶을 관리하게 된다. 이때의 타자란 (민족적) 자아의 흔적을 지니고 있는 존재이다.[7] 5장에서 볼 것처럼, 여기서 우리는 생체정치학 — 푸코가 근대성의 핵심이라고 생각한 생명의 관리 — 과 시각적 정치학 사이의 관계를 접하게 된다. 시각적 정치학이란 분단체제에서 냉전주체를 생산하는 보이는 것과 보이지 않는 것의 분할을 말한다. 그 같은 방식으로 냉전기 남북한의 초기 이미지 만들기는 삶과 죽음 사이의 관계에 의해 구성된 시각적 방식으로 특징지어진다. 삶/남한은 보임/현존과 연관되며, 죽음/북한은 보이지 않음/부재의 영역에 속하게 된다.

우리가 살핀 것처럼, 미군 점령하에 한반도 남쪽에 형성된 문화계는 자신의 공산주의적 상대항을 점차 빈 공간으로 만들었다. 한국전쟁의 첫해 동안 대립되는 군대들의 한반도 남북으로의 전진과 후퇴는 미국에 의해 38선에 만들어진 시각적 · 공간적 경계를 깨뜨렸다. 결과적으로 전쟁은 '그저 간단하게' 한반도 북쪽을 다시 보이게 만들었다. 1953년의 휴전협정과 DMZ의 설정은 '보이지 않음'으로 되돌아가게 했지만,

---

7 Achille Mbembe, "Necropolitics", *Public Culture* 15, no.3, 2003을 볼 것.

이번에는 차이가 있었다. 점차로 공산주의자의 모습이 보이지 않지만 편재하는 위협으로, 한가운데에 현존하는 것으로 상상되었던 것이다. 그런 변화가 나타난 것은 한국전쟁의 직접적인 교전 직후 바로 그 시점에서였다.

우리는 그 같은 전환의 가장 좋은 예를 1954년의 대중영화 〈운명의 손〉(한형모 감독)에서 볼 수 있다. 이 영화는 냉전이 '뜨거워졌던' 전쟁 경험을 한 대중 관객들에게, 전투와 직접적인 교전으로부터 보이지 않는 적으로의 코드 전환을 제공한다. 보이지 않는 적은 북쪽에뿐만 아니라 모든 곳에 존재한다. 다른 자유세계의 경우에서처럼 공산주의자의 모습은 정체성이 드러나지 않는 형식 속에서 포착된다. 그 혹은 그녀는 우리의 이웃일 수 있다. ―"빨갱이"는 누구인지 찾아내기 어렵다.

〈그림 3-1〉 운명의 손(〈운명의 손〉, 1954)

〈운명의 손〉이 느와르(범죄영화)인 동시에 냉전 추리영화라면, 이 영화는 또한 진정한 몸으로부터 분리된 공산주의자를 그린 영화이기도 하다. 영화가 시작됨에 따라 우리는 공산주의자의 손을 보게 되는데, 그는 얼굴은 보이지 않은 채 카페 웨이트리스이자 북한 여간첩인 주인공 마가렛을 지도한다. 또한 영화 초반에서 어떤 손이 비춰지다가 마가렛의 몸으로 전환된다. 이처럼 공산주의자는 자기 자신의 몸을 갖고 있지 않은 것이다. 공산주의자는 다른 사람의 몸으로 삶으로써만 존재할 수 있다. 존재하면서 존재하지 않으며, 몸에서 분리된 채 유령처럼 위협적인 공산주의자는, 마가렛의 냉전 질서 안에서의 소외와 그 이미지가 겹쳐진다.

식민지 시대 모던 걸의 해방 후의 재분절인 "양공주" 마가렛은, 실제로 유령 같은 공산주의적 타자와 미국의 권력 양자에 의해 지배되고 있다. 미국의 권력은 암시장이 거래되는 부두에 미군병사가 상륙하는 대열을 보여주는 뉴스영화의 편집 장면에서 현실성을 드러낸다. 그 미군들은 마가렛의 몸을 사서 착취하려는 병사들이다. 마가렛의 공산주의/미국에 대한 협력은 '몸의 손상'이나 '몸의 경계의 와해'와 연결되어 있음에도 그녀의 통제를 넘어선 것으로 나타난다. 이 영화는 반공주의적이면서 민족주의화된 어떤 주체를 지지하는 것으로 진행된다. 즉 유령 같은 공산주의적 타자와 연관된 반공주의와 미국의 침략적인 경제력 및 군사력과 관련된 민족주의적 주체를 가정하고 있다.

이 영화에서 주목되는 것은, 남한으로 유입되는 미국상품을 하역하는 부두 노동자 영철(남주인공)이 '노동자라는 것'의 위상을 되새기고 있는 장면이다. 그러나 우리는 나중에 그가 실제로는 남한의 반스파이 요원임을 알게 된다. 이 1954년 영화는 계급에 기초한 주체의 가능성, 즉 "노동자"라는 말을 숙고하는 영철과 연관된 부두 노동자의 이미지를 차단하며, 결국 그것을 그의 감시의 대상으로 뒤바뀌게 할 뿐이다. 노동하는 신체는 내밀한 탐지의 예민성을 위해 행위자의 위치가 폐기된다. 요구되는 것은 보이지 않는 것을 보는 것이며, 신체에 거주하며 몸을 제멋대로 쓰는 공산주의의 흔적을 탐지하는 것이다. 우리가 만나는 것은, 오늘날까지 남한에 실제로 잔존하는 자신과 타인들에 대한 경계(vigilance)를 강조하는 냉전의 명령이다.

영화의 결말에서 마가렛은 영철의 손에 의해 죽음을 맞는다. 영철은 마가렛을 불행에서 놓여나게 하기 위해 그녀의 요구에 따라 총을 쏜다. 그녀는 영철을 죽이길 거부한 대가로 공산주의자의 총에 맞은 후에 서서히 죽어가고 있다. "적탄에 죽고 싶지는 않아요." 그녀는 이렇게 탄원한다. 영철이 "마가렛, 마가렛"하고 외치자, 그녀는 "정애라고 불러주세요"라고 대답한다. 우리는 그녀가 자신의 한국 이름을 처음으로 말하는 것을 듣는다. "마가렛"의 시신은 반공주의적 동일시의 장소가 된다. 관객은 "적"으로부터 돌아서서 민족주의를 회복하는 장면을 목격한다. 정애는 어떤 행위력이 나타나자마자 다시 태어나서 곧바로 순교자적 죽음을 맞는다. 이 영화에서 영철과 그를 본받는 남한의 사람들은, 이 사건을 DMZ 남쪽에 위치한 동화적 반공주의자 그들 자신의 방식으로 이해할 것이다.

2장에서 본 것처럼, 이미 미군점령 시기에 작가와 비평가들은 민족적 주체를 계급에 근거한 프로서사와 남한의 새 외국 권력 미국과 관련해서 위치 지으려는 시도를 시작했다. 권영민은 1945~48년 점령기에 발생한 민족문학에 대한 비평가들 사이의 논쟁에서 두 개의 노선을 구분한다. 즉 "계급문학으로서의 민족문학"과 "순수문학으로서의 민족문학"이다. 전자는 프로시인이자 비평가인 임화에 의해 가장 유명하게 논의된 것으로서 민족을 인민(people에 대한 한국의 마르크스주의 용어)의 해방의 추동력으로 위치시킨다. 후자는 김동리에 의해 상술된 것으로서 "민족적 정신"을 "민족적 단위의 휴머니즘"에 위치시키고 있다.[8] 신형기가 지적했듯이, 김동리의 순수문학의 이론화는 진정한 세계적 근대문학 정신을 창조하기 위해 자본주의와 마르크스주의를 지양한 "제3의 휴머니즘"의 개념에 의존한다.[9] 말할 것도 없이 그 같은 지양은 과거 전시 교토학파 철학자들의 "근대의 초극" 시도를 지속시키는 것이다.

1장에서 언급한 것처럼, 민족문학의 개념은 1920년대 중후반에 강화된 카프의 문단의 주도에 대항하기 위해 최초로 분절되었다. 1945년 이후 임화의 프롤레타리아 문학으로서의 민족문학의 재구성은, 계속된 한반도 분단의 위협과 절박한 주권의 약속이 어떻게 카프의 과거 국제주의에서의 전환을 가져오느냐를 강조한다. 1950년대 중반에는 현장에서 실행되는 논쟁이 좌파 비평가들과 함께 할 수 없다는 사실이 문학담론의 전환을 가져왔다. 의심쩍은 "계급문학으로서의 민족문학"을 대신해서, 비평가들은 민족문학을 "전통"이나 "서양"에 관련해서 규정하는 데 초점을 맞췄다. 1950년대의 민족문학 담론은, 남한문학권의 경계를 다른 문학들과 연관해서 어떻게 그릴 것이냐, 즉 개별성(민족문학)을 보편성(세계문학)으로서 어떻게 위치 지을 것이냐의 문제를 둘러싸고 전개된다.[10] 다시 말해 민족문학에 대한 담론은, 식민지 전시의 개별성(특수

8 권영민, 『해방직후의 민족문학운동 연구』, 서울대 출판부, 1996, 95~100쪽을 볼 것. 권영민은 이 해방직후의 민족문학의 개념들을 둘 다 온당한 민족주의가 아닌 것으로 비판한다. 즉 전자는 프롤레타리아 국제주의의 "정치적 이데올로기"를 위장하기 위해 "민족문학"의 표제를 전용하고 있다. 또한 후자는 "순수문학"의 강조로 인해 민족의 특수한 역사적 상황을 간과할 위험을 갖고 있다(131~133쪽).

9 신형기, 『해방직후의 문학운동론』, 제3문학사, 1989, 151~155쪽을 볼 것.

10 사카이 나오키(나오키 사카이)는 데이비드 폴락의 『의미의 파열』에 대한 비평에서 보편주의와 개별주의(특수주의)의 대립을 해체한다. "보편주의와 개별주의는 그 양쪽에서 선전하는 것과는 달리 서로를 강화하고 보충한다. 그 둘은 결코 실제로 충돌하지 않는다. 양자는 서로를 필요로 하면서 모든 수단을 통해 대칭적이고 상호적인 지지적 관계를 형성해

성)/보편성과 제국적 주체 문학에 대한 원탁토론을 닮은 방식으로 주체, 근대, 문학 사이의 관계를 계속 말하고 있었다.[11]

그 같은 민족문학에 대한 담론에서 중요한 것은 관련맥락의 위치였는데, 담론의 맥락은 전통에 대한 논쟁에 밀접히 연결된 동시에, 또한 무엇보다 1950년대의 지적 문학지에서 자극받았을 용어 '레지스탕스'의 문제에 연결되었다. 예컨대 백철의 「농민문학으로서의 민족문학」(1956)을 생각해보자.[12] 과거 카프 회원이었으나 전향해서 식민지 말 제국적 주체 문학 원탁토론에 참여한 백철은, 해방 이후 더 많은 변화를 겪은 뒤 1950년대에 가장 영향력 있는 문학 비평가의 한 사람이 되었다. 백철은 민족문학의 문제가 1945년 일본의 제국주의 메커니즘으로부터 해방된 이래 하나의 논제가 되어 왔다고 언급했다. 그러나 남한에서 좌파가 추방되자 백철은 1945~48년의 프롤레타리아 문학 논쟁으로 돌아오지 않았다. 그 대신에 그는 남한 시인들 사이의 "난해성"에 대한 지속적인 관심을 비판했다. 남한의 시인들은 자신들이 엘리엇 같은 지식인이 말한 것과 똑같은 도시적 불안과 기계화된 문명에 직면해 있다고 주장하지만, 실제적인 남한 상황의 검토는 서구 지식인들이 마주친 것과는 매우 다른 현실을 드러낸다. 따라서 백철로서는 자아의식을 형성하려는 서구의 20세기적 문학적 충동에 집착하는 시들을 강조하는 것은 필연

야 하는데, 그 이유는 안전하고 조화롭다는 그들의 독백적 세계를 필연적으로 내버리는 변증법을 만나는 것을 피하기 위해서이다. 보편주의와 개별주의는 그들 자신을 은폐하기 위해 서로의 결함을 지지해 준다. 그들은 서로서로 공모하며 긴밀하게 결합되어 있다. 그 점에서 민족주의 같은 개별주의는 같은 공범자이기 때문에 결코 보편주의를 심각하게 비판할 수 없다", Naoki Sakai, *Translation and Subjectivity : On "Japan" and Cultural Nationalism*, Minneapolis : University of Minnesota Press, 1997, p.163을 볼 것. 개별성(특수성)/보편성 관계에 대한 교토 학파의 체계화에 대한 사카이의 논의는 pp.163~170을 볼 것.

11 신지영, 「전시체제기(1937~1945) 매체에 실린 좌담회를 통해 본, 경계에 대한 감각의 재구성」, 『사이』 4, 2008, 191~225쪽을 볼 것.

12 『자유문학』, 1956.7, 225~235쪽.

적인 문학사적 과정에 속하지 않는다. 즉 그것은 단순한 모방이다.[13] 식민지 말기의 대동아와 제국적 주체 문학에 대한 요구는 흔히 동/서양의 지양의 이름으로 행해졌거니와, 그것은 그 자체로 창조적 행위였으며 모든 것이 모방적일 뿐인 근대를 초극하는 것으로 말해졌다.[14] 백철은 이제 아시아로부터 벗어나서 민족문학의 위상으로서 한국의 시골로 돌아선다. 그곳은 남한의 미래가 놓여 있는 곳이며 도시의 모방 및 부패(퇴폐)와 대조되는 위치의 장소이다. 과거 식민지 말의 지역적이며 제국적인 주체는 새로운 개별(민족)과 보편(인간), 즉 '민족적 인간'을 위해 내던져진다.[15]

모방이라는 논제에 대해 비슷한 관심을 드러내면서 최일수는 1956년의 한 글에서 민족을 한국문학과 외국문학의 관계에서 다른 곳에 위치시킨다. 최일수의 경우에 접촉의 순간은 모방에 대한 저항으로 특징지어진다. 최일수의 다른 점은 "평등"과 "저항"을 시대를 넘어서는 민족문학의 연결고리로 위치시킨 것이다. 더욱이 이 평등과 저항의 전통은, 민족 안에서 모든 사람을 평등하게 하고 외국문학(먼저 중국, 다음에 일본,

---

13 「현대소설의 과정」(1957)에서 백철은 카프카 작품의 알레고리를 플라톤과 키에르케고르에 연결시킨 뒤 당대 작가들의 현대에 대한 재현을 비판한다. "말하자면 그는 일정한 철학적인 아이디어에 의하여 세계와 현대를 파악하고 그 아이디어를 끄집어내다가 표현하기 때문에 알레고리의 소설로 되어버린 것이다. 이와 같이 작품세계를 직접 현실의 대상에서 구하지 않고 하나같이 아이디어에서 잡는 것, 따라서 작품을 어떤 질의 이념에서 파악하는 경향은 이십 세기 소설에서 또 하나의 강력한 경향을 대표한 것이다. (…중략…) 이와 같이 어떤 질의 관념에서 현대를 파악하는 것은 근래 우리나라 젊은 작가들에게도 반영이 되어 있다. 예를 들면 김성한, 장용학, 손창섭 등이다. 어떤 준비된 셀프 아이디어에 의하여 세상을 보고 작품세계로 등장시키고 있는 것이다. 예를 들면 현대는 병적인 장소와 시간으로 보는 태도, 작가가 거기에 재신을 하느냐 거기서 이탈하려는 것인가는 뒤에 오는 문제이다"(『자유문학』, 1957.8, 25쪽). 임화와 좌파 문인들은 백철에 의해 언급되지 않았지만, "모방"의 문제는 임화의 문학사에서 가장 심도 있게 논의되었으며, 그것이 지금까지 남한 문학사의 틀을 특징짓고 있음을 상기할 필요가 있다.

14 김예림, 『1930년대 후반 근대 인식의 틀과 미의식』, 소명출판, 2004, 181쪽을 볼 것.

15 『자유문학』, 1956.7, 230쪽.

마지막으로 서구)에 의한 동화에 저항하는 한에서, 민족분단의 극복을 목적으로 갖는다.[16] 「민족문학론—개념규정을 위한 하나의 시고」(1956)[17]에서 정태용 역시 민족문학을 분단의 문제와 연결시키지만, 그는 민족을 지리적 공간이나 개념화된 문학들 사이의 관계에 놓지 않는다. 따라서 그는 민족문학을 최일수처럼 '경계지어진 총체성'으로 위치 짓지도 않는다. 정태영의 경우, 민족은 정태적 실체가 아니라 상이한 집단의 사람들에게 '집합적 운명'을 허용하는 구심적 형성의 과정을 경험하는 것이다. 정태용에 의하면, '한국민족'(1950년대 남한 지식인 담론에 자주 나타나는 용어)이 그 같은 집합체의 하나라면, 문제는 그것이 어떤 종류의 민족문학을 가져야 하는가이다.[18]

정태용은 "배타적"이라고 생각되는 종류의 민족문학을 거부하며, 그런 민족문학을 나치의 "피와 흙"의 정책에 연결시킨다.[19] 그 대신에 작가가 할 일은 민족적이면서 세계적인 의의를 지닌 사건을 그리는 것이다. 예컨대 종교개혁, 산업혁명, 시민사회의 형성, 두 차례의 세계대전 등이다. 괴테, 발작, 투르게네프, 단테, 세르반테스, 이들은 세계적으로 중요한 테마들을 다룬 위대한 세계의 작가들이다.[20] 세계적 관여성을 지닌 개별 역사적 상황에 대한 직접적인 "생명적・육체적" 경험이 민족문학 작가들을 위한 주제여야 하며, 남한의 경우 그것은 남/북 분단과 한국전쟁을 의미한다.[21]

---

16 『문예』, 1956.2, 114~119쪽.
17 『현대문학』, 1956.11, 40~48쪽.
18 위의 책.
19 위의 책, 42쪽.
20 위의 책, 45~46쪽.
21 위의 책, 47~48쪽.
역주 : 정태용은 세계사적 사건이 지금에는 강대국보다 약소민족에게 절실하게 체험된다고 말한다. 예컨대 남북분단과 한국전쟁은 민족사적 사건인 동시에 세계사적 사건이며,

마지막으로 김양수는 「새로운 세대의 문학정신－민족문학 확립의 과제」(1958)에서 앞의 세 입장에 저항의 주체를 덧붙인다. 이 글에서 김양수는 한국적 근대성의 자율성의 결핍을 강조하는데, 한국의 근대성은 서양과 일본 제국주의의 물질문명의 외적 압력으로 고통을 겪는 동안 이중적 방식으로 "왜곡"되었다는 것이다.[22] 식민지 시대가 생각한 문학은 "남의 가면을 자기 얼굴로 착각하고 있거나 현재에 있으면서 과거 속에 살고 있는 인간이었던" 것이다. 자신의 진정한 현실을 모르거나 남의 삶을 무비판적으로 모방하는 문학은 "살아 있는 인간"의 문학으로 생각될 수 없다. 살아 있는 인간이란 자신이 발견한 역사적 상황에 저항하는 행동에 참여함으로써 자신의 삶을 갱신한다.[23]

김양수가 이해하는 민족문학은 모방과 향수가 없는 특수성과 함께 보편성을 지닌 주체의 구성을 요구한다. 민족문학을 적절한 관련맥락(백철-농민, 정태용-세계적 사건)에 연결시킨 백철과 정태용과는 달리, 김양수는 비판적 의식의 중요성을 강조하는데, 그것은 최일수가 강조한 것이기도 하다. 그와 동시에 주목할 것은 최일수와 달리 김양수는 "저항" 자체를 한국 전통에 결핍된 것으로 보고 있다는 점이다.

우리가 유의할 것은 민족문학을 개념화하는 위의 글들에서 북한의 문화적 생산과의 연관이 부재하다는 점이다. 그것은 구조적인 부재이다. 예컨대 정태용의 평문에서는 민족의 위상이 '남한민족(한국민족)'하고만 일치되고 있기 때문에 북한의 타자와는 '무언의 관계'와 교섭하고 있는 셈이다. 민족문학은 한국문학이 된 것이다. 따라서 우리는 1950년

우리의 경우 그것을 그리는 것이 바로 민족문학이다.

22 물론 남한 문학계에서의 좌파의 제거는 주체(1960년대에 북한에서 중요하게 떠오르자 남한에서 내리막을 겪은 용어)에 대한 논의가 전통, 자유 민주주의, 실존주의적 앙가지망/레지스탕스를 중심으로 전개됨을 뜻했다.

23 『현대문학』, 1958.3, 206~208쪽.

대의 한국문학이 그 상대항인 북한문학(조선문학)과의 대립 속에서보다는 그것의 삭제를 통해 형성됨을 보게 된다.[24] 1950년대의 한국문학은 그런 말소를 통해 자신의 한계를 수행하거니와, 그런 수행에는 카프 작가와 월북작가 작품이 삭제된 식민지 시대 정전의 형성이 포함된다. 한국문학이 분단문학으로 여겨져야 하는 것은, '말소의 효과'라는 바로 그런 의미에서이다.

더욱이 1950년대 민족문학에 관한 위의 다양한 입장들은, 유기체론적 음성표기법(phoneticism)으로 부를 수 있는 것에 연결된 언어의 표현법적 모델 위에서 작동되었으며, 그것은 지금 우리가 "한글"이라고 부르는 자국어로 구현된 민족의 묘사였다. 우리는 뒤에서 〈자유부인〉을 논의하며 이 민족적 표기(national script)의 문제로 다시 돌아올 것이다. 그 같은 민족적 글쓰기에서의 경계들의 치안, 즉 젠더, 성적 욕망, 계급의 예속화는, 글쓰기 자체의 행위에 수반되는 차이와 연기를 제거함으로써만 진행될 수 있다. 다양한 논조 속에서도 민족문학이 항상 투명성의 논리와 표현법적 리얼리즘에 의존하는 것은 바로 그 때문이다. 그와 동시에 백철, 최일수, 정태용, 김양수는 모두 식민지적 과거(일본)와 식민지 이후의 현재(서구)에 대항하려는 욕망을 보여준다. 그들의 글에서 그 같은 욕망은 상이한 방식으로 전통에 연결되어 있다. 실제로 전통 담론은 1950년대에 중심적인 위치를 점유했다. 다음 절에서 볼 것처럼, 전통 담론은 식민지적 과거에 대항하는 방법의 하나였으며, 이제 남한과 냉전 질서에서의 미국의 현존으로 드러난 "서구"의 끝없는 헤게모니, 바로 그 수하에 놓인 남한의 위치에 대항하는 방법의 하나를 제공했다.

---

24 그런 삭제는 검열의 형식을 취했다. 월북작가의 작품들은 1988년까지 남한에서 금지되었다.

한국의 자유세계와의 제휴는 1950년대의 전통주의에 의해 암암리에 거부되었다. 식민지 말에 제국적 주체의 동원에 중심적이었던 동양이 다시 돌아온 것이다. 그러나 이제 일본은 동양의 풍경에서 탈락했다. 그 대신에 우리는 한국과 동양 사이의 미끄러짐을 발견한다. 전자는 공간적 주권을 지시하는 반면 후자는 보다 넓은 "전통"의 시간성을 알려준다.[25] 1950년대의 "전통"과 동양에 대한 광범위한 담론은, 일제의 권역으로부터의 공간과 시간의 회복인 동시에 현재의 서구의 헤게모니에 대한 저항으로 흔히 나타났다. 그 같은 방식으로 식민지 말 전시 동원기의 동양의 변형이 1950년대에 중요한 역할을 하게 되었다. 식민지 이후의 동양은 서양에 대한 대립의 자세를 유지하지만 이제는 일본을 보이지 않는 나라로 만들고 있다.[26]

그와 동시에 1950년대의 전통론은 19세기 말/20세기 초에 나타난 전근대/근대의 구분을 재분절한다. 1장에서 언급했듯이, 근대와 구분되는 "전통"은 많은 19세기 말과 20세기 초 한국의 계몽적・프롤레타리아적 작가와 사상가들에게는 내버려야 할 것일 뿐이었다.[27] 물론 그 같은 거부는 전통 자체의 새로운 개념과 그에 따른 시간적 장치가 추방되게 하지는 않았다. 그보다는 과거를 봉건적이고 구시대적인 것으로 거부

---

25 Stefan Tanaka, *Japan's Orient : Rendering Pasts into History*, Berkeley : University of California Press, 1995를 볼 것.

26 일본의 암시적인 말소는 식민지 시기에 조선과 동양의 관계를 상상하는 것에도 존재한다. 식민지 시기 이태준의 동양적 감성에서의 조선/동양의 관계에 대한 논의로는 김예림, 『1930년대 후반 근대 인식의 틀과 미의식』, 소명출판, 2004, 152쪽을 볼 것.

27 Andre Schmid, *Korea Between Empires, 1895~1919*, New York : Columbia University Press, 2002를 볼 것.

할 것이 요구되었으며, 그에 따라 어떤 다른 대립을 위한 개념 설정이 필요했다. 즉 근대 및 근대의 식민지적 부과가 도래함에 따라 진정성의 장소로서 전통의 옹호가 요구되었다.

다음의 1950년대의 전통에 관한 문학적・지적 담론의 중심 논의들은, 민족문학 논의와 교차되며 DMZ 남쪽 공간을 한국으로 만드는 데 동참하는 글들이면서, 또한 모두 자신의 계몽기와 식민지 시대의 선행하는 논의들을 갖고 있다. 그리고 그 점에서 "전통의 발명"이라는 보다 넓은 세계적 과정에 연결되어 있다고 할 수 있다. 즉 과거를 봉건적이고 부적절한 것으로 전면적으로 거부하는 것, '과거에서 선별된 요소들의 전유' 대 '근대'와 논쟁하려는 시도, 그리고 전통의 생물학적/인종적 이해 등이다.[28]

먼저 반전통주의에서 시작해보자. 홍사중은 「근대적인 것의 한국적 구조」[29]에서 마루야마 마사오와 비슷한 방식으로 "시민사회의 인간적 주체"를 요구하는데, 이 주체는 파시즘과 비사회적・비매개적인 자아(한국의 근대) 양자에 저항할 수 있다.[30] 홍사중에 의하면, 결국 근대적인 것은 한국에서 봉건적 절대주의와 억압적 가족구조의 극복을 그다지 허용하지 않았다. 양자는 일제의 식민지화에 의해 그대로 남겨져 있다. 더욱이,

---

28 Michel Foucault, *"Society Must Be Defended" : Lectures at the Collège de France*, 1975～1976, New York : Picador, 2003을 볼 것.

29 홍사중, 「근대적인 것의 한국적 구조」, 『현대문학』, 1956.3, 180～189쪽.

30 일본 1인칭 소설이 무매개적 자아라는 전근대적・봉건적 전통을 지속하고 있다는 마루야마 마사오의 비판에 대한 토미 스즈키의 설명을 볼 것. 마루야마가 비판하는 전통은 "무매개적 현실에만 가치를 두고 있으며, 거기서는 '인간의 지적, 정신적 측면은 분화되지 않았고 지각된 자연으로부터 독립되어 있지도 않다.'" Tomi Suzuki, *Narrating the self : Fictions of Japanese Modernity*, Stanford, Calif. : Stanford University Press, 1996, p.4를 볼 것. 마루야마 마사오로부터의 인용은 "From Carnal Literature to Carnal Politics", pp.251～255. 1920년대에 출현한 1인칭 소설의 메타서사에 의해 연출된 것으로, '구성물로서의 일본 전통' 개념에 대한 스즈키의 견해는 p.3을 볼 것.

> 춘원에서 염상섭에 이르는 민족주의 문학이 가졌던 "민족의식"과 "진보성"도 궁극에 있어서는 식민지 사회가 갖는 그것에 지나지 않았다. 따라서 당시 문단에서 활발하게 전개되어 오던 민족문학의 한 줄기가 뒤에 들어가서는 이른바 "국민문학"으로 되고 완전히 민족의식을 상실하기에 이른 현상도 비단 일제의 탄압이 문학 가운데서 저항의식을 거세시킨 때문이라고만 해석할 수는 없는 것이다.[31]

1945년 해방이 사회적 자아를 구성함으로써 전통과 식민주의를 극복할 기회를 제공했지만 한국문학은 혼란된 현실을 반영하는 일 이상의 것을 하지 않았다. 그래서 한국전쟁 이후에도 "한국문학은 다시 불안과 도피로 암전되어 간 것은 어길 수 없는 사실인" 것이다.[32] 홍사중은 한국의 전통과 역사가 두 개의 선택을 허용한 것으로 요약한다. 즉 "비사회적인 것"으로의 후퇴이거나 가족, 계급, 제국 같은 총체화된 구조에 대한 복종이다. 홍사중의 반전통주의적 입장은 이승만 체제를 암암리에 비판하면서도 보편주의적이고 자유 민주적인 자유세계 주체를 이식하고 있다.

그 같은 봉건적 과거의 거부는, 근대화를 위해 서구를 선별적으로 도입할 수 있는 토대를 한국전통으로 삼으려는 사람들의 입장과 대비된다. 예컨대 최일수는 위에서 인용한 민족문학에 관한 글에서, 무엇보다도 신세대 작가들은 "창조적 의식"을 사용할 수 있어야 하며, 창조적 의식은 20세기 전반의 서구를 규정하는 불안, 절망, 파편화를 새로운 휴머니즘의 형식으로 지양할 것이라고 쓰고 있다. 최일수의 간곡한 권유는 분명히 식민지 말의 범아시아주의뿐만 아니라 김동리의 "순수문학" 이

31 홍사중, 「근대적인 것의 한국적 구조」, 『현대문학』, 1956.3, 184쪽.
32 위의 글, 188쪽.

론에 가까워진다.[33] 최일수의 요구는 "전통의 지속성"과 근대의 비판적 도입을 적절히 융합한 주체성에 근거해 근대적 민족의식을 형성하라는 것이다. 그 같은 주체의 형성은 분단된 민족의 현실을 극복하기 위해 필수적이다.[34] 근본적인 과제는 "우리 문학"안에 흐르는 민족전통과 저항정신에 대한 신념을 확고히 해 분열된 자아를 통합하는 것이다.[35]

최일수의 입장의 보다 진전된 논의는 1957년에 쓴 이은상의 글[36]에서 발견된다. 이은상은 근대에 저항하는 정신의 발생을 구성하기 위해 동양/서양의 이항에 의존한다. 이은상에 의하면, 지리와 혈통의 핵심요소는 과거와 지금 아무런 차이가 없다. 세포 안의 문화적 성취가 파괴되지 않는 한 그것이 방출하는 문학과 혼에 의해 점유된 근본적인 삶은 변화되지 않았다. 이 글과 1950년대의 다른 글에서, 논자들의 동양의 혁신에는 그 자체의 탈락과정이 수반되는데, 즉 동양과 한국, 동양정신과 한국정신 사이의 끊임없는 미끄러짐을 말한다.[37] 그 같은 동양/한국의 미끄러짐은 식민지 말의 범아시아적 상상(동양/지역)을 주권공간인 남한의 '생산'에 조응되게 재분절하는 셈이다. 그러나 또 다른 차원에서는, 동양/한국은 남한의 경계를 넘어 북한뿐 아니라 (거명하지 않은 채) 일본과 중국까지 포함하는 확장된 주체를 생산하기도 한다. 이 공간은 분명히 무시간적인 문화주의적 공간이지만 냉전적 분단에 이의를 제기한다.

이은상의 혼의 인종화는 확실히 1950년대의 국가주의적 사상과 닮은 점이 있다. 국가주의적 사상이란, 가령 개인생활이 선이나 점이라면 사

---

33 최일수, 「우리문학에서 신인의 위치－민족문학의 현대화를 중심으로」, 『문예』, 1956.2, 114~119쪽.

34 위의 글, 117쪽.

35 위의 글, 118~119쪽.

36 『자유문학』, 1957.10~11, 33~34쪽.

37 역주 : 동양을 말하면서 실제로는 한국을 말하게 되는 미끄러짐을 뜻한다.

회생활은 반원이며 국민생활(national life)은 완전한 원이라는 이상백의 주장 같은 것이다.[38] 이상백에 의하면, "문화와 생활"은 "문화와 국민생활"로 이해되어야 한다. 국민생활은 개인들의 생활의 총합이 아니다. 그와 달리, 국민생활은 국가가 직면한 현실에 의해 발생한 어떤 실체로 융합될 운명에 처해 있다. 국민생활은 국가의 외부에 존재하지 않는다. 국가의 외부의 생활은 민중생활에 불과하다. 즉 "이 같이 국민생활이란, 첫째로 전체적인 생활, 그 자체로 완결되고 있는 생활이요, 둘째로 국가의 현실의 규정을 받고, 또 그 요청에 응해야만 하는 생활이다. 그것은 사실인 동시에 운명이요 이상이다."[39] 그처럼 자아를 국민과 국가에 부합시키면서, 자아의 의미를 국민적이고 국가적인 자아에만 투입하는 것은, 식민지 시기의 제국화 및 이승만의 자유당 건립이념 일민주의(One-People Principle)와 중첩된다. 안호상과 이범석, 양우정에 의해 고안된 일민주의는, 공산주의와 자본주의를 거부하면서 한국인의 무시간적 동질성과 가족으로서의 국민, 유기체적인 전체를 강조한다.[40] 이 시기에 실존주의가 출현하고 청년과 지식인 사이에서 많은 호응을 얻은 것은 바로 그런 맥락에서 이해되어야 한다. 즉 국민/국가의 부합성이 요구되고 그에 따른

---

38 이상백, 「문화와 생활」, 『자유문학』, 1956.8, 36~44쪽. 이상백의 국민문화에 민중문화를 희생시키는 뜻이 부여되고 있는 점은, 독재 정권에 의해 승인된 국민문화에 대항하는 1970년대 민중문화와 문학의 요구의 계보를 이해하게 한다.

39 위의 글, 40쪽.

40 일민주의와 초대 문교부 장관 안호상에 대해서는 Bruce Cumings, *The Origins of the Korean War* vol.2 : *The Roaring of the Cataract, 1947~1950*, Princeton, N.J. : Princeton University press, 1990, pp.208~214를 볼 것. 서중석은 자유당이 당의 역할을 노동자와 농민의 당으로 강조했음을 주목하고 있는데, 이점은 남한의 **일민**이 북한의 **인민**과 어떻게 대립되는지 생각할 수 있게 해준다. 서중석, 『조봉암과 1950년대 (상)-조봉암의 사회민주주의와 평화통일론』, 역사비평사, 1999, 322쪽을 볼 것. 말하자면 일민주의는, 민족을 인민과 동일시하는 이중적인 "공산주의적 제국주의"의 시도에 반대해 남한에서 진정한 민족의 위상을 얻으려 하면서도(일민주의의 주장), 스스로 사회주의의 언어를 전용하고 있다.

반공적 주체의 조직화가 요청된 상황, 그리고 그것의 식민지 국가주의 및 범아시아주의와의 무언의 연관성이 1950년대 중반 한국인 대다수의 기억에 생생하게 살아 있었던 상황 속에서 생각되어야 한다.

반국가주의로서의 실존주의

"실존이 본질보다 앞선다"는 말은 1950년대 남한의 지식인 잡지에서 흔히 인용되는 구절이었다. 이 구절은 개인이 지닌 선택의 자유를 위해 사회적·종교적 권위를 거부함을 뜻한다. 실존주의는 전통주의와 국가주의적 요구를 교란시키면서도 그 자신 역시 보편화된 태도에 의존하는 경향이 있다. 즉 세계적 상황과 다소 획일화된 2차 대전 후의 상황을 가정하고 있는 것이다. 실존주의는 현존/실존의 형이상학을 특권화하는 방식으로, 식민지 이후 민족주의의 '사람/장소의 동형성'과 전통주의와 연관된 본질주의를 의문시하면서, 1950년대에 중요한 역할을 했다. 또한 실존주의는 국가보안법하에서 이승만의 독재정권에 대한 비판을 제공하는 암시적인 길을 마련했다.

그 시대의 학자들은 빈번히 실존주의가 남한 지성계에서 중요한 위치를 얻은 것으로 언급했다. 실제로 정봉래는 「한국 현대소설의 문제－그 일반적 분석」(1959)[41]에서 한국전쟁의 결과로 인간적 실존의 가치를 강조하려는 시도가 "실존적 의식"을 한국사회의 대표적 철학이 되게 했다

41 『자유문학』, 1959.4, 290~297쪽.

고 말한다[42] 그와 동시에 정봉래는, 1950년대의 전통 계승에 대한 논의는 바로 그 같은 실존주의에의 몰두에 의해 야기된 "주체성 상실"의 느낌에 대한 반작용이었다고 주장했다.[43] 다시 말해, 실존적 주체로의 전환은 한국전쟁의 맥락에 결부된 특수한 요구로 발생했지만, 결국 진정성이 없으며 전통에 근거한 맥락인 민족에 적절히 연결되지 않는다.

또한 남한에서 1950년대의 실존주의와 그에 수반된 개인의 개념은 프랑스 실존주의의 반파시즘에 연관해서 이해되어야 한다. 다시 말해, 전체주의로부터 자아의 회복의 의미, 즉 『구토』(사르트르) 같은 널리 읽힌 프랑스 실존주의에서 "실존이 본질에 앞선다"는 개념의 의미는, 일제 및 이어진 이승만 독재의 국가주의라는 한국 자신의 경험에 속한 것으로 추정되었다. 정하은의 「문학이전—사르트르를 중심하여」(1956) 같은 글에서의 실존주의 사상의 개요는 그런 다층적 맥락 속에서 이해되어야 한다. 여기서 정하은은 실존주의의 세 가지 중심적 국면으로 불안, 고독, 절망을 논의한다. 그 세 가지는 국가나 그와 관계된 어떤 체제/이데올로기에 의한 자유의 제약을 자아가 거부함으로 인해 발생한다. 신이나 신념, 도덕성의 부재는 책임 있는 행동이 근거할 어떤 진정성도 갖지 못하기 때문에 불안과 고독이 생기게 한다. 절망은 주체가 무한한 자유가 변화를 가져오지 못한다는 사실에 직면할 때 발생한다. 주체는 회의적이 되고 불신을 갖게 된다. 설령 투쟁이 사회적 변화를 일으킨다 해도 그것은 지속되지 못한다. 즉 반드시 새로운 투쟁으로 전화하는 것이다. 사르트르의 변증법에서 절망은 행동을 위한 추진력이 된다. 따라서 사르트르의 윤리는 "이렇게 해라, 저렇게 해라" 식의 규범적인 것에 기초하지 않으며, 자기 자신의 자유에 토대를 둔 행동에 근거한다.[44]

---

42 위의 책, 291쪽.
43 위의 책.

정희모는 1950년대 전후의 문학계에서 (김동리와 조연현을 포함한) "구세대" 작가·비평가와 (홍사중과 정창범을 포함한) "신세대" 작가·비평가의 차이를 개괄하고 있다. 전자는 전통과 순수성을 지향한 반면, 후자는 문학의 현대성, 즉 서구문학 사상 도입의 필요성을 강조했다.[45] 영국의 "앵그리 영 멘"과 미국의 "로스트 제너레이션"에 영향을 받은 신세대(뉴 제너레이션)는, 부조리라는 서구적 개념을 현대적인 것(modern)으로 받아들였다. 그들은 구세대의 가치들에 반발하면서, 체계적이고 목적적인 것에 대해 우연적이고 비합리적인 것을 특권화했다. 그들의 경우 실존주의는 존재론적 질문에 연관된 것이 아니라 "고민의 철학"으로 생각되었다.

> 말하자면 1950년대의 문학가들은 기성체제의 불신과 문명의 진전에 따른 불안과 절망의 위기의식을 실존주의의 근원적 경험으로 받아들이는 것이다. (…중략…) 1950년대 손창섭, 장용학, 김성한, 오상원의 소설에서 현실에 좌절하는 개체자의 모습, 기성현실에 저항하는 반항자의 모습, 현대의 기계문명과 물질문명에 대립하는 소외된 고립자의 모습을 보게 되는 것도 이런 시대적 분위기와 무관치 않을 것이다.[46]

태도 혹은 입장으로서의 실존주의는 신체와 감정을 탈민족주의화시켰다. 실존주의는 또한 인간적 주권을 영토의 고결성으로부터 분리시킴으로써, 식민지 이후의 혈통적 민족주의(ethnonationalism)와 그들의 식민지 시대 저항의 묘사에 대한 비판을 제공했다. 예컨대 손우성이 「부

---

44 『현대문학』, 1956.4, 102~106쪽.
45 정희모, 『1950년대 한국문학과 서사성』, 깊은샘, 1998, 278쪽.
46 위의 책, 279~280쪽.

조리 인간—카뮈의 사상적 출발」(1958)[47]에서 카뮈의 『페스트』의 주인공 리유 박사를 중심으로 연합을 강조한 점을 생각해 보자. 손우성은 인간세계는 항상 어느 정도는 흑사병에 감염되어 있으며, 모든 인간은 그 같은 끔찍한 역병과 싸우고 있다고 언급한다. 『페스트』에서 리유와 그의 동료들은 개인들인 동시에 보다 일반적인 인간의 구성원들이다. 분명히 그들은 질병에 대항해 자신들을 보호하기 위해 할 수 있는 모든 일을 한다. 그러나 전염의 위험이 계속되는 동안에도 그들은 다른 사람들을 치료하기 위해 가능한 한 최선의 노력을 쏟는다. 아무도 자신(그 혹은 그녀)을 애국자라고 생각하는 사람은 없다. 또한 아무도 '인도적'이라는 추상적인 관념에 의해 움직이지도 않는다. 그들은 자신들이 인간이므로 인간(들)을 위해 싸워가고 있는 것이다.[48]

손우성에 의한 애국주의/국가의 퇴출은, 당연히 우회적으로 이승만 정권의 독재와 반공주의뿐 아니라, "이거해라, 저거해라" 식의 규범적인 윤리를 가정하는 자유세계의 개념을 문제시한다. 따라서 실존주의는 남한에서 반국가주의적 주체가 출현하게 한 수단이었으며, 반식민적 대립의 민족적 서사에 내포된 주체의 호출을 거부하는 것이었다. 그러나 다음에서 볼 것처럼, 실존주의의 휴머니즘은 냉전세계를 구성한 새로운 권력관계를 설명할 수는 없었다.

47 『자유문학』, 1958.1, 147~153쪽.
48 위의 책, 153쪽.

이 글을 쓰고 있는 현재까지 한국전쟁은 공식적으로 끝나지 않았다. 1953년 7월 적대관계의 중단은 평화조약(peace treaty)이 아니라 휴전에 의해 일어난 일이었다. 1950년대의 한국문학은 남/북의 휴전선을 인지했으며, 매우 구체적 방식의 경계임무와 전쟁 가능성이 계속 요구됨을 인식했다. 문학 텍스트들은 똑같은 마지막 페이지로, 즉 북으로의 진격을 요구하는 다음 같은 반공적 문구로 마감되었다.

> 우리의 맹세
>
> 1. 우리는 대한민국의 아들 딸, 죽음으로써 나라를 지킨다.
> 2. 우리는 강철같이 단결하여 공산침략자를 쳐부수자.
> 3. 우리는 백두산 영봉에 태극기 휘날리고 남북통일을 완수하자.[49]

이 같은 국가 권력의 표장(標章)은 자신의 지도력에 대한 불안감뿐만 아니라 선행하는 텍스트 공간에 대한 모종의 불안을 보여준다. 실제로 한국전쟁이 양극화를 초래했음에도 불구하고, 1950년대의 문화적 생산은 부득이 모호하게나마 남한이 새로 형성된 자유세계 반공질서에 병합됨을 자주 문제시한다. 예컨대 1955년의 영화 〈피아골〉(이강천 감독)의 경우를 보자. 김소연이 지적하듯이, 이 영화는 실제로 좌익 이념에 대한 어떤 공감으로 귀결될 수 있는 전라도 지방에서의 빨치산 투쟁을 묘사하고 있다.[50] 이 영화는 공산주의적 타자를 악마화하려 하기보다는 "인간

49 염상섭의 『취우』의 마지막 페이지에 나타난 문구임. 염상섭, 『취우』, 을유문화사, 1952.
50 김소연, 「전후 한국의 영화담론에서 '리얼리즘'의 의미에 관하여 – 〈피아골〉의 메타비평

일반의 욕망과 죄라는 추상적 주제를 다루는, (…중략…) 인간 사회일반의 모습을 보여주는 알레고리"로 읽힐 수 있다.[51] 검열은 그런 가능성을 폐쇄하기 위한 시도로서, 이강천 감독으로 하여금 마지막 장면에서 빨치산 애란의 몸에 태극기가 이중화면으로 겹쳐지도록 했다. 즉 다른 빨치산들이 모두 죽은 후에 황량한 백사장을 가로질러 방랑하는 애란의 몸에 한국의 국기가 중첩되게 강요하고 있다. 물론 그런 태극기의 엔딩은 1950년대 문학 텍스트들의 마지막 페이지 '우리의 맹세'의 반복된 연출이다. 그 같은 연출의 목적은 이 영화의 양가성을 제거하고 애란의 마지막 장면을 민족주의화하여 반공을 지향하려는 것이다.

태극기의 겹쳐짐이 없었다면, 애란이 걸어 나오는 이 원경의 투 쇼트 시퀀스는, 아마도 한반도 전역으로부터 벗어난 탈표지화된 영토를 통해 그녀의 탈주를 표현했을 것이다.[52] 이 마지막 쇼트는 1950년대의 문화계의 논쟁을 나타내는 하나의 이미지를 우리에게 남겨주고 있다. 즉 냉전 분단으로 특징지어진 포스트식민지적 근대로부터의 탈출의 모색이 새로운 경계들을 강요하는 국가 권력에 맞서고 있는 것이다. 냉전 대립을 교란시키는 양가성은, 이중적으로 내비치는 표현법의 형식을 통해, 즉 애란의 몸에 겹친 태극기를 통과해 보이게 하는 방식으로 분명해진다. 만일 영화가 더 계속되었다면 아마도 애란의 신체는 태극기를 통과해 어떤 다른 목적지를 향해 움직이고 있었을 것이다.[53]

을 통한 접근」, 김소연 외, 『매혹과 혼돈의 시대－1950년대 한국영화』, 소도, 2003, 48쪽.

51 위의 글, 54쪽.

52 역주 : 〈피아골〉은 빨치산을 인간적으로 그려냈다는 이유로 반공법 위반에 걸려 상영이 금지 되었다가 마지막 장면에 태극기를 겹치게 표현해서 상영될 수 있었다. 그 밖에 영화 내용 중에 죽은 여자 빨치산 소주에 대한 시간(屍姦)이 당시의 관객들에게 충격을 주었다.

53 우리는 다른 영화에서도 남한의 국가주의 서사의 어려움을 발견한다. 1960년대 초 신상옥 영화의 세계영화적 상호텍스트성과 남북한 정치 담론의 접근에 대한 통찰력 있는 논의로는 Steven Chung, "Sin Sang-ok and Postwar Korean Mass Culture", ph.D. diss., UC Irvine, 2007을 볼 것.

〈그림 3-2〉 애란의 산으로부터의 "귀환"(〈피아골〉, 1955)

더욱이 〈피아골〉의 서사적 위치는, 1930년대와 그 후 1945~48년 점령기의 이데올로기적 전환과 입장 선택을 의미화하는, 전향과 반전향(counter-recantation) 서사의 역사 속에 놓일 수 있다. 점점 깊어지는 젊은 빨치산 지식인 철수의 회의감도, 또한 결말에서의 애란과 태극기의 겹쳐짐조차도, 이음새 없는 국가주의적 동일시를 연출하지 않는다. 그와 동시에 이 영화는, 자아의 "진정한" 정체성 확인을 목표로 한 숙청(이데올로기적 청소)에 지속적인 관심을 보인다. 따라서 빨치산과 그들을 제거하려는 반공 토벌대 사이의 충돌은 이차적인 중요성을 지닐 뿐이다. 싸움은 빨치산 자신들 사이에서 벌어진다. 빨치산들 사이에서 계속되는 의심과 불신, 살인은, 실제로 숙청의 일반화된 논리를 보여주는 기능을 하는 것으로 볼 수 있다. 즉 불신과 살인은 숙청이란 규율화된 (공산주의자든 반공주의자든) 국가주의적 주체를 생산하려는 시도임을 보여주고 있는 것이다. 이 영화는, “착한 반공주의자”나 “나쁜 공산주의자” 같은 경계가 뚜렷한 위치의 묘사 대신에, 활력을 잃은 신체들로 남겨졌을 뿐인 일련의 죽음들을 만나게 한다.

〈피아골〉은 시체 성애에 대해 중요한 관심을 나타낸다. 그 점은 동료 빨치산들의 소주(여자 빨치산)의 시체에 대한 윤간과 함께, 이 영화의 또 다른 엔딩이 애란과 죽은 철수 사이의 시체 성애 장면이었다는 이강천(감독)의 말에서 알 수 있다. 활동력을 잃은 죽은 신체와의 성적 관계의 표상작용은, 명확하게 한정된 대상이나 주체에 의해 규정된 어떤 인간관계나 동일시를 넘어서서 운동하는 효과를 지닌다. 한정된 주객관계 대신 시체 성애의 묘사는 영화와 관객 사이의 관계를 드러낸다. 독일 영화감독 하룬 파로키의 『세계의 이미지와 전쟁의 기입(inscription)』에 대해 논의하면서, 카자 실버만은 사진과 영화에서 기억과 죽음의 관계에 관한 롤랑 바르트와 크리스찬 메츠의 연구에 접근한다. 실버만은 시각적 이미지 — 예컨대 군사적 표적이나 젊은 유태인 아우스비치 수감자에게 접근하는 폭탄의 이미지 — 가 이미지의 보존과 그 지시대상의 파괴의 형식 속에서 어떻게 ‘기억의 관념화(memorialization)’와 ‘존재의 죽음(mortification)’을 동시에 나타내는지 보여준다. 실버만의 관심은, 카메라가 어떤 방식으로 그 혹은 그녀의 ‘존재’를 희생해서만 주체에 정체성을 부여하는지 보여주는 데 있다.[54] 나치 친위대의 카메라에 사진 찍힌 수감자는 “유태인 여성”이 되는데, 이는 어떤 정체성을 만드는 동시에 그녀의 죽음을 의미화하는 방식에 속한다. 실버만은 **기억**(memory)과 **기억의 관념화**(memorialization) 사이의 의미 있는 차이를 설명한다.[55] 즉 기

54 Kaja Silverman, *World Spectators*, Stanford, Calif. : Stanford University Press, 2000, p.150.

55 역주 : 영화에 나타난 인물의 이미지는 카메라와 관객의 시선의 봉합에 의한 동일성의 연출이라고 할 수 있다. 이 때 동일성의 주체는 대상화된 존재의 부재(죽음)와 연관이 있다.

억이란 "끊임없이 변화되는 이미지들과 가치들의 혼합물"을 작동시키는 "저항적 시선"과 연관되어 있다. 예컨대 유태인 여성이 카메라 쪽으로 '돌아다보며' 카메라의 프레임 외부를 습격하는 시간을 나타냄으로써 나치 친위대의 '대상화[56]시키는 시선'에 저항하는 경우이다. 반면에 기억의 관념화란 무시간적인 것으로서 고정되고 "경계가 뚜렷한 대상"을 수용하는 것에 근거한다.[57]

영화를 볼 때 관객은 죽음과의 관계에 참여하는데, 즉 어떤 세트에서 영상화되는 행위자(배우)의 신체의 부재를 나타내는 이미지에 연루된다. 관객의 임무는 그 같은 이미지를 살아 있는 신체로 상상하는 것이다. 그러나 〈피아골〉에서 시체 성애 행위의 묘사는 죽음 뒤에 놓인 생명에 대한 상상을 허용하지 않는다. 영화의 관객은 죽음 자체에 직면하게 되며, '기억의 관념화'로서의 주체를 연출하지 못하는 '존재의 죽음(mortification)'에 이르게 된다.[58] 따라서 이 영화에서 시체 성애는, 명확한 타자 규정을 통해 카메라와 시선을 봉합하는 것에 저항하면서, 또한 봉합을 통해 반공적 관객을 구성하는 것을 거부하는 중요한 역할을 한다.

기억의 관념화는 죽은 신체와의 성적인 교섭을 통해 거부되는데, 이때 그 같은 교섭이 의미하는 것은 주검되기이다. 실제로 〈피아골〉에서 시체 성애는 북한이 1950년대에 '기억'과 '기억의 관념화' 사이(애도와 우

그러나 시체 성애의 존재의 죽음은 그런 대상화된 동일성을 거부하고 그에 저항하는 정체성을 암시한다. 실버만은 후자를 '기억'으로 논의하면서 전자의 '기억의 관념화'와 구분하고 있다. 예컨대 나치 사진에 찍힌 유태인 여성은 대상화된 존재의 죽음과 연관된 기억의 관념화이다. 그러나 그녀가 돌아다보는 시선으로 대상화에서 벗어날 때 그 사진은 기억의 표현이 된다.

56 역주 : 다른 주체를 어떤 주체의 대상으로 만드는 것

57 Kaja Silverman, *World Spectators*, Stanford, Calif. : Stanford University Press, 2000, p.157.

58 역주 : 행위자의 부재(죽음)와의 관계에서 상상적 봉합을 통해 동일성의 이미지를 만드는 것이 '기억의 관념화'라면, 시체 성애의 경우에는 존재의 죽음이 봉합되지 않음으로써 대상화된 동일성에 저항하는 '기억'의 효과가 나타난다.

울 사이)의 틈새에 위치한 '기억 이미지'가 된 방식을 나타낸다. 영화의 진행은 빨치산의 점차적인 제거, 그들의 사라짐을 중심으로 전개된다. 그 같은 빨치산의 말소의 과정, 즉 한국전쟁의 끝에서 "북한"의 마지막 잔재의 제거와 연관된 과정은, 대상화를 향한 움직임을 나타내는 셈이다. 그러나 그런 지향은 시체를 향해 서성거리는 힘에 의해 방해받고 있는 것이다. 〈피아골〉은 남한에서의 북한의 '이미지 만들기'가 살아 있는 죽음에 연루되는 방식을 보여준다.

시체 성애는 "저항적인" 시선, 즉 죽음의 승인의 거부가 된다. 이강천 감독이 말한 또 다른 엔딩은, 애란의 위치를 철수와 '빨치산/북한의 타자의 근대성' 쪽에서 양가적으로 서성거리는 관계에 놓았을 것이다. 〈피아골〉은 검열에 걸려 배급이 연기되었는데, 그 이유는 애란과 철수를 포함해 어떤 빨치산도 전향하지 않기 때문이었다. 전향의 서사는 어떤 사람의 과거의 자아의 살해와 또 다른 사람으로의 재생에 의해 구조화된다. 애란과 철수는 빨치산 조직의 가학적인 독재적 리더(아가리)에 의해 야기된 살인적인 내분으로부터 도피하려 하지만 자유세계의 삶을 껴안지 않는다. 애란과 영화 자체를 덮는 태극기는 일종의 살해, 즉 양가성을 잠재우려는 욕망을 나타낸다. 영화의 결말에서 태극기의 이미지는 국가주의적 **기억의 관념화**(memorialization)를 말하고 제시하려 시도한다. 그러나 이 영화는, 분할된 한반도 프레임 바깥의 다른 공간으로의 운동 가능성과 좌파 쪽으로 이끌리는 **기억**(memory)을 제공하면서, 마지막에 그것을 지우려는 시도에 대응해 프레임 외부로 '돌아다보는 시선'[59]을 암시한다.

59 역주 : 여기서 '돌아다보는 시선'은 대상화된 동일성에 저항하는 시선이며, 그 점에서 라캉이 말한 타자의 위치에서의 '응시'에 가깝다.

절망의 정치학

남/북 분단과 전쟁의 참화, 이승만 정권의 부패와 독재, 그리고 경제재건을 위한 수입대체 산업의 실패는, 존 라이(John Lie)가 말한 1950년대의 "절망의 문화"[60]와 뒤얽혀 진행되었다. 토지개혁은 미국이 공산주의의 위협을 막는 데 필요하다고 생각한 안정성을 가져 오고 지주계급의 권력 기반을 제거함으로써 이후의 산업화를 위한 길을 닦은 셈이었다. 반면에 라이가 말한 "삼중의 연계성" — 미국 원조, 이승만 정권, 의존적인 자본가 — 은 1950년대 남한의 경제 발전에 놓인 심각한 장애물이 되었다.[61]

무력감과 절망, 가난, 고독은 실제로 1950년대의 남한문화계를 묘사할 때 자주 떠오르는 단어들이다. 손창섭은 대표적인 절망의 작가로 정전화되어 있지만 비평가들은 그의 작품의 평가에 이견을 드러내고 있다.[62] 절망은 사회로부터의 후퇴를 나타내는가, 아니면 당대의 전후 상황의 현실을 반영하는가. 손창섭을 "1950년대의 대표적 작가"라고 생각하는 영향력 있는 비평가 김윤식은 이렇게 쓰고 있다.

---

60 John Lie, *Han Unbound : The Political Economy of South Korea*, Stanford, Calif. : Stanford University Press, 1998, p.36.

61 *Ibid.*, p.34.

62 송하춘은 1950년대의 "신세대" 작가들을 두 부류로 나누고 있다. ① 오영수, 강신재, 전광용 같은 작가들로서 이들은 전통과 미학적 감수성에 호소하면서 긍정적인 측면을 강조한다. ② 김성한, 장용학, 손창섭 같은 작가들로서 이들은 전통과 당대 현실을 거부하면서 부정적인 측면을 강조한다. 송하춘은 전후 소설가들 중에서 손창섭이 "가장 전후적인" 작가로 여겨져 왔음을 주목한다. 송하춘, 「1950년대 한국소설의 형성」, 송하춘·이남호 편, 『1950년대의 소설가들』, 나남, 1994, 20쪽을 볼 것. 손창섭 작품의 '부정성의 강조'를 반대하는 견해로는 김진기, 『손창섭의 무의미 미학』, 박이정, 1999, 152~182쪽에서 "긍정적 인물들"에 대한 확장된 논의를 볼 것.

소박한 휴머니즘과 맹목적인 반공 이데올로기에 규율되는 동시대 대부분의 작품들과 달리 손창섭의 소설은 그런 선행 관념들과 전혀 무관하지만 그러나 그 자리에 인간 불신, 인간모멸이라는 관념이 대신 놓임으로써 마찬가지로 추상적 무시간성의 세계를 구축하는 데 그쳤다.[63]

이기인은 손창섭의 작품에서 눈에 띄게 두드러지는 어둡고 갇히고 제약된 공간을 논하면서, "손창섭의 시선은 전쟁으로 부서진 방이 아니라, 그 속에 무기력하게 갇혀 있는 인물들에게 향하"며, "인간의 절망 그 자체에만 관심이 있을 뿐 1950년대의 사회적 상황은 그 절망의 막연한 배경으로만 암시된다"[64]고 말한다. 또 다른 비평가들은 절망을 "주관적인 것"으로 보는 그런 견해에 반대한다. 권영민은 손창섭의 작품에서 "비정상성"이 지배적임을 지적하면서 "이러한 인간의 불구성은 인간 자체의 결함에서 온 것이 아니라 전후 현실의 상황에서 비롯된 것이"[65]라고 주장한다. 이재선은 손창섭의 작품을 병리와 우울함, 무의미성의 문학으로 규정하면서, "이런 세계는 전쟁체험의 오욕이 만들어낸 결과"라고 말하고 있다.[66] 한수영은 손창섭의 작품이, "극적 갈등을 유발시키는 상황 자체도 50년대 한국 사회의 본질적 모순의 한 계기를 드러내 주고 있다는 점에서 리얼리즘 소설의 한 면모를 보이고 있다"고 쓰고 있다.[67]

---

63 김윤식 · 정호웅, 『한국소설사』, 예하, 1994, 332쪽.

64 이기인, 「개인의 생존과 인간다운 삶에의 집념」, 송하춘 · 이남호 편, 『1950년대의 소설가들』, 나남, 1994, 49쪽.

65 권영민, 『한국 현대문학사－1945～1990』, 민음사, 1993, 155쪽. 식민지 시대 문학의 육체적 불구성의 재현에 대한 논의로는 Kyeong-Hee Choi, "Impaired Body as Colonial Trope : Kang Kyŏng-Ae's 'Underground Village'", *Public Culture* 13, Fall 2001을 볼 것.

66 이재선, 『현대 한국소설사－1945～1990』, 민음사, 1997, 108쪽.

67 한수영, 「1950년대 한국소설 연구」, 한국문학연구회 편, 『1950년대 남북한 문학』, 평민사, 1991, 55쪽.

이 같은 두 부류의 비평들은 그 관련맥락(절망)이 나눠지는 상이한 방향에서 시작된다. 절망의 근원을 어디에 위치시킬 것인가. 나는 피폐해진 전후 상황의 중요성을 과소평가할 수 없다. 그러나 나는 관련맥락을 고정시키기보다는 '절망의 문화'에 두 개의 상호텍스트적 층위를 덧붙일 것이다. 첫째로 세계를 "질병에 걸린 것"으로 말하는 것은 "20세기 서구 문학"과 담론적 관계를 맺는 것인데, 그 점은 한국비평가들이 이 시기(50년대)를 "절망"과 "불안"의 문학으로 자주 묘사하는 것으로도 알 수 있다. 둘째로 1950년대 절망의 주체의 표상작용은 최명익 같은 단층파 작가에 의해 쓰인 1930년대 말 불길함(malaise)의 문학으로의 무언의 회귀를 가져온다. 단층파 작품들에서는 절망과 목표 상실, 그리고 사람·사물에 대한 언어 묘사와 그것들을 담을 서사적 시간의 무능력 사이의 균열이, 울혈의 정체감이나 무질서의 느낌조차도 드러낸다. 그런데 그것은 손창섭의 단편들에서도 발견되는 것들이다.[68]

최명익의 작품은 임박한 제국화를 말하고 있는 점에서 중요한데, 그 시기는 프로문학 운동이 최종적으로 금지되고 모더니즘에 의해 열린 가능성이 사라진 때였다. 나는 최명익의 작품을 전향을 반대하는 형식으로 해석한다. 즉 스스로를 전환시키는 것의 거부로서, 그의 작품은 무엇이 될 것인가 뿐만 아니라 남겨둬야 하는 위치까지 문제시하는 것으로 끝난다. 글쓰기란 마치 근대와 연관된 끝없는 운동을 의문시하는 정지나 중단을 생산하려는 시도와도 같다. 그 같은 글쓰기는, 제국화와 대중동원을 통한 "근대의 초극"의 약속과 계획의 일원이 되길 원치 않음을 스스로 드러낸다.

1950년대의 국가주의적 반공주의는 1930년대 말의 국가주의의 지속인

---

68 최명익에 대한 논의로는 김예림, 『1930년대 후반 근대인식의 틀과 미의식』, 소명출판, 2004, 91~102쪽을 볼 것.

셈이다. 손창섭의 작품들은 '무시간적'인 것이 아니다. 그와 달리 그의 작품은 새로 형성된 한국(Republic of Korea)에서 문화적 생산을 가로질러 경로가 작동되는 '다층적 시간성들'을 나타낸다. 손창섭의 작품은 식민지 시대로의 되돌아감이며, 특히 제국화의 순간으로의 회귀이다. 손창섭은 식민지 국가와 포스트식민지 국가를 구분하는 데 관심을 갖지 않는다. 그의 작품들은 1950년대에 (재)발생한 국가주의적 질서와 주체의 동원을 문제시하는 방법에서 식민지 말의 반전향(antirecantation)의 서사를 닮았다. 여기서 우리는 '반-반공주의'라는 표현이 꼭 맞는 국가에 대한 저항을 만난다.

그 같은 반-반공주의 역시 전후 자유세계의 미래에 대한 약속을 거부한다. 예컨대 「미해결의 장」(1955)을 생각해보자. 이 작품은 주체를 단순히 "현대"의 차원에 놓는 실존주의를 전유하는 것[69]으로부터 거리를 두고 있다. 주인공 지상이 자신을 "이방인"[70]으로 묘사하는 것은, 무엇보다도 구세대와 1950년대 남한의 부패한 정치경제를 부정하게 하고 있다. 또한 남한 정부가 자신을 정당화하기 위해 전유한 냉전적 자유세계 이데올로기의 메커니즘, 그리고 전후 "미국"의 물신화 및 식민지와 신식민지의 중첩성에 대한 거부를 가능하게 한다. 전통과 현대, 민족문학과 세계문학의 논의에서처럼, 여기서 중요한 것은 보편성/개별성(특수성)의 관계이다. 지상은 가족들의 미국유학의 편집증적 욕망을 비판한다. 지상의 그 같은 비판은 서구적 실존주의 담론을 이방인의 주체의 위치로 '번역'하는 그 자신의 행위를 어떻게 제한하는가.

---

69 예컨대 김종후는 현대문명에 의해 야기된 심리적 무질서를 경험한다는 점에서 지상을 카뮈의 『이방인』의 뫼르소와 사르트르의 『구토』의 로캉탱에 연결시킨다. 김종후, 「위기의 해명과 그 극복」, 『현대문학』, 1956.3, 168~178쪽. 여기서 현대는 공통적 심리를 지닌 사르트르와 카뮈, 손창섭의 주인공들을 읽는 것으로서 환기된다.

70 이방인이라는 용어와 그 피동형 동사(이방인시당하다)의 사용은 손창섭, 『손창섭 대표작 전집』 I, 예문관, 1970, 229쪽을 볼 것. 이방인은 카뮈의 *The Stranger*를 한국어로 옮긴 용어이다.

중요한 것은 이 작품에서 지상의 절망의 인식이 황폐한 1950년대 남한의 개별적인 물질적 상황과 무관하게 나타난 것이 아니라는 점이다. 이 작품은 그보다도 오히려 그 상황의 재현의 결과로서 절망이 드러남을 보여준다. 지상은 한국전쟁 때 총탄에 의해 뚫어진 콘크리트 담장의 구멍을 통해 국민학교 운동장의 아이들을 보는 습관을 갖고 있다. 1인칭 화자 지상은 자신이 언제나처럼 구멍을 들여다보며 똑같은 공상을 한다고 말한다. 그 공상에서 지상은 현미경을 들여다보는 병리학자이다. 지상은 (의인화된) 지구가 앓고 있는 피부병의 치료법을 발견하기 위한 임무를 맡아왔다. 그는 지구의 피부병이 "인간"이라는 박테리아에 의해 발생한 것임을 알았지만, 그 박테리아가 어떻게 생기고 번식해 나가는지는 밝히지 못하고 있다. 따라서 그는 "치료법에 있어서는 더욱 캄캄할 뿐이다."[71]

물론 지상의 "현미경"은 한국전쟁이라는 특수한 역사적 사건의 흔적을 관찰한다. 한국전쟁은 담장의 구멍을 만들면서 지상이 볼 수 있는 것의 틀을 제공하지만, 그러나 그는 전쟁의 근원을 생각해 낼 수 없다. 그것은 그의 시각 바깥에 있으며 그가 서술하고 있는 텍스트 너머에 놓여 있다. 그는 지구적 병리학의 일반화된 상황만을 검사할 수 있을 뿐이다. 이 같은 불가능성은 손창섭의 작품의 중요한 특징을 나타낸다. 그 점은 또한 1950년대의 남한문화계의 한계를 보여주는 것이기도 하다. 실제로 한국전쟁이라는 주제는 1950년대 문학에서 대부분 회피되었다.

따라서 「미해결의 장」에서는, 반공주의라는 '시각적 정권'이 보이지 않게 편재하는 공산주의의 위협에 대응하는 데 그치지 않고, 국가, 검열, 국가보안법에 의해 **말과 시각의 틀**이 제한되도록 반공적 주체를 규

71 위의 책, 225쪽.

율화하고 있다.[72] 주체는 "미해결된" 관계 속에 위치한다. 즉 주체는 전후 지식인 담론에서 자주 등장하는 단어들의 쌍, 동양과 서양, 개별성(특수성)과 보편성, 전통과 현대 사이의 양가적 공간에 놓이게 된다.

1950년대 한국작가들은 어떻게 국가보안법을 위반하는 선을 넘지 않고 국가를 비판했는가. "병든 세계"의 반복 자체가 자신의 한계선을 나타내며, 그 같은 "제한된 닫힌 공간"으로 재현된 형상화를 보여주는 셈이다. 그와 동시에 '실존은 본질보다 앞선다'는 실존주의의 주장은 "자유세계/공산주의", 즉 한반도를 분단하는 이데올로기적 모순을 해체한다. 손창섭의 작품이 흔히 그렇듯이, 「미해결의 장」은 자기 자신의 한계를 묘사하며, 눈앞의 문제를 해결할 수 없는 자신의 현존의 불가능성을 나타낸다.

지상의 경우 부패한 1950년대 남한의 정치경제에 참여하는 일은, 그의 법대 공부를 마치고 매판 엘리트의 대열에 끼어드는 시도를 요구한다. 또한 쓸모 있는 여자의 몸을 이용해 살거나 의존 경제의 최하위의 지위를 얻는 일에 예속되는 일, 그리고 미국 원조물로 남한에 보내진 버려진 직물 조각, 그 나머지의 나머지를 긁어모으는 그의 가족에 합류할 것을 요청한다. 이런 상황에서 거부와 물러섬은 필연적으로 굶주림과 죽음의 가능성에 직면하게 한다. 의존적 자본주의에 항복하는 순간은, 주체를 "이방인"으로 해체하는 것을 의미할 것이며, 그런 해체는 이 작품에서처럼 지배적 사회질서로부터 비판적 거리를 두게 됨을 암시한다.

「미해결의 장」은 그 같은 딜레마에서 벗어난 위치에서 서술을 진행

72 냉전 행동주의와 보이지 않는 공산주의자, 새로운 세뇌의 개념에 대한 한국전쟁의 중요성은 Catherine Lutz, "Epistemology of the Bunker : The Brainwashed and Other New Subjects of the Permanent War", *Inventing the Psychological : Toward a Cultural History of Emotional Life in America*, ed. Joel Pfister and Nancy Schnog, New Haven, Conn. : Yale University Press, 1997, pp.245~267을 볼 것. 특히 *The Manchurian Candidate*에 관한 결론의 절을 볼 것.

하지는 않는다. 결말에서 지상이 여자 친구 광순을 부르는 것은, 『이방인』에서 뫼르소의 마리에 대한 느낌과 날카롭게 대조되는 것으로서, 어떤 근본적인 양가성을 나타낸다.[73] 뫼르소의 모습 같은 담론적인 이방인으로부터 이질적이 되면서, 이 작품에 그려진 부패한 의존적 자본주의 질서의 참여에도 물질적으로 거리를 둠으로써, 이 소설은 이방인을 혼자의 힘으로는 어떤 위치를 정할 수 없는 존재로 재형상화한다. 재형상화된 이방인 지상은 "미해결의" 공간과 시간에 존재한다.

뒤 창문을 돌아다보기, 혹은 절망 위의 냉전기 시각적 질서

손창섭이 한창 활동기에 쓴 「층계의 위치」(1956)는 담론적인 것과 시각적인 것, 그리고 물질성 사이의 관계에 대해 말하고 있다. 손창섭의 작품에서 그 같은 관계는, 서구와의 담론적 만남이 이제 "현장에서" 미국 권력과의 물질적 만남과 똑같은 공간에 위치하게 된 냉전세계에서 발생한다. 「층계의 위치」에서 1인칭 화자의 그 자신의 시선 공간으로의 침투는, 자기 자신 스스로 붕괴되고 있는 내면성을 묘사한다. 화자가 자신의 공간에 침투하는 순간, "내부세계"라고 부르는 것의 접혀진 주름은, 이제 그가 "건물의 내부구조" 곧 사회를 보는 것을 가로막는 운

73 역주 : 마리와 사랑을 나누는 『이방인』의 뫼르소는 모든 사회적 관계로부터 벗어나 있지만, 「미해결의 장」의 지상은 사회적 딜레마와 비판적 거리 양쪽에 걸쳐진 양가성 속에 놓여 있다. 지상이 마지막에 광순을 부르는 것은 사회적 부조리로부터 벗어나려 하면서도 또한 그것이 불가능함을 알고 있는 '미해결의 공간'에서의 외침이다.

동으로 그려지게 된다.[74]

「층계의 위치」에서 도시 풍경의 묘사는 전쟁에 의해 파괴된 도시의 현실에 아주 잘 연결된다. 우리는 파괴의 물질성의 스펙터클과 미국 권력의 남한의 출현을 보게 된다. 인쇄소 직공인 「층계의 위치」의 화자는 2층 하숙집에 세 들어 살고 있다. 그의 방의 창문에서는 한국전쟁 동안 크게 파손된 3층 건물이 내다보인다. 주인공 화자는 돈이 없으며 인쇄소에서 돌아온 후 특별히 할 일을 찾지 못한다. 그는 뒤 창문을 통해 3층 건물을 몇 시간씩 무심하게 바라보곤 했는데, 근래에 자신의 관심을 끌지 않을 수 없는 어떤 사실을 발견했다는 것이다. 1층은 두 가지 설비를 갖추고 있는데, 하나는 음식점이고 또 하나는 미군에게 다양한 물건(가죽신, 장죽, 외투)을 파는 가게이다. 2층은 두 개의 방으로 되어 있고 3층은 방이 하나이다(화자에 의하면, 또 다른 방은 한국전쟁 때 파괴되었다).[75] 화자는 안의 층층다리가 보이는 그 건물의 창문을 통해 미군에게 매춘을 하는 젊은 여자가 3층으로 계단을 올라가는 것을 본다. 즉, "그 여자를 지켜보고 있던 나는 신기한 발견을 하고 놀라지 않을 수 없었던 것이다. 그것은 직접 그 여자에 관해서가 아니라, 여자가 사는 그 건물의 내부 구조에 대해서인 것이다."[76] 화자가 이해할 수 없는 것은 층계의 구조의 배열이었다. 여자가 1층에서 2층으로 오를 때 그에게 등을 보였는데, 잠시 사라졌던 그녀가 2층에서 3층으로 오를 때 다시 등을 보이는 것이 어떻게 가능한지, 화자는 층계의 배열을 이해할 수 없었다. 화자는 건

---

74 역주: 이 소설의 주인공 '나'는 사회구조를 암시하는 "층계의 위치"에 관심을 갖지만 누이를 닮은 매춘여성과 연관된 내면의 복잡함이 그 시각적 행위를 방해한다.

75 미국 냉전의 맥락에서의 성적 욕망/반공주의에 대해서는 Joanne Meyerowitz, "Sex, Gender, and the Cold War Language of Reform", *Rethinking Cold War Culture*, ed. Peter Kuznick and James Gilbert, Washington, D.C.: Smithsonian Institution Press, 2001, pp.106~123을 볼 것.

76 손창섭, 『손창섭 대표작 전집』 I, 예문관, 1970, 376쪽.

물의 내부구조의 신기함에 사로잡히게 된다.

이처럼 화자가 부딪힌 "주변부"의 도시의 신비와 제국 본토 미국의 도시적 신비와의 관계를 생각해보자. 지젝은 히치코크의 〈이창〉에 대한 논의에서 이렇게 말한다. "제임스 스튜어트의 (…중략…) 끝없는 시선이 통과하는 창문은 판타지-창이다. 즉 그의 욕망은 그가 창문을 통해 볼 수 있는 것에 매혹되어 있다."[77] 그레이스 켈리는 그의 욕망의 대상이 될 수 있을 뿐이다.

> [그것은 그녀가] 문자 그대로 그의 판타지의 틀에 들어옴으로써, 안마당을 가로지르고 그가 창을 통해 그녀를 볼 수 있는 "반대쪽"에 나타남으로써이다. 스튜워트가 살인자의 아파트에서 그녀를 볼 때 그의 시선은 이내 매혹당해 그녀를 갈망하고 욕망하게 된다. 즉 그녀는 그의 판타지 공간에서 자신의 자리를 얻은 셈이었다. 이는 라캉이 말한 "남성적 쇼비니스트"의 본보기이다. 즉 남성은 여성이 그의 판타지의 틀에 들어오는 한에서만 여성과 관계할 수 있다.[78]

지젝의 분석에 따르면, "여성"은 어떤 이미지에 의해 욕망의 대상이 되는 바로 그 순간, 남성에 의해 "타자"로서 구성된다. 더욱이 내면성이 구성되는 것조차 그 같은 이미지화, 즉 타자를 판타지-틀 속에서 욕망의 대상으로 위조하는 것을 통해서이다.

「층계의 위치」는 욕망의 형상화를 둘러싸고 진행된다. 여성에 대한 욕망은 화자의 동료 직공의 농담, 즉 그의 몰두가 건물의 구조가 아니라 매춘 여성의 "육체미"에 대해서 라는 말에 의해 암시된다.[79] "나의 여동

77 Slavoj Žižek, *The Sublime Object of Ideology*, London : Verso, 1989, p.119.

78 *Ibid.*, " "표시는 원본의 것임.
역주 : 괄호 []의 삽입은 문맥을 살리기 위해 저자 혹은 역자가 임의로 넣은 것임. 이하 동일.

생을 닮은"[80] 3층에 사는 그 여자는 그런 욕망을 복합적으로 만든다. '내'가 그 매춘녀를 누이동생으로 이미지화하는 것은 그녀를 '내' 판타지 틀 속에서 근친상간적 욕망의 대상으로 놓는 것인가. 혹은 그런 여동생으로의 이미지화는 그녀를 미군병사에게 유린당하는 민족적 신체로서 알레고리화하는 것인가. '나'는 "층계의 위치"에 몰두함으로써 가능한 한 그 참을 수 없는 광경을 피하려는 것인가. 결국 '나'는 직접 그 건물로 찾아가게 된다. 여기서 이 작품이 그 여자와 미군병사가 껴안고 있는 장면을 보여주고 있는 점은 여동생/매춘여성의 민족적 신체로서의 알레고리화를 문제화시키고 있다. 즉 "침대가 대뜸 눈에 들어오고 그 위에 무엇이 있었다. 나체에 가까운 여자와 외국 군인이 꽉 껴안고 있는 것이었다."[81] 이 작품은 그 장면을 감추기보다는 독자들이 "여동생"의 위치를 보도록 유도하고 있다.

'나'는 이 장면을 목격한 후 "층층다리를 조사해야 할 것을 그만 깜박 잊고 있었"[82]다고 말한다. 민족적 강간에 대한 재현은 "건축"의 구조를 감추는 스크린으로 작용한다. 출입이 금지된 것, 즉 이해할 수 없는 것은 내부구조 곧 "층계의 위치"이다. 남한/미국의 관계를 민족적 강간(신체의 알레고리적 민족화)으로 서사화하는 것은 남한문화계의 경계 내부에 안전하게 안착하며 국내적인 "내부적" 긴장을 치환시킨다. 더욱이 그 같은 알레고리화는 반공적·국가주의적**이면서** 민족주의적인(ethnonational) 주체를 소환함으로써, 공동체적 삶의 대안적 가능성을 삭제하는 '보기의 방식'을 생산한다. 4장에서 볼 것처럼 이어진 기지촌 문학에서 수십 년

79 손창섭, 『손창섭 대표작 전집』 I, 예문관, 1970, 382쪽.
80 위의 책, 380·383쪽.
81 위의 책, 383쪽.
82 위의 책.

동안 그 같은 수사학이 반복되어 온 것은 사실상 국가에 의한 승인을 나타낸다.[83]

따라서 「층계의 위치」에서 '층계의 위치'는 그런 알레고리화를 넘어선 것으로 나타날 것이다. 그런 탈알레고리화는 1950년대의 남한문화계의 경계가 형성되어온 방식을 폭로하는 셈이다. 더욱이 「층계의 위치」는 많은 손창섭의 작품에서 발견되는 신체의 훼손이, 서술뿐만 아니라 그런 신체가 흔히 비좁은 답답한 공간에 갇힘에도 불구하고, 어떻게 내면이라는 개념을 심층적으로 분열시키는지 보여준다.[84] 손창섭의 작품에서 훼손되고 일상화된 무질서를 바라보는 3인칭 화자의 내부 시선은 표면을 뚫어 구멍을 내는 다공성을 나타낸다. 그렇게 밖으로 던져진 것은 한계화되고 박탈되면서 감금의 형식으로 내면 공간에 들어온다. 따라서 우리는 근본적으로 "외부적인" 내면, 더 정확하게는 사회적인 내면을 보게 된다.

화자는 이 작품을 다음과 같은 말로 끝내고 있다. "이 3층 건물의 내부구조와 함께, 사회의 일분자로서의 나라는 개체가 풍기는 생명의 비밀이 외부와 차단된 채, 영원히 이대로 누워 있어도 좋다고 나는 생각하는 것이다."[85] 그러나 물론 이 상태는 '좋은' 것이 아니다. 밝혀질 수 없는 비밀 구조에 대한 스스로의 재현의 한계를 나타내면서, 이 작품은 자아로의 후퇴, 즉 "나라는 개체"로의 퇴각뿐만 아니라, '시각성'의 '냉전적 분할'로의 후퇴의 과정을 형상화한다. 우리가 **볼 수 있는 것**은 미국/남한의 관

83 Lynn A. Higgins and Brenda R. Silver, eds., *Rape and Representation*, New York : Columbia University Press, 1991을 볼 것.

84 역주 : 손창섭의 작품에서 훼손된 신체는 감금된 내면 상태와 연관된다. 휴즈는 그런 폐쇄적 내면을 억압되고 박탈된 사회적 존재를 암시하는 시회적 내면으로 보고 있다.

85 손창섭, 『손창섭 대표작 전집』 I, 예문관, 1970, 384쪽. 이 문장에서 사용된 "사회학적인 용어"를 주목할 것. 즉 "나라는 개체"가 드러낼 수 없는 "비밀"과 함께 혼자여도 좋다고 요구하는 순간에도 "사회"가 환기되고 있는 것이다.

계를 강간으로 알레고리화하는 정체성주의적인(identitarian) 판타지 프레임이며, **볼 수 없게** 만들어진 것은 국가주의와 민족주의(ethnonational)를 넘어선 제휴와 친밀성, 공동체적 삶이다. 후자의 것들이야말로 손창섭이 잘 논의되지도 선집에 끼지도 않는 자신의 다른 작품들의 가장자리에서 추구한 것들이다.[86]

성적 욕망과 반식민지적 저항의 서사

비평가들은 손창섭에게 초기작의 절망과 좌절에서 벗어나 "긍정적이고" 적극적인 인물을 창조하라고 압박했는데, 그에 대한 첫 번째 반응이 대부분 간과된 작품 「광야」(1956)이다. 이 작품은 식민지 시기에 만주에서 아편을 팔며 살아가는 반사회적 가족의 불안과 폭력, 탐욕을 다룬 작품이다. 희망이 없는 구세대는 결국 뒤에 남겨지고 젊은 사람들이 연합해 상하이로 출발하며 반식민지적 저항에 합류할 것이 예상된다. 연합의 지도자는 청년 지식인 동오(둥우, 東五)인데, 그는 — **중국인**인 점을 제외하면 — 손창섭에게 촉구된 "긍정적 인물"의 모든 면모를 갖추고 있다. 여기서 손창섭은 다른 작품에서처럼 식민지 지배에 대한 저항에서 혈통적 민족감정(ethnonational)을 특권화하지 않는다.

손창섭은 자신의 첫 번째 장편소설 『낙서족』에서 비동맹의 정치학

86 역주 : 예컨대 「광야」에서 이질적인 청년들(중국인과 한국인)의 연대와 탈출로 희미하게 암시되는 반식민적 지향 같은 것을 말한다. 이 작품은 트랜스내셔널한 연대를 통해 반식민의 소망이 암시되는 것이 특징이다.

을 추구한다. 이 작품은 오래된 반일/반식민적 국가주도 대서사의 요체 1945년 이후의 혈통적 민족주의(ethnonationalism)의 구성을 분열시키려 모색한다.[87] 이 작품은 식민지 시대를 배경으로 하고 있는데 이는 1950~60년대 작품 중에서는 실제로 매우 드문 경우이다. 그 시대에는 대부분의 작가들이 1930년대 말과 40년대 전반의 대중동원문화를 포함해 식민지 시대를 주제로 선택하길 꺼려했던 것이다. 그러나 손창섭은 그의 장편소설에서 1930년대 말의 일본을 배경으로 하는 데 주저하지 않았다. 손창섭이 (1950년대의 민족문학의 요청과 교차되는) 민족적 저항에 참여하라는 요청과 (그가 생각한) 무매개적이고 "자연적인" 성적 욕망 사이에서 갈등을 구성한 장소는 과거 '제국의 본국'이었다.

당연히 『낙서족』은 무사하지 못했다. 손창섭의 장편은 발표된 후 『사상계』에서 혹독한 비판을 받았다. 김우종은 손창섭이 주인공 도현 ― 유명한 독립투사의 아들로 일본에서 공부하는 학생 ― 을 "바보 같은 인물"로 그림으로써 이광수였다면 그런 인물에 대해 다뤘을 것의 정반대의 일을 했다고 말했다.[88] 유종호는 손창섭을 전형적인 반로맨티스트로 규정했다. "쓰레기통 속에서 장미가 피어났을 때 보통은 그 장미의 아름다움을 예찬하지만 (…중략…) 손창섭은 쓰레기통 속의 구더기를 파헤쳐 제시해야 만족한다."[89] 눈에 띄는 것은 『낙서족』이 "현대소

---

87 이 작품은 단편소설을 넘어서라는 비평가들의 권유에 대한 손창섭의 대답인 셈이다. 장편소설의 부족은 많은 비평가들에게 한국문학의 현대문학적 면모와 성숙된 세계문학으로의 참여를 가로막는 후진성의 표시로 여겨졌다. 1959년 2월 사상계의 「언어」란에 실린 『낙서족』에 대한 고지는 그 점을 분명하게 말해준다. 즉 "신문학이 시작된 지 반세기가 지나도록 이렇다 할 장편소설 하나가 제대로 나오지 못한 것은 참으로 유감된 일이 아닐 수 없다." 『사상계』, 1959.2, 374쪽. 사상계 ― 1950년대의 지적 담론을 지배하면서 점차 모든 분야(특히 자유 민주주의)의 현대화의 매개체를 자처한 잡지 ― 의 장편소설 장려는 남한을 "현대"의 차원에 놓으려는 계획에서 중요한 역할을 맡고 있었다.

88 『사상계』, 1959.4, 317쪽.

89 위의 책, 319쪽.

설의 조건"에 대처하는 데 실패한 작품이라는 백철의 생각이다. 이 소설은 인물의 발전과 적절한 목표, "부분들 사이의 유기적 연결"이 결여된 지리멸렬한 작품이다.[90] 그러나 이 작품에서 통일성과 유기적 구성이 없는 이유는 바로 자발적인 성적 자아의 서사와 민족주의적 주체의 서사 사이의 갈등을 다루기 때문이다. 그 두 개의 서사는 도현이 집주인의 딸 노리코를 강간하는 사건에서 겹쳐진다.

도현은 상희(동경에서 유학하는 "천사 같은" 동료 학생으로서 도현에게 독립운동에 생산적으로 참여할 기회를 제공함으로써 그의 욕망을 교화하려는 인물)의 학식과 순수성, 고결한 정신을 존경한다. 상희의 그와 민족을 위한 간절한 기도를 들으면서 도현은 감동되어 "전, 전, 조국을 위해 죽을 결심입니다!"라고 선언한다.[91] 그러나 상희가 화가가 되려는 오빠를 위해 소매 없는 옷을 입고 모델을 하는 것을 우연히 보고는 그녀에 대한 감정이 복잡해진다. 즉 "도현은 악마 같은 욕정에 휩싸였다. 국부에 발기를 의식했다."[92] 그는 집으로 돌아와서 노리꼬를 방으로 부른다. "도현은 좀 주저했다. 그러나 이내 알맞은 핑계를 발견했다. 도현은 자기 속에서 일종의 복수심을 찾아낸 것이다. 일본 경찰에 대한 아니 일본인 전체에 대한 복수심. 어쩌면 그것은 단순한 핑계만은 아닐지도 모른다. 도현의 가슴 속에서는 비록 구체성은 띠지 못했을망정 그러한 복수심이 끈기 있게 타오르고 있었기 때문이다."[93]

도현은 그의 "성스러운 여성의 이상" 상희에게 "육체적으로 매혹되는" 감정을 느낀 후에 노리꼬와 만남을 갖게 된다. 도현은 죄의식을 느

90 위의 책, 316쪽.
91 손창섭, 『손창섭 대표작 전집』 I, 예문관, 1970, 46쪽.
92 위의 책, 64쪽.
93 위의 책, 65쪽.

끼면서 집으로 달려온 후 "노리꼬의 육체에다 자기의 인간의 약점을 배설해 버리는 것이다." 그와 동시에 노리꼬와 "관계하는" 동안 "상희의 모습을 눈앞에 그리는 이상한 버릇"을 발전시킨다.[94] 이 작품에서 성적 욕망의 침입(irruption)은 이미지의 침입이기도 하다. 여기서 시각적 언어의 소망(ekphrastic hope)[95]은 남성중심적 성적 욕망이나 대상화와 분리될 수 없다. 이 작품에서 상희를 통제할 수 없는 시각적 대상화로서 그리는 것은 반식민적・민족적(ethnonational) 저항의 서사의 정당성을 의문시한다. 그 같은 이미지는 담론적인 것을 압도한다. 민족적 주체의 언어적 소환과 민족적 서사 자체가 '낙서족'[96]의 작용이 되고 있는 것이다(민족은 '낙서족'의 연출이 된다). 직접성과 "진리"의 자각은, 이 작품에서 도현이 시각적 장치와 연관된 "악마 같은 욕정에 휩싸일 때" 때 발생한다.

이 작품의 후반부에서 도현은 자신과 노리꼬, 친구들에게 그의 강간의 동기가 복수였다고 반복적으로 확신시키려 한다. 도현이 자신의 친구 광욱과 병호에게 강간에 대해 알리는 부분에서 화자는 우리에게 이렇게 말한다. "물론 그것은 단순히 성욕을 채우기 위해서가 아니라 민족적인 복수심의 폭발에서 맺어진 기이한 관계였다는 점을 덧붙여 설명할 것을 도현은 잊지 않았다."[97] 이 작품은 도현의 성적 욕망의 진실을 은폐(스크린)하기

---

94 위의 책, 66쪽.

95 역주 : 시각적 언어(ekphrastic)는 언어를 통해 시각예술에서처럼 생생하게 보게 만드는 것을 말한다.

96 역주 : 이 소설에서 낙서족은 도현처럼 민족적 이데올로기의 소환에 의해 충동적으로 움직이는 사람들을 말한다. 민족이 이데올로기가 되면 도현처럼 일시적 충동에 의해 움직이는 일이 일어난다. 이 경우 도현에서 보듯이 남성중심적 성적 욕망이 민족의 이데올로기에 의해 통제되지 못한다. 민족 담론은 도현이 겪는 갈등의 '대화치료'의 차원에 있을 뿐이다. 대화치료에 의해 해결될 수 없는 '진리'는 도현이 겪는 욕망과 갈등 자체에 '숨겨져' 있다. 그 점을 암시하면서 『낙서족』은 동일성의 담론으로서의 민족주의를 문제시하고 있다. 즉 이 소설은 1950년대를 지배한 민족 이데올로기나 혈통적 민족주의를 식민지 시대를 우회해 비판하고 있는 셈이다.

위해 그의 민족적 복수의 욕망의 "발견"을 묘사한다. 이 작품에서 줄곧 글쓰기/낙서/권고와 연관되는 민족의 서사는, 이미지의 통제불가능성과 성적 욕망의 노골적 표현을 규율화하려는 일종의 "대화치료"[98]가 된다.

통제불가능한 기표로서의 춤추는 몸
—소설의 영화화와 언어의 성애학

1950년대에 가장 널리 읽힌 소설의 하나이면서 가장 많은 관객을 동원한 영화는, 정비석의 대중소설로 1956년에 한형모가 영화화한 『자유부인』(1954년 연재)이었다. 이 작품이 50년대 중반의 상품문화와 서울의 도시풍경을 그리면서 환기시킨 것은 바로 성적 욕망/이미지와 민족적 서사/글쓰기의 관계이다. 영화 〈자유부인〉에 대한 기존의 논의는 원본 대중소설을 무시하거나 잘 인지하지 못한 것으로서 소설의 영화화의 문제를 간과하고 있다. 이제 볼 것처럼, 문학작품과 영화화된 텍스트 사이의 운동은 시각적 언어의 소망(ekphrastic hope), 즉 언어에서 시각성으로 이동하려는 욕망과 언어 자체를 "되돌아보는(look back)" 행위로서 발생한다. 다음에서 나의 관심은 문학작품과 영화 텍스트 사이의 운

97 이와 비슷한 예는 손창섭, 『손창섭 대표작 전집』 I, 예문관, 1970, 77~78·107·117쪽을 볼 것. 인용은 121쪽임.

98 역주 : 프로이트의 '대화치료'는 환자들의 분열을 봉합하고 합리적 현실로 되돌려 보내려는 시도이다. 그러나 대화치료는 갈등과 욕망, 이미지의 경험을 근본적으로 해결하지 못한다. 마찬가지로 민족이라는 이데올로기나 코드, 기표는 도현의 심리적 갈등을 치유하지 못한다. 그 점에서 이 소설은 대화치료의 차원에 있는 민족서사에 대한 비판이라고 할 수 있다.

동을 추적하는 것이다. 특히 영화에서의 욕망과 소비, 젠더/성의 묘사가, 소설에서의 (50년대의) 새로운 "민족언어" 한글에 관한 많은 논쟁의 제시와 어떻게 긴밀히 관련되는지 주목할 것이다.

정비석의 소설은 선풍적인 인기를 끈 하나의 사건이었다. 이 소설은 장교수와 그의 부인 오선영에 대한 묘사와 한국의 부패한 기업가 및 정치인에 대한 비판을 둘러싸고 뜨거운 논쟁의 방아쇠를 당겼다. 예컨대 한 해설자는 『자유부인』이 남한에 대해 "북한 괴뢰정권의 시각과 동일한" 관점을 제공하는 "적의 선전책"의 일례라고 말했다.[99] 이 소설은 선영의 이야기를 중심으로 하고 있는데, 그녀는 지루하기만 한 가정의 "봉건적" 생활에서 파리양행이라는 고급 수입 향수와 액세서리를 파는 번화가 양품점으로 활동무대를 옮긴다. 이 소설은 그 이후 그녀가 보바리 부인처럼 유혹과 성적 욕망, 부패의 세계로 향하는 타락의 길을 뒤쫓는다. 그 같은 경로는 또한 〈운명의 손〉에서의 마가렛과도 닮은 점이 있는데, 〈운명의 손〉은 『자유부인』이 연재되던 같은 해에 극장에서 상영된 바 있다.[100]

『자유부인』이라는 소설과 영화는 똑같이 욕망과 육체, 상품의 관계를 말하고 있지만, 소설이 영화보다 새로운 민족 언어 한글에 대한 당대의 논쟁과 더 연관된다. 소설에서 선영의 애정 편력은 남편이 약하고 쓸모없고 답답하게 지루하다는 자신의 생각이 잘못되었음을 인식하는 것으로 끝난다. 그녀는 이제 계산과 사리사욕의 사회인 자본주의적 교환의 세계의 한가운데에 있는 언어학자로서 남편의 순수성과 희생심을 이해한다.

---

99 정비석, 「작가 서문」, 『자유부인』 1, 고려원, 1985, 8쪽.

100 Cho Haejoang, "Living with Conflicting Subjectivities : Mother, Motherly Wife, and Sexy Woman in the Transition from Colonial-Modern to Postmodern Korea", *Under Construction : The Gendering of Modernity, Class, and Consumption in the Republic of Korea*, ed. Laurel Kendall, Honolulu : University of Hawai'i Press, 2001, pp.165~195를 볼 것.

장교수는 한국의 정서법(orthography)의 간소화를 옹호하지만 잘못된 문법이나 실생활에서 언어가 통용되는 방식을 용인하지 않는다. 그는 언어의 문법을 잠재적으로 통제되지 않는 관계에 질서를 부여하는 헌법에 비유한다. 그와 동시에 장교수는 언어가 존중받아야 하는 그 자신의 생리학과 조립법을 지닌 유기체임을 강조하는데, 그 점은 언어적 연구가 그 법칙의 개선을 암시하는 결과를 내놓는 것과는 별 상관이 없다. 따라서 유기체적 언어의 특질을 무시하는 정서법의 단순화는 신체를 임의적으로 절단하는 것에 해당된다. 장교수는 더 나아가 그의 작업을 조선조에서 시작된 역사에 위치시킨다. 조선조에는 한문이 진서(진정한 언어)로 특권화된 반면 한글은 언문(천한 문자)으로 폄하되었다. 그 이후에는 일본어가 국어(국민언어)의 위상으로 상승된 적이 있고, 지금은 영어를 중시해 한국어 연구가 폄하되고 있는 것이다.

그 같은 방식으로 『자유부인』은 소설 자체를 계몽기까지 거슬러 올라갈 수 있는 음성표기법의 역사에 놓고 있다. 이 음성표기법의 역사를 간략히 생각해보자. 19세기 말과 20세기 초에 언문은 국문으로 재구성되었고, 그 이후에는 한글로 재생산되었다.[101] 가라타니 고진과 권보드래의 연구는, 이 시기에 "진서"가 "한문"(중국문자)으로 불리면서, 최초로 한국어의 소리를 고려한 음성표기의 특권화인 언문일치(겐분잇치)가 중요해졌음을 알려준다. 그러나 민족주의화된 음성의 직접성은 공기의 작용, 즉 목소리의 자기현존에 의해서만 생산되는 것은 아니다. 그보다도 그것은 인쇄된 종이 위의 음성적 표기 자체의 물질성에 의해 출현한다. 모종의 음성중심주의가 근대의 특징으로 인정된다 해도, 민족주의

101 '한글'이라는 용어는 1910년대 초에 나타난다. 이런 변화에 대한 자세한 설명은 Kang Nae-hui, "The Ending -da and Linguistic Modernity in Korea", *Traces : A Multilingual Series of Cultural Theory and Translation* vol.3, Hong Kong : Hong Kong University Press, 2004, pp.139~163을 볼 것.

화된 표기 **내에서의** 음성의 투사는 글쓰기의 형상을 순수한 (민족주의적) 자기현존으로부터의 타락으로 간주하지 않는다.[102] 따라서 나중에 장 교수의 계획의 중심에 위치하는 한글의 글쓰기 행위는 그 자체가 민족적(ethnonational) 수행성의 하나로 출현한다.

진정성으로서 한글 표기의 물질성 안에 투입된 음성의 특권화는, "진서"와 연관된 의미를 물구나무선 것으로 전환시킨다. 중국의 문자들은 이제 과거로 퇴각할 수 있게 되었다. 그것들은 한글에 구현된 "한국어" 음성의 자기현존에 어원적으로 잔여적·부수적인 것으로 출현한다. 더욱이 물질적 기표 자체 내의 민족적 신체의 투입은 "언어"와 "신체" 사이의 유기체론적인 관계를 나타낸다. 문자의 표기는 신체와 분리되는 것이 아니라 유기체적인 전체의 실제적인 부속물이다. 따라서 문자 표기에서의 민족의 구현은 일종의 음성표기법적 유기체론을 나타낸다.

그 같은 음성표기법적인 유기체론은 식민지 시대 프로문학에서의 투명하고 보편적인 표현의 운동의 강조와 대조된다. 분명히 직접성 곧 일체적인 자기현존에 대한 욕망은 프로문학과 언어의 민족 해방적 관점 양자 모두의 특징이다. 그러나 카프 작품들의 투명성/절대적 재현의 논리의 전개는, 국제적인 프롤레타리아적 신체의 자기현존에 종속된 음성 표기에 연결되어 있다. 식민지 시기의 프로 작품들은 음성적 한국어 표기에서 민족적 투입을 기각하는데, 가령 프로문학운동의 에스페란토어 표제 KAPF(Korea Atista Proretaria Federatio)에서 그 예를 볼 수 있다.

식민지 말의 한국어의 억압, 가장 단적인 예로 1940년대 초의 언어학자들의 투옥은, 범아시아적 정체성과 연관해 일본어를 배치한 방법을

102 역주 : 언문일치의 민족주의적 표기는 투사된 음성과 완전히 일치하지 않는다 해도 표기의 물질성이 인정되어 음성으로부터의 타락으로 간주되지 않는다. 구어적 음성중심주의와 달리 언문일치는 음성을 특권화하는 동시에 표기의 물질성을 중시한다.

뚜렷이 보여준다. 1945년은 일어가 공적 담론인 시대가 끝나고 서석배[103]가 말한 "단일 언어 사회"[104]를 향한 움직임이 시작된 해이다. 미군점령기에 정치적/영토적 주권의 주장에 따른 전환, 즉 "국어(national language)"가 일어에서 한국어로 반환된 변화는, 분명히 근대적 언어 표기의 민족화의 역사에서 핵심적 순간의 하나였다. 더욱이 그런 전환은, 일어로 된 범아시아적 텍스트들이 친일 협력 행위로 바뀌고, 식민지 이후 한국어 정체성이 온당하게 인정되며 "우리말(our language)"이 남한에서 억압의 해제의 예가 되는 과정에서 중요한 역할을 했다.[105]

우리는 또한 1945년 이후 우리말이 어떻게 미국의 냉전 헤게모니하의 반공적 남한의 위치 안에 내재했는지 주목해야 한다. 1950년대에는 일어의 배제뿐 아니라 중국문자와의 끝없는 교섭(예컨대 한자의 사용에 관한 해방 후의 논쟁)이 있었으며, 또한 (2장에서 살폈듯이 미군점령하에 시작된) 영어와의 관계에서 변화가 발생했다.

언어 권력관계의 전환의 견지에서 보면, 『자유부인』은 일본에서 미국으로의 헤게모니의 전환 문제를 다루는 과거 미군 점령기 작품들의 뒤를 따르고 있다. 예컨대 염상섭의 「양과자갑」, 『효풍』, 채만식의 「미스터 방」 같은 소설들을 말한다. 우리가 살폈듯이 이 작품들에서 유창한 영어의 구사력은 사회적 기동성과 그에 따른 경제적 · 정치적 권력을 보장한다. 「미스터 방」은 해방 직후 영어가 민족의식이 없는 사리사욕과 동일시되는 상황을 보여준다. 미스터 방의 경우 영어는 개인의 이익을 위해 팔아야 하는 문화자본이다. 『효풍』에서 영어는 한국어의 예

103 역주 : 캘리포니아대 동양언어학 교수.

104 서석배, 「단일 언어 사회를 향해」, 『한국문학연구』 29, 2005, 185~219쪽.

105 해방 후 언어정책에 대한 뛰어난 개관으로는 Andre Schmid, *Korea Between Empires, 1895~1919*, New York : Columbia University Press, 2002, pp.257~260을 볼 것.

속화를 의미하기보다는, 포스트식민지적 개발주의 노선을 위해 허용해야 할 코스모폴리탄적 정체성을 구성하는 필요 수단 — 남한의 입장에서 미국/서구의 지식 — 으로 나타난다.

『자유부인』에서 신체를 언어 속에 포개 넣는 것은 새로운 민족적 표기를 성애화하는 일을 가능하게 한다. 지나치게 단순화된 정서법이 언어적 유기체론을 파괴할 것이라는 장교수의 걱정은, 위반적이고 통제되지 않는 신체, 특히 소설과 영화에서의 맘보 춤 장면과 긴밀한 관련이 있다. 장교수의 권위의 상실은 한글과 한글연구를 무용지물로 만드는 전후의 퇴폐와 부패, 교환경제와 연관된다.

만일 『자유부인』의 결말이 바로 그 교환가치에 저항하는 한글의 가치의 회복을 말하고 있다면, 그것은 필연적으로 우회로를 거쳐 나타나는 셈이다. 이 작품은 댄스가 연출하는 통제되지 않는 성적 욕망과 선영과 연관된 외국상품의 욕망/페티시를 한글로 방향을 바꾸려 노력한다. 이 소설에서의 전환점은 선영이 장교수의 국어에 대한 국회 청문회 연설에서 눈물을 흘리게 되는 순간이다. 이 순간 춤과 상품의 욕망의 에로티시즘은 폐기되는 것이 아니라 새로운 다른 차원으로 고양된다. 즉 선영의 남편에 대한 사랑의 회복은, 육체를 지닌 듯한 문자에 대한 남편의 애정과 헌신, 곧 그의 언어 페티시즘에 근거하고 있다.[106]

따라서 연재소설 『자유부인』은, 전통과 온당한 현대적 주체의 관계에 대한 1950년대의 논의, 그리고 20세기의 언어적 현대성이라는 보다 큰 맥락에 놓여질 수 있다. 분명히 이 작품은 현대적 주체가 어떻게 익

---

106 리비도적인 투자와 시각성, 언어 사이의 관계에 대해서는 Kaja, Silverman, *World Spectators*, Stanford, Calif. : Stanford University Press, 2000, pp.77~79, p.142; *The Threshold of the Visible World*, London : Routledge, 1995, p.79를 볼 것. 장교수는 시각적 체제를 통해, 즉 (여기서는 아마도) 선영의 에로틱화하는/되는 표정을 매개로 한글을 리비도적으로 투자한다.

〈그림 3-3〉 맘보춤 장면(〈자유부인〉, 1956)

명성과 성적 차이, 그리고 공사의 분리에 의존하는지 보여준다. 더욱이 『자유부인』은 민족적 문법의 규정에 있어서 이은상의 유기체론과 교차되는데, 양자는 과거 프로문학의 음성표기법적 국제주의나 언어적으로 영어와 연관된 교환경제에 의한 맥락의 동요에 대항하고 있는 셈이다. 그런 측면에서 선영의 통제할 수 없는 행동이 자주 공산주의의 위협에 비유되는 일이 왜 중요한지 알 수 있다. 〈운명의 손〉의 마가렛처럼, 선영은 외국 상품의 욕망에 밀접히 연관되는 동시에 공산주의적 타자가 자신 안에 스며들고 있는 셈이다.[107] 이 소설에서 선영의 억제,

107 역주 : 민족적 규율화에서 벗어남으로써 공산주의의 위협에 노출되는 점에서 그렇다고 할

즉 통제할 수 없는 춤추는 몸의 상황으로부터의 벗어남은, 도시의 소비 문화의 유혹으로부터의 피신인 동시에 추방된 프로서사로부터의 격리이기도 하다.

우리는 (영화에서는 아니지만) 이 소설에서 장교수의 애제자 — 잠재적 애정의 관계 — 가 식민지 시기 동안 싱가포르에서 일본인을 돕는 타이피스트였음을 알고 있다. 소설과 영화에서 그녀는 서울에 있는 미국인 사무실에서 일하고 있다. 따라서 타자기와 그 언어의 매개화/탈인격화는 1945년 이전의 언어적 식민성과 1945년 이후의 그것의 반복과 연결되어 있다.[108] 국어 회복의 수사학은, 그런 식민지/포스트식민지 세대의 역사, 즉 한국어보다 일어가 더 불안하지 않았고 지금은 기술 및 영어에 연루되어 있는 그들의 역사와 관련해 발생한다. 그 같은 회복, 즉 신체의 — 그리고 신체의 확장으로서의 언어 — 의 회복과 연결된 국어의 회복은, 상품화, 성적인 문란, 기술중심화를 거부한다.

더욱이 소설과 영화에서 선영을 처음으로 유혹한 것은 장교수 집 내부와 서재의 벽을 통해 들려온 이웃집 청년의 전축과 재즈 음악이었다. 이 바깥으로 불러냄 — 선영은 그에 따라서 이웃 청년과 극적으로 얽히게 된다 — 은 키틀러가 "마음의 선율(melody of heart)"이라고 말한 것으로부터 벗어나 방황하게 됨을 나타낸다. 마음의 선율이란 남성적 저작권, 즉 펜을 놀리는 손의 접촉(장교수는 그의 논문을 손으로 쓴다)과 여성적 독자

수 있다.

108 키틀러가 보여준 것처럼, 타자기는 글쓰기를 의사소통으로 변화시킨다. 즉 "타자기는 글쓰기를 중성화하면서 글쓰기의 형이상학을 희생시켜 문서처리 과정으로 변화시킨다. Friedrich Kittler, *Gramophone, Film, Typewriter*, trans. Geoffrey Winthrop-Young and Michael Wutz, Stanford, Calif. : Stanford University Press, 1999, p.187을 볼 것. "마음의 선율(melody of heart)"에 대해서는 pp.70~73을 볼 것. 여성적 독자에 대해서는 pp.174~175 참조. 신체/접촉의 글쓰기와의 연결성은 p.186 · 198 참조.

〈그림 3-4〉 장교수가 한국어 문법을 강의하고 있다(〈자유부인〉, 1956)

에 연관된 관계이다. 따라서 소설과 영화에서 장교수가 서울의 미국인 회사 타이피스트인 젊은 여성들에게 한국어 문법을 가르치는 장면은 중요하다.

강의실 장면은 소설이 이미지화되어 영화로 옮겨진 것이다. 그러나 영화는 타자기나 자신의 매체인 영화 이전의 시대로 되돌아갈 수 없음을 스스로 드러내게 된다. 영화는 소설에서 중요한 국회 장면을 생략하는 데 그치지 않는다. 더 나아가 기술(전축, 타자기, 영화)로부터 벗어나는 움직임을 부인한 것은 영화 자체이며, 특히 언어를 시각성으로 옮기려는 영화화 과정 자체이다. 더욱이 영화의 언어적 구성요소(대화나 시나리오)뿐만 아니라, 언어의 시각적 요소가 동시에 '보여지고 읽혀지며' 종이 위에 출현하는 점을 상기하자. 영화에 선행하는 시나리오는 어떻게 일반적으로 영화적 연출이 일종의 "각색"(고쳐 씀, adaptation)의 형식으로 발생하는지 생각하게 해준다. 즉 확실히 영화적 연출은 언어로부터 시각성으로의 이동이며, 언어를 다른 방식(이따금 대화나 무성영화에서의 삽입자막을 통해)으로 '되돌아보는(look back)' 일이기도 한 것이다. 〈자유부인〉에서 그 같은 '되돌아봄'은 소설의 텍스트 공간을 구성하고 묘사하는 국어를 탈중심화하는 형식을 취한다. 결국 영화의 요구는 관객적인(spectatorship) 시각적 즐거움을 위해 '독자적인 입장(readership)'[109]을 포기하라는 것이다. 그 같은 전환은 이 영화의 **양가적인** 마지막 장면에서 분명히 나타난다. 즉 장교수의 연구에 부합하는 독자로서의(readerly) 활동의 거처인 가정적 공간을 향해, 선영이 되돌아오려 움직이면서 동시에 시각적으로 부인하는 양가성이다.

소설에서 선영의 분명한 가정으로의 귀환이 사회적 문법을 다시 공고히 하는 반면, 영화에서는 그와 다른 곳으로 움직이고 있다. 맘보춤 장면의 분열된 시각적 초과와 양가적인 결말 장면 — 여기서 선영은 머리를 숙이며 집으로 향하지만 집안으로 들어가는 것은 보여지지 않는다 — 은 가정의 공간으로의 욕망의 봉합과 그곳에서의 민족적 표기(national script)의 연구를 부인한다.[110] 영화 〈자유부인〉은 시각적 성애학과 춤추는 신체의 스펙터클, 상품의 전시를 표현하며, 이것들은 소설의 국어 페티시즘을 압도한다. 실제로 장교수의 한국어 언어학 연구는 영화에서 거의 보여지지 않으면서 텍스트의 가장자리로 이동한다. 강의실 장면은

109 역주 : 키틀러의 논의에서 남성적 저작권에 순응하는 여성적 독자를 말함.

110 선영의 머뭇거림에 대한 지적은 Kathleen McHugh, "South Korean Film Melodrama : State, Nation, Woman, and the Transnational Familiar", *South Korean Golden Age Melodrama : Gender, Genre, And National Cinema*, ed. Kathleen McHugh and Nancy Abelmann, Detroit, Mich. : Wayne State University Press, 2005, p.27을 볼 것.

좀처럼 기억되지 않지만 맘보춤 장면을 잊는 사람은 없을 것이다.

따라서 영화 〈자유부인〉은 이강천의 〈피아골〉과 손창섭의 작품에서 우리가 발견한 경로 바로 그것을 나타낸다. 영화의 양가적 결말은 어떤 대안적인 공간을 찾으려는 또 다른 시도가 된다. 흔히 스쳐가는 눈빛이나 머뭇거림, 한순간의 방해의 형식으로 나타나는 그런 시도들은, 미군 점령하의 냉전문화 초기부터 1980년대 말까지 그들 자신의 방식을 작동시키고 있었던 것이다.

〈자유부인〉은 실제적으로 타락과 동일시되고 1950년대 자칭 모던 걸에 대한 규율화로 이어졌다. 그와 연관해 이 작품에 대한 비판 '공산주의의 위협'을 다른 위치에서 생각해보자. 그럴 경우 선영의 집으로의 양가적인 귀환 없는 귀환은, 감금의 형식으로서 손창섭 작품에서의 주변화되고 박탈된 내면 공간에 칩거하는 방식을 상기시킨다.[111] 〈자유부인〉처럼 손창섭의 작품에서 박탈된 사람의 묘사는 이미 제외된 대안 프롤레타리아 서사의 맥락에 관련되지 (그리고 그것의 말소하에 놓이지) 않을 수 없다. 프롤레타리아 서사는 손창섭의 작품들에 깃들여 있다.

전향한 프로 작가 박영희의 「독방」(1930년대에 쓰였지만 정확한 연도는 미상임)의 1950년대 말의 출간은, 손창섭의 작품과 당대 프로 텍스트의 삭제, 식민성의 관계에 대해 더 심층적인 것을 말해준다. 박영희는 특히

---

111 퇴폐의 기호로서 해방 후의 모던 걸에 대한 비판은 1950~60년대에 흔히 볼 수 있었다. 예컨대 김남중은 당대의 다방풍경을 이렇게 묘사했다. 유한계층의 여성들이 "햅번" 형의 머리를 하고 "여왕처럼 자리잡고, 면도날처럼 하의의 접은 줄을 세운 일군의 미국형 신사가 무더기를 짓고 있는 다방의 한 복판, (…중략…) 남녀 고학생, 가짜학생, 상이용사, 행상, 늙은이, 거지 등등 저마다 강변조이거나 사정조이거나 애처로운 호소를 한다. 그러나 그 호소는 째즈 음악 속에 사라지고 여왕(?) 신사(?)들의 대화나 시선이나 표정 속에는 어디서 부는 석양풍이냐 (…중략…) 이다." 『자유문학』, 1959.7, 257쪽을 볼 것.

1930년대 초의 그의 전향 선언 '다만 얻은 것은 이데올로기요 잃은 것은 예술이었다'는 말로 잘 알려져 있다. 「독방」은 옥중일기의 형식으로 그의 전향에 대해 서술하고 있다. 분명히 이 작품은 1950년대 말에 반공적인 태도를 내비치며 출간되었지만, 그러나 옥중일기의 형식으로 사람들의 눈앞에 나타남으로써, 일본의 식민주의의 억압보다는 남한정부 및 국가보안법이 문학/문화계의 구성에 작용하는 방식을 이야기한다. 카프의 문학생산물이나 작가들은 1950년대에 감금을 보여주는 방식으로만 눈에 보여질 수 있었던 것이다. 이 같은 감금의 '보여짐'은, 손창섭 작품에서의 폐쇄된 공간 및 〈자유부인〉에서의 집으로 향한 양가적 움직임과 교차된다.

앞에서 언급했듯이, 손창섭은 일어로 교육받았으며 한국어로 글을 쓰기 위해 고투했다. 실제로 두 개의 언어의 양태는 그의 작품을 특징짓는다. 즉 그의 작품에 포함된 상대적인 단문들과 자주 언급되는 것으로 고유명사에 한글 대신 한자를 사용하는 것 등이다. 단문의 사용은 식민지 이전과 이후의 글쓰기의 교섭을 드러낸다. 즉 이제 거부해야 할 제국 본토 언어에 대한 무언의 기억, 그리고 한국어로 쓰라는 식민지 이후의 명령[112]에 의한 텍스트 공간의 불편함을 나타낸다. 한자의 사용은 그 같은 포스트식민지적 명령과 논쟁하고 있다. 인물들은 한글 텍스트에서 자아를 연출하는 데 분열을 경험하며, 시각적으로 텍스트의 경계

112 서석배, 「단일 언어 사회를 향해」, 『한국문학연구』 29, 2005, 185~219쪽을 볼 것. 이영재 역시 남한에서의 "민족적 영화"의 구성과 연관해서 이 운동을 추적한다. 오영진의 시나리오 〈맹진사댁 경사〉를 각색한 1956년 이병일의 영화화에 대한 분석을 볼 것. 오영진의 시나리오는 일본어로 쓰였으며 1943년 『국민문학』에 발표되었다. 이영재는 이 시나리오의 번역/각색이 어떻게 일본 제국주의하의 "지역성"으로서 "반도"에 대한 묘사를 1945년 이후 민족적 공간으로 전환시키는지 보여준다. 이영재, 『제국 일본의 조선영화』, 현실문화, 2008, 211쪽.

를 넘어 움직이면서, 텍스트를 한반도와 1950년대의 언어 민족주의(그 중 한 흐름은 위에서 〈자유부인〉의 언어정책에 대한 논의에서 살핀 것처럼 한자의 폐지를 요구했다) 바깥의 공간에 연결한다.

그 같은 소외된 자에 대한 강조는 여러 면에서 그의 자전적 소설 「신의 희작」(1961)에서 정점에 이른다. 이 작품은 일제 통치가 끝난 후의 15년을 요약하면서 남한문학의 체제에 작별을 고하는 의미를 지니고 있다. 「신의 희작」은 반항적인 S — 근친상간적 환상의 희생자이자 영어의 노예화에 대한 반항자 — 의 이야기를 전하면서 그가 주변화된 해방 따라지에 극적으로 합류하는 과정을 말하고 있다. 해방 따라지란 해방 후 일본과 만주로부터 한국으로 돌아온 무일푼의 집 없는 사람들을 말하는데, 그들은 "자치 건설대"라는 조직을 만든다. S는 다른 젊은 사람들과 그들의 가족들과 함께 "공동생활" 형성하고, 구제단체와 임시 일거리를 통해 얻은 거주지와 음식을 나누며 살고 있다. 그러는 동안 그는 항상 자신들이 임시숙소로 쓰고 있는 건물에서 나가라는 경찰의 압박을 받고 있었다. 따라서 이 작품은 미군 점령기의 국가주의적 통합과 김동리의 「혈거부족」(1948)에서 만들어진 정체성을 둘 다 거부한다. 2장에서 살폈듯이 「혈거부족」에서는 제국의 변두리로부터 귀환한 사람들이 원시적 굴에 모여 자신들의 공통된 한국인의 본성을 재생시키는 모습을 보인다. 손창섭의 경우에는, 제국의 팽창과 그 이후 한국전쟁에 의해 야기된 탈위치화가 비국가주의적인 협동적 공동체의 가능성을 가져오며 전통의 회복으로 귀결되지 않는다. 또한 개인 및 사회생활이 일민주의가 옹호하는 국가로 포섭되지도 않는다.

우리가 알고 있듯이, 남한은 식민지 세계의 재연인 냉전공간에서 중심무대를 점유하려 했으며, 그것은 세계적 "개발도상"의 장치로의 이동인 동시에 "자유 아시아"를 연출하는 전개였다. 그러나 한국전쟁 직후와 1950년대 말까지, 미국 원조의 의존과 밀접히 연결된 정치·경제의 유착된 부패는, 민족적 개별성을 "회복"할 수 있는 생산적 주체의 출현이 불가능하게 했다. 1950년대에는 이승만 정권의 ISI(수입대체산업) 정책을 통해 개발적 노선을 만들려는 시도가 작동되기 시작했다. 그러나 개발주의 정책의 수행은 자유세계 주변부를 관리하는 미국의 조정 지시에 따라 실제로는 1960년대 박정희 정권하에서 비로소 시작되었을 것이다.[113] 4장에서 우리는 1950년대의 민족문학과 전통, 실존주의 담론을 끌어들이면서 박정희 정권의 정당성을 의문시하는 질문을 만나게 될 것이다. 우리는 또한 초기 개발주의 국가에 대한 저항이 어떻게 "근대"에 대한 새로운 방식의 비판을 포함하는지 보게 될 것이다.

113 Jung-en Woo, *Race to the Swift : State and Finance in Korean Industrialization*, New York : Columbia University Press, 1991.

제4장

퇴화로서의 개발

공산주의의 극복과 「분지(糞地)」 사건

1960년대 초반 남한은 미국의 냉전 개발주의를 구체화하기 위한 가장 중요한 곳의 하나로 떠올랐다. 만일 일본이 비서구적 지역의 주니어 파트너가 되었다면, 자유세계 "개발도상국"이 따라야 할 성공신화와 모델로 끝없이 거론되는 남한은, 주니어-주니어 파트너로서 앞선 경로를 좇아야 했다.[1] 아투로 에스코바는 1945년 이후 개발주의가 "빈곤정책"을 연출해 사람들을 경제적 장치에 놓는 데 의존함을 상술했다. 빈곤정책이란 "가난한 사람들을 인지와 관리의 대상으로 전환시켜 사회"를 변화시키는 정책을 말한다. 빈곤한 제3세계가 보다 높은 수준으로 올라와야 된다는 경제적 창조의 정책은 식민주의의 중단을 의미한다. 즉

---

1 마이너리티의 성공 사례로서 일본에 대한 논의로는 T. Fujitani, "Go for Broke, the Movie : Japanese American Soldiers in U. S. National, Military, and Racial Discourses", ***Perilous Memories : The Asia-Pacific War(s)***, ed. T. Fujitani, Geoffrey M, White, and Lisa Yoneyama, Durham, N.C. ; Duke University Press, 2001, p.253을 볼 것.

"식민지 시대에 빈곤에 대한 관심은 다음과 같은 생각을 전제로 했다. 설령 '원주민들'이 식민자의 현존에 의해 얼마간 계몽되더라도 가난의 문제는 **어쩔 수 없을 것**인데, 왜냐하면 그들의 경제적 개발은 무디기 때문이다."[2] 에스코바는 더 나아가 개발적 도구를 시각적 체제에 연관시킨다. 시각적 체제에서 개인은 최초로 "'미적' 가치가 증가된 스펙터클로 전환되는데, 그것은 그/그녀의 무력감이 증가하는 것과 동시적인 과정이다."[3] 에스코바에 의하면, 그처럼 주체와 대상의 분할이 개발적 담론에 의해 전유되는 것은, 타자를 영원한 영세민으로 위치시키려 하기보다는, "농민, 여성, 자연 그리고 다양하게 스펙터클화된 제3세계 타자"를 "지속적인 개발"의 목적론적 과정에 놓기 위해서이다.[4]

또한 중요한 것은 한국에서의 일본 식민주의의 경로가 서구나 미국과는 달랐다는 사실인데, 특히 궁극적으로 식민지인들을 제국의 주체로 병합함을 강조한 점에서 그렇다고 할 수 있다. 식민지 말의 동원은 점점 증가하는 한반도의 산업화 과정을 포함했다. 식민지 시기 전체를 통해, 그리고 특히 1930년대 중반부터 시작된 범아시아주의의 강화 속에서, 사람들의 생각은 자신들의 "가난"의 문제에 (어쩌면) **많은 것**이 시행될 수도 있다는 것이었다.[5]

---

2 Arturo Escobar, *Encountering Development : The Making and Unmaking of the Third World*, Princeton, N.J. : Princeton University Press, 1995, pp.22~23.

3 *Ibid.*, p.191. 에스코바는 여기서 레이 초우의 연구에 접근한다.
역주 : 제3세계 타자는 대상화되어 다양하게 스펙터클화되는데, 그 과정은 그런 대상화에 의해 자신들은 스스로는 어쩔 수 없다는 무력감을 갖게 되는 과정과 일치한다.

4 *Ibid.*

5 식민지 시기의 개발주의에 대해서는 Prasenjit Duara, *Sovereignty and Authenticity : Manchukuo and the East Asian Modern*, Lanham, Md. : Rowman and Littlefild, 2003을 볼 것. 우리는 또한 목적론적 "진보(progress)"라는 서구적 서사로의 한국의 틈입이, 조선왕조(1939~1910)를 "전통적인 과거"로 생산하면서, 이미 식민지 이전 19세기 말과 20세기 초의 한국의 계몽적 지식인들에 의해 작동되고 있었음을 주목해야 한다. 우리가 본 것처럼, 식민지 이전 계몽적 근대화 개념

따라서 1945~48년 한반도의 남쪽 절반에서의 미군 점령은 식민지 상태로부터 세계 경제주의로의 전환을 유발할 수가 없었다. 그 대신에 일본에 설치된 SCAP(연합군최고사령부)처럼 USAMGIK(미군정)은 기존의 대동아공영권의 개발주의를 미래의 미국 주도 "자유세계"에 병합시킬 토대를 놓으려고 했다. 그 같은 이동은 1930년대 말~40년대 전반의 범아시아 황인종/백인종의 대립을 해체함으로써만 진행될 수 있었다. 그런 인종적 분리의 제거는 "세 개의 세계"의 견지에서 지구를 재규정함으로써 성취될 것이었다. 민족주의(ethnonationalism)는 보다 넓은 자본주의적 자유세계 질서에 참여함을 보충하는 지역성의 "표현"이 되었다.[6] 점령기 이후 남한 정부의 법에 의한(de jure) 주권의 주장은 항상 남한을 자유세계의 주체로서 책임지우고 병합하는 일을 수반했다.

에스코바가 2차 대전 이후의 세계에 위치시킨 경제주의로의 전환을 정당화하려면 우리는 다음과 같은 언급이 필요하다. 즉 냉전 "개발"이 과거 제국이었던 일본과 그 예전의 식민지(한국과 대만)에 제공한 것은, 경제적 해방의 이름으로 된 어떤 **약속**이었으며, 그 내용은 근래에 대동아와 태평양전쟁 동안 일본 제국과 경쟁했던 "옛" 서구/미국의 식민주의를 해체한다는 것이었다. 그에 따라 아시아 개발의 소망을 들어준다는 유연한 전략의 문이 열렸는데, 그것은 특수한 종류의 정체성, 즉 민

이 식민지적 맥락에서 재구성되면서, 이광수 같은 작가와 개발의 행위자를 자처한 일본 식민정부에 의해 "진보"가 끝없는 특권화되며, 개발적 담론의 공동 연출이 발생했던 것이다.

6 David Palumbo-Liu, *Asia / American : Historical Crossings of a Racial Frontier*, Stanford, Calif. : Stanford University Press, 1999를 볼 것. 특히 "Written on the Face : Race, Nation, Migrancy, and Sex"(pp. 81~115)에서는 1950년대 중반 남한에서 만들어진 밀라드 성형이 "남한의 '재건'과 한국인의 신체" 사이를 연결하는 관계가 상술되고 있다(p.95). Palumbo-Liu가 지적하듯이, 규범적인 백인성이라는 인종주의적 서사는 자유세계 개발주의에서 여전히 중심적이다.
역주 : 밀라드 성형은 1950년대에 미국 성형외과 의사인 '밀라드'가 한국에서 처음으로 구순열(언챙이) 수술을 시술・발전시켜 '밀라드 법'을 완성한 데서 유래했다.

족적(ethnonational)-지역적인 동시에 표지 없는 자유세계의 주체라는 이름으로서였다. 2장에서 본 것처럼, 민족적이라고 묘사되는 자본은 민족적・지역적 회복과 세계 질서에서의 보편주의적 위치를 동시에 가능하게 하는 사용가치를 지니고 있다.

W. W. 로스토우, 데이비드 러너, 탈코트 파슨스 같은 이론가들에 의해 연구된 1950년대 말과 60년대 초의 개발 서사는, 캐서린 스코트가 지적하듯이 진화론적이고 남성중심적이며, 자연/문화, 원시/문명, 여성/남성, 비합리적/합리적, 비생산적/생산적 같은 계몽적 이항대립에 의존한다.[7] 그와 동시에 그 같은 성장의 단계화는, 1장에서 논의한 식민 권력의 시각적 전시를 보이지 않게 잔존하는 강압으로 대체하며, '개발 대상이 되는 국가'에 형식적인 자율성을 부여한다.

4장에서 나는 냉전의 중심부와 주변부의 개발주의의 관계에 대해 고찰할 것이다. 여기서 먼저 검토할 것은, 냉전의 중심부가 어떻게 스펙터클화된 제3세계를 연출하면서, 방해 없는 세계적 정보의 흐름을 요구하는 자유세계의 소통망에서 그들이 사라지게 만드느냐는 것이다. 그 다음에 나는, 주변부 자유세계 국가, 즉 1960년대의 박정희 정권이, 어떻게 민족/국가의 부합을 주장하면서 결국 그것을 지속적인 위기의 상태에 놓게 되는지 보여줄 것이다. 여기서 특히 관심을 두는 문제는, 박정희의 남한 민족-개발주의의 초기 형식과 (1945년 이후 남한 역사에서 가장 중요한 사건의 하나인) 4・19와 그 직후의 국가 및 냉전 분단체계에 대한 대항(opposition) 간의 관계이다. 마지막으로 나는, 남정현(1933~) — 1960년대의 대표적인 반미작가이이면서 박정희 정권에 의해 기소된 최초의 작가 — 의 작품이 남한에서의 미국의 존재뿐만 아니라 국내적 독재 및

7 Catherine V. Scott, *Gender and Development : Rethinking Modernization and Dependency Theory*, Boulder, Colo. : Lynne Rienner, 1995, pp.29~33을 볼 것.

보다 넓은 냉전 질서에 대한 지속적인 비판을 제시하는 방법을 고찰할 것이다. 1960년대 초의 개발적 주체(훈육 중인 주체로서 아직 주체가 아닌 주체)의 호출에 대한 남정현의 대응은 역사주의적인 원시성의 생산을 보이게 만드는 것이었다. 그에 따라 남정현은, 진화론적 개발 논리에 끼워 넣어진 남한의 거세된 남성의 몸들을 풍자적으로 왜곡해 보여주며, 박정희의 민족적 건강/근대화 부합의 주장에 대항하려 했다.[8] 우리가 국가주의적 개발과 그와 논쟁하는 시각적 정치학을 만나는 것은 1960년대의 다른 어떤 작가들보다도 남정현의 작품에서이다.

의사소통과 노하우로서의 개발 — 〈어글리 아메리칸〉

W. W. 로스토우의 『경제성장의 단계 — 비공산주의 선언』의 세계적 유포가 미국 본토와 (이 책이 1960년에 번역된) 남한에서의 이 책의 중요성을 알려주지만, 널리 읽힌 냉전 개발주의 선언과 안내서는 소설의 형식으로 쓰였다. 즉 윌리엄 레더러와 유진 버딕의 『어글리 아메리칸』(1958)이다. 이 소설은 1963년에 영화화되었는데 조지 잉글런드가 감독을 하고 말론 브란도가 주연을 맡았다. 1954년을 배경으로 하고 부분적으로 베트남이 나오는 『어글리 아메리칸』은, 디엔 비엔 푸에서의 프랑스의 패전으로 돌아가며, 암암리에 제목의 암시처럼 그레엄 그린의 『조용한 미국인(Quiet American)』으로 회귀한다. 이 작품은 디엔 비엔 푸가 1949년의 중국 공산

8 Kyung Hyun Kim, *The Remasculinization of Korean Cinema*, Durham, N.C. : Duke University Press, 2004를 볼 것.

주의 혁명과 1953년의 한국에서의 교착상태의 뒤를 잇고 있다고 설명한다. 이 싸움은 마오쩌뚱 및 그의 방법과 함께 한 전투였으며 적의 성공을 계산에 넣은 실패는 상대의 격침으로 귀결되었다. 화려한 겉치레와 구식의 전술(클라우스비츠)[9]을 지닌 프랑스는 공산주의자들의 전면적인 게릴라전을 이해하는데 실패했으며, 그들의 경제・정치・군사 사이의 긴밀한 연계를 이해하지 못했다.[10] 『어글리 아메리칸』은 1950년대 말에 출현한 미국의 근대화 이론이 어떻게 1945년 이전 유럽의 식민주의와 거리를 두려 하는지를 드러낸다. 예를 들어, 적의 전술의 전용을 포함해 의사소통 채널의 개방이 지닌 효율성과 필요성을 요구하는 것이다. 실제로 『어글리 아메리칸』은 반공주의의 이름으로 된 "생산주의적인" 판타지의 틀을 제공한다. "노하우"의 자유로운 교환은 "개발되는 세계"를 책임지게 함으로써 구식 인종주의의 종언을 가져올 것이다.

소설과 영화는 모두 거짓 폭행 사건으로 시작된다. 즉 사르칸인들(Sarkhanese, 동남아에 위치한 허구적인 사르칸의 거주민들)과 함께 일하는 콜빈이 미국인 폭행범이지만, 이는 그가 사르칸 여성에게 약물을 먹여 폭행한 것으로 허위로 고발된 것이다.[11] 콜빈은 공격당해서 피를 흘리고 있다. 그의 부상은 그를 백인 희생자로 등장시키며, 이 장면은 복수가 아니라 정확한 사건의 진상을 요구하고 있다.[12] 고발이 거짓이라는 사실은 (아시아의 모든 곳을 대표하는) 사르칸에서의 미국의 계획을 정당화하는 동시에 사르칸인과의 더 좋은 관계가 필요함을 나타낸다.

---

9 역주 : 『전쟁론』(1833)의 저자.

10 William J. Lederer and Eugene Burdick, *The Ugly American*, New York : Norton, 1958, p.132. 또한 구식 식민주의에 대해서는 p.197을 볼 것.

11 *Ibid.*, p.29.

12 따라서 이 작품은 강간의 묘사의 식민주의적 전유를 재구성한다. Jenny Sharpe, *Allegories of Empire*, Minneapolis : University of Minnesota Press, 1993을 볼 것.

도덕적 정당성을 확보한 후에, 『어글리 아메리칸』은 다양한 차원에서 생긴 정보와 허위정보 사이의 투쟁을 추적한다. 제1세계의 개발주의는 인종이나 성에 의해 영향을 받기보다는 생산주의적인 정보와 지식의 중립적 보유를 지향하지만 그 정보와 지식은 (사르칸인에게 책임의식을 갖게 하기 위해 아버지 피니안이 소크라테스 기법을 사용하는 데서 볼 수 있듯이) 지역성/개별성을 고려해야 한다. 실제로 1945년 이후의 개발주의 담론은 이미 적당한 자리에 있는 회로를 묘사하기 위해 노버트 위너의 사이버네틱적 "순수정보" 개념에 따른다. 적절하게 기능하기 위해 그런 회로는 봉쇄나 장애물, 즉 소위 물질적으로 유형화된 것을 제거하는 일만이 필요하다.[13] 정보회로는 지리적 공간의 그리드(grid)[14]와 그 코디네이트를 닮았다. 즉 그것은 공간의 과학적·합리적 조직화인 것이다. 지역에서 발견되는 차이는 부수적이고 표면적인 것으로 발생하는데, 그것은 고려되어야 하지만 물질적인 방해로 잘못 전달되어서는 안 된다. 그리드는 그런 표면적 저항과 "소음"을 만회하고 자신의 흐름을 강화한다. 제1세계 본토의 개발론적 유토피아주의는 사르칸과 같은 허구적 장소, 즉 모든 곳인 동시에 아무 곳도 아닌 곳의 위치화에 의존한다. 본토의 개발주의의 판타지는 "지역성"을 자유롭게 흐르는 회로가 되어야 할 노드(node, 단말장치의 접속점)로 상상한다.

냉전은 "가슴과 마음"을 위한 투쟁이 되었으며, "구세계" 식민주의의 비효율성과 엄격한 인종적 위계질서로부터 거리를 둔다.[15] "어글리 아메리칸"이라는 말은 흔히 부정적인 의미로 오해되어왔지만, 이 구절이

13 N. Katherine Hayles, *How We Became Posthuman : Virtual Bodies in Cybernetics, Literature, and Informatics*, Chicago : University of Chicago Press, 1999를 볼 것.

14 역주 : 전자관에서 전자나 이온의 흐름을 조절하기 위해 장치한 전극(電極)을 말함.

15 William J. Lederer and Eugene Burdick, "mainly in the mind of men"·"blockage of information", *The Ugly American*, New York : Norton, 1958, p.267·275.

야말로 버딕과 레더러의 작품에서 한결같이 **긍정적 표현**이라는 점을 상기하자.[16] 이 소설에서 호머 애트킨스의 호칭인 어글리 아메리칸은, 주저하지 않고 지역 및 그 주민과 연합하는 미국인, 즉 차이를 이해하고 언어를 배우며 "손을 더럽히는" 미국인을 말한다. 이 작품 전체를 통해 보듯이 애트킨스("어글리 아메리칸")와 지포(Jeepo, "어글리 사르카니즈")의 관계는 구식 식민주의와 백인/원주민의 위계질서를 내던져 버림으로써 발전한다. 예컨대 애트킨스와 지포가 함께 기계에서 일하며 기름에 뒤덮일 때 피부색과 그 경계는 사라진다.[17] 이 작품에서 강화된 남성적 친밀성을 연출하는 그 순간은, 상호적 "노하우"의 전수, 즉 "적절한" 개발주의적 교환이 되며, 기계가 지역적 상황에 적용된 예가 된다.

만일 이것이 효율성의 체제로의 이동이라면, 그것은 또한 에티엔 발리바르가 말한 1945년 이후의 인종주의의 재코드화, 즉 생물학적 표현(phenotype)에서 성향(aptitude)으로의 전환이기도 할 것이다.[18] 그 같은 코

---

16 역주 : 어글리 아메리칸은 흔히 '추악한 미국인'으로 오용되지만 실제 소설에서 이 단어는 현지인과 마음으로 결합하려는 미국인을 말한다. 동남아에 '자유 민주주의'를 전파할 목적으로 파견된 미국인들은 대부분이 매끈한 얼굴에 깨끗한 옷을 입고 현지인에게는 무관심한 채 파티나 하며 시간을 보낸다. 반면에 기술자 호머 애트킨스는 못생긴 외모에 허름한 작업복을 입고 현지인에게 위화감을 주지 않으며 그들 속에 파고들어 기술을 전수해준다. 이것이 바로 노하우의 전수와 소통을 앞세운 미국 주도 개발주의의 전략이다. 이 소설은 미국 본국의 사람들이 그런 개발주의의 전략에 무관심함을 비판한 작품이다. 이처럼 미국의 개발주의는 지역인과 개발의 책임을 공유하고 그들에게 형식적 자율성을 부여한다. 그러나 휴즈는 이것이 보이는 강압적 식민주의로부터 보이지 않는 식민주의로의 전환임을 강조한다.

17 William J. Lederer and Eugene Burdick, *The Ugly American*, New York : Norton, 1958, pp.228~231. 이 작품에서 개발에 의한 변화가능성의 개념은 또한 핵심적 순간에 이민의 서사에 의존하는데, 즉 "어두운" 리튜아니아인 가족이 "텍사스인"으로 변화되는 서사이다(p.116). 이 같은 이주(이민의 서사)에 근거한 변화가능성은 이제 앞서의 결말지점, 즉 미국을 넘어서 확장된다. 어떤 주어진 공간에 고정된 좌표가 아닌 운동은 변화를 가능하게 한다. 즉 "텍사스인"은 운동하는 지리적 위치와 인물을 의미하며, 이제 동남아시아에서 그 일이 일어나는 것이다.

18 Etienne Balibar and Immanuel Wallerstein, *Race, Nation, Class : Ambiguous Identities*, London : Verso, 1991, p.211.

드 전환은 "순수" 정보 회로의 주장과 교차되는 것으로서, 인종주의화된 표면의 흔적의 역사를 (그것을 기름으로 덮으며) 없애지만, 그 순간 다시 인종주의적 본질주의와 진화론을 잔류시킨다. 우리는 외부로부터 내부로의 이동, 보이는 것으로부터 보이지 않는 본질주의/인종주의로의 전환을 만난다. 우리는 **구체적 형체가 없지만**(disembodied) **생산주의적인** 정보적 핵심의 형식에서 순수에 대한 욕망과 조우한다.

말할 것도 없이 그 같은 노하우와 정보의 교환으로서의 성장의 단계화는, 이윤 동기와 상품형식, 노동 자체의 항목을 제거해야 한다. 노동은 노하우에 의해 포섭된다. 노하우의 전수는 성장이라는 물질적 효과를 지닌 정보의 흐름으로서 발생한다. 따라서 성장, 즉 생산은 노동이 아니라 정보를 전수했다는 선언이 되는 셈이다. 〈어글리 아메리칸〉이 세계적 자본주의의 구조적 불균형과 적대관계를 은폐하는 것은 바로 그런 방법을 통해서이며, 그런 식으로 1940년대 말과 50년대에 아시아에서 현실화된 혁명적 잠재력에 대응하고 있는 것이다.

〈그림 4-1〉 미국의 교외와 겹쳐진 사르칸(〈어글리 아메리칸〉, 1963)

소설의 "사실적" 에필로그에서처럼, 1963년에 영화화된 〈어글리 아메리칸〉은 개발을 미국식 혁명의 세계적 전파를 위한 것으로, 즉 호머 애트킨스가 "세계 사업"으로 부른 것으로 묘사한다. 영화는 소설에서와 비슷한 불안감을 보여준다. 미국식 혁명의 세계적 확장을 위협하는 것은 공산주의이지만, 영화와 소설은 모두 국내 사람들의 문제점인 무관심과 부주의를 걱정한다. 그 같은 걱정은 마지막 장면에서 극적으로 드러난다. 사르칸의 대사 말론 브란도가 사르칸에서 기자회견을 할 때, 우리는 디졸브 쇼트[19]를 통해 사르칸에서 분주한 고속도로의 교차로로, 그리고 미국의 교외로 이동한다. 그다음에 우리는 등을 보이며 TV로 기자회견을 보고 있는 어떤 남자를 보게 된다. 그는 TV 편성 시간표를 뒤적이다가 화면으로 다가가서 TV를 끈다. 이것이 이 영화의 결말이다. 이런 시퀀스에서 사르칸과 미국 중부 사이의 공간은 허물어진다. 이 결말은 주변부의 위험을 중심에 호소하고 있다.

소설과 영화 모두 냉전 총동원으로의 소환이며, 끊임없이 직면하는 위기에 대한 항시적인 경계의 요구이다. 위기는 구세계의 유럽식 식민주의가 1945년 이후의 세계에 더 이상 적용되지 않는 점과 공산주의의 대중적 매력, 그리고 과거 피식민자의 완고함과 저항성에 의해 초래된 것이다. 그러나 그뿐만 아니라 또한 국내의 미국 시민의 냉담성에 의해 발생한 것이기도 하다. 무관심은 개발주의 회로에서 정보의 흐름을 방해한다. 순수정보에 대한 욕망은 드보르가 말한 "스펙터클의 사회"의 출현과 만나게 된다. 조나단 크래리가 지적하듯이, 드보르의 분석은 "일차적으로 이미지에 대한 **시선**에 관심이 있는 것이 아니다. 그보다는 기동성과 유통이 편재하는 세계에 살면서도, 주체를 개별화하고, 부동화하

19 역주 : 장면 전환에서 앞의 쇼트와 새로운 쇼트가 잠시 동안 겹쳐지는 것을 말함.

고, 분리시키는 조건이 구성됨에 관심을 두고 있다."[20] 영화라는 시각적 매체의 특성을 알고 있는 이 영화는, 또 다른 위협, 즉 순수정보가 상품화된 이미지의 유통과 교환에 진입할 때의 위협을 전하고 있다. 이 소설과 영화가 스스로 증언/다큐멘터리를 가정한다는 점, 즉 아무 곳에서도 일어나지 않은 동시에 아시아 전역에서 발생하고 있는 현실적인 기록을 가정함을 상기하자. 여기서 "다큐멘터리"는 〈어글리 아메리칸〉이 생산 · 노하우 · 절약을 강조함으로써 은폐하려 하는 난관을 만난다. 이 다큐멘터리는 세계적 소비의 회로에 놓일 수밖에 없는 것이다.

이 영화는 소비와 스펙터클의 사회에 주목하게 함으로써 그를 경계하는 주체를 동원하려 시도한다. 그러나 그렇게 하기 위해 이 영화는, 그 주체들을 영화라는 자신의 매체로부터 떨어뜨려야 하며, 상품화된 스크린과 극장으로부터 멀어지게 해야 한다. 소설과 영화는 작은 것에서 시작해서 큰 것으로 옮겨가는 과정을 강조하는데, 이는 특권화된 순수정보의 항목이 확대된 네트워크의 그리드를 통해 자연스럽고 효과적으로 이동하게 하려는 시도와 비슷하다. 이 영화는 그 같은 경로를 시각적으로 추적하면서, 선택된 쇼트들의 정보의 단편들로부터 사르칸에 대한 완전한 포괄적인 지식으로 이동한다. 그 같은 방법에서 이 영화는 소설을 구성하는 삽화들과 '인물스케치'/'개인의 사건기록'을 따르고 있다. 따라서 작은 것과 화소(픽셀, pixel)로 되돌아가는 이 영화의 결말은, 자본주의적 이미지의 유통과 할리우드 상업영화의 배급망에서 벗어나 순수정보의 회로로 소급해 건너뛰려 시도하는 셈이다.[21]

---

20 Jonathan Crary, *Suspensions of Perception : Attention, Spectacle, and Modern Culture*, Cambridge Mass. : The MIT press, 2001, p.74.

21 역주 : 순수정보는 더 넓혀진 네트워크로 확대되려는 욕망을 갖는데 그 욕망은 소비사회와 스펙티클의 사회에 직면한다. 그 점은 다큐멘터리적 형식으로 제시되는 세계뿐만 아니라 영화 자체의 매체가 지닌 특성에 의해서이다. 그런데 소비사회와 스펙터클의 사회는 개별

혁명으로서의 개발

1960년대 초반에 이르러 남한이 자유세계 경제 개발의 주요 역할을 할 것이라는 것이 차츰 분명해졌다. 그 같은 서사에 대한 고찰은 이미 『사상계』 같은 주요 지성지에 나타났다. 앞에서 언급했듯이, 가령 W. W. 로스토우의 『경제성장의 단계－비공산주의 선언』은 영어 원본이 출간된 1960년에 『사상계』에 연재되었다. 더욱이 민족적 형식으로 된 개발서사의 편집은 1960년대 초에 두 권의 책으로 나타났는데, 이 책들은 박정희 장군의 5·16쿠데타(1961)를 세계체제 속의 남한의 중흥을 위한 혁명적 출발점으로 정당화함을 뜻했다. 그 같은 두 책이란 박정희의 『우리 민족의 나갈 길』(1962)과 『국가와 혁명과 나』(1963)이다.

박정희는 쿠데타를 일으킨 후, 그가 "거짓" 반공이라고 부른 것을 피하고 국가 주도의 자본주의적 개발을 통한 "승공"을 옹호함으로써, 자신의 군사적 탈취를 국가주의적 개발주의 역사의 핵심적 순간으로 여기게 했다. 브루스 커밍스는 이렇게 쓰고 있다.

> 동북아의 국가 / 사회 융합체에서, "국가 건설"의 의미란 먼저 국가에 대한 의존이 생기고, 그다음 산업, 대기업(예컨대 한국 재벌은 모두 국가의 축복을 받은 생득권을 갖는다)을 만들려는 의식적·무의식적 시도가 이어진 후, 그리고 그 뒤에, 단지 그 뒤에 "사회" 곧 "근대성"의 당대적 상상에 필요하고 적합한 집단들이 생김을 뜻한다.[22]

화와 무관심을 통해 정보의 흐름을 방해한다. 이 영화에서 사르칸의 세계가 TV화면으로 축소되는 결말 장면은 소비사회에서 순수정보의 회로로 소급하려는 욕망을 암시한다.

22 Bruce Cumings, "Webs with No Spiders, Spiders with No Webs : The Genealogy of the

박정희가 볼 때, 남한은 경제성장을 민족(ethnonation)의 자율성을 이루는 유일한 수단으로 여기는 노선에 놓여야 했으며, 일인당 GNP의 증가는 그 같은 민족의 자율성에 공헌할 것이었다. 박정희의 공식에서는, 반성장의 자세는 반민족주의적일 뿐 아니라 반민주적인 것이 된다. 왜냐하면 그의 경우 정치적 자유란 경제성장에 뒤따르는 것이기 때문이다. 그 같은 정치에 대한 경제의 우선권은, 일제 통치하의 한반도에서 수행된 식민지 근대화의 일반적 운동을 닮았을 뿐더러, 미국의 근대화 이론, 특히 로스토우의 『비공산주의 선언』에서 공식화된 단계론을 거의 따르고 있다.

『국가와 혁명과 나』는 제목 자체가 책의 내용을 알레고리적으로 공표하고 있다. 박정희 자신이 "영원한 혁명"의 헤게모니적 주체, 즉 건강한 민족의 구현이 되고 있는 것이다. 남한이나 북한에서 "국가와 혁명과 나"에 반대하는 사람들은 "병균"이다.[23] 박정희는 한국 역사 속에 항상 잠재했지만 한 번도 성취되지 않은 건강성을 가정하기 위해, 세계에서 거의 볼 수 없는 "순혈(purity of blood)"을 지닌 "순수한 동포 민족"의 개념을 전개했다. 조르조 아감벤이 말했듯이 "개발에 대한 강박은 우리시대에서 보듯이 효과적인 것인데, 왜냐하면 그것은 통합된 인민들을 연출하기 위한 생체정치적 기획과 부합하기 때문이다."[24] 박정희의 경우, 민족의 순수성은 그가 병에 걸린 국가의 역사라고 여긴 것과 날카롭게 대조된다. 병에 걸린 국가의 역사는 봉건주의와 식민주의, 가난, 파벌주의, 동족상잔의 싸움으로 말해지는 오천년의 실패를 뜻한다.[25]

Developmental State", *The Developmental State*, ed. Meredith Woo-Cumings, Ithaca, N.Y. : Cornell University Press, 1999, p.89.

23 박정희의 혈통적 민족주의에 대한 논의로는 Gi-Wook Shin (with Jim Freda and Gihong Yi), "The Politics of Ethnic Nationalism in Divided Korea", *Nations and Nationalism* 5, Winter, 1999를 볼 것.

24 Giorgio Agamben, *Homo Sacer : Sovereign Power and Bare Life*, Stanford, Calif. : Stanford University Press, 1998, p.179.

박정희의 『우리 민족의 나갈 길』과 『국가와 혁명과 나』는 지젝이 말한 "협동조합주의적 유혹",[26] 즉 "**구조적 불균형이 야기하는 적대관계가 없는 자본주의**를 얻으려는" 욕망을 보여준다.[27] 지젝이 보여준 것처럼, 그런 구조는 "사회적 구조에 **원래 내재하는** 적대관계를 (…중략…) **권력**의 관계로, 즉 **우리**와 **그들** 간의 지배를 위한 투쟁으로" 변형시킨다.[28] 박정희의 경우 민족적 신체의 건강은 세계체제 내에서의 민족의 전진에 의거한다. 자신의 자본주의적 경쟁자들에 대한 경쟁력 있는 효력의 획득은 "멸공"(공산주의의 박멸)과 제휴하여 생겨난다. 다시 말해, 박정희의 국가주의적 반공주의는 1990년대 초 동구권에서의 민족적 포퓰리즘과도 유사하다. 지젝에 의하면, 동구권의 민족적 포퓰리즘은 "공산주의의 위협을 게마인샤프트(혈연과 지연의 공동체)의 시각에서 민족 공동체의 유기적 조직을 부식시키는 외래적 신체로" 지각한다. "그런 방식으로 민족적 포퓰리즘은 자본주의 자신의 중요한 특징을 공산주의의 탓으로 돌린다."[29]

이제 박정희의 민주주의의 거부는 그런 유기체적인 민족적 신체/역사의 수사학에 의존한다. 즉 "기왕에는 서구 민주주의를 직수입하면 만사는 다 된다고 생각했는데, 결국 거칠은 한국 땅에서는 찬란한 외래 민주주의라는 나무가 접목에 성공치 못함을 보고, 이제 우리 민족사의 원목을 배양하지 않으면 안 되겠다는 자각에 눈 뜬 것이다."[30] 여기서 우리는 이중적인 부적절성을 만난다. 첫째로 바탕이 되는 토양이 부적절하고 준비되어 있지 않다. 둘째로 꼭대기로부터의 이식의 행위 — 나무

25 박정희, 『국가와 혁명과 나』, 향문사, 1963, 22~23쪽.
26 역주 : 협동조합주의란 국가가 자본과 노동의 관계를 통제하는 것을 말함.
27 Slavoj Žižek, *Tarrying with the Negative : Kant, Hegel, and the Critique of Ideology*, Durham, N.C. : Duke University Press, 1993, p.210. 강조표시는 원본의 것임.
28 *Ibid.* 강조표시는 원본의 것임.
29 *Ibid.*, p.211.
30 박정희, 『우리 민족의 나갈 길』, 동아출판사, 1962, 84쪽.

의 "직수입 접목"—가 부적절한 "질서의 전도"이며 모방적 행위이다. "찬란한" 나무는 바탕에서부터 성장해야 한다. 그 나무는 적절하게 서구적이기 위해서 적절하게 "원목"적이어야 한다. 한국의 "거칠은 땅"은 불가피하게 "직수입" 번역에 저항한다. 비판의 대상이 되는 언어는 "거칠음"이다. 박정희는 서구적 형식의 모방을 거부하는 동시에 남한을 서구적 장치 위에 놓아야 하는 것이다. 이것이 양가성/차이를 지닌 아포리아적인 민족주의적 태도이다.

『우리 민족의 나갈 길』과 『국가와 혁명과 나』에서 근대화의 서사에 대한 박정희의 초기적 고찰은, 앞의 책의 원제가 암시하듯이 근대의 역경에서 "벗어날 길"을 제시한다. 박정희는 민족적 자율성과 재통합을 이룰 수 있는 일방통행의 길로서, 세계체제를 통해 주변부에서 핵심 권력으로 승격하는 약속을 제공한다. 물론 박정희의 중심적 관심의 하나는 이승만을 권좌에서 제거한 사건 4·19와 비교되는 5·16의 정당성이었다. 박정희에 의하면, 4·19의 실패는 이전의 통치자의 해악을 일소할 수 없었던 데 원인이 있었다. 즉 "이번 혁명[5·16]의 목적은 국가재건과 경제 확립에 있었지만 그 본질 면에서 고찰하면 지극히 부분적인 일부 특권층에 의하여 농락되는 정치나 경제 체제를 전국민의 것으로 회복하고 확보하는 데 있었다 할 것이다."[31] 4·19의 연속으로서의 5·16이 "서민적 국민 혁명"인 것은 바로 그런 이유에서였다. "다시 말하자면, 이 혁명의 특색은 **〈기성세력층 대 국민의식+군의 힘〉**으로 표현될 수 있다."[32] 따라서 5·16을 "국민혁명"의 과실을 지닌 것으로 만들기 위해서는 "인간적 재건"의 운동에 참여할 필요가 있다.[33] 그렇게 한 후 5월 쿠데타는 특별한 방식으로 "서

31 박정희, 『국가와 혁명과 나』, 향문사, 1963, 150~151쪽.
32 위의 책, 153쪽.
역주 : 괄호 〈 〉와 고딕은 인용된 원본 그대로의 것임. 이하 동일.

민적 국민"을 대리하게 된다. 즉 5월 쿠데타는 국민에게 서민 의식을 계몽해야 하는 순간 그 즉시로 그들의 의식을 반영하게 된다.

4·19는 국가에 저항하는 역사적 서사의 중요한 위치를 차지하며, 1970년대에 출현한 민족문학 운동과 연관된 문학 비평의 경우에는 특히 그렇다고 할 수 있다. 백낙청은 4·19를 "미완의 혁명"이라고 지칭했는데, 왜냐하면 그 목표(학원자유, 공명선거, 민주적 개헌)가 현재(1980)에도 아직 더 성취되어야 하기 때문이다.[34] 백낙청은 식민지 시기 동안의 민중의 근본적 열망을 일제로부터 해방된 독립된 민족국가(nation-state)의 건설로 설명한다. 그것을 성취하기 위해서 우리 민족은 일제를 몰아내고 민주적 역량을 기르려 애썼다. 그러나 미군정도 이승만 정권도 그 같은 운동을 진전시키지 못했다. 미군정은 이승만 정권에게 분단을 물려주었다. 그리고 이승만 정권의 존재는 과거 일제 협력자들에 의해 유지되었다.[35] **민족**의 염원은 이제 일제의 잔재를 제거하고 통일된 민족

33 위의 책, 130쪽.

34 백낙청, 「4·19의 역사적 의의와 현재성」, 강만길 편, 『4월혁명론』, 한길사, 1983, 31쪽. 이 글은 원래 박정희가 암살되고 전두환이 권좌에 오르기 전인 1980년에 발표되었다.

35 4·19운동에 참여했던 학생들의 견해를 표현하기 위해 『사상계』는 1960년 6월 「민중의 승리」라는 제목의 특집을 마련했다. 이 특집은 「노한 사자들의 증언」이라는 표제로 5월 3일에 있었던 고등학생과 대학생들(고등학생은 시위에서 핵심적 역할을 했다)의 좌담회를 다루고 있다. 연세대 학생 조덕행은 이렇게 말하고 있다. "자유당의 두목은 물론 이박사겠지만 그 밑은 참모진으로 보면 정치 이념하고는 거리가 먼 관리들을 모아가지고 정당을 만들지 않았어요? 그래서 제정시대에 고문(高文) 파스했다던가 하는 왜놈들의 앞잡이들이 해방 이후 다시 우리나라의 관리가 되고 또한 자유당의 앞잡이가 되었어요. 그렇기 때문에 해방 이후 민주주의를 배웠다는 것은 거짓말이고 사실은 관료적인 사고방식이 잠재하고 있는 것이에요"(『사상계』, 1960.6, 40쪽). 여기서 중요한 것은 이승만 정권이 일본 식민지 통치의 지속으로 묘사되고 있는 점이다. 4·19는 식민지적 요소를 추방할 수 있게 하고, 진정한 민주주의를 성취하게 한다. 그처럼 4·19가 해방의 기회를 열었다는 조덕행의 말은 8·15가 해방을 얻는 데 실패했음을 암시하는 셈이다. 조덕행의 발언은 2장에서 살폈던 1945년 8월 15일의 의미에 대한 논쟁(1948년 8월 15일 대한민국이 수립된 후와 1950년대 내내 침묵 속에서 이루어진 논쟁)을 지시하는 동시에, 기성세대에 대한 널리 퍼진 젊은 세대의 일반적인 불신을 나타낸다. 기성세대는 여기에서처럼 협력과 연관될 뿐만 아니라 일

국가를 확립하는 것이 되었다. 이승만 정권은 그 같은 열망을 외면함으로써 정통성을 상실하게 되었다. "이렇게 볼 때 4·19는 이승만 시대의 반역사적 방향을 바로잡으려는 한국 민중의 혁명적 의지가 낳은 사건임이 드러난다."[36]

남한의 주도적인 좌파 역사가의 한 사람인 강만길은, 「4월 혁명의 민족사적 맥락」에서 4·19를 민중운동의 역사에 위치시킨다.

> 갑오농민운동은 반봉건 운동과 반외세운동이 결합됨으로써 개화시대 민중운동의 정점을 이루었고 3·1민족운동은 민주주의 운동과 항일운동이 결합됨으로써 식민지 시대의 최대의 민중운동이 될 수 있은 것과 같이 4·19민족운동은 민주주의 운동이 민족통일운동으로 발전한 분단시대 민중운동의 거대한 출발점을 이룬 것이다.[37]

이처럼 강만길은 4·19에서 5·16까지의 역사적 시간을 두 단계로 구분한다. 즉 첫 단계는 장면 정권이 성립될 때까지의 "민주주의 운동"이었으며, 두 번째 단계는 민주주의 운동이 민족 통일운동으로 급선회한 시기였다. 이 두 운동은 서로 연결되어 있고 연속적이며, 보다 큰 **민중운동**의 역사에 속한다.[38]

강만길에 의하면, 이승만 정권은 자신을 정당화하려는 시도 속에서 식민지 시대의 항일운동을 반일주의로 변질시켰다.

제를 쫓아내는 데 실패했다고 여겨지는 것이다. 더욱이 4·19 이후에는 이승만 정권이 정적을 잠재우기 위해 반공주의를 이용했다는 비판이 널리 확산되었다. 예컨대 신상초는 「사회주의 운동 15년—그 역사와 생리」에서 이승만 정권은 "뿔본[부르봉] 왕조 형의 궁정정치와 맥카시적 수법이 기묘하게도 결부되어" 있었다고 말했다(『사상계』, 1960.8, 58쪽).

36 백낙청, 「4·19의 역사적 의의와 현재성」, 강만길 외, 『4월혁명론』, 한길사, 1983, 32~33쪽.

37 강만길, 「4월 혁명의 민족사적 맥락」, 위의 책, 25쪽

38 위의 글, 14쪽.

그러나 (…중략…) 독재체제도 곧 한계성을 드러내지 않을 수 없었으며, 4·19는 바로 그 한계성이 하나의 정점에 이른 결과였다. 이렇게 보면 4·19는 (…중략…) 그 바른 길을 다시 찾은 민중운동이었다고 이해할 수 있으며, 다만 그 한 가운데 항일운동의 측면이 분단시대의 민족사적 요구에 의하여 민족통일운동으로 승화된 것이었다.[39]

우리는 이 해방의 서사에서 두 가지 점을 주목해야한다. 하나는 그 같은 해방의 서사가 저항의 계보를 구성한다는 것이며, 또 하나는 5·16을 진정한 혁명으로 특권화하고 4·19를 의거로 축소시킨 박정희 정권의 공식적 역사의 공표에 대항하려 하는 점이다.[40]

남한이 1970년대 초에 — 그리고 이글을 쓰는 지금까지 — 성공적인 개발을 보여주는 혜택 받은 곳이 되었음을 상기하는 것은 중요하다. 그것은 자유세계에서 성공한 소수의 모델로서 일본의 전후의 안내를 뒤따른 것이었다. 그 같은 냉전 이데올로기의 논리 — 지금까지 계속되는 남한의 핵심요소 — 는 "첫째는 개발, 그다음에 통일"의 정책을 엄격히 지킬 것을 요구한다. 이승만 정부를 계승한 장면 정권은 그런 정책의 명령에 충실했지만, 1960년 말과 61년 초에 학생운동을 억제하는 데 점차 효

39 위의 책, 17~19쪽.

40 역사적 사건으로서 4·19에 대한 토론은 4·19 직후에 시작되었다. 많은 사람들이 4·19를 혁명이라고 부른 반면 다른 사람들은 동의하지 않았다. 예컨대 『사상계』 1960년 6월호에서 편집장에게 보낸 편지(「편집실 앞」) 중에 「혁명 혹은 개혁」이라는 표제를 단 김영세의 글은 이렇게 쓰고 있다. 언론인들이 4·19를 "혁명"으로 지칭하는 데 동의에 이른 반면, "4·19의거가 어찌하여 혁명인지 알 자는 아무도 없다. 우리의 지식으로서는 혁명이란 우선 정치체제에 변화가 있어야 하고 혁명에 가담한 사람들이 실제 정치권력을 장악 내지 참여해야 한다. 그러나 우리의 4·19는 국체의 변동도 없고 오로지 민주주적 정치형식의 일부 변화만 가져온 것이다"(『사상계』1960.6, 31쪽). 반면에 민석홍은 「현대사와 자유 민주주의」라는 그의 논설에서 이렇게 쓰고 있다. "이번 사태는 틀림없는 혁명이요, 한국민이 스스로의 힘으로 자발적으로 전취한 자유 민주주의 혁명이다"(『사상계』, 1960.6, 97쪽).

과적이지 않음을 스스로 입증하게 되었다. 강만길이 지적하듯이, 학생들은 4·19운동이 민주적 권리뿐만 아니라 "민족적 주권"과 통일의 투쟁을 포함하도록 확대되길 원했다. 실제로 통일과 민족적 주권은 민주적 권리의 성취의 필요조건으로 여겨졌으며 특히 학생들에게는 그렇게 보였다.[41] 이 **민족**의 이름으로 된 통일의 요구는, 한반도가 냉전 이데올로기 투쟁으로부터 벗어나야 하며, 통일된 한국은 비동맹과 중립성에 근거해 세워져야 한다고 주장했다. 장면 정권이 4·19 이후의 정부로서 지녔던 어떤 작은 정당성을 잃었을 때, 백낙청이 "분단체제"라고 불렀던 것에 대한 위협, 그리고 결과적으로 ("자유세계의 리더"로서 미국의 역할의 넓은 암시를 지닌) 남한에서의 미국의 헤게모니에 대한 위협이 명백해졌다. 5월의 쿠데타가 일어난 것은 정확하게 바로 그 시점이었다.

5·16이 4·19에 의해 시작된 일의 연속이라는 박정희의 설명은 4·19의 온당한 확대로서—특히 학생들과 1960년에 재등장한 사회주의적 정당들에 의한—커져가는 통일의 요구에 이의를 제기한다. 박정희는 4·19 이후의 상황의 발전이 4월의 약속을 두 가지 면에서 왜곡시켰다고 믿었는데, 그 둘은 모두 혁명적 주체와 연관이 있었다. 즉 ① 혁명을 "서민적 국민"으로 확장시키지 못한 학생들의 무능력으로 인해 4·19 이전의 특권화된 엘리트들이 권력을 유지하는 일이 허용되었다. ②"혁

41 위에서 인용한 1960년 6월 좌담회에서 동국대 학생 심춘섭은 4·19의 미완의 성격에 대해 이렇게 제시했다. "4·19사태의 성격을 체계적으로 보면 주권투쟁입니다. 이 주권투쟁이라는 개념 속에는 국권투쟁과 민권투쟁의 두 가지로 나눌 수 있는데 이번 것은 부르주아나 프롤레타리아의 계급투쟁이 아니라 민권투쟁의 성격을 가지고 있습니다. (…중략…) 민권투쟁은 여기에서 정체되는 것이 아니고 앞으로 또 한 단계의 민권투쟁이 있을 것입니다. 이번 것이 세칭 제2공화국을 위한 혁명이라면 제3공화국이 초래되리라고 생각합니다. 제3공화국에 있어서는 민권투쟁과 국권의 투쟁이 혼합된 주권투쟁으로 이것이 발현될 것이라 믿습니다. 이는 남북통일이라는 국권통일이 전제가 되는데 우선 미군의 철거, 자유선거 혹은 북진이라든가 여러 가지 있겠습니다만, 4·19사태는 결국 하나의 국권투쟁으로 향한 과정이라고 저는 생각하는 것입니다"(『사상계』, 1960.6, 48쪽).

신세력"에 의한 통일의 요구는 4·19를 북한의 노선, 즉 공산주의 혁명으로 전환시켰다. 그와 동시에 5·16은 4·19 이후의 "사회적 데카당스"에 직면해서 민족적(ethnonational) 주체성의 회복을 나타내게 된다.

> 본인은 그와 같이 퇴조하는 사회 제상보다도, 국민의 정신이 해이되고 무기력하게 되어 가는 데 크게 관심하였다. 말하자면 **〈우리 것〉**, 〈한국적인 것〉, **〈한국인적인 것〉**은 점차 퇴화 소멸하여 가고, 대신 〈미국적인 것〉, 〈서구적인 것〉 그리고 〈일본적인 것〉이 등장하려는 데는 끝없는 분노를 누를 길이 없었다.
>
> 민주당 정권은 이를 해석하여 현대문명사회에의 발전이요, 개화라 할런지 모른다.
>
> 그러나, 이것은 분명히 한국을 잃어가고 있다는 것이다.[42]

캐서린 스콧의 설명에 의하면, 여기서 박정희가 전통/한국인다움을 강조하는 것은 단지 그의 적에 대한 불신을 나타내는 수사적 전략일 뿐 아니라, 그가 다른 곳에서 "파벌의식" 혹은 "가족주의"라고 부른 가족 관계와 존재의 퇴보양식을 청산하기 위한 것이었다.[43] 전통은 독특한 민족적 문화의 자율성으로 분절되며, 그런 자율성은 근대화의 길을 막고 있는 기존의 어떤 "퇴보적" 가족 조직을 해체하면서도, 개발적 국가를 "우리 것"의 수호로서 민족주의(ethnonationalism)로 주장할 수 있게 한다. 근대화는 역사주의적인 "인간적 재건" 계획에 참여해 "전근대적인 것"을 가려내 폐기하면서도 잃어버린 것 — 전통, 한국 — 을 회복할 수 있게 할 것이다.

---

42 박정희, 『국가와 혁명과 나』, 향문사, 1963, 78~79쪽.

43 Catherine V. Scott, *Gender and Development : Rethinking Modernization and Dependency Theory*, Boulder, Colo. : Lynne Rienner, 1995, p.8.

퇴화로서의 개발

「분지」(1965)의 출간에 따른 남정현의 체포와 구속은 북한에서 일반적으로 분단 이후 남한 문학사에서의 의미 있는 사건으로 생각되었다. 그러나 정작 남한에서 남정현의 작품 자체는 상대적으로 적은 비평적 관심을 받았다.[44] 그와 함께 남정현은 흔히 문제성 있는 발전적인 인물로 언급되었으며, 분단 이후 한반도에 대한 미국의 신제국주의를 점차로 인식하는 서사에서 그런 평가를 받았다. 예컨대 김윤식은 "미국의 본질을 거대한 분노로 폭로한 남정현의 화제작 「분지」 또한 (…중략…) 미국에 대한 새로운 인식 위에 서 있는 것이다"라고 쓰고 있다.[45] 임진영은 남정현의 작품을 "알레고리의 시대, 다시 말해 독재정권의 시대"가 낳은 시대적 산물로 여기고 있다.[46] 실제로 남정현의 작품은, 1960년대 초에는 신식민적 상황의 극복을 약속한 해방적 순간으로서 주로 이승만의 하야를 알레고리화한 것을 중심으로 전개된다. 박정희의 5·16은 그와 대조되는 일로서, 억압적인 반공적 국가와 매판 엘리트의 경제적 착취 및 그들의 외국(미국과 이후의 일본) 후원자로의 복귀를 나타낸다.[47]

1960년대 초의 남정현의 작품이 4·19와 5·16에 대한 명백하고 특별

44 김윤식과 정호웅의 한국문학사의 정전을 형성하는 선적인 도표에서 남정현의 작품이 한 번 나타난 것은 「분지」 사건 때문이다. 김윤식·정호웅, 『한국소설사』, 예하, 1993, 652~655쪽을 볼 것. 「분지」가 작품색인에 나타난 반면 남정현은 작가색인에 나타나지 않는데, 이는 이 작품의 중요성이 작가보다는 「분지」 사건에 있음을 암시한다.

45 위의 책, 401쪽.

46 임진영, 「가장 강력한 웃음의 칼날」, 남정현·천승세 편, 『한국소설문학대계 43-분지/황구의 비명 외』, 동아출판사, 1995, 557쪽.

47 남정현이 남한의 신식민지성의 표현과 계속 연관되었음은, 1990년대 후반 IMF 위기 동안 그의 작품이 다시 출간되었을 때 실제로 분명히 나타났다.

한 반응이긴 하지만, 그의 작품은 또한 실존주의에 의해 고취된 1950년대 중반(그는 1958년에 문단에 데뷔했음)부터의 앙가쥬망, 레지스탕스, 행동의 요구와 연관해서 보여져야 한다. 예컨대 초기작 「굴뚝 밑의 유산」(1959)은 남한을 비판하기 위해 잉여인간(superfluous man)의 묘사를 통해 호소하고 있으며, 그 점은 그 이후의 많은 작품에서도 비슷하다. 그의 작품의 잉여인간은 사회의 의미 있는 참여에서 배제된 대학교육을 받은 가난한 지식인 청년들이다.

남정현은 1950년대 말과 60년대 초에 비슷한 인물형을 보여준 손창섭이나 이범선, 최인훈 같은 다른 작가들과 구분된다. 그것은 남정현의 소설에서의 저항이 민족을 대신하는 잉여인간 주인공의 신체와 밀접한 연관을 지닌다는 점에서이다. 그 같은 저항의 생체화는, 1950년대 전통담론에 속하는 인종과 문화 사이의 관계의 맥락에 놓여야 하는데, 전통담론 자체는 앞 장에서 살폈듯이 "서양"에 대항하는 식민지 말 범아시아 지역/제국 주체의 재분절이었다.[48] 인종을 근대에 저항하는 한국 및 한국문학을 구성하는 문화와 동일시한 이은상의 (3장에서 언급된) 내재론적 입장은, 신동한의 「휴머니즘과 작가정신」(1959)에서 더 진전된 굴곡을 발견한다. 이 글에서 신동한은, 1950년대의 실존주의와 연관된 사르트르적인 '앙가쥬망'을 저항하는 민족적 신체에 연결시킴으로써 생체화시킨다.

---

48 두 세계대전 사이 동안 일본에서 문화를 인종과 동일시한 것에 대한 연구로는 Harry Harootunian, *Overcome by Modernity : History, Culture, and Community in Interwar japan*, Princeton N.J. : Princeton University press, 2000, 294쪽. 물론 인종과 문화의 연결은 적어도 19세기 말로 거슬러 올라간다. 식민지 이후 남한에서 인종과 문화에 대한 이광수의 이론의 중요성에 대한 논의로는 Hyung Il Pae, *Constructing "Korean" Origins : A Critical Review of Archaeology, Historiography, and Racial Myth in Korean State-Formation Theories*, Cambridge, Mass. : Harvard University Press, 2000, pp.258~260을 볼 것.

> 한국에도 과거에 수많은 레지스탕스의 사실이 있었다는 것은 누구나가 알고 있는 일이다. 이것은 하나의 전통으로 민족의 혈맥에 그대로 이어져 나오고 있다. 인간이 주체성을 확립하려는 이 몸부림이 바로 휴머니즘의 정신이며 그 표현이 조국애, 민족애로서 이루어지는 것이다.[49]

이 같은 생체화된 저항은, 남정현의 작품에서 자신도 모르게 저항하며 자발적으로 움직이는 몸을 발견하는 남성 주인공의 형식으로 나타난다. 남정현의 작품에서 그처럼 움직이는 신체들은 "현대(modern)"에 저항할 수밖에 없다. 남정현의 경우 **현대**는 독재적인 남한정부와 패권국가 미국에 의한 근대화의 역사주의적 논리의 전개를 나타내고 있다. 그러나 분명히 현대는 또한 식민지 말의 "근대(modern)의 초극"이라는 구절에서 사용된 단어 **근대**를 대신하는 것이기도 하다. 따라서 현대는 두 개의 시간성을 지니고 있다. 즉 그것은 말할 수 없는 식민지 말의 근대의 초극 담론으로의 회귀이면서 또한 "동시대성"을 나타내는 말인 것이다.

남정현의 「굴뚝 밑의 유산」은 손창섭의 작품 및 이범선의 「오발탄」(1959)과 유사성을 지니고 있다. 이범선의 「오발탄」은 스크린에 옮겨져 남한의 가장 잘 알려진 영화 중의 하나(〈오발탄〉, 유현목 감독, 1960)가 되기도 했다. 이들의 작품은 기본적인 서사에 따르면서 필요한 변화를 보이고 있는데, 그 같은 점은 많은 다른 1950~60년대 남한 소설에서도 발견된다. 즉 무기력하고 절망적이며 가난에 시달리는 남성 주인공들이 나오며, 그들은 높은 교육을 받았지만 일자리를 찾지 못해 낮은 임금을 받거나 반실직 상태에 있다(「굴뚝 밑의 유산」의 석주는 수업료를 내지 못해 학교에 다니지 못하게 된 대학생이다). 주인공이 친하게 지내는 인물은 누이이거

---

49 『자유문학』, 1959.3, 325쪽.

나 주인공이 누이로 여기는 여성인데, 그녀는 때로는 생활을 위해 매춘을 할 수 밖에 없으며 항상은 아니지만 미군에 고용되어 일한다(영옥). 인물들 중 한 사람의 자포자기적인 행위는 소설을 비극으로 이끈다(석주의 아버지는 석주의 수업료를 마련하려 강도짓을 하며 그는 붙잡혀 감옥에 간다). 미국에 대한 환상과 미국 상품에 대한 페티시가 나타난다(갑자의 환상공간은 한쪽 벽이 뉴욕 시가의 그림으로 덮여 있는 다방이다). 또한 북한에 대한 기억이 그려지며(영옥은 유일한 욕망은 죽기 전에 한 번 더 북한에 있는 부모를 보는 것이다), 매판자본에 대한 비판이 나타난다(부패한 삼각 회사).

그러나 「굴뚝 밑의 유산」은 매판자본과 남한-미국 관계에 대한 노골적인 알레고리적 비판을 제공하는 점에서 다른 작가의 작품과 구분된다. 이 작품은 갑자의 판타지 공간인 "왕실"이라는 다방에 대해 다음과 같이 설명한다.

> 갑자는 무엇보다도 이 층의 그 "왕실"로 통하는 층층대에 정이 갔다는 것이다. 꼭 기수를 태평양 쪽에 둔 여객기의 타랍에 오르는 기분이란다. 문을 열기만 하면 엠파이어 스테이트 빌딩을 중심으로 한 뉴욕 시가의 그 빛나는 모형이 좌측 벽 전면을 차지하고 있는데, 갑자는 그것이 더없이 흡족하다는 것이었다. 단숨에 태평양을 날을 착각에 취할 수가 있다는 이론에 근거를 두고서인 것이다. (…중략…) 갑자가 좋아하는 장식품으로만 스마트하게 꾸며진 이 "왕실"의 황홀한 분위기는 응당 자기 집 "드로우잉 룸"이어야 한다는 것이다. 그러한 주장하에서 갑자는 왕실의 주인이나 다름이 없다는 것이었다.[50]

이 같은 다방의 묘사는 갑자가 실제로 자신이 살고 있는 집을 묘사한

50 남정현, 『굴뚝 밑의 유산』, 문예출판사, 1967, 335쪽.

직후에 제시된 것이다.

> 우선 갑자네 집은 한 인간이 성한 정신으론 들어갈 장소가 못 된다는 것이 아닌가. 방문을 열기만 하면 흡사 아직도 꼬리가 아물지 않은 원시인들이 머리를 풀어헤친 채 나무열매를 갈아먹고 있는 광경이 금시로 보일 것만 같은 두려움이 앞을 가리기 때문이라는 것이다. (…중략…) 원자로가 뒷받침한 후반기의 주민인 한 인간의 체면에 무슨 용기로 그따위 집을 뜬 눈으로 들어갈 수가 있느냐는 것이었다.[51]

"왕실"에서의 갑자의 판타지는 매판자본가가 아주 빌딩에 실행해 놓은 것을 모방한 것이다. 석주는 회사 사장이 영옥과 "곡마단 놀이 같은" 섹스를 하는 것을 보고 무의식적으로 사장을 공격하는 "실수"를 하는데, 그 후에 영옥은 사장에게 석주가 그녀의 오빠이며 술이 취해 실수를 했다고 얼버무린다. 그녀는 분위기를 전환시키기 위해 석주가 사장의 빌딩에 올 것을 주선한다. 석주는 빌딩에 도착한다.

> 드디어 석주는 아주 빌딩의 그 세련된 면상을 볼 수 있었다. 면상의 태반은 투명한 유리의 집단이었다. 그중에도 석주는 그 넓고 투명하고 반들거리는 정문의 모습에 반한 것이었다. 한 시간에도 무려 수십 번씩 들어갔다 나왔다 하고 싶은 충동이 일어나는 신선한 인간의 통로라고 느낀 것이다. 모두들 북통만한 배때기를 패스보드처럼 썩 썩 펴보이곤 들어가는 품이 석주의 눈에는 참으로 매력적이었던 것이다.[52]

---

51 위의 책, 334쪽.
52 위의 책, 345쪽.

빌딩의 스펙터클에 대한 석주의 어린아이 같은 매혹은 매판자본가의 화폐 물신주의와 대비된다. 화폐 물신주의자는 갑자처럼 '남한 내부의 외국'이라는 그 자신의 공간을 만든다. 즉 아주 빌딩은 엠파이어스테이트 빌딩을 대리한다. 자신을 개발서사의 꼭대기에 놓고 싶은 그들의 욕망은, 개발서사에 의해 진화론의 하층으로 묘사된 남한의 그림으로부터 자신을 제거하는 일을 낳는다. 그들의 대응은 인간의 지위로 올라서는 것, 즉 서구로 진입하려는 것이다.

이는 갑자가 어떤 극장 같은 공간으로 들어서는 일로서, 그것은 뉴욕 시가를 보는 시선이기보다는 그 이미지 안의 그녀 자신의 위치를 보는 것이다. 이 순간 시가지는 그녀의 배경이 되면서 어떤 연대기를 연출한다. 그 같은 근대화의 역사주의적 논리는 미국의 현대적 대도시를 목표로 특권화하면서 필연적으로 한국을 원시적 상태로 보게 한다. 갑자는 판타지에 빠져들고 자유세계의 상상계로 진입하면서 퇴화된 (민족적) 집(home)이 표상하는 부권적 권위를 내버린다. 그녀는 또다른 남근적 질서, 즉 원형적 마천루 엠파이어스테이트 빌딩에 의해 지배되고 있는 판타지 틀에 예속되어 있다.

영화적 공간에서의 갑자의 위치는, 남정현의 작품이 할리우드의 영화 생산과 연관된 이미지의 초국가적 유통에 관여하는 방식을 보여준다. 앞장에서 살폈듯이, 할리우드 영화는 식민지 말 전시에 추방된 후에 1950년대에 재등장했으며 매우 대중적이 되었다. 더욱이 1950년대의 많은 남한 영화들은 고전적인 할리우드 영화의 테크닉과 주제들을 전용했다. 「굴뚝 밑의 유산」은 어떤 욕망을 불러일으키고 있는데, 그 욕망은 할리우드 영화를 닮은 배경과 풍경을 연출하는 50년대의 많은 한국영화에서 발견되는 것이다.[53] 남한의 경계를 넘어선 초국가적인 운동과 연관된 "왕실"과 아주 빌딩은 그 같은 영화적 시퀀스들을 지시하고 있다. 그런 공간에서 남한의 행위자들의 위치는 개발주의적 미래의 시작을 연출하고 있으며, 그곳에서 남한을 "앞으로 발전될" 장소로서 이미지화하고 있는 것이다. 1950년대의 남한의 현재, 즉 극장의 외부의 공간은 과거가 된다.

갑자는 1950년대의 할리우드의 영화 관객과 남한의 "황금시대"의 영화를 의미화한다. 그녀의 영화적 경험은, 즉 그녀가 영화적 공간에서 느끼는 즐거움은, 매판 엘리트의 존재의 방식으로 번역되고 있는데, 그들은 더 이상 남한의 "현실"을 보고 있지 않다. 그에 반해 무지한 채소장수의 아들 석주(그는 단지 어머니의 유언 때문에 대학에 다닌다)는 "굴뚝 밑에" 위치하며, 냉전 본토/주변부의 시공간을 구성하는 판타지 프레임 외부에 놓여 있다. 그가 유일하게 소유하고 있는 것은 아버지로부터 물려받은 웃음이라는 "자랑스럽고 소중한 유산"이다. 그 같은 "진귀한 웃음"은 남들에게는 웃음보다는 찡그림으로 보이는데, 억압적인 현실과 대면하는 순간 참을 수 없게 터져 나온다. 가령 아버지의 주름진 손가락들과 붙잡힌 아버지가 훔친 금반지의 대조 같은 부조리를 상상할 때이다. 굴뚝 밑의 유산, 즉 아버지에서 아들로의 그 같은 웃음의 전이는, 유전적 저항이자 냉전적 현대와 스스로 대립하는 유산이다. 남정현의 경우, 그 같은 유산이 온당한 역사의 주체로 자신을 드러내는 기회를 제공한 것은 1960년의 4·19였을 것이다.[54]

---

53 "할리우드를 욕망하기"에 대한 논의로는 Chung-Kang Kim, "South Korean Golden-Age Comedy Film : Industry, Genre, and Popular Culture, 1953~1970", Ph. D. diss., University of Illinois, Urbana-Champaign, 2010, pp.104~117을 볼 것. Chung-Kang Kim은 1960년대 말의 젠더 코미디에 대한 중요한 논의를 제공한다. pp.169~207을 볼 것. 또한 Hye-Seung Cheung, "Toward a Strategic Korean Cinephilia : A Transnational Detournement of Hollywood Melodrama", *South Korean Golden Age Melodrama : Gender, Genre, And National Cinema*, ed. Nancy Abelmann and Kathleen McHugh, Detroit, Mich. : Wayne State University Press, 2005를 볼 것.

54 이승만 권력의 제거는 1950년대의 정치적 억압뿐만 아니라 (우리가 본 것처럼) 민족분단

이승만이 하야한 후 5·16쿠데타 이전에 쓰인 「너는 뭐냐?」(1961, 그해 권위 있는 동인문학상을 받았을 때 곧바로 정전화된 작품)는 4·19의 의미를 구성하려 시도한다. 남정현의 경우, 4·19는 이승만 정권의 전복뿐만 아니라 훨씬 더 뜻 깊은 해방을 의미한다. 그 같은 해방은 잉여인간이 집 안의 감금에서 탈출하는 — 「굴뚝 밑의 유산」에 그려진 1950년대의 거세된 절망에서 벗어나는 — 형식을 취한다. 남정현의 거의 모든 작품에서처럼, 「너는 뭐냐?」는 젠더 관계를 역전시키고 있다. 즉 주인공 관수와 식민지 시대 "모던 걸"의 1960년대의 반복인 그의 아내 신옥을 알레고리화함으로써 '현대'의 폭정을 묘사하고 있다. 이 작품에서 '현대'에 대한 질문이란 신옥에 대한 질문이다. 현대에 대한 반항적 질문("너는 뭐냐?")은 신옥 — 사장 비서로서 작품 전체를 통해 거의 모든 시간을 집 밖에서 보내며 그중 얼마간은 다른 남자와 보낸다 — 을 가정적 공간으로 다시 들여보낸다. 이 같은 진행은 〈자유부인〉의 선영과 코미디 〈여사장〉(1959, 한형모 감독) 같은 1950년대 다른 영화에서의 주인공들이 밟는 경로를 닮았다.[55]

의 역사와 냉전 질서 내의 한반도의 위치에 대한 명백한 비판의 공간을 열어 놓았다. 해방 직후에 형성되었고 1950년대에 주변으로 밀려났던 중립성과 비동맹에 대한 요구가 다시 나타난 것은 바로 1960년대였다. 그와 동시에, — 사회주의 정당 재출현에 연관된 사람들을 포함해 — 지식인들은 이승만의 실각에 의해 열려진 가능성을 찬양하고 억압적인 반공주의를 비판하면서도, 또한 항상 공산주의로부터 스스로 조심스럽게 거리를 두고 있었다. 김윤태는 많은 남한 문학비평가들처럼 4·19운동이 "문학을 위한 새로운 시기"를 연 것으로 그 중요성을 강조하고 있다. 즉, 작가들은 절망과 불안, 실존주의적 고뇌를 내던지고 "민족 현실의 (…중략…) 실제적 상황"에 대면하게 되었다. 실제로 4·19운동은 문학계에서 변화의 감각을 강조하는 "한글세대"(자국어 한글로 교육받은 한국어 세대)가 성년이 된 시기와 부합한다. 김윤태, 「4·19혁명과 민족현실의 발견」, 『민족문학사강좌』(하), 민족문학사연구소 편, 창작과비평사, 1995, 237쪽.

55 관수의 "인간성"의 회복은 신옥이 현대의 대표에서 "시시한 여인"으로 변화되는 순간 일어난다. 이 같은 신옥(혼외정사의 권리가 있다고 주장하는 여인)의 재형상화는 식민지 시대 모던 걸과 신여성의 재현의 오랜 역사의 맥락에서 보여져야 하며, 또한 1950년대에 "난잡한 여성"의 출현에 대한 불안의 상징으로 여겨져야 한다. 정태용은 "6·25 동란은 여성의

대학교육을 받은 관수는 "두꺼운 책들"을 번역하며 집에서 일하지만 그의 노고에 대해 실제적으로 아무것도 받지 못한다. 무기력한 관수는 완전히 신옥에게 지배되고 있는데, 신옥은 습관적으로 현대라는 단어를 무기로 사용해 매번 관수를 침묵시킨다. 관수의 폐쇄된 방의 공간 안의 잉여적 존재, 그리고 신옥과 식모 인숙, 집주인 아이들의 경멸과 조소는, 그의 절망감을 증가시킬 뿐이다. 그는 자신이 지구의 표면에서 말소되어야 할 박테리아에 불과하다고 결론을 내린다. 이런 원시화 과정 — 관수의 인간 이하의 존재로의 퇴화 — 은 그의 거세에서 기인된 것이다.

신옥은 '현대'의 불기피성에 대해 이렇게 말한다.

> 제발 당신도 이제는 좀 그따위 허무한 생각을 버려요, 네? (…중략…) 인정이니 동정이니 연민이니 뭣이니 하는 그 따위 형이상학적인 사고의 관습 말예요. 실속도 없는 그게 다 허무한 생각이지 뭐예요, 응? '현대'란 네가 살자면 내가 죽고, 내가 살자면 네가 죽어야 하는 그런 엄격한 룰 속에서 아주 조직적으로 빈틈없이 움직이는 그런 일종의 잔인하고 거대한 무슨 기계와 같은 것이거든요. (…중략…) 그런데도 당신처럼 맨날 그저 무엇이 안됐느니, 불쌍하다느니 하는 따위의 그 실용성도 없는 전근대적인 잡념에 사로잡혀 있는 한, 우리나라는 생전 가야 그저 억울하게 남의 예속권에서 남의 나라 시장 노릇밖엔 못한단 말예요, 아시겠죠, 네?[56]

성윤리를 일변시켜 주었다"고 쓰고 있다. 그는 (3장에서 논의한) 정비석의 대중소설 『자유부인』을 사회적 변화의 문학적 표현으로 인용하면서, 그런 변화가 많은 주부들을 불륜의 성적 밀애를 갖는 "쾌락주의자"로 이끈다고 말한다. 『현대문학』, 1965.4, 17~18쪽.

56 『자유문학』, 1961.3, 20~21쪽. 남정현은 이 작품을 1987년에 수정했다. 이 1987년 판본에서 신옥은 미국이 현대의 무서운 생리를 가장 잘 표현하는 견본이라고 주장한다.

신옥의 전근대/현대 구분의 분절은 차크라바티가 "전이의 서사로서의 역사주의"[57]라고 부른 것으로, 그에 따르면 남한은 제때의 시동, 즉 로스토우의 "도약"을 요구하는 목적론에 순응하는 수밖에 없다. 4·19는 이 작품의 결말에 가서야 나타나는데, 그때 관수는 집안에 틀어박힌 상태에서 벗어나 "사람 대접을 해라"고 외치는 거리의 4·19 시위자를 발견한다.

> "나도 사람이다. 암, 나도 사람이다!"
>
> 그때 관수는 배창자가 짜릿하도록 시원하게 소리를 치며 인파 속을 파고들었다. 다음에 올 일을 근심하는 눈동자란 하나도 없었다. 지금 이 시각 이후에 오는 시간은 모두 다 내 차지라는 그런 감격에 윤나는 또렷또렷한 눈동자들이 찬란하게 하늘을 비췄다.[58]

따라서 남정현의 작품은 4·19를 독재자 이승만을 권좌에서 제거한 특별한 "정치적인" 사건으로 보기 보다는 존재론적 해방으로 위치시킨다. 4·19의 시위자들은 근대화라는 원시화의 논리로부터 벗어나 역사라는 시간성을 갖는다. 그 같은 이동은, **근대**의 극복에 관한 식민지 말의 담론과 긴밀한 연관을 갖는데, 당연히 그런 용어를 말하지 않음에도 그런 셈이다. 여기서의 주체는 제국적이 아니라 남성주의적 민족주의이다. 위의 군중 장면에서의 "사람"의 회복은 거세된 **현대**를 극복하려는 시도를 나타낸다. 4·19는 해체된 남성의 신체의 재통합을 촉진한다. 민족적 시간과 공간은 언어를 넘어 무언의 말의 느낌으로 경험되는 시선의 주권에 각인된다.

---

57 Dipesh Chakrabarty, *Provincializing Europe : Postcolonial Thought and Historical Difference*, Princeton, N.J. : Princeton University Press, 2000, p.30.

58 『자유문학』, 1961.3, 56쪽.

국가, 민족, 신체 — "색채의 불명료함"

박정희는 『국가와 혁명과 나』에서 5·16을 군사적 탈취로 반대하는 사람들이 있다고 스스로 쓰고 있다. 이어서 그는 "그러나 그만한 잡음은 우리의 궐전을 어쩌지 못한다"고 단언한다.[59] 문성숙(Seungsook Moon)이 지적했듯이, 박정희의 계획이 "군사화된 근대성"의 요체라면 그것은 또한 대중동원의 요청이기도 하다.[60] 5·16 이후에 남정현이 만든 "잡음"은 『사상계』 같은 잡지에서의 자유 민주주의적 주체에 대한 호소와 구분되는데, 그것은 다음의 두 가지 이유에서이다. 먼저 남정현이 민족적 신체에 대해 지속적인 관심을 가진 점에서이다. 또한 포스트식민지적 세계 자본주의의 역사주의적 노선에서 자율적인 민족적 주체의 가능성을 질문함으로써 박정희의 정당성의 요구를 방해한 점에서 그렇다.

남정현은 「부주전 상서」(1964)에서 '민족'의 이름으로 수행된 개발의 노선을 특징짓는 등가성/차이의 구조를 정확하게 해명한다. 이 작품은 서한체 형식을 지니는 점과 1인칭 화자가 비참한 궁핍을 스스로 발견하는 점에서 「분지」와도 유사하다. 자신의 아내 청자를 살해한 후 "짐승"으로 낙인찍힌 용달은 창경원 동물원의 우리에 감금된다. 그것은 "사람의 모양을 한 (저와 같은) 괴상한 짐승은 학문의 재료로서 뿐이 아니라 관광용으로 외화를 벌어들이는 데 있어서도 영구보존할 가치가 있다는 결론에 의한"[61] 것이다 용달의 신체를 동물원에 위치시키는 것은 남성

---

59 박정희, 『국가와 혁명과 나』, 향문사, 1963, 75쪽.

60 Seungsook Moon, *Militarized Modernity and Gendered Citizenship in South Korea*, Durham, N.C. : Duke University Press, 2005.

61 『사상계』, 1964.6, 361쪽.

신체의 퇴화를 의미한다. 개발적 국가는 그 같은 신체(소비와 연구의 대상)를 19세기적인 제국적 지식과 권력의 거대한 과학적·분류적 틀이라는 원시적 인식 안에 감금한 것이다.[62]

용달과 청자는 아들을 하나 가졌지만 용달은 더 많은 자식을 원했다. 청자가 국가 주도의 "가족계획"의 이름으로 피임기구를 사용한다는 것을 알았을 때 용달은 자신의 국민을 죽이는 국가에 대한 분노를 억누를 수 없음을 느꼈다. 용달은 청자에게 피임기구를 제거할 것은 요구했지만 청자는 거절했다.

> 아버지, 분노의 독소란 참으로 강력하더군요. 그리고 저는 자제력을 잃었으니까요. 저는 정말 제정신이 아니었습니다. 저는 그때 정 그러면 내가 빼주겠다고 장담하고 나서 볼 것도 없이 청자를 때려눕히고 자궁 속 깊숙이 저의 손을 쑥 틀어넣어 가지고는 무엇인가 잡히는 것을 한 움큼 왈칵 끄집어냈던 것입니다. 그러나 아 불행하게도 제가 잡은 것은 루프가 아니라 질 내의 근육이더군요. 정말 순식간의 일이었습니다. 청자는 소리한 번 지르지 못하고 아마 뻗은 모양입디다. 하반신에 흘러넘치는 피. 그런데 왜 그런지 저는 피로 보이지 않더군요. 그것은 고름이었습니다. 청자의, 저의, 아니 정부의, 조국의, 좌우간 어디에선가 크게 곪은 부종(浮腫)이 콸콸 무너져 내리는 누런 고름의 강하(江河)였던 것입니다. 왜 그렇게 통쾌하던지요. 시원했습니다.[63]

용달의 만족은 청자의 몸에서 피임기구를 제거한 것(그는 이일에 실패한

---

62 Rey Chow, *The Protestant Ethnic and the Sprit of Capitalism*, New York : Columbia University Press, 2002, pp.95~100에서 인종의 집단화(ethnicization)와 동물원의 시각적 체제에 대한 분석을 볼 것.

63 『사상계』, 1964.6, 373~374쪽.

다)에서 온 것도 살인 자체에서 기인된 것도 아니다. 쾌감을 생산한 것은 기표들의 운동—피에서 고름으로, 그리고 소유격의 연속("정자의, 나의, 아니, 정부의, 조국의")의 운동—이다. 그처럼 용달은 적절한 비유를 찾으면서 사건을 스스로 알레고리화한다. 이 과정에서 그는 청자의 재생산의 기능을 자기 것으로 만들며 알레고리화가 욕망하는 이미지를 생산하기 위해 단어들을 연속해 동원한다. 적절한 기표("조국의")의 배치는 피를 바라보는 적절한 방식이 된다. 우리는 용달의 알레고리화가 어떻게 생체정치적 국가로부터 민족적 신체를 분리해 내려 시도하는지 보게 된다. 결국 이 작품의 남성주의적 주체성의 생산은—단어들의 상승적인 위계의 동원("청자의, 저의, 정부의, 조국의") 속에서—민족(ethnonation)을 "혁명과 국가와 나"와 동일시하는 박정희의 등식에 대항하려 하고 있다.

실제로 「부주전 상서」는 경쟁하는 남성중심주의(들)와 민족주의(들)의 이야기를 우리에게 들려준다. 그 이념들은 민족적 동질성의 기호로(그리고 위에서 본 것처럼 박정희의 책에서 핵심적 계기로) 자주 동원되는 용어 동포(축자적으로는 "동일한 자궁")에 대한 불안의 제거에 초점을 둔다. 동일성(동)을 생산하는 것은 자궁(포)이다. 동일성의 생산은 여성을 **어머니이자 타자**((m)other)로서 특징짓는다. 여기서 생산하지 않는 여성은 타자(other)가 된다.[64] 어머니이자 타자로서 여성의 형상화는 차이로부터 동

64 Shirley Nelson Garner, Claire Kahane, and Madelon Sprengnether, eds., *The (M)other Tongue: Essays in Feminist Psychoanalytic Interpretation*, Ithaca, N.Y.: Cornell University Press, 1985를 볼 것. 또한 Marianne Hirsch, The Mother/Daughter Plot: *Narrative, Psychoanalysis, Feminism*, Bloomington: Indiana University Press, 1989, p.52를 볼 것. 허쉬(Hirsch)는 나오미 쇼어(Naomi Schor)에 따르면서, 어머니의 형상을—문학을 가능하게 하는 동시에 억제되어야 하는 것으로서—문학 속의 타자성에 연결시킨다. 우리는 용달의 아버지의 상징계가 여성(문학을 가능하게 하는 동시에 배제되어야 하는 대상)을 재현함으로써 사건을 서사화하고, 알레고리화하는 방식을 생각해야 한다. 살인의 재현의 과정은 그 같은 양가적이고 위험한 공간을 제거하는 것이며, 용달을 민족을 서사화하는 화자로 출현시키는 과정이다.

질성을 생산한다. 「부주전 상서」에서 용달의 여성에 대한 이미지는 청자가 월경의 기호인 "월경대"(diaper, 피임기구)를 사용하는 것을 알았을 때 "산산조각" 난다. 청자를 "타자"로 만드는 것, 즉 아들을 생산하지 못하게 하는 것은 월경/피의 흐름이다. **피는 동질성이 아니라 차이의 위치가 된다.** 청자의 살해는 (민족으로서의 피의 비유를 수반하면서) **동**(동일성)과 **포**(자궁)의 부등가성, 즉 동질성에 내재한 타자성을 지우려는 급진적 시도를 의미한다.

물론 동포는 민족분단을 극복하려는 비이데올로기적 위치로서 자주 환기된다. 예컨대 4·19 직후에 김경탁은 이렇게 쓰고 있다.

> 여기서 우리 남북동포—현대적 한국 지식인으로서 냉철한 두뇌로 역사적 현실을 직시하여야 할 것은 민주주의의 부작용이 있다는 것을 일시라도 망각하여서는 아니된다. 한국을 민주주의화하려다가 자본주의의 부작용으로 인하여 한국의 민족 생명을 잃어서는 아니되고, 또 한국을 공산주의화하려다가 독재주의의 부작용으로 인하여 한국의 민족생명을 잃어버려서도 안 된다.
>
> 우리 남북동포—현대적 지성인들은 민족성을 내포한 개성의 소유자로서 정치, 경제 및 문화 어느 부문에서든지 항상 민족 생명선에 즉하여 착수할 것이다.[65]

김경탁의 유기체론적 동포론—분단된 민족의 통일을 위한 근거로서 민족성과 생명력의 등가성—은, 정치적 차원의 가변성으로부터 민족적 소속의 불가피성을 분리시킴으로써, 미분화된 비이데올로기적 민족 신체를 이데올로기적인 것(자본주의 , 공산주의, 민주주의, 독재정치)에

---

65 김경탁, 「한국의 현대적 인간이념」, 『사상계』, 1960.5. 98쪽.

대립시킨다. 김영탁의 생체정치학이란 동포와 민족 생명을 (민족의 분열인) 이데올로기에 대립시키고 보충성으로서의 동포를 통해 남북을 연합시키는 것(남북동포)이다. 그런데 그것은 공산당과 "깊은 동포애"의 차이를 가르치지 못하는 반공교육이 있는 한 통일은 불가능하다는 용달의 주장과 겹쳐진다.

남정현은 남한의 반공주의가 어떻게 진화론적 경제학의 규범적 기능에 의존하는지 보여주려 했다. 즉 그는 반공주의가 어떻게 공산주의적 타자와 "개발되는 세계"에 대한 저항을 둘 다 인종주의화/원시화하는 시각적 표지를 만드는지 제시하려 했다. 용달은 어떤 젊은 학생이 매일 아침마다 와서 그를 관찰하며 하루 종일 시간을 보낸다고 아버지에게 말한다.

> 제 딴엔 앞으로 위대한 동물학자가 되기 위한 예비지식을 쌓느라고 그러는지는 몰라도 제가 보기엔 아마 북한에서 산다는 인종도 저와 흡사한 짐승이 아닐까 하고 생각하는 듯 싶었습니다. 그렇습니다. 아버지 요새 애들은 왜 그런지 북한엔 뿔 돋친 공산당이 산다고만 알지, 사람이 산다는 사실은 좀처럼 인정하려 들지 않는 것입니다. 하물며 우리들의 사랑하는 부모며 처자며 형제가 살고 있다고 하면 그들이 곧이듣겠습니까? 웃음거리가 될 뿐이지요. 좌우간 요즘의 소년소녀들이 알고 있는 것은 북한에는 그저 모조리 때려죽여야 마땅할 흉측한 종자만이 살고 있다는 사실뿐인 것입니다.[66]

추악해진 짐승 같은 (북에 살고 있는 사람을 대리하는) 용달에 대한 동물학자 지망생의 관찰은 거울 안에서 자신을 보는 시선에 불과하다. 즉

66 『사상계』, 1964.6, 374~375쪽.

동물학자는 용달의 민족적 신체(동포라는 동질적 신체)를 원시화된 타자로서 검사하고 범주화함으로써 자신을 개발된 현대 자유세계의 노선 위에 놓게 되는 것이다.

용달은 아버지에게 외국 사절이 자신을 관찰하기 위해 오고 있다는 것과 그의 얼굴이 아직 너무 "인간처럼" 여겨지기 때문에 틀림없이 성형적으로 달라질 것이라는 것을 알린다. 그러나 외국(백인)의 시선은, 에스코바의 "스펙터클화된 제3세계 타자들"[67]을 연출하기 위해, 용달의 비참한 신체에 앞서 남한의 시각적 생산, 감금의 체제, 자기통제 능력의 전시, 감옥, 강등된 남한 신체에 더 의거할 것이다. 이 작품이 개발의 수사학에 은폐된 그 같은 시각적 정치학을 드러내는 것은 추악해진 용달의 스펙터클을 통해서이다. 여기서는 노하우의 교환보다는 핵심과 주변부의 관계에 의해 선정된 인종화/원시화가 드러난다.[68] 용달이 외국 사절이 도착할 때까지 겪어야 할 얼굴을 고치는 "성형"은 〈어글리 아메리칸〉의 순수정보 모델에 의해 회피된 표층을 재도입한다.[69] 여기서 "생물학적 표현형"에서 "성향"으로의 전환은 매끄럽지 않다.[70] 설령 인종적 표층이 조작된다 해도 체계에 대한 저항은 인종적 표층을 잔류시킨다. 더욱이 짐승 용달의 연출과 외국사절 앞의 전시는, 북한을 끊임없이 "사악한 괴물"로 연출하는 것이 미국 경제 "원조"의 유입을 보장하

---

67 여기서의 "인간성"의 생산은, 1906년 브롱스 동물원 원숭이 우리에 아프리카 피그미족 오타 벵가가 갇혔을 때 보여졌던 것처럼, 전시 자체에 의해 수행된다. 이는 대상에 대한 연구를 진행하며 울타리를 치고 관리하는 능력의 전시이기도 하다.

68 역주 : 개발의 시각적 정치학은, 용달처럼 미국 주도의 개발주의를 거부하는 제3세계의 신체는 원시적으로 추악해짐을 보임으로써, 핵심과 주변부 사이의 인종화를 드러내게 된다.

69 David Palumbo-Liu, *Asia/American : Historical Crossings of a Racial Frontier*, Stanford, Calif. : Stanford University Press, 1999를 볼 것.

70 역주 : 표현형이란 생물학적인 유전적 특성에 의존하는 인종주의를 말한다. 개발주의는 그런 '표현형'에서 '성향'으로의 전환이지만 개발의 시각적 정치학에는 여전히 표현형 인종주의가 잔존하는 셈이다.

는 것처럼, 똑같은 방법으로 외화를 벌어들인다.[71] 「부주전 상서」가 묘사하고 있는 것은, 남한 정부가 자신을 "인간" 곧 동물학자라는 표지 없는 지표에 놓기 위해, 냉전 본토의 시선과 제휴하며 북한을 급진적 타자로 연출하는 공저자가 되면서, 같은 막대의 다른 쪽에 자신을 위치시킨다는 것이다.

그 같은 감금은 동시에 일종의 자기감시 — 반공 국가주의를 구조화하는 자신과 타자의 감시 — 이기도 하다. 남정현은 「천지현황」에서 그런 시각적 체제에 대한 탐색을 더 진전시킨다. 이 작품은 일본과의 외교정상화에 대한 반대 시위가 있던 동요의 시기에 쓰여졌으며, 국가로부터 민족적 신체를 회복하려는 노력으로서 아버지와 아들 간의 유전적 관계(「부주전 상서」)에 다시 호소하는 소설이다.[72] 직업이 목수(주인공 덕수에 의하면 성경의 요셉의 직업)인 덕수의 아버지는 아들의 일자리를 구하려는 마음으로 고위층 관리(장관)에게 주안상을 선물한다. 그 장관은 일본 재벌의 고위 경영자를 접대했는데 무겁게 올려진 음식으로 인해 주안상의 다리가 부러진다. 덕수의 아버지는 그 즉시로 공산주의자라는 딱지가 붙여져서 감옥에 투옥되고 그곳에서 죽음을 맞는다. 아버지는 아들에게 자신과 비슷한 운명이 닥칠까 두려워 목수가 되지 말라고 주문한다. 그러나 덕수는 자신의 손이 자발적으로 움직여서 그가 살고 있는 집을 고치기 위해 연장을 드는 것을 발견한다. 자신의 손을 통제할 수 없는 덕수는 그 손을 고발할 것을 생각한다.

---

71 역주: 북한이나 개발에 저항하는 존재는 남한이 미국 주도 개발세계의 일원이 되기 위해 똑같이 사악한 타자로 배제되어야 한다. 또한 그런 사악한 타자는 용달처럼 시각적으로 전시되어야 한다.

72 이 작품의 제목은 『천자문』의 첫 네 글자(천지현황)로 이루어져 있다.

> 국민된 사람으로서의 의무를, 아니 나라가 지시하는 사항을 어기면은 벌을 받는다. 제 아무리 친분이 두텁고 그 정상이 측은하다 하더라도 불온분자를 옆에 두고 비호할 수는 없는 것이었다. 옥살이를 감수할 성질이 아닌 담에야 말이다. 순간 나는 갑자기 애국자가 되어버린 상 싶은 흐뭇한 기분으로 하여 어깨가 다 으쓱 올라가는 것이었다.[73]

자신의 손("불온분자")을 고발하면 덕수는 반공적인 애국자와 국가주의적 주체가 될 것이지만, 그럴 경우 그는 자신이 방을 얻어 세든 집을 고치지 못하게 될 것이다. 이 집은 처음에는 현대적인 서구적 외관에서 매력을 느끼게 했지만, 덕수는 나중에 내적 구조가 모든 것이 문자 그대로 비뚤어지고 뒤틀렸음을 발견하게 된다. 그런 왜곡에는 집주인과 그의 가족의 육체적 외모도 포함되어 있었다. 현대의 풍경과 개발의 외관을 지닌 그 집은 내적인 도피와 훼손의 공간이 된다. 여기서 현대적이고 서구적인 것은 표면의 매력, 즉 집의 외관과 연관되어 있다. 또한 덕수가 자신의 손을 통제할 수 없다는 점은 내부로부터 솟아오르는 유전적이고 자발적인 저항을 생산한다. 이는 신체적인 저항이지만 그 자체로는 스스로 보여지지 않는다. 이 신체적 저항은 오직 그 행동 속에서만 자신을 드러낸다. 그것은 표지 없는 초월성을 지닌 개발적 노선의 이식을 반대하는 저항이다.

누가 덕수의 신체를 **소유할** 것인가. 덕수는 오직 그 자신의 신체로부터 소외됨으로써만 한국(국가)의 온당한 주체가 될 수 있다. 덕수의 신체는 민족과 국가 사이의 투쟁의 장소가 된다.

---

73 남정현, 『굴뚝 밑의 유산』, 문예출판사, 1967, 298쪽.

어쩌면 이렇게도 나의 손이 아버지의, 아니 불온분자의 손을 닮을 수가 있을까. (…중략…) 이건 정말 누구의 손인가. 불효스럽게도 나는 아버지의 손과 나의 손과를 구별할 수 없는 곤경에 빠지는 것이다. 막연하구나. 그런데 막연한 것은 비단 손의 한계뿐이 아니었다. 세상이 온통 막연한 빛깔에 취하여 돌돌 말리는 것이 아닌가. 모든 사물의 형태며 빛깔이 한폭의 추상화처럼 철저하게 분산되어 가지고는 나의 시야를 몽롱하게 적시는 것이었다. 흐물흐물 무너지는 선과 색과. 순간 나의 몸마저 뿌옇고 는적는적한 그 지경으로 전연 감정할 수 없는 모호한 빛깔 속에 서서히 침몰하여 그 윤곽이 지워진다고 생각되자, 나는 천연 무슨 위기를 고하듯

"덕수 덕수."

턱없이 나 자신의 이름을 부르며 진땀을 흘리게 마련인 것이다.[74]

이처럼 국가가 저항의 유전학을 거부하는 것은, 즉 부계로부터 덕수의 신체를 분리하려는 시도는, 자연적인 것(신체)에 인위성(이데올로기)을 강제하는 것이 된다. 그 과정에서 "아버지"는 "불온분자"가 된다. 남정현의 작품은 민족을 국가(state)에 대립시키거니와, 국가는 민족적 신체를 자신의 것으로 전유할 것이며, 국가와 민족적 신체와의 부합을 통해 국가를 이식할 것이다. 국가는 민족이 아니라 현대와 등가적인 셈이다.

소외되고 잉여적인 덕수가 자기 이름을 외치는 것은, 반공적 매판 국가의 소환을 거부하고 진정한 민족적 서사 속으로 스스로를 되돌려 호명하려는 노력이다. 여기에는 민족적(ethnonational) 신체 자체의 존재에 관한 논쟁이 없으며 그 신체를 소유할 주체의 위치와 진정성에 관한 논의만 있다. 그것은 **소유권**의 문제이다. 이 소유적인 민족주의의 방식은

74 위의 책, 299쪽.

남정현의 반국가주의가 자신이 반대하는 국가주의와 겹쳐지는 곳을 드러내는 지점이다.

덕수는 민족적 신체의 소유권에 대한 위기를 호명(interpellation)이 불명료해지는 혼돈으로 경험한다. 따라서 우리는 또 다른 갈등을 만나게 된다. 즉 덕수의 언어적 자기 소환과 "색채의 불명료함" 사이의 갈등인데, 이는 추상미술의 파편화와 연관된다. 여기서 문제가 되는 것은 신체와 시선 사이의 관계이다. 언어적 소환은 신체를 다시 통합시키는 이미지를 구성하려 시도한다. 언어적 자기 소환 — 언어를 자아와 동일시하려는 외침 — 은 먼저 신체를 전체/유기체로 상상하고 이어서 파편화된 신체를 불안하게 바라본다. 그다음에는 이미지를 모두 지우려는 시도로 이어지는데, 왜냐하면 이미지화는 손으로 통제할 수 없는 위험을 지니며, "선과 색채"의 구분을 붕괴시킬 위험이 있기 때문이다. 이 작품은 잠재적으로 통제 불가능한 이미지의 매개 없이 언어가 스스로를 불러내고 명명하려는 욕망을 드러낸다.[75] 이미지화는 의도하지 않은 의미들로 넘어가 버리거나, 추상미술처럼 의미가 미리 생산되는 방식에 의문을 제기할 위험이 있는 것이다.

우리는 또한 이 '자기 소환' 대 '국가주의적 소환'의 대립이 어떻게 식민지 말의 제국화를 상기시키는지 알 수 있다. 실제로 반식민적 민족주의는 식민지 시기 내내 담론적 자기 소환의 방식으로 발생했으며, 주권국가 한국의 부재 속에서 생겨났다. 그 같은 방식으로 남정현의 반국가주의는 과거 반식민적 민족주의의 1945년 이후의 반복을 나타낸다. 그

75 역주 : 이 소설의 알레고리화는 추상예술에서처럼 얼마간 "색채의 불명료함"을 암시한다. 그러나 남성중심적인 알레고리적 비유나 언어적 자기 소환에 의해 이미지 없이 자아를 민족적 신체 속에 호명하려는 욕망으로 이어진다. 이 지점이 바로 남정현의 작품이 자신이 반대하는 국가주의 서사와 겹쳐지는 부분이다.

와 동시에 그의 "현대(modern)의 거부"는, 식민지 말 국가주의적 제국주의의 특징인 서구와 미국에 대한 비판과 유사해지면서도, 그 제국주의의 담론의 악명을 말할 수 없는 위치[76]에 있었다.

경계를 넘어서기 -「분지」 사건

남정현의 계속된 박정희 정권에 대한 비판은 그가 「분지」(1965.3)의 국가보안법 위반 혐의로 구속된 1965년 7월 9일 정지되었다.[77] 북한에서 「분지」의 일부가 발행된 데 이어 남정현이 구속된 사실은 분명히 남한에서의 이 작품의 말소에 중요한 역할을 했다.[78] 다시 말해, 「분지」는 "남한"과 "북한"에서 동시에 분단체제를 강화하는 '보이는 것/보이지 않는 것'의 분할에 관한 문제적 텍스트가 되었다.

다음은 남정현의 재판 과정에서 북한 간첩으로 유죄 선고를 받은 최남섭이 증언한 발췌문이다(그는 그때 실형을 선고받고 수갑을 찬 채 법정에 나타났다).

> 검사 : 「분지」를 읽은 소감은?
>
> 최 : 그 내용이 남에 대한 북괴의 악선전을 대신하고 있다.

---

76 역주 : 남정현의 현대의 거부는 근대의 초극과 비슷하지만 결코 그 파시즘의 이론적 배경과의 유사성을 인정할 수 없는 위치이다. 여기서는 행위자의 위치의 차이가 파시즘의 배경이 되느냐 저항적 리얼리즘이 되느냐의 차이를 만들고 있다.

77 남정현은 1965년 7월 23일 '도주 및 증거인멸의 우려가 없다'는 이유로 석방되었다. 그는 1966년 7월 23일에 비로소 정식으로 기소되었다.

78 「분지」는 1988년 문학작품의 전반적인 해금이 있기 전까지 검열에 묶여 있었다.

변호인 : 이 소설을 읽고 대한민국은 자유스럽다고 느꼈는가, 반미적인 소설이라고 분개했는가?

최 : 이런 소설이 허용된다면 자유스럽다고 생각했다. 이북에서는 상상도 못한다.

변 : 소설가의 상상이 우연히 북한 공산집단의 선전과 일치했을 때도 '동조'가 되는가.

최 : 이 작품은 내용 자체가 북괴의 선전과 동일하다.[79]

최남섭은 아마도 무심코, 한국(Republic of Korea)이 지금 "자유"가 있는 곳이라는 주장을 스스로 무용하게 만드는 중임을 보여주고 있다.[80] 남정현의 변호인들은 자유세계에서의 남한의 위치는 국가가 언론의 자유를 억압하려 함으로써 위협받고 있다고 주장했다. 자유의 최전선에 서 있는 남한은, 미국의 동맹국이자 그 대의를 옹호하는 나라로서, 자유세계의 선두주자 미국을 따라야 한다. 변호인은 그런 미국이 자기비판을 허용하는 데 주저함이 없다는 사실을 주장했다. 예컨대 스타인벡의 작품은 나치에 의해 반미의 선전책으로 이용되었지만 그는 자신의 고국에서 유명인사의 대접을 받았다.[81] 변호인은 또한 남정현이 "반미 감정의 형성과 전혀 무관하다"는 증거로 미국 주간지 『타임』의 기사를 인용했다. 그 기사에서 남정현은 "애국자"로 불리고 있었다. 또한 남정현은 북한에 동조적일 수 없는데, 왜냐하면 그의 작품이 유네스코가 주관하는 『코리아 저널』에 실리는 등 전 자유세계로 유포되는 작가이기 때문이다.[82]

---

79 남정현은 1967년 6월 28일 유죄 판결을 받았으나 결국 선고유예로 풀려났다. 「필화, 분지 사건 자료 모음」, 『분지 – 남정현 대표작품선』, 한겨레, 1987, 382쪽을 볼 것.

80 역주 : 최남섭은 '이런 소설이 허용된다면 남한이 자유스럽다'고 말하고 있는데, 지금의 재판은 남정현의 소설을 허용하지 않으려는 것이기 때문이다.

81 「필화, 분지 사건 자료 모음」, 『분지 – 남정현 대표작품선』, 한겨레, 1987, 386쪽.

법정에서 언도된 판결문은, 남정현의 유죄 판결의 근거를 주로 국가보안법에서 "동조"라는 단어의 뜻을 해석하는 데 두었다. 변호인의 주장에 따라 법원은 "이 작품은 민족 주체성을 확립하려는 작가의 진지한 열망의 표현이다"라고 말했다.[83] 그럼에도 불구하고 법원은 이렇게 결론을 내렸다. 즉 의도와는 상관없이, 만일 작품의 내용이 반한국조직의 주장과 부합한다고 판단되면 작가는 법을 위반한 "동조자"라는 것이었다. 법원 자신은 남정현의 민족주의적 성향으로 여겨진 것에 대한 동정을 나타내길 원한 것처럼 보였다.

남정현의 변호인들이 인용한 『타임』의 짧은 기사 「은둔의 왕국의 희망」은 남한을 남부 베트남이 따라야 할 좋은 모델로 내세우며 다음과 같은 인용을 제시했다. "지난주 장기영 부총리는 '최근에 새로운 철도 부설을 위해 쇠못을 박으면서 나는 미국 카우보이 영화와 서부에서의 승리를 떠올렸다'고 말했다."[84] 제목이 암시하듯이, 한국이 전근대적 과거의 내향적인 모습으로부터 벗어날 희망(개발의 약속의 형식)은 존재한다. 장기영의 개척정신의 반복은 남한을 미국의 역사적 궤적에 동조시키는 것이었다. 또한 급속히 확대되는 베트남에서의 전쟁을 걱정하는 독자들에게, 아시아인들이 근대화의 적합한 주체로 동화될 수 있다는 만족스러운 증거를 제공하고 있다. 여기서 보여진 것은, 미국의 국민적 서사, 즉 더 서부로 이동하는 "미국"의 연출이며, 그것은 "미국"이 "자유세계" 속으로 미끄러져 들어가는 상황에 동반되는 서사였다. 이 서사는 〈어글리 아메리칸〉에서 호머 애트킨스가 그의 이른바 "세계 사업"에 착수할 수 있게 하는 그런 운동이었다. 『타임』 기사에서 이 자유세계의

---

82 위의 글, 408쪽.
83 위의 글, 388쪽.
84 *Time*, 1967.3.10, p.41.

서사는, 할리우드 영화의 카우보이에 대한 백인의 상상계에 동일시되는 형식으로, 미국 역사의 찬양받는 궤적을 차지할 주체들을 인식하고 있다.[85] 따라서 우리는 톰 엥겔하트[86]가 미국의 "승리의 문화"[87]라고 부른 것에 편입되는 시각적인 소환을 경험한다.

「분지」는 홍길동(조선조의 탐관오리들에 대항하는 의적 단체를 이끈 인물)의 십대손인 만수가 죽은 어머니에게 전하는 유언의 형식[88]으로 되어 있다. 만수는 미군 정예부대와 "일만여를 헤아리는 각종 포문과 미사일"에 포위된 채 향미산에 숨어 있다. 펜타곤 발 방송이 "악마가 토해낸 오물" 만수는 살 시간이 20분이 남았다고 선언하며 그의 고백을 방해한다. 만수는 그의 어머니에게 자신이 "머지않아 핵무기의 집중공격으로 불꽃처럼 팡하고 터져야 할 몸"[89]임을 알린다.

저항적인 투사인 만수의 아버지는 식민지 시대에 가족을 남겨두고 일본과 싸우다 끝내 돌아오지 않는다. 일제 통치에서 해방된 후 만수의 어머니는 태극기와 성조기를 들고 미군의 환영 축전에 갔지만 미군 병사에게 강간을 당하고 만다. 한국전쟁 후에 일자리를 구할 수 없었던 만수는 누이동생 분이가 그녀와 동거하는 미군 스피드 상사에게 얻은 미국 상품을 암거래해서 생계를 꾸려간다. 그러나 스피드 상사는 밤마

85 진수 안은 그런 상상계가 만주를 배경으로 한 1960년대 남한 액션영화에서 어떻게 연출되었는지 보여주었다. Jinsoo An, "Popular Reasoning of South Korean Melodramatic Film, 1953~1972", Ph.D. diss., UCLA, 2005를 볼 것.

86 역주 : 미국의 진보적인 언론인.

87 Tom Engelhardt, *The End of Victory Culture : Cold War America and the Disillusioning of a Generation*, Amherst : University of Massachusetts Press, 1995.

88 역주 : 죽음을 이십여 분 남겨둔 만수가 작고한 어머니에 말하는 형식으로 되어 있다.

89 진경 리(이진경)는 이 작품에서 죽음에 임박한 만수의 모습을 대동아와 태평양 전쟁 때 "보석의 산화(散花)"의 개념에 연결시키고 있다. *Service Economies : Militarism, Sex Work, and Migrant Labor in South Korea*, Minneapolis : University of Minnesota Press, 2010, p.137을 볼 것. 역주 : "보석의 산화(shattering of the jewel)"는 보석이 흩어지는 것처럼 장렬하게 죽는다는 뜻으로 태평양 전쟁 때 교쿠사이[玉砕]라는 이름으로 일본군 사이에서 퍼졌던 용어이다.

다 분이의 하반신을 자신의 부인과 비교하며 불만스러운 결점을 발견하고 그녀를 때리고 욕을 퍼붓는다. 만수는 스피드 상사가 누이동생을 학대하는 데 분개해서 자신이 직접 스피드 상사 부인의 하반신을 보고 싶다고 토로한다. 예기치 않게 스피드 상사의 부인이 남편을 만나기 위해 미국에서 도착하고, 만수는 그녀에게 한국의 경치를 구경시켜 주겠다며 향미산으로 데리고 가 그녀를 강간한다. "그리고 버터와 잼과 초콜릿 등이 풍기는 그 갖가지 방향이 몽실몽실 피어오르는 여사의 유방에 얼굴을 묻고 한참이나 의식이 흐려지도록 취해" 있었다.[90]

만수는 그의 지역구 국회의원에게 호소하려는 것을 포기하는데, 왜냐하면 그 정치인이 이미 스피드 상사의 상관에게 자진해서 굴복해서 수없이 절을 하며 사죄했다고 들었기 때문이다. 시간이 다해갈 때 만수는 조상(홍길동)의 도술의 힘에 기원하며 이 작품을 다음과 같이 끝맺는다.

> 앞으로 단 십초. 그렇군요. 이제 곧 저는 태극의 무늬로 아롱진 이 런닝셔츠를 찢어 한 폭의 찬란한 새 깃발을 만들 것입니다. 그리고 구름을 잡아타고 바다를 건너야지요. 그리하여 제가 맛본 그 위대한 대륙에 누워 있는 우윳빛 피부의 그 윤이 자르르 흐르는 여인들의 배꼽 위에 제가 만든 이 한 폭의 황홀한 깃발을 성심껏 꽂아 놓을 결심인 것입니다. 믿어주십시오. 어머니, 거짓말이 아닙니다. 아, 그래도 당신은 저를 못 믿으시고 몸을 떠시는군요. 참 딱도 하십니다. 자, 보십시오. 저의 이 툭 튀어나온 눈깔을 말입니다. 글쎄 이 자식이 그렇게 용이하게 죽을 것 같습니까, 하하하.[91]

---

90 정무 최(최정무) 역시 이 구절에 대해 논의하고 있다. "Nationalism and Construction of Gender in Korea", *Dangerous Women : Gender and Korean Nationalism*, ed. Elaine H. Kim and Chungmoo Choi, New York : Routledge, 1998, pp.9~32.

91 『현대문학』, 1965.3, 81쪽. 태극(음양의 상징)은 한국 국기의 중앙에 위치한 문양이다.

서간체 형식, '윤리적 주체'의 법을 만들기 위해 악 전체를 죄지은 타자에게 투사하는 과정, 저항의 부재에 대한 관심(여기서는 십대로 확대된다), 이 모든 것은 남정현의 이전 작품 「부주전 상서」와 유사하다. 만수는 「부주전 상서」의 용달 — 그리고 「굴뚝 밑의 유산」의 석주와 「천지현황」의 덕수 — 처럼 자기 자신만의 신체를 갖고 있는 것이 아니다. 그의 신체는 자신을 앞선 십대의 시간을 대리하고 있다. 남정현의 작품에 거주하는 다른 남성 주인공들처럼 만수의 저항은 의도적이지 않고 자발적이며 자기 자신도 모르게 일어난다.

「분지」는 미국의 가부장적/개발적 행동에 순응하라는 명령 — 카우보이의 소환, 즉 진보의 대못을 박는 헤게모니적인 미국식 국민적 서사의 남성중심적 주인공의 소환 — 을 심문한다. 그와 동시에 이 작품은, 주디스 버틀러가 패러디적 태도에서 일어날 수 있는 것으로 경고한 것처럼, "헤게모니적 규범을 재공고화하는 매재"[92]로 단순히 제공될 위험을 지닌다. 이 작품에서 펜타곤 방송을 통해 재현된 미국은 만수를 이렇게 비난한다. "저주받은 강간자여! 미국의, 아니 자유민의 명예에 똥칠을 한 간악한 범법자여! 천벌을 받으라." 만수는 대답한다. "기가 막히는군요. 저보고 뭐 강간자라고요. 이게 다 거의 헛소리라면 당신은 저를 믿어주시겠습니까. 아니 설혹 제가 부득이한 사정으로 강간을 했다면 왜 천벌을 받습니까. 당신[만수의 어머니]을 강간하여 저승으로 인솔하기까지 한 어떤 코 큰 친구도 천벌을 받았다면 혹시 또 모르지만 말입니다."[93]

펜타곤 방송과 법은 타자 쪽에게만 유죄를 기록할 수 있다. 만수의 대항적인 강간은 보편주의의 '수행성'을 재분절하는데,[94] 그것은 여기

92 Judith Buttler, *Bodies That Matter : On the Discursive Limits of "sex"*, New York : Routledge, 1993, p.125.
93 『현대문학』, 1965.3, 74쪽.
94 역주 : 보편주의를 수행하는 과정에서 틈새가 생김을 말함.

서 "미국 국민"과 "자유세계 국민" 사이의 미끄러짐의 형식 속에서 발생한다. 「분지」는 불평등한 권력관계가 가장 분명한 지점을 보이게 만든다. 즉 치외법권의 특권 영역이다. 1967년 최초로 소파협정(Status of Forces Agreement)이 시행되기 전까지 미군 전 인원은 어떤 형식으로도 한국 법에 예속되지 않았다. 검열에 걸린 남정현의 "말대꾸"는 자유세계의 진리 요구를 조사함으로써 중심/주변 관계의 규칙을 위반한다. 그는 스스로 통합의 유지에 기여하지 못하는 법의 보편주의를 질문하고 있었던 것이다. 법이 소환하는 자유세계 주체들 전체를 평등하게 대우할 수 없었던 것이 바로 법 자신이었다.

스피드 상사 부인을 강간한 후의 만수의 쾌감은 그가 이제 스피드의 위치에 앉게 되었기 때문이 아니다. 그것은 그 자신이 스피드 부인의 강간에 대해 민족의 견지에서 (용달의 청자의 살해 재현과 유사하게) 사건의 의미를 생각한 때문이다. 만수의 도취는 스피드 부인의 가슴에서 발산되는 버터와 잼, 초콜릿의 냄새에서 야기된다. "미국"으로서의 스피드 부인의 신체의 묘사는, 미군기지에서 사용되고 암시장 통해 남한에서 유통되는 **상품**과 연관된 것으로 시작된다. 그다음 순간, 만수에게서 달아나는 스피드 부인의 도주는, 미군병사에게 강간당한 후 미쳐서 달아난 **어머니**와 "정확하게" 같은 것으로 보인다.[95] 그 같은 이미지는 만수를 겁에 질리게 했다. "하지만 그러한 걱정도 잠시뿐, 이른바 인간의 천국이라는 미국을 한 아름에 안아본 성실은 그 벅찬 감동으로 하여" 그는 "흔들리는 마음을 주체할 수가 없었다."[96]

95 역주: 만수에게 스피드 부인은 미국(상품)인 동시에 어머니(여성)로 여겨진다. 만수는 스피드 부인을 잠시 어머니/여성으로 여기지만 다시 미국의 상징으로 바라봄으로써 남성주의적 민족적 주체로 탄생한다.

96 『현대문학』, 1965.3, 80쪽.

그 같은 알레고리적 태도는, 어떻게 여성이 “남성의 시선에서 상징적으로 남자들의 싸움이 수행되는 공간으로 환원되는지” 드러낸다.[97] 만수는 여성을 민족이나 — 영원하고 추상적이며 가정적인 — 어머니로서, 역사의 바깥에서만 상상할 수 있다. 만수의 어머니는 누구인가. 「분지」의 이 부분에서 우리는 앤 맥클린토크가 “경계의 표지로서의 여성”이라고 부른 것의 불안정성과 잠재적 무질서를 만나게 된다. 즉 바로 이 장면에서 어머니로서의 여성의 묘사가 민족으로서의 여성의 묘사를 포섭할 위험에 처하는 것이다. 그러나 이 작품은 곧바로 그 같은 장치를 바로 잡는다. 즉 스피드의 부인은 어머니가 될 수 없으며 타자 곧 미국이어야 한다. 따라서 만수의 순간적인 모호함에는 민족의 경계를 만들며 민족 정체성에 호소하는 재질서화가 뒤따른다. 만수는 스피드 부인의 신체를 그의 어머니의 신체로부터 분리함으로써 남성적인 민족적 주체로서 탄생하는 계기를 갖는다.

무엇보다도 만수의 스피드 부인의 강간은, 신식민지적 폭력을 그 자체로 패러디적으로 되던지는 것과 헤게모니적 남성중심주의의 재공고화, 그 둘 사이의 어느 곳에 위치한다. 우리는 미국과 남한정부에 대해 대항하는 이 작품의 남성주의적 태도 그 자체가, “민족의 이름으로 된” 냉전기 “개발”의 강화에 버팀목이 되는 폭력을 수행할 수 있다고 여기게 된다. 만수가 북아메리카 대륙에 누워 있는 백인 여성에게 황홀한

97 Anne McClintock, *Imperial Leather : Race, Gender, and Sexuality in the Colonial Contest*, New york : Routledge, 1995, p.31. 맥클린토크는 더 나아가, 영국에 출현한 민족적 서사는 (피식민자나 노동계급처럼) 비유적인 여성의 시간을 본래 격세유전적인 것 — 민족적인 의고성의 전통적 보관소 — 으로 젠더화했음을 지적했다. 여성은 역사 자체에 거주하는 것으로 보일 수 없었으며, 피식민자 민중처럼 근대적 민족 내에서 영원히 앞선 시간에 존재하고 있었을 뿐이다. 반면에 백인 중산층 남성은 민족적 발전에서 앞으로 내딛는 행위력을 구현하는 것으로 보여졌다(p.359).

깃발을 꽂아 놓겠다고 말하는 결말에 나타나는 것은, 바로 그 같은 대항 남성중심주의이다.

우리는 또한 한국전쟁 직후의 가부장제적 가족의 위기를 그린 〈자유부인〉과 〈여사장〉 같은 영화에서도 그 같은 대항 남성중심주의를 발견한다. 1950~60년대의 대중문화는 성적 관계의 역전에 대해 지속적 관심을 갖는 특징을 보이는데, 그것은 모든 경우에 가부장제적 질서의 재공고화로 귀결된다.[98] 젠더 관계에 대한 그 같은 관심은 1950년대의 미국 대중문화의 특징이기도 했다. 일하는 여성(Rosie the Riveter)[99]의 통제는 한편으로는 섹시한 글래머 처녀를 배치함으로써, 또 한편으로는 준 클리버[100] 같은 주부를 통해 가정생활을 예찬함으로써 가능했다.

실제로 많은 비평가들이 남정현의 작품을 웃음과 패러디에 연관시키는데, 그 점은 〈여사장〉 같은 코미디 영화와의 관련성을 나타낸다.[101] 영화 〈자유부인〉에서처럼 전복적인 여사장("신여성"이라는 이름의 잡지회사 사장)의 가정으로의 귀환은 모든 것이 너무 빨리 일어난다. 그녀의 가정으로의 재위치화는, 영화의 대부분을 차지하는 젠더 관계의 역전으로 인한 시각적 즐거움을 대신하지 못한다. 그 같은 '재여성화'(보수적인 여성화)의 성급함 자체가 그것은 "자연스러운" 귀환이기보다는 사람들 앞에서 보여주기 위한 것이라는 인상을 남긴다.

신여성 잡지사에서 남성 구직자들이 여성 면접관 앞에 서게 되고 각기 다른 이유로 퇴짜를 맞는 장면에서, 〈여사장〉은 반공주의와 민족주

98 Kelly Y. Jeong, *Crisis of Gender and the Nation in Korean Literature and Cinema : Modernity Arrives Again*, Lanham, Md. : Lexington Books, 2011을 볼 것. 켈리 Y. 정의 연구는 1920년대에서 60년대까지 문학과 영화에서의 젠더와 계급, 민족성의 재현을 처음으로 주목하고 있다.

99 역주 : 로지는 허구적인 인물로 '일하는 여성'의 상징적인 아이콘임.

100 역주 : 미국 TV 시트콤의 인물.

101 예컨대 임진영의 「가장 강력한 웃음의 칸날」, 남정현 · 천승세 편, 『한국소설문학대계 43 -분지/황구의 비명 외』, 동아출판사, 1995를 볼 것.

〈그림 4-2〉 "우리 젊은이는 백두산 영봉에 태극기를 휘날릴 때까지 싸워야 합니다"(〈여사장〉, 1959)

의를 패러디하는 데까지 나아간다. 구직자 중 한 사람은 머뭇거리다가 차렷 자세로 반공과 민족주의의 구호를 반복하며 정신을 차리려 애쓴다. 그는 웃음거리가 될 뿐이다. 남정현은 이 웃음의 소재를 냉전질서를 비판할 때 차용하는데, 여기에는 남성중심적 민족주의에 대한 질문이 배후에 깔려 있다.

앞의 「분지」에서 만수는 미국의 국민적/개발적 스토리에 대한 존경을 패러디적으로 표현하고 있다. 즉 만수는 미국이 "초인적" 노력으로 황야를 개척해 "인간의 천국"을 만들었다고 말하는데, 여기서 그는 황야가 "인디언의 복지"였음을 주목한다. 만수의 북미 대륙의 여성화, 즉 대양을 건너 북미를 (재)민족주의화하려는 시도는, 서양에 대한 대항적 여성화(동양적 타자의 여성화에 대한 반응)인 동시에 민족주의적 개발주의 노선을 반대하는 무언의 연출이기도 하다. 이는 또한 미국의 국민적 서사에 대한 과격한 깃들기인 셈이다. 미국의 국민적 서사란 유럽인들이 대륙에 건너온 행위의 반복으로서, "버펄로 빌 와일드 웨스트(Buffalo Bill's Wild West)"[102] 쇼 등에서 나타나는 "처녀지" 정복에 대한 백인의 찬양 같은 것이다. 이 쇼에서는 인디언과 야생동물만 사는 원시적 숲에서 시작해서 광대한 대륙이 점차로 문명화되는 스토리가 묘사된다.[103]

이 작품에서 우리는 만수의 제거를 남정현의 작품에 대한 국가의 검열에 연결시킬 수 있다. 양자는 모두 반대하는 담론을 지우기보다는, 남정현이 냉전 본토/주변부의 경쟁하는 남성주의/대항남성주의의 폭력을 **보이게 만드는** 방식을 덮으려는 시도로 제공된다. 이 작품에서는 만수의 소멸, 즉 그의 민족적 신체의 해체(그리고 남한의 황폐한 신체로의 환원)가 펜타곤의 (과도한) 벌충적 재남성주의화 조치(제1세계의 처벌)로 일어나는데,[104] 그럼에도 남정현의 패러디적인 태도가 그의 텍스트를 구조화하는 (대항)남성중심주의를 질문하는 한 통로는 있다.

결론적으로 우리는 만수가 "만개에 이르는 미사일과 대포들"의 타깃이 되었으며, "10분 안에 핵무기의 전면적 공격을 받을 것"임을 상기해야 한다. 만수는 냉전질서에서의 북한과 유사한 위치에 놓여 있다. 그는 일단의 감시체계와 무기로 이루어진, 그리고 DMZ에서 일본, 괌, 하와이를 거쳐 미대륙 네트워크를 잇는 기지들로 된, 냉전 시각적 체계를 구조화하는 타깃이 되었다. 「분지」의 일부가 북한에서 출간된 것과 함께 남한 문학작품에서 냉전 시각적 체계의 해명은 분단체제의 안정화를 방해한다. 따라서 「분지」는 불법으로 선언되어야 하는 경계의 횡단을 수행한다.

---

102 역주 : 서부개척시대에 버펄로 빌 코디가 창단한 쇼 이름.

103 Richard Stokin, "Buffalo Bill's 'Wild West' and the Mythologization of the American Empire", *Cultures of American Imperialism*, ed. Amy Kaplan and Donald E. Pease, Durham, N.C. : Duke University Press, 1993, p.165에서 인용함.

104 2001년 9월 11일 발행 『작가연구』 남정현 특집에서, 임헌영은 「분지」가 세계무역센터 폭파에 대한 미국의 대응을 예견했다고 쓰고 있다. 임헌영, 「반외세 의식과 민족의식－남정현의 소설세계」, 『작가연구』 12, 2001, 44~46쪽을 볼 것.

지난 십 년 동안 남한은 성공적 개발의 특권화된 표본으로 불려왔으며, 이라크와 아프가니스탄, 그리고 궁극적으로 중동의 다른 곳들을 위한 현실적인 모델로 환기되어 왔다. 그 같은 모범적인 표본을 가능하게 한 것은 바로 다층적인 망각이다. 티모시 미첼이 말했듯이, "그림으로서의 세계"가 "이중적 요구"의 특징을 지닌 유럽식 식민지적 근대를 연출함을 상기하자. 즉 모델 혹은 투사는 항상 단순한 모사일 뿐이며, 그것이 복제한 원래의 세계는 "대조에 의해 원본 (…중략…) 말하자면 (우리가 상상하는) 실재가 되어야 한다."[105] 앞에서 살폈듯이, 미첼의 경우 "그 같은 그림으로서의 세계의 유효성은 단순히 그 연속화의 과정에 있지 않다. 그보다는 반복되고 연속화될 수 있는 이미지들 사이의 명백한 대조에 있으며 (…중략…) 또한 원본과의 대립 효과, 즉 실제 국민, 사람들 자체, 현실 경제로 보이는 것과의 대립 효과이다." 여기서 미첼이 해체를 진행시키고 있는 원본의 장소는 유럽이다. 냉전은 유럽식 식민지적 근대를 확장시키지만, 그것은 이제 책임화와 법률상의 주권에 연결된 **그림의 수정**을 통해서이다. "진짜"로서의 유럽, 보다 정확하게 이른바 유럽-아메리칸적 핵심을 대체하는 것은, 진화론적 세계 체계에서 포스트식민지적 민족국가 단위들의 진출을 허용하는 보다 유연한 위계화 — 예컨대 OECD에 가입 가능성, 확대되는 G-계열체 등 — 이다.

연속화는 이제 다른 방식으로 그림에 침투한다. 우리는 끊임없이 "복제"를 "원본"으로 바꾸고 "모델(모형)"을 다음 계획을 위한 지시체로 전환하는 연속화된 모듈방식을 만난다. 결국 우리는 이 '모형을 지시체로 바꾸는 과정'이 모두 소거된 상태(일종의 전수 혹은 약속으로서 현재의 책임화라는 세계체제의 실행)를 보게 된다. 이 단계는 오래전에 보들레르가 고안

105 Timothy Mitchell, *Questions of Modernity*, Minneapolis : University of Minnesota Press, 2000, pp.18~19.

한 "초현실(hyperreal)"에 관련되거나, 혹은 조금 다르게 적용해 위너의 "순수정보"의 매끄러운 유통과 연관될 것이다. 전수 받을 수 있는 지시체를 상상하려는 욕망과 지시체에서 모두 벗어난 사이버 테크놀로지적 욕망, 그 양자로 특징지어지는 세계화에서, 우리는 그 둘의 틈새들에서 살고 있다. 어떤 다른 장소의 지시체가 아니라 적어도 표본이나 모범에서 상상하는 지시체라면, 전수 받을 수 있는 지시체를 상상하는 일은 민족국가처럼 아직 우리와 함께 있는 셈이다.[106]

남정현의 작품은 박정희의 국가주의적 민족 개발주의를 반대하려는 시도이며, 민족 개발주의는 자유세계 개발주의 미션의 미국 본토의 재현에 대한 연속인 동시에 반작용이다. 민족 개발주의는 또한 그 자체가 식민지적 과거에 대한 지속이면서 반작용이기도 하다. 그와 같은 개발을 퇴화로서 묘사하는 것은, 냉전 개발주의와 그것의 특징인 유럽-아메리칸 식민지적 인종주의 역사 사이의 관계를 보이게 만든다. 개발주의와 식민지적 인종주의는 둘 다 진화론적 서사에 의존한다. 남정현의 개발주의적 상상력을 방해하려는 시도는, "원본"을 유럽-아메리카의 모범이 아니라 민족적 신체의 직접성에서 찾는 일과 연관된다.

남정현 소설에서 개발주의적 판타지 틀과 자유세계 주체의 시각적 호명을 심문하는 과정에서는 할리우드식의 배경 장치의 도입이 중요하게 강조된다. 즉 남한의 현재의 풍경이 한국영화에 의해 대중화된 미국의 배경으로 개발된 듯이 미리 상상하게 하는 장치를 말한다. 위에서 주목했듯이, 그 같은 상상은 1950~60년대의 대중문화에서 쉽게 발견된다. 예컨대 김기덕의 〈대괴수 용가리〉(1967)는, 공간계획을 완전히 갖

106 역주 : 세계화 시대란 과거 국가 간에 노하우를 전수받는 개발주의에서 경계가 없어진 보나 매끄러운 세계적 네트워크로 대체된 것이 아니다. 저개발이 민족국가에서 모델이나 표본을 통해 전수받을 지시체를 상상하는 일은 여전히 계속된다.

〈그림 4-3〉 한국의 국립우주개발국(〈대괴수 용가리〉, 1967)

춘 이미 개발된 한국 — 우리는 자동차, 도로, 옷, 가정, 그리고 1960년대의 패서디나(LA근교의 도시)나 케이프 카나베럴[107]에서 볼 수 있는 것과 비슷한 교외의 공간을 본다 — 을 중심으로 전개되는 〈고질라〉의 리메이크를 보여준다. 이 영화와 1967년의 관객은 극장에서 개발의 미래완료 — 이미 달성된 사실로서의 개발과 앞으로 달성되어야 할 개발 — 의 공간 속으로 들어간다. 〈대괴수 용가리〉는 괴물을 타락한 타자 이상의 어떤 것으로 묘사한 점에서 사실상 국가주의적 반공주의를 따르고 있다. 이 영화의 핵심적 장면으로 용가리가 날뛰며 서울을 통과하는 와중에, 소년 주인공은 재즈로 편곡된 "아리랑" 곡조에 맞춰 용가리와 춤을 춘다.[108] 실제로 용가리와 소년은 특별한 관계를 갖는데, 이는 유기체적

107 역주 : 나사의 케네디 우주센터가 있는 플로리다의 해변지역.

인 민족—신체(북한)는 머리로로부터, 즉 개발된 남한의 국가적 산물이자 미래의 선봉으로서 천재 소년으로부터 분리된다—의 비유로 보여진다. 신체와 정신, 북한과 남한은, 재즈화되고 현대화되었지만 민족적인 "아리랑"의 리듬에 따라 한순간 자발적으로 통합된다.

나는 위에서 남정현의 저항이 냉전 질서를 넘어서는 과정에서 어떻게 1930년대 말과 40년대 전반의 서구적 모범에 대한 질문을 재분절하는지 주목했다. 분명히 남정현의 민족주의는, 과거의 일본 제국주의와 현재의 미국 신식민주의의 특징인 남성중심주의 및 본질주의와 복합적 차원에서 부합한다. 양자의 관계, 즉 식민지 말 범아시아 제국적 주체가 요구한 근대의 초극과 해방 후 남한의 민족적 주체가 요청한 현대의 극복의 관계는 무엇인가. 남정현의 작품에서는 남한의 식민지 이후 국가주의적 민족주의에서처럼, 45년 이전과 이후의 관계가 특정한 방식으로 스스로를 보이게 만들고 있다. 즉 여전히 보이지 않고 말해지지 않는 것으로서 보이게 만들고 있는 것이다.[109]

다음 장에서 우리는 최인훈이 식민지/반식민지, 민족/제국, 동양/서양, 제1세계/제2세계 같은 대립을 넘어선 움직임을 모색하는 방식을 고찰할 것이다. 이 대립들은 남한의 냉전 주체를 조직화하고 규율화하는 데 중심적 역할을 수행한 것들이다. 최인훈의 대안에 대한 모색은

---

108 역주: 소년 주인공 영이 광선총을 비추자 용가리가 간지러워서 춤을 추고 영도 따라서 춤을 춘다. 그러나 영이 헌병에게 붙들려가자 용가리는 춤을 멈추고 다시 난폭해지며 결국 특수물질에 의해 죽음을 맞는다.

109 역주: 휴즈는 식민지와 포스트식민지의 연관성을 강조할 뿐만 아니라 그 차이도 중시한다. 식민지 말의 범아시아주의는 시각적 권력 체계의 구조를 보이지 않게 만들려고 했을 것이다. 그러나 포스트식민지적 국가주의는 무의식적 차원에서 식민지적 시각적 체계가 반복됨을 스스로 암시한다. 남정현의 작품은 시각적 권력체계를 더 잘 보이게 만든 점에서 식민지나 포스트식민지의 남성중심적 권력과 구분된다. 식민지/포스트식민지의 관계의 시각적 권력 체계를 그보다 더 잘 보이게 만든 것이 휴즈가 마지막으로 다루는 최인훈의 작품일 것이다.

(4·19와 5·16 사이의 시기에 출간된) 『광장』의 "중립국"으로 가는 도주로부터 시작해서 『태풍』(1973)에서 어떤 결말에 이른다. 『태풍』은 훨씬 덜 알려진 작품이지만 〈어글리 아메리칸〉에서처럼 비자본주의적 판타지 프레임을 동남아의 허구적 국가에 위치시키고 있는 소설이다. 우리가 볼 것처럼, 당대의 분단체제는 남한의 식민지적 과거에 대한 선별적 기억과 보다 넓은 냉전질서를 구성하는 시각 체제에 묶여 있었는데, 그 방식을 최초로 말한 것은 바로 최인훈이었다.

제5장

식민지적 현재로의 귀환

번역, 협력, 범아시아주의

『광장』(1960)에서 시작해서 『태풍』(1973)에 이르기까지, 최인훈은 냉전 한국을 특징짓는 다층적 식민성을 간파하고 그것을 해명할 수행적 역사를 쓰려고 계속 노력해 왔다. 그가 드러내려 한 것은, 국가주의적 독재정권 및 자유세계 개발주의가 과거 1945년 이전의 민족적 · 계급적 · 범아시아적 정체성 형성의 식민지적 역사와 중첩되는 영역이었다.[1] 최인훈의 잘 알려진 남북분단에 대한 관심(『광장』은 분단문학의 효시로 여겨진다)은, 일제 통치기(1910~45)를 넘어 1945년 이후의 시기까지 확

1 지금은 북한인 원산에서 태어난 최인훈(1936~)은 어린 시절에 일제 식민주의를 경험하고 청소년기에 한국전쟁을 겪은 세대에 속한다. 이 세대의 작가들은 1950년대 말과 60년대 초에 문단에 등장했으며, 그들은 중고등학교 때 한국어로 교육받은 첫 세대였다. 한국전쟁 때 홀로 월남한 최인훈은 1950~60년대의 많은 유명한 다른 작가들처럼 북쪽의 집을 잃은 실향민이다. 남정현처럼 최인훈은 『자유문학』의 지원 아래 1959년 공식적으로 문단에 등단했다. 최인훈의 데뷔작은 단편소설 「그레이 구락부 전말기」였지만, 그를 새로 형성된 전후 남한 문학계에서 순식간에 유명하게 만든 것은 이승만이 권좌에서 제거된 같은 해(1960) 말에 발표된 장편 『광장』이었다.

대되는 식민지적 근대성을 말하려는 시도의 하나로 나타난 셈이다. 1960년대 초(『광장』과 「수」(1961)) 중반(「총독의 소리」(1967~68 · 76))의 "관념소설"에서 1970년대 초반 두 작품(『소설가 구보씨의 일일』(1970~72), 『태풍』)으로의 그의 전환은, 박정희의 반공적 개발노선이 강화되고 그에 대한 좌파 민족주의의 저항이 나타난 중요한 순간에 일어났다. 4장에서 살폈듯이, 1960~70년대의 남한 개발 정부의 임무는 생산주의와 북의 멸공(공산주의의 박멸)을 통해 자신의 계획을 정당화하는 것이었다. 반면에 최인훈의 작품은 스스로를 반식민적이라고 자처하는 1945년 이후의 민족주의(ethnonationalism)의 방식들(박정희와 남정현의 방식)을 의문시함으로써 한반도의 분단을 극복하려 했다. 최인훈이 문제시한 민족주의는 자유세계 질서 안에서 통합과 전진을 촉진하는 방식(박정희)과 민족(ethnonation)을 매판 국가로부터 분리시키는 방식(남정현)이었다.

최인훈의 식민지로의 귀환은, 『광장』에서 한국(Republic of Korea)의 정부수립 이후의 5년(1948~53)으로 되돌아감으로써 시작된다. 이 첫 번째 주요 작품에서 최인훈은 분단체제의 정착과정을 상기하려고 시도했다. 이 역사로의 귀환은 한국전쟁 직후에 생겨난 남/북 경계의 이입과정과 만나게 한다. 그러나 최인훈은 1960년대 중반에 보다 넓은 근대성에 대해 말하기 시작했다. 남한이라는 국가의 형성과 그 냉전 주체의 생산은, 1945년 이후의 문화 영역과 1910~45년의 식민지적 근대성과의 관계를 고찰하지 않고는 이해될 수 없음이 점차로 명백해졌다.

최인훈은 1장에서 논의한 1945년 이후의 식민지 말 대중동원문화의 망각을 주목했는데, 그는 남한의 형성 및 그 역사적 노선에서 그런 말소의 중요성을 말한 최초의 작가였다. 미군 점령기에 잠시 나타난 협력의 고백과 거리를 두면서, 최인훈은 협력 행위를 단순한 일회적 사건으로 만드는 선재하는 민족적 주체의 가정을 거부한다. 최인훈의 식민지로의 귀환은 자유 민주적이고 국가주의적인 1945년 이후의 보편성을 심문하는 일의 일부로서 나타난다. 이제 그 같은 질문은, 북한의 재현과 일본 제국주의의 기억에 중심적 역할을 하는, 보임/보이지 않음의 분할과 글쓰는 행위와의 관계를 재고하게 만든다. 그런 이유로 최인훈은 언어와 이미지의 관계로 관심을 돌리려 했으며, 특히 언어/이미지의 관계가 번역(transelation)의 행위와 호명(interpellation)의 장면을 특징적으로 드러내는 방식을 주목하려 했다.

최인훈의 분단체제를 비판하기 위한 "비동맹적" 위치의 탐색은, 3장에서 추적한 '반-반공주의' 담론과의 연속성을 나타낸다. 그는 비동맹적 주체의 형식 속에서 식민지적 범아시아주의를 재연함으로써, 분단(북의 말소)과 식민성(제국화/동원화의 역사의 말소), 그리고 푸코가 말한 "생체학적 근대성"에 연결된 냉전의 시각적 질서를 해명하게 하고 있다. 생체학적 근대성은 조르조 아감벤이 말한 것처럼, "단순히 살아 있는 신체로서 종(種)과 개인이 사회의 정치적 전략에서 쟁점이 되는 지점"을 알려준다.[2] 요컨대 최인훈의 작품은, 식민지와 냉전의 극복의 시도로서의 역사뿐 아니라 식민지적 근대와 냉전 분단체제의 **관계**에 대해서, 1945년 이후의 작가 중에서 가장 지속적으로 넓은 범위에 관여했음을 보여준다.

최인훈은 1930년대 말과 40년대 초에 시작된 근대에 대한 질문을 재개하려는 노력으로 식민지로 되돌아간다. 여기서 문제시되는 것은 "근대의 초극"이라는 계획의 파편들을 처리하려는 시도이다. 근대의 초극은 세계에서 새로운 종류의 인간을 고려하는 것을 허용했지만 결국 군사주의와 제국화의 형식 속에서 더 심화된 규율화로 귀결된 바 있다.

---

2 Giorgio Agamben, *Homo Sacer : Sovereign Power and Bare Life*, trans. Daniel Heller-Roazen, Stanford, Calif. : Stanford University Press, 1998, p.3을 볼 것.

최인훈은 식민지를 과거로 보는 것을 거부하는데, 그것은 박정희 독재 정권이 민족주의적 형식 속에서 그 제국적 내용을 반복할 뿐만 아니라, 식민지 말 역시 그 마지막 순간에 근대를 다시 생각하려는 시도를 담고 있었기 때문이다.

『광장』과 Ego

남과 북에서 분단체제가 형성된 1948~53년을 배경을 한 『광장』은, 1950년대 말 남한 지식인과 비평가들의 앙가쥬망(불어의 한글식 표기, 행동의 주체)의 요구[3]와 연관된 보편주의적 주체를 생산하고 있다. 이 작품은 이명준이라는 이름과 로마자 "Ego"로 지칭되는 내면화된 공간을 통해 그 일을 수행한다. 1948년에서 한국전쟁이 끝난 1953년까지 그런 에고의 경로를 추적함으로써, 이 소설은 남한(ROK)과 북한(DPRK)의 초기 역사를 온당한 에고의 출현을 거부하는 냉전 정치체제의 전개로 다시 쓰고 있다.[4]

---

3 예컨대 이휘영은 「현대 불란서 문학」에서 사르트르의 경우 자유란 이론으로 설명되는 것이 아니고 행동을 통해 경험되어야 하는 것임을 주목한다. 말로의 경우 인간은 자신이 소유한 속성으로 구성되지 않으며 무엇을 할 수 있느냐로 이루어진다. 따라서 문학은 인간은 무엇인가라는 본질을 추구하는 것이 아니라 인간과 대면하는 실존적 문제를 탐구해야 한다. 다시 말해 문학은 인간 본질의 인식을 추구하는 대신 인간적 실존을 깨달을 수 있는 경험적 행동을 추구해야한다. 『자유문학』 창간호, 1956.6, 206·208쪽. 조홍식은 「역사적 현실의 자각-오늘의 불문학경향」에서 문학과 행동이 분리된 영역에 속하는 시대는 끝났다고 말한다. 프랑스 작가들은 저항과 투쟁의 자세를 유지하면서 절망의 조건으로부터 자아를 해방시킬 수 있는 방법의 철학적 검토에 참여한다. 그들은 자유와 인간조건에 대한 철학적 질문에서 시작해서 그다음에 역사적 상황을 평가하고 미래의 행동의 경로를 결정하는 것으로 움직인다. 『자유문학』, 1959.1, 296쪽.

『광장』은 이명준의 회상으로 된 이야기를 들려준다. 즉 이 소설은 그를 중립국으로 가는 전쟁포로(POW)들을 태운 인도 배 타고르에 승선하게 만든 사건들에 대한 회상으로 되어 있다. 명준은 해방 후 부모와 함께 만주(중국)로부터 서울로 귀환한다. 유명한 공산주의자 박헌영의 동료인 그의 아버지는 곧 월북한다. 명준의 어머니는 세상을 떠나고 명준은 아버지의 친구에게 맡겨지는데, 은행 지점장인 그는 숙식과 대학학비를 제공해준다. 명준은 그 지점장의 낙천적인 딸 영미의 소개로 댄스파티에서 만난 윤애와 관계를 시작한다. 그러나 북한에서의 아버지의 활동 때문에 명준은 경찰소에 불려가서 취조를 받고 구타를 당한다. 이

---

4 『광장』에서의 남한에 대한 비판은 매우 많은 부분이 4·19 이후의 이승만 정권의 정치적 억압에 대한 비난에 속하지만, 우리는 『사상계』에서 특히 1950년대 말에 — 대부분 자유민주주의의 이름으로 만들어진 — 이승만 정권에 대한 비판이 점차로 강화되었음을 주목해야 한다. 예컨대 『사상계』의 「한국과 근대화」 특집(1959.2)에서, 한태연은 막스 베버를 인유하면서 한국 민주주의의 특수한 성격은 "아시아적 전제"(『광장』의 서문에서 발견되는 구절("아시아의 전제"))의 지속에 있음을 강조한다. 아시아적 전제란 총체적 권력을 지닌 가부장적 통치의 투자를 말한다. 그 같은 낡은 형식과 민주주의 간의 연속성은, 남한에서의 국부(國父)의 개념과, 공/사의 무분별, 권력자들이 자신의 필요에 따라 민주주의 이념을 해석하는 경향에서 볼 수 있다. 결국 그로 인해 남한의 민주주의는 '아래로부터'가 아닌 '위로부터'의 형식이 되어 버렸다. 더욱이 권력이 평화롭게 이전될 가능성이 부재함으로써 현 상황은 독재정치와 유사해지고 있다(19~23쪽). 만일 광장을 공적 담론의 공간으로 생각한다면 『사상계』의 59년 2월호는 광장이 텅 비어 있음을 묘사하고 있다. 즉 잡지의 서문이 공란으로 비어져야 했던 두 페이지를 말한다. 첫 페이지에는 "**무엇을 말하랴** — 민권을 짓밟는 횡포를 보고"라고 적혔고, 두 번째 페이지에는 발간인의 이름 장준하만이 쓰여 있을 뿐이다. 민석홍은 남과 북을 다소 분명한 말로 비판하면서, 자유를 위반한 것은 공산주의자만이 아니며 보수적인 우익 극단주의자들, 즉 전제적 지배자, 전체주의자, 군사적 독재자 등도 마찬가지라고 쓰고 있다(『사상계』, 1959.3, 64쪽). 『사상계』 1959년 10월 서문은 당시 남한의 정치적 상황을 다루면서 민주적 사회에서의 개인의 중요성을 강조한다. 즉 개인이 자각을 얻었을 때만 정권에 의한 권리의 짓밟힘에 인간성과 민주정치의 이름으로 용기 있게 반대하고 저항할 수 있다. 만일 민중이 자신들이 사회에서 보는 부정부패와 싸울 용기가 부족하다면 그들은 민주주의를 향유할 자격이 없는 것이다. 민주주의의 꽃은 노예의식을 지닌 사람들 사이에서 결코 꽃필 수 없거니와, 노예의식이란 겁에 질려 굴복하고 아첨하는 것을 말한다. 민주주의는 자유인의 소유물이다. 독재정치는 노예의식의 특성을 지닌 사회에서 만연되는 반면, 민주주의는 자유의식의 특성을 지닌 사회에서 성행한다(『사상계』, 1959.10, 18~19쪽).

사건은 윤애에게 완전히 마음을 열라는 요구를 거절당했다는 생각과 함께, 명준이 은밀히 월북을 계획하는 계기가 된다. 북한에서 명준은 그의 아버지가 선도하는 "구역질이 나는" 부르주아적 생활과 당 노선에 의심 없이 복종하라는 상급기관의 요구에 실망하게 된다. 그는 무용수인 은혜와 사귀기 시작하지만, 그녀가 그를 남겨두고 몇 달 동안 모스크바로 공연을 떠나자 실망이 더 깊어진다. 명준은 인민군 장교로 한국전쟁에 참가하게 되며 서울에서 (색스폰을 부는 영미의 오빠 태식과 결혼한) 윤애를 만나고 나중에 낙동강 전선에서 간호병이 된 은혜와 재회한다. 은혜는 죽음을 맞고 명준은 포로가 된다. 휴전협정 뒤에 그는 북한이나 남한의 삶보다는 중립국으로 가는 길을 선택한다. 타고르호에 승선한 명준은 항구에서부터 줄곧 배를 따라온 두 마리의 갈매기를 마지막으로 응시하다가 남지나해의 "푸른 광장"에 스스로 몸을 던진다.

이 같은 '에고'의 움직임은 남한과 북한의 '통일(unification)'을 유발시키려는 노력으로 '분단(division)'을 재공간화한다. 반면에 남북의 체제는, 에고를 의미 있고 자율적인 사회적 참여에서 '분리(divide)'시키고 에고의 발전을 저지하는 점에서 '일치(united)'한다. 이제 이 작품에서 에고와 사적 공간(방)의 관계에 대해 생각해 보자. 화자는 그 관계를 다음과 같이 암시한다.

> Ego라는 낱말 속에는 밥이며 신발, 양말, 옷, 이불, 잠자리, 납부금, 담배, 우산, 그런 물건이 들어 있지 않았다. 오히려 어떤 물건에서 그것 모두를 빼버리고 남는 게 Ego였다. 모든 것을 의심한 다음까지 덩그마니 남는 의심할 수 없는 마지막 것. 철학도 이명준에게 의미 있으며 실감 있는 Ego란 그런 것이었다. 아버지가 그의 Ego의 내용일 수 없었다. 어머니가 그의 Ego의 한 식구일 수는 없었다. 에고의 방에는 명준 혼자만 있었다. 에고는 광장이 아니었

다. 그건 방이었다. 수인(囚人)의 독방처럼 복수가 용납되지 않는 단 한 사람을 위한 방, 비록 어머니가 살아 있대도 그녀와 한 방에 있을 순 없었을 것이며 그들이 서로 만날 수 있는 광장은 지금에 와서는 불가능했다. 어머니는 죽었으므로. 살아 있는 사람과 죽은 사람이 더불어 쓰는 광장이 아직은 없었기 때문이었다. 아버지와 만날 수 있는 광장으로 가는 길은 막혀 있었다. 아버지가 모습을 나타내는 광장은 다른 구(區)에 위치한 광장이었다. 그리고 그 경계선에는 기관총이 걸려 있었다. 애당초 그리로 갈 염을 내지 말아야 했고 가고 싶다고 생각한 일도 없었다. 왜냐하면 그는 광장을 불신하고 있었기 때문이었다. 소중하고 값있는 건 Ego의 방뿐이었다.[5]

정치적, 경제적, 문화적 광장에 대해서 명준은 그의 친구 정선생에게 이렇게 말한다.

이런 광장들에 대하여 사람들이 가진 감정이란 불신뿐입니다. 그들이 가장 아끼는 건 자기의 방 밀실뿐입니다. 그는 밀실에만은 한 떨기 백합을 마련

---

5 그동안 『광장』의 원본의 발간일에 대한 약간의 혼선이 있어 왔다. 이 작품의 1968년과 76년 판본에는 원본이 1960년 10월 『새벽』에 실린 것으로 되어 있다. 원본의 발간일과 개작본에 대한 논의는 한기, 「『광장』의 원형성, 대화적 역사성, 그리고 현재성」, 『작가세계』, 1990 봄, 81~84쪽을 볼 것. 개작본에서의 문체적 변화에 대한 논의는 김현, 「사랑의 재확인—『광장』 개작에 대하여」, 최인훈, 『광장/구운몽』, 문학과지성사, 2000, 313~322쪽을 볼 것. 여기서의 나의 논의는 1960년 11월 『새벽』에 실린 원본에 기초한다. 『광장』은 케빈 오록에 의해 번역되었다. Choi In-hoon, *The Square*, trans. K. O'Rourke, Devon : Spindlewood, 1985를 볼 것. 오록교수는 그가 번역에 사용한 판본을 상기시키지 않는다. 그의 번역본은 1985년에 출간되었지만 그는 1970년대 중반에 이 작품을 번역했으며 1976년본을 참조하면서 1973년본을 줄곧 사용한 것 같다(개인적인 대화에 의한 판단임). 이 소설에서 4・19가 유일하게 언급된 원본 서문의 마지막 단락이 번역본에는 나타나지 않는 점은 중요하다. 위의 인용문은 『새벽』, 1960.11, 258~259쪽임.
역주 : 테드 휴즈의 원서에서 5장의 인용은 오록교수의 유려한 번역에 따르면서 약간의 수정을 하고 있다. 특히 70년대 본에 기초한 번역이 1960년 11월 『새벽』 본과 과 다른 곳을 수정했다고 밝히고 있다.

하기를 원합니다. 그의 마지막 보루기 때문이지요. (…중략…) 개인만 있고 국민은 없습니다. 밀실만 풍성하고 광장은 사멸했습니다. 각기의 밀실은 신분에 비례해서 그런대로 풍성합니다. (…중략…) 아무도 광장에서 오래 머물지 않아요. 필요한 약탈과 사기만 끝나면 광장은 텅 빕니다. 광장이 사멸하는 곳, 이게 남한이 아닙니까. 광장은 비어 있습니다.[6]

방(모든 세속적인 소유가 제거된 '의심하는 에고'의 공간)과 밀실(물질주의적이고 소유지향적인 개인의 공간)은 광장과 대립한 곳에 위치한다. 그 둘은 "믿음의 상실"과 정치적 억압에 의해 야기된 공적 공간으로부터의 퇴각(방은 "수인의 독방"이며 밀실은 "구멍"이다)을 나타낸다. 실제로 이명준은 정치란 제국 본토의 나머지 것을 나누는 것에 불과하다고 생각한다. 즉 "정치? 오늘날 한국의 정치란 미군 부대 식당에서 나오는 청소차를 청부맡아서 (…중략…) 나머지 지꺼기를 가지고 목축을 하자는 거나 뭐가 달라요?"[7]

에고의 방의 '불확실성'은 반공주의 정부가 그렇게 쉽게 그 공간을 침범한다는 사실로 드러난다. 명준은 경찰소에서 취조 중에 심하게 구타당한다. 잠시 명준을 무시하고, 형사 중의 한 사람이 식민지 시대 비밀경찰 때 좌익 활동을 탄압하던 이야기를 늘어놓으며, "전성시대"의 향수어린 회상에 빠져든다. "그의 술회담을 듣고 있으려니까 명준은 자기가 마치 일본 경찰의 특고 형사실에 와 앉아 있는 듯한 착각에 사로잡혔다. 형사의 얘기는 그토록 과거와 현재를 혼동하고 있었다. 빨갱이 잡

6 『새벽』, 1960.11, 256쪽. 이명준의 정치적, 경제적, 문화적 광장에 대한 추가적 설명은 투르게네프의 『처녀지』에서의 파클린의 열정적인 연설과 닮은 점이 있다. Ivan Turgenev, *Virgin Soil*, trans. Constance Garnet, New york : MacMillan, 1951, p.155를 볼 것.

7 『새벽』, 1960.11, 255쪽.

는 걸 가지고 볼 때 지금이나 일본놈 시절이나 다름없다고 생각하고 있는 게 여실했다."[8]

이처럼 식민지 이후의 반공주의를 식민 정권의 강압과 연결시킴으로써, 이 소설은 명준에 대한 심문을 남한 정부의 정당성에 대한 질문으로 전환시킨다. 이 경찰소 장면에서 심문을 통한 반공적 주체의 소환은, 일종의 식민주의적 태도가 되는 셈이다. 그와 동시에 그 같은 주체의 소환은 자유 민주적인 사법적 주체의 권리를 침범한다. 즉 구타당한 후에 명준은 "나는 법률의 밖에 있는 건가"라고 자문한다. 그리고 그다음에 이렇게 생각한다. "법률이 있다. 시민의 목숨이 그렇게 어둠 속에서 처리될 수는 없지. 불쑥 한 가지 생각이 떠올랐다. 아까 그 형사를 폭행으로 고소를 하자. 그러나 그는 곧 머리를 저었다."[9] 국가는 자신의 법률을 인식하지 않는다. 그리고 반공주의적 주체란 어떤 시민이 아니다. 명준은 이제 에고의 방의 "소중한" 공간은 환상(phantasm)이었다고 생각한다. 즉 "여태껏 의지하고 오던 게 무엇이었던지 간에 나는 믿을 수 없는 걸 믿어온 게 아닌가. 적어도 Ego의 방 자물쇠는 장난감이었던 모양이다."[10] 에고는 남한에서 존재할 수 없다. 반공주의 국가는 공적 공간에서 에고의 활동을 허용하지 않으며(광장은 비어 있다), 에고가 피난처를 찾는 사적 공간을 마음대로 침범한다(에고의 방으로의 퇴각은 안전을 보장하지 않는다).

명준은 남한의 유아론적 에고의 방으로부터 나와 큰 희망을 갖고 북한에 있는 광장으로 향한다. 그는 보트 안에서 이런 꿈을 꾸고 있었다. "광

8 위의 책, 263쪽. 1989년 KBS TV 드라마로 각색된 〈광장〉에서는 형사의 회상이 생략되어 있다. 그 대신 이명준은 그를 구타한 형사에 동조적인 다른 형사의 심문을 받는다. 구타는 그 형사의 가족이 "빨갱이"에게 살해된 데서 치밀어 오른 분노에 의해 정당화된다.

9 위의 책, 261쪽.

10 위의 책, 264쪽. 투르게네프의 "잉여인간"이 "내 안의 자아의 자물쇠"를 지니고 있음을 상기할 것. "The Diary of a Superfluous Man", *The Essential Turgenev*, ed. Elizabeth Cheresh Allen, Evanston, Ill. : Northwestern University Press, p.112를 볼 것.

장에는 맑은 분수가 무지개를 그리고 있었다. 꽃밭에는 싱싱한 꽃이 꿀벌들 닝닝거리는 음향 속에 웃고 있었다. 페이브먼트는 깨끗하고 단단했다."[11] 그러나 그는 곧 북한이 자신의 이상을 실현하는 데 완전히 실패했다는 결론에 이른다. 명준은 『노동신문』의 기자로서 그가 이 사회의 상징이라고 생각한 집단농장에 파견된다. 그러나 그곳에는 "활발한 창의는 볼 수 없고 작업할당과 마지못한 실행뿐이었다. (…중략…) 스타트라인에서 포기한 생활에의 욕망, 광장에는 꼭두각시뿐 사람은 없었다."[12]

명준은 집단농장에 대한 기사를 쓴 후 편집장으로부터 그의 "소부르주아적인 판단의 낙후성"을 말하도록 자아비판회에 소환된다. 명준은 자신의 기사를 옹호하며 "리얼리즘은 사실을 사실대로 레포트하는 것이라고 믿습니다"[13]라고 주장한다. 편집장은 사회주의 신문의 사명을 요약하며 대응한다. "그것이 동무의 위험한 반동적 사상입니다. 사회주의 리얼리즘은, 인민의 적개심과 근로의 의욕을 앙양시키고 고무시키는 방향으로 취사선택이 가하여져야 합니다."[14] 명준은 회의에 출석한 당원들의 미움에 일그러진 "사디스트"의 얼굴 표정에 부딪히면서 대항이 쓸 데 없는 것임을 깨닫는다. 그는 "절실한 표정을 하고, 장황한 인용을 해가며"[15] 당 노선에 따를 것을 다짐했다. 명준의 굴복은 당원들에게 "승리의 빛"과 안도감을 갖게 했다. 그 순간은 또한 그가 북한을 거부한 순간이기도 했다.

최인훈의 작품에서 남한은 순수한 민주적인 공적 영역이 없는 부패정치적인 미국 위성국가에 불과하다. 반면에 북한은 공산당의 명령이

---

11 『새벽』, 1960.11, 272쪽.
12 위의 책, 277~278쪽.
13 위의 책, 279쪽.
14 위의 책.
15 위의 책.

라는 거짓 공적 영역과 경직된 공식주의를 제공할 뿐이다. 그런데 명준은 남한과 북한뿐만 아니라 자살을 통해 중립국의 외국 생활 역시 거부하고 있다. 이런 사실은 두 개의 한국의 진정성 없는 근대성을 극복할 주체의 가능성을 1960년의 4·19운동이 부여한 것으로 여기면서, 그런 주체들이 4·19 이후 공간에 재출현해 통일된 비동맹적 자유 민주주의 국가에 의미 있게 참여할 가능성을 열 것으로 보는 셈이다. 따라서 최인훈의 작품은 1945~48년 점령기에 상실한 것으로 여겨지는 역사적 가능성을 회복하려는 4·19 이후의 젊은 세대의 요구에 가담한다. 『광장』의 경우에는, 적어도 1960년대 판본에서는, 한반도의 냉전분단의 극복을 수행할 역사를 넘어선 주체나 중립적·보편주의적 공간으로 제공되는 것은, 민족이 아니라 한글로 표기되지 않은 영어 Ego이다.

하지만 최인훈 소설에서의 중립성에는, 1945년 직후 남북분단 극복의 유일한 가능성이었던 정치적 비동맹 요구의 반복 이외에 다른 요소가 있다. 라클라우는 육화(incarnation)의 개념이, "개별적 신체가 자신을 넘어서는 보편성의 표현이 되는 행위자, 즉 **특권화된 역사적 행위자**"의 역사를 어떻게 점화시키는지 주목한다. "유럽중심주의의 다양한 표현은 육화의 논리의 역사적 효과에 다름이 아니다."[16] 육화의 논리는 이후 유럽이 스스로를 보편적 인간 이해의 육화로 재현하면서 자기 자신의 개별주의를 보편화할 때 재연된다. 이제 다른 문화로부터의 저항은, "보편성을 재현할 수 없음을 표현할 뿐인 역사 없는 사람들"과 보편주의 사이의 투쟁이 된다.[17] 따라서 『광장』은, 한글 표기되지 않은 영어 Ego의 형식으로 한반도에서의 보편성의 전개를 통해, 유럽중심적 역사 자체를 만드는 데 적극 참여할 가능성을 환기하고 있다.

---

16 Ernesto Laclau, *Emancipation(s)*, London : Verso, 1996, p.23. 강조표시는 인본의 것임.

17 *Ibid.*, pp.24~25.

최인훈은 이후 『광장』의 1960년대와 70년대 판본에서 Ego의 또 다른 이야기를 말한다. 1960년본에서는 두 개 이외의 모든 단어가 영어 Ego로 나타났지만, 1961년과 1968년본에서는 Ego가 한글로 표기된다. 미국에서 삼년을 지낸 후 1976년 최인훈은 음역된 에고를 없애고 한국어 '나'와 '자기'로 바꾼다.[18] 영어 Ego에서 음역된 에고로, 그리고 이후의 '나'로의 운동은, 보편성으로서 영어 기표의 원본의 위치 — 번역을 거치지 않은 제국 본토의 기표에 부여된 특권 — 에서 벗어나 텍스트를 글쓰기하려는 계속된 싸움을 나타낸다. 그러나 통약가능성(commensurability)을 얻으려는 바로 그런 노력에 의해, 번역은 리디아 리우가 "가설적 등가성"의 보편주의로 제시한 것을 연출한다.[19] '나'는 Ego를 대신하는데, 이는 보편적이라고 여겨지는 주체의 지역적 육화/번역인 것이다. 『광장』(그리고 그 개작)은, 그런 등가성의 제국적 체제에 의해 연출되는 지식/정체성과 싸우는 최인훈의 다른 작품들(1960~70년대 초)을 향한 출발점으로 읽힐 수 있다.

남정현과 다른 많은 작가, 지식인들처럼, 최인훈에게 박정희의 5·16 군사적 탈취와 그 후의 권력의 고착화는 4·19에 의해 열려진 가능성을 붕괴시키는 것이었다. 『광장』의 출간이 허용되었던 1960년 4월에서 1961년 5월까지, 이승만 정권 때보다 훨씬 더 열려진 방식으로 제기된 중립성과 통일, 이념의 질문의 자유가 주어졌다면, 박정희의 쿠데타는

18 1960년본에서는 여섯 번째와 일곱 번째 Ego가 음역되어 있으며, 그 외의 모든 다른 Ego는 영어로 표기되었다. 반면에 1961년본과 1968년본에서는 전부 음역된 에고가 나타난다. 또한 1976년본에서는 모두 '나'와 '자기'로 바뀌었다.

19 Lydia Liu, "The Question of Meaning-Value in Political Economy of the Sign", *Tokens of Exchange : The Problem of Translation in Global Circulations*, ed. Lydia Liu, Durham, N.C. : Duke University Press, 1999, pp.34~37을 볼 것. 1970년대 초 미국에 머무는 동안 최인훈은 모든 한자어를 한국어 단어로 풀어쓰며 또 다른 번역의 전이를 시작했다. 최인훈의 한자어 풀어쓰기에 대한 논의는 『문학과 이데올로기 – 최인훈 전집 12』, 문학과지성사, 1994, 361~366쪽을 볼 것. 따라서 최인훈은 서구적 본토에 대응하는 가설적 등가성의 조건뿐만 아니라 한자어/한국어의 관계에도 관심을 갖은 셈이다.

1950년대의 정치적 억압으로의 귀환을 의미했다. 최인훈은 박정희의 권력 장악 후 두 달 후에 발표된 단편 「수(囚)」(1961)에서 쿠데타의 결과를 탐색한다.

「수」에서 1인칭 화자는 정신 병동에 갇혀서 매일 국가의 정신과 의사에게 심문당하고 있다. 화자에게 할당된 공간은 재형태화된 광장(사각형, square)인 셈인데, 이는 자유 민주적인 공적 공간이 아니라 네 개의 벽으로 된 독방이다. 이곳은 작품의 제목인 한자 囚(사각형 박스 안에 "사람"이 위치한 문자)로 표현된 공간이기도 하다. 박정희 정권하에서 최인훈의 작품은, 민주주의의 온당한 주체는 국가주의적 개발 주체를 생산하려는 규범화된 기능에서 이미 일탈적이고 저항적이 된다는 사실을 경고한다.

「수」는 독재정권과 그 규율화에 대한 질문을 시작하는데, 이 과정에서 언어/시각성의 관계가 어떻게 글쓰는 주체의 재현에 연관되는지 보여준다. 囚(수)는 사각형(광장)을 감옥으로 전환시키는 것, 즉 "에고"를 박스 안에 넣는 것 이상의 어떤 것이 된다. 즉 囚는 "Ego"를 **번역** — 영어를 언어적인 동시에 시각적인 한자로 옮기는 것 — 하고 있는 것이다. 그 같은 운동은 『광장』의 개작에서 발생한 비번역, 음역, 번역의 역사와 밀접한 관련을 지닌다.[20] 囚를 그런 경로에 위치시킬 때, 우리는 『광장』의 초판에서 영어 "Ego"의 등장이 그 영어 기표의 호출을 보편화한 방식임을 알게 된다. 이는 로마자 "Ego"의 출현을 차이의 기호로 보거나 생각하지 않고 진행되는 보편주의이다.

---

20 역주: 『광장』의 초판의 'Ego'가 보편주의적 주체라면 음역과 번역은 그에서 벗어나는 과정을 보여준다. 그러나 'Ego'를 번역한 '나/자기' 역시 '가설적 등가성'에 의해 보편주의에서 완전히 벗어나지는 못한다. 반면에 '囚'는 가설적 등가성을 넘어선 번역으로서, 1960년대 초 한국의 상황에서의 특수한 자아를 표현한다. 이는 보편주의적 에고의 번역인 동시에 다시 'Ego'로 환원될 수 없는 차이의 틈새에서의 자아이다.

따라서 "Ego"의 번역 과정을 느린 그림으로 추적하면, 우리는 그 과정에서 시각적 변화의 중요성을 알게 된다. 여기서 우리는 소쉬르가 말한 단어와 사물 사이의 조응을 방해하는 '언어적이고 그림적인 전환'을 상기할 필요가 있다. 소쉬르는 이렇게 말한다.

> 언어적 기호들은 근본적으로 심리학적임에도 불구하고 추상적이지 않다. 집단적 승인의 날인을 지닌 — 그리고 함께 언어를 구성하는 — 연합들은 뇌 속에 자리 잡은 현실들이다. 더욱이 언어적 기호들은 구체적으로 감지할 수 있다. 즉 언어적 기호들은 관습적으로 쓰이는 상징들로 환원하는 것이 가능하다. 반면에 말하는 행위[파롤의 행위]의 상세한 사진들을 제공하는 것은 불가능할 것이다. 즉 가장 작은 단어의 발음일지라도 그것은 무한한 숫자의 근육의 운동을 나타내며, 그 운동들을 그래픽의 형태로 확인하는 것은 매우 어렵다. 그와 반대로 언어[랑그]에서는 음성 이미지만이 있을 뿐이며 그것은 고정된 시각적 이미지로 전이(translate)될 수 있다.[21]

나는 윗글에 나타난 '사진'의 중요성을 강조하려 하는데, 소쉬르의 경우 그것은 음성 이미지를 "고정된 시각적 이미지"로 전이시키려는 욕망일 것이다. 소쉬르의 기호가 "사물과 이름이 아니라 개념과 음성 이미지의 통합"이라면, 전이/번역의 행위란 시각적인 것과 밀접한 관련이 있다. 물론 소쉬르가 기표라고 부른 것은 음성 이미지이며, 반면에 개념 — 사물을 대체하는 것 — 은 기의가 된다. 소쉬르의 경우 기표는 "순

---

21 Ferdinand de Saussure, *Course in General Linguistics*, trans. Wade Baskin, New York : McGraw-Hill, 1959, p.15.
역주 : 소쉬르가 말하는 '관습적으로 쓰이는 상징'이나 '시각적 이미지'란 글자의 시각적 형태와 기의로서의 그림 이미지 두 가지를 뜻한다.

수하게 물리적인 것이 아니라 (…중략…) 음성의 심리학적 각인, 즉 우리의 감각에 만들어진 인상이다."[22] "음성 이미지"로서 그런 인상은 시각적 장치를 감싸고 있다. 기의에 대한 논의에서 소쉬르는 개념은 "음성 이미지와 연합할 때만 언어적 실체가 된다"라고 쓰고 있다. "언어에서 개념은 음성적 실체의 질이며, 그것은 특정한 음성의 조각이 개념의 질인 것과 같다."[23] 개념은 기표를 특징짓는 이미지화의 본질적인 부분인 것이다.

소쉬르가 '사물'로부터 '이름'을 분리시켰을 때, 그 대신 '음성 이미지'와 '개념'의 관계가 언어적이면서 시각적이 되는 방식들이 나타나게 된다. 사물은 개념이 되는데, 이 때 개념이란 소쉬르 자신이 단어와 그림의 방식으로 규정하면서 발견한 것이다. 『일반언어학 강의』에서 두 개의 유명한 도형은 서로 밀접한 관련을 가지고 위치해 있다. 첫 번째 도형에는 따옴표 있는 단어 "tree"(개념)가 단어 "arbor"(음성 이미지) 위에 놓여 있다. 두 번째 도형은 첫 번째와 같은데 다만 "tree"가 나무의 그림으로 대체되어 있다.[24] 사물은 그림으로 대체되었다. 즉 지시대상이 이미지가 된 것이다. 『일반언어학 강의』의 독자는 그 같은 전환을 시각적으로 경험하는데, 먼저 그림을 따옴표 있는 단어 "tree"로 "전이"시키고 다음에 단어 "arbor"로 전이시킨다. 여기서 기의로서 첫 번째 도형에 위치한 "tree"는, 오른쪽에 있는 그림(나무)과 동일시되고 밑에 있는 "arbor"라는 단어로의 운동을 나타내면서, 실제적으로 음성 이미지(arbor)와 혼성되는 위치를 점한다.[25] 두 개의 도형의 임무는, "tree"와 그림을 동일시

---

22 *Ibid.*, p.66.

23 *Ibid.*, p.103.

24 *Ibid.*, p.67.

25 역주 | 이 소쉬르의 도형은 단어 "arbor"의 기표(음성 이미지)와 기의(개념)의 관계에 관한 것이다. "arbor"는 "tree"라는 개념과 나무 그림의 이미지를 기의로 갖는다. 그러나 "arbor"

하며 시각적인 그림으로부터 시각성과 음성의 결합체로 — 먼저 "tree"로, 그다음에 "arbor"로 — 움직이는 것인데, 이 때 음성 이미지(arbor)는 소쉬르 텍스트에 쓰인 "고정된 시각적 이미지"의 "구체적 형태"로 이미 스스로 전이된다.

요컨대 우리는 개념/음성 이미지를 기의/기표로 재명명하는 일이 두 개의 도형의 표현을 통해 이루어짐을 주목해야 한다. 그 같은 시각적 전이의 행위가 기호의 개념을 생산하는 것이다. 이제 주어진 언어 안에서의 전이/번역을 특징짓는 언어적-시각적 관계의 방법으로부터, 한 글쓰기 체계에서 다른 체계로 이동할 때의 번역/전이에서의 연관성으로 생각을 옮겨보자. 음성 이미지로부터 스스로 벗어나 자신을 초월적인 위치에 놓으려는 노력이 '개념'이라면, 개념이 이미지화 과정에서 음성 이미지와 연합된다는 점은 우리를 물질적 과정으로 되돌아가게 한다. 번역은 종이 위의 글쓰기 표지들이 시각적으로 전환되는 방식[26]으로 발생한다.

음성적 실체의 질로서의 개념은 그 자체가 글쓰기 체계들을 가로질러 변화될 수 있는 음성 이미지화에 연관되어 있다. 한 글쓰기 체계에서 다른 체계로 이동할 때 발생하는 물질적 변화는 시각적인 것이기도 하며, 종이 위의 글쓰기에서의 형식의 변화이기도 하다. 따라서 영어를 한국어로 시각적으로 변화시키는 행위[27]와 개념의 차원에서 보편성에 놓는

의 기의는 "tree"(개념)나 나무 그림과 달리 그 자신의 음성 이미지와 혼성된 것이다. 따라서 "arbor"는 그림에서 "tree"로 다시 "arbor"로 움직이는 운동 속에서 기의를 드러낸다. 여기서 휴즈는 번역의 문제가 단순히 영어 기표를 한국어 기의로 바꾸는 것에 그치지 않고 시각적 이미지와 음성 이미지 양자에 관련된 복합적인 것임을 주목한다. 또한 시각적 이미지에는 소쉬르의 도형에서의 그림 이미지와 쓰인 글자의 이미지 두 가지 차원이 있다. 휴즈는 이 두 차원에서 시각적인 것과 언어적인 것의 복합성을 고려하고 있다.

26 역주 : 글자 형태의 변화와 그것이 나타내는 이미지의 변화를 말한다.

27 역주 : 번역을 하면 글자 자체가 시각적으로 변화되며 그것이 지시하는 이미지(음성 이미

것 사이에는 틈새가 열리게 된다. 최인훈의 개작본을 읽을 때, 우리가 『광장』(여러 판본들)이라고 부를 수 있는 것, 즉 그 16년 간의 '번역 계획'에서 아포리아가 드러나는 것은 바로 그런 방식에서이다. 문제적인 것은 불변의 보편성으로 상상되고 페티시화된 제국 본토의 기의를 해체하려는 시도이다. 최인훈의 비번역에서 음역으로의 이동은 Ego의 보편주의에서 벗어난 글쓰기 방식의 첫 단계를 나타낸다. 이 글쓰기 표지의 시각적 변화는 불충분한 것으로 드러난다. 음역된 기표의 소리는 제국 본토의 기의가 그 보편주의적 이미지를 보류하는 것을 허용한다. 다음의 이동은 번역, 즉 시각적인 것과 청각적인 것을 둘 다 변화시키는 것이다. 그것은 에고에서 '나'와 '자기'로의 변화이다. 그러나 이 기표들은 그들에 선행하는 비번역과 음역이라는 출판의 역사로부터 자신을 구출할 수 없다. 즉 개념이 보편성의 흔적을 보류하고 있는 것이다. 바로 그 같은 이유로 최인훈은 같은 계획을 추진하기 위해 다른 텍스트들로 이동하려 했다. 그러나 이번에는 식민지적 근대성에 연관된 범주들의 냉전적 재분절에 훨씬 더 명백하게 관련해서 그 계획을 추구하는 것이었다.

(포스트)식민지적 출몰—제국과 민족의 틈새에서

1960년대 중반은 브루스 커밍스가 "관료독재산업화 체제"(BAIR)라고 부른 체제의 정착을 보았다. BAIR이란 "전쟁 전 일본 모델"과 유사한 국

지와 연합된 시각적 이미지)도 변화된다.

가로서 "경제와 사회에 편재하는 정부, 즉 침투적이고 포괄적이고 고도로 분절된 정부이며, 개별적 집단과 계층들은 상대적으로 자율적인 체제"[28]를 말한다. 1965년의 한일 정상화 협정은, 같은 해 한국의 베트남전(미국의 전쟁) 파견과 결합되어, 남한을 민주주의의 문제를 회피하고 경제의 우선권을 주장하는 국가주의 노선에 놓이게 했다.[29] 1960년 중반의 정부와 반대 당 간의 경제성장에 대한 논쟁을 논의하면서 김동춘은 이렇게 지적한다.

> 근대화는 곧 자본주의화를 논의하는 범위 내에 있었다. (…중략…) 근대화와 민족주의에 대한 논의는 이미 제한된 논의의 지평 속에서 존재할 수밖에 없었다. 따라서 논쟁은 근대화 혹은 민족주의라는 부인할 수 없는 이념 자체보다는 [이 개념이] 실제로 무엇을 의미하는가, 정권이 실제로 추구하는 정책은 이것과 어떠한 관련을 갖고 있는가, 이 과정에서 실제로 누가 혜택을 입고 누가 소외되는가 하는 문제로 집중되었다.[30]

이제 근대화에 대한 요구는 민족/제국의 대립의 가정에 의존했으며, 그것은 식민지 이후의 정권 및 일본과의 국교 정상화를 정당화했다.

네 번으로 나눠져 발표된 최인훈의 「총독의 소리」(1967년에 한번, 1968년에 두 번, 훨씬 뒤인 1976년에 한 번)는 권영민이 논의했듯이 연작소설로 볼 수 있다.[31] 각 단편들은 총독의 라디오 지하 방송을 글로 옮긴 것으로

---

28 Bruce Cumings, "Origin and Development of the Northeast Asian Political Economy : Industrial Sectors, Product Cycles, and Political Consequences", *The Political Economy of the New Asian Industrialism*, ed. Frederic C. Deyo, Ithaca, N.Y. : Cornell University Press, 1987, p.71.

29 베트남전의 한국군의 참전에 대한 논의로는 Jin-kyung Lee, *Service Economies : Militarism, Sex Work, and Migrant Labor in South Korea*, Minneapolis : University of Minnesota Press, 2010, pp.37~77을 볼 것.

30 김동춘 · 박태순, 『1960년대의 사회운동』, 까치, 1991, 251~252쪽을 볼 것.

되어 있다. 총독은 "귀축미영"(鬼畜米英, 영미의 악마들)에게 패배한 이후 식민지 거주 일인에 대한 "공손한 송별 태도"에 고무되어, 제국의 영광이 귀환할 날을 기다리며 반도에 남기로 결심했던 것이다.[32] "충용한 제국 신민" 청자를 향한 네 개의 방송은, 그 즈음의 사건에 대한 논평으로 시작해서 다양한 정치적, 이데올로기적, 문화적 주제들에 대한 총독의 견해의 해설로 발전한다. 「총독의 소리 1」(1967)은 1967년의 대통령과 국회의원 선거[33]가 발단이 되어 발표되었다. 이 소설의 주요 내용은 역사의 주체로서 민족에 대한 논의와 한국 지배 계급의 매판적 속성, 한국인의 "노예근성", 일본제국에게 한반도의 중요성, 민주주의, 공산주의, 그리고 문학적 리얼리즘을 포함하고 있다. 「총독의 소리 2」(1968)는 1968년 1월 북한 공비(게릴라)의 청와대 습격과 푸에블로 호 사건에 대한 반응을 제시하고 있다. 이어서 민족분단이 어떻게 한반도에 강력한 국가의 출현을 가로막는지, 남한과 북한이 어떻게 제국에게 권한의 위임을 수행하고 있는지, 그리고 북한이 김일성을 대리 천황으로 섬기며 제국 체제의 연속을 보여준다는 것, 남한이 유서 깊은 반공의 제국적 정책에 충실해 민주주의를 회피하고 있다는 것을 언급한다. 「총독의 소리 3」(1968)은 가와바다 야스나리의 노벨문학상 수상을 예찬하는 반응으로서, 영미와 소비에트 제국주의를 격퇴하기 위한 방책으로 국체 보존의 중요성을 강조하는 일본의 근대성을 분석한다. 마지막으로 「총독의 소리 4」(1976)는 미소 데탕트에 관한 공식적인 진술을 주제로 삼고 있으며, 그에 이어 2차 세계 대전 이후 미소의 세계적 헤게모니와 한반도 분단

---

31 권영민, 「정치적인 문학과 문학의 정치성」, 『작가세계』, 1990 봄, 76~77쪽.

32 최인훈, 『총독의 소리－최인훈 전집 9』, 문학과지성사, 1994, 68~69쪽.

33 마틴 하트 랜스버그는 1967년 국회의원 선거를 "남한 역사상 가장 타락한 선거일 것"이라고 말했다. Martin Hart-Landsberg, *The Rush to Development : Economic Change and Political Struggle in South Korea*, New York : Monthly Review Press, 1993, p.169를 볼 것.

의 관계에 대한 논의를 하고 있다.

네 개의 단편들에서 과거 식민지 통치자의 귀환은, 한일 정상화 후 일본 자본의 유입에 의한 외부로부터의 일이기보다는, 내부로부터 일어난 것이다. 일본 제국주의의 이데올로기는 박정희 정권의 근대화의 국가주의적 강요 형식의 가면이며, 그런 국가주의에 의해 한국군의 베트남 파견이 목적을 위한 수단일 뿐으로 정당화되는 셈이다.

「총독의 소리 1」은 제국주의와 국가주의적 민족주의의 대립을 해체한다. 이 라디오 방송을 듣는 사람들은 일본 총독의 목소리를 청취하는 동안 결국 박정희가 공식적인 발표를 하는 소리를 매우 잘 들을 수 있게 된다. 총독의 소리는 박정희의 목소리에 깃들여 있으며 그 목소리 속에서 출몰한다. 또한 「총독의 소리 1」은 사실상 "주인공"의 배제를 나타낸다. 이는 1950년대 말 이승만 정권하에서 '부득이 모호하게' 요구되었고, 4・19 직후에는 보다 구체적 형태로 요청되었던 행동의 주체가 소거됨을 뜻한다. 이 소설의 수동적 청취자는 「수」의 주인공보다 더 악화된 상황에 놓인 존재가 되었다. 그는 광장에서 차단되어 자신의 어두운 방에 갇혔을 뿐 아니라, 자신의 서사와 목소리가 부인되고 있으며, 분절되지 않은 고통스런 아픔의 비명 "아구구아구구구구아구구구구구"[34]로 환원되고 있다.

총독이 남한 당국의 공식적인 말에 유령처럼 깃든 "현존"이 되었다면, 그것을 푸닥거리하기 위해 이 작품이 총독의 혼을 불러내 소환하고

---

34 최인훈, 「총독의 소리 1」, 『총독의 소리—최인훈 전집 9』, 문학과지성사, 1994, 88쪽. 이 비명은 청취자가 어둠 속에서 들려오는 총독의 소리 이외의 다양한 다른 소리들을 들은 후에 낸 것이다. 그 소리들 중에는 "눈구멍에 최루탄이 박힌 아이의 신음소리"(88쪽)가 있다. 이는 17세의 학생으로 4월 11일 마산 중앙 부두 바다에서 주검으로 떠오른 김주열(4・19의 기폭제가 된 사건)을 참조한 것으로서, 1967년의 청취자가 4・19운동과 그 영령들을 깊이 생각하고 있음을 암시한다. 또한 총독 자신도 몇 번 4・19운동에 대해 언급하고 있다.

육화시키는 어떤 방식이 있을 것이다. 보다 구체적으로 말해, 이 작품에서 핵심적인 것은 어떻게 독재정치의 논리를 단순히 모방하지 않고 — 예컨대 "제국"에서 "민족"으로 미끄러지지[35] 않고 — 그 정치를 거부하느냐이다. 이제 먼저 바흐친의 "독단적 담론"과 "내적 유인의 담론"의 차이를 살펴보자. 바흐친은 독단적 담론(authoritative discourse)을 암송에 연결시키면서 이렇게 말한다.

> 독단적인 담론이 의도하는 것은 우리가 말 자체를 자유롭게 전유하거나 흡수하도록 유도하려는 것이 아니다. 독단적인 담론은 우리의 무조건적인 충성을 요구한다. (…중략…) 사람들은 그 담론을 전적으로 긍정하거나 거부해야한다. 이 담론은 자신의 권위 — 정치적 권력, 제도, 사람 — 와 불가해하게 융합되어 있으며, 그 권위와 부침을 함께한다. 우리는 독단적 담론을 나눌 수 없다. 즉 일부는 동의하며, 다른 부분은 수용하되 완전히는 아니고, 또 제3의 부분은 전적으로 거부하는 식이 될 수 없다.[36]

다른 한편, "내적 유인의 담론(internally persuasive discourse)"은 "자기 자신의 말로 다시 말하는" 행위라고 이해할 수 있다.[37] 바흐친은 이렇게 말한다. "우리의 일상적인 의식의 순환에서, 내적 유인의 말은 반은 우리 것이고 반은 어떤 다른 사람의 것이다. 내적 유인의 말의 창의성과 생산성은, 그런 뒤섞인 말이 새롭고 독립적인 말을 깨어나게 한다는 사실 자체에 있다. 또한 새로 깨어난 말이 우리의 말의 덩어리를 내부로부터 조직

35 역주 : 박정희의 경우가 제국에서 민족으로 미끄러진 경우이며, 제국과 민족의 대립에 의존해 독재를 행사한 경우이다.

36 M. M. Bakhtin, *The Dialogic Imagination*, Austin : University of Texas Press, 1981, p.343.

37 *Ibid.*, p.341.

하면서, 고립되고 정적인 상황에 머무르지 않는다는 점에 있다."[38] 바흐친의 경우 "이념적(ideological) 담론의 그런 범주들의 투쟁과 대화적 상호 관계는, 개인적인 이념적 의식의 역사를 일상적으로 결정하는 요인이다."[39] 「총독의 소리」가 관여하고 있는 것은 바로 그 같은 투쟁이다.

중요한 것은 이념화되는(ideological becoming) 과정에서 "처음으로 일어나는 것은 독단적으로 강요된 담론과 내적 유인의 담론 사이의 분리"[40]라는 것이다. 이념화 과정에서의 이 운동은 **선택성**이라는 해방적인 과정이며, 암송에서 다시 말하기로, 다른 사람의 말에서 점차 자신의 것이 되는 말로의 운동이다.[41] 점차로 자기 자신의 말이 될 수 있는 것이 정의상 내적 유인의 담론뿐이라면, 문제는 독단적 담론과 내적 유인의 담론의 관계를 어떻게 생각하느냐이다. 가령 독단적 담론은 "이중적인 목소리가 될 수 없는 바로 그 자신의 본성에 의해 존재한다."[42] 바흐친은 마치 독단적 담론을 내적 유인의 담론에 대립시키도록 우리를 이끌고 있는 것 같다. 이념화된다는 것은 하나의 과정이지만, 그것은 구분되는 두 범주 사이의 도약, 즉 독단적 담론에서 내적 유인의 담론으로의 도약을 요구하는 과정이다.[43] 그러나 바흐친이 허용하고 있는 암송과 '다시 말하기'가 동시적으로 공존하는 상황은 어떤 경우인가.

바흐친이 강조하는 것은, 독단성에서 내적 유인으로의 운동(한 범주에서 다른 범주로의 도약)이, 내적 유인의 담론에 내재한 '타자로부터 자기로의 운동'을 가져온다는 것이다. 바흐친이 독단적 담론**에서** 내적 유인의

38 *Ibid.*, p.345.
39 *Ibid.*, p.342.
40 *Ibid.*, p.345.
41 *Ibid.*, p.348.
42 *Ibid.*, p.344.
43 바흐친은 어떤 말이 "독단적인 **동시에** 내적 유인의 담론"이 되는 "매우 드믄" 경우의 여지를 남겨두고 있다(*Ibid.*, p.342). 강조표시는 원본(바흐친)의 것임.

담론**으로의** 운동을 통로화한 것은, 즉 반대로 되돌아가는 것을 막는 운동을 말한 것은, 독단적 담론과 내적 유인의 담론 사이의 (설령 공존하는 "드문" 경우를 허용하더라도) 날카로운 구분을 만듦으로써이다. 일단 내적 유인의 담론을 만드는 도약이 이루어지면, 상대하고 있는 "타자"의 말 ― 다시 말해진 대화적이 된 타자 ― 은 독단적 담론의 총체화하는 "타자"와는 범주가 다른 "타자"가 된다.[44]

최인훈의 작품은 독단주의가 어떤 과정을 통해 그 자체를 순수한 해방으로 보게 변형되는지 드러내려 시도한다. 독단적 담론, 그 신성한 목소리이자 천황의 언어적 육화는, 절대적인 복종을 요구한다. 그 담론의 "공식적 경로"의 수용은 신민(제국적 주체)을 생산한다. 우리는 「총독의 소리」를 "날카로운 틈새", 즉 "내적 유인의 담론과 독단적 강요의 담론 간의 분리"[45]의 지점 자체에 놓을 수 있을 것이다. 이 작품이 그 같은 틈새에 놓여지는 것은, 독단적인 담론을 만드는 총독의 소리(독단적인 말)의 공식적 전달을 **재현함으로써**, 어떤 인식에 이르게 하기 때문이다.

전달의 재현과 전달 자체를 어떻게 구분할 것인가. 신민에게 말하는 라디오 방송을 청취하는 독자는 항복 후에 한국에 잔류하며 일본의 한국 통치의 재출현을 기다리는 천황의 충실한 신민인가. 아니면 이 라디오 방송이 독자 자신(그 혹은 그녀)을 신민으로 여기며 말하고 있는 것인가. 문제가 놓인 곳은 바로 독자의 위치이다. 즉 "독단적 강요의 담론과 내적 유인의 담론 사이의 분리"에 참여하는, 이념화되기의 "첫 번째 과정"을 수행하는 독자의 공간이다. 다시 말해, 독자는 자신(그 또는 그녀)

44 역주 : 여기서 내적 유인의 담론과 타자와의 관계는 매우 중요한 요소이다. 독단적 담론을 총체화하는 타자로만 여겨 전면적으로 거부하기만 하면 우리 역시 총체화하는 주체가 된다. 반면에 총체화하는 타자 또한 우리가 비판해야할 타자(선택성의 대상)의 하나로 생각하면 우리는 선택성의 해방적 틈새에 위치에 놓인 주체가 된다.

45 M. M. Bakhtin, *The Dialogic Imagination*, Austin : University of Texas Press, 1981, p.345.

을 신민보다는 주체로서 구성할 필요성에 직면한 존재이다.

설령 사람들이 선별적으로 목소리에 동의한다 해도 그 부분적 동의는 항상 불편한 것일 터이다. 그것은 그 목소리가 결국 '총독의 소리'임을 **상기**함에 의해 제약된 불편함이다. 반면에 **망각의 순간은 재식민화의 순간이면서**, 독단적 담론으로 다시 되돌아가는 순간이다. 그 점에서 이 작품은 대립적 설교(이는 자신의 대립적 위치에서 스스로 독단적이 될 위험을 지닌다) 쪽으로 미끄러지는 것을 스스로 방지하고 있다. 이 작품이 그처럼 대립적 독단의 위험에서 벗어나는 것은 선택성의 견지에서 독자를 위한 "모순적" 공간을 구성함으로써이다.[46] 즉 ① 독자를 전체로서 발화를 거부/인정하도록 소환하면서, ② 그와 동시에 독자가 "진실"을 위치시키려 애쓰면서 그 진술을 변환시켜야 할 필요성에 관여하게 한다. 독자가 자신(그 혹은 그녀)이 독재적 국가에 의해 반식민적 주체로 소환되는 방법을 생각할 필요를 깨닫게 되는 것은 바로 그 모순적 담론의 공간에서이다. 이 작품은 독자를 이념적(ideological) 투쟁의 비판적 계기에, 즉 독단적 담론과 내적 유인의 담론 사이의 "분리"의 지점에 위치시킴으로써, 탈식민(decolonizing)을 수행한다.

「총독의 소리」는 독단적 담론을 내적 유인의 담론과 구분되는 범주로서보다는, 그 자신의 선택성의 과정을 망각할 때 변질되는 내적 유인의 담론의 한 심급으로 보게 하고 있다. 그처럼 자신의 선택성을 망각

46 역주 : 총독의 소리를 단지 총체적으로 거부하는 독단적 담론으로만 여긴다면, 그것은 그 목소리의 망각에 이르게 되며 반대쪽 독단적 담론으로 미끄러지는 것을 막지 못한다. 이 작품은 그 같은 망각 대신에 총독의 소리(제국)를 다시 소환하여 반대쪽 독단적 담론(민족-박정희)의 출현을 비판한다. 또한 주체를 구성하길 소망하는 독자의 견지에서 선택적 틈새의 공간을 만들어 독자를 독단적 담론과 내적 유인의 담론의 사이에 있게 한다. 독자는 독단적 담론의 가면을 쓴 소리에 반응하면서 자신의 내적 유인의 담론(이념)을 만들어가는 이중성 속에서 해방적 과정을 경험한다. 그 같은 독자를 위한 틈새의 공간이 작가가 만든 알레고리적 풍자의 공간이라고 할 수 있다.

할 때 "총체적으로 인정하거나 거부해야 한다"[47]는 요구가 나타나는 것이다. 만일 독단적 담론이 어떤 선택도 허용하지 않는 점에서 내적 유인의 담론과 구분되는 것으로 정의된다면, 최인훈의 작품은 설령 어떤 담론이 자기 자신 외에는 아무것도 선택할 수 없게끔 독단적 담론의 가면을 쓰고 있더라도, 그런 부인이 그 자체로서 어떻게 하나의 선택으로 여겨질 수 있는지 보여주고 있다.[48]

고쿠다이이는 죽지 않는다, 혹은 "종족(race)은 영원하다"

총독의 소리는 일본이 "귀축미영(鬼畜米英)"에게 항복한 뒤 한국인이 일인에게 보인 "공손한 송별"에서 느낀 만족감을 말하고 있다.[49] 식민 통치

---

47 M. M. Bakhtin, *The Dialogic Imagination*, Austin : University of Texas Press, 1981, p.343.

48 역주 : 그처럼 자기 자신의 선택성을 망각하는 독단적 담론을 선택성의 하나로 여기게 만드는 방법은 아이러니적 소통방식이다. 즉 총독의 소리(표면)와 내포작가(이면)의 분리를 통해 이 소설은 아이러니적 소통을 시도하고 있다. 총독의 소리는 독단적 담론이지만, 내포작가는 아이러니와 알레고리적 풍자의 방법을 사용함으로써 내포독자에게 그 담론을 수정해서 받아들이도록 하고 있다. 내포독자는 내포작가와 교신하면서 총독의 소리를 선택적으로 수용/거부하게 되며, 그 과정에서 이 담론은 독단적인 가면인 동시에 (내포작가와 연관해서) 그에 반응하는 독자가 내적 유인의 담론을 형성하게 하고 있다. 독자는 총독의 소리를 중요한 비판의 대상으로 여기면서 또한 그 담론상황에 얽매이지 않음으로써 자신의 선택성을 지닌 내적 유인의 담론을 형성할 수 있는 것이다. 여기서 또 하나 중요한 것은 총독의 가면 뒤에 박정희의 가면이 숨겨져 있다는 점이다. 그 둘은 서로를 비판하지만 비슷한 구조로 민중들을 억압한다. 즉 총독의 소리는 박정희 정권을 비판하고 박정희 정권은 총독의 소리를 배격할 것이지만, 그 둘은 독단적 담론인 점에서 서로 닮았다고 할 수 있다. 박정희의 목소리에서 총독의 목소리가 출몰하는 것은 그 때문이다. 이 소설은 총독의 소리를 불러내어 아이러니적 · 풍자적 담론을 만듦으로써, 청산되지 않은 일제 잔재와 박정희의 독재를 둘 다 비판하며 탈식민을 수행하고 있다.

"40년" 후의 그런 공손한 송별을 단 2년의 점령 후 독일이 철수할 때 프랑스인이 독일인에 가한 공격과 비교한 뒤, 총독은 다음과 같이 선언한다.

> 희망은 있다고 본인은 생각하였습니다. 본인은 뜻을 같이 하는 부하들과 민간인 결사대를 거느리고 이 땅에 남기로 한 것입니다. 이는 아국의 학자들에 의하여 밝혀진 바, 한국사의 타율성이란 관점에서 볼 때 당연 이상의 당연지사라고 하겠습니다. 반도의 역대 정권은 본질적으로 매판 정권으로서 민족의 유기적 독립체의 지도부 층이 아니라, 외국세력의 한국에 대한 지배를 현지에서 대행해 줌으로써 자신의 지위를 보존해 왔던 것입니다.[50]

무엇보다도 총독(목소리)은 한국인의 "뿌리 깊은 노예근성"을 기뻐하고 있다.[51] 그에 의하면, 그 같은 노예근성은 최근의 대통령과 국회의원 선거의 광포한 부패에서 다시금 분명해졌다.

> 반도인에게 애당초 없는 도덕적 품성을 발휘하라는 선거라는 제사야말로 민망하기 짝이 없는 것입니다. 그들은 지금 자기의 손으로 얻은 것이 아닌 자유의 무거운 멍에 아래 비틀거리고 있으며 비명을 지르고 있습니다. 그들은 본인을 부르고 있습니다. 40년의 경영에서 뿌려진 씨는 무럭무럭 자라고 있으며 이는 폐하의 유덕을 흠모하는 충성스런 반도인의 가슴 속 깊이 간직되어 있는 희망의 꽃입니다. 그것이 그들의 비밀입니다. 해방된 노예의 꿈은 노예로 돌아가는 일입니다.[52]

---

49 최인훈, 「총독의 소리 1」, 『총독의 소리 – 최인훈 전집 9』, 문학과지성사, 1994, 68～69쪽.
50 위의 책, 69쪽.
51 위의 책, 71쪽.
52 위의 책, 86쪽.

더 나아가 총독은 자신의 청취자들에게 이렇게 알린다. "역사의 주체는 민족입니다. 역사의 주체가 민족인 것이 옳으냐 그르냐가 아니라 현실적으로 그렇다는 것이 문제의 핵심입니다. 세계가 앞으로는 한 혼혈아가 될 것이라는 것이 문제가 아니라 그렇게 되는 사이에는 여전히 민족이 주체라는 데 문제가 있는 것입니다. 이것이 인간의 조건입니다."[53]

「총독의 소리 3」에서 총독은 종족(race)과 유기체론을 말(language)과 실재(reality), 이론과 실천 간의 일치/불일치의 문제에 연결시킨다. 그에 의하면, 소련과 영미는 둘 다 다른 종족을 대하는 데에서 위선적 태도를 보이고 있다. 소련은 국제주의와 반민족중심주의를 공언하지만 그 말은 위성국가의 종족을 대하는 태도와 모순된다. 또한 미국은 인종적 관용의 증거로서 자신의 위상을 이민자의 나라로 알리려 하지만 그런 일은 흑인에 대한 태도와 모순되고 있다.[54] 총독(목소리)은 우리에게 "그것은 다름 아닌 (…중략…) 이데올로기는 짧고 종족은 영원하기 때문"[55]이라고 말한다. 소련과 영미의 이데올로기들은 자신을 정당화하기 위해 "인간"의 관념에 호소하지만, 둘 다 정치적 권위의 실재(reality)를 숨기는 말(language)을 사용하며 이론과 실천의 불일치에 근거하고 있다.

> 그러나 제국[일본]에 있어서 관념[ideal]과 실재[real]는 황실에 육화되어 있으며 황실은 신에서 나왔으므로 제국에 있어서의 관념과 실재는 유착은 유착이로되 그 권위가 '인간'적인 것이 아니라 '신'적인 것입니다. (…중략…) 오늘날 세계에서 이 종교적 원리가 국체[고쿠다이, national body]로서 보존되고 있는 것은 오직 제국뿐입니다.[56]

---

53 위의 책, 72–73쪽.
54 최인훈, 「총독의 소리 3」, 『총독의 소리－최인훈 전집 9』, 문학과지성사, 1994, 113–114쪽.
55 위의 책, 114쪽.

말은 천황을 통해 국(nation)에 육화된다. 말은 그런 신성하고 영원한 신체의 외형에 의해 도약하면서 실재가 된다. 총독의 경우 종족은 영원한데, 그 이유는 바로 종족이 이데올로기에 대립해 위치하기 때문이다. 종족(실재)과 말(관념)이 일치하는 위치로서 국체(national body)는 직접성의 비이데올로기적인 위치이다. 여기서 말은 "진리"가 된다.

민족(nation)이 역사의 주체라는 총독의 주장은 1960년대 중반에는 많은 사람들이 받아들이기 어렵지 않았을 것이다. 그러나 만일 총독의 말이 독단적 담론이라면, 사람들은 또한 종교적 원리로서의 국체를 인정하고 실재와 관념의 육화로서 천황을 공경해야 한다. 국체의 개념은 1930년대 말과 40년대 전반의 전시 동원기를 경험한 한국인들에게 친숙한 것이었다. 천황체제와 연관되어 있기 때문에 그것은 남한에서는 논의된 적이 없는 개념이었다. 총독은 국체와 민족 양자에 호소한다. 반면에 이 방송의 청취자들은 민족을 인정하지 않고는 국체를 진리로 인정할 수 없다. 최인훈의 작품은 1945년 이후 민족의 진리요구에 더 이상 불려지지 않는 국체가 출몰하는 방식을 드러낸다.

이 사적인 방송(유령방송)에서 국체의 출몰은 방송이라는 매체를 통해 발생한다. 프리드리히 키틀러는 '책에서 신매체(축음기, 전화, 라디오)로'의 기억체계의 현대적 전환을 논의하며 이렇게 말한다. "정신분석학적 텍스트는 표음 철자법에 대한 절대적 신념에 사로잡혀 있다. 따라서 구어적 담론에서 무의식적 기표를 탐지하면서, 그 기표들을 큰 글자 맞추기나 음절 퍼즐의 문자로 해석하는 프로이트의 방법은, 궁극적으로 매체적 조건에 놓인 글쓰기를 확립하려는 시도로 보인다."[57]

---

56 위의 책, 115쪽. 다른 제국들에 비교했을 때의 일본의 특수성에 대해서는 「총독의 소리 4」, 같은 책, 131쪽을 볼 것.

57 Friedrich Kittler, *Gramophone, Film, Typewriter*, trans. Geoffrey Winthrop-Young and Michael Wutz,

'총독의 소리'가 식민지적 무의식으로 여겨지는 것의 녹취인 한에서, 즉 식민지 이후 민족주의적 계획에 깃들여 있는 '부인된 목소리'를 옮긴 글인 점에서, 최인훈의 작품은 총독의 목소리를 이끌어내면서 일종의 "대화치료"(1장의 논의를 상기할 것)를 시도하고 있는 셈이다. 그러나 제국적 욕망의 목소리화는 그것의 매체와 분리될 수 없다. 「총독의 소리」는 라디오 방송의 텍스트적 재현을 통해 매체 테크놀로지를 제국화에 연결시킨다.

식민지적 기억은 테크닉을 통해 저장되고 재출현한다. 그런 테크닉을 통해 분절되지 않은 신음을 웅얼거릴 수 있을 뿐인 청자의 "인간성"을 유출시키고 있는 것이다.[58] 분명히 최인훈의 작품은 국체의 논리를 밝히고 그것이 식민지 이후에 귀환함을 드러낸다. 그러나 또한 국가가 통제하는 선전 네트워크(라디오)를 해산시키면서 더 나아가 테크놀로지에 관련된 어떤 불안을 드러내기도 한다.[59] 즉 총독의 소리가 말과 신체의 등가성을 간청하는 것은, 분명히 유기체적인 **직접성**(국체)과 그것을 **매개**하는 매체(총독이 "존재"하는 유일한 곳인 라디오 주파수)의 절망적인 대립을 암시하는 셈이다.[60] 그와 동시에 이 작품이 전사(transcript)의 행위를 통해 육체 없는 방송에 물질적 형식을 제공하는 것은, 인간을 회복시키고 해방의 매체로서 문학 자체의 행위력을 지지하려는 불안스러운 모색이다.[61]

Stanford, Calif. : Stanford University Press, 1999, p.99를 볼 것.

58 역주 : 무의식 속에 떠도는 식민지적 잔재를 문학의 언어를 통해 표현함으로써 극복되지 않은 채 삭제됐을 뿐인 식민지적 무의식을 재출현시키고 있다. 식민지적 무의식은 현재의 독재정치와 연관되어 있다. 청취자의 비명은 무의식 속에 떠도는 식민지적 잔재와 현재의 정치적 억압에 대한 고통이 표면화되면서 비로소 표현된 것이다.

59 역주 : 라디오 방송이 잘 들리지 않는 점과 라디오 방송의 육체 없는 특징을 말함.

60 "라디오 유령"에 대해서는 Friedrich Kittler, *Gramophone, Film, Typewriter*, trans. Geoffrey Winthrop-Young and Michael Wutz, Stanford, Calif. : Stanford University Press, 1999, p.12를 볼 것.

식민지적 / 포스트식민지적 닮은 꼴
—소설가 구보씨의 이일(二日)

1970년대 초엽 남한은 베트남 파병이 한창이었다. 이 시기는 국가주의적 근대화 서사의 부흥과 심화되는 박정희 정권의 독재정치, 그리고 노동계급의 저항의 출현을 보인 때였다. 그와 함께 식민지 시대는 과거 속으로 퇴각하고 있었다. 사십 세 이하의 남한의 젊은 세대들은 일제 식민통치를 전혀 경험하지 못했거나 식민지 말 어린 시절의 기억만을 갖고 있었다. 분단의 시기에 성년이 되었거나 DMZ 북쪽의 삶을 경험하지 못한 것도 바로 이 세대였다. 1970년대 초의 최인훈의 작품은, 1945년 이전의 식민성과 국가주의적 분단의 강화 및 냉전 개발주의 사이의 관계를 점차 해명하기 시작했다. 우리는 그의 그런 관심을 친숙한 제목을 지닌 『소설가 구보씨의 일일』(1969~72, 연작소설)에서 접할 수 있다. 이 작품은 1장에서 논의한 유명한 1934년의 모더니즘 소설을 최인훈이 다시 쓴 것이다. 이제 살펴볼 것처럼, 구보—1930년대 중반 식민지 경성의 거리의 배회하는 박태원의 모더니즘적 산책자—가 당대의 서울에 재출현한 사실 자체가 개발적인 발전의 가정과 식민지/포스트식민

---

61 역주 : 잔존하는 식민지적 무의식을 글쓰기(기표)로 옮기는 것은 프로이트 식의 대화치료로 볼 수 있다. 그러나 「총독의 소리」는 단순한 글쓰기(기표)가 아니고 문학이라는 해방의 매체(기표작용)를 통해 표현된 것이다. 따라서 여기에는 제국의 이데올로기를 전달하는 라디오의 매체와 그것을 넘어서는 문학의 매체의 문제가 포함되어 있다. 라디오 매체는 그 자체가 국체를 말하는 제국의 이데올로기와 모순되거니와(라디오 유령), 이 소설은 그 목소리를 풍자적으로 비틀면서 문학의 매체를 통해 표현하고 있다. 즉 저항의 표현이 어려운 현실은 총독의 소리를 들을 수밖에 없는 암담한 상황이지만, 그것을 문학의 매체에 옮겨 담음으로써, 총독의 소리와 억압적 현실을 동시에 비트는 방식으로 틈새의 공간을 얻고 있는 것이다. 이 불안스러운 모색은 서사적 주인공이 없는 시대(총독의 소리를 듣는 시대)의 문학이라고도 할 수 있다.

지의 분리를 의문시한다.

박태원이 월북 작가였기 때문에 최인훈이 자신의 『구보씨의 일일』[62]을 썼을 때 박태원의 1934년 텍스트는 남한에서 금지된 상태였다. 많은 다른 월북 작가처럼 구보라는 호를 지닌 박태원은 1950년대에 숙청되었다. 그러나 다른 작가와는 달리 그는 1960년대 초에 북한 문학계에 다시 나타났으며 1970년대 초에는 평양의 유명한 작가가 되었다. 최인훈의 '구보'는 원본과 다른 시간과 공간뿐 아니라, 박태원의 「구보씨의 일일」의 1930년대 중반 식민지의 수도, 그리고 '평양의 박태원'의 명명할 수 없는 시공간을 동시에 명명하고 있다. 그 같은 방식으로 이 작품은, 개발적 국가의 시각적 정권과 그에 의한 식민지적 과거의 검열/질서화, 당대의 북의 말소에 대해 대항하고 있다. 최인훈의 작품에서 고유명사 '구보'의 침입은, 모종의 식민지적 기억을 남한의 번영하는 근대적 미래의 기호, 즉 박정희에 의해 특권화된 서울 도시 풍경 속에 재기입하고 있다. 그와 동시에 최인훈의 '구보'는 검열당한 북한의 타자를 불러내고 있다. 서울에 '구보'가 출현한 일은, 식민지성의 귀환인 동시에 북한의 남한으로의 은밀한 경계 횡단을 나타낸다.

1장에서 살펴본 것처럼, 1930년대 중반의 박태원의 「구보씨의 일일」은 작품의 형식과 언어 사용을 스스로 예민하게 의식하고 있는 자기반영적 모더니즘 소설이다. 이 작품은 심리적 주체를 구성하기 위해 조이스의 의식의 흐름과 푸도프킨의 몽타주 영화 기법을 차용하고 있다. 작가이면서 고현학자(考現學者)인 구보는 식민지적인 도시적 근대성의 표지들을 통과하며 배회하고 있다. 즉 그는 전차, 다방, 화신 백화점, 경성역 등을 거치며 돌아다닌다. 하루 종일 구보는 탈정치화된 소시민적 중

62 역주 : 『소설가 구보씨의 일일』의 약칭임. 이하에서도 동일함.

산층 사람들을 만나는데, 그들은 도시 공간의 식민성에 대해 무감각해져 있었다. 그들은 천황에 복종하는 대신 경제적 기회를 허용하는 식민지적 자본주의 질서에 동화되어 있었다.

또한 1장에서 논의한 식민지적 파노라마의 방해의 기법에서 「구보씨의 일일」을 뒤따르고 있는 박태원의 『천변풍경』의 방법을 생각해보자. 『천변풍경』에서 박태원은 경성의 일상생활에서 이웃사람들의 삶에 대한 묘사를 제공한다. 이 작품은 (청계천에서 빨래를 하는 아낙네들의 한 마을 사람 같은 관계로 된) 과거 시간이 현대적 도시의 삶으로 고양되는 과정에서의 자본주의적 교환의 삽화를 몽타주 형식으로 배열한다. 이 고현학적인 텍스트는 시각적으로 보여지는 빨래터 아낙네들의 목소리들을 우리에게 제공한다. 현대화된 도시경관에서의 그들의 이질적인 위치는 『천변풍경』이 이접적인 시간성들, 즉 시골과 도시의 몽타주의 접합을 어떻게 연출하는지 보여준다. 이 작품은 향토 이미지와 근대의 중첩을 서사화하며, 더 정확하게는 향토를 모더니즘으로서 보여준다. 그 같은 서사적 방식을 통해, 『천변풍경』은 식민지와 제국 본토 전람회 공간에서의 향토 미술의 유통과 전시를 연출해 보인다.

1장에서 살폈듯이 『천변풍경』은, 언어를 통해 움직이는 일련의 그림들로 보거나 영화를 구성하는 스틸들의 연속으로 생각하는 것이 얼마든지 가능하다. 여기서 우리는 언어의 시각성의 환기가, 어떻게 이미지들이 스스로 움직이게 할 수 있는 기표들의 운동이 되는지, 즉 영화 같은 몽타주의 특징을 갖게 되는지 알게 된다. 더욱이 『천변풍경』은, 도시의 계획 과정의 수행을 보여주는 텍스트-영화로 도시를 재연하며, 그와 동시에 시각의 역사에 그 효과를 새겨 넣으면서 식민지적 자본주의를 재구성한다. 피식민자인 고현학적 3인칭 화자는 타락한 도시 안에 존재하는 시골 같은 공동체적 삶에서 피신처를 발견하지 못한다. 그 대신에 이 작품은, 진열장 같은 식민지 도시를 만들려는 시도와 자본주의적 교환이 야기한 (발전이 아닌) 퇴화의 이미지를 통해, 식민지의 진화론적 변화의 파노라마를 파열시킨다. 이 언어적 영화(그림을 움직이게 구성하는 연속된 스틸들의 언어적 환기)는, 이미지를 환기시키는 언어의 병렬, 시각적 움직임, 그 슬로우 모션으로 나타난다. 일종의 토키(발성영화)[63]에서처럼, 향토에는 목소리와 운동이 주어진다. 박태원의 작품은 벤야민의 영화와 몽타주에 대한 논의에 따르면서, 우리가 도시의 일상을 움직이게 하는 다양한 형식들과 향토/근대의 동시묘사를 만나는 순간, 그 즉시로 도시의 물질적 역사와 강제된 "조화의 파노라마"에 주의를 기울이게 한다.[64]

최인훈은 기존의 구보 위에 (1970년대 작품에서의 월남한 실향민 혹은 피난민인) 또 하나의 구보를 새겨 넣음으로써, 식민적/포스트식민적 관계의 역사적·시간적 형식과 시각적 형식을 드러낸다. 제목만 같을 뿐 인용할 수도 읽을 수도 없는 텍스트를 명명함으로써, 최인훈의 작품은 식민지 시대에 대한 기억이 어떤 방식으로 배열되는지 보여준다. 과거 1930년대 도시의 글쓰기 위에 글쓰기함으로써, 최인훈의 『구보씨의 일일』은 검열당해 말할 수 없는 식민지 문학의 황폐화을 상기시킨다. 1970년대 초의 이 '구보의 귀환'은, 『천변풍경』 같은 작품에서 식민지 도시풍경의 시각성과 시간성을 드러낸 작가 박태원과 그의 모더니즘의 귀환이기도

---

63 역주 : 무성영화와 달리 이미지와 발성이 동시에 나오는 영화를 말함.

64 수잔 벅 모스의 벤야민의 변증법적 이미지에 대한 언급을 상기할 것. "구성의 원리는 몽타주의 경우와 같은데, 그런 원리에 의해 이미지의 관념 형성적 요소들은 "조화로운 관점"으로 융합되지 않고 화해되지 않은 상태로 남아 있다." Susan Buck-Morss, *The Dialectics of Seeing : Walter Benjamin and the Arcades Project*, Cambridge, Mass. : The MIT Press, 1991, p.67을 볼 것. 역주 : 식민지는 진화론적 발신의 논리에 따라 조화로운 파노라마를 강요한다. 그러나 『천변풍경』은 벤야민의 몽타주 원리에서처럼 병치된 이미지들이 조화롭게 화해되지 않는 재부조화를 이룸을 드러낸다.

하다. 그와 동시에 최인훈의 『구보씨의 일일』은 서울 자체의 식민지적 역사를 보이게 만들려고 시도한다. 그것은 1970년대 초의 식민지 시대 건물의 잔존과 식민지 시대에 설치된 "근대화된" 도시의 설비망(조직망)에서 분명히 드러나는 물질적 역사이다. 따라서 구보의 서울로의 귀환은, 1970년대 초 서울에서 매일 보고 경험하면서도 보여지지 않은 식민주의의 물질적 역사로의 회귀이면서, 그 도시경관을 그리려 한 박태원의 말소된 식민지 시대의 시도로의 귀환이기도 하다. 우리는 게이즈(系圖, 족보)로서의 서울을 만난다.

따라서 최인훈의 『구보씨의 일일』은 벤야민의 변증법적 이미지의 또 다른 굴절을 제공한다. 닮은꼴의 방식, 즉 하나의 주인공을 통한 두 개의 산책자의 동시적인 명명은, 이접적으로 분리된 동시에 공유하는 시간성을 작동시킨다. 박태원과 최인훈의 두 개의 구보들 사이의 관계는 그 자체로서 몽타주의 형식이 된다. 벤야민이 말했듯이, "그것은 과거가 현재에 빛을 던지거나 현재가 과거에 빛을 투사하는 것이 아니며, [변증법적] 이미지는 그 안에서 과거가 별자리를 이루며 현재와 함께하는 것이다."[65] 식민지적 과거는 (포스트)식민지적 산책자 구보의 형식 속에서 1970년대 서울의 현재로 귀환하는데, 그는 과거 총독부 건물이며 지금은 한국의 중앙청이 된 건물을 보고 있다. 이 같은 구보의 "귀환"은, 자신의 식민지 시대 선배 위에 쓰인 것이나 일치되지는 않는, 현대의 구보의 과거와의 불일치의 이미지로 나타난다. 즉 귀환한 구보는 검열된 문학 텍스트로 인해, 보여지지 않은 채 보여질 수 있는 것이거나, 인식되지 않은 채 암시될 수 있는 존재이다.

65 Walter Benjamin, *Gesammelte Schriften* 5, ed. Rolf Tiedmann and Hermann Schweppanhäuser, Frankfurt am Main : Suhrkamp Verlag, 1972, p.576. Buck-Morss, *The Dialectics of Seeing*, p.291에서 인용.

당대 서울을 거니는 구보의 산책은, 박태원의 보여지지 않은 텍스트의 불법적인 읽기이자 그것을 보이게 만드는 행위이다. 『구보씨의 일일』은 그 시기 평양의 유명한 작가 박태원의 문학적 생산과 삭제된 역사를 불러냄으로써, 북한이 기억을 통해서만 시각적으로 접근할 수 있는 과거나 죽음과 연관되어 있음을 드러내고 있다. 『구보씨의 일일』은 분단문화를 구조화하는 트라우마로서, 과거일 뿐만 아니라 상실이기도 한 것, 즉 시간적・언어적 지표로부터 퇴각한 (보이지도 들리지도 않는) 북의 생산물을 지시한다. 따라서 서울에 구보가 출현한 사실은, 거기에 있는 동시에 없는 어떤 작가에 대한 현시이다. 『구보씨의 일일』은 언어적 재현을 통해 그처럼 삭제의 역사를 보이는 위치에 놓는다.[66]

구보는 재분절된 식민지적 근대성의 장소로서 1970년대 초의 서울을 글쓰기한다. 일본의 위치의 전위와 함께, 미국은 아시아에서 새로운 형식의 식민주의를 재연출한다. 구보는 서울에 있는 한 극장을 관찰하면서 다음과 같이 말한다. "극장 언저리는 늘 이국적이다. 서양 영화 간판. 커다란 배우의 사진. 그 밑에서 황색인들이 표를 사느라 바글바글 끓는다. 조계(租界)[67]라는 느낌이다. 옛날 상하이나 홍콩 같은 데 변두리 극장의 모습 같다."[68]

구보는 극장 안으로 들어가 영화를 본다. ― 캔디스 버겐과 피터 스트라우스, 도널드 플레전스가 주연한 1970년대 미국 서부영화 〈솔저 블루〉이다. 영화는 샤이안 족 마을이 미국 기병대에 의해 모두 파괴된 1864년 콜로라도의 샌드 크리크 대학살을 화면으로 보여준다. 구보는

66 역주 : 벤야민의 변증법적 이미지가 과거의 기억을 별자리로서 현재와 함께하게 한다면, 최인훈의 「구보씨의 일일」은 과거의 역사가 삭제되었음을 현재에 보이게 만든다.

67 역주 : 2차대전 전까지 중국의 개항도시에 있었던 외국인 거주지역.

68 최인훈, 『소설가 구보씨의 일일-최인훈 전집 4』, 문학과지성사, 1994, 79쪽.

이렇게 생각한다. 즉 백인 미국 관객이 이젠 과거의 잘못으로 묘사될 수 있는 더 이상 위험스럽지 않은 학살의 비판에 참여함으로써, 도덕적 정당성을 지지하고 이 영화가 그런 식으로 안정성을 회복한다는 생각이다. 최인훈의 작품은 그 이상의 것을 한다. 나중에 구보는, 그 장면이 극장 '바깥에서' 일어나는 것에 대해 되새기며, 그곳이 바로 지금-여기이고, 한국인은 원주민이 되었다고 생각한다. 이 작품은 영화의 시각적 권력 체제를 해명하고 있다. 즉 서울의 영화팬이 자신은 "황색 국민"으로 생산되면서도 백인 미국의 상상력과 그 윤리적 딜레마에 동일시되는 과정을 드러낸다. 여기서는 다이아나 퍼스가 파농에 대한 논의에서 지적했듯이 이중성이 요구되고 있는 것이다. "식민자가 식민지적 타자를 예속된 주체로 만들기 위해서는 이중적 명령이 필요하다. 즉 나와 같아져야 하지만 나와 똑같아서는 안 된다. 그처럼 모방적으로 동일시되면서 전적으로 타자여야 한다."[69] 최인훈의 경우 그것은 인종적·문명적 위계질서를 수반하는 개발주의의 논리이기도 하다. 극장에서의 장면은 냉전기 동아시아에서의 미국의 이중적 명령을 묘사한다. 즉 백인이 되면서 황인종이 되어야 하는 것이다. 극장에서 드러난 이 시각적 체제는 구보가 작품 전체를 통해 만나는 개발주의적 도시풍경의 경험으로 확장된다. 개발의 물질적 효과, 즉 도시의 성장은, 스스로를 정상적인 보편성으로 보게 되리라는 **약속** 받은 주체들을 소환한다.

69 Diana Fuss, *Identification Papers*, London : Routledge, 1995, p.146.

미술과 보편성 / 개별성

미술과 변형적 상상력 간의 관계는 늘상 관념소설 장르와 밀접히 연관되는 최인훈의 작품에서 중심적 위치를 차지한다. 이미지화로서의 미술은 "이데올로기" 비판을 가능하게 한다. 최인훈의 경우 이데올로기는 또한 대립되는 영토적 주권들을 연출하고 공간화하는 이미지화와 연관된다. 관념소설은 연합의 다른 형식과 위상을 이미지화하는 대항적 공간(예컨대 "광장")을 제공한다. 그와 동시에 최인훈의 포스트식민적 근대의 해명은 보편성/개별성(특수성) 관계와 동양/서양의 이항을 고려하는데, 그 양자는 1장에서 살핀 것처럼 식민지 시기 주체의 분절에서 중심적이었다.

예컨대 장우성의 1943년 그림 〈화실〉에 특징적으로 나타난 동양과 서양의 이중적 구조를 생각해 보자. 이 그림에서는 근대적 서양 옷을 입은 남성 화가가 이제는 "전통적"이라 할 수 있는 의상을 입은 여성을 그리고 있는데, 이는 〈반도의 봄〉에서의 〈춘향전〉의 하이퍼도상적 프레임을 다시 연출하는 방식이다. 이 '그림에 대한 그림'에서 여성은 메타그림의 틀을 넘어 손에 든 잡지를 응시하며 "되돌아보기(look back)"[70]를 하고 있다. 여기서 이 잡지를 보는 시선은 어떤 이미지가 생산되어 인쇄 자본주의에 의해 유통됨을 가리킨다. 곁으로 비껴난 시선(look away)이기도 한 그 같은 되돌아보기는, 프레임 외부로 눈길이 벗어난 화가의 시선과 결합한다. 〈화실〉은 동양적 전통의 재현과 서양화의 관계 자체가, 즉 20세기 한국의 문화적 생산을 특징짓는 그런 동/서의 관계가, 메

70 역주 : 어떤 시선에 의해 대상화되는 것에서 벗어남을 말함.

〈그림 5-1〉 장우성, 〈화실〉(1943) 출처 : 이천의 월전 미술관

타그림의 차원에서 발생함을 보여준다. 동양과 동양화의 새로운 개념들은 항상 서양과 서양화를 지시한다. 이 그림을 보는 피식민자 관찰자는 근대적 테크닉 곧 (서)양화뿐만 아니라 여성에 구현된 조선성에 동일시되도록 요구받는다. 그러나 그림 속의 화가와 여성이 이 메타그림 외부로 되돌아보고 눈길을 비끼고(look back/away)있다면, 팽창하는 제국 내의 권위를 대리하는 장식물로서, 그 제국적 위치화를 거부하는 것이 가능할 것인가. 우리는 황민화의 문화 생산물이 어떻게 불안정성의 표지를 지니는지 보게 된다.

구보는 그 같은 동서의 관계와 지역성/개별성(특수성)에 대한 질문으로 귀환하는데, 그것은 그가 샤갈 특별전을 본 후 어떤 탑을 응시하며 동서의 통합에 대해 생각할 때이다. 탑은 욕심을 버린 다음에 얻은 기쁨과 평화를 의미한다. 샤갈의 그림은 꿈속에서 마음껏 호사해 본 후의 기쁨과 평화를 가리킨다. "이 둘은 겉보기보다는 그리 먼 곳도 아니오, 다르지도 않다. (…중략…) 두 개의 얼굴을 가진 '야누스'라던가 하는 귀신을 구보씨는 떠올린다. 사람은 양인이고 동인이고 모두 야누스의 핏줄이다."[71] 미술(예술)과 창조성, 변형적 행위는 민족적 신체와 연관된 개별주의(특수주의)가 아니라 공유된 보편적 신체의 공동체성으로 귀결된다. 구보는 계속한다.

> 두 개의 얼굴을 가진 이 신화의 인물이 바로 인간의 바른 모습이다. 야누스가 이형의 괴물인 게 아니라 지금의 사람들이 반신불수일 뿐이요, 안면 마비증이다. (…중략…) 인간이 다시 야누스가 되는 때, 자기 자신인 그 신화인이 될 때 인간의 마음은 참다운 기쁨과 평화를 찾지 않을까. 어떻게 하면 그렇게

71 최인훈, 『소설가 구보씨의 일일－최인훈 전집 4』, 문학과지성사, 1994, 164쪽.

할 수 있을까.

—남북통일이 되는 것이다. 구보씨는 이 마지막 결론이 어떻게 튀어나왔는지 알 수 없었다.[72]

이 야누스는 두 개의 분리된 가닥을 접합시킨 혼종성(hybrid)이 아니라 두 형식의 외관으로 된 원초적 진정성의 통일성으로 존재한다. 이 신화적인 주체는 상상력과 그 반전의 효과를 특권화한다. 그런 주체야말로 동과 서가 서로 결합되는 효과이지만 그것은 양자의 대립에 선행한다. 이 작품이 보편성과 개별성의 관계를 교섭시키는 것은 바로 그런 방식이다. 개별성이란 예술가의 상상적 능력인 꿈으로서의 보편성으로부터 떨어져 나온 것이다.

이 같은 보편성과 개별성의 교섭은, 1950~60년대와 70년대 초의 국가주의적/반국가주의적 민족주의(ethnonationalism) 양쪽 모두의 특징인 동서 대립을 거부한다. "고향"은 민족주의적 공간이 아니라 예술적 상상력의 보편성에 놓여 있다. 최인훈 작품의 다른 곳에서처럼 여기서의 1945년 이후의 개별주의에 대한 질문은, 1930년대 말~40년대 전반 근대성을 재고하려는 시도로의 무언의 귀환을 뜻한다. 루이스 해링턴에 의하면, 1930년대 철학자 미키 기요시의 경우 새로운 동아시아 문화란 "단지 어떤 과거의 전통의 보존이 아니라 서양과 동양에 폐쇄될 수 없는 완전히 새로운 문화의 창조로 보여진다."[73] 왜 갑자기 구보의 머리에서 남북통일이 튀어나왔는가. 최인훈이 분단(그리고 근대)의 극복을 위한 중립적이고 비이데올로기적인 장소로 생각해낸 것은 그 같은 구현된

---

72 위의 책, 165쪽.

73 Lewis Harrington, "Miki Kiyoshi and the Shōwa kenkyōkai : The Failure of World History", *positions : east asia cultures critique* 17, no.1, Spring 2009, p.63.

상상력, 즉 예술가의 변형 능력이다. 미키처럼 최인훈은 통합적인 위치로서 인류의 타락 이전의 농경적인 공동체로의 이동을 거부하는데, 즉 그는 1950~60년대의 황순원과 이호철에 의한 움직임을 둘 다 부인한다. 그는 또한 1970년대 초의 황석영 같은 작가에 의한 부상하는 민중의 강조도 멀리한다.[74]

"고향"은 박태원의 1930년대의 구보 같은 내면적 주체의 구성에 있는 것도, 또 『광장』의 "에고"에 놓여 있는 것도 아니다. 최인훈의 작품에서 예술가의 상상적・변형적 행위력은 궁극적으로 "나"에게 주어진 것을 해체하는 불교를 참조한다. 이 작품은 구보가 자신의 소설을 읽는 것으로 끝나는데, 그것은 친구가 말해준 시골의 절터를 방문하는 꿈으로서, 존재하지 않는 절간을 상상하는 꿈속의 "나"의 이야기이다. 그곳은 어디에도 없는 비본질주의적인 유토피아인 동시에, 반근대적・비민족적이고 비시간적이며, 무엇보다 이제 보편/개별 관계를 넘어선 공간이다. 이 글쓰기의 장면에서는 계급적 구분은 사라진다. 즉 "사람들은 여기 와서 서로가 형제임을 안다. 임금과 거지도 비로소 알아본다. (…중략…) 산천초목과 새짐승까지도 한 핏줄임을 알아본다." 그리고는 이렇게 이어진다. "참자기란 무엇인가, 하는 질문을 세우고 자기란 것은 없다고 깨달은 생각의 높이와 굳세기는 이 누리의 끝에서 끝까지의 지름보다 더 강하고 크다."[75] 이 작품은 개발의 물질적 효과(도시의 거리와 빌

---

74 황석영의 작품과 1970년대의 정치적, 윤리적 문제에 대한 문학적 재현에 대해서는 Youngju Ryu, "The Neighbor and the Politics of Literature in 1970s South Korea : Yi Mungu, Hwang Sŏgyŏng, Cho Sehŭi", Ph.D. UCLA, 2006을 볼 것.

75 최인훈, 『소설가 구보씨의 일일 - 최인훈 전집 4』, 321~322쪽. 이 같은 태도는 3장에서 논의한 〈피아골〉에서 상당한 정도로 확장된 일련의 쇼트들을 포함하는 절 장면의 경우와 유사하다. 이 신 장면은 빨치산들이 남사리 부락을 습격하기 직전에 나타난다. 여기서 빨치산 대장 아가리는 절의 수호신인 나한들과 얼굴을 대면하게 되었을 때 걸음을 멈춘다. 그 같은 확장된 쇼트들이 왜 절을 지나는 장면에서 나타났는가. 절의 경계적 공간에서 벌어

딩)를 거부하고, 『광장』의 개작에서 Ego의 번역어였던 자기를 '버리는' 환상적인 공간을 찾고 있다.

이 작품은 근대성에 대한 대안을 가능하게 하는 것으로서 예술적 상상력에 의존한다. 그 같은 움직임은, 이명준의 Ego의 형식에 나타난 '서양에 대한 식민성'에 대립할 뿐만 아니라, 남한에서 부상하는 좌파 민족주의 및 그 노동계급 신체의 민족주의적 남성성의 투입 역시 반대한다. 이런 움직임은 선례가 없는 것이 아니다. 기모토 다케시(다케시 기모토)는 철학자 고야마 이와오가 『세계사의 철학』에서 어떻게 논의하는지 보여준다.

> 궁극적 보편성으로서 절대적인 무는 객관적 총체성의 세계를 초월한다. (…중략…) 따라서 매개하는 힘으로서 절대적 무는 대립물의 상호침투를 가능하게 하면서 그 대립물들이 자신의 적절한 위치를 가정하는 것을 허용한다. 고야마는 그 같은 논리를 "유기체적 보편성"이라고 부르고 게곤 불교의 개념으로 "하나이면서 모든 것, 모든 것이면서 하나"[잇소쿠 잇사이, 잇사이 소쿠 이치]로 묘사한다.[76]

진 아가리와 나한들의 대면, 그것은 나한들이 절과 외부세계의 한계선상에 서 있는 것처럼, 마을과 산 사이의 위치를 보여주고 있다. 그리고 그런 경계선 상의 위치는 인물들이 언어 외부에서 자신의 정체성의 해체를 경험하게 한다. 이 절 장면에서는 아무런 말도 말해지지 않는다. 또한 가장 중요한 것은 아가리의 시선이 나한들에 의해 되받아지고 있는 장면이다. 주체(공산주의자)로서 스스로를 구성하는 아가리 자신의 반성적 시선을 가로막는 것은 나한들의 얼굴, 즉 그들의 눈이다. 그러나 어쩔 수 없는 정체성의 중단을 경험하는 것은 아가리만이 아니다. 관객들은 나한을 올려다보는 아가리의 불안한 시선과 접합된다. 이 순간 악마화된 타자(공산주의자) 아가리와 반공적 주체인 관객은 대립적으로 분리되지 않는데, 그로부터 나타나는 것이 바로 비동맹의 시각적 정치학이다.

76 Takeshi Kimoto, "Antinomies of Total War", *positions : east asia cultures critique* 17, no.1, Spring 2009, p.107.

말할 것도 없이 최인훈은 "자아의 결핍"을 일본의 '매개의 보편주의적 위치'(미키 기요시와 다른 사람들에 의해 부여된 위치)[77]에 연관시키지 않는다. 최인훈의 작품에서 핵심적인 것은, 유럽/미국 중심의 질서에 대한 어떤 대안을 상상하도록 하는 근대에 대한 질문을 회복하려는 시도이며, 설령 그것이 전시 일본 국가에 의해 악용되었더라도 그렇다고 할 수 있다. 그와 같은 질문은 1930년대 말~40년대 초에 시작되었으며, 1945년 이후 미국 주도의 냉전 개발주의와 그 안에 놓여진 남한의 독재정권에 의해 중단되었다. 위에서 살폈듯이, 1960년대 중반 한국에 잔류하는 총독의 목소리 라디오 방송은, 그런 중단을 가져온 1945년 이전과 이후의 국가주의의 중첩을 나타낸다.

한국인은 일본인이 되었다

3장에서 논의했듯이, 식민지 이후의 남한은 나이센 잇타이(내선일체)로부터 나이(내)를 제거한 민족주의로 특징지어지며, 보다 정확하게는 나이(내)를 와해시키고 센(선)이 된 민족주의로 말해질 수 있다.[78] 그 같은 '나이'의 삭제는 언어적 장치로 작동되었는데, 즉 1945년 이후 더 이상 내(나이)가 아닌 "저팬" 혹은 "일본"의 구성을 통해서, 그리고 일본어

77 John Namjun Kim, "On the Brink of University : German Cosmopolitanism in Japanese Imperialism", *positions : east asia cultures critique* 17, no. 1, Spring 2009, p.89를 볼 것

78 역주 : 내선일체의 식민주의를 완전히 해체한 것이 아니라 일본을 반대하고 삭제함으로써 선(鮮)이 된 것을 말함.

의 억압에 의해서 작동되었다. 앞에서 살폈듯이, 이런 삭제는 1950년대의 이은상 같은 사상가에 의한 '새로운 서양/동양 이항대립의 형식'으로 된 범아시아 대동아공영의 재구성과도 연관된다. 일본은 더 이상 보이지 않게 되었다. 이미 살폈듯이, 식민지 이후 1950년대 동양주의의 핵심인 동양의 불러냄은, 일본의 삭제 속에서 동양과 한국, "동양 혼"과 "한국 혼" 사이의 끝없는 미끄러짐을 가져왔다.[79]

최인훈의 『태풍』은 전시 동원의 포스트식민적인 국가주의적 반복을 파헤치려는 노력으로 식민지 말로 귀환한다. 셰익스피어 희곡(〈템페스트〉)의 초기 포스트식민적 독해인 『태풍』은, 동남아에서 황군으로 싸운 한국인에 대한 식민지 말의 제국화/동원의 정책을 보여주는 유일한 남한의 장편소설이다. 이 작품은 주인공 오토메나크(이 작품의 고유명사는 철자를 바꾸어 나타나는데, 오토메나크는 거꾸로 하면 가네모토이며, 가네는 성인 김의 한자를 일본식으로 발음한 것이다)의 정체성 형성의 역사를 추적한다. 아이세노딘(인도네시아)에 주둔한 일본군의 젊은 한국(애로크) 장교인 오토메나크는, 일본(나파유)에서 고전문학을 전공했고 일본에 동화되어 천황을 공경하고 있다.[80] 사관학교 출신보다 더 사관학교 출신다운 군국주의 일본 제국의 주체로서, 오토메나크는 전시 범아시아주의 내에서 스스로 남성중심주의적 위치를 확보한다. 사카이 나오키(나오키 사카이)는 서구의 근대성의 형식을 모방하면서도 서구와 대립하는 일본의 일원론적인 보편주의적 중심화를 비판한다.[81]

『태풍』은 오토메나크가 식민지 한국에서 보았던 나치 영화의 회상

---

79 『자유문학』, 1957.10~11, 33~34쪽, 4장을 볼 것.

80 일본을 나타내는 이 철자가 뒤바뀐 단어(나파유)는 한국어로 "나쁜"을 연상시키는 역할을 하기도 한다.

81 Naoki Sakai, *Translation and Subjectivity : On "Japan" and Cultural Nationalism*, Minneapolis : University of Minnesota Press, 1997, p.170.

으로 시작한다. 그는 나치에 동일시되었던 기쁨을 떠올린다. 즉 독일군의 정확성과 규칙성, 그들의 시민다운 근대적이고 자발적인 봉사의 정신, 그리고 그들의 얼굴에 빛나는 "신화의 낯빛" 등이다. 화자는 오토메나크가 옛 영국 총독부의 현관을 들어서면서 그 독일군의 몸짓을 자신의 몸으로 느꼈다고 말한다. 오토메나크는 나치를 찬양하는 동안 자신의 정체성을 일본인으로 정초하고 있다. 우리는 앞서 식민지 말 영화 〈지원병〉에서 보았던 동원의 요구를 닮은 시각적 소환과 관객의 행위를 만난다.

그러나 1장에서 살폈듯이, 황민화는 한국인다움/지역성을 던져버리는 것을 필요로 하지 않는다. 지역적인 것은 다민족적인 일본 제국에서 동원화·군국주의화된 신민의 구성요소였다. 『태풍』에서의 오토메나크의 재현과는 달리, 반도에 거주하는 식민화된 주체란, 결코 실제로 "일본인이 되는" 것이 아니라 지역성/제국성이 되는 것이었다. 따라서 『태풍』에서 오토메나크의 경로는, 1945년 이후 제국 및 그와 연관된 "일본정신", 일어, 일문화, 천황을 비난하기 위해, 지역성의 중요성을 잊은 것과 맥락이 겹친다.

실제로 오토메나크의 '일본인 되기'는 1945년 이후의 협력 담론에 속한 것으로 나타난다. 『태풍』은 협력자의 원형적 이미지를 제공하는데, 그것은 정확히 협력자를 넘어 움직이기 위해서이다. 이 작품이 1945년 이전 일본의 군국주의와 그 이후 한국의 냉전체제로의 병합에 의해 닫힌 질문, 즉 1930년대 말~40년대 초의 근대에 대한 질문을 다시 열 수 있는 것은, 바로 민족주의자/협력자의 이항대립을 벗어남에 의해서일 뿐이다.

한국인은 결코 일본인이 아니었다

협력 서사는 1945~48년 미군 점령기에 아주 단순하게 나타났는데, 이 시기는 (2장에서 본 것처럼) 식민지 이후 남한의 문학과 문화계의 토대가 될 주체와 틀이 형성된 핵심적인 역사적 순간이었다. 협력의 문제는 한국전쟁 이후에는 훨씬 덜 논의되었다. 그것은 식민지 말 동원활동에 적극 참여했던 협력자의 다수가 이제 집요한 반공주의의 이름으로 스스로 사회에 복귀할 수 있게 되었기 때문이다. 협력자를 비난하는 텍스트가 파란을 일으킨 임종국의 『친일문학론』(1966)의 형식으로 문단을 뒤흔든 것은, 한일 정상화를 둘러싼 논쟁이 있었던 1960년대 중반에 이르러서였다. 임종국의 책은 협력자들의 명단과 유명한 남한 작가의 친일적 글쓰기 발췌문으로 되어 있다. 「총독의 소리」— 임종국의 친일 모음의 글들에서 구절을 빌려오면서 이름은 거명하지 않고 있다 — 는 개별적 친일에 대한 민족적·도덕적 비방을 거부함으로써 그 같은 비난의 태도에 반대하고 있다. 그 대신에 이 작품은 위에서 보았듯이 "민족"과 "제국" 간의 담론적 관계를 밝히는 쪽으로 움직이고 있다.

「총독의 소리」처럼 『태풍』은 협력에 관한 남한의 담론, 즉 많은 유명한 작가의 작품에서 볼 수 있는 태도에 개입하고 있다. 예컨대 채만식의 「민족의 죄인」(1948), 김동인의 「반역자」(1946), 이태준의 「해방전후」(1946)를 생각해보자. 이 좌우로 다양하게 연관된 작가의 작품들은, 식민지 말의 지역적/제국적 주체의 혼성성을 민족주의자와 협력주의자 간의 쟁투의 공간으로 변형시키고 있다. 이런 작업에 의해 1945년 이전의 제국화(황민화)는 협력으로 묘사되기에 이른다.[82]

1945년 직후와 1960년대 중반의 협력 담론은, 협력을 선재하는 민족적(ethnonational) 역사의 주체로부터 이탈한 특수한 심급으로 고립시킴으로써, 민족적 서사를 경계의 내부에 귀속시킨다. 그러나 협력자에 대한 묘사는 전도의 방식을 통해 생산되는 셈이다. 즉 민족적 정체성이라는 어떤 경계를 지닌 규범 체제의 형성을 실행하는 것이 바로 협력에 대한 고발이다. 따라서 고백하거나 비난하는 것은, 자기 자신이나 다른 사람을 협력자로 구분해 내기보다는, 협력적 행위를 규정하는 전제가 되는 민족(ethnonation)을 생산하기 위한 것이다.

식민지 말 문학에서 고백과 정체성 확인, 전향 사이의 관계를 간단히 생각해 보자. 2장에서 살폈듯이 1930년대 말과 40년대 초의 전향은 진실과 교섭하기 위해 고백의 형식에 의존했다. 김남천의 「경영」(1940), 「맥」(1941)은 결국 공판정에서 프로운동의 동맹으로부터 전향해야 했던 주인공 오시형의 경로를 추적하고 있다. 오시형의 진술에는 와쓰지 데쓰로의 텍스트가 새로 발견한 범아시아 정체성 형성을 가능하게 하는 특별한 인용으로 나타난다. 오시형의 고백은 그의 애인 최무경의 어머니의 말과 대비되는데, 기독교인인 그녀의 어머니는 끝내 오시형의 새로 나타난 애인에 대해 말할 수밖에 없었다. 이 작품은 공판정에서의 법률적 요구와 기독교 서사에서의 도덕적 명령 사이의 대조를 그리고 있다.[83] 법률과 도덕적 지표의 불일치 — 기독교적 고백은 식민지 국가의 시선에서 벗어나 것으로 나타난다 — 는 법률의 진정성을 의문시하게 한다. 그와 동시에 "진실" 고백의 행위는 여전히 특권화된 채 남아 있다. 오시형의 공판정에서의 고백은 불신되는데, 정확히 말해 그는 법률

---

82 협력의 고백에 대해서는 Kelly Y. Jeong, *Crisis of Gender and the Nation in Korean Literature and Cinema : Modernity Arrives Again*, Lanham, Md. : Lexington Books, 2011을 볼 것.

83 피터 브룩스는 고백의 행위에서 종교와 법의 긴밀한 관계를 지적했다. Peter Brooks, *Troubling Confessions : Speaking Guilt in Law and Literature*, Chicago : University of Chicago Press, 2000을 볼 것.

적 장치의 시선에 의해 객체로 변형된 '말하는 주체'이기 때문이다. 그 같은 방식으로, 오시형이 와쓰지 데쓰로의 보편적 진리를 진술함에도 김남천의 작품은 와쓰지의 텍스트를 대화화하고 있다.

일제 식민 통치의 공식적 종료의 표지인 8월 15일을 어떻게 위치시켜야 할까. 나는 이 문제를 2장에서 질문했었는데, 여기서는 다른 방식으로 접근하고 싶다. 그에 대한 손쉬운 대답은 누가 봐도 매우 대중적인 영화인 최인규의 1946년 〈자유만세〉에서 나타난다. 흔히 남한 영화의 첫 장을 연 것으로 여겨지는 최인규의 영화는, 1945년 8월 해방의 전야에서 시작된다. 이 영화는 식민지 한국의 경계 내부에서 일제 통치에 반대하는 해방 전 흐름의 경로를 구성할 필요성을 말하고 있다. 그 경로는 민족주의와 해방 후의 남한의 정당성을 지지하는 것이다. 주인공 한중이 이끄는 지하 저항단체는 계급 해방(프롤레타리아 혁명)이 아니라 자유와 민족(ethnonation)의 이름으로 조직되어 있다. 한중은 저항운동에서뿐 아니라 삼각관계로 된 연애서사에서도 중심적인 인물이다. 한중의 협력자인 미향과 혜자는 둘 다 한중과 사랑을 나누고 있다. 동료를 구하고 일본 헌병을 죽인 후 한중은 미향의 아파트에 이르러 "한국은 내 애인"이라고 말한다. 이처럼 한중은 애국심과 낭만적 사랑을 동일한 지표에 놓고 있다. 그 같은 민족과 연애의 동일시는 그가 미향에게 누구냐고 묻고 그녀가 "누군 누구예요? 한국 사람이죠"라고 대답할 때 나타난다.[84] 연애적 사랑의 차원에 놓인 민족적 갈망의 위치는 민족을 친밀성과 근대에 귀속시키지만, 당연히 "내면적" 차이나 민족 내부에서의 차이의 가능성을 생략한다. 즉 젠더와 계급의 층위는 민족적 애정의 이름으로 덮여진다. 미향의 대답의 아주 자명한 "자연성"은 정체성의 유

84 조선이 한국으로 바뀌고 조선 사람이 한국 사람으로 변화된 것은 1945~48년의 시기였다.

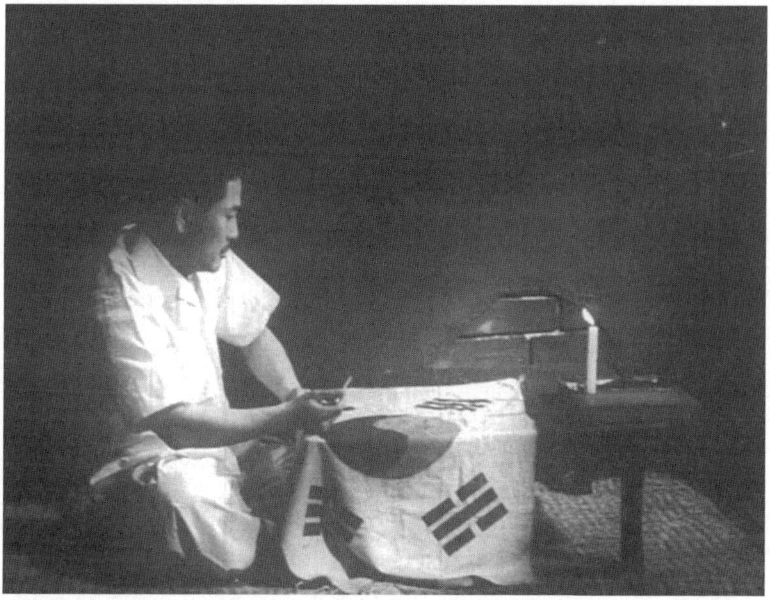

〈그림 5-2〉 제국에서 민족으로 : 일장기의 태극기로의 전환(〈자유만세〉, 1946)

동성을 말하고 있음에도 그 대답의 수행성을 불명료하게 하고 있다.

미향의 대답은 그녀의 변화를 의미하는데, 즉 그것은 일제의 하수인인 그녀의 전 애인 남부로부터, 그리고 제국으로부터 돌아섬을 뜻한다. 이 같은 미향의 변화는, 연애와 민족애의 등가성(남부로부터 벗어남은 친일로부터 벗어남이기도 하다)을 가리키며, 또한 이 영화의 중심적 관심인 식민지 이후의 새로운 협력 담론의 맥락과 연관된다.[85] 여기서 우리는 정인택 같은 작가의 식민지 말 작품에 나타난 한일 결혼을 상기할 필요가 있다. 한일 결혼은 구세대의 후진성과 봉건적 규범에 대립하는 근대적 범아시아 정체성을 가능하게 하는 행위였다. 미향의 남부(그는 이 영화에서 일본인으로 인식되고 있다)와의 결별은 1945년 이전의 지역/범아시아

85 물론 〈자유만세〉 자체가 〈태양의 아이들〉(1944)이나 〈신풍의 아들들〉(1945) 같은 식민지 말의 영화로부터 최인규의 전향으로 보일 수 있다.

주체로부터 민족적 협력/저항으로의 **코드 전환**을 가능하게 하는데, 후자는 남한에서 식민지 시대 역사에 대한 글쓰기를 구조화할 것이었다. 그와 동시에 이 영화에서, 민족적 대의의 순교(미향을 포함한 저항적 투사들의 죽음)의 느낌뿐 아니라, '죄로서의 협력'(미향의 남부와의 제휴)과 '구원으로서의 전향'의 묘사를 위해 허용된 것은, 십자가의 클로즈업이나 기독교 병원 같은 기독교의 장치이다. 코드 전환은 이 영화에서 미향이 구원의 가능성을 강조할 때 명백해진다. 즉 "사람은 다시 살아야 할 권리와 노력은 없는 것입니까?"

이 영화는 동화(assimilation)의 문제와 그 시각적 표지에 관심을 나타낸다. 한중은 미향에게 그녀가 한국 사람이라면 자신을 도와야 한다고 말한다. 그녀는 진정한 한국인인가. 남부의 쪽에서 보면 그 자신은 나베라는 일본인이 되었다. 남부의 얼굴의 확대된 클로즈업은 일본인다운 표식을 요구하고 있다. 해방 직후의 코드 전환은 제국적 주체를 구성하는 한국적 지역성을 삭제하게 한 것이다. 식민지 말 제국적 주체가 "일본인 되기"를 행한 것으로 나타난 것은, 그처럼 1945년 이후의 역사적 시점에 이르러서이며, 그 이전이 아니었다. 〈자유만세〉에서 클로즈업의 탐색적인 확대된 시선은 '동화'에 대한 의심의 형식으로 된 시각적 순간을 의미한다. 그 같은 의심은 남한에서 곧바로 또 다른 '표지 없는 정체성' 공산주의자에 대한 탐색으로 전환된다.

또한 이광수를 모델로 한 주인공 이배의 전기적 삶을 그린 김동인의 「반역자」를 생각해보자. 「반역자」는 지금까지 협력의 원형적 인물로 남아 있는 이광수에 대한 약간 각색된 이야기이다. 이 작품은 어떤 애처로운 장면으로 끝난다. 즉 이배가 천황이 일본의 항복을 방송하는 것을 들으며 라디오 앞에서 울음을 터뜨리는 장면이다. 이것은 반역자의 모습이다. 그러나 이 지점에서 우리는 이배의 진짜 감정은 천황의 슬픔

(천황 자신의 목소리가 울먹이는 것으로 묘사된다)에 공감한 것이 아님을 알게 된다. 이배의 눈물은 민족주의자의 눈물이며 기쁨의 눈물인 것이다. 이배의 삶은 결코 개인적이거나 제국적이 아니었다. 즉 이배는 "조선 민족을 내 몸과 같이 사랑"하였다. 이배의 삶은 결코 협력의 문제가 아니며 한국 민족의 대의를 어떻게 가장 잘 진전시키느냐의 문제였다. 청년 이배는 일본을 생각하며 이렇게 선언한다. "네 칼로 너를 치리라. 네게서 배워서 너를 둘러엎으리라." 더 나중에 이배는 제국의 불가피성을 믿기에 이른다. 아직도 그는 오직 민족을 위해서만 일하며 점차적인 "문화의 향상"을 요구한다. 이배는 생각한다. "빈약한 독립국가로 근근히 생명을 유지하기보다" 일본에 "협력"하여 그 결과로 돌아오는 승리의 몫을 즐기는 것이 더 나을 것이다.[86] 계몽/비계몽의 이항대립을 좋아한 이배로서는 계급문제는 조금도 자신의 관심사가 아니었다.

1945년 8월 15일 라디오 앞에서의 이배의 울음은, 이 작품이 생산된 시점인 1945년 직후와 밀접히 연관된 민족애를 수행하고 있다. 김동인은 좌파 작가의 재출현과 계급에 기초한 문학의 귀환을 반대하는 글을 썼다. 그의 임무는 민족을 위한 본질주의적·문화주의적 초월을 구성하는 것이다. 그 같은 일은 이광수의 개발주의적 계획을 식민지 이후의 국가를 위한 적절한 역사적 노선의 골자로 정당화할 것이었다. 분명히 우리는 협력자를 경계의 표지로 볼 수 있다. 그 표지는 동시적인 안과 밖으로서, 협력자는 민족(ethnonation)의 탄생/혈통과 민족의 반역에 있어 동시적인 경계의 표지이다.[87] 이 지점이야말로 협력자의 모습이 북

86 김동인, 「반역자」, 『백민』 5호, 1946.10.

87 역주 : 협력자는 반역자로 비판을 받지만 이광수에서 보듯이 그의 개발주의는 포스트식민식 민족주의의 근거이기도 하다. 휴즈는 협력자에 대한 이분법적 비판이 개발주의적 민족주의의 불안과 연관되어 있으며 그 점은 민족의 일원인 공산주의자에 대한 비판의 경우에도 마찬가지라고 말하고 있다. 협력자를 비난함으로써 민족의 동일성을 확인하는 이항대

한 공산주의자의 모습과 만나는 지점이다. 더욱이 남한에서 아직도 행해지는 이광수에 대한 의례적인 비난은, 문화주의적 계획과 1945년 이후 남한의 개발적 세계질서에의 동화에 관한 끝없는 불안과 밀접한 연관이 있을 것이다.

채만식의 「민족의 죄인」(1948) 역시 내적 갈등을 되돌아보고 있다.[88] 김남천 소설의 오시형은 범아시아와의 동일시 명령을 자아 외부의 법정에 위치시킴으로써, 그 명령의 외면화 방식을 통해 식민지 말 제국의 요구를 거절하는 셈이다. 채만식의 「민족의 죄인」은 전시에 "미영 격멸 국민 총 궐기대회"에서 강연을 한 화자의 이야기를 들려준다. 그는 협력을 했다. 이 작품은 다른 사람에게 고백하고 용서를 구하기보다는 자기 확인을 통한 전환이라는 내면화 형식을 취하고 있다. 문제는 화자의 행위가 협력이냐 아니냐가 아니라 그가 제국을 진정으로 믿었느냐가 된다. 대답은 화자의 회상하는 부분에 나타난다. 전시에 B-29가 머리 위로 날자 일본군이 출동하는 것을 보며 화자는 비행기에 대해 아무런 적개심도 느끼지 못했던 것을 기억한다. 그보다도 그가 위협을 느낀 것은 식민지 한국의 일본 군인의 존재였다. 채만식의 일인칭 화자는 내면적 전환을 통해 민족애를 생산한다.

그 같은 제국으로부터 민족적인 것의 분리는, 냉전적 감시에서 보다

립의 방식은 불안한 경계의 문제를 해결하지 못한다. 경계에 놓인 협력자의 문제를 해결할 수 있는 것은, 비난이나 구원이 아니라 이항대립에 의해 지워진 심층의 구조를 드러냄으로써 일 것이다.

88 여기서 우리는 레오 칭(Leo Ching)이 식민지 타이완을 논의하며 말한 동화(도카)와 황민화(고민카) 사이의 구분을 상기할 필요가 있다. 즉 "동화 담론에서는 (…중략…) 주로 식민지 정부의 계획으로서 피식민자를 일본인으로 만드는 문제가 감지되었다. (…중략…) 황민화 아래서는 (…중략…) 특히 정체성에 대한 내면적 갈등의 과정을 통해 일본인 되기는 피식민자의 유일한 책임이 되었다." Leo Ching, *Becoming "Japanese" : Colonial Taiwan and the Politics of Identity Formation*, Berkeley : University of California Press, 2001, p.97.

일반적 형식을 취하게 될 것을 나타낸다. 냉전적 감시에서는 "**외부**"에 대한 조심과 우려와 함께 감시의 **내면화**가 뒤따른다. 감시는 주체의 내부와 외부 양자에서 생겨나는 시선 — 일종의 '사이에 낀 시선' — 과 연관된다. 그 같은 감시의 체제, 즉 사이에 낀 시선은, 특히 1990년대 초까지의 남한문학의 특징을 이루고 있다. 협력 서사는 그런 포스트식민지적 감시의 역사의 발단을 이루고 있다.

마지막으로 북한과 연관된 경로를 생각해보자. 이 경로는 남한에서 곧바로 북과 좌파문학을 향해 떠난 이태준의 「해방전후」에 요약되어 있다. 이 작품에서 우리는 김직원으로 표상된 조선조의 전근대적인 유교적 세계로부터의 이동을 볼 수 있다. 김직원은 1919년 3·1운동에 참여해 투옥된 후 식민지 시대 동안 시골에 은둔하며 "청결성"을 지키고 있는 유교적 선비이다. 이 작품은 화자가 "팟쇼"적 장면이라고 부르는 연출된 집회로 이동한다. 즉 대동아공영의 각 분야들에서 동원된 일어를 쓰고 일본 옷(국민복)을 입은 제국화된 작가들의 모임을 보여준다. 그들은 제국적 주체 문학운동(국민문학)을 조직하기 위해 모여든 것이다. 그다음에 이 작품은 미군 점령기의 서울의 상황을 제시하는데, 그곳에서 미군정은 모리배와 일본 협력자들의 활동을 허용하면서 정치적 억압과 정실 자본주의(crony capitalism)의 발아를 가져올 뿐이다.

이 작품에서 3인칭 화자는 이태준의 분신 현의 이야기를 말하고 있다. 그의 서사는 제국적 주체 문학운동의 참여 거부, 김직원에 대한 존경, 그리고 제국화에 대한 혐오감을 말하고 있지만, 그보다는 식민지 이후 한국의 적절한 주체로서 궁극적으로 인민을 위치시키려는 뜻을 이야기한다. 이 작품은 현의 제국화에 대한 거부와 함께 김직원에 대한 공감을 보여줌으로써, 「먼지」처럼 주체를 혁명과 민족 양자에 위치시키려 하고 있다.

『태풍』에서 최인훈은, 박정희의 국가주의적 개발에 반대해서 글을 쓰고 있는데, 이는 박정희의 개발이 빈약한 한국을 구하기 위한 수단인 점에서 이배(이광수)의 동화 요구의 반복이라고 보는 셈이다. 최인훈은 또한 인민을 이태준의 「해방전후」에서의 민족에 연결시키는 것을 꺼리고 있으며, 1970년대 초 남한에서 좌파 민족주의의 형식으로 출현한 민족의 분절에 연관시키는 것도 멀리하고 있다. 「총독의 소리」에서와는 달리 『태풍』은 협력자의 심리적 역사를 제공한다. 실제로 어느 순간 이광수의 일본식 이름이 철자를 바꾼 많은 이름 중의 하나로 나타난다.[89] 『태풍』에서 오토메나크의 이야기는, 동남아에서의 전쟁과 식민지 시기의 동원 주체로 귀환할 뿐 아니라, 한/일 대립을 둘러싼 민족적 시민층을 구성하는 포스트식민적 국가주의의 역사로 향하고 있기도 하다.

『태풍』의 화자는 오토메나크의 다음과 같은 반성적 사고를 들려준다. "나파유와 애로크는 원래 한 민족이었고, 지금 다시 하나가 되어 아시아 사람이 하나로 뭉치는 본보기가 되고 있다는 이론. 오토메나크는 이 이론을 믿었고 그렇게 살 작정이었다."[90] 『태풍』은 제국화와 민족화가 공유하는 정체성 형성의 구조를 해명한다.[91] 오토메나크는 후자(민족)를 의미화하는 동안 전자(제국)를 말하지 않는다. 오토메나크는 닛센도소(일선동조, 日鮮同祖)라는 구절, 즉 일본과 조선이 조상을 공유한다는

89 나는 이광수의 아나그램(철자를 바꾼 이름)을 지적해준 봉주심(Bong Joo Shim)에게 고마움을 전한다.
역주 : 오토메나크 아버지의 친구 마야카를 말함. 이광수의 창씨개명한 이름은 가야마 미쓰로[香山光郎]인데 마야카는 가야마를 거꾸로한 아나그램이다.

90 최인훈, 『태풍 - 최인훈 전집 5』, 문학과지성사, 1994, 67쪽.

91 역주 : 『태풍』에서 오토메나크의 제국적 주체의 형성은 그의 민족에 대한 사유와 분리되어 있지 않으며, 이점은 식민지 이후의 개발주의적 민족 주체와 다른 점이다. 그러나 제국이나 민족의 중심에 집착하는 점에서는 양자가 동일하다. 『태풍』에서 오토메나크가 인도네시아인으로 살아가는 과정은 그런 구심적인 정체성 형성이 해체되는 과정을 보여준다.

말을 진짜로 믿었던 것이다. 1장에서 살폈듯이 이 구절이 인종주의적인 식민자/피식민자의 분할을 철회하게 하지만 일본은 여전히 범아시아의 선봉으로 위치했다.[92] 『태풍』에서는 이 구절이 동화를 의미하고 있다. 오토메나크는 진짜로 그가 일본인이라고 믿고 있는 것이다.

탈동일화와 '보기'의 생체정치학

『태풍』은 일본이 전쟁에 패하기 시작할 때 오토메나크의 호명의 해체를 추적한다. 이 작품은 억압된 민족의 회복이 아니라 전후 비동맹적으로 변화된 아이세노딘의 공간으로 방향을 돌린다. 결말에서 오토메나크는 영국(니브리타) 여성 — 이 작품에서 니브리타는 아이세노딘의 과거의 식민자이다 — 과 결혼하며, 오토메나크의 정신적 지주가 된 인도네시아의 카르노스(수카르노)의 딸을 입양한다. 그러나 이 작품이 말하고 있는 모든 것은 그들의 정체성들을 수행적으로 보여주는 것이다. 카르노스가 지적하듯이 오토메나크가 일본인이 될 수 있었다는 사실은 그가 인도네시아인이 될 수 있음을 보여준다.

"당신은 아이세노딘 사람이 될 생각은 없습니까?"

"그러나 나는 애로크 사람입니다."

92 역수: 유스는 일본의 황민화가 유럽이나 미국과는 달리 좁은 의미의 인종주의를 철회한 것으로 나타났지만 일본을 범아시아의 선봉으로 위치시킴으로써 다시 인종주의와 식민주의의 문제가 잔류함을 말하고 있다.

"당신은 얼마 전까지 자기를 나파유 사람이라고 믿고 있지 않았습니까? 지금 당신은 자기를 애로크 사람이라고 말합니다. 당신은 아이세노딘 사람도 될 수 있습니다. 아니 니브리타 사람도 될 수 있을 것입니다. 인연이 다한 이름을 버리면 됩니다. 사람은 육체로서는 한번 나는 것이지만, 사람으로서는, 사회적 주체로서는 몇 번이고 거듭 날 수 있습니다."[93]

제국과 자신의 아버지를 거부하면서, 오토메나크는 카르노스의 충고를 수용한 주체로 스스로를 재위치화하게 되며, 그에 따라 변형생성적이고 반식민적인 범아시아주의의 특성을 실행한다. 그것은 정체성을 만들 수 있는 주체의 창조적 능력을 강조한 과거 1930년대로 귀환한 범아시아주의이다. 예컨대 사카이 나오키는 이렇게 지적한다. 즉 사회학자 다카다 야스마의 경우 "민족(nation)이란 스스로가 공동의 운명에 참여하는 바로 그런 행위에 의해, 자신들이 원하는 사람의 정체성을 실행할 수 있는 사람들의 모임이다. 따라서 민족은 스스로를 창조하는 인간의 모습으로 이해될 수 있다. 그것은 자신의 잠재성 안에서 스스로를 구성할 수 있는 역사적 (혹은 역사의) 행위자이다. 따라서 **생성**(poiesis)은 민족의 핵심적 요소이다."[94] 그 같은 창조적 주체로부터 벗어난 움직임, 즉 순응적인 다민족적 제국의 경영에 필요한 것만이 1945년 이후 일본에서 나타났을 것이다.[95] 일본과 한국은 이 역사적 경로를 공유한다. 즉 1945년 이전 범아시아적 보편성의 잠재성으로부터 미국 주도 자유세계라는 또 다른 보편성 내에서의 소여된 민족적 개별주의로의 이동이다. 『태풍』은 **생성**

---

93 최인훈, 『태풍—최인훈 전집 5』, 문학과지성사, 1994, 360쪽.

94 Naoki Sakai, "Imperial Nationalism and the Comparative Perspective", *positions : east asia cultures critique* 17, no.1, Spring 2009, p.188을 볼 것. 강조표시는 원본의 것임.

95 *Ibid.*, p.189.

을 다시 회복하는 길을 모색하고 있다.

남한과 동남아의 냉전 질서로부터의 탈출은 섬에서의 놀라운 석유의 발견(알려진 세계 석유 보유량의 10%)에 의해 비로소 일어나는데, 그곳은 오토메나크와 그의 선원, 니브리타 전쟁포로들이 난파를 당한 장소이다. 그와 동시에 이 작품은 수행적인 범아시아주의의 구성을 모색하면서도, 조화로운 자급자족적인 적도적 집단성의 풍토적 묘사와 함께, 적어도 부분적으로는 오토메나크의 진정한 남성성의 회복에 의존한다. 즉 오토메나크는 이제 유명한 인도네시아 지도자이자 범아시아 가족(이는 식민지 말 한일 결혼의 장려와 연관된 친밀성의 형식의 재가공이다)의 아버지가 되어 있다.

카르노스의 인도네시아는 미덕의 기호가 되고 있다. 즉 그곳은 성적 해방과 자율성, 반식민주의, 그리고 무욕의 기호이다. 오토메나크의 사회적 정체성의 생성과 가변성은 그 같은 "중립적인" 동남아 공간의 본질주의와 만나고 있다. 여기서 목가적인 것의 출현은, 박태원의 모더니즘에서 향토 이미지의 방해효과처럼, 향토담론이 과거로의 회귀가 아니라 현재의 문제를 질문하는 또 다른 방식으로 나타난다. 이 작품에서 목가적인 것은 세계적 근대성과 민족적 분단을 거부한다. 백인의 인종주의의 역사는, 세계적인 인종적 위계를 중립화하는 유토피아의 창조에 의해 교섭(negotiation)[96]의 과정에 놓인다. 또한 두 개의 한국의 형식으로 한반도에서 연출된 '경쟁적 근대성'에서 벗어난 비사회주의적이고 비자본주의적인(이 작품은 석유의 가치와 계속되는 산업 자본주의 간의 관계는 간과한다) 공간이 자리하게 된다.

이 작품에서 동남아에서의 비동맹 공동체의 재현은 서구 및 일본의

96 역주 : 교섭은 동일성을 불가능하게 한다.

제국주의를 둘 다 해체한다. 실제로 『태풍』은 1930년대 말~40년대 전반의 국가주의적 제국주의뿐만 아니라 1930년대 말의 미키 기요시와 다카다 야스마 같은 사상가에 의한 자본주의적 근대성에 대한 질문으로 귀환한다. 문제는 1930년대 말에 그랬던 것처럼 대안적 근대성으로 이끄는 것이 "협동주의"의 형성이냐 코스모폴리탄이즘이냐이다. 존 남준 김이 보여준 것처럼, 미키의 동아시아 협동적 신체는 문화적 차이를 유지하고 호혜성을 북돋음으로써 서구의 원자론의 극복을 목표로 한 반면, "일본 문화는 '무'에 의해 점유되는데, 무란 접촉한 적이 없어 모든 것의 가장 '뛰어난' 면을 갖고 있다고 추정되는 모든 문화를 역사적으로 매개시킨 것이다."[97] 최인훈의 작품에서 유토피아적인 태도는 매개의 행위 자체를 특징으로 하며 일본이 아니라 변화되고 있는 변형생성적 판타지 공간 아이세노딘과 연관된다.[98]

그것은 또한 남한의 국가주의적 근대화 노선과 세계체계로의 동화를 반대하는 질문이기도 하다. 여기서 우리는 1965~73년 미국에 의해 **베트남**에서 수행된 **전쟁**에 참여한 결과로 경험한 남한 산업의 "도약(take off)"[99]을 상기해야 한다. 그렇게 볼 때 이 작품은 국가주의적 주체를 해체하는 대항 역사의 수행을 시도하고 있다. 『태풍』은 이 작품에 그려진 아시아의 전쟁에서 일본에 의해 전개된 동화주의뿐 아니라 베트남을 대가로 한 남한의 미국 주도 개발적 근대성에의 병합 역시 거부한다.

식민주의와 반동적인 민족주의적 공간의 거부는 남북통일의 문제를

---

97 John Namjun Kim, "The Temporality of Empire : The Imperial Cosmopolitanism of Miki Kiyoshi and Tanabe Hajime", *Pan-Asianism in Modern Japanese History : Colonialism, Regionalism, and Borders*, ed. Sven Saaler and J. Victor Koschmann, New York : Routledge, 2007, p.157을 볼 것.

98 그 점에서 최인훈은, 1930년대 말 전시 사상에서의 공간의 특권화를 방해하기 위해 시간성을 환기한 서인식 같은 과거 식민지 철학자를 따르지 않는다. 미키에 대한 서인식의 비판은 차승기, 『반근대적 상상력의 임계들』, 푸른역사, 2009, 212쪽을 볼 것.

99 역주 : 로스토우의 경제발전 5단계 중 세 번째 단계를 말함.

간과함을 뜻하지 않으며, 그 문제야말로 최인훈의 작품을 관통하는 중심적 관심사의 하나라고 할 수 있다. 우리는 이 작품의 끝에서 한반도에 어떤 정치 체제가 실현되었는지는 모르지만 한국이 통일을 이룬 것을 알게 된다. 대안적 근대성을 상상하는 것을 가능하게 하는 것은 중립적 공간으로서 아이세노딘의 생성이다. 이는 셰익스피어의 캘리번이나 프로스페로가 아니라, 자연적 풍부함을 지닌 곤잘로[100]의 평등주의적 공동부의 비전에 의지한 것이다. 또한 1955년의 반둥회의에 의거한 전망이며, 더 거슬러 올라가 1930년대 말 일제하에서의 근대성에 대한 질문을 참조한 것이다. 더욱이 이 작품은 수행적인 아나그램(철자바꾸기)을 통해 "Ego"의 번역의 체제를 필요 없게 만들고 있다. 비동맹은 언어적 장치로까지 확대되면서 『광장』에서 그 위치를 모색했던 "중립성"을 재가공한다.

작품 전체를 통해 최인훈은 프롤레타리아적 글쓰기에서 거리를 두고 있다. 프롤레타리아적 글쓰기는 『광장』에서 이명준에 의해 공식적이고 정체된 것으로 거부된 바 있다. 즉 "그들의 말에는 색깔의 바뀜도 없고 냄새도 없었다."[101] 1970년대 남한에서 '북쪽'과 발흥하는 좌파 민족주의가 동화주의적 자본이 상실한 활력으로 생각되었다면, 『태풍』은 분단을 구조화하는 쌍생아이자 거울인 개발적/프롤레타리아적 활력주의에서 벗어나길 모색한다. 또한 경쟁 국가들의 상쟁하는 주권의 요구에서 놓여나는 길을 찾고 있다. 『태풍』은 "삶"의 개념을 재분절

---

100 역주 : 캘리번과 프로스페로, 곤잘로는 셰익스피어의 『태풍』에 나오는 인물들이다. 곤잘로는 태풍에서 난파선을 타고 온 인물로서 고립된 섬에서 공동부의 비전을 지닌 세계를 창조한다.

101 『새벽』, 1960.11, 273쪽.

함으로써 그것을 수행한다.[102] 생체권력은 지리적 권력이 되는데, 즉 이 작품이 아이세노딘에 위치시킨 자연적 풍부함의 국가를 말한다. 분명히 그것은 목가적이면서 모종의 자연주의에 의존하는 것이기도 하다. 그러나 이는 고유한 이름과 장소의 동형성[103]뿐 아니라 생체학적 근대성의 특징인 "삶"과 "종(種)"의 등가성을 분열시키려는 시도이다. 그런 시도가 최인훈이 도달한 마지막 결론 중의 하나일 것이다.[104] 그는 20년 이상 동안 또 다른 장편소설을 쓰려고 하지 않았다. 개발주의적 국가는 다른 방식으로 반응한다.

남한 정부는 자신의 근대화 계획을 생체권력과 민족(ethnonation), 그리고 국내적 계급갈등을 지우기 위한 협동조합주의[105]의 이름으로 정당화하려 했다. 진화론적 개발주의 국가는 계급적인 인종주의의 논의에서 발리바르가 설명한 논리에 의존한 기능적인 분화를 요구한다. 발리바르는 육체노동의 인종주의화에서 나타나는 두 개의 정체성의 위치를 다음과 같이 구분했다. 즉 "신체가 기계화되어 파편화된 채 지배되는 **신체형**

---

102 펭 체(Pheng Cheah)는 마르크스가 어떻게 유기체적 도식에 의존하는지 보여주고 있다. 즉 "노동은 자아형성, 성장과 발달, 외부세계에 대한 유기체론적 동화, 하나의 종으로서의 재생산이라는 후성적(後性的)인 것에 의해 규정된다." Pheng Cheah, *Spectral Nationality*, New York : Columbia University Press, 2003, pp.192~193. 펭 체는 더 나아가 포스트식민적인 "혁명적 민족 문화이론들이 (…중략…) 활력적인 존재론에 의해 활성화됨"을 주목한다. "이 같은 민족문화에 대한 호소는 결단코 비합리적이거나 신화적이지 않다. 그 이론들은 고대 전통을 물신화하지 않으며, 노동자와 농민의 살아 있는 문화에 권리를 부여하면서, (신)식민주의에 의해 민중으로부터 소외된 것을 재전유하기 위해 계속 투쟁한다"(p.214). 다시 말해 "대립은 항상 민중적 활력성과 그것의 이데올로기적 조작 사이에 있다"(p.225).

103 역주 : 이는 본질주의적인 향토주의의 특징이다.

104 역주 : 최인훈은 자연성의 잠재력에 근거하면서도 피식민자의 타자의 위치에서 그것의 실현을 시도함으로써 본질주의적 향토성과 목가주의를 넘어선다. 최인훈의 『태풍』은 지리적인 제3의 공간에서 그것을 시도하는 것이 특징이다. 타자의 위치가 모든 동일성과 동형성에 저항하는 곳이라면, 최인훈의 제3의 공간은 오늘날 나타나기 시작한 타자의 위치에서의 트랜스내셔널을 예견하고 있다고도 할 수 있다.

105 역주 : 사회 전체를 국가에 종속된 조합들로 구성하려는 것을 말함.

인간"과 "지적으로 길들여진 **신체 없는 인간**"이다. 발리바르는 이 두 개의 신체가 모두 파편화와 부재를 보상하기 위해 "초신체(super body)"의 개념을 요구함을 언급한다.[106] 만일 초신체의 또 다른 이름이 유기체론적 민족(ethnonation)이라면, 초신체와 '신체형 인간/신체 없는 인간'의 요구 사이의 간극을 채우며, 삶을 부여하는 것으로 자신을 특권화하는 것은 바로 개발적 국가이다. 다시 말해, 민족적·국가주의적 개발주의 자체가 유기체론에 의존하면서, 노동을 민족의 초신체로 대체해 세계적 자본주의 단계의 다른 민족적 주체와의 사활을 건 투쟁으로 몰아넣는 것이다. 그러나 그 같은 움직임은 "이데올로지적 조작"에 대한 비난, 즉 국가의 '신협력'과 그 매판적 위상에 대한 비판에 대응하는 데 충분하지 않다. 우리가 본 것처럼, 그것은 1940년대 중반에서 지금까지 남한의 문화적 생산을 다양한 형식으로 관통하는 비난이다.

문제는 노동과 민족의 형식 양자에서 신체가 상품성 속에 몰입되는 방식이다. 상품 물신화에 대한 논의에서 데리다는 이렇게 말한다. "상품에 대여된 자율성은 의인화된 투사에 상응한다. 의인화된 투사는 상품들을 **고취시키며**, 상품 속에 정신을 불어넣는다. 즉 인간의 정신과 **말**의 정신, **의지**의 정신이다."[107] 데리다는 마르크스의 상품물신화 개념을 사용가치로부터 교환가치를 분리(데리다가 해체를 진행하는 이항대립)시키려는 시도로 보는데 이는 교환가치를 비물질적인 것으로 여겨 쫓아내기 위한 것이다. 2장에서 본 것처럼, 우리는 다른 장치를 통해 교환가치 속에 있는 사용가치를 발견할 수 있다. 그것은 민족적 신체를 상품 형

---

106 Etienne Balibar and Immanuel Wallerstein, *Race, Nation, Class : Ambiguous Identities*, London : Verso, 1991, p.211.

107 Jacques Derrida, *Specters of Marx : The State of the Debt, the Work of Mourning, and the New International*, New York : Routledge, 1994, p.157. 강조표시는 원본의 것임.

식 속에 투사하는 방식에서 발생한다. 냉전 개발주의 세계 체제가 끝없이 상품의 민족적 표지 — 예컨대 "메이드 인 코리아" — 에 의존한 것은 정확히 그 같은 신체에 근거한 것이다. 여기서의 생산품의 위치는 노동하는 신체를 삭제하면서 새로운 공식을 연출하는데, 그 공식은 현존하는 정체성들을 끝없이 유기체화한다. 즉 일체로서의 민족과 상품이다. 생체정치학이 특수한 종류의 '사용가치'의 형식을 취하는 것은 바로 그 같은 방식에서이다. 즉 상품은 삶을 부여하는 것, 즉 민족 자체의 고유한 인공신체(prosthetic)가 된다.

따라서 남한의 민족 개발주의는 일종의 삶을 부여하는 해방적 서사이다. 그 서사는 모든 다른 민족주의화된 자본주의 체제와의 무한 경쟁에 참여하면서, 또 특히 1980년대 말까지 공산주의를 박멸(멸공)시키면서, 민족의 부흥을 모색해왔다. 남한의 반공주의 — 그리고 동화적 흡수통일 — 는 상품형식으로의 민족적 신체의 투자에 의존한다. 그런 투자는 자율적이 된 상품의 물신화가 아니라 상품 속에 투사된 자율적인 민족적 신체의 물신화이다. 생산의 주체는 초신체이거니와, 이는 신체형 인간과 신체 없는 인간이 결합되어 만들어진 힘이다. 초신체에는 그 신체가 세계적으로 유통됨에 따라 더 증진된 삶이 부여된다. 따라서 공산주의(그리고 북한)는 제거되어야 하는데, 왜냐하면 공산주의는 삶을 부여하는 과정, 즉 민족주의화된 상품형식에 역행하고 파괴적이기 때문이다.

멸공이라는 구절은 북에 대한 남한의 주권을 요구하는 생체정치학(biopolitics)[108](혹은 죽음정치학, necropolitics)을 드러내는데, 이때 북은 공산주의로 타자화되었음에도 민족적 신체의 일부에 포함된다. 북은 아킬

108 역주 : 생체정치학은 삶정치로도 번역된다. 푸코의 삶권력은 보이지 않는 기제와 연관이 있는데 여기서의 생체권력(정치)은 보임/보이지 않음의 분할과 연관이 있다. 즉 생체권력은 보이지 않는 기제인 동시에 시각을 이용한 정치이기도 하다.

레 음벰베(Achile Mbembe)가 "죽음의 세계"라고 부른 것의 형식이 되며, '박멸된 동시에 삶이 주어진' 사람들의 공간이 된다.[109] 따라서 한반도의 분단과 개발적인 남한의 한반도에 대한 주권의 주장은, 두 가지 차원에서의 인종화(racialization) 작업으로 특징지어진다. 즉 하나는 동질적 민족—삶을 부여받는 민족—의 가정이며, 다른 하나는 공산주의에 대한 급진적 타자—죽음이 놓여지는 위치—의 묘사이다.

최인훈은 그의 작품 전체를 통해 그 같은 '북의 부인'에 대해 특별한 관심을 기울인다. 즉 『소설가 구보씨의 일일』에서 남북분단을 구성하는 보임/보이지 않음의 관계를 드러낸 것에서부터 『태풍』에서 생체정치학의 질서를 질문하는 한반도 통일을 상상하기까지이다. 그 같은 이유로 오토메나크는 제국적 주체성을 버리기 시작할 때 삶과 현존의 감각을 잃는다. 즉 "자기가 산 시간을 모두 잃어버린 이 남자[오토메나크]는 유령과 같았다."[110] 결국 오토메나크의 규율화되고 군국주의화된 신체의 붕괴에는 '보기'의 생체정치학을 해체하는 시도가 뒤따른다. 이 순간 해체되는 것은, 삶을 부여하며 동원화하는 동일화(나치영화를 볼 때 연출된 남성중심적 신체에의 동일화)와 최인훈이 자유의 경계에 놓인 개발적 남한에 연결시킨 위계적인 인종적 표지(백인, 황인, 갈색인), 그 양자를 생산하고 양육하는 생체정치학이다.

109 Achille Mbembe, "Necropolitics", *Public Culture* 15, no.3, 2003, p.40.
110 최인훈, 『태풍－최인훈 전집 5』, 문학과지성사, 1994, 59쪽.

후기

내가 이 책에서 제시한 문화적 역사는 문학작품을 시각적 근대성의 본질적인 부분으로 보게 한다. 문학과 미술, 영화 같은 매체를 가로지르는 일련의 관심사들 — 프롤레타리아 신체, 식민지 도시, 상품 유통, 테크놀로지, 군국주의, 민족분단, 개발주의, 인종 등 — 의 재현을 추적하는 동안, 나는 그 상이한 매체에서 나타나는 주제들보다는 문학적-시각적 관계 자체에 초점을 맞췄다. 시각적인 것은 다층적 방식으로 문학에 깃들여 있다. 우리가 본 것처럼, 문학 텍스트는 흔히 명시적으로 영화적 기법을 병합한다. 우리는 또한 회화와 사진에 참조를 구하는 일을 소홀히 할 수 없다. 그러나 상호매개는 늘상 이른바 문학작품의 텍스성에 이미 속해 있다. 상호매개란 먼저 문학 형식과 시각적 문화 형식의 분리를 가정하고 그다음에 모종의 관계를 설정하는 것이 아니다. 문학적 읽기의 행위 자체가 일종의 시각적 실천인 것이다. 호명(interpellation)은 언어적인 동시에 시각적인 것 — 언어적이고 시각적인 반응을 요구하는 소환 — 이다. 그 같은 병합성과 암시적 연관성은, 문학과 회화, 사진, 영화 사이의 관계에 대해 생각하게 하는 것보다 더 많은 일을 한다. 그런 연관성들은 보다 일반적으로 언어가 이미지를 지시하는 방식들을 열어 주는 문학 텍스트 내의 명백한 계기들이다. 문학작품은 그 자체가 시각적 문화의 심급들이다. 즉 문학작품은 언어적-시각적 텍스트들인 셈이다.

식민지와 포스트식민지의 감시와 검열의 체제는 다양한 종류의 말소와 침묵을 투사한다. 또한 그 체제들은 보여진 것/보여지지 않은 것, 쓰여진 것/쓰여지지 않은 것, 말해진 것/말해지지 않은 것에 대한 시선으로서 발생한다. 식민지나 포스트식민지의 언어적-시각적 텍스트는 단순히 그 같은 권력구조의 실행들을 기록하는 것이 아니다. 또한 언어적-시각적 텍스트는 억압의 재현, 즉 침묵당하거나 지워진 어떤 것을 말하고 보여주려는 욕망을 나타내는 것도 아니다. 그보다도 언어-시각적 텍스트는, 자신이 말하거나 보여줄 수 있는 것과 없는 것을 — 인식과 권력의 재현 속에서 — 드러내면서, "정치적"이라고 부를 수 있는 것을 자기 스스로 구성하는 다른 종류의 '위치화'를 생산한다.

나는 1945년 이전 식민지적 근대 문화와 그 이후 냉전기 언어적-시각적 텍스트 사이의 관계를 강조했다. 나는 양자의 관계를 지속과 중단의 견지에서 규정하지 않는다. 그 사이에 전환이 있었다면 거기에는 또한 코드 전환이 있었을 것이다. 즉 한 외국 권력(미국)이 단순히 다른 권력(일본)의 위치를 대신하는 식으로, 어떤 억압/지배의 구조가 동일한 형식으로 지속된 것으로 볼 수 없다. 이미 살핀 것처럼 1945년 8월이 중요한데, 그것은 어떤 당연시되는 주어진 것의 문제가 아니다. 문화 생산자들 스스로가 거의 즉각적으로 해방의 의미에 대한 논쟁을 시작했으며, 그 같은 논쟁은 지금까지 계속되고 있다. 식민지적인 것은 하나의 과거가 아니라, 상이한 목적과 역사적 연결을 위해 선택적으로 전유되고 기억되는 복수적 과거가 되었다. 남한의 국가는 그 자신의 관점을 갖고 있다. 그 관점은 시간에 따라 변화되기는 했지만, 식민지 시대를 말할 때 억압/저항의 이항대립이 여전히 중심적 관점이라고 보아야 할 것이다. 그 같은 이항대립은 1930년대 말과 40년대 전반을 거의 보이지 않게 만드는데, 왜냐하면 그 시기는 급진적 동화의 시기이며, 저항이

별로 없거나 상실된 때이기 때문이다. 그런 이항대립은 또한 좌파와 연관된 어떤 반식민적 저항의 형식을 빠뜨린다.

1945년 이후의 남한 사회는 식민지 시기의 문화적 역사의 구성을 생각하지 않고는 이해될 수 없다. 남한 사회의 문화는 '식민지적인 것'의 선택적 기억과 연관해서 형성되었다. 그 같은 기억은 식민지 시기 문화운동과 담론 체제의 1945년 이후의 재작동으로 확대된다. 예컨대 1930년대 말~40년대 전반의 범아시아주의는 1945년 이후에 이제 협력 행위로 여겨지게 되었다. 그럼에도 불구하고 우리는 그 시기의 동양(orient)의 개념이 어떻게 1950년대에 전유되었는지 살펴보았다. "식민지적 근대"는 1945년 이후의 문화 속에 현존한다. 그것은 당대의 역사기술(historiography)을 통해 연출되는 식민지적 과거의 형식 속에서이며, 더 중요하게는 시간적 분리를 횡단하며 끝없이 변환되는 언어적-시각적 텍스트성의 일부로서이다. 1945년에 새로운 출발이나 공백상태는 없었으며, 문화영역의 재구성으로서 20세기 전반에 나타난 사상과 재현, 그리고 사고·글쓰기·보기의 방식들의 재작동이 있었을 뿐이다. 우리가 본 것처럼, 그 같은 재구성은 언어와 이미지의 초국가적인 냉전적 유통에 속한 것으로 발생했다. 여기에는 1945년 한반도의 분리, 1945~48년 미군과 소련군의 점령, 그리고 한국전쟁의 계속되는 여파와 세계적 영향이 참조되어야 한다. 나는 이 책의 한 장을 미군 점령하의 문화적 생산에 할애했는데, 그것은 남한문화 형성에서의 이 시기의 중요성을 강조하기 위해서였다.

나는 남한에서의 개발주의적 계획의 역사적 시점을 찾지 않은 반면, 1945년 이전 (물론 일본 국내와 세계적 자본의 이익을 위해 행해진) 식민지적 산업화와 그 규율화, 동원화의 중요성은 생략할 수 없다고 생각했다.[1] 남한은 미국 본토에서 주문을 걸거나 DMZ 이남의 민족 개발주의가 상상한 것으로서 1945년 이후의 기적적인 성과(혹은 주체)가 아니다. 1945년 이후 세계 경제 속에서의 남한의 부흥은, 무엇보다도 세계적 규모의 전쟁(한국전쟁과 베트남에서의 미국의 전쟁, 또한 이라크에서의 최근의 두 개의 전쟁), 초국가적인 금융 네트워크, 수출시장, 그리고 국내노동과 점증하는 국제노동(남한의 경계의 내부와 외부)의 규율화를 포함하는 '세계적인 것' 이었다.

따라서 개발주의적 그림의 묘사, 즉 모델을 지시물로 만드는 일련의 운동은, 또 다른 층위의 동원화와 군국주의화된 신체의 운동을 요구한다고 할 수 있다. 개발의 단계의 상승은 끝없는 전쟁의 상태와 연결된 강제적 힘을 보충하지 않고는 불가능하다. 지금의 남한의 모범적 모델은 이른바 "잊혀진 전쟁"(한국전쟁)의 무언의 인정인 셈이다. "잊혀진 전쟁"은 미국에서 두 개의 차원에서 대부분 잊혀졌다. 즉 첫째는 전쟁의 뜨거운 국면 1950~53년이며, 둘째는 대부분 냉전이지만 이따금 뜨거운 국면이 되는 전쟁이다. 후자는 평화조약(peace treaty)이 체결되지 않고 있는 지금까지 연장되고 있다. 이 두 번째 층위의 전쟁은 처음부터 모호한 것이었으며, 법의 안인 동시에 밖이었고, 결코 선언된 적이 없어서, 심지어는 전쟁이 아닌 "치안의 행위"였다. 지구적 개발의 특권화된 본보기는, 결코 전쟁인 적이 없는 끝없는 전쟁상태 내에 거주하는 것으로 드러난다. 말하자면 그것은 일종의 예외상태의 형식, 즉 아감벤이 "안과 밖, 예외와 규칙, 합법과 불법이 구분되지 않는 영역"으로 말한 상태인 셈이다.[2]

1 Carter Eckert, *Offspring of Empire : The Koch'ang Kims and the Colonial Origins of Korean Capitalism, 1876~1945*, Seattle : University of Washington Press, 1991을 볼 것.

2 Giorgio Agamben, *The Open : Man and Animal*, Stanford, Calif. : Stanford University Press, 2003을 볼 것.

잊혀진 두 번째 층위는 식민지적이면서 포스트식민지적인 배치와 대항의 역사를 포함한다. 그 역사는 일련의 (식민지 지배와 군사점령, 계속된 개발적 정권하에서 수행된) 국가주의적 동원의 이름과 그에 대한 저항으로 만들어졌다. 나는 냉전의 시작과 삼십 년에 초점을 맞추면서 그 문화적 역사를 추적해왔다. 이 역사의 많은 부분은 세계를 다르게 **그림 그리려는 시도**와 연관해서 전개된다. 즉 그런 시도는 냉전 국가가 보이는 것과 보이지 않는 것의 배열을 통해 자신의 주체들을 질서화하는 방식들뿐 아니라, 언어적인 것과 시각적인 것 사이의 관계 자체에 관여하는 것을 포함한다. 나는 식민지적 과거를 연출하며 당대의 분단체제를 강화하게 하는 시각적 질서를 해명하려고 노력했다. 나는 북한을 '지워져야할 타깃'으로 삼고, 그곳을 안 보이는 동시에 매우 잘 보이는 것으로 연출하는 일이, 어떻게 반공적 남한의 생산뿐 아니라 "자유 아시아"의 상상을 위한 요체가 되는지 보여주었다. 또한 나는 1920년대 중반 프로문화운동으로 출범해 여러 형식들을 보인 좌파와 프로문화의 말소가 어떻게 1945년 이후의 남한을 이루는 구성적 외부가 되는지 주목했다.

나는 1970년대와 특히 80년대에 민중의 분절된 형식 속에서 프롤레타리아 주체의 재출현을 이끄는 목적론을 제시하지 않는다. 그러나 나는 이 책에서 내가 검토한 재현의 역사가 이어질 문화생산을 맥락화하는 데 도움이 되길 간절히 희망한다. 따라서 결론을 대신해서 다음 시기에 생산된 많은 이미지들 중의 하나로 결말을 맺으려 한다. 바로 유명한 화가 임옥상의 〈의문사〉(1987)이다.

〈의문사〉는 특히 임옥상의 다른 작품의 맥락에 놓았을 때, 분명히 민중의 하이퍼 민족주의적 남성주의, 즉 원초적인 초역사적 주체를 구현하는 것으로 보일 수 있다. 그런 측면은 다양한 권력관계들 속에 연계되면서, 사람을 장소에, 혈통을 흙에, 인종을 계급에 결부시키는 세계

〈그림 P-1〉 임옥상, 〈의문사〉(1987) 출처 : 임옥상

적 본질주의의 역사를 반복하는 것이다. 여기서 남성적 신체는 뒤에 머리(두개골)와 글쓰기(그림의 오른쪽 아래의 책)를 남겨둔 채, 옷을 벗은 상태로 저절로 (아마도 분단을 넘어 북을 향해) 자발적으로 움직인다. 이 그림은 말해지는 것이 아니라 몸으로 자발적으로 이해되길 요구하는 통일의 시각적 서사를 제공한다. 그림의 주체는 머리가 절단된 채 분리되어 있다. 이 〈의문사〉는 제목과 이미지를 연결시킬 때 어떤 식으로 해석하든지 자유롭다. 분명히 〈의문사〉는 절단된 민중적 주체가 죽음을 거부하는 것을 나타낼 수 있다. 그것은 미국에 의해 처음 제안된 인공적이고 보이지 않는 정치적 경계를 넘어서서 민족의 정신을 죽지 않는 몸의 육체로 만들고 있는 움직임이다. 임옥상이 가졌던 어떤 특별한 의도와는 별도로, 이 그림의 제목은 또한 일반적으로 학생운동가의 죽음, 대량학

살, 전쟁의 희생자, 그리고 "방치"되어온 다른 의문사의 역사를 나타낼 수 있다. 그럼에도 불구하고 나는 이 그림이 또한 "되돌아 올 수 없음"의 트라우마의 시간성을 생각하게 하는 방식에 주의를 환기하고 싶다. 그것은 육화된 민중 주체의 존재론이 아니라, **살아 있는 죽음**이란 오어법[3]을 지닌 분단과 연결된 트라우마이다.

우리는 등을 보이며 돌아서서 감상자로부터 멀어져 가는 살아 있는 죽음의 묘사, 즉 "되돌아올 수 없음"과 조우한다. 따라서 임옥상의 그림은 죽음과 삶, 언어와 시각 사이의 관계를 연출하고 있다. 남성의 신체는 거기에 있어 온 동시에 없었던 공간을 주시하고 있다. 그곳은 DMZ를 경계화하는 시각적 표층으로 경험되었던 곳이며, 들어갈 수도 접촉할 수도 없었던 공간이다. 즉 그곳은 1945~48년 미군 점령하에 만들어진 영역으로서, 1940년대 중반부터 지금까지 남한에서의 냉전적 보기의 방식을 특징짓는 '구성적 외부'[4]이다. 여기서 그 공간을 특수한 방식으로 보고 있는 것은 바로 머리 없는 신체이다. 즉 그림의 신체는 "북한"을 보지 않은 채 보고 있다. 머리 없는 신체는 보이지 않는 경계를 볼 수 없는데, 이는 쓰여진 언어 곧 오른쪽 하단의 버려진 책과 아마도 이데올로기에 의해 실행된 폭력과 연관된 이미지의 산물이다(책을 덮고 있는 철조망과 죽음의 공간은 한국 전쟁의 대량학살에서 희생자를 묶을 때 사용된 철사줄을 상기시킨다). 또한 두개골의 눈은 그림의 감상자를 보고 있는데 이는 일종의 되돌아보기(look back)[5]이다. 즉 그 공간의 구성을 끝없이 순화시키며 의미・공간・시각적 주체를 생산하는 보기의 방식을 질문하는 되돌

---

3 역주 : 오어법(catachresis)이란 모순을 포함한 비유의 방법을 말한다.

4 역주 : 내부를 특징짓는 외부의 요소를 말한다.

5 역주 : 앞에서 살폈듯이 휴즈의 '되돌아보기(look back)' 혹은 '돌아다보기'는 일종의 라캉의 응시에 해당된다. 즉 되돌아보기란 권력의 대상화하는 시선에 저항하며 틀을 해체하는 타자의 '보기'의 방식이다.

아보기이다. 〈의문사〉는 그런 과거의 의문사를 지시할 뿐 아니라, 매장되었으나 매장될 수 없는 기억의 형식 속의 살아 있는 죽음을 가리킨다. 기억이 과거가 아니라 현재의 언어적-시각적 역사가 될 수 있는 것은 바로 그 지점에서 그 같은 인식을 통해서이다.

참고문헌

한국어 자료(한국어 자료들은 모두 서울에서 발간되었음.)

『문예』, 문예사, 1950~60.
『사상계』, 사상계사, 1953~63.
『세대』, 세대사, 1964.7~8.
『새벽』, 새벽사, 1960.11.
『자유문학』, 한국자유문학자협회, 1956~63.
『현대문학』, 현대문학사, 1955~65.

강만길 외, 『4월혁명론』, 한길사, 1983.
권보드래, 『한국 근대소설의 기원』, 소명출판, 2000.
권영민, 「정치적인 문학과 문학의 정치성」, 『작가세계』, 1990 봄.
______, 『한국 현대문학사-1945~1990』, 민음사, 1993.
______, 『해방 직후의 민족문학운동 연구』, 서울대 출판부, 1996.
김동식 · 김병익, 「4 · 19 세대의 문학이 걸어온 길」, 『작가연구』, 2000.9.
김동춘 · 박태순, 『1960년대의 사회운동』, 까치, 1991.
김소연 외, 『매혹과 혼돈의 시대-1950년대의 한국영화』, 소도, 2003.
김수남, 『조선 시나리오 선집』 1, 집문당, 2003.
김승환, 「이호철론」, 『작가연구』, 2000.9.
김영화, 『분단상황과 문학』, 국학자료원, 1992.
김예림, 『1930년대 후반 근대인식의 틀과 미의식』, 소명출판, 2004.
김욱동, 『『광장』을 읽는 일곱 가지 방법』, 문학과지성사, 1996.
김원철, 『이호철 소설의 변모과정 연구』, 서울대 현대문학연구회, 1998.
김윤식, 「해방 후 남북한의 문화운동」, 김윤식 외, 『해방공간의 문학운동과 문학의 현실인식』, 한울, 1992.
김윤식 · 김현, 『한국문학사』, 민음사, 1973.
김윤식 · 정호웅, 『한국소설사』, 예하, 1994.
김윤태, 「4 · 19혁명과 민족현실의 발견」, 민족문학사연구소 편, 『민족문학사 강좌』(하), 창작과비평사, 1995.
김재남 외, 『한국 전후문학의 형성과 전개』, 태학사, 1993.
김진기, 『손창섭의 무의미 미학』, 박이정, 1999.
김 철, 『'국민'이라는 노예 — 한국문학의 기억과 망각』, 삼인, 2005.
김팔봉, 『김팔봉문학전집』 1권, 홍정선 편, 문학과지성사, 1988.
김 현, 「사랑의 재확인 — 『광장』 개작에 대해서」, 최인훈, 『광장 / 구운몽』, 문학과지성사, 2000.
남정현, 『굴뚝 밑의 유산』, 문예출판사, 1967.
______, 『분지 — 남정현 대표작품선』, 한겨레, 1987.
박명규 · 김영범, 「문화변동」, 한국사회사학회 편, 『한국 현대사와 사회변동』, 문학과지성사, 1997.
박명림, 「1950년대 한국의 민주주의와 권위주의」, 역사문제연구소 편, 『1950년대 남북한의 선택과 굴절』, 역사비평사, 1988.
박정희, 『우리 민족의 나갈 길 — 사회 재건의 이념』, 동아출판사, 1962.
______, 『국가와 혁명과 나』, 향문사, 1963.
박찬모, 「꿈꾸는 마을」, 임형택 외편, 『한국 현대 대표소설선』 7, 창작과비평사, 1996.
백낙청, 『민족문학과 세계문학』 I, 창작과비평사, 1978.
백문임, 「전쟁과 멜로드라마」, 한국-타이완 비교문화연구회 편, 『전쟁이라는 문턱』, 그린비, 2010.
서석배, 「단일 언어 사회를 향해」, 『한국문학연구』 29, 동국대 한국문학연구소, 2005.
서성록, 『한국 현대회화의 발자취』, 문예출판사, 1993.
서준섭, 「정지된 세계의 소설 — 손창섭론」, 김재남 외, 『한국 전후문학의 형성과 전개』, 태학사, 1993.
서중석, 『조봉암과 1950년대(상) — 조봉암의 사회민주주의와 평화통일론』, 역사비평사, 1999.
손창섭, 「아마추어 작가의 변」, 『현대한국문학전집』 3, 신구문화사, 1968.
______, 『손창섭 대표작 전집』 1 ~ 5, 예눈관, 1970.

송하춘, 「1950년대 한국소설의 형성」, 송하춘 · 이남호 편, 『1950년대의 소설가들』, 나남, 1994.
신경득, 『한국 전후소설 연구』, 일지사, 1988.
신지영, 「전시체제기(1937~1945) 매체에 실린 좌담회를 통해서 본, 경계에 대한 감각의 재구성」, 『사이』 4, 2008.
신채호, 「낭객의 신년만필」, 정해렴 편, 『신채호 역사논설집』, 현대실학사, 1995.
신형기, 『해방 직후의 문학운동론』, 제3문학사, 1989.
엄해영, 『한국 전후세대 소설연구』, 국학자료원, 1994.
염상섭, 『효풍』, 실천문학사, 1998.
______, 「양과자갑」, 최원식 외편, 『20세기 한국소설』 2, 창비, 2005.
오연호, 『노근리 그 후』, 말, 1999.
이광수, 『무정』(1917), 문학동네, 2003.
이기인, 「개인의 생존과 인간다운 삶에의 집념」, 송하춘 · 이남호 편, 『1950년대의 소설가들』, 나남, 1994.
이승희, 「1920년대 신문만평의 사회주의 정치와 문화적 효과」, 상허학회 편, 『근대지식으로서의 사회주의』, 깊은샘, 2008.
이영일, 『한국영화전사』, 소도, 2004.
이영재, 『제국 일본의 조선영화』, 현실문화연구, 2008.
이은자, 『1950년대 한국 지식인소설 연구』, 태학사, 1995.
이재선, 『현대 한국소설사—1945~1990』, 민음사, 1997.
이종명, 〈유랑〉, 김수남 편, 『조선 시나리오 선집』 1, 집문당, 2003.
이태준, 『소련기행, 농토, 먼지—이태준문학전집 4』, 깊은샘, 2001.
이혜령, 『한국소설과 골상학적 타자들』, 소명출판, 2007.
이호철, 『이호철 문학선집』 1~7, 국학자료원, 2001.
이효석 외, 〈화륜〉, 『조선 시나리오 선집』 2, 집문당, 2003.
임경순, 「혈서의 세계와 욕망의 좌절」, 『1950년대 문학의 이해』, 조건상 편, 성균관대출판부, 1996.
임대식, 「1950년대 미국의 교육원조와 친미 엘리트의 형성」, 역사문제연구소 편, 『1950년대 남북한의 선택과 굴절』, 역사비평사, 1988.
임종국, 『친일문학론』(8쇄), 평화출판사, 1993.
임진영, 「가장 강력한 웃음의 칼날」, 『한국소설문학대계 43—분지 / 황구의 비명 외』,

동아출판사, 1995.
임 화, 『임화문학예술전집』, 소명출판, 2009.
전기철, 「해방후 실존주의 문학의 수용양상과 한국문학비평의 모색」, 한국현대문학연구회 편, 『한국의 전후 문학』, 태학사, 1991.
정규웅, 『글동네에서 생긴 일』, 문학세계사, 1999.
정호웅, 「탈향, 그 출발의 소설사적 의미—이호철의 『소시민』론」, 문학사와비평연구회 편, 『1960년대 문학연구』, 예하, 1993.
정희모, 『1950년대 한국문학과 서사성』, 깊은샘, 1998.
조남현, 『한국 현대소설의 해부』, 문예출판사, 1993.
지하련, 「도정—소시민」, 임형택 외편, 『한국 현대 대표소설선』 7, 창작과비평사, 1996.
차승기, 『반근대적 상상력의 임계들』, 푸른역사, 2009.
최인훈, 『광장』, 정향사, 1961.
______, 『광장』, 민음사, 1973.
______, 『광장 / 구운몽—최인훈 전집 1』, 문학과지성사, 1989(1976).
______, 『최인훈 전집』 1~12, 문학과지성사, 1991~94.
한 기, 「광장의 원형성, 대화적 역사성, 그리고 현재성」, 『작가세계』, 1990 봄.
한수영, 「1950년대 한국소설 연구—남한편」, 한국문학연구회 편, 『1950년대 남북한 문학』, 평민사, 1991.
황종연, 「신라의 발견」, 황종연 편, 『신라의 발견』, 동국대 출판부, 2008.

영어 자료

Abelmann, Nancy, *Echoes of the Past, Echoes of Dissent : A South Korean Social Movement*, Berkeley : University of California Press, 1995.
Abelmann, Nancy, and Kathleen McHugh, eds., *South Korean Golden Age Melodrama : Gender, Genre, and National Cinema*, Detroit, Mich. : Wayne State University Press, 2005.
Agamben, Giorgio, *Homo Sacer : Sovereign Power and Bare Life*, Trans. Daniel Heller-Roazen, Stanford, Calif. : Stanford University Press, 1998.
________________, *The Open : Man and Animal*, Stanford, Calif. : Stanford University Press, 2003.
An, Jinsoo, "Popular Reasoning of South Korean Melodramatic Films(1953~1972)", Ph.D. diss., University of California — Los Angeles, 2005.

Anderson, Benedict, *Imagined Communities : Refl ections of the Origin and Spread of Nationalism*, Rev. ed., London : Verso, 1993.

Armstrong, Charles, "The Myth of North Korea", *Chicago Occasional Papers on Korea* 6, ed. Bruce Cumings, Chicago : Center for East Asian Studies, 1991.

_______________, *The North Korean Revolution, 1945~1950*, Ithaca, N.Y. : Cornell University Press, 2004.

Armstrong, Nancy, *Desire and Domestic Fiction*, Oxford : Oxford University Press, 1987.

_______________, *Fiction in the Age of Photography : The Legacy of British Realism*, Cambridge, Mass. : Harvard University Press, 1999.

Bakhtin, Mikhail, *The Dialogic Imagination*, Trans. Caryl Emerson and Michael Holquist, ed. Michael Holquist, Austin : University of Texas Press, 1981.

_______________, *Rabelais and His World*, Trans. Helene Iswolsky, Bloomington : Indiana University Press, 1984.

Balibar, Etienne, and Immanuel Wallerstein, *Race, Nation, Class : Ambiguous Identities*, London : Verso, 1991.

Baudrillard, Jean, *The Mirror of Production*, St. Louis : Telos Press, 1975.

Bourdaghs, Michael, "The Disease of Nationalism, the Empire of Hygiene", *positions* 6, no.3, Winter 1998.

Bourdieu, Pierre, *The Field of Cultural Production*, New York : Columbia University Press, 1993.

Brandt, Kim, *Kingdom of Beauty : Mingei and the Politics of Folk Art in Imperial Japan*, Durham, N.C. : Duke University Press, 2007.

Brooks, Peter, *Troubling Confessions : Speaking Guilt in Law and Literature*, Chicago : University of Chicago Press, 2000.

Buck-Morss, Susan, *The Dialectics of Seeing : Walter Benjamin and the Arcades Project*, Cambridge, Mass. : The MIT Press, 1991.

Butler, Judith, *Bodies That Matter : On the Discursive Limits of "Sex"*, New York : Routledge, 1993.

Chakrabarty, Dipesh, *Provincializing Europe : Postcolonial Thought and Historical Difference*, Princeton, N.J. : Princeton University Press, 2007.

Chatterjee, Partha, *Nationalist Thought and the Colonial World : A Derivative Discourse*, Minneapolis : University of Minnesota Press, 1986.

Cheah, Pheng, *Spectral Nationality*, New York : Columbia University Press, 2003.

Ching, Leo, *Becoming "Japanese" : Colonial Taiwan and the Politics of Identity Formation*, Berkeley : University of California Press, 2001.

Cho, Haejoang, "Living with Conflicting Subjectivities : Mother, Motherly Wife, and Sexy Woman in the Transition from Colonial-Modern to Postmodern Korea", In *Under Construction : The Gendering of Modernity, Class, and Consumption in the Republic of Korea*, ed. Laurel Kendall, Honolulu : University of Hawai'i Press, 2001.

Cho, Heekyoung, "Literary Translation and Appropriation : Korean Intellectuals' Reception of Russian Prose Via Japan, 1900~1927", Ph.D. diss., University of Chicago, 2007.

Choi, Ellie Y., "Space and National Identity : Yi Kwang-su's Vision of Korea During the Japanese Empire", Ph.D. diss., Harvard University, 2009.

Choi, In-hoon, *The Square*, Trans. Kevin O'Rourke, Devon : Spindlewood, 1985.

Choi, Jang Jip, "Political Cleavages in South Korea", *State and Society in Contemporary Korea*, ed. Hagen Koo, Ithaca, N.Y. : Cornell University Press, 1993.

Choi, Kyeung-Hee, "Another Layer of the Pro-Japanese Literature : Ch'oe Chunghui's 'The Wild Chrysanthemum'", *Hyŏndae munhak ŭi yŏn'gu(Studies on modern literature)*, 2000.2.

_______________, "Impaired Body as Colonial Trope : Kang Kyŏng'ae's 'Underground Village'", *Public Culture* 13, Fall 2001.

Chow, Rey, *The Age of the World Target : Self-Referentiality in War, Theory, and Comparative Work*, Durham, N.C. : Duke University Press, 2006.

_________, "Introduction : Chineseness as a Theoretical Problem", In *Modern Chinese Literary and Cultural Studies in the Age of Theory : Reimagining a Field*, ed. Rey Chow, Durham, N.C. : Duke University Press, 2000.

_________, *Primitive Passions : Visuality, Sexuality, Ethnography, and Contemporary Chinese Cinema*, New York : Columbia University Press, 1995.

_________, *The Protestant Ethnic and the Spirit of Capitalism*, New York : Columbia University Press, 2002.

Chung, Hye-seung, "Toward a Strategic Korean Cinephilia : A Transnational Detournement of Hollywood Melodrama", In *South Korean Golden Age Melodrama : Gender, Genre, and National Cinema*, ed. Nancy Abelmann and Kathleen McHugh, Detroit, Mich. : Wayne State University Press, 2005.

Chung, Steven, "Sin Sang-ok and Postwar Korean Mass Culture", Ph.D. diss., University of

California — Irvine, 2007.
Clifford, James, and George Marcuse, eds., *Writing Culture : The Poetics and Politics of Ethnography*, Berkeley : University of California Press, 1986.
Crary, Jonathan, *Suspensions of Perception : Attention, Spectacle, and Modern Culture*, Cambridge, Mass. : The MIT Press, 2001.
Cumings, Bruce, "The Legacy of Japanese Colonialism in Korea", In *The Japanese Colonial Empire, 1895～1945*, ed. Ramon H. Myers and Mark R. Peattie, Princeton, N.J. : Princeton University Press, 1984.
____________, "The Origin and Development of the Northeast Asian Political Economy : Industrial Sectors, Product Cycles, and Political Consequences", In *The Political Economy of the New Asian Industrialism* , ed. Frederic C. Deyo, Ithaca, N.Y. : Cornell University Press, 1987.
____________, *The Origins of the Korean War* Vol.1 : *Liberation and the Separation of Regimes, 1945～1947*, Princeton, N.J. : Princeton University Press, 1981.
____________, *The Origins of the Korean War* Vol.2 : *The Roaring of the Cataract, 1947～1950*, Princeton, N.J. : Princeton University Press, 1990.
____________, "Webs with No Spiders, Spiders with No Webs : The Genealogy of the Developmental State", In *The Developmental State*, ed. Meredith Woo-Cumings, Ithaca, N.Y. : Cornell University Press, 1999.
Derrida, Jacques, *Monolingualism of the Other; or, The Prosthesis of Origin*, Trans. Patrick Mensah, Stanford, Calif. : Stanford University Press, 1998.
____________, *Of Grammatology*, Corrected ed. Baltimore, Md. : The Johns Hopkins University Press, 1998.
____________, *On Touching : Jean-Luc Nancy*, Stanford, Calif. : Stanford University Press, 2005.
____________, *Positions*, Chicago : University of Chicago Press, 1981.
____________, *Specters of Marx : The State of the Debt, the Work of Mourning, and the New International*, New York : Routledge, 1994.
Doane, Mary Anne, *The Emergence of Cinematic Time : Modernity, Contingency, the Archive*, Cambridge, Mass. : Harvard University Press, 2002.
____________, "The Close-Up : Scale and Detail in the Cinema", *differences* 14, no.5, 2005.
Duara, Prasenjit, *Sovereignty and Authenticity : Manchukuo and the East Asian Modern*, Lanham,

Md. : Rowman and Littlefield, 2003.

Duncan, John. "Proto-nationalism in Premodern Korea", In *Perspectives on Korea*, ed. Sang-oak Lee and Duk-soo Park, Sydney : Wild Peony, 1998.

Eckert, Carter J., *Offspring of Empire : The Koch'ang Kims and the Colonial Origins of Korean Capitalism, 1876~1945*, Seattle : University of Washington Press, 1991.

Em, Henry, "'Overcoming' Korea's Division : Narrative Strategies in Recent South Korean Historiography", *positions* 1, no.2, Fall 1993.

Engelhardt, Tom, *The End of Victory Culture : Cold War America and the Disillusioning of a Generation*, Amherst : University of Massachusetts Press, 1995.

Escobar, Arturo, *Encountering Development : The Making and Unmaking of the Third World*, Princeton, N.J. : Princeton University Press, 1995.

Foucault, Michel, *Discipline and Punish*, Trans. Alan Sheridan, New York : Vintage Books, 1979.

____________, *The History of Sexuality* Vol.1 : *An Introduction*, Trans. Robert Hurley, London : Allen Lane, 1979.

____________, *"Society Must Be Defended" : Lectures at the Collège de France, 1975~1976*, New York : Picador, 2003.

Fujitani, Takashi, "Go for Broke, the Movie : Japanese American Soldiers in U.S. National, Military, and Racial Discourses", In *Perilous Memories : The Asia-Pacifi c War(s)*, ed. T. Fujitani, Geoffrey M. White, and Lisa Yoneyama. Durham, N.C. : Duke University Press, 2001.

____________, "Right to Kill, Right to Make Live : Koreans as Japanese and Japanese as Koreans in WWII", *Representations*, Summer 2007.

Fulton Bruce, "Kijich'on Fiction", In *Nationalism and the Construction of Korean Identity*, ed. Hyung Il Pai and Timothy R. Tangherlini, Los Angeles : University of California Center for Korean Studies, 1998.

Fuss, Diana, *Identifi cation Papers*, London : Routledge, 1995.

Gallop, Jane, *The Daughter's Seduction : Feminism and Psychoanalysis*, Ithaca, N.Y. : Cornell University Press, 1982.

____________, *Reading Lacan*, Ithaca, N.Y. : Cornell University Press, 1985.

Garner, Shirley Nelson, Claire Kahane, and Madelon Sprengnether, eds., *The (M)other Tongue : Essays in Feminist Psychoanalytic Interpretation*, Ithaca, N.Y. : Cornell University

Press, 1985.

Gupta, Akhil, and James Ferguson, "Culture, Power, Place : Ethnography at the End of an Era", In *Culture, Power, Place : Explorations in Critical Anthropology*, ed. Akhil Gupta and James Ferguson, Durham, N.C. : Duke University Press, 1997.

Habermas, Jurgen, *The Structural Transformation of the Public Sphere : An Inquiry Into a Category of Bourgeois Society*, Trans. Thomas Burger with the assistance of Frederick Lawrence, Cambridge, Mass. : The MIT Press, 1989.

Hanscom, Christopher, "A Question of Representation : Korean Modernist Fiction of the 1930s", Ph.D. diss., University of California — Los Angeles, 2006.

Harootunian, Harry, *Overcome by Modernity : History, Culture, and Community in Interwar Japan*, Princeton, N.J. : Princeton University Press, 2000.

Harrington, Lewis, "Miki Kiyoshi and the Shōwa Kenkyōkai : The Failure of World History", *positions : east asia cultures critique* 17, no.1, Spring 2009.

Hart-Landsberg, Martin, *The Rush to Development : Economic Change and Political Struggle in South Korea*, New York : Monthly Review Press, 1993.

Hayles, N. Katherine, *How We Became Posthuman : Virtual Bodies in Cybernetics, Literature, and Informatics*, Chicago : University of Chicago Press, 1999.

Higgins, Lynn A., and Brenda R. Silver, eds., *Rape and Representation*, New York : Columbia University Press, 1991.

Hirsch, Marianne, *The Mother / Daughter Plot : Narrative, Psychoanalysis, Feminism*, Bloomington : Indiana University Press, 1989.

Jameson, Fredric, "Third-World Literature in the Era of Multinational Capital", *Social Text* 15, Fall 1986.

Janelli, Roger, with Dawnhee Yim, *Making Capitalism : The Social and Cultural Construction of a South Korean Conglomerate*, Stanford, Calif. : Stanford University Press, 1993.

Jeong, Kelly Y., *Crisis of Gender and the Nation in Korean Literature and Cinema : Modernity Arrives Again*, Lanham, Md. : Lexington, 2011.

Kang, Nae-hui, "The Ending -da and Linguistic Modernity in Korea", In *Traces : A Multilingual Series of Cultural Theory and Translation* vol.3, Hong Kong : Hong Kong University Press, 2004.

Kendall, Laurel, ed., *Under Construction : The Gendering of Modernity, Class, and Consumption in the*

Republic of Korea, Honolulu : University of Hawai'i Press, 2001.
Kim, Chong-un, and Bruce Fulton eds., *A Ready-Made Life : Early Masters of Modern Korean Fiction*, Honolulu : University of Hawai'i Press, 1999.
Kim, Chung-Kang, "South Korean Golden-Age Comedy Film : Industry, Genre, and Popular Culture (1953~1970)", Ph.D. diss., University of Illinois, Urbana-Champaign, 2010.
Kim, Eun Mee, *Big Business, Strong State : Collusion and Conflict in South Korean Development, 1960~1990*, Albany : State University of New York Press, 1997.
Kim, John Namjun, "The Temporality of Empire : The Imperial Cosmopolitanism of Miki Kiyoshi and Tanabe Hajime", In *Pan-Asianism in Modern Japanese History : Colonialism, Regionalism, and Borders*, ed. Sven Saaler and J. Victor Koschmann, New York : Routledge, 2007.
______________, "On the Brink of Universality : German Cosmopolitanism in Japanese Imperialism", *positions : east asia cultures critique* 17, no.1, Spring 2009.
Kim, Kyung Hyun, *The Remasculinization of Korean Cinema*, Durham, N.C. : Duke University Press, 2004.
Kim, Suk-Young, *Illusive Utopia : Theater, Film, and Everyday Performance in North Korea*, Ann Arbor : University of Michigan Press, 2010.
Kimoto, Takeshi, "Antinomies of Total War", *positions : east asia cultures critique* 17, no.1, Spring 2009.
King, Ross, "Western Missionaries and the Origins of Korean Language Modernization", *Journal of International and Area Studies* 11, no.3.
Kittler, Friedrich A., *Gramophone, Film, Typewriter. Trans. Geoffrey Winthrop-Young and Michael Wutz*, Stanford, Calif. : Stanford University Press, 1999.
Kōjin, Karatani, *Origins of Modern Japanese Literature*, ed. Brett de Bary. Durham, N.C. : Duke University Press, 1993.
Kwon, Nayoung Aimee, "Translated Encounters and Empire : Colonial Korea and the Literature of Exile", Ph.D. diss., University of California — Los Angeles, 2007.
LaCapra, Dominick, *History and Criticism*, Ithaca, N.Y. : Cornell University Press, 1985.
______________, *A Preface to Sartre*, Ithaca, N.Y. : Cornell University Press, 1978.
______________, *Rethinking Intellectual History : Texts, Contexts, Language*, Ithaca, N.Y. : Cornell University Press, 1983.

_______________, *Writing History, Writing Trauma. Parallax : Re-visions of Culture and Society*, Baltimore, Md. : Johns Hopkins University Press, 2000.

Laclau, Ernesto, *Emancipation(s)*, London : Verso, 1996.

Lai, Ming-yan, *Nativism and Modernity : Cultural Contestations in China and Taiwan Under Global Capitalism*, Albany, N.Y. : SUNY Press, 2008.

Lederer, William J., and Eugene Burdick, *The Ugly American*, New York : Norton, 1958.

Lee, Ann Sung-Hi, *Yi Kwang-su and Modern Korean Literature : Mujŏng*, Ithaca, N.Y. : Cornell East Asia Series, 2005.

Lee, Ji-Eun, "A New Pedigree : Women and Women's Reading in Korea, 1896~1934", Ph.D. diss., Harvard University, 2006.

Lee, Jin-kyung, *Service Economies : Militarism, Sex Work, and Migrant Labor in South Korea*, Minneapolis : University of Minnesota Press, 2010.

Lee, Namhee, *The Making of Minjung : Democracy and the Politics of Representation in South Korea*, Ithaca, N.Y. : Cornell University Press, 2009.

Lie, John, *Han Unbound : The Political Economy of South Korea*, Stanford, Calif. : Stanford University Press, 1998.

Lippit, Akira, *Electric Animal : Toward a Rhetoric of Wildlife*, Minneapolis : University of Minnesota Press, 2008.

Lippit, Seiji, *Topographies of Japanese Modernism*, New York : Columbia University Press, 2002.

Liu, Lydia, "The Question of Meaning-Value in the Political Economy of the Sign", In *Tokens of Exchange : The Problem of Translation in Global Circulations*, ed. Lydia Liu, Durham, N.C. : Duke University Press, 1999.

________, *Translingual Practice : Literature, National Culture, and Translated Modernity-China, 1900~1937*, Stanford, Calif. : Stanford University Press, 1995.

Lowe, Lisa, and David Lloyd, eds., *The Politics of Culture in the Shadow of Capital*, Durham, N.C. : Duke University Press, 1997.

Lutz, Catherine, "Epistemology of the Bunker : The Brainwashed and Other New Subjects of the Permanent War", In *Inventing the Psychological : Toward a Cultural History of Emotional Life in America*, ed. Joel Pfister and Nancy Schmog, New Haven, Conn. : Yale University Press, 1997.

Mbembe, Achille, "Necropolitics", *Public Culture* 15, no.3, 2003.

McClintock, Anne, *Imperial Leather : Race, Gender and Sexuality in the Colonial Contest*, New York : Routledge, 1995.

McHugh, Kathleen, "South Korean Film Melodrama : State, Nation, Woman, and the Transnational Familiar", In *South Korea Golden Age Melodrama : Gender, Genre, and National Cinema* , ed. Kathleen McHugh and Nancy Abelmann, Detroit, Mich. : Wayne State University Press, 2005.

Meyerowitz, Joanne, "Sex, Gender, and the Cold War Language of Reform", In *Rethinking Cold War Culture*, ed. Peter Kuznick and James Gilbert, Washington, D.C. : Smithsonian Institution Press, 2001.

Mitchell, Timothy, *Questions of Modernity*, Minneapolis : University of Minnesota Press, 2000.

Mitchell, W. J. T., *Iconology : Image, Text, Ideology*, Chicago : University of Chicago Press, 1987.

____________, *Picture Theory : Essays on Verbal and Visual Representation*, Chicago : University of Chicago Press, 1994.

Moon, Katharine H. S., "Prostitute Bodies and Gendered States in U.S.-Korea Relations", In *Dangerous Women : Gender and Korean Nationalism*, ed. Elaine H. Kim and Chungmoo Choi, New York : Routledge, 1998.

________________, *Sex Among Allies*, New York : Columbia University Press, 2007.

Moon, Seungsook, *Militarized Modernity and Gendered Citizenship in South Korea*, Durham, N.C. : Duke University Press, 2005.

Mulvey, Laura, *Death 24x a Second : Stillness and the Moving Image*, London : Reaktion, 2006.

Pae, Hyung Il, *Constructing "Korean" Origins : A Critical Review of Archaeology, Historiography, and Racial Myth in Korean State-Formation Theories*, Cambridge, Mass. : Harvard University Press, 2000.

Paik, Nak-chung, "The Idea of a Korean National Literature, Then and Now", *positions* 1, no.3, Winter 1993.

Palumbo-Liu, David, *Asian / American : Historical Crossings of a Racial Frontier*, Stanford, Calif. : Stanford University Press, 1999.

Park, Hyun Ok, *Two Dreams in One Bed : Empire, Social Life, and the Origins of the North Korean Revolution in Manchuria*, Durham, N.C. : Duke University Press, 2005.

Park, Sunyoung, "The Colonial Origin of Korean Realism and Its Contemporary Manifestation", *positions : east asia cultures critique* 14, no.1, 2006.

Perry, Samuel, "Aesthetics for Justice : Proletarian Writing in Japan and Colonial Korea", Ph.D. diss., University of Chicago, 2007.

Pincus, Leslie, *Authenticating Culture in Imperial Japan : Kuki Shuzo and the Rise of National Aesthetics*, Berkeley : University of California Press, 1996.

Poole, Janet, "Colonial Interiors : Modernist Fiction of Korea", Ph.D. diss., Columbia University, 2004.

Poole, Janet, trans., *Eastern Sentiments*, New York : Columbia University Press, 2009.

Radhakrishnan, R., "Nationalism, Gender, and the Narrative of Identity", In *Nationalisms and Sexualities*, ed. Andrew Parker, Mary Russo, Doris Sommer, and Patricia Yeager, New York : Routledge, 1992.

Rancière, Jacques, *The Politics of Aesthetics*, London : Continuum, 2006.

Robinson, Michael, *Cultural Nationalism in Colonial Korea, 1920~1925*, Seattle : University of Washington Press, 1989.

Rousseau, Jean-Jacques, *The Social Contract and Discourses*, New York : Dutton, 1973.

Ryu, Youngju, "The Neighbor and the Politics of Literature in 1970s' South Korea : Yi Mungu, Hwang Sŏgyŏng, Cho Sehŭi", Ph.D. diss., University of California — Los Angeles, 2006.

Said, Edward, *Orientalism*, New York : Vintage, 1979.

Sakai, Naoki, "Imperial Nationalism and the Comparative Perspective", *positions : east asia cultures critique* 17, no.1, Spring 2009.

__________, *Translation and Subjectivity : On "Japan" and Cultural Nationalism*, Minneapolis : University of Minnesota Press, 1997.

Sartre, Jean-Paul, *Nausea*, Trans. Lloyd Alexander, New York : New Directions, 1964.

__________, *"What Is Literature?" and Other Essays*, Cambridge, Mass. : Harvard University Press, 1988.

Schmid, Andre, *Korea Between Empires, 1895~1919*, New York : Columbia University Press, 2002.

Scott, Catherine V., *Gender and Development : Rethinking Modernization and Dependency Theory*, Boulder, Colo. : Lynne Rienner, 1995.

Sharpe, Jenny, *Allegories of Empire*, Minneapolis : University of Minnesota Press, 1993.

Shin, Gi-Wook, "Agrarianism : A Critique of Colonial Modernity in Korea", *Comparative Studies in Society and History*, 1999.10.

____________, "Nation, History, and Politics", In *Nationalism and the Construction of Korean Identity*, ed. Hyung Il Pai and Timothy R. Tangherlini, Berkeley : Institute of East Asian Studies, 1998.

____________, *Peasant Protest and Social Change in Colonial Korea*, Seattle : University of Washington Press, 1996.

Shin, Gi-Wook, James Freda, and Gihong Yi, "The Politics of Ethnic Nationalism in Divided Korea", *Nations and Nationalism* 5, Winter 1999.

Silverberg, Miriam, "Remembering Pearl Harbor, Forgetting Charlie Chaplin, and the Case of the Disappearing Western Woman : A Picture Story", *positions* 1, no.1, Spring 1993.

Silverman, Kaja, *The Threshold of the Visible World*, London : Routledge, 1995.

____________, *World Spectators*, Stanford, Calif. : Stanford University Press, 2000.

Slotkin, Richard, "Buffalo Bill's 'Wild West' and the Mythologization of the American Empire", In *Cultures of American Imperialism*, ed. Amy Kaplan and Donald E. Pease, Durham, N.C. : Duke University Press, 1993.

Soja, Edward W., *Postmodern Geographies : The Reassertion of Space in Critical Social Theory*, London : Verso, 1989.

Sorensen, Clark, "National Identity and the Construction of the Category 'Peasant' in Colonial Korea", In *Colonial Modernity in Korea*, ed. Gi-Wook Shin and Michael Robinson, Cambridge, Mass. : Harvard University Asia Center, 1999.

Spivak, Gayatri, *The Postcolonial Critic : Interviews, Strategies, Dialogues*, New York : Routledge, 1990.

Suh, Serk-Bae, "Treacherous Translation : The 1938 Japanese-Language Theatrical Version of the Korean Tale Ch'unhyangjŏn", *positions : east asia cultures critique* 18, no.1, 2010.

Suzuki, Tomi, *Narrating the Self : Fictions of Japanese Modernity*, Stanford, Calif. : Stanford University Press, 1996.

Tanaka, Stefan, *Japan's Orient : Rendering Pasts into History*, Berkeley : University of California Press, 1993.

Tansman, Alan, *The Aesthetics of Japanese Fascism*, Berkeley : University of California Press, 2009.

Time Magazine, "Hope in the Hermit Kingdom", *Time*, 1967.3.10.

Uchida, Jun, "'Brokers of Empire' : Japanese Settler Colonialism in Korea, 1910~1937", Ph.D. diss., Harvard University, 2005.

Virilio, Paul, *War and Cinema : The Logistics of Perception*, London : Verso, 2009.

Weber, Samuel, *Targets of Opportunity : On the Militarization of Thinking*, New York : Fordham University Press, 2005.

Wells, Kenneth M., ed., *South Korea's Minjung Movement : The Culture and Politics of Dissidence*, Honolulu : University of Hawaii Press, 1995.

Williams, Raymond, *The Country and the City*, Oxford : Oxford University Press, 1973.

Woo, Jung-en, *Race to the Swift : State and Finance in Korean Industrialization*, New York : Columbia University Press, 1991.

Yecies, Brian, "Systematization of Film Censorship in Colonial Korea : Profiteering from Hollywood's First Golden Age, 1926～1936", *Journal of Korean Studies* 10, no.1, Fall 2005.

Yi Hyo-sŏk, "When the Buckwheat Blooms", In *A Ready-Made Life : Early Masters of Modern Korean Fiction*, trans. Kim Chong-un and Bruce Fulton, Honolulu : University of Hawai'i Press, 1999.

Žižek, Slavoj, *The Sublime Object of Ideology*, London : Verso, 1989.

영화 관련 자료

김기덕, 〈대괴수 용가리〉, 1967.

박기채, 〈조선해협〉, 1943.

서광제, 〈군용열차〉, 1938.

안석영, 〈지원병〉, 1940.

이강천, 〈피아골〉, 1955.

이병일, 〈반도의 봄〉, 1941.

잉글런드, 조지, 〈어글리 아메리칸〉, 1963.

최인규, 〈자유만세〉, 1946.

한형모, 〈여사장〉, 1959.

______, 〈운명의 손〉, 1954.

______, 〈자유부인〉, 1954.

히치콕, 알프레드, 〈이창〉, 1954.

찾아보기

ㅈ